W0188038

Erin Hart

Die Frau im Moor

Roman

Aus dem Amerikanischen
von Gabriele Weber-Jaric

HEYNE ‹

Die Originalausgabe erscheint unter dem Titel
Haunted Ground bei Scribner, New York

Der Wilhelm Heyne Verlag ist ein Verlag
der Ullstein Heyne List GmbH & Co. KG

Copyright © 2002 by Erin Hart
Copyright © 2003 der deutschen Ausgabe by
Ullstein Heyne List GmbH & Co. KG, München
Gesetzt aus der Sabon und Highlander bei
Franzis print & media, München
Druck und Bindung: GGP Media, Pößneck
Printed in Germany

ISBN 3-453-86855-2

www.heyne.de

Für Paddy
mo ghrá geal

Eine Krähe, Leid.
Zwei Krähen, Freud.

Drei Krähen, Hochzeit.
Vier Krähen, Geburt.

Fünf Krähen, Reichtum.
Sechs Krähen, Not.

Sieben Krähen, Reise.
Acht, ein schweres Leben.

Traditioneller Abzählreim

1. Buch
Eine schicksalhafte Wunde

Créacht do dháil me im árthach galair.
Eine schicksalhafte Wunde entstellt mich
zum traurigen Koloss.

Dáibhí Ó Bruadair, irischer Dichter, 1652

1

Knirschend fuhr der Spaten in die Erde. Brendan McGann
stach eine wassertriefende schwarze Sode nach der anderen aus
und schaufelte sie auf den Wall, wo sie mit dumpfem Aufprall
landeten. Die Arbeit ging ihm leicht von der Hand, tat er doch
nichts anderes als sein Vater, sein Großvater und die ganze
Ahnenreihe vor ihm. Alle hatten sie im Moor ihren Torf gestochen. Brendan grub jedoch nicht aus Gründen der Tradition.
Die kümmerte ihn beim Torfstechen so wenig wie das Geflecht
der unterirdischen Pflanzen, das er zerstörte. Er sah es lediglich als seine Pflicht an. Es war eine Maßnahme, um gegen die
Kälte gewappnet zu sein, die ab Herbst wieder ins Haus krie-
chen würde.

In den Wochen darauf dachte er allerdings oft, dass er nicht
so eifrig bei der Sache gewesen wäre, hätte er gewusst, was er
finden würde. Vielleicht hätte er seinen Spaten dann eingepackt, wäre nach Haus gegangen und hätte seinen Schuppen
mit fertigen Torfbriketts gefüllt, die man neuerdings tonnen-
weise bestellen konnte und per Lastwagen angeliefert bekam.
Brendan grub jedoch weiter.

An diesem Tag konnte von Kälte nicht die Rede sein. Für
Ende April war das Wetter großartig, beinah frühlingshaft
mild. Von Westen her strich eine sanfte Brise über das Moor,
die dem Boden die Feuchtigkeit entlockte, und am hohen hellblauen Himmel zogen lichte Wolken dahin. *Eins a Trocken-
wetter*, hätte Brendans Vater dazu gesagt. Brendan hatte die
Wolljacke mit den ausgebeulten Ellbogen abgestreift und oben

auf den Grabenrand geworfen. Jetzt unterbrach er seine Arbeit, um zu verschnaufen. Dabei stützte er sich auf dem Spaten ab, wischte sich mit dem hoch gekrempelten Hemdsärmel den Schweiß aus der Stirn und fuhr sich durch das verklebte dunkle Haar. Auf Gesicht und Unterarmen machte sich bereits der erste Sonnenbrand bemerkbar. Mit einem Mal verspürte er einen Bärenhunger. Gleichzeitig stieg auch die Sorge wieder hoch, die schon länger in ihm rumorte: Es war vielleicht das letzte Jahr, in dem man ihn auf seinem Land Torf stechen ließ. Brendan stapfte den Abhang hoch, um sich aus seiner Jacke ein Taschentuch zu holen. Dabei musterte er den Horizont und suchte ihn nach einer Gestalt auf einem Fahrrad ab.

Sein Blick blieb auf seinem Bruder haften. Kaum fünfzig Schritte weiter rackerte Fintan sich mit einer Schubkarre ab, die über und über mit Torf beladen war. Irgendwie sah es komisch aus, wie er sich da abmühte, die klitschnassen Torfklumpen am Ende einer jener langen Reihen auszukippen, die das Moor wie eine Cordsamtdecke wirken ließen. Um sie herum war die Landschaft mit kleinen Haufen aus geschichteten Torfsoden übersät, und auf einigen Nachbarfeldern blähten sich bereits weiße Plastiksäcke mit steinhart getrockneten Ziegeln.

»Noch nichts von ihr zu sehen?«, rief Brendan seinem Bruder zu, der aber nur stumm die Achseln zuckte und mit seiner Arbeit weitermachte. Seit neun Uhr morgens waren sie nun schon mit dem Torfstich zugange und hatten sich bislang kaum eine Pause gegönnt. Höchste Zeit, dass Una kam, dachte Brendan. Ihre Schwester würde ihnen das Mittagessen bringen, Tee und belegte Brote, um später dann dabei zu helfen, die Stapel aufzuschichten. Die bleischweren Soden anzuheben und zu wenden war eine Mordsschinderei. Es würde dann noch mindestens ein Monat verstreichen, bis sie den Torf schließlich getrocknet nach Hause schaffen konnten.

Brendan stopfte sich das Taschentuch in die Gesäßtasche und stieg in den Graben zurück. Er nahm das geometrische Muster, das er mit seinem *sleán* an den Seitenwänden hinterlassen hatte, mit Genugtuung zur Kenntnis. Nicht mehr lang, und er würde auf den guten, schwarzen Torf stoßen, der in der ganzen Gegend wegen seines Heizwertes außerordentlich geschätzt wurde. Darüber, dass er seit Urzeiten unberührt dort unten gelegen hatte, verschwendeten die Leute nicht den leisesten Gedanken.

Brendan machte sich wieder ans Werk. Das Magenknurren versuchte er zu verdrängen, indem er sich voll und ganz auf das Schaben und Scharren seines Spatens konzentrierte. Es musste an der Moorluft liegen, dass ihn dermaßen der Hunger packte, die schwere Arbeit allein konnte es nämlich nicht sein – an die war er schließlich gewöhnt. Was es wohl zum Mittagessen geben würde? Gebratene Hähnchenstücke auf hellem Brot, ein zartes, saftiges Eiersandwich, salzig geräucherter Schinkenspeck mit einem Kanten dunkles Brot ... Mit jedem Spatenstich lief ihm das Wasser im Mund mehr zusammen. Und zum Nachspülen ein Schluck heißer, gesüßter Tee. Noch eine Reihe, sagte Brendan sich und stach mit frischer Kraft zu, nur noch eine Reihe – plötzlich blieb das Spatenblatt stecken.

»Scheiße!«

Fintans Kopf tauchte über ihm auf. »Was ist passiert? Sag bloß, du bist auf die Arche Noah gestoßen.«

»Ach was«, knurrte Brendan. »Das wird bloß Rosshaar sein.«

Es gebe vier Dinge, die einem Menschen beim Torfstich Einhalt gebieten könnten, hatte ihr Vater immer gesagt. Brendan hörte in Gedanken, wie der Alte sie herunterbetete – *Felsen, Wasser, Rosshaar und Streit.* Dabei pflegte er nacheinander vier Finger zu spreizen und ihnen damit vor der Nase herumzufuchteln. *Ihr werdet lachen, aber schon eins davon macht einem den Garaus. Tja, Leute, davon kann ich ein Liedchen singen.*

»Reich mir mal den anderen Spaten herunter!«

Fintan tat wie geheißen. Dann stützte er sich auf seine Forke, um seinem Bruder zuzusehen. Hindernisse entpuppten sich meist zwar als Strünke oder Baumstümpfe, zuweilen konnten aber auch sonderbare Gegenstände zum Vorschein treten – verwitterte Eichenbalken, uralte Ochsenkarren, Käseräder, hölzerne Butterfässer oder irdene Gefäße, die vergraben worden waren, um Vorräte kühl und feucht zu lagern. Längst vergessene Dinge, die von der sumpfigen, luftlosen Sogkraft des Moores festgehalten und über die Zeit hinaus konserviert worden waren.

Behutsam grub Brendan um den Rand der fasrigen Matte herum, suchte stochernd nach ihren Enden und schabte lose Torfstücke ab. Dann kniete er sich auf dem nassen Boden nieder und zog an den Strähnen, die aus der Erde sprossen. Nie und nimmer war das Rosshaar. Es war zwar verfilzt und morastig, aber zu lang und zu fein für das Wurzelgeflecht, das sein Vater immer als Rosshaar bezeichnet hatte. Brendan bohrte seine kräftigen Finger unter den schwarzen Torfblock, um ihn anzuheben. Dabei löste sich ein Stück und brach ab. Brendan packte es und warf es zur Seite.

»Allmächtiger«, hörte er Fintan flüstern. Brendans Blick folgte dem seines Bruders. Nur wenige Zentimeter von seinem Knie entfernt ragte etwas aus dem Torf, in dessen Konturen er sogleich ein Ohr erkannte. Es war schwarz wie Tabak. Und kaum zeichnete sich die Kinnpartie ab, wusste Brendan, dass der Kopf einer Frau gehörte. Sofort war er auf den Beinen. Die Wasserrinnsale, die ihm jetzt von den Knien in die Stiefel tropften, bemerkte er kaum.

»Tut mir Leid, Jungs. Ihr kommt wahrscheinlich schon vor Hunger um.« Unas atemlos hervorgestoßene Entschuldigung wurde von einem Lüftchen herbeigetragen. »Ihr hättet mich aber mal sehen sollen! Ich war buchstäblich bis über beide Arme ...« Sie brach ab, weil sie den Ausdruck auf den Mienen ihrer Brüder bemerkte. Mit ihren verfärbten Fingern umklammerte sie die Thermosflasche und die in Papier eingeschlagenen Butterbrote fester und trat neben Fintan, um vom Rand des Grabens aus hinunterzusehen.

»O mein Gott, das arme Geschöpf!«, stieß sie hervor.

2

Cormac Maguire stand gerade unter der Dusche, als das Telefon klingelte. Wie immer ließ er es läuten, bis sich der Anrufbeantworter einschaltete. Weil er aber den schrillen, aufgeregten Ton in der Stimme von Peadar Wynne vernahm, schlang er sich ein Badetuch um die Hüfte und eilte in wenigen Sätzen die Treppe hinunter.

Cormac war etwa eins achtzig groß, und obwohl er mit seinen neununddreißig Jahren merkte, dass er langsam älter wurde, besaß er noch immer den schlanken, drahtigen Körper eines ehemaligen Sportlers. Er trug das schwarzbraune Haar kurz geschnitten und hatte ein ebenmäßiges Gesicht mit dunklen Augen, einer langen, geraden Nase und einem eckigen Kinn. Im Winter war seine Haut nur leicht getönt, doch in den Sommermonaten, in denen er bei Feldgrabungen im Freien arbeitete, vertiefte sich die Farbe seines Gesichts und Oberkörpers zu einem warmen Goldbraun.

Bei Peadar handelte es sich um einen Techniker aus dem Archäologischen Institut des University College Dublin, wo Cormac an der Fakultät lehrte, einen sonst eher schläfrigen und trägen jungen Mann mit magerem Körper und großen Händen, der Cormac seltsamerweise an die Strichmännchen steinzeitlicher Höhlenmalereien erinnerte. Der Grund für dessen ungewöhnliche Hektik blieb Cormac nicht lang verborgen. Offenbar hatten ein paar Bauern am Vortag beim Torfstich im Hochmoor eine Leiche entdeckt. Die Stelle lag in der Nähe des Lough Derg, im südöstlichen Zipfel Galways, von Dublin aus in einer gut zweistündigen Fahrt zu erreichen.

Cormacs Herzschlag beschleunigte sich. Zwar waren in der Vergangenheit auf dem europäischen Kontinent, besonders in Deutschland und Dänemark, bereits Hunderte von Moorleichen entdeckt worden, in Irland stellten sie jedoch noch immer eine Seltenheit dar; hier hatte man bislang erst fünfzig solcher Leichen ausgegraben. Mit jedem Fund bot sich dem Forscher die Gelegenheit, unmittelbar ins Auge der Vergangenheit zu blicken. Immerhin waren nicht nur Haut, Haar und Organe der längst Verstorbenen erhalten, sondern oftmals ließ sich auch ihr Gesichtsausdruck erkennen, und gelegentlich konnte man sogar die letzte Mahlzeit eines Menschen bestimmen, der vor zwei Jahrtausenden gestorben war. Vorausgesetzt natürlich, dass die Leichen durch den maschinellen Abbau des Torfes nicht beschädigt worden waren. Sollte es sich bei dem jüngsten Fund tatsächlich um ein unversehrtes Exemplar handeln, so wäre das seit nahezu fünfundzwanzig Jahren das erste, und zwar seit der Entdeckung der Überreste der Frau bei Meenybraddan in Donegal.

Die Leiche sei von einem Mann aufgefunden worden, der den Torf noch von Hand stach, berichtete Peadar. Während die Stimme des anderen ihm ins Ohr plätscherte, sonderte Cormac aus dem Redeschwall jene Einzelheiten heraus, die für ihn von Bedeutung waren. »War Drummond schon vor Ort?«, unterbrach er den Techniker schließlich, während er zum Schreibtisch hinüberging und seine Brille aufsetzte. Malachy Drummond war der amtliche Leichenbeschauer, der zu entscheiden hatte, ob es sich im gegebenen Fall um ein Verbrechen handeln könnte, das polizeiliche Untersuchungen erforderlich machte. Ja, Drummond sei am Morgen draußen gewesen und habe nach eingehender Prüfung festgestellt, man könne die Angelegenheit den Archäologen überlassen. Eigentlich unterstünden solche Funde zwar dem National Museum, erläuterte Peadar weiter, aber wie der Zufall es wolle, seien die dortigen Archäologen ausnahmslos für vier Tage zu einer Konferenz nach Brüssel gereist. Der Kurator des Museums habe daher angefragt, ob Cormac die Sache nicht übernehmen könne.

»Ihm ist zwar klar, dass Sie sich gerade im Forschungsurlaub befinden, aber er würde es als persönlichen Gefallen betrachten.«

»Rufen Sie ihn zurück, Peadar, und sagen Sie, dass ich schon unterwegs bin.« Cormac hielt kurz inne und räusperte sich, bevor er das nächste Thema anschlug.

»Ich nehme mal an, dass inzwischen auch jemand Dr. Gavin verständigt hat.« Nora Gavin war eine amerikanische Kollegin, die an der Medizinischen Fakultät des Trinity College Anatomie lehrte und ein spezielles Interesse an Moorleichen besaß – und nebenbei genau die Person war, mit der Cormac am wenigsten zu tun haben wollte, obwohl er sich denken konnte, dass es in diesem Fall wohl unausweichlich sein würde. Er wollte sie möglichst nur nicht selbst anrufen müssen.

»Sie weiß Bescheid und will Sie vor Ort treffen«, sagte Peadar.

Bereits zwanzig Minuten später fuhr Cormac in Richtung Westen. Was würden sie wohl dort draußen im Moor finden?. Angesichts der Konservierungskraft des Moores war es nie ganz einfach, auf Anhieb das Alter einer Leiche zu bestimmen. Er entsann sich, einen Bericht über die Überreste einer Frau mittleren Alters gelesen zu haben. Arbeiter hatten sie in den dreißiger Jahren im englischen Marschland entdeckt, woraufhin ein Mann aus der Gegend gestand, seine Ehefrau ermordet und im Moor versenkt zu haben. Wenig später schien er seine Tat zu bereuen und erhängte sich, bevor sich schließlich herausstellte, dass die Leiche aus der Eisenzeit stammte. Die Überreste der Ehefrau dagegen waren nie mehr zutage getreten.

Als Cormac sich die mögliche Bedeutung der jüngsten Entdeckung vor Augen hielt, wuchs seine Erregung. Zehn Jahre dürfte es inzwischen her sein, seit er letztmalig mit einer solchen Grabung zu tun gehabt hatte. Seinerzeit hatten er und ein Kollege im Moor von Offaly einen vollständigen Arm freigelegt. Cormac erinnerte sich noch daran, dass er für lange Zeit in den Anblick der gerillten, gelbbraunen Fingernägel vertieft gewesen war. Seltsamerweise wirkten die Konservierungsstoffe des Moores sich unterschiedlich auf die in ihm eingeschlossenen Teile aus. Es konnte sein, dass die Knochen zersetzt vorgefunden wurden, Haut, Haar und Organe jedoch noch erhalten geblieben waren; andererseits konnte aber auch eine gut konservierte Leiche neben nackten Knochen liegen, obgleich man doch annehmen konnte, dass dasselbe Milieu auf sie eingewirkt haben musste.

Cormac war seinem Vorhaben entsprechend mit Jeans, dunklem Baumwollpullover und leuchtend blauer Windjacke bekleidet. Seinen Regenmantel und die Gummistiefel hatte er auf die Rückbank seines Jeeps geworfen. Nachdem er die wild wuchernden Neubausiedlungen entlang der Ausfallstraße hinter sich gelassen und den Punkt erreicht hatte, an dem die Stadt dem Weideland der wohlhabenden Farmen wich und hohe Baumreihen Steinmauern mit dahinter liegenden Landsitzen säumten, stellte er fest, dass die Aussicht, Dublin für eine Weile zu verlassen, ihn sogar freute. Seine Reise würde ihn westwärts durch die große Senke des Flachmoors führen, durch die welligen Wiesen und Hänge der Midlands bis dahin, wo der Shannon, den er als die maßgebliche Grenze Irlands ansah, ins Lough Derg mündete. Der Rest der Welt mochte sich die Insel zwar in Norden und Süden unterteilt vorstellen, Cormac fand jedoch, dass sich vorrangig Osten und Westen unterschieden. Die reichen, fruchtbaren Landgüter um Dublin herum, die die englischen Siedler *pale* nannten, standen in deutlichem Kontrast zu dem kargen, windigen Westen, dem letzten Spurenwächter der fast erloschenen gälischen Kultur. In der traditionellen Musik hatte diese noch überdauert, in der Lebensweise und dem Dialekt der Menschen im Westen. Dort schien alles ein wenig langsamer vonstatten zu gehen. Je weiter man sich westwärts bewegte, so erschien es ihm immer, desto tiefer drang man in die Vergangenheit vor.

Cormac tastete nach dem Handschuhfach und wühlte darin, bis er die Musikkassette mit Jack Dolan fand, einem Flötenspieler, der nach der alten Leitrimer Art spielte. Auf dem Beifahrersitz ruhte Cormacs eigener Flötenkasten, den er mitgenommen hatte, weil es im Osten Galways von versierten Flötenspielern nur so wimmelte. Man wusste nie, ob sich nicht irgendwo eine Gelegenheit zum Mitspielen ergab. Daneben stand der ehemalige Arztkoffer seines Vaters, den Cormac zur Aufbewahrung seiner Werkzeuge benutzte. Die zierlichen Goldinitialen J. M. auf dem abgewetzten Leder waren noch nicht verblasst, und mit einem Mal kam es ihm so vor, als hätte er sich auch auf eine Reise in die eigene Vergangenheit begeben. Der Ort, den er ansteuerte, war nicht weiter als eine Stunde von dem Küstenstück entfernt, wo er aufgewachsen war. Eigentlich sollte er dem Friedhof in Kilgarvan einen Besuch abstatten, wo seine Mutter begraben lag. Cormac haderte aber mit sich selbst wegen der zwiespältigen Gefühle, die er für seine Mutter empfand, obwohl nichts mehr zu ändern war. Vielleicht würde er sie eines Tages ja verstehen, jedenfalls besser, als es zu ihren Lebzeiten der Fall gewesen war. Er würde also ihr Grab besuchen, nahm er sich vor – sofern er die Zeit dazu fand.

Cormac fuhr nicht gern über Autobahnen. Er zog die geruhsameren Fahrten über die Landstraßen vor, doch im Moment drängte es ihn zur Eile. Wenn eine Moorleiche einmal ihrem Milieu entnommen und der Witterung ausgesetzt worden war, drohte sie auch schon zu vertrocknen und zu verfallen. Normalerweise hob man daher den gesamten Erdmantel mit dem Leichnam aus und verwendete die schwere, nasse Hülle als Schutz, während man den Fund dem Labor in Dublin überstellte. Aber auch das anschließende Prozedere war nach wie vor problematisch; langfristig gesehen hatten sich nämlich die Verfahren, die Objekte zu gerben, zu trocknen und einzufrieren, noch nicht als zuverlässig erwiesen. Vor allem musste der frühzeitige Schimmel- und Bakterienbefall aufgehalten werden. Dazu wurde die Torfhülle nebst Inhalt in mehrere Lagen schwarze Plastikbahnen eingeschlagen und bei vier Grad Celsius in einem Kühlraum gelagert.

Im Geist überschlug Cormac, wie stark und groß ein Behältnis sein müsste, das zwei Kubikmeter Torf fassen konnte, wenn ein Kubikmeter triefend nasser Torf eine Tonne wog. Und wie lange würde es dauern, bis der ganze Bereich von Hand ausgegraben war? Anschließend fragte er sich, ob die staatliche Torfbehörde, Bord na Móna, ihm wohl die erforderliche Ausrüstung auch dann zur Verfügung stellen würde, wenn sich die Fundstelle auf Privatgelände befand. Während ihm derlei technische Erwägungen wie im Takt eines Metronoms durch den Kopf tickten, kam ihm noch ein ganz anderer Gedanke in den Sinn: Die Knochenreste, die ihn dort im Moor erwarteten, verwiesen auf ein Wesen, das einstmals aus Fleisch und Blut gewesen war, einen Menschen, dessen Schicksal sich mit einem Mal mit seinem eigenen verwob. Erst jetzt fragte er sich, ob es sich dabei wohl um einen Mann oder um eine Frau handelte, obwohl das für seine Arbeit nicht entscheidend war, ebenso wenig wie das Alter des Menschen. Jedes ausgegrabene Objekt hatte jedoch eine eigene Geschichte zu erzählen, selbst wenn es nur aus kargen Skelettstücken bestand. Wie gut es ihm allerdings gelingen würde, die jeweilige Geschichte zu rekonstruieren, hing natürlich von den Überresten selbst ab.

Wir laufen Gefahr, uns zu sehr mit den Methoden zu befassen und mit den technischen Details unserer Aufgabe, hatte Gabriel McCrossan einmal bemerkt. Das sind lediglich Hilfsmittel, mit denen wir zu einer Erkenntnis gelangen wollen. Unser eigentliches Ziel ist es, etwas über die Menschen in Erfahrung zu bringen, über das Leben, das sie einmal führten – um dabei auch etwas über uns selbst zu lernen.

Es war das erste Mal, dass Cormac sich ohne Gabriel auf den Weg zu einer Feldgrabung aufmachte. Vor nicht einmal drei Wochen hatte er seinen Freund und früheren Mentor tot am Schreibtisch vorgefunden. Im Geist sah Cormac den Füllhalter noch vor sich, der Gabriel aus der Hand gefallen war, und die Form des Tintenkleckses, den er auf dem Schreibblock hinterlassen hatte. Wie sehr der alte Mann sich jetzt gemeinsam mit ihm auf diesen neuen Fund gefreut hätte!

Wie häufig hatte Gabriel ihm doch erläutert, dass wissenschaftliche Forschung die Welt stets nur in Ausschnitten erfassen könne, die kaum größer seien als ein Schlüsselloch, und es sei einerlei, ob der Mensch sich dabei eines Mikroskops oder Teleskops bediene. Mit noch weniger müsse sich indessen der Archäologe begnügen, er sehe nämlich nur durch ein trübes Glas, hinter dem er Schemen und Schatten erblicke, die es zu deuten galt, wenn auch die Ergebnisse oft spärlich und unzusammenhängend seien. Wenn Gabriel dann einmal eine Entdeckung gemacht hatte, rieb er sich die Hände und erklärte: *Tja, Cormac, noch ein Puzzlesteinchen gefunden, noch ein kleines Stückchen vom Ganzen.*

Cormac hatte Athlone hinter sich gelassen und die Grenze nach Roscommon überquert. Die Felder wurden kleiner, die Straße enger. Es bestand kein Zweifel: Er befand sich im Westen. Während er versuchte, sich wieder auf das zu konzentrieren, was ihn an der Fundstelle erwartete, kam ihm ein neuer Gedanke: Gabriel war es auch gewesen war, der ihn mit Nora Gavin bekannt gemacht hatte. Zwischen deren Eltern und seinem Mentor hatte irgendeine Verbindung bestanden. Ihre Eltern kamen aus Irland, und ihr Vater hatte auch hier studiert. Das könnte hinkommen, überlegte Cormac, obwohl sich Noras Alter schwer einordnen ließ, Anfang dreißig würde er sagen. Nachdem Gabriel fortwährend die Rede auf sie gebracht und Treffen vorgeschlagen hatte, wurde ihm klar, dass auch Nora Gavin allein stehend war. Danach war er ihr bei diversen Anlässen begegnet. Nette, intelligente Frau, hatte er gedacht. Mehr nicht. Und dann war da der Abend bei den McCrossans gewesen, an dem auch er und Nora zu den Gästen zählten. Als Cormac aufbrach, bat Gabriel ihn, Nora nach Hause zu fahren, ihre Wohnung liege auf dem Weg, in einem der neuen Viertel am Grand Canal, und mit einem Mal hatte Cormac Ärger verspürt. Nichts verabscheute er mehr, als in eine Sackgasse gedrängt zu werden. Er fuhr Nora also wohl oder übel nach Hause, sprach auf der Fahrt kein Wort, hielt zum Schluss auch nur kurz den Wagen an, um Nora aussteigen zu lassen, und wartete nicht einmal, bis sie sicher ins Haus gelangt war. Beim Losfahren hatte er allerdings einen Blick in den Rückspiegel geworfen und gesehen, dass Nora wie angenagelt auf dem Gehsteig stand und ihm hinterher starrte. Seitdem hatten sich ihre Wege nicht mehr gekreuzt. Bestimmt war sie auch auf Gabriels Beerdigung gewesen, aber seine Erinnerung an jenen Tag war einfach zu trübe, als dass er mit Sicherheit hätte sagen können, sie dort gesehen zu haben.

In Ballinasloe bog Cormac von der Nationalstraße ab und nahm die Landstraße nach Süden in Richtung Portumna, der

Stadt, die sich am Nordzipfel des Lough Derg ausdehnte. Im Westen erhoben sich die lichten Kiefernwälder der Slieve Aughty Mountains, und vor ihm erstreckte sich der See, ein Rest jener Wasserfläche, die vor Urzeiten einmal das Innere des Landes bedeckt hatte. Weiter südlich würde man auf die Ferienorte Mountshannon und Scarriff stoßen, doch im nördlichen Teil Galways, den Cormac durchquerte, gab es nichts als Felder, Hügelland und kleine, verborgene Seen und die baumlosen Flächen des Moores. Im Lauf der Weiterfahrt sah Cormac immer wieder selbst gebastelte Schilder am Straßenrand. Anfänglich hielt er sie für Hinweise auf Ferienwohnungen oder Agrarprodukte, bis er »Freies Moor« las und später »Keine Enteignung des Moors« und zuletzt:

1798: AUFSTAND DER BAUERN
1999: VERBOT DES TORFABBAUS
200?: WAS NUN?

Derartige Kundgebungen sollten ihn eigentlich nicht verwundern, die Kontroverse um den Torfabbau lief immerhin schon seit geraumer Zeit. Das Moor war ein Biotop, das sich nicht mehr erneuerte, nachdem es einmal abgebaut worden war. Die irischen Moore beherbergten noch dazu eine Fauna, die für Europa einzigartig war, und da lag es auf der Hand, dass die Behörden der EU aufgemerkt und Umweltschützer sich eingeschaltet hatten.

Es war Viertel nach zwei, als Cormac die Fundstätte erreichte. Die Sonne stand immer noch recht hoch und wurde nur zuweilen von vorüberziehenden Schleierwolken verdeckt. Vor ihm breitete sich Heideland aus, das gelegentlich von schwarzbraun aufgerissenen Schneisen unterbrochen war. Gräben, Zäune oder andere Hinweise, die das Land in Privatparzellen unterteilten, gab es nicht. Cormac hätte jedoch darauf gewettet, dass jeder hier genau wusste, wo sein Land begann und dasjenige des Nachbarn endete. Am Straßenrand wuchsen blassgrüne Ginsterbüsche , für deren goldgelbe Blüten es noch zu früh im Jahr war. Ihnen schloss sich ein breiter Streifen Wollgras an, das sich im Wind wiegte. Dahinter, vielleicht hundertfünfzig Meter entfernt, entdeckte Cormac eine kleine Menschenschar. Offenbar befand sich ein Beamter der Garda darunter. Als er in der Gruppe Nora Gavin ausmachte, überfiel ihn erneut leises Unbehagen, weshalb er sich beim Aussteigen Zeit ließ. Dann ging er zum Kofferraum, streifte die Schuhe ab und schlüpfte in die Gummistiefel. Er richtete sich auf, um den Horizont nach einem Anhaltspunkt abzusuchen, einem Kirchturm oder einem Sender, damit er den Fundort besser lokalisieren konnte, fand aber nichts. Lediglich ein vorsintflutlicher Toyota parkte weiter unten an der Straße. Die Fahrertür öffnete sich gerade, und ein bulliger Typ entstieg dem Wagen, dessen braune Lederjacke sich über dem Bauch wölbte. Biertrinker, schoss es Cormac durch den Kopf. Das graue Haar des Mannes glänzte in der Sonne silbern, während er herbeigeschlendert kam. Sieht aus, als hätte er auf mich gewartet, dachte Cormac. Er beugte sich in seinen Jeep und zog seine Tasche heraus. Als der Mann neben ihm stehen blieb, wandte Cormac sich zu ihm um und streckte ihm die Hand entgegen.

»Cormac Maguire«, sagte er. »Das National Museum schickt mich, um die weitere Grabungsarbeit vorzunehmen.«

»Aha, der Archäologe«, sagte der Mann, nahm die dargebotene Hand und erwiderte Cormacs Begrüßung mit einem kurzen, festen Händedruck. Aus der Nähe fiel Cormac die frische, rosige Gesichtsfarbe seines Gegenübers auf, die einen eigenartigen Kontrast zu dessen grauen Schläfen bildete. Nicht älter als fünfundvierzig, schätzte er.

»Detective Garrett Devaney«, sagte der Mann. »Dr. Gavin wird froh sein, dass Sie da sind. Sie könne ohne Sie nicht anfangen, hat sie gesagt.« Detective Devaney nuschelte dermaßen aus dem Mundwinkel heraus, dass jedes Wort wie eine Randbemerkung klang. Und während er Cormac aus seinen hellblauen Augen ansah, glich sein Ausdruck einem ständigen Augenzwinkern – so als ob er sich innerlich amüsierte. Mit einer knappen Kopfbewegung forderte er Cormac auf, ihm zu folgen. Als sie das Moor durchquerten, setzten sie die Füße vorsichtig auf dem sumpfigen Boden auf. Der Detective ging Cormac voraus und sprach über die Schulter hinweg mit ihm.

»Vermutlich wissen Sie das meiste schon«, sagte er. »Ein Bauer hat also beim Torfstechen eine Leiche gefunden. Der Mann beschwört, dass sich hier seit hundert Jahren nichts mehr verändert hat, nicht einmal ein Wassergraben wurde gezogen. Drummond – der Name ist Ihnen gewiss ein Begriff, also der Leichenbeschauer – scheint seine Ansicht zu teilen. Hat sich heute früh etwa zehn Minuten lang hier herumgetrieben.«

»Und warum treibt sich ein Detective noch hier herum, wenn ich das mal so fragen darf? Ein Detective, der aus dem Polizeirevier von …«

»… Loughrea.«

»Von Loughrea stammt? Für mich sieht das so aus, als würden Sie doch einen Mordfall in Betracht ziehen.«

»Na, so genau kann man das ja auch nie wissen. Übrigens hatten wir tatsächlich den Verdacht, es könnte sich um eine Frau aus der Gegend handeln, die seit längerer Zeit verschwunden ist. Der Fund hat sich herumgesprochen, wie Sie sich denken können. Ich will nur ein, zwei Fragen klären, deswegen bin ich hier. Außerdem wohne ich sowieso in der Nähe.«

»Die Leiche ist doch hoffentlich noch nicht angerührt worden?«

»Keine Sorge, die Stelle ist noch ziemlich intakt«, entgegnete Devaney. »Der Bursche, der beim Torfstechen war, hat seinen Spaten wie heißes Eisen fallen lassen, als ihm klar wurde, worauf er da gestoßen ist.«

Als sie sich der Menschengruppe näherten, trat Nora ihnen entgegen. Sie war größer, als Cormac sie in Erinnerung hatte, und wie er mit Jeans und Pullover bekleidet. Ihre blauen Augen, ihr dunkles Haar und der milchweiße Teint bildete jenen aparten Gegensatz, der sich oftmals im Aussehen von Iren vereinte. Obwohl sie Amerikanerin war, wies eine eigentümliche Sprachmelodie zuweilen auf ihre irische Abstammung hin, doch im Allgemeinen wurde dieser Tonfall von ihrem amerikanischen Akzent überdeckt. Irgendetwas an ihrem Haar hatte sich verändert. Vielleicht war es jetzt kürzer. Cormac ließ den Blicke an ihrem anmutigen Hals entlangwandern, der durch den neuen Haarschnitt besser zur Geltung kam, wie er feststellte. Überhaupt schien ihm in seiner ablehnenden Haltung ihr gegenüber bisher nicht aufgefallen zu sein, wie ausgesprochen reizvoll sie aussah.

Mit einem Mal fühlte er sich erleichtert, dass die aufregenden Umstände der jetzigen Situation die unangenehmen Erinnerungen an ihr letztes Zusammentreffen verblassen ließ.

»Cormac, hallo – freut mich, dich zu sehen«, sagte Nora und reichte ihm die Hand. »Tja, ich bin die ganze Strecke wie eine Wahnsinnige gerast, und seit meiner Ankunft löchere ich die armen Leute hier mit Fragen.«

»Tut mir Leid, dass ich dich habe warten lassen«, sagte Cormac. »Die Freude ist ganz meinerseits.« Er drehte sich zu Devaney um. »Ist der Mann, der die Leiche entdeckt hat, noch da?«

»Der Bursche heißt Brendan McGann«, sagte Devaney. Er deutete auf einen untersetzten Mann um die dreißig, der sich nicht weit entfernt auf eine Forke mit zwei Zinken stützte. Wirre, ungebändigte Locken quollen ihm in die Stirn und warfen einen Schatten über seine Augen. Auf Cormac machte er einen verdrossenen Eindruck. Alle anderen in der Gruppe hingegen schienen aufgeregt zu sein und ungeduldig auf die nächsten Schritte zu warten. Devaney stellte sie Cormac nacheinander vor. Der junge Gardapolizist hieß Declan Mullins. Er sah aus, als wäre er gerade frisch von der Polizeischule gekommen. Auf seinem mageren Hals saß ein Kopf mit Segelohren, wodurch er Cormac an einen Messdiener erinnerte, der ein wenig in die Jahre geraten war. Die blonde Frau mit der Jeansjacke und dem indischen Baumwollrock, die Cormac auf Mitte zwanzig schätzte, wurde ihm unter dem Namen Una McGann vorgestellt, die Schwester des mürrisch dreinschauenden Mannes. Ihm fielen die großen, dunklen Augen auf und ein breiter Mund, dessen Winkel in die Höhe zeigten. Ebenso auffällig waren die Hände, die so aussahen, als hätten sie für längere Zeit in Brombeersaft gelegen.

»Darf ich mir die Sache mal von nahem anschauen?«, sagte Cormac an Brendan McGann gewandt, der daraufhin nur die Lippen schürzte und ihm mit einem knappen Nicken seine Einwilligung erteilte. Mit seiner Tasche bewaffnet, stieg Cormac in die Grube. Der glitschige Erdboden gab unter seinen Sohlen wie eine Gummimatte nach. In der Länge maß die

Grabungsfläche einige Meter, in der Breite jedoch allenfalls die Armspanne eines Mannes. Damit bot sie kaum Platz, um eine einzige Person vernünftig darin arbeiten zu lassen, dachte Cormac, zu zweit würde es sogar richtig beengt und unbequem werden, zumal auch der Boden uneben war. Cormac ließ den Blick prüfend umherschweifen. Die eine der Grubenwände war höher als die andere und zeigte die Abdrücke eines Spatens. Die Farben der Schichten reichten von dunklem Braun bis hin zu tiefstem Schwarz. Cormac richtete seine Aufmerksamkeit auf die aufgewühlte Stelle, an der Brendan McGann seine Arbeit offensichtlich unterbrochen hatte. Dann kniete er sich nieder und benutzte seine bloßen Hände, um die Tote von den obersten Torfschichten zu befreien. Mit einer Kelle zu hantieren war zu gefährlich, weil Objekte, die sich mit Wasser vollgesogen hatten, äußerst leicht zerstört werden konnten. Als er das Haar und ein Stück unversehrte Haut zum Vorschein brachte, atmete Cormac heftiger, und kaum erblickte er das Ohr, überkam ihn eine große Welle des Mitleids, die ihn selbst erstaunte. Das Ohr war so klein und zart wie bei einem Kind. Cormac schaute hoch. Nora Gavin kauerte am Grabenrand und starrte wie gebannt in die Tiefe.

»Bist du bereit?«, fragte Cormac sie. Nora nickte wortlos und ließ sich zu ihm herab.

»Bevor wir mit der Bergung beginnen, müssen wir die Lage der Leiche bestimmen«, sagte Cormac, weil er annahm, dass es sich hier um die erste Leiche handelte, bei deren Bergung sie zugegen war. »Der Kopf scheint in einem Winkel von fünfundvierzig Grad zur Seite geneigt zu sein, was bedeutet, dass sich der Körper in allen möglichen Stellungen befinden kann.« Nachdem er den Schädel abermals mit nassem Torf bedeckt hatte, entnahm er seiner Tasche Block und Bleistift, um eine Skizze aufzumalen.

»Also, hier befindet sich der Kopf«, sagte er. »Der Körper könnte gerade oder gekrümmt daliegen, und die Beine könnten angewinkelt sein oder gestreckt, das hängt davon ab, ob und wie die Bodenschichten sich verlagert haben. Wir ziehen nun einen Kreis und nehmen kleinere Stichgrabungen vor – hier etwa und da.« Cormac trug Kringel in die Skizze ein. »Wir fangen außen an und arbeiten uns nach innen vor. Dadurch können wir in etwa den Umfang des Torfblocks bestimmen, der ausgehoben werden muss. Die Testlöcher bringen wir in Abständen von fünfzig Zentimeter an, etwa zwanzig bis dreißig Zentimeter tief. Wir graben übrigens mit bloßen Händen, ich hoffe, das macht dir nichts aus. Auf die Weise richten wir erstens keine Schäden an und erhalten zweitens das bessere Gespür für die Beschaffenheit des Bodens.« Cormac zog seine Armbanduhr aus und warf einen kurzen Blick darauf, ehe er sie sich in die Gesäßtasche steckte. »Wenn es nur noch nicht so spät wäre«, murmelte er. »Wir müssen uns sputen. Hast du noch irgendwelche Fragen oder Einwände, bevor wir loslegen?«

»Weder noch«, sagte Nora. Für einen Moment blieb ihr Blick auf Cormacs Stoppelbart haften, und als sie sich abwandte, spürte er einen Anflug von Verlegenheit. In seiner Hast, an den Fundort zu gelangen, hatte er sich für eine Rasur keine Zeit mehr genommen. Er streifte sich den Pullover über den Kopf und krempelte die Hemdsärmel hoch. Als er sich abermals auf den Boden kniete, um die Hände in die zähe, nasse Erde zu graben, dachte er wie so oft, dass doch nichts auf der Welt dem Moorboden glich. Er war weder flüssig noch fest, sondern eine Mischung aus beidem – und außerdem eiskalt. Im Nu waren seine Hosenbeine durchnässt, und immer wieder mussten er und Nora die Arbeit unterbrechen, um sich die Hände reibend aufzuwärmen. Nach etwa zwanzig Minuten hatten sie den Rand ihres Kreises untersucht, jedoch nichts gefunden.

»Liegt es an meiner Begriffsstutzigkeit?«, fragte Nora, während sie in die Hocke ging und sich winzige, feuchte Torfkrumen von den Armen schnippte. »Oder fehlt hier tatsächlich etwas Wesentliches? So etwas wie ein Leichenkörper zum Beispiel?«

»Wir schauen uns einfach den Kopf noch mal an«, sagte Cormac. Dicht neben ihm sah Nora zu, wie er ein Stück Torf nach dem anderen vom Schädel der Leiche löste und allmählich das Gesicht der Toten freilegte. Es wurde jedoch noch von ihrem langen roten Haar verdeckt, das wie Seetang an einer

Ertrunkenen haftete. »Selbst schwarzes Haar gerbt das Moor zwar rötlich«, sagte Cormac, »aber ich glaube, dass das hier seit jeher rot war.« Er hob die feuchten Strähnen an und legte sie zur Seite. Als sein Blick auf das nackte Gesicht fiel und auf den Kiefer, dessen obere Schneidezähne sich tief in die Unterlippe gegraben hatten, zuckte er mit einemmal zusammen. Ein Lid war aufgerissen, das andere hing halb geschlossen herab. Das Gesicht wirkte wie in grauenhafter Panik verzerrt – ein Bild, das nichts mit den Fotos gemein hatte, die Cormac von Moorleichen aus der Eisenzeit kannte: unversehrte Körper mit friedlichen Mienen, die jene Theorien unterstützten, nach denen manche dieser Menschen freiwillige Opfer sakraler Tötungsrituale gewesen waren.

In der kurzen Zeit, in der das Haar der Toten nun der Luft ausgesetzt war, hatte es bereits zu trocknen begonnen. Wenn der Wind durch den Graben fuhr, flatterten vereinzelte Strähnen auf und riefen die spukhafte Illusion hervor, dass der Kopf wieder zum Leben erwachte. Nora schien vor Entsetzen wie gelähmt zu sein. »Soll ich weitermachen?«, fragte Cormac. Ihre Blicke begegneten sich. Sie nickte schwach.

Cormac entfernte noch etwas mehr von der dunklen, weichen Erde, bis sich das, was er befürchtet hatte, bestätigte. Der Hals endete abrupt – zwischen dem dritten und vierten Wirbel, wie er schätzte. Cormac stemmte sich hoch und hockte sich auf die Fersen.

»Meine Güte«, flüsterte Nora. »Sie wurde geköpft.«

Die Frau war vermutlich nicht älter als zwanzig gewesen, als sie starb, und wenn man von dem verzerrten Ausdruck ihres Gesichtes absah, ließen das sanft vorgewölbte Stirnbein, die hohen Wangenknochen und das zarte Kinn auf eine ehemalige Schönheit schließen. Zu seinen Knien entdeckte Cormac das ausgefranste Stück eines groben Stoffes, das ihn an Sackleinen erinnerte. Wer um Himmels willen war diese Frau gewesen? Und wer oder was hatte ihr ein derart grausames Ende bereitet? Als Cormac sich langsam erhob, stellte er fest, dass die McGanns und der junge Polizist am Rand des Grabens standen und ihren Fund ebenfalls mit einer Mischung aus Schrecken und Ehrfurcht betrachteten.

Ihre Stille wurde von Stimmen durchbrochen, die von der Straße her zu ihnen drangen. Cormac reckte den Hals und erkannte Detective Devaney, der einen Fremden am Ärmel festhielt und sich offenkundig mit ihm stritt, einem hoch gewachsenen, blonden Mann in Jeans und schweren Arbeitsstiefeln. Der Mann riss sich los und kam in ihre Richtung gelaufen. Devaney folgte ihm wie ein Hund mit hüpfenden Seitwärtsschritten. Sie konnten vereinzelte Sätze ausmachen, die der Detective von sich gab: »... hat absolut nichts damit zu tun ... wir hatten Ihnen doch zugesagt ... umgehend zu benachrichtigen, wenn sich was ergibt.« Der Fremde achtete nicht weiter auf Devaney und bahnte sich mit zorniger Miene seinen Weg durch das Heidekraut, bis er heftig schnaufend an der Ausgrabungsstätte anlangte. Er sah Cormac kurz ins Gesicht und ließ den Blick dann auf dem entstellten Antlitz der Moorleiche ruhen. In diesem Moment schienen ihn Zorn und Willenskraft zu verlassen. Er sank auf die Knie und schlug sich die Hände vors Gesicht, eine Geste, in der sich zugleich große Erleichterung und Erschöpfung abzeichneten. Gleich darauf trat Una McGann zu ihm und half ihm hoch.

»Hugh«, sagte sie eindringlich, indem sie den Blick des Mannes suchte. »Du siehst doch, dass es nicht Mina ist.« Der Mann nickte stumm und ließ sich von ihr fortführen. Während des gesamten Zwischenfalls hatte Devaney den Fremden keine Sekunde lang aus den Augen gelassen. Nun fuhr er sich mit der Hand über den Nacken und seufzte auf. Aus den Augenwinkeln nahm Cormac jetzt eine weitere Bewegung wahr. Brendan McGann hatte sich halb umgekehrt und umklammerte den Griff seiner Forke, während sein Blick unverwandt auf dem Rücken seiner Schwester ruhte.

Im Lauf seiner Arbeit war Cormac sich schon oft wie ein Detektiv vorgekommen, jemand, der Beweismaterial sammelt und Hinweise sichtet, bis das Schicksal längst Verblichener einen Sinn für ihn ergab. Nun waren ihm gleich zwei rätselhafte Fälle untergekommen, und er konnte nicht umhin, sich zu fragen, ob sie wohl etwas miteinander zu tun hatten, und wenn ja, inwiefern. Wenn es nach ihm gegangen wäre, hätte er so lange weitergeschürft, gebohrt und gegraben, bis er auf die Antworten gestoßen wäre, bis er entweder die Wahrheit an den Tag gebracht oder zumindest im Ansatz begriffen hätte, welche Ansichten, Worte oder Taten den Tod des rothaarigen Mädchens herbeigeführt hatten. Die eigentliche archäologische Arbeit sah da jedoch ganz anders aus. Was er zutage befördern konnte, waren Scherben, Fragmente, Bruchstücke, die in mühsamer Kleinarbeit zusammengetragen wurden. Die ganze Wahrheit kam dabei nur selten heraus. Ob sie jemals herausfinden würden, wer die Tote war, oder verstanden, weswegen sie hatte sterben müssen, war äußerst fraglich. Er warf abermals einen Blick auf das Gesicht, das vielleicht einmal voller Liebreiz gewesen war, und schwor sich, sein Bestes zu geben.

3

Nora Gavin wunderte sich, dass niemand etwas sagte, als
Una McGann mit dem Fremden verschwand, aber sie folgte
Cormacs Beispiel und setzte gleichermaßen stumm ihre Arbeit
fort. Der Schock beim Anblick des Schädels hatte sie jedoch
bis ins Mark erschüttert, er ebbte nur langsam ab. Er war durch
das rote Haar hervorgerufen worden, sagte Nora sich. Es war
die gleiche Haarfarbe, die ihre Schwester besessen hatte. Für
einen Moment schloss sie die Augen und befahl sich, nicht an
Tríona zu denken, sondern auf Cormacs Anweisungen zu ach-
ten. In Gedanken ging sie die Liste der Dinge durch, die als
Nächstes erledigt werden mussten. Sobald sie hier fertig waren,
würde sie nach Dublin zurückkehren. Dort würde sie den
Labortechniker anrufen und zusehen, dass er sich noch am
Abend mit ihr traf und ihren Fund in den Kühlraum schaffte.
Morgen würde sie dann Haar- und Gewebeproben entnehmen,
um mit den chemischen Testverfahren zu beginnen. Anschließend käme der Röntgentest an die Reihe – und danach die
Computertomographie. Den Termin für die CT würde irgendein Krankenhaus zwischenschieben müssen, jedenfalls hatte er
gleich nach den vorläufigen Untersuchungen zu erfolgen. In
dem Zusammenhang fiel ihr auf, wie viel sie den Fehlern und
Irrtümern der Vergangenheit verdankten. Unendlich lange hatten die Kollegen früher gewartet, bis sie mit ihren Vorunter-
suchungen begannen, um sich im Nachhinein dann zu wundern, dass die Objekte bereits zerstört waren, wenn sie sich
endlich an die Arbeit machten. Auch wenn der Schädel, den

man hier gefunden hatte, nicht die Bedeutung der Meenybraddan-Frau erlangte, würde sie dennoch alles, was im Bereich ihrer Möglichkeiten lag, unternehmen, um jedes Detail daran zu erfassen und auszuwerten. Als Nora und Cormac ihre Arbeit beendeten, hatte die versammelte Menschengruppe sich längst aufgelöst. Brendan McGann war kurz nach seiner Schwester verschwunden. Der junge Garda-Beamte hatte sich verabschiedet, um in seine Wachstube in Dunbeg zurückzukehren, und auch der Rest hatte sich nach und nach verlaufen. Lediglich Devaney war zurückgeblieben. Er machte einen etwas verlorenen Eindruck, wie er so mit vor der Brust verschränkten Armen dastand und zu Boden blickte. Hin und wieder trat er auch wie ein ungeduldiger Liebhaber von einem Bein aufs andere und schien etwas anmerken zu wollen. Nora und Cormac bückten sich, um den in Plastik eingeschlagenen Block anzuheben. Er war nicht sonderlich groß, das Gewicht allerdings war beträchtlich. Cormac hatte zwar eine provisorische Trage hergerichtet, aber es bedurfte ihrer gemeinsamen Anstrengung, den nassen Torfballen mit seinem Inhalt zu transportieren, um ihn schließlich in Noras Kofferraum zu verfrachten. Devaney wich noch immer nicht von ihrer Seite. Während Nora und Cormac Vorkehrungen trafen, ihren wertvollen Fund sachgerecht zu verstauen, fragte Nora sich, was den Polizisten wohl bewog, dermaßen getreulich bei ihnen auszuharren. Es sah tatsächlich so aus, als hätte er noch etwas auf dem Herzen. Wollte er ihnen vielleicht die Szene von vorhin erläutern? Da er keine Anstalten machte, irgendwelche Erklärungen abzugeben, war sie schon drauf und dran, ihn zu fragen.

Schließlich ergriff Cormac als Erster das Wort. »Ich bleibe noch für eine Weile hier«, teilte er Nora mit. »Das ein oder andere wäre da noch abzuwickeln. Fahr du allein nach Dublin zurück und ...«

»Das war's?«, unterbrach Devaney ihn. »Heißt das, Sie sind hier mit allem fertig?«

»Na ja, die unmittelbare Umgebung hätten wir ja unter die Lupe genommen«, sagte Cormac, während er sich die Hände säuberte. »Wir können nicht so mir nichts, dir nichts weiterwühlen. Also, die Schichten des Moores verschieben sich bereits ...« Er hielt kurz inne. »Detective«, sagte er dann. »Selbst wenn sich der Körper der Frau hier in der Nähe befunden hat, kann er inzwischen sonst wohin geraten sein. Kein Mensch wird abschätzen können, wo er mittlerweile steckt.«

»Da hilft dann wohl auch kein Bodenradar weiter, was?«, fragte Devaney wie beiläufig.

»Im Moor nutzt das nicht das Geringste«, antwortete Cormac. »Alles organische Material saugt sich dort mit Wasser voll, einerlei, ob es sich dabei um Torf handelt, um einen Baumstumpf – oder eine Leiche. Deshalb bietet sich das Moor ja auch förmlich an, unliebsame Dinge zu entsorgen. Aber das wissen Sie ja vermutlich bereits.« Devaney runzelte die Stirn und rieb sich das Kinn.

Nora fragte sich, ob Cormac da wohl etwas begriffen hatte, was ihr entgangen war. »Warum klären Sie uns nicht auf?«, wandte sie sich an den Detective. »Wer war der Mann vorhin? Und um wen handelt es sich bei dieser Mina? Ich habe allmählich den Eindruck, dass ich hier die Einzige bin, die noch im Dunkeln tappt.«

Devaney maß sie mit forschendem Blick, dann sagte er: »Der Mann heißt Osborne. Man könnte ihn dem Landadel zurechnen. Er wohnt im großen Haus unten am See. Vor mehr als zwei Jahren ist seine Frau verschwunden. Vielleicht dachte er, wir hätten sie gefunden.«

Nora lief es plötzlich kalt über den Rücken.

»Damals wurde die ganze Umgebung auf den Kopf gestellt«, fuhr der Detective fort. »Bürgerwehr, Tauchereinheiten, alle waren mit von der Partie, aber kein Mensch hat auch nur das kleinste Lebenszeichen entdeckt. Letztes Jahr haben wir uns dann die Sumpftümpel im Osten noch mal vorgenommen, aber wieder umsonst. Es hat zwar jede Menge Aufrufe gegeben, und von Anfang an war auch eine stattliche Belohnung ausgesetzt, aber niemand hat etwas Sachdienliches gemeldet. Es ist, als hätte sich der Erdboden aufgetan und die Frau einfach verschluckt.«

»Gibt es denn keinen Verdächtigen?«, fragte Nora erregt.

»Wir haben nicht mal einen Anhaltspunkt dafür, dass hier ein Verbrechen vorliegt«, antwortete Devaney schroff.

»Und was ist mit dem Ehemann, diesem Osborne?«, sagte Nora.

»Der wurde mehrmals verhört. Für den Zeitpunkt, zu dem seine Frau verschwand, besitzt er zwar kein vernünftiges Alibi, aber Indizien, die seine Aussage infrage stellen könnten, existieren ebenfalls nicht. Tja, und ohne eine Leiche lässt sich nun mal nichts machen. Mittlerweile werden von höherer Seite Anstalten unternommen, den Fall mit einer Reihe anderer vermisster Frauen in Verbindung zu setzen, aber meiner Meinung nach passt er überhaupt nicht dazu.«

»Und warum nicht?«, fragte Cormac.

»Nun, in den anderen Fällen ist nicht auch noch zusätzlich ein Kind verschwunden. Osbornes kleiner Sohn wird nämlich ebenfalls vermisst.«

»Hatte die Frau vielleicht einen Grund zu verschwinden?«, sagte Nora. »Manchmal läuft doch jemand auch absichtlich davon.«

»Wenn einer fortläuft, informiert er meist vorher die ein oder andere Person oder lässt später jemandem eine Nachricht zukommen. Mina Osborne wurde jedoch von niemandem je wieder gesehen. Von keiner Menschenseele. Nicht von ihren Angehörigen, nicht von ihren Freunden. Außerdem kennen wir keinen Grund, weshalb sie hätte fortlaufen sollen. Wie man hört, haben die Osbornes eine vorbildliche Ehe geführt, und ich wüsste keinen, der dem bisher auch nur im Entferntesten widersprochen hätte.«

»Wer weiß schon, was sich innerhalb der vier Wände bei einer Familie alles abspielt«, murmelte Nora. Ähnliches hätten andere nämlich auch über die Ehe von Peter und Tríona ausgesagt – aber wie sehr hätten sie sich da geirrt! Nora merkte, dass ihr übel wurde. Zuerst das rote Haar und nun auch noch das Verschwinden – die Parallelen begannen ihr merklich zuzusetzen.

»Was ist der Mutter und dem Kind denn *Ihrer* Meinung nach widerfahren?«, fragte Cormac den Detective.

»Bis jetzt meine ich noch überhaupt nichts«, antwortete Devaney.

»Interessant«, sagte Cormac. »Und dass Sie nicht schon wie

36

die anderen weg sind und sich sogar über den Einsatz von Bodenradar Gedanken machen, deutet auch nicht darauf hin, dass Sie eine bestimmte Hypothese verfolgen?«

»Oh, Hypothesen besitze ich wie Sand am Meer«, sagte Devaney. »Das Problem ist nur, dass ich die mir sonst wohin stecken kann.« Er warf Nora einen entschuldigenden Blick zu. »Dummerweise stehe ich nämlich, was die Beweise angeht, mit leeren Händen da.« Er machte eine Pause. »Mir sind lediglich zwei Umstände bekannt. Zum einen hat Mina seit ihrem Verschwinden mit niemandem mehr Kontakt aufgenommen, und zum anderen setzt ihr Mann alle Hebel in Bewegung, den Torfabbau unterbinden zu lassen. Also komme ich wohl kaum umhin, mich nach den Gründen oder den Zusammenhängen zu fragen.«

»Der Mann hat jedenfalls sichtlich mitgenommen gewirkt«, sagte Cormac.

»Sichtlich«, wiederholte Devaney, indem er das Wort spöttisch betonte.

Nora wurde immer beklommener zumute. Devaney hatte Recht. Der Kummer des Mannes konnte auch nur gespielt sein. Sie spürte, wie sie sich innerlich verkrampfte, und konnte nur hoffen, dass man ihr ihre Verwirrung nicht ansah. Sie spürte, wie jemand sie am Ellbogen berührte.

»Nora, ist was?«, fragte Cormac. Seine dunklen Augen ruhten besorgt auf ihr. »Du bist ein bisschen blass geworden.«

»Mir fehlt nichts«, sagte sie und entzog ihm den Arm wieder. »Ich sollte vielleicht erst mal einen Schluck trinken, ich bin schon halb am Verdursten.« Sie öffnete die Fahrertür ihres Wagens, tastete über den Boden, bis sie auf ihre Wasserflasche stieß, und setzte diese dann an die Lippen. Sie trank gierig und betete, dass niemand das Zittern ihrer Hände bemerkte.

»Ich hätte gar nicht davon anfangen dürfen«, sagte Devaney seufzend. »Die Untersuchung ist ja noch im Gang.«

»Trotzdem vielen Dank«, sagte Cormac. Nora spürte, dass er sie immer noch beobachtete. »Es versteht sich von selbst, dass wir Ihnen gern helfen würden, aber ich habe keine Ahnung, wie oder wann. Dr. Gavin muss auf dem schnellsten Weg nach Dublin zurück, um den Fund ins Labor zu schaffen.

Ich selbst werde zwar noch bis morgen früh hier bleiben, um noch einiges zu klären, aber …«

»Sie tun lediglich Ihre Pflicht«, vollendete Devaney den Satz automatisch. Er schaute fort. »Nicht anders als ich«, setzte er noch hinzu.

An der Kreuzung, wo der Feldweg in die Hauptstraße mündete, hielt Nora kurz an und betätigte den Blinker, bevor sie vorsichtig das Lenkrad einschlug und mit ihrem Wagen so behutsam wie möglich in Richtung Portumna abbog. Es dauerte nicht lang, bis ihre Gedanken zu der merkwürdigen Fracht zurückkehrten, die sich im Kofferraum befand. Als sie sich den Gesichtsausdruck der Toten ins Gedächtnis rief, überlief sie ein Frösteln, was sie aber auf ihre klamme Kleidung schob. Sie hätte sich eben die Mühe machen sollen, etwas Trockenes anzuziehen. Nun klebte ihr die Jeans an den Beinen, und auf ihrer Haut hafteten noch immer winzige Torfkrumen, die jetzt zu jucken begannen. Nora drehte die Autoheizung hoch.

Wenn es doch nur einen Anhaltspunkt gäbe, irgendeinen Hinweis, der ihr mehr über die rothaarige Frau verraten würde. Sie hatten noch nicht einmal ein brauchbares Stück Kleidung gefunden, anhand dessen die Zeit, der sie entstammte, bestimmbar war. Lediglich einen kleinen Fetzen Sackleinen hatten sie entdeckt. Vielleicht war ja allein schon die Tatsache, dass der Körper fehlte, aufschlussreich: Wäre es nicht denkbar, dass der Kopf der Frau eine Art Trophäe, eine Gabe gewesen war, die einst einer grausamen Gottheit geopfert wurde? Nora hatte gelesen, dass die Kelten den Kopf nicht nur als Sitz der Seele verehrt, sondern ihre Altäre und Kultstätten auch mit den Schädeln geschlagener Feinde geschmückt hatten. Bei etlichen der früher ausgegrabenen Leichen nahm man sogar an, dass es sich um Menschenopfer handelte, die, wie die Keltenforscher es ausdrückten, einen «dreifachen Tod» gestorben waren. Zuerst wurden sie erdrosselt und danach schnitt man ihnen die Kehle durch, bis man sie schließlich, mit Steinen beschwert, dem Wasser übergab. Es waren Ritualhandlungen, um heidnische Gottheiten zu versöhnen. Vielleicht war die rothaarige Frau ja ein solches Opfer gewesen, und auf der letzten Stufe ihres Todes war sie geköpft worden. Womöglich hatte sie eine Todsünde begangen – Ehebruch etwa oder einen Mord –, wofür die Gemeinschaft, in der sie lebte, ihr die schlimmste aller Strafen auferlegte. Oder war sie das Opfer eines gewöhnlichen Mordes geworden – hatte ein einzelner Täter sie geköpft und verscharrt?

Nora wusste, dass ihr mittlerweile ein gewisser Ruf anhing, dass ihre Interessen selbst unter ihren Fachkollegen als ungewöhnlich oder makaber galten. Abgesehen von ihrem Job als Teilzeitdozentin am Trinity College arbeitete sie nämlich an einem eigenen Forschungsprojekt. Dabei befasste sie sich nun einmal mit den physikalischen und chemischen Bedingungen von Moorleichen. Angesichts ihres jüngsten Fundes musste sie sich jedoch zwingen, ihre Aufregung zu unterdrücken. Paradoxerweise war das eben ihre erste Feldgrabung gewesen. Bislang hatte sie ihre Untersuchungen lediglich an mumifizierten Museumsobjekten vorgenommen oder an solchen, die unter den Kollegen als Papierleichen bezeichnet wurden: Protokolle zu sterblichen Überresten, die im auswertenden Verfahren falsch behandelt, zerstört und zuweilen wieder bestattet worden waren.

Doch warum hatte dieser Fund sie so sehr in Aufruhr gebracht? Warum sollte diese bedauernswerte Kreatur sich von jenen anderen namenlosen Seelen unterscheiden, die sich einst im Moor verirrt hatten oder als Folge böser Absicht dort zu Grunde gegangen waren? Nora dachte an die unzähligen Stunden zurück, während deren sie Verzeichnisse studiert hatte, in denen Moorleichen beschrieben wurden. Sie entsann sich ihres Mitgefühls angesichts der dürftigen Inhaltsangaben, die dennoch anrührende Einzelheiten bargen. Kind unbestimmten Alters, mit Kittel bekleidet, Tasche mit Holzkamm, Lederbeutel, Wollknäuel. Linker Fuß eines Mannes, vollständiger Strumpf und Lederschuh. Teilweise erhaltener Körper einer jungen Frau, daneben Knochenreste eines Kindes, um den Hals schmaler Lederriemen mit Schnalle. Sie alle besaßen eine Geschichte, die mit ihnen versunken war und nie wieder aufgespürt und nachvollzogen werden würde. Vielleicht würde auch die rothaarige Frau als karger Eintrag in einer Liste enden, als eine weitere unerforschte Lebensgeschichte, die vom Lauf der Zeit ausradiert wurde. Vorher jedoch würde sie, Nora, alles daran setzen, einen Anhaltspunkt zu entdecken, etwas, was ihr den Weg zu der Identität des Kopfes wies. Sie versuchte, sich des Haars zu entsinnen, überlegte, ob die Andeutung eines Zopfes oder eines Knotens zu erkennen gewesen war, von dem man auf eine bestimmte Epoche hätte schließen können. Inmitten der Grübeleien überkam sie die Erinnerung an eine Empfindung: kraus gelocktes Haar an ihren Fingern, das sie mit festen Bürstenstrichen kämmte, drei dicke Strähnen, die sie zu einem roten Zopf zusammenflocht. *Autsch, Nora, du tust mir weh*, hallte in ihrem Geist Trínoas Stimme wider und gleich darauf ihre eigene Antwort: *Ich tu dir nicht weh. Du bist die, die zappelt und nicht stillhält ...*

Die Straßenränder verschwammen vor ihren Augen, weil die Tränen in ihr hochschossen, und für einen Moment musste sie keuchen, als würde sie ersticken. Sie lenkte den Wagen an die Seite und stellte den Motor ab. Es kam ihr so vor, als hätten die Ereignisse des Tages die Mauer, die sie um sich herum errichtet hatte, brüchig werden lassen. Nun gab sie nach, und ihr Leid brandete wie eine Flutwelle heran.

In Irland wusste niemand, dass Noras Schwester ermordet worden war. Gabriel war mit einigen der Fakten vertraut gewesen, aber auch er hatte nie erfahren, dass es sich bei dem Hauptverdächtigen um Peter, Trínoas Ehemann, handelte. Und ganz gewiss hatte es niemanden gegeben, der Gabriel zugeraunt hätte, dass Noras Besessenheit, den Mörder ihrer Schwester hinter Schloss und Riegel zu bringen, im Begriff war, sie aufzuzehren. Dieser unbezähmbare Wunsch, diese Unerbittlichkeit in ihr hatte alles andere an den Rand ihres Lebens gedrängt: ihren Beruf, den Mann, den sie geliebt hatte, ihre Zukunft in Amerika. Nora fragte sich noch immer, ob sie nicht hätte unerschütterlich bleiben und weiterkämpfen müssen. Allein um Elizabeths willen. Für ein Kind, das sieben war, als seine Mutter starb. Hätte sie sich von Peter wegstoßen und fortdrängen lassen dürfen? Nora starrte mit blinden Augen vor sich hin. Drei Jahre lang hatte sie gekämpft. Danach war sie ausgelaugt gewesen, am Ende ihrer Kraft. Was jedoch nicht bedeutete, dass sie aufgegeben hatte, das käme niemals in Frage. Sie hatte sich lediglich zurückgezogen, um sich zu besinnen und neue Kräfte zu sammeln.

Zu diesem Zweck hatte Nora Amerika verlassen und einen Ozean zwischen sich und die Vergangenheit gebracht – nur um jetzt abermals auf eine Tote mit rotem Haar und auf eine verschwundene Frau zu stoßen, deren Mann womöglich ihr Mörder war. Wüsste sie nicht ganz genau, dass sie nicht zu Paranoia neigte, müsste sie glauben, dass irgendeine geheimnisvolle Macht sie auf grausame Weise verspotten wollte.

4

Nuala nestelte an ihrer Halskette und versuchte, sie im Nacken zu schließen. Devaney trat zu seiner Frau, um ihr behilflich zu sein. »Es könnte spät werden«, sagte sie über die Schulter hinweg. »Es sind Kunden aus Belgien. Ich habe ihnen angeboten, noch etwas trinken zu gehen, nachdem wir das Haus besichtigt haben. Ich möchte ihnen sozusagen das notwendige Lokalkolorit vermitteln.« Devaney ließ die winzige Schließe einschnappen und trat einen Schritt zurück, um seine Frau zu begutachten. Sie trug ein hellgrünes Kostüm, das ihr hervorragend stand, und wieder einmal bemerkte er, wie gut ihr die mittleren Jahre bekamen, etwas, was man von ihm nicht behaupten konnte.

»Danke, Liebling«, sagte Nuala. »Dein Abendessen steht übrigens im Ofen. Tja, stell dir vor, die Leute wollen sich ein Objekt in Tullymore ansehen, das bestenfalls eine Ruine ist. Nicht das geringste Interesse an einem neuen Haus. Aber bitte, heutzutage sucht ja jeder nach halbverfallenen Bauernkaten. Am liebsten mit Strohdach. Also ehrlich ...« Nuala hielt inne und taxierte die Miene ihres Mannes, um festzustellen, ob er ihr überhaupt zuhörte. »Fehlt dir etwas, Gar?«, fragte sie.

»Nein, mir geht's bestens«, sagte Devaney. »Ich muss nur noch etwas Papierkram erledigen.« Er deutete zur Aktentasche, die auf dem Küchentisch lag. »Danach mache ich mich dann auf die Socken.«

»Ach, richtig«, sagte Nuala mit einem leichten Lächeln.»Der Musikabend.« Sie schien irgendwie erleichtert zu sein, dass er für den Abend selbst etwas vorhatte.»Also, ich geh dann mal.« Devaney sah ihr vom Küchenfenster zu, wie sie ihren funkelnagelneuen silbergrauen Wagen rückwärts aus der Einfahrt setzte.

Als Devaney den Teller mit dem aufgewärmten Essen aus dem Ofen zog, sagte er sich wieder einmal, wie glücklich er sich doch schätzen könne, dass seine Frau etwas tat, was ihr Spaß machte; finanziell waren sie dadurch ebenfalls besser gestellt. Er war richtig stolz, mit der erfolgreichsten Immobilienmaklerin der Gegend verheiratet zu sein. Allerdings war Nuala dabei, ihre Kunden allmählich wichtiger zu nehmen als ihren Mann, fand Devaney. Bedauerlich war auch, dass sie für seine Musik nicht viel übrig hatte und selbst die Kinder dazu anhielt, sich mit »nützlicheren Dingen« als der Fidel zu befassen. Wie dem auch sei, er besaß kaum etwas anderes, was er den Kindern vermachen konnte, als die Musik, die Melodien und Geschichten, die er in den Stunden gesammelt hatte, in denen er mit alten Männern beieinander saß und trank – Männern mit dicken, steifen Fingern und abgewetzten, ausgebeulten Hosen, die sich vielleicht einmal in der Woche wuschen, wenn überhaupt. Devaney dachte an den Gegensatz zwischen der leer stehenden Hülle des strohgedeckten Bauernhauses, die Nuala vorführen würde, und der reichen Fülle einer Kultur, von der wieder ein Stück verloren ging, wenn einer jener Alten starb. Wie oft war er doch losgezogen, um mit Christy Mahon zu musizieren – Gott möge seiner Seele gnädig sein –, einem struppigen, alten Fiddler, der noch die Zeit und die Geduld aufbrachte, um sich mit ihm zusammenzuhocken und immer wieder dieselbe Stelle zu üben, so lange bis Devaney sie beherrschte, bis ihm jeder Ton gelang und er die Übergänge schaffte. Keine Worte hätten das auszudrücken vermocht, was Christys Freundschaft ihm bedeutet hatte. Es hing mit etwas zusammen, was keiner von ihnen hätte benennen können – warum auch, dafür besaßen sie ja ihre Musik. Eine wilde, sehnsüchtige Melodie konnte Devaney an einen Ort entführen, den es lang vor seiner Zeit gegeben hatte, in eine Epoche, in der die irischen Lieder verboten gewesen waren, in der sie heimlich gepflegt und weitervermittelt wurden. Und eben durch diese Musik wollte auch er für seine Kinder eine Brücke zu jener Vergangenheit bauen, die man nur allzu leicht vergaß.

Devaneys Gedanken wanderten zu seinen Kindern, zu Orla, seiner Ältesten, der sie den Namen »die Goldene« gegeben hatten, weil sie so hellhäutig und blond wie ihre Mutter war. Wie klug und gelassen das Mädchen mit seinen siebzehn Jahren bereits wirkte und wie listig sie verfuhr, wenn sie etwas erreichen wollte! Sie könnte eines Tages einmal eine gute Politikerin werden, überlegte Devaney, eine geschicktere jedenfalls als die Marionettenfiguren, die gegenwärtig das Land regierten.

Pádraig, sein Fünfzehnjähriger, hatte eher einen dunklen Teint und erinnerte Devaney damit an sich selbst in diesem Alter. Unlängst hatte Pádraig sich aus dem vormals aufgeweckten Bürschchen zu einem mürrischen Teenager gewandelt, der seinem Vater missmutig aus dem Weg ging und sich für nichts als Sportklamotten und Computerspiele interessierte. Devaney war nicht entgangen, dass die Bewunderung, die sein Sohn einst für ihn gezeigt hatte, fast gänzlich verschwunden war. Aber so etwas war wohl unvermeidbar, tröstete er sich, das war ihm mit seinem Vater nicht anders ergangen. Als Kind hatte Pádraig einmal das Fidelspielen erlernen wollen, aber das war nur von kurzer Dauer gewesen. Dem Jungen hatte es an *ghrá* gefehlt, an der notwendigen Leidenschaft und dem Durchhaltevermögen, das ein Musiker brauchte.

Róisín, Devaneys Jüngste, war gerade elf geworden, ein noch unbeschriebenes Blatt. Ein dunkelhaariges, schmalgesichtiges Mädchen, das zu ernst für sein Alter war, aber die Einzige von den dreien, die seine Gesellschaft noch zu würdigen wusste. Noch immer nannte sie ihn wie als kleines Kind Daddy; Devaney kam sich dann immer ein bisschen alt vor.

Pádraig war zum Fußballtraining verschwunden, während Orla und Róisín ihre Hausaufgaben erledigten. Devaney saß allein in der Küche und trank seinen lauwarmen Tee, während draußen das Tageslicht verblasste. Er spürte die Unruhe, die ihn seit langem plagte, besonders seit er nicht mehr rauchte. *Das schöne neue Haus*, hatte Nuala gesagt, *ich will nicht, dass du es mit deinem Zigarettengestank verpestest,* und Devaney hatte sich gefügt. Erstens war es ohnehin klüger, sich von diesem Laster zu trennen, und zweitens hatte er keine Lust gehabt, sich deswegen zu streiten.

Es war dennoch ein Kraftakt gewesen, und im Moment hätte er einiges dafür gegeben, eine Zigarette im Mund zu haben, um ein, zwei Lungenzüge zu tun. Stattdessen trank er noch einen Schluck Tee, blickte aus dem Fenster und stellte sich vor, was die Leute von Dunbeg, dem Dorf, das ein paar Kilometer weiter unten am See lag, wohl mit ihrem Abend anfingen. Er wusste nahezu alles über sie, obwohl er eigentlich in Loughrea stationiert war. Für die Bewohner von Dunbeg war er wie ein Priester, ein Mann, der ihnen die Beichte abnahm und Stillschweigen bewahrte. Auf diese Weise erfuhr Devaney von Dingen, auf die er oft gern verzichtet hätte, aber das gehörte nun einmal zu seinem Job. Umgekehrt traf natürlich das Gleiche zu. Die anderen wussten auch vieles über ihn oder glaubten zumindest, etwas zu wissen. So wussten sie auch, dass er früher in Cork tätig gewesen war, sieben Jahre davon in der Mordkommission. Und dass seine Versetzung nach Loughrea nicht auf sein Betreiben hin geschehen war.

Allerdings hatten sie keinen blassen Schimmer, welche schicksalhafte Verkettung von Umständen es tatsächlich gewesen war, die ihn nach Loughrea geführt hatte. Selbst Devaney hätte es nicht vermocht, den Finger auf eine bestimmte Stelle seiner auf schreckliche Weise gescheiterten Verfolgungsjagd legen zu können, um zu sagen, da, seht ihr, das ist passiert, deshalb bin ich hier. Zwar hatte er die Ereignisse im Nachhinein zigmal vor sich ablaufen lassen, die Frage aber dennoch nicht beantworten können, ob er aus Vorsatz oder einem Gefühl heraus gehandelt hatte. Sein Verhalten hatte jedoch zwei Menschen das Leben gekostet. Einer davon hieß Johnny Comerford, ein übler, verkommener Typ, der ein altes Ehepaar getötet hatte und danach untergetaucht war. Das zweite Opfer hieß Julia, ein kleines, sieben Jahre altes Mädchen, die Tochter der Frau, bei der Comerford sich versteckt hielt. An jenem Abend hatte Devaney den Gangster zufällig entdeckt, als dieser gerade eine Hafenkneipe verließ. Wie selbstverständlich hatte er sich an die Verfolgung gemacht. Als Comerford ihn bemerkte, drehte er durch und versuchte zu entkommen. Das Mädchen war so klein gewesen, dass Devaney nicht einmal seinen Kopf durch die Heckscheibe gesehen hatte. Die Hetzjagd trieb sie quer durch die Stadt, bis sie zuletzt an eine Abzweigung gerieten, an der Comerford die Kurve nicht schaffte und frontal gegen eine Mauer prallte.

Aus gesundheitlichen Gründen, wie es hieß, wurde Devaney für die Dauer der Untersuchung beurlaubt. Ein Disziplinarverfahren gab es nicht. Allerdings ließ man ihm am Ende nur die Wahl zwischen dem untergeordneten Posten in Loughrea oder der frühzeitigen Pensionierung. Devaney hatte sich für Loughrea entschieden, weil er ja nichts anderes als seine Arbeit als Polizist kannte. Damals hatte die Musik ihn über die Geschehnisse hinweggetröstet. Mit ihr hatte er die Bilder ausgelöscht, die ihn heimsuchten und sich wie Schreckensgespenster in seinem Kopf eingenistet hatten. Es waren Bilder, in denen er sich sah, wie er sich Comerfords Wagen näherte und auf den toten Mann am Steuer starrte. Immer wieder packte ihn das Grauen, wenn sein Blick in der Erinnerung auf den leblosen Kinderkörper fiel. Vielleicht mochte Nuala es deswegen nicht mehr, wenn er musizierte. Vielleicht erinnerte es sie zu sehr an die schlimme Zeit, ohne zu begreifen, dass das Spielen der immer gleichen Melodien eine Art Erlösung für ihn gewesen war und dass die Musik – nicht seine Familie, nicht seine Arbeit – verhindert hatte, dass er unter der Last seiner Schuld zerbrach.

Nachdem Devaney den letzten Schluck Tee getrunken und seinen Teller in die Spüle gestellt hatte, begann er die Passage eines Stückes vor sich hin zu summen, die er bereits seit einer Weile auf der Fidel hatte ausprobieren wollen. Das Instrument lehnte in seinem alten Holzkasten an der Wand neben der Kiefernkommode. Nie im Leben hätte Devaney sie in einem jener neumodischen Plastikgehäuse verstaut, die immer den Eindruck von Kindersärgen erweckten, schließlich war es Christys Fidel. Der Alte hatte sie ihm feierlich überreicht, nachdem die Gicht zusehends seine Finger lähmte. Devaney nahm das Instrument aus seinem Kasten und bestrich den Bogen mit

Harz. Dann legte er es sich mit der Schulterstütze auf die Schulter und schmiegte das Kinn auf den Kinnhalter. An die schwierigen Passagen tastete Devaney sich vorsichtig heran. Er musste mehrere Male Anlauf nehmen, aber nachdem er die Takte, ohne stecken zu bleiben, gespielt hatte, wusste er, dass er sie von nun an in sich tragen würde. Er fing noch einmal von vorn an. Dann noch einmal und noch einmal, so lang, bis er das Stück in einem Zug durchspielen konnte und sich die Melodie wie ein Strom von seinem Bogen ergoss, wie ein Bach, der über Felsendämme sprudelt.

Es war die gleiche Art und Weise, in der Devaney mit seinen Fällen verfuhr. Immer wieder begann er von vorn, zäh und verbissen, immer wieder schlug er, wenn es sein musste, unterschiedliche Richtungen ein, nie ließ er locker. Auch im Fall Osborne musste es einen Lösungsansatz geben, und er würde ihn finden und verfolgen, ganz gleich ob irgendwelche Vorgesetzte damit einverstanden waren. Er entsann sich des Gesprächs, das vor wenigen Stunden, kurz bevor er sein Büro verlassen wollte, stattgefunden hatte.

»Sie wollten mich sprechen, Sir?« Im letzten Moment hatte Devaney sich noch die Uniformjacke übergestreift, weil Superintendent Boylan es nicht mochte, wenn Untergebene sein feines Büro hemdsärmelig betraten. Devaney verachtete den Mann, der zeit seines Lebens keinen eigenen Gedanken entwickelt, sondern sich lediglich durch geschicktes Vorgehen dahin gebracht hatte, wo er heute war. Mit seinen perfekt sitzenden Anzügen und den säuberlich manikürten Fingernägeln hatte Brian Boylan schon immer aus der Schar anderer Polizisten herausgestochen. Er ist nichts weiter als ein Schauspieler, fuhr es Devaney durch den Sinn, ein lächerlicher Komiker, der die Rollen übernimmt, die man ihm höheren Ortes überträgt. Devaney hatte kluge und fähige Polizisten erlebt, die niemals befördert wurden, weil ihre Erscheinung nicht dem Bild entsprach, das man sich neuerdings von einer Polizeitruppe machte. Boylan hingegen schien den Anforderungen gerecht zu werden. Als ob es darum ginge, in einem verdammten Kinofilm mitzuspielen! Allerdings hatte Boylan ihn bisher immer in Ruhe gelassen. Vermutlich fürchtete der Superintendent, Devaney könnte im Affekt reagieren, vielleicht hatte er Angst, eine Katastrophe zu riskieren, wenn man ihn forderte oder belastete. Vielleicht übertrug er ihm deswegen nur die einfachsten Fälle und die langweiligste Polizeiarbeit, eine Tatsache, die jeder auf dem Polizeirevier von Loughrea mitbekam.

»Ach ja, richtig, ähm – treten Sie ein.« Boylan sah weder auf, noch bot er Devaney einen Platz an, eines seiner Spielchen, um anderen klar zu machen, welche Dienstgrade sie trennten. Devaney beobachtete, wie der Superintendent wichtigtuerisch gewisse Stellen in einer dicken Akte unterstrich. Schließlich hob Boylan seufzend den Kopf. »Devaney«, sagte er wie zerstreut.

»Ich wollte Sie darüber informieren, dass Sie erst einmal ohne zweiten Mann auskommen müssen. Es ist zwar noch nicht endgültig entschieden, aber ich werde es Sie wissen lassen, wenn die Entscheidung amtlich ist.« Der Kollege, mit dem Devaney ein Zweierteam gebildet hatte, befand sich bereits seit zwei Wochen im Ruhestand. Boylan räusperte sich und sagte dann: »Womit befassen Sie sich eigentlich gerade?«

»Mit dem Einbruch in Tynagh und der Suche nach dem Brandstifter von Killimor.«

»Interessant«, sagte Boylan und nickte.

Devaney stand da und kam sich wie der letzte Idiot vor. Du müsstest das doch am besten wissen, du dämlicher Sack, dachte er. Du bist doch derjenige, der mir diese Idiotenarbeit zuweist.

»Ich habe gehört, dass Hugh Osborne heute bei der Sache in Drumcleggan aufgetaucht ist«, fuhr Boylan fort. »Sie erinnern sich gewiss, dass der Fall inzwischen einer Sondereinheit übertragen wurde.«

Devaney behielt seine unbeteiligte Miene bei. »Ja, Sir, ich erinnere mich.«

»In Dublin verfügt man über die entsprechenden Leute, sollen die sich doch daran die Zähne ausbeißen. Wir haben damit nichts mehr zu tun.« Boylan machte eine Pause. »Insofern sähe es nicht gut aus, wenn der Eindruck entstehen würde, dass einer meiner Beamten eine offizielle Entscheidung in Zweifel zieht«, fügte er schließlich hinzu. Aha, dachte Devaney, da liegt der Hund also begraben.

»Der Fall Osborne passt nicht zu den anderen«, konnte er sich nicht verkneifen zu sagen und wusste sogleich, dass er einen Fehler begangen hatte. Dennoch konnte er es nicht dabei belassen. »Da ist zum einen das Kind ...«

»Sie lassen die Finger davon!«, schnitt Boylan ihm das Wort ab. Seine Stimme klang beherrscht, aber die Farbe war aus seinem Gesicht gewichen. »Haben Sie mich verstanden?« Er schaute Devaney drohend an.

»Ich habe verstanden«, sagte Devaney. Er fand es merkwürdig, dass Boylan den Blick als Erster senkte. »Wenn das alles ist, Sir.«

»Ja, das ist alles.« Boylan wandte sich wieder seinem Bericht zu.

Zum Teufel mit Boylan, dachte Devaney auf dem Rückweg über den Flur. Als er die Wachstube betrat, fiel sein Blick sofort auf die Akte Osborne, die gut sichtbar auf seinem Schreibtisch lag. Gewiss hatte jemand sie dort entdeckt und dem Superintendent Meldung erstattet. Devaney schaute sich verstohlen um und vergewisserte sich, dass außer ihm niemand anwesend war. Im nächsten Augenblick war die Akte in seiner Tasche verschwunden.

Devaney hielt abrupt mit dem Spielen inne. Er setzte die Fidel ab und verstaute sie wieder im Kasten. Dann ließ er sich am Küchentisch nieder und zog die Akte aus der Tasche hervor. Der Fall Osborne hatte ihn von Anfang an interessiert, gleich nachdem er aus Cork eingetroffen war und das Regalfach mit den unaufgeklärten Fällen durchstöbert hatte. Die Akte war zehn Zentimeter dick, voll gestopft mit Protokollen, losen Zetteln, Zeugenaussagen, Fotos, Fotokopien und Zeitungsausschnitten. Von Anfang an hatte Devaney geahnt, dass der Fall ihn nicht loslassen würde. Dergleichen war ihm schon öfter widerfahren.

Doch nun war die Sache einer Sonderkommission unter dem Namen Operation Trace übertragen worden, die sich mit einer Reihe vermisster Frauen befasste. Von einem Serienmörder war die Rede. Devaney war der Ansicht, selbst ein Blinder könne erkennen, dass der Fall Osborne davon ausgenommen war.

Gewiss, die anderen Frauen waren ebenfalls verschwunden, nachdem sie auf abgelegenen Landstraßen herumspaziert waren, doch waren sie jünger als Mina Osborne gewesen – zwischen siebzehn und zweiundzwanzig. Außerdem verloren sich ihre Spuren im Umkreis von Portlaoise, weitab von Mina Osbornes Zuhause. Und dann war da noch die Sache mit dem Jungen. Keine der anderen Frauen hatte ein Kind dabei gehabt. Eine von ihnen war wohl die Mutter eines Säuglings gewesen, aber der befand sich bei ihrem Verschwinden in der Obhut seiner Großeltern.

Am Nachmittag wäre er am liebsten mit einem Schaufelbagger vorgegangen. Wie gern hätte er alles aufgerissen und durchwühlt. Was, wenn Osborne der Mörder war und seine Verzweiflung eine einzige Schauspielerei, nur ein Schachzug, um von seiner Fährte abzulenken? Devaney beschloss, sich nicht irreführen zu lassen, sondern sich Schritt für Schritt durch die Akte zu kämpfen, einen Punkt nach dem anderen zu beleuchten und zu klären. Grund zur Eile gab es ja nicht mehr.

Er schlug die Akte auf. Die Untersuchung war sorgfältig durchgeführt worden, da ließ sich nichts beanstanden. Dennoch wusste er, dass ein Aspekt fehlte, irgendein Versatzstück war übersehen worden. Dumm, dass man so etwas nie auf Anhieb erkannte. Später, wenn er das Gesamtbild besaß, würde er wissen, welches Teil fehlte. Er wandte sich der damaligen Vermisstenanzeige zu und begutachtete die Unterschrift des zuständigen Beamten genauer. Detective Sergeant B. F. Boylan. Sieh einer an. Demnach war also Boylan derjenige gewesen, der die Untersuchung geleitet hatte. Kein Wunder, dass er die Angelegenheit loswerden wollte. Unter der Anzeige befand sich ein Foto von Hugh, Mina und Christopher Osborne. Es schien während eines Urlaubs aufgenommen worden zu sein. Mina saß auf einem Korbsessel und hielt den Jungen auf ihrem Schoß, Osborne kniete neben ihnen. Mit der einen Hand hielt er die des Kleinen, mit der anderen schien er dem Fotografen etwas bedeuten zu wollen. Der Junge reckte das Gesicht zu seiner Mutter hoch, als wäre er im Begriff, sie etwas zu fragen. Mina Osborne war eine auffallend schöne Frau. Ihre regelmäßigen Zähne hoben sich schneeweiß von ihrer dunklen Haut ab. Sie trug einen leuchtenden Sari aus blutrotem Stoff, in den ein goldfarbener Saum eingewebt war. Ihr strahlendes Lächeln wirkte echt. Devaney hob das Foto an, um den Namen des Fotografen zu lesen. Nichts. Die Rückseite war leer.

Er nahm sich erneut die Vermisstenanzeige vor und studierte die Beschreibung der Gesuchten – Größe, Alter Gewicht, Statur, Stimme, Akzent, Gang, unveränderliche Kennzeichen, bekannte Aufenthaltsorte, Gewohnheiten. Er stieß auf die Skizze einer Haarspange, von der etliche Zeugen angaben, sie kurz vor Minas Verschwinden an ihr wahrgenommen zu haben. Eine Filigranarbeit aus Metall, mit zwei Elefanten als Motiv.

Was wusste man schon? Im Grund stand nur fest, dass Mina verschwunden war. Für Mord, Selbstmord, Unfall oder Entführung gab es keine Anhaltspunkte. Aber es gab winzige Zeichen, die man kaum als Spuren werten konnte. Eher handelte es sich um Winke, die mehr in die eine als in die andere Richtung zeigten. Diesen Winken würde er folgen, nahm Devaney sich vor.

Er las weiter. Offenbar war zunächst die Möglichkeit einer Entführung in Betracht gezogen, aber dann, nachdem keine Lösegeldforderung einging, verworfen worden. War Mina Osborne wohlmöglich einfach so fortgelaufen, wie Dr. Gavin gemeint hatte? War sie einfach aus Irland verschwunden, ohne eine Spur zu hinterlassen? Dann stellte sich allerdings nicht nur die Frage nach dem Wie, sondern auch nach dem Warum? Devaney notierte sich im Geist, die Akte nach Arztberichten zu durchsuchen, um zu prüfen, ob Mutter oder Sohn jemals misshandelt worden waren. Niemand hatte etwas von Mina gehört, seitdem sie verschwunden war. Es sei denn, die befragten Freunde und Familienangehörigen hätten gelogen.

Bei Unfall oder Selbstmord fand man in der Regel eine Leiche, setzte Devaney seine Überlegungen fort. Es sei denn, die Menschen verschwanden im Moor. Mina Osborne hatte noch nicht lange genug in der Gegend gelebt, als dass sie die sicheren Pfade hätte kennen können, welche die Einheimischen durch das Moor benutzten, sofern sie heutzutage überhaupt noch zu Fuß das Moor durchquerten. Das Moor von Drumcleggan erstreckte sich abseits des Weges, den Mina vom Dorf aus nach Hause hätte nehmen müssen, warum hätte sie es also durchqueren sollen? Nein, aus eigenem Antrieb hätte Mina sich nie dorthin begeben. Es war Mord, dachte Devaney. Eigentlich kam nichts anderes infrage. Und wer außer Hugh Osborne sollte der Mörder sein?

Devaney schlug die Seiten auf, die sich mit Hugh Osborne befassten. Osborne hatte damals gegen zehn Uhr abends die Wache in Dunbeg angerufen. Seiner Aussage nach war er für drei Tage auf einer Konferenz in Oxford gewesen. An diesem Tag war er zurückgeflogen, am frühen Nachmittag hatte er die Maschine in Heathrow bestiegen und war vom Flughafen Shannon aus mit dem Wagen weitergefahren. Gegen sechs Uhr abends kam er zu Hause an. Er sah das Auto seiner Frau in dem alten Stall, den sie als Garage benutzten. Von ihr oder seinem Sohn war jedoch nichts zu entdecken. Wie eine weitere Hausbewohnerin namens Lucy Osborne angab, war Mina gegen ein Uhr mittags mit ihrem Sohn nach Dunbeg aufgebrochen. Es war nicht unüblich, dass sie die kurze Strecke zu Fuß ging und Christopher in einem Buggy schob. Dass der Wagen in der Garage stand, bot insofern noch keinen Anlass, unruhig zu werden. Nachdem seine Frau und sein Kind gegen sieben allerdings noch immer nicht zurück waren, suchte Osborne Haus und Grundstück ab. Gegen zehn verständigte er die Polizei. Zu dem Zeitpunkt konnten die Beamten jedoch noch nichts unternehmen. Mina Osborne war volljährig, und es lag nichts Verdächtiges vor. Die vorgeschriebene Frist von zweiundsiebzig Stunden musste abgewartet werden.

Nachdem der nächste und auch der übernächste Tag ohne Lebenszeichen von Mina verstrichen, wurde ein Suchkommando zusammengestellt. Die Felder und Wege zwischen dem Haus und dem Dorf wurden durchkämmt, ebenso das Gelände, das Bracklyn House umgab. Die Fotos der Vermissten wurden an Hafen-, Bahn- und Flughafenbehörden verteilt, und die Polizei begann, die Leute in Dunbeg zu befragen. Es stellte sich heraus, dass Mina Osborne am Tag ihres Verschwindens im Dorf zuerst die Zweigstelle der AIB aufgesucht und zweihundert Pfund abgehoben hatte. Danach hatte sie Pilkingtons

Laden betreten und ihrem Jungen dort rote Gummistiefel gekauft. Die trug der Kleine auch, als sie den Laden wieder verließen. Das letzte Mal wurde Mina gesehen, als sie sich aus Dunbeg entfernte und den Weg nach Drumcleggan einschlug. Denjenigen, denen Mina begegnet war, erschien sie stiller als sonst, womöglich bedrückte sie etwas. Auch von dem Buggy fehlte jede Spur. Zudem hatte der heftige Regen, der in den darauf folgenden Tagen einsetzte, alle Fußabdrücke und Reifenspuren verwischt. Nachdem die Suche am vierten Tag noch nichts ergeben hatte, nahm die Polizei sich den See, die Weiher und die Teiche der Umgebung vor, aber die Taucher kamen mit leeren Händen zurück.

Danach begann man, sich näher mit Hugh Osborne zu befassen. Es stimmte, dass er eine Konferenz in Oxford besucht hatte, aber er war bereits am Mittag in Shannon gelandet. Das bedeutete, dass Osborne dort fünf Stunden vor seiner Ankunft in Bracklyn House angekommen war; die Fahrt hierher konnte nicht länger als zwei Stunden dauern. Während des Verhörs erklärte Osborne, es sei am Vorabend spät geworden, weshalb er oberhalb von Mountshannon angehalten habe, um ein Nickerchen zu machen. Augenzeugen, die seine Geschichte hätten bestätigen oder bestreiten können, gab es nicht. Inzwischen war er zum Hauptverdächtigen geworden. Doch wenn er sich das alles ausgedacht hatte, hätte er dann nicht eine bessere Version auf die Beine bringen können? Seine Mitbewohner, Lucy und Jeremy Osborne, bestätigten, dass Hugh um sechs Uhr abends zurückgekehrt sei. Was für ein seltsamer Haushalt!, fuhr es Devaney durch den Kopf. Weshalb wohnten die beiden überhaupt in Bracklyn House? Weshalb hatte Osborne sie aufgenommen? Lucy Osborne war lediglich die Witwe eines entfernten Vetters und Jeremy ihr Sohn. Devaney schüttelte den Kopf. Damals hatten die beiden bereits seit acht Jahren bei Osborne gelebt. Gut möglich, dass sie logen. Warum jemanden belasten, von dessen Wohlwollen sie vielleicht abhingen?

Dann war da noch Osbornes finanzielle Situation. Außer dem Haus und mehreren kleinen Grundstücken gehörte ihm offenbar nicht viel. Genau genommen war er zum Zeitpunkt, als seine Frau verschwand, eher ziemlich klamm. Devaney durchblätterte die Akte, bis er auf die gesuchte Unterlage stieß.

Kevin Reidy, ein Vertreter der Hanover Life Insurance, hatte zu Protokoll gegeben, dass Hugh Osborne nach seiner Eheschließung eine hohe Lebensversicherung auf seine Frau abgeschlossen hatte. Die Summe belief sich auf 750 000 Euro. Eine zweite Versicherung in gleicher Höhe hatte Osborne für sich selbst abgeschlossen, wobei in beiden Fällen der jeweils hinterbliebene Ehepartner als Begünstigter galt. Auch wenn eine Dreiviertelmillion Euro für jemanden wie Hugh Osborne keine außergewöhnlich hohe Summe war, käme ein solcher Betrag unter gewissen Umständen durchaus als Mordmotiv in Betracht. Devaney konnte dennoch nicht umhin, sich zu fragen, warum jemand seine Frau umbrachte, um die Lebensversicherung zu kassieren, wenn er hinterher die Leiche nicht präsentieren konnte. Klar, auf diese Weise ließ sich nicht beweisen, dass er sie ermordet hatte, aber bis zur Auszahlung der Summe würden sieben Jahre verstreichen, eine Frist, wie sie im Fall von Vermissten vorgesehen war.

Noch mal in aller Ruhe, sagte sich Devaney. Nehmen wir an, jemand will eine Leiche verstecken – beziehungsweise zwei, wie in diesem Fall –, und zwar so, dass sie nie mehr aufgefunden werden. Was tut derjenige dann? Zunächst einmal stellte sich die Frage, ob der Mord im Affekt oder geplant begangen worden ist, dachte er, nur um diese Unterscheidung gleich wieder zu verwerfen. Dergleichen spielte in diesem Zusammenhang keine Rolle. Eine Leiche zu beseitigen erforderte Zeit, ganz gleich, unter welchen Umständen oder Einflüssen jemand gemordet hatte. Solche Überlegungen halfen ihm nicht weiter.

Devaney blätterte weiter. Die Suchtrupps hatten die Umgebung von Dunbeg in einem Radius von fünfzehn Kilometern durchforstet und unter anderem auch nach Stellen frisch aufgeworfener Erde Ausschau gehalten. Zudem hatte die Polizei auch offene Brunnen und Sumpflöcher durchsucht. Und Bracklyn House? Auch das Gebäude war offensichtlich sorgfältig unter die Lupe genommen worden, als sich der Verdacht immer mehr auf Osborne konzentrierte. Gab es in diesen alten Herrenhäusern nicht allerlei verlassene Räume und Geheimgänge? Waren auch diese in Betracht gezogen worden? Im vergangenen Sommer hatte Nuala ihn und die Kinder nach Portumna Castle geschleppt. Devaney entsann sich der verborgenen Kellergelasse, die in den Zeiten, als der katholische Glaube verboten war, verfolgten Priestern als Unterschlupf gedient hatten. Er nahm sich vor, alte und neue Pläne von Bracklyn House zu überprüfen.

Aber vielleicht war die Frage nach dem Verbleib der Leichen ja nicht der springende Punkt. In einer Morduntersuchung schien es immer angeraten zu sein, sich mit dem Opfer vertraut zu machen. Je mehr man über einen Ermordeten erfuhr, desto eher ließ sich erahnen, warum jemand dessen Tod hätte herbeiwünschen sollen. Mina Osborne war Künstlerin gewesen, Malerin, wenn er sich recht entsann. Es konnte nichts schaden, sich ihre Bilder einmal anzuschauen.

Während seiner Zeit in Cork hatte Devaney begriffen, dass es die unterschiedlichsten Gründe gab, die einen Menschen dazu veranlassen konnten, einen anderen zu töten: Gier, Eifersucht, Rache, ja selbst Liebe, die sich in Hass verwandelt hatte. Vielleicht war die Untersuchung bei der Frage nach dem Motiv nicht tief genug vorgedrungen. Ihm fiel ein Fall aus seiner Anfangszeit bei der Polizei ein. Eindeutig Selbstmord durch Gift, hatte es geheißen, bis sich bei der Obduktion herausstellte, dass die Tote schwanger gewesen war. Danach war alles in einem anderen Licht erschienen, und zuletzt fand man heraus, dass der Liebhaber der Frau sie vergiftet hatte, ein Mann, der bereits mit einer anderen verheiratet war.

Nein, befand Devaney, auf Augenscheinliches – wie etwa den Gefühlsausbruch von Osborne – konnte er sich nicht verlassen. Mit einem Seufzer klappte er den Aktendeckel zu. Er sah wieder Osborne vor sich, sein Gesicht, nachdem er begriffen hatte, dass die Tote im Moor nicht Mina war. Auf seinen Zügen hatte sich eine Mischung aus Furcht, Enttäuschung und Erleichterung abgezeichnet. Erleichterung worüber? Weil die Frau, die er liebte, noch leben könnte? Weil ihre Leiche noch immer nicht entdeckt worden war?

Das rothaarige Moorgeschöpf war gleich einem Flaschen-
geist seinem Gefängnis entronnen, dachte Devaney. Er würde sich mit dem Geist zusammentun und sich von nichts und
niemandem hindern lassen. Bis er den Fall Osborne gelöst hatte.

5

Es war kurz nach sieben Uhr, als Cormac sich an dem winzigen Becken in der kleinen Kammer wusch, die sich über Lynchs Pub in Dunbeg befand. Devaney hatte ihm die Unterkunft noch am Nachmittag besorgt. Das Zimmer war einfach und enthielt nur das Notwendigste: ein schmales Bett, Schrank, Stuhl und Tischchen. Eine Dusche war nicht vorhanden. Für einen Preis von zehn Pfund die Nacht fand Cormac es jedoch annehmbar.

Cormac seifte sich das Kinn mit Rasierschaum ein. Während er den Bart gedankenverloren mit der Rasierklinge abschabte, stieg das Bild der verzerrten Gesichtszüge der rothaarigen Frau wieder vor ihm auf. Er roch den Modergeruch des Moores, in den sich Noras dezentes Parfum gemischt hatte. Sie waren für den folgenden Tag in Dublin verabredet, und Cormac stellte fest, dass er sich darauf freute. Von einem flüchtigen Zusammenzucken abgesehen, war Nora am Nachmittag tapfer geblieben. Aber sie war es ja gewohnt, mit Leichen umzugehen. Als Devaney ihnen von Mina Osbornes Verschwinden erzählt hatte, war sie allerdings seltsamerweise erstarrt, ein Verhalten, auf das sich Cormac keinen Reim machen konnte. In seinen Augen war Osbornes Erschütterung echt gewesen, auch wenn der Detective misstrauisch wirkte. Er beneidete Devaney nicht um seine Aufgabe. Es war wohl nicht leicht, aufrichtige Menschen von Lügnern zu unterscheiden, wenn man tagtäglich auf Ganoven traf. Da musste man unweigerlich abgebrüht werden.

Cormac tupfte sich die letzten Schaumreste von den Ohrläppchen und begutachtete sein glatt rasiertes Gesicht im Spiegel. Draußen vor seiner Tür knarrte ein Dielenbrett. Einmal, zweimal. Danach wurde es still. Cormac spürte, dass sein Herz kurz aussetzte, sich danach jedoch wieder beruhigte und normal weiterschlug. Lautlos begab er sich zur Tür und riss sie auf. Vor ihm stand Una McGann, die gerade eine Hand zum Klopfen erhoben hatte.

»Himmelherrgott!«, rief sie. »Wollen Sie mich zu Tode erschrecken?«

»Tut mir Leid«, sagte Cormac mit einem etwas schiefen Grinsen. »Ich dachte, Devaney wäre noch einmal zurückgekommen.« Ihm wurde bewusst, dass er halbnackt vor Una stand, weshalb er sich rasch umdrehte, um sich das frische Hemd überzustreifen, das an der Stuhllehne hing.

Una blieb mit vor der Brust verschränkten Armen diskret auf der Schwelle stehen. Sie wollte ihm offenbar das bisschen Raum, das er besaß, nicht streitig machen, außerdem schien sie sich angesichts seiner halbnackten Brust und seiner nackten Füße etwas unbehaglich zu fühlen, da sie den Kopf abwandte. »Ich weiß ja nicht, was er Ihnen alles erzählt hat«, sagte sie. »Devaney, meine ich. Aber eigentlich bin ich gekommen, um Sie zu fragen, ob Sie nicht mit uns zu Abend essen wollen.« Sie sah Cormac jetzt an. »Im Dorf hat um die Uhrzeit nichts mehr geöffnet, aber ich dachte, dass Sie nach Ihrer ganzen Arbeit wohl eine richtige Mahlzeit vertragen könnten.«

»Das ist ausgesprochen freundlich von Ihnen und klingt sehr verlockend«, sagte Cormac. Er ließ sich auf der Bettkante nieder, um sich die Schuhe anzuziehen. »Da sage ich auch nicht nein. In einer Minute bin ich so weit. Devaney hat übrigens so viel auch wieder nicht erzählt. Allerdings hat er erwähnt, dass hier jeden Dienstag eine Musiksession stattfindet ...«

»... die einsame Klasse ist«, fiel Una ihm ins Wort. »Fintan, mein Bruder, spielt da auch immer mit. Besitzen Sie denn ein Instrument?«

»Die Flöte da.« Cormac deutete auf den schmalen Kasten, der neben ihm auf dem Bett lag. »Und Ihr Bruder? Was spielt er?«

»Dudelsack. Fintan ist schon von klein auf richtig verrückt nach Musik gewesen.«

»Das kommt mir alles sehr gelegen. Ich hatte ohnehin gehofft, mich noch mal mit jemandem aus Ihrer Familie unterhalten zu können. Heute Nachmittag hat es dazu ja keine Gelegenheit gegeben.« Cormac band den zweiten Schnürsenkel fester. Brendan McGann war derart plötzlich verschwunden, dass er nicht dazu gekommen war, die Frage in Sachen Entschädigung aufzuwerfen. Wenn nämlich jemand einen Kunstgegenstand auf staatlichem Grundbesitz entdeckte, hatte er Anspruch auf Finderlohn, eine Regel, die aufgestellt worden war, um die Torfstecher zur Ehrlichkeit anzuhalten. Für Objekte, die auf Privatgrund aufgefunden wurden, existierte allerdings keine solche Regel, und was das Ausgraben menschlicher Überreste anbelangte, so war auch da kein Lohn zu erwarten. Dennoch tat man besser daran, die Anspruchslage von vornherein zu klären, damit es hinterher keine Scherereien gab.

»Brendan wirkt auf den ersten Blick ein bisschen rau und ungeschliffen«, sagte Una unvermittelt. »Dabei ist er ein grundanständiger Mensch, der beste, den man sich denken kann. Vielleicht war er ein wenig verstimmt, weil die Sache ihn zurückwirft. Es ist immerhin schon Ende April. Seiner Meinung nach müssten sich auf unserem Land schon die fertigen Diemen türmen.«

Als sie das Dorf verließen, merkte Cormac, dass er sich allmählich zurechtzufinden begann. Dunbeg lag auf einer kleinen Halbinsel, die in den Lough Derg hineinragte. An der Bucht im Norden befand sich Bracklyn House, Osbornes »großes Haus«, und wenn man einen halben Kilometer weiter am Seeufer entlangfuhr, gelangte man zu der braunen Ebene des Moors von Drumcleggan. Das schöne Wetter des Tages hatte sich bis in die Abendstunden gehalten. Zwischen den wild wuchernden Hecken, die den Straßenrand säumten, blitzte der See auf, und ein zarter Dunstschleier filterte die letzten Sonnentupfer, die auf den Wellen tanzten.

Nachdem Una für eine Weile geschwiegen hatte, fragte sie mit einem Mal: »Haben Sie die *cailín rua* denn sicher nach Dublin gebracht?« *Cailín rua*, dachte Cormac, das rothaarige Mädchen. Wie schön das auf Gälisch doch klang! »Bisher hat uns nämlich noch niemand erklärt, was jetzt mit ihr geschieht.«

»Nun, Dr. Gavin und einige der Spezialisten vom National Museum werden zusehen, dass sie zuerst das Alter der Frau bestimmen, und anschließend werden sie herauszufinden versuchen, wie sie umgekommen ist«, sagte Cormac. »Es wäre natürlich einfacher, wenn der Körper noch vorhanden wäre, aber auch anhand des Schädels kann man einiges ablesen ...« Er brach ab, weil ihm auffiel, dass er ins Eifern geriet, während Una ein wenig unbehaglich wirkte.

»Das war aber nicht das, was Sie wissen wollten, nicht wahr?«, fragte er.

»Nicht ganz. Ich wollte nur wissen, was hinterher mit ihr geschieht.«

»Im Moment bewahrt das National Museum Moorfunde in einem Kühlraum auf«, sagte Cormac, wobei er sich abermals der Nüchternheit seiner Worte bewusst wurde.

»Und wozu soll das Ganze gut sein? Glauben Sie nicht auch, dass die Kleine ihren Frieden verdient hat?«

»Doch, doch. Aber vielleicht lassen sich ja anhand unseres Fundes auch bestimmte Erkenntnisse gewinnen. Ich kann Sie aber beruhigen, die Untersuchungen werden durchaus pietätvoll durchgeführt.« Una schien mit seinen Erklärungen noch immer nicht zufrieden zu sein, sagte aber nichts mehr.

Hinter einer Straßenkehre ragte inmitten von Bäumen ein hoher Bergfried auf. Er wirkte gut erhalten, mit Ausnahme des Daches, das als schwarzes Loch in den Himmel gähnte. Aus den Kaminresten quoll Unkraut und wilder Phlox. Das Gemäuer lag zum großen Teil unter Efeu verborgen, aber Cormac konnte die Schießscharten, die in den Stein gehauen worden waren, noch erkennen. Er wunderte sich, dass der Turm ihm nicht bereits auf der Hinfahrt aufgefallen war.

»Das ist O'Flahertys Turm«, sagte Una, als hätte sie seine Gedanken erraten. »Die O'Flahertys waren die Adligen, die hier früher das Sagen hatten. Inzwischen gehört der Turm zu Bracklyn House, das heißt, er ist Eigentum von Hugh Osborne.«

Als Cormac seinen Jeep verlangsamte, um das Gebäude eingehender zu betrachten, schoss aus einem der oberen Fensterschlitze eine große Krähe hervor, breitete ihre Schwingen aus und begann die Ruine zu umkreisen. Kurz darauf gesellte sich ein zweiter Vogel dazu, danach ein dritter, vierter, immer mehr – einer nach dem anderen stob hervor und kreiste, bis die Spitze des Turms von einer dunklen Flügelwolke eingehüllt war, die ihn mit krächzendem Geschrei umjagte. Cormac war, als ob der Anblick eine Stelle tief in seinem Inneren berührte, einen Ort, an dem er Bilder und Eindrücke einer anderen Welt bewahrte, Fragmente, Erinnerungen und Mythen, die der modernen Menschheit völlig unzugänglich waren.

So plötzlich, wie die lärmende Schar erschienen war, so plötzlich verschwand sie auch wieder. Nur ein einziger Vogel blieb zurück, ein schwarzer Schatten, der vor dem Gemäuer aufstieg und wieder abtauchte, während das Abendlicht auf den bläulichen Flügeln glänzte. Cormac hörte Unas Stimme neben sich. »Fehlt Ihnen etwas?« Er blickte auf seine Hände, mit denen er das Steuer umklammert hielt, und kam sich vor, als wäre er gerade aus einer Trance erwacht.

»Es gibt Leute, die behaupten, dass der Ort verhext ist«, sagte Una. »Und wenn ich Sie so anschaue, bin ich fast geneigt, ihnen zu glauben.«

»Tut mir Leid«, murmelte Cormac und beschleunigte den Wagen wieder. Hinter der nächsten Kurve lichtete sich der Wald, der den Turm umgab, und ging in Buschwerk über. Als sie an einer Steinmauer entlangfuhren, hinter der Privatgelände begann, fragte Cormac: »Da wohnt Hugh Osborne, oder?« Una nickte.

Hinter einer schmiedeeisernen Umrandung konnte Cormac einen Rasen und Blumenanlagen erkennen, und schließlich Bracklyn House selbst, ein trutziges Herrenhaus aus dunkelgrauem Gestein, dessen zinnenbewehrtes Schieferdach in einen Treppengiebel mündete. Gemessen an anderen irischen Landsitzen handelte es sich hier aber um ein einfacheres Gebäude, dessen Bauart das frühe Jahrhundert seiner Entstehung verriet.

»Schönes altes Haus«, bemerkte Cormac und hielt den Jeep erneut an. Er bekam keine Antwort darauf, aber nach einem Seitenblick auf Una wurde ihm klar, dass er mit seiner harmlosen Bemerkung in ein Wespennest gestochen hatte.

Wie ein Schwall brach es dann aus ihr hervor. »Ich nehme an, Devaney hat Ihnen erzählt, dass die Polizei immer wieder versucht, Hugh für das, was passiert ist, verantwortlich zu machen. Sie finden aber keine Beweise. Wie auch, er hat ja nichts getan. Es ist nichts weiter als das böswillige Geschwätz gehässiger Leute, die nichts Besseres mit sich anzufangen wissen, als anderen Schlechtes nachzusagen. Ganz gleich, was Mina und dem Kind zugestoßen ist, Hugh hat nichts damit zu schaffen. Jeder konnte sehen, wie sehr er an seiner Familie hing. Ganz schrecklich sind die letzten drei Jahre für ihn gewesen, und dann muss die Polizei auch noch herumschnüffeln und Fragen stellen, und alle im Ort lauern und warten …« Una verstummte, um Atem zu schöpfen. »Manchmal hasse ich diesen verdammten Ort«, setzte sie schließlich hinzu.

Cormac hatte den Eindruck, dass es nicht das erste Mal war, dass Una eine Verteidigungsrede zugunsten Hugh Osbornes hielt – obwohl er das mit nichts hätte begründen können. »Sie kennen ihn gewiss schon seit langem«, sagte er und merkte, wie sich daraufhin Unas aufgebrachte Miene entspannte.

»Eigentlich nicht«, sagte sie. »Er ist um einiges älter als ich, und während der Schulzeit war er meist fort im Internat. Kennen gelernt habe ich ihn während meines Studiums an der Universität von Galway, wo er Geografie lehrt. Ab und zu bin ich per Anhalter dorthin gefahren, und er hat mich mitgenommen.«

»Was haben Sie denn studiert?«

»Kunst«, antwortete Una. »Aber ich habe mein Studium nicht abgeschlossen.« In ihrem Tonfall schwang mit, dass es dazu eine Erklärung gab, die sie jedoch für sich behalten wollte. »Sie sind ein geduldiger Zuhörer«, sagte sie stattdessen.

»Haben Sie seine Frau gekannt?«

»Kaum. Wir haben uns gegrüßt, das war alles. Gelegentlich ist sie mir mit dem Kind begegnet. Ich weiß wirklich nicht, wie Hugh das alles erträgt.«

Cormac war weit davon entfernt, sich als eingefleischten Junggesellen zu betrachten, aber die Vorstellung, eines Tages Kinder zu haben, hegte er nie. In dem Punkt war es ihm unmöglich, sich in Osbornes Kummer hineinzuversetzen. Sein Blick wanderte über die Fensterfront des Hauses, um nach Lebenszeichen Ausschau zu halten. Una beobachtete ihn schweigend. Mit einem Mal senkte sie den Kopf und betrachtete ihre Hände, die sie auf ihrem Schoß zu Fäusten geballt hatten.

Cormac hätte Una gern gefragt, wie sie sich Mina Osbornes Verschwinden erklärte, aber er besann sich eines Besseren und schwieg. Als er wieder anfuhr, überlegte er, ob Unas Zorn und die Art und Weise, in der sie sich am Nachmittag um Osborne gekümmert hatte, auf mehr als nachbarliche Fürsorge schließen ließen. Ihm fiel wieder ein, wie ihr Bruder die Forke umklammert und Unas Rücken förmlich mit Blicken durchbohrt hatte.

Sie waren ungefähr einen halben Kilometer weitergefahren, als Una das Schweigen brach. »Nach der nächsten Kurve biegen Sie links ab.« Cormac tat wie geheißen. Der Jeep ratterte über ein Viehgitter hinweg und folgte einem Weg, der steil hügelan führte. Das Haus der McGanns lag geduckt in einer Mulde und wurde auf drei Seiten von blassgrünen Kiefern begrenzt, deren ausladende Äste über das Dachgesims strichen. Gleich anderen alten Bauernhäusern war es breit und niedrig und besaß eine Reihe kleiner, unterteilter Fenster. Die Fassade sah frisch geweißelt aus, und die Haustür und die Fensterrahmen schienen erst kürzlich mit schwarzer Lackfarbe gestrichen worden zu sein. An einer Türseite kletterten Heckenrosen in die Höhe, und die Blumenbeete machten einen liebevoll gepflegten Eindruck. Im Hof stand neben einem Blechschuppen ein uralter schwarzer Wagen. Insgesamt rief der Anblick in Cormac das familiäre Idyll eines Bauernhauses hervor, das vor etwa einem halben Jahrhundert errichtet worden war. Cormac stellte den Jeep in der kleinen Einfahrt ab.

»Brendan ist derjenige, der pausenlos pinselt und spachtelt«, sagte Una. »Er ist in das Anwesen vernarrt, als wäre es sein Kind. Als mein Vater das alte Strohdach auswechseln ließ, war Brendan derart außer sich, dass er für drei Tage im Schuppen übernachtet hat, und als unsere Eltern ein neues Haus errichten wollten, hat er sich entschieden dagegen gewehrt. Davon wollte er absolut nichts wissen.«

Cormac fand das einleuchtend. Ein Mann, der seinen Torf

noch von Hand stach, war nicht der Typ, der Veränderungen begrüßte. Una stieg aus dem Jeep und ging auf das Haus zu. Cormac folgte ihr. Durch die schwarz glänzende Vordertür betraten sie den Gang, der das Haus durchschnitt. Linker Hand lag die Küche, in die Una nun Cormac führte, ein riesengroßer Raum, in dessen Mitte ein schwerer Holztisch stand. Auf seiner Wachsdecke häufte sich ein Berg aus Zwiebel- und Möhrenschalen, und dahinter befand sich eine Anrichte, die Geschirr aus blau gemustertem Porzellan barg. Beherrscht wurde der Raum von einem mächtigen alten Steinkamin, in dem im Moment aber kein Feuer brannte. Die Wärme, die zu spüren war, entstammte offenbar dem großen Herd, auf dem ein Gusseisentopf thronte. Als Cormac die Duftschwaden in die Nase stiegen, wurde ihm bewusst, wie ausgehungert er war.

»Ein Becher Tee wäre jetzt gewiss nicht verkehrt«, sagte Una und griff nach dem Teekessel, ohne auf Cormacs Entgegnung zu warten. »Fintan muss den Eintopf zubereitet haben, bevor er nach draußen gegangen ist«, fuhr sie fort. »Die Jungs tun zwar immer so, als ob sie im Haus zu nichts nutze wären, aber in Wirklichkeit kommen sie ganz gut zurecht.«

Während sie den Kessel am Spülbecken mit Wasser füllte, schaute Cormac sich in der Küche um. Eine schmale Stiege führte ins Obergeschoss, das sich wie eine Galerie über den unteren Raum schob. Cormac versuchte sich die Schlafkammern vorzustellen und überlegte, ob sie wohl denjenigen im Haus seiner Großmutter glichen. Er rief sich die kitschige Blumentapete und die muffigen Zimmer in Erinnerung, die wackligen Metallbetten und die Bilder mit dem blutenden Herzen Jesu. Er ließ den Blick weiterwandern. Unter der vorstehenden Galerie befand sich ein zweiter Herd, auf dem gerade weiße Emailletöpfe standen. In den Regalen, die ihn rechts und links flankierten, reihten sich Glasbehälter aneinander, die alle von derselben ordentlichen Hand beschriftet worden waren. Sie enthielten eigentümliche Substanzen, Dinge, die nach Borken, Wurzeln und getrockneten Pflanzen aussahen. Blassgrüne Flechten konnte Cormac ausmachen, kupferrote Zwiebelschalen und Wurzelfasern, die zu Wildblumen zu gehören schienen, aber die meisten waren ihm unbekannt. »Färberwurzel«

las er, »Koschenille« und »Rotholz«. In den benachbarten Regalfächern wurden in eckigen Körben Garnrollen aufbewahrt und Wollknäuel, die entweder gefärbt oder in ihrem Naturweiß belassen worden waren. Cormac musste an das Geheimlabor eines mittelalterlichen Alchimisten denken. In der hinteren Küchenecke, unter dem Treppenpodest, stand ein großer Webstuhl, eine komplizierte Vorrichtung aus Rollen, Balken, Fäden und Schiffchen. Daneben hing ein Wandteppich mit einem Landschaftsrelief aus erdigen Tönen, das aussah, als wären Flechten und Farne eines Moores ineinander gewirkt worden, mit ein paar purpurroten Tupfern aus Fingerhut und Fettkraut hier und da. Cormac ließ den Blick darauf verweilen. Er konnte die unvollständigen Umrisse zweier Halbkreise zu erkennen, die wie versunkene Reste eines Ringgrabens aussahen.

»Ist das Ihr Werk?«, fragte er.

»Ja, soweit es fertig ist«, antwortete Una etwas zerstreut. Sie eilte an ihm vorbei, um einen Stapel Papier, einen Pullover und eine Zeitung von dem durchgesessenen Sofa aufzuraffen. »Bitte, nehmen Sie doch Platz, und entschuldigen Sie das Durcheinander«, sagte sie. »Ich bin in dem Punkt ein bisschen unempfindlich geworden.« Was Una als Durcheinander bezeichnete, war das behagliche Treibgut eines familiären Alltags, etwas, was dem Raum eher eine gemütliche Atmosphäre verlieh. Dagegen kam Cormac sein ordentlicher Haushalt in Dublin kalt und seelenlos vor.

»Was ist das dahinten alles?«, fragte er und deutete auf die Nische unter der Empore.

»Na ja, das könnte man vermutlich als mein Atelier bezeichnen«, sagte Una. »Früher, als ich nur gewebt habe, hat es dort aufgeräumter ausgesehen; seit ich selber färbe, nimmt die Sache aber irgendwie überhand. Ich hoffe, dass ich mich bald woanders besser ausbreiten kann.«

Cormac vernahm ein Geräusch an der Hintertür, und gleich darauf kam ein kleines Mädchen von etwa fünf Jahren in die Küche geschossen, dessen rundes Gesicht von einem Kranz blonder Locken eingerahmt war. Es trug eine einfache Latzhose, gelbe Gummistiefel und eine grüne Tweed-Jacke mit großen roten Knöpfen. Die Augen des Kindes huschten von Una zu Cormac und anschließend zu Una zurück. Gleich darauf war es wieder draußen.

»Fintan, kommst du jetzt?«, hörte man von dort das Mädchen rufen. Es klang, als wartete die Kleine bereits seit Menschengedenken. »Da ist jemand in der Küche.«

Ein glatt rasierter junger Mann steckte den Kopf durch die Tür. Er nickte Cormac zu und setzte einen Korb auf der Schwelle ab. Anschließend zog er sich zurück, um sich die Stiefel auszuziehen. »Der Eintopf dürfte so weit sein!«, rief er Una zu.

Als der Mann die Küche betrat, sagte Una: »Cormac Maguire – und Fintan, mein Bruder.« Das Kind kam wieder herbeigelaufen und schmiegte sich an ihren Rock. »Und das, das ist meine Tochter Aoife.«

Die Unterhaltung am Abendbrottisch der McGanns erinnerte Cormac an die Wochenenden, die er als Junge oft bei einem Schulfreund verbracht hatte. Seine eigene Familie hatte nur aus ihm und seiner Mutter bestanden, und obwohl es ihnen an Gesprächsstoff nicht gemangelt hatte, war nie die Lebhaftigkeit entstanden, die er in der Familie seines Freundes vorfand. Ähnlich flogen zwischen Una und Fintan McGann die Worte hin und her, Gelächter erhob sich zwischendurch, und Cormac lauschte derart gebannt, als handele es sich um eine gewichtige Diskussion. Ein Familienmitglied allerdings beteiligte sich nicht an dem Geplänkel, schweigsam saß es da und sah kaum von seinem Teller auf. Bereits beim Betreten des Hauses hatte Brendan McGann ihn nur flüchtig zur Kenntnis genommen: Auf die Frage hinsichtlich einer möglichen Entschädigung hatte er nur etwas Unverständliches geknurrt und sich dann an der Stirnseite des langen Küchentisches niedergelassen. Wenig später aß er schmatzend, tunkte die Soße mit einem Brotkanten auf und schob schließlich, nachdem er fertig war, wortlos den Stuhl zurück. Er durchquerte den Raum und setzte sich auf den Sessel neben dem Kamin. Dort begann er Tabak zwischen den Händen zu zerreiben und seine Pfeife zu stopfen, wobei jede Geste gleichmütig ausgeführt wurde, so als würde sie auf dieselbe Weise bereits seit Ewigkeiten vollzogen. Die anderen schenkten ihm keine Beachtung. Sie schienen sein Verhalten gewohnt zu sein.

Aoifes Vater war mit keiner Silbe erwähnt worden, stellte Cormac fest. Vielleicht war er ja – wie sein eigener Vater – einfach verschwunden. Nachdem sie die Mahlzeit beendet hatten, breitete Unas Tochter auf dem Boden die Schätze aus, die sie draußen gesammelt hatte: einen dicken weißen Blätterpilz, Eicheln, weiche Kissen hellgrünen Mooses und als Krönung einen kleinen Zweig voller Weißdornblüten. Cormac nahm wahr, dass Brendans Miene sich bei dem Anblick des Weißdornzweiges verdüsterte.

»Aoife, schaff das raus!«, befahl er grimmig. »Sofort! Hast du mich verstanden? Weißt du denn nicht, dass Weißdorn im Haus Unglück bringt? Und du« – er stach mit dem Zeigefinger in Fintans Richtung – »hättest sie ruhig darauf hinweisen können.«

»Aber Brendan, die Blumen sind doch schön«, sagte Aoife, sprang hoch, lief zu ihrem Onkel hin und wedelte mit den blassen Blüten vor seinem Gesicht. Brendan wich zurück. Dann stand er auf und erhob sich drohend über der Kleinen.

»Warum musst du jedes Mal Widerworte geben? Himmelherrgott, du bist genau wie deine Mutter«, stieß er hervor. »Kannst du nicht ein einziges Mal gehorchen?« Er riss dem Kind den Zweig aus der Hand, marschierte zur Hintertür und schleuderte ihn hinaus.

Cormac musste unwillkürlich an das Entsetzen seiner Großmutter an dem Tag denken, an dem er als kleiner Junge einen ähnlichen Blütenzweig nach Hause geschleppt hatte. Seine Mutter hatte ihm später zu erklären versucht, dass es sich bei der Sache um Aberglaube handelte. Jahre später hatte er dann gelesen, dass Weißdorn deshalb als Unglücksbote galt, weil sein schaler, süßlicher Duft die Menschen an den Geruch des Todes erinnerte. Doch was konnte ein Kind schon davon wissen?

»Ich glaube, ich sollte allmählich aufbrechen«, sagte Cormac mit Hinblick auf den Musikabend. Er wandte sich an Fintan. »Ich kann Sie in meinem Wagen mitnehmen, wenn Sie möchten.«

Das Pub war bereits recht voll, als sie eintrafen. Hinter der Tür, in der Nähe des Steinkamins, hatte sich eine Hand voll Musikanten zusammengefunden. Ein halbes Dutzend großer Gläser mit dunklem, schaumbekränztem Bier stand auf den niedrigen Tischen. Sie stimmten einen Reel an, den Cormac sogleich als »Rakish Paddy« erkannte. Als Fintan an die Bar trat, um ihre Getränke zu bestellen, schaute einer der Spieler auf. Es war Garrett Devaney. Zur Begrüßung hob er die Brauen, während sein Bogen unverändert auf und ab strich und sein Kinn liebevoll auf dem Holz seiner Fidel ruhte.

Nachdem Fintan ihm sein Bier überreicht hatte, ließ Cormac sich auf einem Schemel nieder und klappte seinen Flötenkasten auf. Er entnahm ihm die schwarzen Ebenholzteile, schraubte sorgsam die Silberenden übereinander, legte das Mundstück an die Lippen und die Finger an die Löcher und stieß dann probeweise ein paar leise Töne aus. Währenddessen beobachtete er, wie Fintan seinen Dudelsack herrichtete und ihn sich umband, indem er sich einen Ledergürtel um die Hüfte schnürte und mit einem zweiten den rechten Arm umwand, mit dessen Ellbogen er den kleineren Blasebalg bedienen würde. Schon immer hatte dieses Ritual Cormac an das Anlegen von Gebetsriemen erinnert.

Die Spieler beendeten ihr flottes Stück, und einer von ihnen, ein kahlköpfiger Alter, brach in vergnügtes Gelächter aus. Er hob sein Bierglas und sagte zu seinem Nachbarn: »Allmächtiger, ganz schön fetzig. Ein richtiger Kracher.«

Fintan machte Cormac mit allen Spielern bekannt. Neben dem Alten saß ein untersetzter Mann, der mit gerecktem Hals in die Runde lauschte. Für einen Moment überlegte Cormac, was es an ihm Besonderes gab, außer dass er kein Instrument bei sich hatte, doch erst als der andere sich vorbeugte und auf dem Tisch nach seinem Bierglas tastete, begriff Cormac, dass der Mann blind war.

»Das ist Ned Raftery, mein alter Lehrer«, sagte Fintan. »Ein eins a Sänger.«

Devaney warf Cormac einen Seitenblick zu und sagte: »Schön, dass Sie zu uns gefunden haben. Auf geht's, spielen Sie mit.«

Cormac wusste noch nicht recht, was er von dem Polizisten halten sollte. Trotz seiner meist unbewegten Miene war es offenkundig, dass er seine Augen überall hatte, selbst an einem Abend, an dem er sich unter Freunden und Nachbarn befand. Er erfasste alles, registrierte alles und legte es danach vermutlich fein säuberlich in seinem Hirn ab.

Wenig später ging die Kneipentür auf, und Hugh Osborne trat ein. Für den Bruchteil einer Sekunde verstummten die Gespräche, wurden aber anschließend sofort in der vorherigen Lautstärke wieder aufgenommen. Osborne schien es nicht zu bemerken. Er ließ den Blick in die Runde schweifen, bis er auf Cormac fiel, wo er abermals flüchtig verharrte. Es sah aus, als könnte er mit dessen Gesicht nichts Rechtes anfangen, als wüsste er jedoch, dass er es schon einmal irgendwo gesehen hatte. Dann begab er sich zur Bar und bestellte sich etwas zu trinken. Er hatte sich neben einen noch recht jungen Mann mit dunklem, kurz geschorenem Haar gestellt. Osborne richtete einige Worte an ihn, woraufhin der andere eine Bewegung machte, als wollte er ihn abschütteln, obgleich Cormac hätte schwören können, dass Hugh den Mann gar nicht berührt hatte.

Im Gegensatz zu der Arbeitskleidung, die Osborne am Nachmittag getragen hatte, wirkte er nun mit schwarzem Jackett und heller Hose geradezu elegant. Darüber hinaus bewegte er sich mit einer natürlichen Lässigkeit, was ihm einen lockeren, souveränen Anstrich gab.

Fintan war Cormacs Blick gefolgt. »Haben Sie von der Geschichte gehört?«, fragte er leise. Cormac nickte. »Ich weiß nicht, ob er der Unhold ist, für den die meisten ihn halten«, sagte Fintan. »Vielleicht sind die Leute bloß schadenfroh und genießen es, einen feinen Herrn im Dreck stecken zu sehen. Ein erbärmliches Verhalten, finde ich. Trotzdem wäre es mir lieber, Una würde wieder zu Verstand kommen.«

»Vielleicht ist sie mit Hugh Osborne ja nur gut befreundet«, sagte Cormac.

Fintan schaute ihn an. »Klar, Mann«, sagte er. »Vielleicht.«

Später stieß Cormac auf dem Weg von der Herrentoilette auf den jungen Burschen, neben dem Osborne gestanden hatte. Er blieb auch dort stehen, weil es im Raum gerade still geworden war. Einer der Fiddler hatte »The Dear Irish Boy« angestimmt, und Cormac bekam einen Kloß in den Hals, als er die schwermütige Melodie vernahm. Der junge Mann wandte sich zu Cormac um, bedachte ihn mit einem stieren Blick und kehrte ihm dann wieder den Rücken zu. Anschließend setzte er sein Glas an, um es mit gierigen Zügen zu leeren, dann klopfte er damit auf den Tresen. »Du hast jetzt genug«, hörte Cormac den Barkeeper zischen. »Verzieh dich.« Der Mann erwiderte nichts darauf, sondern klopfte noch einmal mit dem Glas. »Geh nach Hause«, kam es zurück. »Bevor du uns beiden noch Ärger bescherst.« Cormac sah den finsteren Blick, mit dem der Angesprochene den Barkeeper bedachte, ehe er sich umdrehte und schwankend den Raum durchquerte. Torkelnd stolperte er in die Nacht hinaus. Cormac schien offenbar nicht der Einzige gewesen zu sein, der den Abgang verfolgt hatte, Hugh Osborne löste sich nämlich aus der Menge und eilte dem Verschwindenden hinterher. Dass auch Devaney alles mitbekommen hatte, stand für Cormac sowieso fest.

6

Es war noch früh am Morgen, als Cormac hörte, dass im Pub unter ihm das Leben erwachte. Bierfässer wurden entladen, donnerten auf den Boden und wurden gerollt, Flaschen klirrten. Gleich darauf wurde tuckernd ein Dieselmotor angelassen, und ein Laster fuhr brummend davon. Cormac hatte miserabel geschlafen und geträumt, dass Furcht erregende, schemenhafte Gestalten ihn durch dunkle Wälder hetzten. Für eine Weile kniff er die Lider zu und wälzte sich auf die andere Seite, in der Hoffnung, noch einmal einzunicken. Er war gerade eingedöst, als jemand laut an die Tür klopfte. »Mister Maguire?«, rief eine raue Jungenstimme. »Es ist neun Uhr. Sie wollten geweckt werden.«

»Scheiße«, murmelte Cormac. Dann sagte er laut: »Schon in Ordnung. Vielen Dank. Könnte ich vielleicht eine Tasse Tee bekommen?« Darauf erhielt er keine Antwort. Stattdessen vernahm er das Getrappel schwerer Stiefel, die sich polternd die Treppe hinunter entfernten. Na gut, dachte Cormac resigniert. Ich sollte ohnehin zusehen, dass ich auf die Beine komme, sonst schaffe ich es womöglich nicht mehr, mich um zwei Uhr mit Nora zu treffen.

Sein Tee erwartete ihn unten im Schankraum mitsamt einem Frühstück, von dem eine halbe Armee hätte satt werden können. Cormac war gerade dabei, den Berg aus Rührei, Würstchen, Toast, Schinkenspeck und Tomaten in Angriff zu nehmen, als sich die Tür des Pubs öffnete. Una McGann trat herein und schaute sich suchend um. Kaum hatte sie Cormac erblickt, kam sie auf ihn zu geeilt. Hinter ihr tauchte Hugh Osborne auf, der innehielt und wohl deshalb zu zögern schien, weil er Cormac beim Frühstücken sah.

»Entschuldigen Sie den Überfall«, sagte Una anstelle einer Begrüßung. »Mir ist da nämlich ein Gedanke gekommen, den ich dringend loswerden muss.« Dann machte sie die beiden Männer miteinander bekannt, woraufhin Cormac sich erhob und Hugh Osborne die Hand reichte. Alle drei standen sie leicht unschlüssig da.

»Möchten Sie mir nicht Gesellschaft leisten?«, fragte Cormac schließlich. Hinter der Theke konnte man den Besitzer des Pubs mit Besteck und Geschirr klappern hören.

Osborne nickte und ließ sich auf einem der kleinen gepolsterten Schemel nieder, die neben ihm winzig wirkten, und bemühte sich, seine langen Beine unter dem Tisch zu verstauen. Er schaute kurz Una an und wandte sich dann auf ihr Nicken hin an Cormac. »Also«, sagte er. »Es geht um Folgendes ... Nein, warten Sie – ich sollte von ganz vorn beginnen. Die Sache ist nämlich die, dass ich dabei bin, ein Stück Land zu erschließen. Darauf sollen später Werkstätten errichtet werden. Ich denke an Räumlichkeiten, in denen wir traditionelle Handwerksarbeiten herstellen und verkaufen.« Hugh Osbornes Stimme war ein tiefer, voll tönender Bass mit einem Akzent, der weder irisch noch englisch klang, sondern irgendwo dazwischen lag. Cormac richtete seine Aufmerksamkeit auf das Gesicht des Mannes, wo ihm die dunklen Ringe unter dessen Augen auffielen, und fragte sich, ob Osborne womöglich eine ebenso lausige Nacht hinter sich hatte wie er.

»Wir haben bereits mehrere Weber, einen Kunstschmied und ein paar Töpfer für unser Projekt gewonnen«, fuhr Osborne fort. »Und natürlich Una. Ihre Arbeiten werden im Mittelpunkt stehen.«

Osborne schien ein vorsichtiger, um nicht zu sagen scheuer Mensch zu sein. Cormac wusste aus eigener Erfahrung, was es bedeutete, in einer ländlichen Gegend als Außenseiter zu gelten. Er merkte, dass er plötzlich Mitgefühl mit seinem Gegenüber empfand.

»Die Lage ist ideal«, sagte Osborne. »Es handelt sich um

einen geschichtsträchtigen Ort ...« Seine Stimme versickerte.

»Klingt viel versprechend«, sagte Cormac höflich. »Mir ist nur noch nicht ganz klar, inwieweit das mich betrifft.«

»Entschuldigung, das hätte ich vielleicht doch gleich zu Anfang erwähnen sollen«, sagte Osborne, der ein bisschen rot geworden war. »Wir hatten vorgesehen, in Kürze die Strom- und Gasleitungen zu verlegen. Wie Ihnen aber sicherlich bekannt ist, muss ein historisches Stück Land vor der Bebauung aus archäologischer Sicht freigegeben werden. Das Unternehmen, das ich zu diesem Zweck beauftragt hatte, hat im letzten Moment absagen müssen. Die Leute arbeiten wohl an einer Sache, die sich länger als ursprünglich gedacht hinziehen wird, und alle anderen Firmen sind mittlerweile ausgebucht.« Osborne räusperte sich, bevor er weitersprach. »Nun ist mir zwar klar, dass Sie derartige Überprüfungen in der Regel nicht vornehmen, aber wir wollten es nicht versäumen, Sie darum zu bitten, wir liegen nämlich mit unserer Planung um einiges zurück. Ich zahle Ihnen selbstverständlich den üblichen Satz. Die Arbeit würde meiner Schätzung nach ein bis zwei Wochen in Anspruch nehmen.« Er versuchte ein Lächeln zustande zu bringen. »Ich dachte, Sie könnten das vielleicht als eine Art Arbeitsurlaub betrachten. Sie könnten selbstverständlich bei mir wohnen, wenn Sie das möchten. Natürlich weiß ich nicht, ob Ihnen überhaupt die Zeit zur Verfügung steht.«

»Na ja, eigentlich stecke ich mitten in einem Forschungssemester«, sagte Cormac ausweichend. »Das Problem ist nämlich, dass ich ein Buch beenden muss, bei dem mir der Verleger schon im Nacken sitzt.«

»Natürlich«, sagte Osborne. »Dafür habe ich vollstes Verständnis.«

»Außerdem habe ich Dr. Gavin versprochen, heute Nachmittag nach Dublin zurückzukehren. Es geht um die Untersuchung des Schädels aus dem Moor.« Cormac wurde sich bewusst, dass Devaneys Verdächtigungen ihn offenbar beeinflusst hatten. Una und Hugh wechselten jedenfalls stumme Blicke, als er das sagte. »Ich weiß nicht, was ich Ihnen antworten soll«, fügte er ausweichend hinzu. »Kann ich mir die Sache nicht überlegen und Sie dann anrufen?«

»Selbstverständlich. Lassen Sie sich die Angelegenheit in Ruhe durch den Kopf gehen.«

»Es tut mir Leid, dass ich Ihnen im Moment nichts Endgültiges mitteilen kann.«

Osborne stand auf. »Kein Problem. Ich will Sie nicht bedrängen.« Er bot Cormac keine Hand zum Abschied an, was er seltsamerweise verstand. Ein kurzes Flackern in Osbornes Augen hatte ihm verraten, dass er offenbar nicht der Erste war, der sich aus der Sache herauszuhalten versuchte.

»Dann auf Wiedersehen«, sagte Osborne, während er bereits den Ausgang ansteuerte. »Verzeihen Sie, dass wir Sie beim Frühstück belästigt haben.« Una McGann schaute ihm verdutzt hinterher. Dann drückte sie Cormac eine Visitenkarte in die Hand. »Hier ist seine Telefonnummer«, flüsterte sie. »Bitte, rufen Sie ihn an.«

»Das werde ich tun«, sagte Cormac. »Ich werde mich heute Nachmittag bei ihm melden.« Er konnte selbst hören, wie hohl sein Versprechen klang.

Der Kopf der namenlosen rothaarigen Frau steckte noch immer in seiner Hülle aus Plastikbahnen und Torf. Inzwischen befand er sich jedoch auf einem Labortisch in den Collins Barracks in Dublin. Der Geruch des feuchten Torfes hing im Raum, während blässliches Tageslicht durch ein Fenster sickerte, das auf den großen, gepflasterten Innenhof führte. Vor etwa einem Jahrhundert, als es sich bei dem Gebäude noch um die größte Kaserne des britischen Empires gehandelt hatte, war Königin Victoria hier einmal zu einem Besuch erschienen, um ihre Truppen zu inspizieren. Etwas von der alten Militäratmosphäre haftete den Räumen noch immer an, selbst wenn zwei Flügel des Gebäudes inzwischen das National Museum beherbergten.

Cormac hörte Nora im Nachbarzimmer telefonieren. »Das wäre prima«, sagte sie. »Okay, bis nachher. Und vielen Dank.« Gleich darauf stieß sie die Tür auf. »Das war die Radiologie im Beaumont Hospital«, sagte sie. »Die haben um sechs noch einen Termin für die Computertomografie frei. Wir müssen uns ranhalten.«

Nora griff in eine Schublade und entnahm ihr ein Paar Gummihandschuhe, die sie darauf bis über die Manschetten ihres Laborkittels zog. Cormac gefielen ihre routinierten, professionellen Gesten. Sie schlüpft in diese Rolle wie in ihre Gummihandschuhe, dachte er, und beides sitzt wie eine zweite Haut. Nora wandte sich nun dem schwarzen Bündel zu und entfernte behutsam die Plastikstreifen und danach die nassen Schichten Torf. Anschließend breitete sie die verklebten Haarsträhnen um den Schädel aus. Unter dem gnadenlosen Licht der Neonröhren wirkte das Gesicht noch grausiger als zuvor, aber Nora berührte den Kopf so sanft wie den eines lebenden Patienten. Was immer Nora am Vortag beunruhigt hatte, war verflogen. Plötzlich wurden Cormac bewusst, dass er so gut wie nichts über Nora wusste, nicht, welche Art von Leben sie in den Staaten geführt, nicht, welche berufliche Karriere sie abgebrochen hatte, nicht, was sie bewogen hatte, nach Dublin zu ziehen. Er nahm an, dass Gabriel mehr gewusst hatte, aber er selbst hatte vermutlich nie hingehört, wenn der ihm davon erzählte.

»Mit der offiziellen Obduktion müssen wir leider warten, bis Drummond auftaucht«, sagte Nora. »Er hat gesagt, dass er sich morgen vielleicht freimachen kann, falls ihm nichts Unvorhergesehenes dazwischenkommt.«

Währenddessen entfernte sie Torfkrumen vom Gesicht der Toten und besprühte es mit einem feinen Nebel jodfreiem Wasser. Vermutlich würde Nora nicht einmal mehr wissen, wovon er sprach, wenn er sich jetzt für sein Verhalten an jenem Abend bei Gabriel entschuldigte. Die Erinnerung daran beunruhigte ihn ein bisschen, aber auch der Gedanke, hier zu sitzen und Nora bei der Arbeit zu betrachten. Cormac zwang sich, sie nicht unentwegt anzustarren. Er rückte den Hocker näher an den Tisch und ließ den Blick auf dem rothaarigen Frauenkopf verweilen. Die Haut wirkte weich und war bräunlich gefärbt, wie gegerbtes Leder. Er studierte die zarte Kurve der Oberlippe und den Flaum der Wangen, wobei er dem Drang widerstehen musste, ihr über die zerfurchte Stirn zu fahren, um sie zu glätten.

»Ist das der erste Schädel, mit dem du zu tun hast?«, fragte Nora. Cormac nickte. »Hm. Geht mir nicht anders. Wenn du möchtest, kannst du mir bei der Arbeit helfen. Hier, zieh dir ein paar Handschuhe über.«

Sie öffnete abermals die Schublade und entnahm ihr ein zweites Paar. Dann durchquerte sie den Raum und rief ins Nebenzimmer: »Wenn du so weit bist, kann es losgehen.« Ein junger Mann in weißem Kittel tauchte im Türrahmen auf. »Das ist Raymond Flynn, unser Labortechniker«, sagte Nora. Sie deutete auf Cormac. »Und das ist Cormac Maguire, der Archäologe, der die Grabung betreut hat.«

Die beiden Männer nickten sich zu. Anschließend begannen Nora und Flynn mit ihren Untersuchungen. Cormac saß still da und verfolgte ihre Handlungen mit andächtigem Interesse. Gelegentlich griff er ein, um den Schädel festzuhalten, während Nora und Flynn den Umfang des Kopfes und die Länge des roten Haares maßen und ihren Fund von allen Seiten fotografierten. Oder er machte sich nützlich, indem er den Kopf mit dem feinen Nebel besprühte und die Angaben notierte, die Nora und Flynn ihm diktierten. Nachdem sie die erste Phase der Untersuchung abgeschlossen hatten, trug Nora den Schädel in den anschließenden Röntgenraum, wo Flynn sich zu ihr gesellte, um den Röntgenapparat zu bedienen.

»Wir können höchstens ein paar Mutmaßungen in Bezug auf ihr Alter anstellen«, sagte Nora, als sie und Flynn zurückkehrten und dieser den Kopf wieder auf dem Labortisch ablegte. »Wenn du mich fragst, war die Frau noch blutjung, als sie gestorben ist. Na ja, mehr werden wir glücklicherweise erfahren, nachdem wir ihre Zähne untersucht haben.«

Sie nahm eine Pinzette, um von dem Schädel ein winziges Stück Haut zu entfernen, und danach eine Schere, um das Ende einer Haarsträhne abzuschneiden. Als Nächstes entnahm sie dem Muskelgewebe des Halsstumpfes eine Probe und zuletzt eine von einer Arterie. Als Nora feststellte, dass Cormac ihr wie gebannt zusah, lächelte sie.

»Ich brauche das alles für die chemische Analyse«, sagte sie. »Wusstest du eigentlich, dass Cholesterin das beste Testmittel ist, um das Alter von Moorleichen zu bestimmen?«

Cormac schüttelte den Kopf. »Nein«, sagte er. »Warum?«

»Na ja, Cholesterin verbindet sich nicht mit Wasser und ist

hervorragend geeignet, Fremdkörper abzuweisen.« Gedankenverloren betrachtete Nora den Schädel. »Die Todesursache
lässt sich aber ohne den Körper vermutlich nur erraten.« Sie
strich vorsichtig über den Hals der Toten. »Ich erkenne keine
Würgemale an der Kehle. Für mich gibt es nur einige Anzeichen, die auf eine Enthauptung hindeuten.«

»Das hast du draußen im Moor schon gemutmaßt. Wie
kommst du darauf?«

»Schau dir doch nur mal den Halsstumpf an.« Nora kramte eine Lupe aus den Instrumenten hervor, die auf einem Tablett
neben ihr lagen. »Es ist ein äußerst sauberer Schnitt.« Sie überreichte Cormac die Lupe. »Betrachte die Art, in der die Adern
durchtrennt wurden«, sagte sie. »Sie sind nicht zerfetzt. Das
war ein glatter Schnitt. Wahrscheinlich hat es sich um einen
einzigen, gezielten Hieb mit einer scharfen Klinge gehandelt.«
Nora hielt inne. »Wenn ein Opfer bewusstlos oder bereits tot
ist, bedarf es eigentlich keines solchen Geschicks«, fuhr sie
anschließend fort. Abermals legte sie eine nachdenkliche Pause ein. »Unser Opfer war jedoch weder bewusstlos noch tot,
sonst hätte es seine Lippe nicht zerbeißen können. Die Kleine
hat wohl Glück gehabt, wenn sie mit einem fachmännischen
Hieb umgebracht wurde. Auf die Weise war es zumindest
schnell vorüber. Und da ist noch etwas.« Nora deutete auf das
Kinn, wo eine Art Abschürfung zu sehen war. »Dort kannst
du ein Stück Leichenwachs erkennen, wo früher Fettgewebe
war. Meiner Meinung nach wurde an dieser Stelle etwas Haut
abgeschabt, und zwar während ihr durch einen Hieb der Axt,
des Schwertes oder welcher Klinge auch immer von oben her
der Kopf abgetrennt wurde.«

Cormac machte offenbar einen verständnislosen Eindruck,
Nora beugte sich jetzt nämlich vor und verschränkte die Hän-
de auf dem Rücken, als wäre sie gefesselt. Dann ließ sie den
Kopf auf den Labortisch sinken.

»Stell dir vor, ich knie vor dem Block, auf dem ich geköpft
werden soll. Meine natürliche Reaktion wäre, mich zusam-
menzuziehen, mich so klein wie möglich zu machen.« Cormac
betrachtete Noras schmalen Nacken, den Ansatz ihres schwarzen Haars auf ihrer blassen Haut und die Kuhle, die sich zwi-

schen ihren Sehnen gebildet hatte. Auf den ersten Blick kam es ihm leicht vor, ein derart zartes Körperglied mit einer Axt zu durchtrennen. Vermutlich erkannte man erst während der Tat, dass es doch einiger Zeit und Anstrengung bedurfte, die Masse der Knochen, Knorpel und Muskeln zu zerteilen.

»Ist dir nun klar, wie es vor sich gegangen sein könnte?«, fragte Nora von unten. »Wenn mein Kinn auf der Brust liegt, wird es von der Klinge getroffen.« Sie richtete sich auf. »Trotzdem können wir uns natürlich auch alle möglichen anderen Arten ihres Todes ausdenken«, sagte sie. »Die wichtigste Frage für mich ist nur, warum sie hat sterben müssen. Meiner Meinung nach war unser Opfer fast noch ein Mädchen, und weshalb bringt man ein junges Mädchen um? Die andere Sache, die mir auffällt, ist der gute Zustand des Schädels. Das Labor wird das noch genauer überprüfen, aber ich erkenne überhaupt keine Anzeichen von Insekteneiern oder Larven. Der Schädel muss ziemlich bald nach dem Tod ins Moor befördert worden sein, sonst wäre er nicht dermaßen gut erhalten. Vielleicht wurde das Mädchen ja sogar im Moor oder wenigstens in der Nähe eines Moores ermordet.«

»Du bist dir doch wohl darüber im Klaren, dass wir wahrscheinlich bereits alles über die Tote herausgefunden haben, was es herauszufinden gibt«, sagte Cormac, der lieber den Tatsachen ins Auge sah, als Ergebnisse abzuwarten, die ohnehin nichts mehr erbrachten.

»Ja, darüber bin ich mir im Klaren«, antwortete Nora. »Ich bin aber noch nicht bereit, das als endgültig hinzunehmen.«

Cormac überlegte, ob er das Angebot erwähnen sollte, das Osborne ihm gemacht hatte. Allerdings war es so gut wie ausgeschlossen, dass er den Auftrag annehmen würde. Er würde Osborne absagen und die Sache vergessen. Stattdessen würde er sein Buch zu Ende schreiben und seinen Lehrstoff für das Herbstsemester vorbereiten. Im Geist sah er die nächsten Monate vor sich, die nächsten Jahre, sein restliches Leben. Zuverlässig und unausweichlich. Cormac stutzte. Was war mit ihm los?, fragte er sich. Warum ging er plötzlich davon aus, dieses Leben nie mehr weiterführen zu können, wenn er es für kurze Zeit unterbrach? Seit wann sperrte er sich dagegen, einem Wink des Schicksals zu folgen? Seit wann betrachtete er derartige Ereignisse nicht mehr als Gelegenheiten, neue Wege zu beschreiten?

»Hugh Osborne hat mich gefragt, ob ich nicht Interesse habe, einen kleinen Auftrag für ihn auszuführen«, sagte er dann, ohne sich weiter zu besinnen. »Es handelt sich um die archäologische Untersuchung eines Stücks Bauland, das er gerade erschließt.«

Noras dunkelblaue Augen funkelten aufgeregt, als sie sich zu Cormac umwandte.

»O Cormac …«, hob sie an, nur um gleich darauf wieder zu verstummen. Dann holte sie tief Luft. »Bitte sag jetzt nicht, dass du sein Angebot ausgeschlagen hast.«

»Ich habe Osborne erklärt, dass ich mir das noch überlegen würde. Es wäre einfach zu viel Arbeit für eine Person …«

»Ich helfe dir«, sagte Nora prompt. »Ich habe ja jetzt eigentlich für zwei Wochen Osterferien.«

»Ich würde dich niemals bitten …«

»Du würdest mich nicht bitten. Aber ich biete es freiwillig an. Ich *möchte* es tun. Wenn wir die Untersuchung übernehmen, wäre das doch die einmalige Chance, mehr über das tote Mädchen zu erfahren.«

»Das tote Mädchen könnte hundert, wenn nicht gar tausend Jahre alt sein.«

»Ja, und wie viele rothaarige Mädchen, glaubst du, sind seit hundert oder tausend Jahren am Moor von Drumcleggan enthauptet worden?«, rief Nora. Dann fasste sie nach Cormacs Hand. »Entschuldige«, sagte sie wieder ruhiger. »Ich will dich nicht zu etwas überreden, gegen das du dich sträubst.« Nach einer Weile fügte sie hinzu: »Trotzdem, Cormac, sieh der Toten ins Gesicht, und sag mir, ob sich dabei nichts in dir regt, ob du nichts empfindest, nicht einmal so etwas wie ein gewisses Pflichtgefühl herauszufinden, warum ihr etwas derart Schreckliches zugestoßen ist.«

Cormac richtete den Blick auf das Gesicht des toten Mädchens. Und wieder einmal wurde er von tiefem Mitleid erfasst. »Irgendwie hast du Recht«, sagte er resigniert.

Mit einem Mal wurde Cormac sich der Wärme und des

Drucks von Noras Hand bewusst und ihm ging auf, dass sein Interesse weniger dem toten Mädchen galt als der lebendigen Frau, die da vor ihm stand und ihn mit ihren klugen und leuchtenden Augen anblickte. Noras Geschichte war es, die er enträtseln wollte, gestand er sich ein, und deshalb würde er ihrer Bitte folgen – und sei es nur, um noch einmal zu hören, wie sie seinen Namen aussprach.

7

Es war fast neun Uhr, als Nora das Beaumont Hospital verließ. An der Queen Street überquerte sie den Liffey und hielt in der James Street vor einem Pub, das The Piper's Chair hieß. Sie hatte das Pub noch nie besucht, wusste aber, dass Cormac dort mittwochs abends zu den Musiksessions erschien. Die Kneipe befand sich in einem hohen Eckhaus, das in der Mitte des 19. Jahrhunderts errichtet worden war. Sie besaß keine historische Bedeutung, außer dass ihre blank polierte Holztheke, die abgewetzten Bezüge in den Nischen und die schmalen, langen Fenster an das verrußte alte Dublin der Arbeiterklasse erinnerten und insofern einen sichtlichen Kontrast zu den modischen Bistros darstellte, die sich in der Nachbarschaft drängten.

Dass Cormac normalerweise keinen der Musikabende ausließ, wusste Nora von einem gemeinsamen Freund, Robbie Mac Sweeney, seines Zeichens Historiker, Gitarrist und Sänger, wenngleich er seine Beschäftigungen vielleicht nicht in derselben Reihenfolge aufgezählt hätte. Von ihm hatte sie auch erfahren, dass an den Mittwochabenden seit etwa zehn Jahren dieselben Musikanten spielten und dass ein Mann namens John O'Keane darunter zurzeit den Mittelpunkt bildete, den jedermann den »kleinen John« nannte, obwohl der andere John, sein Vater, bereits seit zehn Jahren tot war. Der Piper's Chair war ein Ort, auf den die Touristen nicht so leicht stießen, was den Stammgästen nur recht sein konnte, weil sie auf die Weise unter sich blieben und niemand sie zum Vorspielen drängte.

Schon beim Eintreten konnte sie Robbie ausmachen, der

81

gerade vor einem Bier an der Theke saß und die letzten Reste eines Krabbencocktails verzehrte. Als er sie sah, grinste er und leckte sich die Finger ab, um sie zu begrüßen.

»Hallo, Nora!«, rief er und winkte sie näher. Er klopfte auf den Hocker neben sich und gab dem Barmann ein Zeichen. »Was möchtest du trinken?«

»Nichts, Robbie, danke. Ich komme nur kurz vorbei. Ich bin eigentlich auf dem Weg nach Hause.«

»Hm«, machte er. »Und aus welchem Grund kommst du vorbei?«

»Ich habe etwas, was ich Cormac zeigen möchte.«

»Das heißt also, du bist gar nicht hier, um uns beim Musizieren zuzuhören.«

»Doch, schon – das auch.« Vorrangig jedoch, um Cormac zu überreden, nach Dunbeg zurückzukehren, fügte Nora im Stillen hinzu. Sie verspürte allerdings leichte Gewissensbisse dabei, weil sie Cormac ihre wahren Beweggründe verschwiegen hatte. Die hingen nämlich mehr mit Hugh Osborne und dessen verschwundener Frau als mit dem rothaarigen Mädchen zusammen.

»Hat das, was du Cormac zeigen willst, etwas mit dem Totenkopf zu tun?«, sagte Robbie und unterbrach damit ihre Gedanken. »Entschuldige, dass ich dermaßen neugierig nachfrage, aber bei den Historikern gab es heute ja nur ein Thema. Alle haben erzählt, dass du mit einer Schachtel durch die Gegend rennst, in der sich ein Kopf befinden soll.«

»Ich bin mit dem Kopf nicht durch die Gegend gerannt«, sagte Nora, »sondern habe ihn nur auf dem schnellsten Weg ins Labor befördert.«

»Puh«, sagte Robbie mit übertriebenem Entsetzen. »Wenn ich dich höre, kann ich ja froh sein, Historiker geworden zu sein. Das Schlimmste, was mir so unter die Finger kommt, ist ein drastischer Augenzeugenbericht, aber zumindest stolpere ich nicht über Leichen.«

In diesem Augenblick trat auf einmal Cormac durch die Tür. Er schaute zu Robbie hinüber, der aber nur mit einer Kopfbewegung auf Nora deutete. Cormac war kaum bei ihnen angelangt, als Nora bereits mit ihrer Neuigkeit herausplatzte.

»Cormac! Du wirst es nicht glauben, aber wir haben etwas gefunden«, sprudelte es aus ihr heraus. »Auf einem der CT-Bilder war nämlich etwas ganz Sonderbares zu erkennen. Irgendein Gegenstand steckt im linken Oberkiefer des Mädchens. Es sieht nach einem Metallstück aus. Um was es sich handelt, wissen wir noch nicht, vielleicht aber morgen früh, nachdem wir die Endoskopie durchgeführt haben.« Weil Cormac auf die Neuigkeit schwieg, überlegte Nora, ob sie ihm in ihrem Eifer womöglich auf die Nerven ging oder ob er die Sache aufgegeben und Hugh Osbornes Angebot ausgeschlagen hatte.

»Oh, der Schädel gehört also zu einer jungen Dame«, unterbrach Robbie ihr Schweigen. »Handelt es sich dabei um jemanden, den wir kennen?«

»Wohl kaum«, sagte Cormac. »Nora ist allerdings der felsenfesten Überzeugung, wir würden sie noch kennen lernen.«

»Na, jetzt erst recht«, sagte Nora. »Das Metallstückchen könnte uns doch als wichtiger Hinweis dienen.« Sie wandte sich zu Robbie um. »Robbie, du wirst mir doch helfen, oder? Was weißt du alles über Enthauptungen?«

»Nicht viel. Die sind mittlerweile aus der Mode«, sagte Robbie. »Früher hingegen war die Methode äußerst beliebt. Kam gleich nach Hängen, Strecken und Vierteilen. Allerdings hat man Frauen selten geköpft. Wovon geht ihr denn aus? War es eine Hinrichtung oder eher ein ganz gewöhnlicher, hausgemachter Mord?«

»Ich tippe auf Hinrichtung«, sagte Nora. »Der Hals ist ganz glatt durchtrennt worden. Das war nicht das Werk eines Laien.«

Sie zog eine Mappe mit Fotografien aus ihrer Aktentasche hervor und hielt sie Robbie hin. Er nahm sie zögerlich entgegen und warf einen vorsichtigen Blick darauf. Sein Interesse schien jedoch zu erwachen, als sein Blick auf das verzerrte Gesicht des rothaarigen Mädchens fiel.

»Wo ist der Rest?«, fragte er.

»Das wissen wir nicht«, antwortete Nora. »Also, wirst du uns helfen, Robbie? Kannst du nicht herausfinden, ob es Frauen gab, die auf die Weise hingerichtet wurden, und aus welchem Grund?«

»Von welcher Epoche ist denn überhaupt die Rede?«

»Das ist ja das Problem«, sagte Nora. »Das wissen wir genauso wenig.«

»Es kann sich nur um die letzten paar tausend Jahre handeln«, sagte Cormac trocken. Robbie stutzte und schaute von Cormac zu Nora und wieder zurück, als könnte er sich nicht entscheiden, auf wessen Seite er sich schlagen sollte.

»Na gut, warum nicht?«, sagte er schließlich achselzuckend, indem er Nora die Fotos zurückreichte. »Ich habe ja auch sonst nichts zu tun.«

»Danke, Robbie. Du bist ein Schatz.«

»Ich tue das aber nur, weil du attraktiver als Cormac bist.«

»Soll mir recht sein«, sagte Nora.

»Wir gehen jetzt lieber zu den anderen rüber, wenn wir noch mitspielen wollen, Robbie«, sagte Cormac, der einen etwas ungehaltenen Eindruck machte. Er wandte sich zu Nora um und fragte: »Willst du nicht ein bisschen zuhören?«

Nora zögerte. »Eigentlich bin ich nur kurz vorbeigekommen, um ...«

»Ach, bleib doch noch, Nora«, sagte Robbie.

»Ich besorg dir was zu trinken, okay?«, sagte Cormac.

Aus der kurzen Entfernung wirkten seine ernst blickenden, dunklen Augen plötzlich unwiderstehlich auf sie. Hinter Cormacs Rücken bedeutete Robbie ihr gestenreich, das Angebot anzunehmen.

»Na gut«, sagte Nora. »Danke.«

8

Cormac bahnte sich einen Weg durch die Gruppe der Musiker und besorgte Nora einen Platz dicht am Fenster, wo sie neben Robbie im Halbkreis der Musizierenden sitzen konnte. Anschließend setzte er seine Flöte an und fiel in den Reel ein, den die anderen bereits angestimmt hatten. Während er spielte und links und rechts von ihm der Rhythmus gestampft wurde, sah er aus den Augenwinkeln, dass auch Nora sich unwillkürlich im Takt wiegte.

Sie spielten Reels, Reels und nochmals Reels, und nur gelegentlich mal ein Jig oder eine Hornpipe. Später, nachdem sie ihre Instrumente sinken gelassen und nach den Biergläsern gegriffen hatten, stieß Robbie Nora an.

»Wie wär's, wenn du uns etwas vorsingen würdest, Nora?«, hörte Cormac ihn fragen. Die anderen merkten auf.

Nora wich erschrocken zurück und wedelte abwehrend mit den Händen. »O nein, bitte nicht. Das könnte ich nicht. Niemals.«

Die Musiker grinsten. Einen Gast zum Vorsingen zu bewegen gehörte zur Routine. Angesichts Robbies Bitten und der aufmunternden Zurufe der anderen gab Nora sich schließlich geschlagen. Doch erst mal brauchte sie offenbar einen kräftigen Schluck Whiskey. Sie beugte sich nach vorn, räusperte sich und summte ein paar Töne vor sich hin. Dann hob sie wieder den Kopf und schloss die Lider.

Wie selig war ich, als ich mein Lieb erblickte,
ich kannte die Liebe nicht, wusste nicht, was sich schickte,
ich verschenkte meine Liebe, gewährte meine Zeit,
willkommen, schöner Liebster, o welch Seligkeit!

Benommen lauschte Cormac Noras melodiöser Stimme, die einen dunklen und erdigen Klang hatte. Ein leichtes Zittern im Ton verriet allerdings, dass sie etwas nervös war. Als er bemerkte, dass Noras Lider flatterten, schaute er taktvoll fort. Der Anblick hatte etwas zu Intimes an sich. Es war, als würde er ungebeten in Noras Privatsphäre eindringen. Es dauerte jedoch nicht lange, und Nora wurde gelassener, ihre Befangenheit wich. Ihr Gesang gewann an Sicherheit und Stärke, wurde ausdrucksvoll und leidenschaftlich, als sie die alte Geschichte von Liebe, Untreue, Abschied und Leid zum Besten gab.

So leb du wohl, mein Lieb, ich will nun enteilen,
denn in unserem Lande mag ich nicht länger verweilen;
sei leichten Mutes, bewahre dein Herz dir,
will mit niemand dich teilen, gehör du nur allein mir.

O meine arme Süße, sie stand und wankte nicht,
doch ihre Tränen rannen über ihr bleiches Gesicht;
Jamie, rief sie, Jamie, du hast mich als Erster genommen,
und es reut mich, dass ich hieß dich willkommen.

Oh, glücklich das Mädchen, das kein Mann gefreit,
schlingt leicht sich den Gürtel eng um das Kleid;
kennt keine Sorgen, kennt kein schrecklich Leid,
sagte nie, komm Liebster, ich schenk dir meine Zeit.

Nachdem Nora geendet hatte, schwiegen die Zuhörer einen Moment lang, doch dann brachen sie in begeisterten Applaus aus. Cormac beobachtete, wie Nora langsam die Lider hob, so als erwachte sie gerade aus einem Traum und registrierte erst jetzt verstört die Köpfe, die ihr zunickten, die Mienen, die sie anstrahlten, und die Hände, die ihr anerkennend auf Schulter und Rücken klopften. Ihr Blick wanderte zu Cormac hinüber, doch er vermochte sich nicht zu rühren.

»Es wird Zeit, Leute«, rief der Barmann über den Geräuschpegel hinweg. »Trinkt aus! Gleich wird geschlossen.«

Es folgten die üblichen Laute des Unmutes, und wie gewöhnlich wurde das letzte Bier in die Länge gezogen, aber nach und nach leerte sich das Pub. Cormac drängte sich an der Schar der Aufbrechenden vorbei, um zu Nora zu gelangen. Er erreichte sie erst, als sie bereits auf der James Street stand. »Nora, warte!«, rief er. »Ich begleite dich noch zu deinem Wagen.«

Nora blieb stehen und wandte sich zu ihm um.

Tagsüber war die James Street eine Durchgangsstraße, die von einer Vielzahl kleiner Geschäfte belebt wurde. Nachts jedoch lag sie wie ausgestorben da, und die Läden wurden von Metallgittern geschützt. Auf ihrem Weg wirbelte der Wind Schmutz und Papierfetzen auf. Cormac schwieg eine Weile, aber dann sagte er: »Du hast wunderbar gesungen, Nora.«

Sie lächelte. »Danke. Zuerst war ich ein bisschen nervös. Das hat man auch gemerkt, glaube ich.«

»Ach was. Aber woher kennst du eigentlich das Lied? Und wo hast du so toll singen gelernt?«

»Keine Ahnung. Vielleicht von einer Schallplatte oder einer CD.«

»Das soll ein Witz sein, was?«

»Nein. Warum? Hast du denn beim Anhören einer Melodie noch nie das Gefühl gehabt, dass du sie schon immer in dir getragen hast? Ich weiß auch nicht, was es mit den alten Liedern auf sich hat. Vielleicht liegt es an ihrer Schlichtheit oder weil sie so traurig sind und doch so wahr. Ich finde es toll, dass sie immer weitergegeben werden. Weil sie eben so lebendig sind.« Nora lachte auf. »Ach, was rede ich denn da. Da steht ja auch schon mein Wagen.« Sie beugte sich zur Fahrertür, richtete sich dann aber noch einmal auf, um ihn noch etwas zu fragen. Gleichzeitig wollte auch Cormac etwas sagen.

»Ich wollte ...«

»Denkst du ...«

»Du zuerst«, sagte Cormac lachend.

»Ich wollte dich fragen, ob du dich wegen der Sache in Dunbeg entschieden hast«, sagte Nora.

»Ach so, und ich wollte dir zufällig die Antwort darauf geben. Ja, ich habe mich entschieden. Ich fahre zurück. Vorhin habe ich schon mit Hugh Osborne telefoniert. Morgen früh muss ich noch ein, zwei Dinge erledigen, aber am Nachmittag breche ich auf.«

»Hast du denn jemanden gefunden, der dich unterstützt?«

»Nanu, ich dachte, dafür hätte sich schon jemand freiwillig gemeldet. Es sei denn, du hast deine Meinung inzwischen geändert.«

»Nein, nein, ganz und gar nicht. Ich muss morgen nur kurz meine Arbeit im Labor beenden, könnte aber vermutlich bereits gegen sechs in Dunbeg sein ...« Nora brach ab und hielt Cormacs Blick fest. »Vielen Dank, Cormac«, murmelte sie.

»Aber ich hab doch zu danken«, sagte er. »Für dein Lied.« Eine kleine Windbö blies Nora eine Haarsträhne ins Gesicht. Ohne zu wissen, was er tat, hob Cormac die Hand, um sie wegzustreichen. Seine Finger blieben auf der weichen Rundung ihrer Wange liegen. Weil Nora unter seiner Berührung zurückzuckte, nahm er die Hand schnell wieder weg.

»Nicht«, sagte sie. »Bitte nicht.«

»Entschuldige, Nora, ich ...«

»Es hat nichts mit dir zu tun, Cormac, bitte, glaub das nicht. Ich bin – ich bin lediglich ein Feigling, das ist alles.« Sie schaute ihn fast flehend an. »Ich hoffe, du willst trotzdem noch, dass ich mitkomme.«

»Ja, natürlich«, sagte er. Nora betrachtete ihn noch kurz, stieg dann in den Wagen und fuhr davon.

Cormac machte kehrt und lief zu seinem eigenen Auto zurück. Sie hatte ihm nicht den leisesten Grund zur Hoffnung gegeben. Im Gegenteil. Sie hatte ihn regelrecht abblitzen lassen. Trotzdem hatte er es geschafft, noch einmal seinen Namen aus ihrem Mund zu hören. Nein – zweimal, wenn er sich genau besann.

2. Buch

Noch mehr Leid

»Ein Leid folgt dem anderen, auf dass uns nichts mangelt, um das Fass unseres Elends zu füllen. Die wenigen katholischen Familien, die zurückgeblieben sind, wurden von Cromwell ihres Besitzes beraubt. Sie sind gezwungen, ihre angestammte Heimat aufzugeben und sich in der Provinz Connaught niederzulassen.«

Pater Quinn, Jesuitenpriester, in einem Brief an den Papst, den er 1653 in seinem Versteck in den irischen Bergen verfasste

1

Als Cormac in Portumna die Grenze nach Galway überquerte, verwandelte sich der Nieselregen, der ihn seit Dublin begleitet hatte, in wahre Regenfluten, die wie Sturzbäche gegen die Windschutzscheibe klatschten. Die Umgebung verschwamm zu einem grünbraunen Einerlei. Die schlechte Sicht, der monotone Takt der Scheibenwischer und das Prasseln des Regens auf dem Wagendach trugen dazu bei, dass Cormac noch gereizter wurde, als er es ohnehin schon war. Spätestens auf halber Strecke hatte er seinen Entschluss, Osbornes Auftrag anzunehmen, bereits bereut und sich vor Augen gehalten, dass er ihn wohl irgendwie zu vorschnell gefasst hatte. Lediglich die Vorstellung, Nora näher zu kommen, hatte ihn verleitet, Osborne zuzusagen. Nun war es zu spät, um umzukehren.

Seit Gabriels Tod kam er sich orientierungslos vor und außerstande, einen klaren Gedanken zu fassen. Wieder sah er das Bild vor Augen, wie starr die Hand des alten Mannes auf dem Schreibblock gelegen hatte, und auch den Tintenfleck sah er wieder vor sich, der Gabriels letzte Worte ausgelöscht hatte. Das war von all den zahllosen Einzelheiten jenes Tages das Bild, das ihn am stärksten beschäftigte. Was war Gabriel durch den Kopf gegangen, als ihm der Stift entfiel? Hatte er zuvor einen Schmerz gespürt? Hatte er begriffen, was geschah, oder verstummten die Gedanken, wenn das Hirn seine Steuerungskraft verlor?

Wie viele Begräbnisstätten sie doch gemeinsam aufgesucht hatten, ohne dass Gabriel jemals von seiner Sterblichkeit gesprochen hätte. Dennoch musste er gelegentlich darüber nachgedacht haben. Es war wohl auch eher unwahrscheinlich, dass ein Mensch sich zeit seines Lebens dem Studium versunkener Kulturen widmete, ohne jemals den Gedanken an den eigenen Tod zu fassen. Die Überlegungen, die Gabriel in dieser Hinsicht angestellt hatte, waren zumindest seiner Frau bekannt gewesen, sie hatte Cormac nämlich später einmal berichtet, dass Gabriel auf seinen ausdrücklichen Wunsch hin eingeäschert worden sei. Ebenso ausdrücklich hatte er verfügt, dass zu seinem Begräbnis kein Gottesdienst stattfand, sondern lediglich eine einfache Gedenkstunde in ihrem Haus. Cormac hatte sich äußerst verlassen gefühlt, weil er unter den bekannten Gesichtern der Trauergemeinde den vertrauten Anblick seines Freundes vermisste. Spätestens seit diesem Moment war ihm bewusst, dass er von nun an ebenso einsam sein würde wie früher, als er Gabriel noch nicht gekannt hatte.

Niemandem außer Gabriel hatte er je seine Gedanken und Wünsche anvertraut. Am allerwenigsten seinem Vater, den er bereits aus seinem Leben verbannt hatte, noch ehe dieser seine Familie im Stich ließ, um für immer zu verschwinden. Dieser Platz in seinem Herzen war leer geblieben, bis er Gabriel traf und aus Professor McCrossan sein Mentor wurde und später sein Freund. Ihre Beziehung hatte begonnen, als Cormac eines Sommers an der Ausgrabung eines uralten Moorweges teilgenommen hatte. Das war noch ganz am Anfang seines Studiums gewesen.

Gabriel pflegte den Studenten gleich in der Früh einen Vortrag zu halten. In der Regel standen sie währenddessen ungeduldig da, fummelten an ihren Arbeitsgeräten herum und warteten darauf, dass der Professor ein Ende fand. Gabriel dagegen tat immer so, als würde er ihre Ungeduld nicht bemerken, und wanderte vor der Gruppe auf und ab, als hielte er sich in einem Hörsaal auf.

Mag sein, dass manche unter Ihnen glauben, es gehe lediglich darum, ein paar alte Holzstücke auszugraben. Mitnichten. Was wir suchen, ist die Vergangenheit, die wir mit dem, was wir ausgraben, erwecken. Daher interessieren uns nicht so sehr die Holzstücke, sondern die Gründe, die die Menschen einmal dazu veranlasst haben, auf die ein oder andere Weise mit ihnen zu bauen. In dem, was wir finden, entdecken wir den Wissensstand jener Menschen. Wir ermessen ihre Fähigkeiten zu planen, verstehen ihre ästhetischen Ideale und erfassen das Ausmaß ihres Ideenreichtums. Natürlich entdecken wir auch Hinweise auf die Werkzeuge, die sie benutzten, um etwa die Bäume zu fällen, mit denen sie ihren Weg gebaut haben. Das sind die Anhaltspunkte, aus denen wir die Gesellschafts- und Lebensformen ableiten. Wir sind Eroberer, wenn Sie so wollen, Eroberer der Vergangenheit ...

Cormac entsann sich noch des schönen Tages, an dem er Gabriel erklärte, auf die Art und Weise kämen sie nicht voran, ihnen stünden nicht genügend Zeit, Geldmittel und Hilfskräfte zur Verfügung, um die Arbeit sachgerecht auszuführen. Danach hatte er sich dazu verstiegen, Gabriel zu belehren, dass der Boden vor archäologischen Schätzen nur so wimmle und ihnen mit jedem Tag, der ergebnislos verlaufe, wichtige Erkenntnisse entgingen. Er hatte noch Gabriels amüsierte Erwiderung im Ohr.

Sie haben Recht, junger Mann. Eine äußerst ermutigende Einstellung! Sollte es Ihnen jedoch weiterhin an der notwendigen Geduld gebrechen, darf ich Ihnen bereits jetzt schon vorhersagen, dass Sie sich zum Beruf des Archäologen nicht eignen. Aus den von Ihnen angeführten Gründen schlage ich vor, Sie enthalten sich hinfort einer Meinungsäußerung und schaufeln einfach weiter.

An der Cloncoer Brücke verließ Cormac die Landstraße und schlug den Feldweg ein, der am Moor von Drumcleggan entlang auf Bracklyn House zuführte. Es goss noch immer in Strömen. Im Näherkommen vermochte Cormac das mächtige Eingangstor zu erkennen. Wie ein gotisches Schachbrett mit Figuren kam es ihm vor, mit hochgewölbten Spitzbogen an den Seiten und rabenähnlichen Vögeln auf allen vier Kapitellen. Das Tor dürfte dem Anwesen im 19. Jahrhundert hinzugefügt worden sein, überlegte er. Es diente eindeutig mehr der Zierde, als dass es zu irgendeiner Form der Abwehr taugte.

Während das Grundstück außerhalb der Toreinfahrt von Bäumen und Hecken umgeben war, öffnete sich gleich hinter dem Tor eine Allee, die in eine große, kreisrunde Fläche vor dem Haus mündete. In ihrer Mitte wurden ein Rasen und dreieckige Rosenbeete von einer winzigen Buchsbaumhecke umrandet. Die Anlage hat schon einmal bessere Tage gesehen, fand Cormac, als er feststellte, dass der Rasen ungleichmäßig geschnitten und von Klee und Gänseblümchen überwuchert war. Auch die einstmals schnurgeraden Kanten und Winkel der Beete hatten im Lauf der Zeit weichen, runderen Formen Platz gemacht.

Cormac stellte seinen Wagen ab. In der Hoffnung, der Regen würde nachlassen, verharrte er noch für eine Weile auf dem Sitz. Währenddessen ließ er den Blick über die Fassade des Hauses wandern. Bracklyn House wirkte aus der Nähe mächtiger und eindrucksvoller, als er es beim ersten Mal wahrgenommen hatte. Er ging davon aus, dass es der Zeit Jakobs I. entstammte. Seine einstmalige Bedeutung als Festung erkannte er anhand der dicken Mauern und der Schießscharten in den quadratischen Seitentürmen. Die großzügige Verteilung der Fenster wies jedoch eindeutig auf die Entstehungszeit des Hauptgebäudes im frühen 17. Jahrhundert hin, jener kurzen Friedensphase, in welcher der irische Adel seine Wehrtürme zu vernachlässigen begann, um statt ihrer Herrenhäuser zu errichten, die einen malerischen Blick auf die Landschaft freigaben. Die Zuversicht hatte um ein Jahrhundert zu früh eingesetzt: Angesichts der einfallenden Engländer wäre den meisten mit den alten Trutzburgen weit besser gedient gewesen.

Der Regen war auf einmal noch stärker geworden, weshalb Cormac beschloss, sich lieber mit einem schnellen Spurt ins Haus zu retten. Er griff nach seiner Tasche, stürzte aus dem Jeep und rannte in wenigen Sätzen auf die Vordertür zu. Er wurde trotzdem tropfnass, bis er die schwere Eichentür aufstieß, von der Osborne ihm gesagt hatte, sie würde unverschlossen sein. Gleich darauf stand er in der Eingangshalle und blickte auf schwarz-weiße Marmorfliesen, von denen sich eine Eichentreppe wuchtig in die Höhe schwang. Danach fiel sein Blick auf dunkle, holzgetäfelte Wände und einen schweren Messingkandelaber an der Decke. Darunter befand sich ein Tisch auf einem einbeinigen Sockel, auf dem ein üppiges Blumengebinde aus roten Tulpen und leuchten gelben Narzissen stand. Bis auf das stetige Ticken einer altmodischen Standuhr war kein Laut zu vernehmen. Cormac stellte seine Tasche auf den Marmorfliesen ab und rief mehrmals Hallo. Nachdem niemand darauf antwortete, schälte er sich aus seiner nassen Jacke.

»Kann ich Ihnen behilflich sein?« Eine weibliche Stimme mit englischem Akzent und dem Tonfall der gebildeten Schicht sprach von der Treppe her zu ihm. Cormac schaute auf und sah eine Frau, die gerade langsam die letzten Stufen nahm. Cormac bemerkte den Argwohn in ihrer Haltung und registrierte, dass sie äußerst hager war. Offenbar legte sie großen Wert auf ihr Äußeres. Sie war teuer und elegant gekleidet, mit einem cremefarbenen Twinset auf braun gemustertem Seidenrock. Ihr Alter vermochte Cormac nicht zu schätzen. Das Haar hatte sie sorgfältig hochgesteckt. Aus der Distanz kam ihm ihr Gesicht faltenlos vor, doch andererseits haftete den bleichen Zügen etwas Starres, etwas Maskenhaftes an.

Die Frau legte die restlichen Schritte ohne Hast zurück. Als sie Cormac erreichte, sah er, dass ihre Stirn doch runzlig war und dass ein feines Faltengespinst ihre Augenwinkel umgab.

»Es tut mir Leid, das ist ein Privathaushalt«, erklärte sie von oben herab. »Wir führen niemanden durch die Gegend. Wenden Sie sich an das Touristenbüro. Dort überlässt man Ihnen gewiss eine Liste der für die Öffentlichkeit vorgesehenen Gebäude.«

Mit einer hochmütigen Geste öffnete sie die Tür. Angesichts des verächtlichen Ausdrucks in ihren blassgrauen Augen stand Cormac kurz davor, die Beherrschung zu verlieren. Er wollte gerade zu einer scharfen Entgegnung anheben, da ertönte vom anderen Ende der Halle her Hugh Osbornes Stimme.

»Wie ich sehe, empfängst du gerade unseren Gast!«, rief er frohgemut und kam eilig auf Cormac zu. Er schien davon auszugehen, dass Cormac just in diesem Augenblick eingetreten war. »Meine Cousine Lucy Osborne – Cormac Maguire, der Archäologe, von dem ich dir erzählt habe. Lucy, ich hoffe, ich habe nicht zu erwähnen versäumt, dass er bei uns wohnen wird, während er die Grabungen am Kloster vornimmt.«

Mit einem Mal nahmen Lucy Osbornes Augen einen ganz anderen Ausdruck an. Sie lächelte und reichte Cormac eine kühle, trockene Hand. »Willkommen in Bracklyn House«, sagte sie. »Ich hoffe, Sie werden mir unser kleines Missverständnis verzeihen. Es passiert leider immer wieder, dass sich Touristen hierher verirren, etwas, was wir nicht sonderlich begrüßen, wie Sie sich wahrscheinlich denken können.«

»Entschuldige, dass ich dich auf unseren Besuch nicht besser vorbereitet habe, Lucy«, sagte Hugh Osborne. »Mr Maguire hat seine Entscheidung nämlich erst gestern Abend getroffen, und ich hatte keine Gelegenheit mehr, dich entsprechend zu informieren. Wenn es dir nichts ausmacht, überlassen wir ihm das grüne Zimmer.«

Lucy Osborne nickte knapp. »Das ist mir recht«, sagte sie.

»Sie werden sehr bald feststellen, dass Lucy diesem Haushalt vorsteht«, fuhr Osborne danach, an Cormac gewandt, fort. »Sie glaubt, ohne sie ginge hier alles drunter und drüber.«

Lucys Lächeln gefror. »Ich hoffe, Sie werden hier eine angenehme Zeit verleben«, sagte sie in förmlichem Ton. »Bitte lassen Sie es mich wissen, wenn Ihnen etwas fehlt.« Ehe Cormac noch etwas entgegnen konnte, machte sie kehrt und verschwand durch eine Tür, die sich hinter der Treppe befand.

»Entschuldigen Sie mich kurz«, murmelte Osborne und hastete ihr hinterher.

Cormac vernahm einen erregten Stimmenwechsel, dessen Einzelheiten er aber nicht verstehen konnte. Gleich darauf war Osborne wieder zurück, wirkte jedoch etwas zerknirscht.

»Lucy hat mir Vorhaltungen gemacht«, sagte er. »Sie mag es überhaupt nicht, wenn die Vordertür unverschlossen bleibt, ich dagegen weigere mich, das Haus als Festung zu betrachten, was in Anbetracht seiner Bauweise wahrscheinlich aber lächerlich klingt.« Erst in diesem Augenblick schien er Cormacs feuchte Kleidung wahrzunehmen. »Ach, du lieber Himmel!«, rief er erschrocken. »Sie sind ja vom Regen ganz nass! Wie konnte ich das übersehen? Kommen Sie, ich zeige Ihnen Ihr Zimmer.«

»Ich glaube, ich sollte noch erwähnen, dass ich für unser Projekt eine Hilfskraft angeheuert habe«, sagte Cormac, als sie schon auf dem Weg die Treppe hoch waren. »Hoffentlich haben Sie nichts dagegen. Es bedeutet für Sie keine Mehrausgaben, es handelt sich nämlich um eine freiwillige Helferin. Dr. Gavin, eine Kollegin von mir, die neulich draußen im Moor auch dabei war.« Die Erinnerung an den Tag schien Osbornes Gesicht wie eine dunkle Wolke zu überschatten. »Tut mir Leid, wenn ich Sie damit überrumpele, wahrscheinlich hätte ich es am Telefon schon ankündigen sollen.«

»Kommt die Dame noch heute Abend?«, sagte Osborne. Cormac konnte nicht erkennen, ob die Frage Unmut verriet oder ob sein Gastgeber sich lediglich mit den praktischen Erwägungen befasste.

»Sie hatte vor, gegen sechs hier zu erscheinen. Falls es zu viel Mühe bereitet …«

»Ach woher, nicht die geringste«, sagte Osborne und machte eine abwehrende Handbewegung. »Ich werde Lucy einfach bitten, noch ein Zimmer herzurichten.«

Die wuchtige Treppe führte vorbei an Gemälden, auf denen prächtig gekleidete Männer aus unterschiedlichen Epochen abgebildet waren.

»Ist das Ihre Ahnengalerie?«, fragte Cormac.

»Verbrecheralbum wäre zutreffender«, sagte Osborne. »Den Oberschurken finden Sie dort unten.« Er blieb stehen und deutete auf das Porträt eines dunkelhaarigen Mannes mit weißer Halskrause. »Das ist Hugo Osborne, der erste meiner Vorfahren, der sich in Irland niederließ. Genau genommen hat er für William Petty gearbeitet – ich nehme an, Sie kennen den Namen –, den Burschen, der die erste vollständige Generalstabskarte von Irland angefertigt hat. Wenn Sie mich fragen, eine Bande von Abenteurern, die von Cromwells groß angelegten Umsiedlungsplänen profitiert haben. Hugo hat sich das Anwesen einer Familie namens O'Flaherty einverleibt. Danach ließ er sie der Einfachheit halber nach Westen verfrachten und sorgte dafür, dass deren einziger Sohn und Erbe in die Strafkolonien deportiert wurde. Der Kerl an Hugos Seite ist Edmund, sein Taugenichts von Sohn.«

Cormac blieb vor dem Bildnis eines gut aussehenden rothaarigen Mannes in kostbarer Brokatjacke und Kniebundhose stehen. Er war verblüfft angesichts der Ähnlichkeit – insbesondere der schweren Lider und der Kinnkerbe –, die zwischen Hugh Osborne und jenem entfernten Ahnen bestand, der dreihundertundfünfzig Jahre zuvor vielleicht auch einmal einen Gast über die Treppe nach oben geführt hatte.

2

Es war zwanzig Minuten nach sechs, als Nora den Klingelknopf am Eingang von Bracklyn House betätigte und wartend vor der Tür stehen blieb. Ihr war es ein bisschen peinlich, Cormac nach dem, was am Abend zuvor vorgefallen war, wieder zu begegnen. Unwillkürlich berührte sie die Stelle, über die er mit seinen Fingern gestrichen war. Was sie zu ihm gesagt hatte, wusste Nora nicht mehr, außer dass sie sich irgendwie der Feigheit bezichtigt hatte. Sie nahm an, dass Cormac sie mittlerweile für verschroben hielt. Nora trat einen Schritt zurück, schaute in die Höhe und entdeckte eine Art Erker, der aus dem ersten Stockwerk herausragte. Er schien unten einmal drei Öffnungen besessen zu haben, die jetzt jedoch zugemauert worden waren. Als die schwere Eichentür geöffnet wurde, ließ Nora den Blick wieder sinken und sah Hugh Osborne vor sich, der wie eingerahmt in der Türfassung stand.

»Sie sind also Dr. Gavin, nicht wahr?«, sagte er. »Wir haben Sie bereits erwartet.«

Nachdem Nora ihn im Moor nur flüchtig gesehen hatte, spürte sie, welch beunruhigende Wirkung seine Erscheinung jetzt auf sie hatte, da sie sich so nah gegenüberstanden. Sie nahm die elegante Kleidung des Mannes wahr und sein wettergegerbtes Gesicht. Hugh Osborne war größer und attraktiver, als sie ihn in Erinnerung hatte. Seine Augen unter den schweren Lidern studierten sie mit distanzierter Gelassenheit, aber sie sagte sich, dass man einen Mörder nicht zwingend an seinen Blicken erkennen konnte. Osborne entsann sich offenkundig nicht, sie jemals zuvor gesehen zu haben.

»Ich habe mich gerade gefragt«, sagte Nora und deutete nach oben, »was das darstellen soll. Eine Art Erker wohl, aber wozu sind die Öffnungen da?«

»So etwas wird als Pechnase oder Gusserker bezeichnet«, antwortete Hugh Osborne. »Die ursprünglichen Eigentümer haben ihn wohl verwendet, um unwillkommene Besucher mit heißem Wasser, Öl oder Pech zu verjagen. Wie Sie sehen, benutzen wir so etwas heute nicht mehr.«

Nora studierte Osbornes belustigte Miene und empfand dabei seine Worte irgendwie als doppeldeutig. Wie hatte er es nur angestellt, zwei Leichen verschwinden zu lassen?

»Sie sind gerade rechtzeitig zum Abendessen eingetroffen«, sagte Osborne. »Oder möchten Sie sich lieber erst einmal Ihre Unterkunft ansehen?«

Nora nickte stumm und folgte ihm über eine riesige Treppe nach oben. Dabei registrierte sie Osbornes leichten, lautlosen Schritt auf dem dicken Läufer. Als sie das Ende der Treppe erreichten, führte er Nora über einen langen Gang, an dessen Ende er schließlich eine Tür öffnete. Er tat einen Schritt zur Seite, um ihr den Vortritt zu lassen. Noras Blick fiel auf ein gewaltiges Himmelbett, das einen Raum mit dunkler Holztäfelung und noch dunkleren Möbeln einnahm. Die Fenster wurden von schweren weinroten Brokatvorhängen eingerahmt. Der Raum war düster und eindrucksvoll zugleich.

»Sie müssen entschuldigen, dass die Luft etwas abgestanden riecht«, sagte Osborne. »Es ist eine Weile her, seit wir zuletzt Gäste hatten.«

»Ich bitte Sie«, sagte Nora. »Es ist doch alles wunderbar.«

»Umso besser. Das Abendessen findet übrigens ganz unten in der Küche statt. Die Tür ist am Ende der Eingangshalle, hinter der Treppe.«

Als Nora allein war und ihre Reisetasche auf das Bett hob, klopfte es an ihrer Zimmertür. Gleich darauf streckte Cormac den Kopf herein.

»Ich dachte mir doch, ich hätte eben Stimmen auf dem Flur gehört. Na, also dann – herzlich willkommen.«

»Cormac, hallo, und vielen Dank, dass du so freundlich warst, Osborne auf mich vorzubereiten. Übrigens, das mit gestern Abend tut mir Leid ...«

Nora sah so etwas wie Verständnis in Cormacs Blick aufflackern.

»Ich bitte dich«, sagte er. »Mach dir deshalb bloß keine Gedanken. Ich war es doch, der sich daneben benommen hat. Kommst du gleich mit zum Essen?«

»Warte einen Moment – ich möchte dir zuerst noch etwas zeigen. Kannst du kurz reinkommen? Und schließ lieber die Tür hinter dir zu.«

Nora griff in ihre Aktentasche und zog einen Ordner hervor. Sie reichte ihn Cormac, der sich damit auf der Kante ihres Himmelbettes niederließ.

»Sieh dir die Fotos an«, sagte sie.

Cormac entnahm dem Ordner Fotos, die im Labor aufgenommen worden waren, und begann eines nach dem anderen zu betrachten.

»Etwas weiter hinten«, sagte Nora ungeduldig, woraufhin Cormac schneller durch den Stapel blätterte, bis er auf mehrere grobkörnige Aufnahmen stieß, auf denen undeutliche Formen zu erkennen waren. Er hielt inne. Es waren offenkundig die Videobilder, die während der Endoskopie entstanden waren.

»Da! Schau genauer hin!«, sagte Nora. »Da erkennst du das Metallstückchen im Mund, das wir beim Röntgen entdeckt haben. Man kann allerdings noch immer nicht bestimmen, was es ist. Wir benötigen erst die offizielle Erlaubnis des Museums, um es aus dem Schädel zu entfernen.«

»Hast du etwas über die Todesursache herausgefunden?«

»Tja, Drummonds Schlussfolgerung lautet, dass es weder einen Hinweis auf ein Schädeltrauma gibt noch Anzeichen dafür, dass das Mädchen stranguliert wurde. Ich habe ihm erklärt, dass ich an eine Enthauptung glaube. Eine solche Möglichkeit räumt er auch ein, besonders angesichts des fehlenden Hautfetzens am Kinn. Allerdings ist er der Meinung, dass die Knochen zu alt und zu mürbe sind, als dass man anhand von Tests feststellen könnte, ob sie vor oder nach ihrem Tod geköpft wurde.«

»Dann können wir mehr wohl nicht erwarten«, sagte Cormac, der immer noch in den Anblick der Videoaufnahmen vertieft war. »Darf ich eins von den Fotos behalten?«

»Ja, selbstverständlich«, sagte Nora. Und wie nebenher setzte sie dann hinzu: »Welchen Eindruck hast du eigentlich von Hugh Osborne gewonnen? In der Zwischenzeit bist du ihm doch bestimmt schon mehrmals begegnet.«

»Ich habe ihn kaum gesehen, seit ich hier bin. Er hat mich in Empfang genommen und mich zu meinem Zimmer geführt. Insofern würde ich ihn also nicht als übertrieben gastfreundlich bezeichnen, andererseits aber – warum sollte er das auch sein? Schließlich sind wir nur hier, um für ihn einen Auftrag zu erledigen.«

»Hat er noch einmal angesprochen, was neulich im Moor vorgefallen ist?«

»Nein. Wir haben uns ein bisschen über seine Familie unterhalten, über die Gemälde, die im Treppenaufgang hängen. Ein Zweig der Familie ist offenbar mit Cromwell nach Irland gekommen.«

Wenn man irische Wurzeln hatte, kannte man unweigerlich die Erzählungen, die sich um Cromwells Vermächtnis rankten, um die Enteignung und die Vertreibung der katholischen Familien. Eine halbe Million Iren war seinen Maßnahmen zum Opfer gefallen und Tausende waren umgesiedelt oder zum Frondienst in die Kolonien deportiert worden.

»Er hat mir auch von einem gewissen Vorfahren erzählt, der Hugo Osborne hieß«, fuhr Cormac fort. »Sein Bild ist das ganz unten an der Treppe. Der soll das Haus und das Land hier, das früher einmal einer irischen Familie namens O'Flaherty gehört hat, an sich gerissen haben.«

»Irgendwie erstaunlich, dass er dir das alles so ohne Weiteres erzählt haben soll«

»Meine Güte, Nora, das liegt fast vierhundert Jahre zurück. Ich glaube kaum, dass Osborne sich über den Ruf seiner Familie im Unklaren ist, genauso wenig wie über das, was man heute über ihn munkelt.«

3

Während des Abendessens konnte Nora den Blick nur schwer von Hugh Osborne abwenden. Er hatte ein köstliches Curry serviert, doch während sie zusah, wie die beiden Männer herzhaft zulangten, verspürte sie selbst nicht den geringsten Appetit. Sie stocherte noch immer im Reis herum, als die Hintertür aufflog und ein etwa siebzehnjähriger Junge hereingestolpert kam. Er besaß dunkles Haar und trug Jeans unter einem schmutzigem Pullover, der um einige Nummern zu groß um seinen schmalen Oberkörper schlotterte.

»Wie schön, dass du wieder zurück bist«, sagte Hugh Osborne.

Der Junge starrte auf den Boden und versuchte, sich am Küchentisch vorbeizudrücken, strauchelte dabei aber und prallte gegen die Kante. Noras Weinglas fiel um, rollte über die Tischplatte und zerplatzte auf dem Steinfußboden. Automatisch versuchte sie, den Jungen zu stützen. Er kippte vornüber, stieß mit dem Kopf an ihre Brust und gab daraufhin ein halb ersticktes Glucksen von sich, als würde er sich bei der ganzen Sache köstlich amüsieren. Beißender Whiskeyatem stieg Nora in die Nase.

»Alles okay?«, fragte sie, indem sie den Jungen bei den Schultern packte und aufzurichten versuchte.

»Jeremy«, sagte Osborne. »Pass auf, dass du nicht in die Glasscherben trittst."

Der Junge blieb schwankend vor Nora stehen. Seine dunklen Augen starrten sie auf eine Weise an, als nähme er sie lediglich durch einen Nebelschleier hindurch wahr. Er war ausgesprochen dünn, seine Kleidung schmutzig und seine Augen blutunterlaufen – doch trotz seines betrunkenen Zustands konnte man sehen, dass es sich um einen gut aussehenden Jungen handelte. Ein gefallener Engel, dachte Nora unwillkürlich, als ihr seine dichten schwarzen Wimpern und sein schön geschwungener Mund auffielen.

»'tschuldigung«, lallte der Junge. »Wollte nicht stören.« Er gab sich einen Ruck und steuerte unsicher auf die Tür zu, hinter der die Treppenstufen in die Eingangshalle hochführten.

»Ich kann Ihnen kaum sagen, wie Leid mir das tut«, sagte Hugh Osborne zu Nora, nachdem der Junge verschwunden war. »Ist alles in Ordnung?«

»Ich bitte Sie«, antwortete sie. »Das war doch nur ein dummes kleines Missgeschick. Allerdings sollten wir die Scherben einsammeln, bevor tatsächlich noch jemand darauf tritt.« Sie bückte sich, um die größeren Stücke aufzulesen, und als Hugh Osborne kurz den Raum verließ, um eine Kehrschaufel zu besorgen, flüsterte sie Cormac zu: »Von einem erwachsenen Sohn hat Devaney nichts ...«

Beim Zurückkommen musste Osborne ihre Worte noch vernommen haben. »Ich bin nicht der Vater von Jeremy«, sagte er. »Er ist Lucys Sohn.«

Cormac riss überrascht die Augen auf, während Nora sich fragte, wo denn dann die Mutter des Jungen steckte. Nachdem Osborne die Glasscherben aufgefegt hatte, erhob sie sich und begann den Tisch abzuräumen.

»Leben Jeremy und seine Mutter denn bei Ihnen?« Nora konnte sich die Frage schließlich doch nicht verbeißen.

»So ist es«, antwortete Osborne. »Sie sind vor etwa zehn Jahren aus England herübergekommen. Nach dem Tod von Jeremys Vater. Daniel war ein entfernter Vetter von mir, den ich allerdings erst während meines Studiums kennen gelernt habe. Ich hatte kaum eine Familie. Ich weiß noch, wie es mich damals gefreut hat, mit einem Mal einen Vetter zu besitzen.«

»Dann ist er also sehr früh gestorben?«, fragte Nora.

Hugh Osborne bedachte sie mit einem abwägenden Blick. »Er hat sich das Leben genommen«, sagte er dann. »Er hat offenbar eine Neigung für äußerst zweifelhafte Investitionen gehabt. Jedenfalls hat er sein ganzes Vermögen verloren. Außerdem drohte ihm ein Gerichtsverfahren. Die Schande schien er nicht mehr ertragen zu können. Er …« Osborne zögerte, als hätte er kurz den Faden verloren. »Er hat sich umgebracht. Und Jeremy hat ihn gefunden.«

»O Gott«, murmelte Cormac.

»Sein Besitz – einschließlich des Hauses, das eigentlich Lucy gehörte – wurde liquidiert, um den Verbindlichkeiten nachzukommen«, fuhr Osborne fort. »Also habe ich seiner Witwe und ihrem Jungen angeboten, bei mir zu wohnen. Lucy hat die Haushaltsführung übernommen – ich hätte es weiß Gott nicht von ihr verlangt. Sie ist auch … nachher … noch hier geblieben und hat felsenfest an meine …« Osborne brach ab, weil ihm offenbar bewusst wurde, wie gebannt seine Gäste ihm lauschten.

»Meine Güte«, sagte er schließlich. »Ich sollte Sie wirklich nicht mit meinen Familiengeschichten belästigen.« Er legte noch eine letzte Glasscherbe vorsichtig im Spülbecken ab. »Am besten zeige ich Ihnen jetzt die Pläne der Klosteranlage. Was halten Sie davon?«

Auf dem Weg durch die Eingangshalle bemerkte Osborne auf einmal unvermittelt: »Nicht dass Sie denken, ich würde mich für den üblichen Heimattourismus stark machen. Sie wissen schon – die herausgeputzten alten Bauernkaten und dergleichen. So etwas halte ich für lächerlich – und für äußerst überflüssig. Damit hat mein Projekt auch nicht das Geringste zu tun. Meiner Meinung nach würden einige Menschen es sehr schätzen, auf authentische Weise an die Geschichte herangeführt zu werden. Den meisten ist mit lebendiger historischer Aufklärung mehr gedient als mit der stumpfsinnigen Betrachtung von toten Objekten.«

Bei seinen letzten Worten waren sie an einer Tür angelangt. »Da wären wir«, murmelte er, indem er die Tür aufstieß und einen Lichtschalter betätigte. Sie befanden sich augenscheinlich in seiner Bibliothek. Osborne durchquerte den Raum und ging auf einen schweren Schreibtisch zu. Dort rollte er eine Blaupause aus. »Auf dieser Zeichnung sehen Sie das Kloster und das umliegende Gelände, so wie sie heute existieren.« Er blickte auf. »Bitte, treten Sie doch näher«, forderte er Nora und Cormac auf. »Also, gleich im Anschluss an die Klostergebäude erstreckt sich das Gelände, das wir erschließen wollen. Das Kloster wurde vor etwa sechs Jahren ausgegraben und wird von Dúchas instand gehalten. – Das ist das Amt für Denkmalschutz«, fügte er hinzu. »Nachdem Gradiometer- und Magnetometer-Untersuchungen ergeben haben, dass die Erde möglicherweise Spuren von Besiedelung aufweist, muss das Stück Land aber erst untersucht werden, bevor wir mit der Verlegung der Leitungen beginnen können.«

Cormac hatte sich in den Anblick der Zeichnung vertieft und fuhr mit dem Finger an den geschlängelten Linien entlang.

»Auf diesem Plan dagegen«, fuhr Osborne fort, indem er einen zweiten Bebauungsplan hervorzog und entrollte, »sehen Sie das Kloster und die Entwürfe für die neuen Werkstätten, die in den umliegenden Feldern errichtet werden sollen. Entlang der Westmauer sind drei Töpfereien vorgesehen, der Brennofen befindet sich da oben in der nordwestlichen Ecke. Hier am Südwall werden Handwerkszweige, die Holz, Glas und Metall verarbeiten, untergebracht. Und da, an der Ostseite, müssen Sie sich die Weberei und Färberei vorstellen. Der fertige Komplex wird seine Energieversorgung aus Solarzellen und mittels einer Windturbine gewinnen. Die Hälfte des größeren Gebäudes dort ist als Verkaufsraum gedacht. Die andere Hälfte wird für Besucher sein, dort soll es eine Cafeteria geben sowie einen Vortragssaal, wo vielleicht auch das ein oder andere Konzert stattfinden kann oder dergleichen mehr. Und dann soll auch ein Informationsraum eingerichtet werden, in dem die archäologischen Funde erklärt werden, sollte es welche geben, und später noch ein zweiter, in dem das Moor als Biotop dargestellt wird ...«

»In dem Zusammenhang findet gerade eine heftige Kontroverse statt, nicht wahr?«, unterbrach Cormac ihn. »Auf dem Weg hierher sind mir die Schilder aufgefallen. Müssen wir dahingehend irgendetwas berücksichtigen?«

Hugh Osborne stieß einen Seufzer aus. »Ich hoffe nicht. Drumcleggan ist vor kurzem zum Naturschutzgebiet erklärt worden, und zwar auf Druck der zuständigen europäischen Behörde. Der Torfabbau wird hier in absehbarer Zeit verboten werden. Was den industriellen Abbau angeht, ist das ja bereits der Fall. Im Moment geht es nur noch um die privatwirtschaftliche Nutzung. Das Problem ist natürlich, dass die Ortsansässigen seit jeher mit Torf geheizt und von dem Verkauf gelebt haben. Ihnen die langfristigen Schäden des Torfstechens klar zu machen ist nahezu unmöglich. Nun hat die Regierung zwar für die nächsten zehn Jahre die Bauern, die den Torf zum Eigenbedarf verwenden, von der Regelung ausgenommen, aber das hat längst nicht ausgereicht, um die Naturschützer zu versöhnen. Die Schilder, die Sie gesehen haben, sprießen hier überall hervor.«

»Gibt es da denn noch andere Formen des Protests?«, fragte Cormac.

»Gewiss«, sagte Osborne. »Gerüchte werden ausgestreut, beispielsweise dass Grenzverläufe korrigiert und Bauherren unter der Hand Zusagen gemacht wurden. Solche Äußerungen zielen natürlich auch auf meine Person ab.«

»Und? Treffen sie zu?« Noch ehe Nora ihre Frage ganz ausgesprochen hatte, fand sie sie auch schon reichlich unverblümt. Osborne schien daran jedoch keinen Anstoß zu nehmen.

»Nein«, sagte er. »Die Gemüter sind erregt, und die Nerven liegen ein wenig bloß. Die Leute in unserer Gegend reagieren äußerst empfindlich, wenn sie sich von Außenstehenden bevormundet fühlen – was mich angesichts ihrer Vergangenheit übrigens nicht verwundert.«

»Was bedeutet eigentlich der Name ›Drumcleggan‹?«, fragte Nora.

»Schädeldach«, antwortete Cormac unvermittelt.

»Richtig«, sagte Osborne und betrachtete ihn aufmerksam. »Beschäftigen Sie sich mit den alten gälischen Ortsnamen?«

»Ein bisschen«, sagte Cormac. »Was aber nicht bedeutet, dass ich ein Experte auf diesem Gebiet wäre.«

»Mein Steckenpferd ist es jedenfalls«, fuhr Osborne fort. »Ich werde jedoch versuchen, Sie damit nicht über Gebühr zu strapazieren.«

»Keineswegs, mich interessiert das sehr«, sagte Cormac.

»Besitzen Sie auch historisches Material, was das Kloster betrifft?«

»Leider nicht so viel, wie ich gern besäße«, sagte Osborne. »Ich kann Ihnen nur sagen, dass die existierenden Bauten aus dem 12. Jahrhundert stammen. Die Familie O'Flaherty hat zuletzt noch die dazugehörige Kapelle genutzt, die wiederum 1660 von einem Feuer zerstört und nicht wieder aufgebaut wurde. Ich verfüge allerdings über die Kopie einer Expertise aus den Unterlagen des Denkmalschutzes. Warten Sie ...« Osborne kramte einige Seiten aus einem Schubfach hervor und überreichte sie dann mit einer höflichen Geste Nora. Sie nahm sich die oberste Seite vor und begann zu lesen.

Das ursprüngliche Kloster wurde vom hl. Dálach gegründet, von dem wir vermuten, dass er im Jahr 809 starb. Überreste dieses Bauwerks sind nicht mehr vorhanden. Gleich nach Ende des Jahres 1140 errichtete die Familie O'Flaherty ein Kloster, das den Augustiner-Chorherren, einem Zweig des Augustinerordens, gestiftet und in der Folgezeit, vermutlich im späten 12. oder frühen 13. Jahrhundert, um einen Kirchenbau erweitert wurde. Es handelte sich um eines von mehreren Klöstern des Ordens, die in der umliegenden Gegend entstanden. Nachdem die Anlage im Jahr 1404 einem verheerenden Feuer zum Opfer fiel, wurde sie in weitaus größerem Rahmen und Umfang wieder hergestellt. Aufgrund von Ordenszwistigkeiten unterstand sie ab dem Jahr 1443 der unmittelbaren Oberaufsicht des Vatikans, wurde allerdings ein Jahrhundert später aufgelöst. 1632 kehrten die ersten Augustiner an den Ort des alten Klosters zurück. Im Jahr 1660 wurden die Gebäude abermals durch ein Feuer vernichtet. Am Westeingang ist uns ein eindrucksvolles Portal aus dem Jahr 1471 erhalten geblieben, auf dem die Figuren des hl. Michael, des hl. John, der hl. Catherine und des hl. Augustin dargestellt werden. Weitere erwähnenswerte Fundstücke des 15. Jahrhunderts umfassen einen Lettner, ein Ostfenster und einen Teil des Kreuzgangs ...

»Wissen Sie was?«, unterbrach Cormac die Stille. »Wenn es Ihnen nichts ausmacht, laufe ich schnell in mein Zimmer, um meine eigenen Karten und Zeichnungen zu holen.«

Nachdem Cormac die Tür hinter sich geschlossen hatte, sagte Osborne zu Nora: »Ein Mann, der offenbar seine Arbeit liebt.«

»Zweifellos.«

»Sie sind sicherlich von der Fahrt ganz müde. Wenn Sie sich zurückziehen möchten, tun Sie das ruhig ohne Gewissensbisse«, sagte er

»Nein, nein, ich bin nicht müde«, erwiderte Nora.

»Nun, das freut mich. Es ist nur so, dass wir die Karten erst sorgfältig unter die Lupe nehmen müssen. Ich nehme mal an, dass Mr Maguire seine Untersuchungen gleich morgen früh in Angriff nehmen will. Es könnte womöglich ein wenig zäh und ...«

»Kein Problem«, fiel Nora ihm ins Wort. »Ich finde das alles äußerst spannend ...«

Sie hielt inne, weil ihr Blick auf das silbergerahmte Farbfoto fiel, das sich auf einer Kommode hinter Osbornes Schreibtisch befand. Es zeigte eine dunkelhaarige Frau und einen dunkelhaarigen Säugling. Nora stellte fest, dass sich auch die zimtfarbene Haut und die schlehenförmigen Augen der Frau in dem Kind wiederholten. Eine pummelige Babyhand war zum Gesicht der Mutter hin ausgestreckt. Als Nora sich wieder Osborne zuwandte, erkannte sie an seiner verschlossenen Miene, dass er wohl ahnte, dass seine Gäste von den Gerüchten um das Verschwinden der beiden wussten.

»Ja«, sagte er schließlich und nickte. »Meine Frau und mein Sohn.«

Nora forschte in seinen Augen, so als könnte sie darin die Wahrheit erkennen, aber sie offenbarten ihr nichts. Osborne senkte abrupt den Blick und betrachtete wieder die vor ihm liegenden Pläne und Karten. Nora wusste, dass ihr Gesichtsausdruck häufig Bände sprach, sodass sie sich fragte, ob Osborne wohl spürte, dass sie ihn eines kaltblütigen Mordes verdächtigte.

»Wir haben Glück«, verkündete Cormac, als er die Tür aufstieß und mit einer gebundenen Kartensammlung in den Armen hereintrat. »Die Gegend ist äußerst detailliert aufgenommen worden.« Er stutzte beim Anblick von Osborne und Nora und blieb stehen. »Habe ich etwas versäumt?«, fragte er.

»Nein, nichts. Aber ich wollte mich gerade verabschieden, um mich zu Bett zu begeben«, sagte Nora. »Ich bin plötzlich doch schrecklich müde und brauche meinen Schlaf, wenn ich morgen fit sein will.«

»Wenn Sie durch den nächsten Raum gehen, liegt die Treppe gleich linker Hand«, sagte Hugh Osborne, den ihr unvermittelter Aufbruch nicht im Mindesten zu irritieren schien. »Sie können den Weg nicht verfehlen.«

»Danke, ich werde mein Zimmer schon finden«, sagte Nora. Sie winkte den beiden zu, während sie sich aus der Bibliothek entfernte.

Beim Hinausgehen verspürte sie wieder das leise Gefühl des Unbehagens, das sie schon während ihrer kurzen Unterhaltung mit Osborne beschlichen hatte. Widerwillig musste sie sich eingestehen, dass sie sich nicht gerade angemessen verhalten hatte. Aber was hätte sie denn auch sagen sollen? Etwa, es tut mir Leid, dass Ihre Frau vermisst oder tot ist? Was bekundete man gegenüber einem Ehemann, der vielleicht trauerte, womöglich aber für das Verschwinden seiner Frau verantwortlich war?

Nora durchquerte das angrenzende Zimmer. Die dunkle Tür gab erst nach, als sie sich fest dagegen stemmte. Dahinter befand sich allerdings nicht das Treppenhaus, das sie erwartet hatte, sondern ein schmaler Gang, wiederum mit dunklem Holz getäfelt und nur schwach erleuchtet. Das ist nicht der Weg, den wir gekommen sind, dachte Nora. Versuchsweise öffnete sie eine Tür zu ihrer Rechten,. Sie mündete in einen Speisesaal. Als sie das Licht anknipste, erblickte sie einen barocken Tisch und eine Anrichte, deren Schnitzereien Nymphen und Faune darstellten, die sie mit lüsternem Antlitz zu verspotten schienen. Leise durchquerte Nora den Raum, um zur nächsten Tür zu gelangen. Als sie dort den Knauf drehen wollte, bewegte er sich aber nicht. Sie überlegte kurz, ob sie kehrtmachen sollte, aber das hätte nur eine neuerliche Begegnung mit den grinsenden Köpfen bedeutet. In die Bibliothek zurückzuwandern und zu gestehen, dass sie den Weg nicht gefunden hatte, war sowieso gänzlich ausgeschlossen. Nora drehte also wieder an dem Knauf und warf sich gleichzeitig gegen die Tür, die daraufhin mit einem Ruck aufsprang, sodass sie ein, zwei Schritte in den angrenzenden Raum hineintaumelte.

Vergeblich tastete sie nach einem Lichtschalter. Mithilfe des Mondlichtes, das durch die Fensterscheiben strömte, konnte sie jedoch erkennen, dass die Wände in tiefem Scharlachrot gehalten waren und dass das Mobiliar, einschließlich der hohen Fensterläden, sich davon mattweiß abhob. Nora ließ den Blick in die Höhe wandern. Ebenso wie in der Bibliothek bestand die Decke aus einem hellen Stuckgewölbe, das hier jedoch rissig war. An vereinzelten Stellen bröckelte sogar schon der Putz ab. Auf den hölzernen Dielen lag ein abgewetzter Perserläufer. Die Innenausstattung des Raumes schien überhaupt aus unterschiedlichen Epochen zusammengewürfelt worden zu sein, dachte Nora, während sie sich weiter umblickte. Zwei kleine Bänkchen mit zierlich geschnitzten Holzbeinen und Polstern aus glänzendem Stoff standen sich vor einem mächtigen Kamin gegenüber. Oberhalb des Simses hing das Bild einer vornehm wirkenden Dame in vollständiger Reitgarderobe, jedoch ohne Pferd. Einem Wandschirm mit orientalisch verschlungenen Ornamenten und einer großen Wasserpfeife entnahm Nora, dass zumindest ein Mitglied der Familie einst in Indien gewesen sein musste. Abgesehen von den ein oder anderen Mitbringseln von diesem Aufenthalt enthielt das Zimmer Jagdtrophäen, wie man sie allerorten auf Landsitzen antraf: ausgestopfte Fasanen, Füchse und ausladende Geweihe auf Köpfen von Elchen und Hirschen. Selbst wenn der Wert des Anwesens beträchtlich sein dürfte, schien es um die derzeitigen Vermögensverhältnisse der Familie nicht zum Besten bestellt zu sein. Dieser Raum erweckte zweifellos einen heruntergekommenen Eindruck.

Am anderen Ende des Raumes stieß sie eine schwere Doppeltür auf. Die Treppe, die sie suchte, konnte nun nicht mehr weit sein – es sei denn, sie wäre inzwischen im Kreis gelaufen. Statt im Treppenhaus fand sie sich jedoch abermals in einem dämmrigen Zimmer wieder, einem Zimmer, das eine Art Büro darzustellen schien. Die Möbelstücke waren mit Schondecken verhängt. Nora hatte sich gerade einige Schritte vorgewagt, als vor ihr zwei gelbe Augen aufglühten. Ein Schrei entfuhr ihr. Im gleichen Moment wurde zu ihrer Linken eine Wandtür aufgerissen, in deren Rahmen sich Hugh Osborne abzeichnete. Nachdem er das Licht im Raum angeknipst hatte, sah Nora, wie hinter ihm auch Cormac auftauchte.

»Nora!«, rief er. »Du lieber Himmel! Was tust du hier? Ist was passiert?«

»Nein«, murmelte sie. »Ich habe mich nur verirrt.«

Als sie sich wieder den gelben Augen zuwandte, erkannte sie, dass es sich um nichts anderes handelte als um einen riesengroßen braungelben Schmetterling, dessen Flügel nicht weit entfernt auf einem Sockel unter einem Glassturz ausgebreitet waren. Ihr Blick wanderte wie von allein in dem seltsamen Raum umher, fuhr über Wände und Decke. Schmetterlinge, Hunderte davon, einige winzig wie Bienen, andere mit dreißig Zentimeter langen Flügeln füllten den Raum. Sie standen in gläsernen Regalen, schillerten blau, gelb, orange, manche mit leuchtenden Augen und Schwalbenschwänzen, auch noch die exotischsten Exemplare waren vorhanden, jede mit einer Nadel durchbohrt auf einem Ständer montiert und ordentlich beschriftet. Es war ein Kaleidoskop solch morbider Schönheit, dass Nora unwillkürlich erschauerte.

Hugh Osborne betrachtete Nora versonnen. Schließlich sagte er: »Ich hatte ganz vergessen, welchen Eindruck der Raum erwecken kann. Mein Großvater war ein leidenschaftlicher Sammler, obwohl er seinem Vergnügen lediglich als Hobby gefrönt hat. Ich weiß noch, wie er mir all die wissenschaftlichen Bezeichnungen der einzelnen Schmetterlinge beigebracht hat.«

»Eine derartig umfangreiche Sammlung habe ich noch nie gesehen«, sagte Cormac leise. »Außer in Museen.«

»Ich bin mir sicher, dass es seine Absicht war, die Sammlung eines Tages einem Museum zu vermachen«, sagte Osborne, »aber während seiner letzten Jahre hat er dann das Interesse an allem, was damit zusammenhing, verloren.«

»Ach«, sagte Cormac verwundert. »Gab es dafür einen Grund?«

Osborne schwieg einen Moment lang, bevor er sich schweren Herzens zu einer Antwort durchrang. »Eines Tages ist er wieder einmal von einer Expedition zurückgekehrt. Meine Eltern wollten ihn in Rosslare vom Schiff abholen und sind auf der Fahrt dorthin tödlich verunglückt. Von da an verlor mein Großvater jegliches Interesse an seinem Leben.«

4

Er muss endgültig damit aufhören, Lucy. Und zwar bevor er sich selbst oder gar andere zugrunde richtet – was der Himmel verhüten möge.«

Hugh Osbornes Stimme klang erregt, und Cormac nahm an, dass von Jeremy die Rede war. Nach einer erneuten Durchsicht der Unterlagen und Pläne in der Bibliothek hatte er beabsichtigt, sich nach oben in sein Zimmer zu begeben und schnell seine Ausrüstung einzusammeln, um dann sofort loszufahren. Er hatte gerade das letzte Treppenpodest erreicht, als durch eine angelehnte Tür im Obergeschoss Stimmen ertönten. Unschlüssig blieb Cormac stehen, obwohl es ihm missfiel, anderer Leute Gespräche zu belauschen. Andererseits würde man seine Anwesenheit mit Sicherheit bemerken, wenn er einfach weiterging.

»Ich danke dir für deine Fürsorglichkeit, Hugh.« Das war Lucys Stimme. »Ich weiß auch, dass du versuchst, ihm den Vater zu ersetzen, wofür ich dir ebenfalls äußerst dankbar bin. Trotzdem, Jungen in Jeremys Alter durchlaufen nun mal eine Phase des Aufbegehrens. Deshalb finde ich, dass deine Bedenken da etwas übertrieben sind.«

»Er ist gestern Abend dermaßen betrunken nach Hause gekommen, dass er sich kaum noch auf den Beinen halten konnte. Lucy, ich bitte dich inständig. Wir müssen etwas unternehmen.«

»Was sollen wir da *unternehmen*? Jeremy ist kein kleines Kind mehr. Ich habe mich außerdem schon mehr als einmal mit ihm darüber unterhalten.« Es entstand eine Pause.

»Es gibt Therapien, die ausgezeichnet …«, sagte Hugh Osborne ruhig.

»Das kommt nicht infrage«, fiel Lucy ihm ins Wort. »Ich lasse es nicht zu, dass mein Sohn irgendwo eingesperrt wird. Das könnte ich nicht ertragen, Hugh, wirklich nicht.« Anschließend wurden die Stimmen leiser, so als hätten die Sprechenden erkannt, dass man sie bis auf den Flur hörte.

Cormac setzte seinen Weg so leise wie möglich fort. Mit einem Mal blieb er wieder stehen. In einem Spiegel an der Wand hob sich dunkel die Gestalt von Jeremy Osborne ab. Cormac fuhr herum. Wie ein Schatten huschte der Junge über einen schmalen, düsteren Gang fort, und schließlich hörte Cormac nur noch leise Schritte, die sich entfernten.

Wie konnte er sich in seinem Alter bereits derart an Alkohol halten? Ihm fiel ein, dass der Junge ja erst zehn gewesen sein dürfte, als er seinen Vater erschossen vorgefunden hatte. Wer konnte schon erahnen, was seitdem in Jeremy vorgegangen war? Cormac entsann sich seines eigenen Gefühlswirrwarrs in jenem Alter und der Unfähigkeit, seinen Gefühlen Ausdruck zu verleihen. Er erinnerte sich an das Ausmaß seiner Wut und Verletztheit, als sein Vater die Familie verlassen hatte, und an die erbärmliche Ohnmacht, die ihn jedes Mal überfiel, wenn er in das leidvolle Gesicht seiner Mutter blickte.

Er saß auf den Stufen des Hauses seiner Großeltern. Unter ihm in der Küche stritten sich seine Mutter und seine Großmutter, die nicht ahnten, dass er sich in Hörweite befand. Er beschloss, sich nicht von der Stelle zu rühren und zu lauschen. In seinen Händen befand sich ein Schlagball. Er zog sein Taschenmesser hervor, um ein Stück der Ledernaht aufzutrennen und nachzuschauen, was sich darunter befand.

»Und das hat er dir brieflich mitgeteilt?« Cormac bekam die Entrüstung in der Stimme seiner Großmutter mit und ihm war klar, dass diese sich noch steigern würde. »Er hat nicht einmal den Mumm besessen, dir das von Angesicht zu Angesicht mitzuteilen? Und was ist mit Cormac? Wie will er nun die Pflicht gegenüber seinem Sohn erfüllen?«

»Das weiß ich auch nicht, Mama«, erwiderte seine Mutter

leise und erschöpft. »*Müssen wir denn immer wieder von vorn anfangen?*«

»*Was gehen ihn die Leute in Bolivien an und was da ...*«

»*Er ist in Chile, Mama, nicht in Bolivien. Dort verschwinden am helllichten Tag Menschen von der Straße ...*«

»*Mich interessiert nicht, ob in irgendeinem gottverlassenen Land Leute von der Straße verschwinden. Ich wüsste auch nicht, was das deinen Mann angeht. Er gehört hierher, zu seiner Frau und zu seinem Kind. In den anderen Kram hätte er sich von Anfang an nicht einmischen dürfen.*« *Die Unterhaltung ging weiter, aber Cormac lauschte jetzt mehr auf den Klang der Stimmen als auf das, was die beiden sagten.*

Wenige Tage zuvor war ein Brief seines Vaters eingetroffen. Cormac hatte mit angesehen, wie seine Mutter ihn aufriss und wie verstört und unglücklich sie danach war. Sie hatte sich große Mühe gegeben, es vor ihm zu verbergen. Nach etwa einer Stunde hatte sie ihn zu sich gerufen und ihn gebeten, auf dem Sofa Platz zu nehmen. Es handele sich um eine äußerst wichtige Aufgabe, die sein Vater erfülle, hatte sie erklärt. Er würde sehr vielen Menschen helfen, die verzweifelt wären, und er müsse noch für eine Weile bei ihnen bleiben, für wie lang, wisse sie nicht. Aber Daddy habe geschrieben, dass er sie beide liebe, dass es für sie jedoch zu gefährlich sei, ihm zu folgen. Er dagegen müsse in einem Land leben, in dem er gebraucht werde. Cormac glaubte ihr nicht. Er dachte, dass etwas anderes dahinter steckte. Vermutlich hatten er und seine Mutter ihn irgendwie enttäuscht, worauf er ihrer überdrüssig geworden war.

Die Stimme seiner Großmutter wurde jetzt greller. Seine Mutter begann zu weinen. In diesem Moment wusste Cormac, dass sein Vater nie mehr wiederkommen würde. Er blickte auf den Schlagball, aus dem eine lange, lose Lederlasche und ein runder Korkkörper geworden war, voller Löcher und Kerben an den Stellen, an denen er mit seinem Messer darauf eingestochen hatte.

Die Erinnerung machte ihm immer noch zu schaffen. Er entsann sich, wie oft er seinem Vater etwas Böses gewünscht hatte, Strafen, die sich ein Kind ausdachte: dass er stolpern und stürzen oder auf andere Weise gedemütigt würde. Dass sein Vater sterben sollte, hatte er ihm so gut wie nie gewünscht. Aber angenommen, er hätte es sich gewünscht – und sein Vater wäre tatsächlich gestorben! Der Selbstmord eines Vaters musste ein Kind noch unendlich viel stärker belasten, als von ihm im Stich gelassen zu werden. Cormac dachte an die zahllosen Stunden, in denen er sich den Kopf zerbrochen und nachgegrübelt hatte, was er gesagt oder getan haben könnte, das seinen Vater vertrieben hatte. Er versuchte sich vorzustellen, wie es gewesen wäre, wenn sein Vater sich umgebracht hätte. Vermutlich hätte er sich daran dann ebenfalls die Schuld gegeben. Letztlich war es wohl nicht verwunderlich, dass Jeremy Osborne seinen Seelenschmerz im Alkohol ertränkte.

Während Cormac in seinem Zimmer die Kartensammlung verstaute und die Werkzeugtasche packte, fiel ihm mit einem Mal wieder der verlorene Ausdruck auf Jeremys Gesicht ein. Womöglich hatte er als Zehnjähriger ähnlich dreingeschaut. Dennoch war das Leben weitergegangen. Er hatte seine Kindheit und Jugend überstanden, und seine Wunden waren vernarbt. Wie gern hätte er Jeremy Osborne mit seiner Erfahrung Mut gemacht. Aber letztlich war er zum Arbeiten hergekommen, und alles andere hier ging ihn nichts an.

5

Nora wartete noch auf einen Anruf des National Museum, als Cormac das Haus verlassen wollte, also machte er sich ohne sie auf den Weg zum alten Kloster. Während er die Allee hinabfuhr, schoss ihm durch den Kopf, dass hohe Baumreihen in Irland mittlerweile ja eigentlich zu einer Art Privileg geworden waren. Man brachte sie unwillkürlich mit Herrenhäusern in Verbindung, wenngleich manche dieser Gebäude längst verfallen waren und nur noch die Alleen als Zeichen der adligen Hinterlassenschaft überlebt hatten. Hinter dem Eingangstor von Bracklyn House endeten die Baumreihen, um den Blick auf grüne Wiesen und Weiden freizugeben. Cormac hatte bereits die Zufahrt zum Bauernhaus der McGanns passiert und näherte sich den grauen Steinruinen der Klosteranlage. Zu Fuß und ohne all die Ausrüstungsgegenstände, die er benötigte, konnte man den Weg in zehn Minuten zurücklegen. Er bog in den Schotterweg ein, der auf das Kloster zu führte. Die Wiesen, die sich zu beiden Seiten erstreckten, waren als Viehweiden abgezäunt worden, weshalb der Schotterweg am Ende durch ein großes Gatter begrenzt wurde. Cormac stellte seinen Jeep davor ab. Osborne hatte einen Bauunternehmer bestellt, der am Nachmittag die oberste Erdschicht abtragen würde. Erst danach konnte Cormac mit seinen Testgrabungen und Stichproben beginnen. Zuvor wollte er sich jedoch einen Eindruck von dem Gelände verschaffen. Er hängte sich seine Kamera über die Schulter und kramte einen Notizblock aus der Tasche hervor. Zunächst kletterte er aber über das Gatter, um dem Kloster einen Besuch abzustatten, bevor er dann das Baugrundstück fotografieren wollte.

Als er die Ruine betrat, erinnerte er sich unwillkürlich an Osbornes Bemerkung, Duchás obliege die Instandhaltung des Ortes. Tolle Leistung, dachte Cormac spöttisch, während er sich umblickte. Das Kloster musste bei der Behörde ganz am Ende der Prioritätenliste rangieren. Irgendjemand hatte wohl irgendwann einmal versucht, die umgestürzten Gesteinsbrocken aufzurichten, es dann aber dabei belassen, denn mittlerweile umwucherten Unkraut und Gras die Ruinen kniehoch. Cormac schaute in die Ferne, schnupperte in der klammen Morgenluft und nahm den süßen Duft frischen Heus wahr, den er genüsslich einsog. So sehr er seine Arbeit auch liebte und das Leben in der Stadt genoss, so fehlten ihm in Dublin doch die sinnlichen Eindrücke des Landes. Die Regenfälle vom Vortag hatten den Erdboden aufgeweicht, aber schon lockerte ein frischer Wind den Himmel auf, und gelegentlich schimmerten unter den dahinziehenden Wolkenfeldern erste Sonnenstrahlen hervor. Beim Weiterwandern störte Cormac eine Schar Nebelkrähen auf, die daraufhin flügelschlagend in die Höhe stoben und kreischend davonflatterten.

Cormac blieb stehen. Sein Blick blieb auf den geborstenen Säulen haften, die von dem alten Kreuzgang übrig geblieben waren. Im Geist sah er die Mönche umherwandeln, wie sie andächtig in ihr Gebet versunken waren oder einfach nur den Weg entlangwandelten, der von den Wirtschaftsräumen und Werkstätten zur Kirche oder zu ihren Klosterzellen führte. Die Mauerreste jener Räume und Zellen säumten die äußere Umrandung des Klosters. Cormac betrachtete die Steine zu seinen Füßen, an deren abgenutzten Kanten noch Spuren alter Reliefs zu erkennen waren. Er bückte sich, um eines der Flachreliefs genauer zu studieren. Es zeigte eine Pflanze, die mit ihren geschwungenen fedrigen Blättern wie ein Farnkraut aussah. Als Cormac sich wieder aufrichtete, um den Blick umherschweifen zu lassen, überkam ihn ein nahezu vergessenes Gefühl beschaulicher Ruhe. Er schlenderte bedächtig weiter. Zuweilen verharrte er an einer bestimmten Stelle oder trat in eine der Schlafzellen ein, wo er sich dann in einer Ecke das einfache Binsenlager eines Augustinermönchs vorstellte. Er dachte an die schlichte Ordnung, der die Mönche gehorchten, und ihre Tage, die von Gebeten bestimmt wurden, von der Feldarbeit und den gemeinsamen Mahlzeiten im Refektorium. Schließlich gelangte er an die Stelle, wo sich einmal das Kirchenschiff befunden hatte. Im dunstigen Morgenlicht erahnte er das Echo mittelalterlicher Gesänge und die Atemwolken, die während der Andacht an eiskalten Wintermorgen in der Luft hingen. In einer Nische entdeckte er die kleine Statue einer *síle na gig*, eines jener uralten heidnischen Fruchtbarkeitssymbole, die nicht selten in den Ruinen irischer Kirchen anzutreffen waren. Bei derjenigen, die er jetzt vor sich hatte, handelte es sich um eine der typischen weiblichen Figuren mit aufgerissenen Augen und gespreizten Beinen, deren Hände unter dem grotesk vorgewölbten Bauch an den überdimensionierten weiblichen Genitalien lagen. Dass die Figuren ausgerechnet in Kirchenruinen gefunden wurden, galt als Beweis dafür, dass die heidnische Vergangenheit Irlands nie ganz untergegangen war. Sie hatte an der Oberfläche nur für die Fassade des Katholizismus Platz gemacht, hinter der eine viel ältere, atavistische Religion fortdauerte. Cormac fotografierte die Figur, notierte sich die Stelle, an der sie stand, auf seinem Block und setzte dann seinen Erkundungsgang fort.

Eine Bogenöffnung am anderen Ende der Kirche rahmte einen hellen Ausschnitt ein, in dem sich graue Steine in unterschiedliche Richtungen neigten. Cormac wanderte darauf zu und fand sich schließlich auf dem Friedhof wieder. In der Mitte erhob sich eine lebensgroße steinerne Christusstatue, die, ebenso wie die umliegenden Grabsteine, mit rostfarbenen Streifen durchsetzt und mit weißen Flecken gesprenkelt war. Die Beine des Gekreuzigten wurden bis an die Waden von Unkraut und wilden Margeriten bedeckt. Während der rechte Arm nur zur Hälfte abgebröckelt war, fehlte der linke gänzlich. Die Eisenträger, die einst die Hände gestützt haben mussten, ragten wie Prothesenhaken hervor. Der entblößte Oberkörper der Christusfigur hatte der Zeit jedoch standgehalten. Noch immer strahlte der nackte Torso eine vitale Energie aus, und die Ergebenheit des gesenkten Hauptes berührte Cormac fast schmerzhaft.

Er beschloss, den Rückweg einzuschlagen. Während er den Friedhof durchquerte, sah er, dass sich unter den verfallenen Gräbern auch neuere Steine mit glänzend polierten Oberflächen und ordentlich eingravierten Buchstaben befanden. Unter einer dieser Gedenktafeln würden vermutlich Hugh Osbornes Eltern bestattet liegen, dachte er und begab sich vor einem der Steine in die Hocke, um die Inschrift zu lesen. Pflanzenwuchs und Feuchtigkeit hatten einen Großteil davon zerstört, aber Cormac konnte noch den Namen *Miles Gorman* und die Jahreszahlen *1604–1660* entziffern. Er streckte die Hand aus, um über die trockenen, rauen Moosflechten zu fahren, die den Stein gelbgrün überzogen.

»Falls Sie die Osbornes suchen, die liegen alle drinnen begraben«, ertönte auf einmal eine unfreundliche Stimme. Cormac schaute auf, schirmte die Augen gegen die Sonnenstrahlen ab und erkannte in der dunklen Silhouette schließlich Brendan McGann, der eine Heugabel bei sich trug. Cormac richtete sich langsam auf.

»Ich dachte, Sie wären längst wieder da, wo Sie hingehören«, fuhr Brendan in mürrischem Ton fort.

»Sollten Sie damit Dublin meinen, da war ich auch. Ich bin wieder zurückgekommen, um einen Auftrag auszuführen. Hugh Osborne hat mich gebeten ...«

»Das scheißfeine Herrchen«, stieß Brendan mit wütender Miene hervor. »Seit zwanzig Jahren schert er sich einen Dreck um sein Land, und mit einem Mal schickt er mir einen Brief, in dem steht, er wäre *dankbar,* wenn ich binnen zwei Wochen mit meinem Vieh von der Weide verschwinden könnte.«

»Sie sind aber doch gewiss schon früher über die Maßnahmen informiert worden, die für das Grundstück vorgesehen sind«, sagte Cormac. »Soviel ich weiß, ist doch sogar Ihre Schwester in das Projekt ...«

»Er soll seine Finger von dem Land hier lassen«, unterbrach Brendan ihn zornig. »Sie sehen doch selbst, wie friedlich alles ist. Wir brauchen keinen Haufen Touristen, der uns beglotzt und die Straßen verstopft, über die wir unsere Herden treiben müssen.«

»Na ja, ich weiß nicht«, sagte Cormac, »es kommt mir so vor, als ob die Gegend durchaus von einem Zugewinn ...«

Brendan fiel ihm abermals ins Wort. »Wir brauchen auch keinen Zugewinn.«

»Es scheint aber doch einige Leute zu geben, die die Errichtung von Werkstätten begrüßen«, sagte Cormac. »Ich habe den Eindruck gewonnen, dass …«

»Es interessiert mich nicht die Bohne, welchen Eindruck Sie gewonnen haben. Wenn Sie genug Verstand haben, tun Sie gut daran, Ihren Kram zu packen und auf der Stelle wieder dahin zu fahren, wo Sie hergekommen sind. Wir wissen, wie man hier mit solchen Problemen fertig wird.« Brendans Tonfall kam einer offenen Drohung sehr nahe.

»Ich gehe zurück nach Dublin, sobald ich meinen Auftrag beendet habe«, sagte Cormac, wobei er hoffte, dass er ruhiger klang, als er sich in Wirklichkeit fühlte. Er fragte sich allmählich, ob Osborne die Ansichten seiner Nachbarn nicht doch ein bisschen zu sehr auf die leichte Schulter nahm.

»Das nimmt kein gutes Ende«, sagte Brendan kopfschüttelnd. »Kein gutes Ende. Warten Sie es ab.« Dann machte er kehrt und stapfte davon.

Das hat mir gerade noch gefehlt, dachte Cormac. Zuerst die Frau und das Kind, die verschwunden und womöglich ermordet worden sind. Dann Jeremy Osborne, der auf dem besten Weg ist, sich zu zerstören, und nun noch Brendan McGann, der seinen Hass auf Hugh Osborne offen zur Schau trägt und Gott weiß was im Schilde führt. Er rief sich den Blick von Brendan wieder ins Bewusstsein, mit dem er Hugh Osborne und Una im Moor hinterhergestarrt hatte, und Unas Miene, als sie Hugh gegen die unterschwelligen Verdächtigungen verteidigte. Vielleicht war das der Grund, überlegte Cormac, vielleicht glaubt Brendan, dass seine Schwester sich mit Hugh Osborne eingelassen hat. Womöglich war er ja auch nicht der Einzige, der zu dieser Annahme neigte. Fintan hatte neulich abends ebenfalls etwas in der Art geäußert.

»Huhu? Cormac? Wo steckst du denn?« Es war Nora.

»Hier!«, rief Cormac. Er hörte, wie sich ihre Schritte näherten. Dann tauchte sie auch schon am Rand des Friedhofes auf.

»Tut mir Leid, das Telefonat hat sich in die Länge gezogen. Ich laufe hier schon eine ganze Zeit herum und suche dich«, sagte Nora etwas außer Atem. »Ich wollte dich eigentlich nicht warten lassen.« Sie schaute sich um. »Es hat sich aber gelohnt«, fuhr sie fort. »Der Kurator des Museums hat uns die Genehmigung erteilt, das Metallstück aus dem Kiefer des Schädels zu entfernen. Deshalb fahre ich auch am Montag kurz nach Dublin zurück. Bis dahin stehe ich dir aber mit meiner ganzen Arbeitskraft zur Verfügung.« Sie hielt abwartend inne. »Was ist?«, sagte sie dann, weil Cormac schwieg. »Sind das etwa keine guten Neuigkeiten? Sag bloß, du möchtest immer noch nicht wissen, wer die Tote ist? Cormac? Hallo! Bist du da?« Nora wedelte mit der Hand vor Cormacs Augen herum. »Hast du überhaupt ein Wort von dem mitgekriegt, was ich gesagt habe? Ich habe mit dir gesprochen.«

»Ja, doch – natürlich«, sagte Cormac. »Klar habe ich alles mitgekriegt. Ich bin nur ein bisschen durcheinander, weil ich gerade eine seltsame Begegnung hatte.«

»Oh, interessant. Mit wem denn? Ich bin hier niemandem begegnet.«

»Mit Brendan McGann. Er ist vor ein paar Minuten verschwunden.« Cormac erzählte Nora, was Brendan von sich gegeben hatte, und versuchte dabei den Ausdruck zu beschreiben, den er in den Augen des Mannes wahrgenommen hatte, während er über Osborne sprach.

»Brendan glaubt also deiner Meinung nach, dass Osborne etwas mit seiner Schwester hat?«, sagte Nora. »Und? Teilst du seine Ansicht?«.

»Ich bin mir da nicht so sicher. Schließlich ist Osborne noch immer mit seiner Frau verheiratet.«

»Die andererseits vielleicht aber für immer verschwunden ist.«

Cormac zuckte die Achseln. »Eigentlich, finde ich, geht uns das alles nichts an. Ich mag da gar nicht weiter bohren und spekulieren. Am besten befassen wir uns nur mit dem, weshalb wir hergekommen sind.«

Nora musterte ihn einen Augenblick lang nachdenklich, schien sich dann aber dafür zu entscheiden, das Ganze fürs Erste auf sich beruhen zu lassen.

Gemeinsam begaben sie sich zurück zum Jeep, um die Ausrüstung auszuladen. Danach nahmen sie die Pläne zur Hand, die Hugh Osborne ihnen überlassen hatte, und fingen an, das Gelände zu vermessen. An den Stellen, wo die Bauarbeiter mit dem Ausschachten beginnen sollten, steckten sie kleine Pfähle in den Boden.

Nach einer Weile wurde die Stille, die auf dem Gelände herrschte, vom Geräusch eines Wagens gestört, der über den steinigen Schotterweg gerumpelt kam. Gleich darauf wurde eine Autotür zugeschlagen, knirschende Schritte waren zu hören, und wenig später tauchte Detective Devaney auf.

»Na, wie kommen Sie voran?«, begrüßte er sie.

»Hallo, Detective«, sagte Cormac. »Ich hätte nicht gedacht, dass Sie sich auch für archäologische Grabungsarbeiten interessieren.«

»Ist auch nicht unbedingt der Fall«, sagte Devaney. »Ich bin aber gerade McGann begegnet, der mir erzählt hat, was Sie hier draußen treiben. Und da dachte ich mir, dass Ihnen, wenn Sie hier schon arbeiten und im Haus wohnen, der ein oder andere nützliche Hinweis begegnen könnte.«

»Glauben Sie denn im Ernst, dass wir irgendetwas mitbekommen würden?«, sagte Cormac. »Wie kommen Sie außerdem darauf, dass ...«

»Man weiß nie«, sagte Devaney. »Außerdem dachte ich eher, dass Sie einfach Augen und Ohren offen halten und mich verständigen, sobald Ihnen etwas komisch erscheint.« Devaney überreichte Nora seine Visitenkarte. »Die obere Nummer ist die von der Polizeistation in Loughrea. Darunter steht meine Privatnummer. Sie können mich jederzeit anrufen.«

»Was verstehen Sie unter ›komisch‹?«, fragte Nora.

»Das wissen Sie dann schon, wenn Ihnen was Entsprechendes unterkommt«, antwortete Devaney. »Oder gibt es da bereits etwas, was Sie mir mitteilen möchten?«

»Nein, Detective«, sagte Cormac. »Da gibt es nichts. Wir sind erst gestern Abend angekommen und halten uns außerdem als Gäste in Bracklyn House auf. Deshalb ist mir auch nicht ganz klar, wie Sie sich das alles vorstellen. Trotzdem würde mich natürlich Ihre genauere Definition von ›komisch‹ interessieren. Wenn man will, kann man nämlich auch den harmlosesten Dingen etwas Verschwörerisches unterstellen.«

»Womit Sie natürlich Recht hätten. Ich verlange von Ihnen ja auch nicht, das Vertrauen, das man in Sie setzt, zu missbrauchen. Ich bitte Sie lediglich, wachsam zu bleiben. Immerhin geht es hier um zwei Menschen, die spurlos verschwunden sind. In solchen Situationen bin ich für jeden Hinweis dankbar.«

Nachdem Devaney wieder verschwunden war, sagte Nora zu Cormac: »Da hast du dich aber ziemlich bedeckt gehalten.«

»Nora«, sagte Cormac. »Ich bitte dich. Für alles, was wir bislang gesehen und gehört haben, gibt es doch denkbar einfache Erklärungen. Nichts davon kommt mir wie etwas vor, was zu Schlagzeilen führen könnte.«

»Vielleicht würde es dir da ja anders ergehen, wenn du die Personen kennen würdest, die verschwunden sind – oder tot«, entgegnete Nora.

6

Una McGann war gerade mit ihrer Arbeit am Webstuhl beschäftigt, als vom anderen Ende des Hauses seltsam polternde Geräusche zu ihr drangen. Sie stutzte und hielt mit ihrer Tätigkeit inne. Wer konnte das sein? Brendan und Fintan waren draußen auf dem Feld und würden um die Zeit also nicht im Haus rumoren. Vor dem Nachmittagstee war mit ihnen gewöhnlich nicht zu rechnen. Aoife lag oben im Bett und hielt ihren Mittagsschlaf. Una stellte den Webstuhl ab und lauschte. Da war es wieder. Es klang nun, als würde jemand einen Stuhl rücken. Lautlos glitt Una von ihrem Bänkchen, schlich durch die Küche und tappte auf Zehenspitzen über den Flur. Der Lärm schien aus Brendans Zimmer zu stammen.

Una riss die Tür auf – und sah sich einer etwas benommen wirkenden Krähe gegenüber, die sie inmitten des Zimmers vom Boden her anstarrte. Die glänzenden schwarzen Flügel waren leicht gelüpft und hoben sich vom weichen Grau des Rückens ab.

»Jesus, Maria und Josef«, sagte Una erleichtert. »Was um alles in der Welt tust du denn hier?« Der Vogel sah sie aus seinen Knopfaugen an und tat einen Hüpfer rückwärts.

»Na warte. Warte nur, bis ich mit dem Besen komme. Du wirst dich wundern, wie schnell du wieder an der frischen Luft bist.« Sie zog die Tür zu und lief in die Küche, um den Besen zu holen. Auf dem Rückweg öffnete sie die Haustür sperrangelweit.

Als Una das Zimmer wieder betrat, musterte der Vogel sie

argwöhnisch. Dann legte er den Kopf zur Seite und trippelte auf sie zu.

»Jetzt reicht's, jetzt aber raus mit dir«, sagte Una und scheuchte den Vogel mit dem Besen auf. »Ab durch die Mitte.«

Die Krähe breitete die Flügel aus, flatterte hoch, flog im Zickzackkurs über Brendans Bett und ließ sich dann dahinter nieder. Una packte den Bettpfosten, zerrte daran, fuhr mit dem Besen hinter das Bett und kehrte den verdutzten Vogel geradewegs durch die Zimmertür in den Flur. Dort flatterte er wieder auf, stieß sich jedoch an den Wänden, landete auf dem Boden und rutschte schließlich auf den Krallen auf die geöffnete Haustür zu. Auf dem letzten Stück ins Freie half Una ihm mit dem Besen nach. Draußen verharrte die Krähe noch kurz, bevor sie die Flügel entfaltete, erhob sich dann in die Luft und verschwand.

Una schaute ihr hinterher. Wie der Vogel ins Haus gelangt war, blieb ihr ein Rätsel. Brendan achtete äußerst gewissenhaft darauf, dass über jeden Schornstein ein Netz gespannt war, um das Eindringen von Vögeln zu verhindern. Achselzuckend kehrte sie in Brendans Zimmer zurück, um das Bett wieder an seine alte Stelle zu rücken und das Durcheinander, das der Vogel hinterlassen hatte, zu ordnen. Una wusste, dass ihr Bruder es nicht mochte, wenn sie in seiner Abwesenheit sein Zimmer betrat oder sich an seinen Sachen zu schaffen machte. Sie nahm sich vor, alles möglichst wieder so herzurichten, wie es vorher gewesen war. Sie zupfte die Bettdecke zurecht und war gerade im Begriff, das Bett zurückzuschieben, als ihr ein Stück Papier in die Augen fiel, das hinter dem Bett aus einer Wandöffnung lugte. Verwundert beugte sie sich nieder und sah, dass es sich um eine fachgerecht angebrachte Nische handelte. Bei dem Gedanken, dass Brendan wie ein kleiner Schulbub ein Geheimfach unterhielt, musste sie lächeln. Sie war schon dabei, das Papier zurückzuschieben, als sie ihren eigenen Namen in Brendans Handschrift entdeckte.

Una zögerte. Es behagte ihr nicht, in den Privatangelegenheiten ihres Bruders herumzuschnüffeln, aber in diesem Fall handelte es sich offenbar um etwas, das sie selbst betraf. Sie zog das Blatt wieder hervor. Es war Aoifes Geburtsurkunde, die Brendan kopiert hatte.

»Éire – Irland« stand zuoberst, gefolgt von: »Geburtsurkunde, ausgefertigt gemäß Meldegesetz von 1863.« Jede Rubrik war zweisprachig gehalten, sowohl in Irisch als auch in Englisch. »Ainm (má tugadh)/Name (sofern vorhanden). In der Zeile darunter stand: »Aoife«. Unas Name tauchte in der Zeile auf, die mit »Name, Vorname und Geburtsname der Mutter« betitelt war. Die Zeile »Name, Vorname und Wohnort des Vaters« war frei.

Im ersten Impuls wollte Una das Dokument, das sie schmerzlich an den Tag erinnerte, an dem sie ihre Tochter zur Welt gebracht hatte, zerreißen. Inzwischen lag das fünf Jahre zurück, aber es lastete immer noch auf ihrer Seele. Eigentlich war die Geburt eines Kindes ein Tag der Freude, Una hatte ihn jedoch als beschämend empfunden, ein Tag der Schande, an dem man sie gekränkt und gedemütigt hatte. Im Geist sah sie die missbilligenden Mienen der Schwestern im Krankenhaus in Dublin wieder vor sich. Sie hatte keiner Menschenseele verraten, wer der Vater des Kindes war. Trotzig hatte sie kundgetan, es könne jeder x-Beliebige aus ungefähr einem Dutzend Kommilitonen gewesen sein. Sie hatte die Schwestern schockieren wollen. Was ihr auch geglückt war. Es war jedoch ein schaler Triumph gewesen.

Una verstand nur nicht, warum Brendan sich eine Kopie jener Urkunde angefertigt hatte. Und warum bewahrte er sie in einem Geheimfach auf? Als Una in der Wandöffnung kramte, um nach weiteren Dokumenten zu stöbern, kam etwas Hartes hervorgerutscht. Es entglitt ihr und schlug mit metallischem Klang auf dem Fußboden auf. Una bückte sich danach. Es war eine Haarspange. Sie hob sie verdutzt auf und drehte sie hin und her. Auf der Spange befanden sich zwei filigrane Elefanten, deren Rüssel ineinander verschlungen waren. Während Una die Spange noch in der Hand wog, fiel ihr mit einem Mal ein, wo sie sie zuvor schon gesehen hatte.

Das war vor etwa drei Jahren gewesen. Sie hatte Pilkingtons Laden zusammen mit Aoife betreten, um sich Ammoniak zu besorgen, mit dem sie ihre Farben beizte. Vor ihr an der Ladentheke stand Mina Osborne und hielt ihren Sohn im Arm, der etwas jünger als Aoife war. Der Kleine trug ein Paar nagelneue rote Gummistiefel. Mina Osborne schob den Jungen von einer Hüfte auf die andere. Das Kind war müde, steckte den Daumen in den Mund und flocht die Finger der anderen Hand ins Haar seiner Mutter. Bei dieser kleinen, Trost suchenden Geste löste sich die Spange aus dem langen schwarzen Haar und sprang auf. Der Kleine zuckte zusammen und fing an zu weinen. Während seine Mutter ihn beschwichtigte, rutschte die Spange vollends aus dem Haar und fiel zu Boden. Mina und Una bückten sich gleichzeitig, um sie aufzuheben, aber Una war schneller. Als sie nach der Spange griff, fiel ihr sofort die filigrane Metallarbeit mit den beiden Elefanten auf. *Was für eine wunderschöne Arbeit!*, sagte sie zu Mina und überreichte ihr die Spange. Dabei hatte Mina einen so sonderbaren Ausdruck in den Augen, dass Una unwillkürlich erschrak. Sie fragte sich, ob der schmerzliche Blick dieser wunderbaren dunklen Augen etwas mit ihr zu tun hatte. Mina murmelte nur kaum hörbar ein Dankeschön, wandte sich dann um und verließ mit ihrem Kind den Laden. Das alles war an jenem Nachmittag geschehen, an dem sie spurlos verschwand.

Una starrte weiterhin die Spange in ihrer Hand an. Am Verschluss hatten sich zwei, drei lange schwarze Haare verheddert. Wie von allein tastete ihre Hand weiter durch Brendans Versteck. Dieses Mal zog sie einen Stapel sorgsam gefalteter Zeitungsausschnitte heraus. *Frau und Sohn verschwunden*, las Una und: *Familie erbittet Hilfe bei der Suche nach Mutter und Kind. Gardaí nimmt Suche im Moor erneut auf*, stand auf einem dritten und *Polizei fehlt jeglicher Anhaltspunkt im Fall Osborne* auf einem nächsten.

Una stand wie gelähmt da. Warum um alles in der Welt hortete Brendan das? Wie war er an die Spange gekommen? Sie gab sich einen Ruck und beförderte ihre Fundstücke hastig in die Wandöffnung zurück, wobei es ihr einerlei war, ob die Sachen wieder in der alten Ordnung lagen. Anschließend ruckelte sie das Bett gegen die Wand. Von der Nische war nichts mehr zu sehen. Brendan war seit jeher ein Eigenbrötler gewesen, schoss es Una durch den Sinn. Und ein Hitzkopf! Von klein auf hatte er sich abgesondert, besonders wenn ihm etwas zu schaffen machte. Als er etwas größer war, streifte er stundenlang durch das Moor und die umliegenden Hügel oder saß am See, bis er das, was sein Gemüt bewegte, mit sich selbst abgemacht hatte. Nie teilte er seine Gedanken oder seinen Kummer jemandem mit. Doch wie oft brauste er auf und fuhr sie oder Fintan unbeherrscht an! Una ließ sich auf einen Stuhl sinken. Sie hätte dennoch geschworen, dass sich unter Brendans rauer Schale ein guter Kern verbarg. Er würde nie jemandem etwas zuleide tun. Sie musste sich lediglich vor Augen halten, wie sanft er zuweilen gegenüber Aoife war. Aber kannte sie ihren Bruder wirklich? Konnte man jemanden kennen, der nie etwas von sich offenbarte? Wie kam es, dass sie so gut wie nichts über den Menschen wusste, mit dem sie seit mehr als zwanzig Jahren unter einem Dach lebte? Una zwang sich, ihre angstvollen Gedanken zu verscheuchen. Brendan ist kein schlechter Mensch, wiederholte sie sich immer wieder. Sie richtete die Bilder an den Wänden gerade. Als sie die Tür hinter sich zuzog und an ihren Webstuhl zurückkehrte, beschloss sie, den komischen Zwischenfall mit der Krähe ganz zu verschweigen.

7

Dunbeg erinnerte Cormac in vieler Hinsicht an seinen Hei-
matort an der Küste. Die bucklige Brücke über einem Rinnsal
von Fluss, die Spitzengardinen in den Fensterchen, die weiß,
hellgrün und rosafarben verputzten Häuschen entlang der
Hauptstraße. Der alte irische Name für das Dorf lautete *dún
beag*, was »kleines Fort« bedeutete. Es war gut möglich, dass
dieses Fort schon bei der Namensgebung seit Hunderten von
Jahren nicht mehr existiert hatte, gleichwohl hatte sich der
Name erhalten. Hier und da erblickte er die heruntergekommenen Fassaden aufgegebener Geschäfte, aus deren Regenrin-
nen das Unkraut nur so wucherte. Die Gebäude sahen aus, als
läge eine dünne Rußschicht über ihnen. Überhaupt erweckte
der Ort einen vernachlässigten Eindruck. Auch die tief hän-
genden grauen Wolken trugen zum allgemeinen Bild des Ärm-
lichen und der bedrückten Stimmung bei. Wie das frisch gestri-
chene Pub mit den Blumentöpfen vor der Tür bezeugte,
versuchte jedoch zumindest Lynch das Ganze ein wenig auf-
zumöbeln, obwohl der so genannte irische Aufschwung eindeutig woanders stattfand. Cormac nahm zwar an, dass bisweilen ein einsamer Angler hier seinen Urlaub verbrachte, im
Übrigen war Dunbeg aber zu entlegen und zu unattraktiv, um
vom Tourismus zu profitieren.

Als Cormac seinen Jeep an der Hauptstraße vor einem Laden
mit Namen Pilkington parkte, streunten zwei Hunde an ihm
vorbei, ein struppiger Terrier und ein alter Schäferhund. Sie
schnüffelten in den Hauseingängen herum, hoben gelegentlich

ein Bein und zogen danach weiter. Der Ausflug dürfte der Höhepunkt ihres Tagesablaufes sein, ging es Cormac durch den Sinn. Was dann noch kam, war sicher dazu angetan, dass sich selbst ein Hund in Dunbeg langweilte. Er stieg aus dem Jeep, trat auf das Schaufenster zu und warf einen Blick hinein. Amüsiert betrachtete er die typischen Auslagen einer dörflichen Eisenwarenhandlung: Spaten, Forken, Tapetenbürsten, Spachtel, Töpfe, Pfannen, Uhren, Schlösser, Kellen, Hundeleinen, Taschenlampen und Angelruten, alles lag kreuz und quer. Ein uraltes, schmuckloses Schild über dem Fenster verkündete: J. Pilkington. Cormac stand schon im Begriff, den Laden zu betreten, als sein Blick auf ein Plakat fiel, das am Rand des Schaufensters angebracht worden war. Unter dem vierblättrigen Kleeblatt der Garda Síochána, der irischen Landespolizei, befand sich das Schwarzweißfoto einer Frau und eines Jungen. Darunter die Namen von Mina und Christopher Osborne. Der Aufruf war ein Jahr alt. Cormac bückte sich, um den Text zu lesen. »In Kürze jährt sich zum zweiten Mal der Tag, an dem Mina und Christopher Osborne spurlos verschwunden sind. Die Polizei bittet erneut um Mithilfe und zweckdienliche Hinweise seitens der Bevölkerung.« Es folgten Absätze mit Beschreibungen der Vermissten und Angaben zu der Kleidung, in der sie letztmalig gesehen worden waren. Während Cormac den Wortlaut studierte, wurde er sich eines Augenpaares bewusst, das ihn von der anderen Seite der Glasscheibe her taxierte. Als er aufschaute, sah er dort eine Frau, die sich nun eingehend mit einem Staublappen zu schaffen machte.

Cormac grinste in sich hinein und betrat den Laden. Er sah sich kurz um. Der Raum war leer. Keine Kunden. Niemand hinter der Theke. Während er begann, die Dinge zusammenzusuchen, die er für seine Arbeit benötigte, konnte er sich des Verdachts nicht erwehren, dass er insgeheim beobachtet wurde. Zuweilen schaute er hoch, aber er schien sich nach wie vor allein in dem Laden zu befinden. Nachdem er seine Besorgungen beieinander hatte, begab er sich zur Ladentheke.

»Kann ich Ihnen noch mit irgendetwas dienen oder wäre das alles?« Die Frau, die sich hinter der Theke erhob, war klein und schmächtig. Ihre glänzenden Augen waren dieselben, die

Cormac durch die Fensterscheibe bespitzelt hatten. Sie war dunkelhaarig und trug einen schwarzen Kittel mit grellen Punkten. Der kurze Pony, der ihr fransig in die Stirn hing, verstärkte ihren elfenhaften Eindruck.

»Ich suche noch eine Rolle Plastikbahnen und, wenn Sie so etwas haben, auch ein halbes Dutzend Holzbohlen, eins sechzig lang.«

»Haben wir«, sagte die Frau. »Ich sag dem Jungen Bescheid.« Sie steckte den Kopf durch die Hintertür, die wohl zu einem Lagerraum führte, und gab Cormacs Auftrag weiter. Ein rothaariger Junge, der mit einem Besen bewaffnet war, tauchte auf.

»Sie sind bestimmt der Archäologe, der schon einmal hier war«, sagte die Elfe.

Cormac zwang sich zu einem Lächeln. »Ganz recht.«

»Ich bin Dolly Pilkington. Herzlich willkommen in Dunbeg.«

»Cormac Maguire. Warten Sie, irgendwo habe ich eine Bestätigung von Hugh Osborne, dass ich auf seinen Namen anschreiben lassen darf.« Cormac klopfte seine Taschen ab.

»Lassen Sie gut sein«, sagte Mrs Pilkington. » Das ist doch gar nicht erforderlich.« Sie machte sich daran, die Preise per Hand auf einem Block zu addieren. »Gibt es denn schon Neuigkeiten, was Ihre Moorfrau betrifft?«, fragte sie. Sie hielt inne und schaute zu Cormac auf. »Liebe Güte, wenn Sie die Gerüchte gehört hätten, die vor zwei Tagen durch die Gegend geschwirrt sind! Da hätten Ihnen die Haare zu Berge gestanden. Mich überläuft jetzt noch eine Gänsehaut. Da war die Rede von Mördern, die bei uns ihr Unwesen treiben. Ich glaube, in der Nacht darauf hat kein Mensch ein Auge zugetan.«

»Da war doch nur noch ein Kopf«, sagte der rothaarige Junge, der nun mit den Plastikbahnen und den Brettern zurückkam. Sein Gesicht war mit Sommersprossen übersät.

»Wer hat dich denn nach deiner Meinung gefragt?«, sagte Mrs Pilkington. »Stell die Sachen draußen vor die Tür, und geh zu deinem Besen zurück, oder es setzt was auf die Mütze.« Der Junge schob trotzig die Unterlippe vor, tat jedoch wie befohlen.

Cormac war sich nicht sicher, wie viel er verlauten lassen sollte. Darüber nämlich, dass die nächste Person, die den Laden betrat, ihn mit eben jenen Informationen wieder verlassen würde, war er sich im Klaren. Dennoch fand er, es wäre besser, Tatsachen zu vermitteln, als weiteren Gerüchten Vorschub zu leisten. »Ehrlich gesagt, haben wir im Moment noch nicht viel in Händen«, sagte er. »Wir wissen lediglich, dass es sich um eine rothaarige Frau gehandelt hat.« Cormac suchte nach einer sachlichen Formulierung, um die Gesamtsituation zu beschreiben. »Den Körper haben wir noch nicht entdeckt«, setzte er schließlich hinzu.

Mrs Pilkington bekreuzigte sich. »Heilige Mutter Gottes«, stieß sie hervor. Nach einer kleinen Pause wies sie mit dem Zeigefinger auf das Plakat in der Fensterscheibe. »Natürlich dachten wir erst, es wären die beiden. Der Witz an der Sache war, dass Mister Osborne hier mitten im Laden stand, genau an der Stelle, wo Sie jetzt stehen, als mein Oliver mit der Nachricht hereingeplatzt ist, dass man im Moor den Körper einer Toten entdeckt hat. Na, Körper kann man das dann wohl nicht gut nennen, aber das wussten wir da ja noch nicht. Jedenfalls, Mister Osborne ist leichenblass geworden und hat Oliver bei den Armen gepackt, ihn geschüttelt und wollte wissen, wo er das gehört hat und wo die Tote sein soll und ob er sich sicher ist, alles richtig verstanden zu haben. Ich dachte, er würde dem armen Jungen noch den letzten Rest seines Verstandes aus dem Kopf schütteln, aber nachdem Oliver ihm geantwortet hatte, war er schon ab durch die Tür, hat weder seine Sachen mitgenommen, noch auf sein Wechselgeld gewartet. Heute früh habe ich den Jungen zu ihm geschickt, um ihm das Geld und das, was er gekauft hat, vorbeizubringen – seither hat er sich nämlich nicht mehr blicken lassen, weder an dem Tag noch am nächsten, habe ich nicht Recht, Oliver?«

»Ja«, sagte der Junge gequält.

Cormac nahm an, dass der Junge die Geschichte seiner Mutter inzwischen mehr als einmal hatte bestätigen müssen.

»Warum war es komisch, dass Osborne hier war?«, fragte Cormac.

»Weil das auch der letzte Ort war, an dem seine Frau und

der Kleine gesehen wurden«, antwortete Mrs Pilkington. »Ganz furchtbar war das alles. Dabei sind sie so oft hierher gekommen. Eine stille, sehr freundliche Dame war sie, und auch eine richtige Katholikin, selbst wenn ihr das keiner angesehen hat, sie war ja so dunkel, als würde sie direkt aus Afrika kommen. Und der Kleine erst! Hat mir immer schön guten Tag gesagt, wenn er mit seinem Vater ins Dorf kam. Wirklich feine Manieren für ein solch kleines Kerlchen. Haben Sie selbst auch Kinder, Mister Maguire?«

»Ich bin nicht verheiratet«, sagte Cormac.

»Na, das hat bisher aber noch niemanden davon abgehalten. Dafür gibt es hier jede Menge Beweise. Trotzdem, auf die Art sind Sie da besser dran, da bleibt Ihnen viel erspart, was Kummer und Schmerzen betrifft.«

Cormac warf einen Blick zu Oliver Pilkington hinüber, der mit gesenktem Kopf dastand, und fragte sich, was ein Junge von allenfalls vierzehn Jahren bisher an Kummer und Schmerzen verursacht haben könnte.

»Wie reimen die Leute sich die Angelegenheit denn zusammen?«, fragte er schließlich.

»Hängt davon ab, mit wem Sie sprechen. Ich persönlich halte ja nichts vom Getratsche der Leute. Das ist eine Sünde, wenn Sie mich fragen. Natürlich gibt es überall welche, die nichts anderes im Sinn haben, als zusammenzuhocken und über das Unglück anderer Menschen herzuziehen. Ich möchte wetten« – sie senkte mit einem Mal die Stimme –, »dass nicht wenige davon Ihnen gern erzählen würden, dass Mister Osborne nicht gerade ein Kostverächter war und dass seine Frau von den Geschichten genug hatte, das Kind nahm und die Flucht ergriffen hat. Andere glauben auch, es hat am Geld gelegen. Diese große Summe von der Versicherung. Sie behaupten, dass die arme Frau im Moor ermordet wurde, und zwar von ihm. Es ist ganz schön schrecklich, was die Leute so alles erzählen.« Dolly Pilkington schlug die Hände zusammen und verstummte, so als könnte sie jeden weiteren Gedanken an derlei Äußerungen nicht länger ertragen.

»Was halten Sie persönlich denn von der Sache?«

Sie kniff die Augen zusammen und betrachtete Cormac mit

zur Seite gelegtem Kopf, als müsste sie noch abwägen, ob er ihr Vertrauen verdiente. Er schien die Prüfung bestanden zu haben, denn als Nächstes winkte sie ihn näher heran und fuhr im Flüsterton fort: »Ich verrate Ihnen dasselbe, was auch die Polizei von mir erfahren hat, dass nämlich Missus Osborne sich an dem Tag, an dem sie verschwand, über etwas aufgeregt hat. Jeder konnte sehen, dass die arme Frau Tränenbäche vergossen hatte. Jedenfalls glaube ich nicht, dass sie und das Kind noch unter uns sind. Gott verzeih mir, dass ich so was ausspreche, es ist nämlich nur irgend so ein Gefühl. Die Hand des Ehemannes war dabei aber nicht mit im Spiel, so viel steht fest.«

»Warum sind Sie da so sicher?«

»Weil er genau da stand, wo Sie jetzt stehen, als er von der Leiche im Moor erfuhr und ihn eine schreckliche Verzweiflung packte. Kein Mensch ist in der Lage, so etwas vorzuspielen«, sagte Mrs Pilkington nachdrücklich, und Cormac bedauerte jeden, der es wagen würde, ihr in diesem Punkt zu widersprechen.

»Wenn Sie aber über andere etwas hören wollen, da kann ich Ihnen einiges erzählen«, fuhr sie fort. »Über die merkwürdige Cousine zum Beispiel und ihren Jungen.« Sie schnalzte mit der Zunge, bekreuzigte sich abermals und holte tief Luft. »Der ist überhaupt nicht zu bändigen, und jeden Tag danke ich Gott auf den Knien, dass mein Oliver anders geraten ist.«

Cormac fürchtete die nächste Tirade und wollte deshalb irgendwie das Thema wechseln. »Wenn Sie sich dermaßen gut auskennen, Mrs Pilkington«, sagte er, »dann können Sie mir gewiss weiterhelfen. Ich muss so viel wie möglich über die Leiche im Moor herausfinden und bin deshalb auf der Suche nach historischen Dokumenten aus der Gegend hier.«

»Na, da fahren Sie am besten nach Woodford ins Heimatarchiv.«

»Wissen Sie, welche Art von Unterlagen dort aufbewahrt werden?«

»Nein, keine Ahnung. Ich weiß nur, dass dort immer scharenweise Amerikaner auftauchen, die nach ihren Vorfahren suchen.«

»Kennen Sie denn jemanden, der sich für die hiesige Geschichte und für alte Traditionen interessiert?«

Cormac musste sich gedulden, bis Dolly Pilkington seine Frage verarbeitet hatte, um ihm dann in sichtlichem Bemühen, nicht zu prahlen, zu enthüllen: »Ich weiß alles, was die letzten fünfzig Jahre betrifft.«

»Oh, meine Fragen reichen da leider ein bisschen weiter zurück«, sagte er. »Also, auf dem Stück Land, auf dem wir die Leiche gefunden haben, wurde doch seit hundert Jahren kein Torf mehr gestochen, vielleicht sogar seit noch längerer Zeit nicht mehr. Die letzten fünfzig Jahre reichen da nicht, um Nachforschungen anzustellen.«

»Hm. Na, in dem Fall würde ich mich, wenn ich Sie wäre, an Ned Raftery wenden.«

»Den Lehrer.«

»Genau. Das heißt, früher war er einmal Lehrer, bevor er sein Augenlicht verloren hat, Gott segne den Mann. Obwohl ihn seine Blindheit offenbar nicht übermäßig zu behindern scheint. Jetzt, wo Sie ihn erwähnen, fällt mir nämlich ein, dass er erst neulich hier war, um sich eine Gartenschere zu kaufen. Weiß der Kuckuck, was er damit anfangen will.«

8

Nachdem Cormac sich auf den Weg nach Dunbeg gemacht hatte, kehrte Nora in ihr Zimmer zurück, um sich frisch zu machen. Sie hatte das Bedürfnis, sich von der Staubschicht zu befreien, die auf ihrer Haut klebte. Obwohl sie kaum mehr als die Spitze des Eisbergs geschafft hatten, spürte sie doch jeden Muskel und Knochen im Leib. Während ihr das heiße Wasser über den Körper rann, beschäftigten sie immer noch Devaneys Worte: *In solchen Situationen bin ich für jeden Hinweis dankbar.*

Nachdem Nora sich abgetrocknet und angekleidet hatte, beschloss sie, nach unten zu gehen, um ein bisschen umherzuspazieren, während sie auf Cormac wartete. Der Gang lag düster und verlassen da. Er war mit dem gleichen dunklen Holz vertäfelt, das man auch in den unteren Räumlichkeiten vorfand. Allerdings war es hier an mehreren Stellen geborsten und von klaffenden Rissen übersät. Ihrem Zimmer unmittelbar gegenüber stand eine Tür offen, und dahinter entdeckte Nora einen kurzen Nebengang, der in ein weiteres Treppenhaus führte. Nachdem sie eine Weile mit sich gekämpft hatte, gab sie sich einen Ruck und betrat den Seitengang. Auf dem Treppenabsatz blieb sie stehen und spähte hinunter. Lediglich das schwache Tageslicht, das durch ein schmales, verstaubtes Bleiglasfenster drang, diente als dürftige Lichtquelle. Es war kein Laut zu vernehmen, weder von oben noch von unten. Sie warf noch einen verstohlenen Blick nach unten, bevor sie die Treppe dann hinaufstieg.

An ihrem Ende erreichte sie einen weiteren schmalen Flur, hinter dessen Türen sie Abstellkammern vermutete. Beherzt suchte sie sich die größte Tür aus und bewegte den Knauf. Die Tür war nicht versperrt. Behutsam drückte Nora sie auf und fand sich daraufhin in einem langen, galerieähnlichen Raum wieder. Er war spärlich möbliert, aber dank einer Reihe großer Fenster licht und hell. An der einen Seite standen mehrere Leinwände mit einfachen Holzrahmen, an der anderen lehnten fertige, aber noch ungerahmte Bilder. In der Mitte ragte eine Staffelei auf, über die ein Tuch geworfen worden war. Lautlos näherte Nora sich dem Bild, das sich ihr am nächsten befand, und vertiefte sich sofort in dessen Anblick. Es handelte sich um eine reizvolle Mischung mehrerer Stilarten. Die Mitte des Bildes ließ ein frei schwebendes weißes Flügelpaar erkennen. Der Hintergrund war einem verfallenen Fresko nachempfunden, mit Fragmenten exotischer Pflanzen und Tiere, die wie unter einer verblichenen Goldschicht hervorzutreten schienen. Nora konnte mehrere rötliche Blütenblätter ausmachen, den geringelten Körper einer Schlange und das gefleckte Fell eines Leoparden. Das Bild kam ihr wie die verschwommenen Impressionen eines versunkenen Paradieses vor. Wer immer das gemalt hat, dachte sie, versteht etwas von seinem Handwerk. Zutiefst beeindruckt wanderte sie weiter. Kurz darauf stellte sie fest, dass sich das Motiv des ersten Bildes wiederholte; von Bild zu Bild wurden die Farben jedoch dunkler und die Elemente abstrakter, bis sie sich zuletzt zu abstrakten Formen verwischten. Die Bilderreihe erweckte in ihr die Vorstellung eines Traums, der im Augenblick des Erwachens in das Unterbewusstsein entgleitet. Als sie das Tuch über der Staffelei lüftete, kam dort ein unvollendetes Bild zum Vorschein, das ihr die Technik verriet, mit der die Malerin oder der Maler vorgegangen war. Offenbar wurden die Farbschichten erst übereinander aufgetragen und dann nach dem Trocknen abgeschabt, wodurch die Arbeiten ihre Tiefenwirkung erhielten. Neben der Staffelei befand sich ein Tisch, der mit Tuben und Pinseln in Gläsern übersät war, den gewöhnlichen Utensilien eines Künstlerateliers. Die meisten der Pinsel waren jedoch brandneu und viele Tuben unangebrochen. Nora fuhr nachdenklich über einen der dicken Pinselköpfe. Währenddessen glitt ihr Blick über die Fensterfront, und mit einem Mal sah sie die fantastische Aussicht, die man von dem Raum aus genießen konnte. Sie führte geradewegs auf den See und die kleine, gräulich schimmernde Insel in dessen Mitte.

Sie war gerade in den herrlichen Ausblick vertieft, als sie plötzlich zusammenzuckte. Sie hatte ein Geräusch vernommen. Angespannt lauschte sie in die darauf folgende Stille. Im nächsten Moment drang es ein weiteres Mal an ihr Ohr. Leise zwar, aber es handelte sich unverkennbar um eine hohe Kinderstimme. Die Laute schienen aus dem Treppenhaus zu stammen. Nora machte kehrt und schlich über die Stiege zurück.

Als sie den Gang erreichte, an dem auch ihr Zimmer lag, hörte sie die zarte Stimme wieder. Nora versuchte, den Knauf einer der Türen zu drehen, aber sie war verschlossen. Nun ertönte helles Kinderlachen. Es kam wohl doch vom anderen Ende. Nora tappte über den düsteren Gang zurück. »Nein, du!«, sagte jetzt die helle Stimme, woraufhin eine dunklere erwachsene Stimme etwas murmelte. »Nein, Mami, du!«, wiederholte die Kinderstimme. Nora spähte angestrengt in den dämmrigen Schlauch. Dann sah sie, dass eine der Türen nur angelehnt war. Vorsichtig klopfte sie an. Weil niemand antwortete, stieß sie die Tür schließlich auf. Das Zimmer, das sie dahinter erblickte, war wie die meisten Räume in diesem Haus in dunklem Holz gehalten. Es befand sich niemand darin, aber in dem altmodischen Eckschrank lief ein Fernsehgerät. Auf dem Bildschirm erkannte Nora die Frau mit dem langen schwarzen Haar und das dunkelhäutige Kind von dem Foto in der Bibliothek. Das Kind war inzwischen größer geworden, bereits ein Kleinkind, das auf dem Boden spielte und krabbelte. Der Rücken der Frau war zunächst der Kamera zugewandt, aber nun beugte sie sich vor und tat, als wollte sie den Kleinen kitzeln. Das Kind quietschte vor Vergnügen. Verwirrt schaute Nora sich um. Hugh Osborne konnte sich das Videoband nicht eingelegt haben, hatte er doch angekündigt, für den Tag nach Galway zu fahren. Demnach kam nur Jeremy infrage oder dessen Mutter, der Nora bislang noch nicht begegnet war. Nora drückte auf die Stopp-Taste des Videogeräts und schaltete den Fernseher ab. Ihr Blick fiel auf das Doppelbett in der Ecke, und ihr wurde bewusst, dass sie vermutlich in Hugh Osbornes Schlafzimmer eingedrungen war. Na, herrlich, Nora, dachte sie. Ganz große Klasse. Sie wollte sich zwingen umzukehren, doch seltsamerweise reagierten ihre Beine nicht auf ihren Befehl. Wenn sie ehrlich war, reizte es sie auch, hier noch etwas zu verweilen, eigentlich hätte sie sogar am liebsten die Schranktüren aufgerissen und die Schubladen durchwühlt. Aber natürlich war es albern, sich einzubilden, sie würde auf etwas stoßen, was der Polizei entgangen war. Dennoch schaffte sie es nicht, den Raum zu verlassen. Wie fremdgesteuert näherte sie sich dem Bett, das Hugh Osborne einmal mit seiner Frau geteilt haben musste.

Was veranlasste einen Menschen zu glauben, er könnte sich eines anderen entledigen, gleich einem Gegenstand, nachdem er seinen Zweck erfüllt hatte? Nicht einmal im Ansatz vermochte sie sich die innere Grausamkeit und Kälte vorzustellen, die ein solcher Akt erforderte. Dass Liebe vergehen konnte, war ihr klar, oder die Zuneigung, die man einmal für jemanden empfunden hatte. Was sie aber nicht verstand, war, dass jemand den Respekt vor dem Leben eines anderen Menschen verlor. Ihr Blick fiel jetzt auf eine Wandtür hinter dem Bett. Ohne nachzudenken, ging sie darauf zu, öffnete sie und trat über die Schwelle. Sie fand sich in einem Kinderzimmer wieder. In einer Ecke stand ein Schaukelpferd mit einem aufgemalten Sattel auf dem verblichenen Holzfell und einem dicken Schweif aus Rosshaar. Ein kleiner Tisch mit dazu passenden Stühlen, ein Schrank in leuchtenden Farben, eine Truhe und in der hinteren Ecke ein Bett vervollständigten die Einrichtung. Die Luft roch muffig und abgestanden. Nora zog das nächstbeste Fenster auf und atmete die frische Frühlingsluft ein. Erst als sie sich wieder umwandte, entdeckte sie die Gestalt auf dem Kinderbett. Sie musste einen Aufschrei unterdrücken. Jeremy Osborne war viel zu groß für das kleine Lager, aber er hatte sich zusammengerollt und schlief auf der Seite, die Decke nur halb über sich gezogen. Nora trat leise auf ihn zu. Abrupt schlug der Junge die Augen auf, blickte Nora benommen an und richtete sich hastig auf. Er schaute Hilfe suchend zur Tür.

Nora bemerkte, dass er noch immer die Kleidung vom Vorabend trug.

»Ach, hallo«, stammelte Nora verlegen.

Eine tiefe Röte überzog Jeremys Wangen, weshalb Nora annahm, dass er sich gerade an ihre erste Begegnung erinnerte. Er wandte den Blick ab und schaute zu Boden.

»Tut mir Leid, dass ich dich geweckt habe«, sagte Nora. »Ich habe vom Flur aus nur gehört, dass der Fernseher läuft, und wollte nachschauen ...« Nora brach ab. »Dass sich jemand im Nebenzimmer aufhält, wusste ich nicht«, sagte sie dann verlegen.

Jeremy schien ihr nicht zuzuhören. Sieht aus, als würde er sich am liebsten in Luft auflösen, dachte Nora. Mit einer fahrigen Geste versuchte der Junge, die Wolldecke auf dem Kinderbett zu glätten.

»Vielleicht sind wir gestern Abend ja beide etwas durcheinander gewesen«, sage Nora schließlich. »Was hältst du davon, wenn wir das Ganze einfach vergessen?« Noch immer keine Antwort. »Du hast dir das Video angesehen, stimmt's?« Jeremy Osborne hob den Kopf, und Nora meinte, so etwas wie einen Hoffnungsschimmer in seinen Augen wahrzunehmen. Gleich darauf verschwand der Ausdruck aber wieder.

»Sie sind gewiss Dr. Gavin«, ließ sich auf einmal von der Tür her eine Frauenstimme vernehmen. Nora fuhr herum. Vor ihr stand eine elegante Dame. »Entschuldigen Sie, wir hatten noch keine Gelegenheit, uns miteinander bekannt zu machen. Ich bin Lucy Osborne.«

»Guten Tag«, sagte Nora und reichte Lucy Osborne die Hand. »Es wäre mir aber lieber, Sie würden mich einfach nur Nora nennen.«

»Oh«, sagte Lucy Osborne. »Natürlich.« Sie nahm Noras Hand und drückte sie kurz. Mit spöttischer Miene fügte sie hinzu: »Aus welcher Ecke Amerikas stammen Sie, wenn ich fragen darf?«

»Aus Minnesota«, sagte Nora. »Mit anderen Worten, aus dem Mittleren Westen. Zur Welt gekommen bin ich allerdings in Clare. Meine Eltern sind ausgewandert, als ich noch ein Kind war.«

»Und was hat Sie bewogen, nach Irland zurückzukehren?«, fragte Lucy Osborne leutselig, während sie das Zimmer durchquerte und das Fenster schloss, das Nora soeben geöffnet hatte.

»Eine Gastdozentur am Trinity College. Außerdem verbringe ich hier schon seit ewigen Zeiten immer meine Sommerferien. Irland kommt mir noch immer wie mein Zuhause vor.«

»Das will ich gern glauben«, sagte Lucy mit einem anzüglichen Blick in die Runde. Dann wechselte sie sofort das Thema. »Hugh hat eben angerufen, um anzukündigen, dass er es womöglich nicht mehr zum Abendbrot schafft, weshalb ich mir erlaubt habe, Ihnen in der Küche etwas Kaltes anzurichten.«

»Das ist äußerst liebenswürdig. Cormac dürfte wohl in Kürze wieder hier sein. Ich hoffe, es bereitet Ihnen keine Umstände, wenn wir noch auf ihn warten.«

Das kühle Lächeln, das nun über Lucys Züge huschte, schien zu beinhalten, dass Nora noch eine Menge zu lernen hatte, was die Gepflogenheiten von Bracklyn House betraf. »Jeremy und ich nehmen unsere Mahlzeiten gewöhnlich in meinen Wohnräumen ein«, sagte Lucy, indem sie an das Bett trat, auf dem ihr Sohn saß, der noch immer wortlos den Fußboden anstarrte.

»Geht es dir gut, mein Schatz?«, fragte sie ihn. »Du wirkst etwas blass.«

Sie legte ihm eine Hand auf die Stirn. Jeremy sagte auch dann nichts, als Lucy ihm den Kragen des Pullovers zurechtzupfte, der sich nach innen gerollt hatte. Der Junge reagierte nur mit einem leicht abwehrenden Zucken der Schulter. Von unten war das Geräusch eines Wagens zu vernehmen, der sich über den Kiesweg näherte.

»Das wird Cormac sein«, sagte Nora.

»Vielleicht möchten Sie ja in der Küche auf ihn warten«, sagte Lucy Osborne.

Nora begriff sofort, dass ihre Anwesenheit hier nicht länger erwünscht war. »Vielen Dank, dass Sie uns das Abendessen …«, hob sie an, aber Lucy fiel ihr ins Wort.

»Ich bitte Sie, Sie sind doch Gäste des Hauses«, sagte sie. »Nun gehen Sie schon, meine Liebe.«.

An der Tür wandte Nora sich noch einmal um. Sie sah, dass Lucy sich neben Jeremy niedergelassen hatte und dem Jungen über das Haar strich. Jeremy hatte die Hände reglos auf dem Schoß liegen, aber es kam Nora wieder so vor, als wäre dem Jungen die Berührung seiner Mutter unangenehm. In dem Moment schaute er Nora an. Um seine Lippen deutete sich ein zaghaftes Lächeln an. Nora nickte ihm zu und schloss die Tür.

9

Ich weiß nicht, wie es dir geht«, sagte Nora, während sie und Cormac ihre Mahlzeit in der Küche beendeten, »aber ich empfinde das Haus hier als bedrückend. Hättest du nicht auch Lust, einen kleinen Spaziergang zu unternehmen oder so? Es dürfte mindestens noch eine Stunde lang hell bleiben.«

»Ich hatte eigentlich vor, ein paar Aufzeichnungen von der Grabung zu …«, begann Cormac, brach jedoch ab, weil ihm Noras ungläubiger Blick begegnete.

»Das ist doch nicht dein Ernst!«, sagte sie barsch. »Wir haben heute mindestens neun Stunden geschuftet.« Sie stand auf und streckte Cormac eine Hand entgegen. »Na, los. Bist du denn gar nicht interessiert, wie die Gegend hier ringsum aussieht?« Cormac ergriff ihre Hand und ließ sich auf die Füße ziehen. »Warst du überhaupt schon mal unten am See?«

»Nein, noch nicht. Na gut, ich komme mit.«

Sie verließen das Haus durch die Hintertür, schlenderten gemächlich in Richtung See und bewunderten stumm die Landschaft, die sich ihnen wie ein Gemälde darbot. Der Rasen, der bis zum See hinunterreichte, leuchtete in der untergehenden Sonne metallisch grün, und über den Himmel zogen vereinzelte Wolken wie kleine Wattekissen. Die letzten Lichtstrahlen der Sonne warfen tanzende Reflexe auf den See, dessen Wellen hie und da leise ans Ufer klatschten. Auf dem Inselchen in der Mitte des Sees sahen sie eine verfallene Ruine aus grauem Gestein.

Der Rasen fiel sanft hügelabwärts und wurde von einem

schmalen Erdwall begrenzt, der den steinigen flachen Strand dahinter verbarg. »Sieh mal, dort unten liegt ein Boot!«, rief Nora aufgeregt und deutete zum Ufer. Unvermittelt hatte Cormac das Bild Noras als Kind vor sich, das bereits so abenteuerlustig gewesen sein dürfte wie die erwachsene Frau. Ehe er sich's versah, war sie losgerannt und machte sich an dem blauen Ruderboot zu schaffen. Cormac eilte ihr hinterher. Als er neben ihr stand, taxierte er das kleine Gefährt. Für den See würde es taugen, dachte er.

»Na, los, setz dich rein«, sagte er zu Nora. »Ich stoße das Boot ab.«

Nachdem sie sich in der Mitte des Bänkchens ausbalanciert hatte, sprang Cormac mit einem eleganten Satz hinterher und ließ sich dann ihr gegenüber nieder. Er zog die gelben Ruder aus ihrer Halterung und befestigte sie in den Dollen. Langsam wendete er das Boot und steuerte mit langen, gleichmäßigen Schlägen das Inselchen an.

»Du scheinst ja ein ziemlich guter Ruderer zu sein«, sagte Nora.

»Wir haben früher mal ein ähnliches Boot besessen«, sagte er. »Wenn ich die Zeit dazu erübrigen kann, rudere ich immer noch gern ab und an. Ich finde, das Wasser ist nach wie vor der beste Ort, um nachzudenken und allein zu sein.«

Es dauerte nicht lang, bis sie sich längsseits der kleinen Insel befanden. Was für ein Ort zum Leben!, dachte Cormac. Wie muss es damals wohl gewesen sein, als hier Menschen siedelten? Er ließ den Blick über das baumlose, felsige Eiland mit den Resten einer Ruine schweifen, das schutzlos Wasser und Wind preisgegeben war. Auf die Art hatten die frühesten irischen Siedlungen ihren Anfang genommen, auf kleinen Inseln, die inmitten sumpfiger Seen lagen, Wehrbauten aus Lehm, mit einem Holzzaun umgeben und dem Wasser als Schutzzone gegen feindliche Eindringlinge. Später waren daraus steinerne Festungen geworden wie diejenige, die nun als kümmerlicher Rest vor ihnen lag. Dann waren die Turmfestungen im normannischen Stil gefolgt und schließlich die festungsartigen Herrenhäuser wie Bracklyn House. Unwillkürlich musste er wieder an das rothaarige Mädchen denken. In welcher Zeit hatte die *cailín rua* wohl gelebt? Ob sie womöglich eine ähnliche Umgebung wie er vor Augen gehabt hatte? Und wie hatte sie die Insel genannt, wie den See?

Bis auf die Wellen, die schmatzend gegen die Wände des Bootes stießen, und das rhythmische Knarren der Ruder gab es keine Laute, die die Stille durchbrachen. Nachdem sie die Insel einmal umrundet hatten, hielt Cormac inne. Aus der Entfernung wirkte Bracklyn House abweisender, als es eigentlich war, und glich mehr einer trutzigen Festung als dem Landsitz mit den abbröckelnden Kanten, den er aus der Nähe kannte. Jetzt, da die Sonne hinter dem Haus untertauchte, warf es einen bedrohlichen Schatten auf den Rasen, obwohl sich seine Fassade noch blass von den rosig getönten Wolken am Abendhimmel abhob. Eines Tages würde auch Bracklyn House zur Ruine verkommen, dachte Cormac und wurde dabei melancholisch, genau wie die Trümmerreste, die sich auf dem Inselchen befanden. Er hielt sich die Menschenleben vor Augen, die das Land aus Gründen der Verteidigung oder der Eroberung im Lauf der Geschichte gefordert hatte.

Cormac sah nun Nora an. Sie war sich seiner Aufmerksamkeit offenbar nicht bewusst, während sie durch das Wasser hindurch in die Tiefe zu starren schien. Sie sieht wundervoll aus, dachte Cormac. Warum hält sie nur mit ihrer Geschichte hinter dem Berg? Warum erzählt sie mir nicht mehr von ihrem Leben? Er betrachtete Noras Hand, die auf dem Bootsrand lag, dann die reizvolle Rundung ihrer Hüfte. Er entsann sich der Leidenschaft und Hingabe, mit der sie die Zeilen *Willkommen schöner Liebster, o welche Seligkeit!* gesungen hatte. Das, was er in diesem Moment empfand, war mehr als körperliche Lust, wenngleich er auch die verspürte, wie er sich eingestehen musste. Sie wurde von dem größeren Verlangen überdeckt, von der Sehnsucht nämlich, Zugang zu Noras Wesen zu erlangen, die Zimmer und Gänge im Inneren ihres Kopfes und die ihres Herzens zu durchstreifen … Unwillkürlich legte er die Stirn in Falten. Aber setzte das nicht voraus, dass er auch seine eigenen Türen aufstieß, dass er Nora gleichermaßen seine geheimen Bezirke betreten lassen müsste? Und zum ersten Mal in seinem Leben hielt er es für denkbar, jemandem den Zugang zu seinem Inneren zu ermöglichen.

»Nora …«, sagte Cormac.

»Was glaubst du?«, unterbrach sie ihn abwesend. »Ob sie irgendwo da unten sind?«

Cormac sah seine Gelegenheit entweichen. »Wer? Von wem sprichst du?«

»Von Mina Osborne und ihrem Sohn.«

»Laut Devaney haben die Taucher den See gründlich durchsucht.«

»Wer weiß? Der See ist ziemlich groß.« Nora hob den Kopf. »Übrigens habe ich Jeremys Mutter kennen gelernt, als du im Dorf warst. Es war eine interessante Begegnung. Aber das war noch nicht alles.« Sie machte eine Pause. »Ich bin heute Nachmittag ein bisschen durchs Haus gewandert. Nach einer Weile habe ich Stimmen gehört und bin ihnen gefolgt. Kurz darauf hat sich gezeigt, dass die Stimmen von einem laufenden Videoband kamen, auf dem Mina Osborne und ihr kleiner Junge zu sehen waren.«

Cormac erinnerte sich an das Plakat im Schaufenster von Pilkingtons Geschäft. »Christopher«, sagte er.

»War das sein Name? Christopher? Nun, jedenfalls war niemand da, der sich das Video angeschaut hat. Im angrenzenden Zimmer, das wohl einmal das ehemalige Kinderzimmer war, habe ich dann Jeremy entdeckt. Er hat dort im Bett geschlafen. Irgendwie muss ich ihn geweckt haben, aber bevor wir ein Gespräch beginnen konnten, ist seine Mutter ins Zimmer gekommen. Ich glaube, sie mag mich nicht.«

»Falls es dich tröstet«, sagte Cormac, während er das Boot wendete, »ich habe bei ihr auch nicht gerade einen blendenden Eindruck hinterlassen.«

Auf dem Rückweg hob sich O'Flahertys Turm als dunkle Silhouette gegen den Himmel ab. Von einem Krähenschwarm wie neulich am Abend war nichts zu sehen.

»Ich würde zu gern wissen, was das für eine Ruine ist«, sagte Nora, während sie die Augen mit der Hand beschirmte. »Weißt du etwas darüber?«

»Una McGann hat mir erzählt, dass es sich um den Turm

der O'Flahertys handelt. Vermutlich haben sie dort gelebt, bevor sie Bracklyn House errichtet haben. Jetzt gehört der Turm Hugh Osborne. Angeblich ist das Gemäuer verwunschen. Mehr weiß ich auch nicht.«

»Was meinst du mit verwunschen? Hast du dich nicht näher erkundigt?«

»Nein«, sagte Cormac. »Übrigens, ich habe dafür bei meinem Besuch im Dorf erfahren, wer uns über die hiesige Geschichte Auskunft geben kann. Ein Mann namens Ned Raftery, ein ehemaliger Lehrer. Wir könnten ihn ja anrufen und fragen, ob er sich dazu bereit erklärt.«

»Was wartest du noch!«

Als sie das Ufer erreicht hatten, zog Cormac die Ruder ein, sprang ins seichte Wasser und zog das Boot auf den Strand. »Ich würde den morgigen Tag gern für weitere Grabungen verwenden«, sagte er. »Wenn dir die Arbeit zu viel wird, sag es ruhig. Am Sonntag muss ich dann wegen einer anderen Sache an die Küste. Ich nehme mal an, dass du ohnehin nach Dublin zurück willst, um die Zähne der *cailín rua* zu untersuchen.«

»*Cailín rua*«, wiederholte Nora versonnen. »Das rote Mädchen.«

Cormac warf ihr einen Blick zu. Offenbar verstand sie ein bisschen Irisch. »Ich glaube, wir sollten sie mit einer offiziellen Bezeichnung versehen«, sagte er. »Das Drumcleggan-Mädchen oder so etwas in der Art.«

»Nein, mir gefällt *cailín rua*«, sagte Nora. »Es klingt wie aus einem Lied.« Sie griff nach der Hand, die er ihr entgegenhielt. »Ich muss aber nicht vor Montagnachmittag zurück in Dublin sein. »Ich könnte dir also auch bei dem, was du am Sonntag vorhast, helfen.«

Etwas in dem offenen Blick ihrer blauen Augen brachte Cormac abermals in Versuchung, etwas von seinen Gefühlen zu verraten. Vor ihm erschien ein Bild, auf dem Türen aufgestoßen wurden. Er schaute fort. Wahrscheinlich war es dafür noch zu früh. Vielleicht war er doch noch nicht so weit. »Das ist lieb von dir«, sagte Cormac und ließ Noras Hand los. »Aber bei dem am Sonntag handelt es sich um etwas ganz Persönliches.«

Während sie den Uferhang hochstiegen, glaubte Cormac in einem der höher gelegenen Fenster von Bracklyn House eine dunkle Gestalt zu entdecken, als er aber genauer hinschaute, war der Schemen verschwunden.

10

Es war halb zehn am Freitagabend, als Devaney bei sich am Küchentisch saß. Es wurmte ihn, dass er im Fall Osborne nicht weiterkam. Genau genommen hatte ihm bislang auch das Durchsehen der Akte nicht weitergeholfen. Die Sache spukte ihm pausenlos im Kopf herum. Niemand hatte Mina und Christopher auf dem Rückweg aus dem Ort gesehen. War es denn dann nicht möglich, dass sie den Weg nie eingeschlagen hatten? Gewiss hätte Mina eine andere Strecke wählen können, eine der Abkürzungen von der Hauptstraße über die Felder. Da sie einen Kinderwagen schob, war das jedoch eher unwahrscheinlich, und mit dem Kinderwagen hatte man sie eindeutig gesehen.

Devaney trank einen Schluck Tee. Meine Güte, dachte er, was gäbe er jetzt nicht für eine Zigarette, etwas, was ihm bei der Konzentration darauf, den Haken an der Sache zu finden, helfen würde, damit er endlich aufhörte, sich im Kreis zu drehen.

Er begann noch einmal von vorn. Wer waren die Menschen, die von Mina Osbornes Tod profitierten? Mina entstammte einer wohlhabenden indischen Familie, doch wie es hieß, hatte ihr Vater sie aufgrund ihrer Verbindung mit Hugh Osborne verstoßen. Demnach hatte sie nichts besessen, auf das jemand hätte spekulieren können. Die Versicherungssumme, die Osborne für sie abgeschlossen hatte, war zwar verdächtig, aber ohne die Bestätigung eines Todes würde sie erst nach sieben Jahren fällig werden. Für jemanden, der dringend Bargeld brauchte, war das eine lange Zeit. Abgesehen davon hatte jedermann bezeugt, dass Osborne seine Frau liebte, was andererseits wiederum eine Art von Aussage war, mit der Menschen gern schnell bei der Hand waren. Das Gleiche hatten die Leute in Cork auch einmal von dem Mann behauptet, der seine Frau erschlagen hatte, weil sie sich erdreistet hatte, seine Kochkunst zu kritisieren. Und wenn es stimmte, dass Osborne etwas mit Una McGann angefangen hatte, liebte er seine Frau vielleicht doch nicht so innig, wie alle Welt glaubte. Vielleicht sollte er ja mal den Gerüchten nachgehen und auskundschaften, ob die beiden tatsächlich etwas miteinander hatten und, wenn ja, seit wann. Wer weiß, vielleicht war Mina dahintergekommen? Vielleicht war sie deshalb geflüchtet.

Devaney schlug den Aktenordner auf und durchblätterte die ersten Zeugenaussagen, bis er auf diejenige von Jaronimo Gonsalves, Minas Vater, stieß, der in Indien lebte. Die telefonisch eingeholte Aussage war kurz und bündig. Bereits seit Jahren habe niemand mehr aus der Familie den Kontakt zu Mina gepflegt, las Devaney. Punktum. War das alles?

Ich müsste noch einmal mit den Eltern sprechen, dachte Devaney. Nur um sicher zu gehen, dass sich keine neueren Einzelheiten ergeben haben. Er erhob sich, um vom Wohnzimmer aus zu telefonieren. Auf dem Weg dorthin ließ er sich noch einmal den Familiennamen durch den Kopf gehen. Gonsalves. Merkwürdiger Name für eine indische Familie. Hörte sich eher spanisch als indisch an. Er murmelte den Namen laut vor sich hin – *Gonsalves … Gonsalves.* Die unvertrauten Silben fühlten sich irgendwie eigenartig an. Er wiederholte sie, bis sie ihren fremdländischen Klang verloren hatten. Dann griff er nach dem Telefonhörer – und hielt inne. Was wollte er der Familie überhaupt sagen? Entschuldigung, Ihre Tochter ist leider noch immer nicht aufgetaucht, und wir haben jede Menge Mist gebaut? Die Eltern dürften nicht mehr die Jüngsten sein. Wer weiß, was er ihnen antat, wenn er die Vergangenheit wieder aufwühlte. Mit einem resignierten Seufzer nahm Devaney sich das Dokument der Eltern vor und wählte die angegebene Nummer. Erst nach einer langen Pause konnte er den Wählton hören, schließlich meldete sich eine hohe Frauenstimme. »Wer ist da?«

Devaney hatte den Zeitunterschied nicht in Betracht gezogen. Du lieber Himmel, schoss es ihm durch den Sinn, in Bombay könnte es Mitternacht sein.

»Wer ist da?«, wiederholte die metallisch klingende Stimme. Devaney räusperte sich. »Hier spricht Detective Devaney. Ich rufe aus Irland an und würde gerne Mr Jaronimo Gonsalves sprechen.« Für einen Augenblick blieb es still, und er überlegte, ob er womöglich den Namen falsch ausgesprochen hatte. »Ich hoffe, ich rufe nicht zu spät an.«

Die Stille hielt an. Während Devaney sich vorstellte, wie seine Stimme die Strecke bis nach Indien überwand, vernahm er das leise Echo dessen, was er gesagt hatte. Als die Frauenstimme schließlich antwortete, klang sie wachsam, wenn auch nicht unfreundlich.

»Sie rufen leider tatsächlich zu spät an, Detective. Mein Mann ist vor sechs Monaten verstorben. Kann ich Ihnen in irgendeiner Weise weiterhelfen? Haben Sie etwas Neues über meine Tochter erfahren?«

Trotz der ungewohnten Sprachmelodie spürte Devaney die Anspannung, die sich hinter ihrer Frage verbarg, und nicht zum ersten Mal verfluchte er den Beruf, der ihn zum Überbringer schlechter Nachrichten machte.

»Nein, Mrs Gonsalves«, sagte er ruhig. »Ich habe leider nichts Neues zu berichten. Ich gehe lediglich noch einmal die Einzelheiten durch und wollte sicherstellen, dass ihre Tochter weder Sie noch andere Mitglieder Ihrer Familie kontaktiert hat.« Wieder herrschte Stille.

»Ich habe seit etwa drei Jahren kein Lebenszeichen mehr erhalten«, kam es schließlich zurück.

»Entschuldigung – was sagten Sie gerade?« Devaney nahm an, sich verhört zu haben. »Ihr Mann hat ausgesagt …«

»Als Mina verschwunden ist«, fiel Mrs Gonsalves ihm ins Wort, »hat sich die Polizei nur an meinen Mann gewendet. Seine Erklärung, dass er mit seiner Tochter an dem Tag gebrochen hat, an dem sie Hugh Osborne heiratete, entspricht der Wahrheit – soweit sie ihn betraf. Mein Mann war äußerst unnachgiebig und stolz, Detective, und zuweilen wohl auch hart. Es ist jedoch etwas anderes, wenn eine Frau ein Kind zur

Welt gebracht und es großgezogen hat. Eine Mutter verleugnet ihr Kind nicht von einem Tag zum anderen, nur weil es sich in den falschen Mann verliebt hat.«

»Heißt das, Sie haben die Verbindung zu Ihrer Tochter aufrechterhalten?« Devaneys Gedanken überschlugen sich. Nichts davon war in der Akte erwähnt worden.

»Mina und ich haben uns regelmäßig geschrieben, wovon mein Mann allerdings nichts wusste. Sie hat ihre Briefe immer an meine Schwester geschickt. Bis mit einem Mal nichts mehr kam. Wenig später hat mein Mann dann den Anruf von der irischen Polizei erhalten. Er musste tatsächlich annehmen, er würde für uns beide sprechen, als er erklärt hat, es würde kein Kontakt mehr bestehen. Woher sollte er auch wissen, dass dem nicht so war. Ich wollte damals aber nichts anderes aussagen – er hatte bereits furchtbar unter der Situation gelitten und war zudem sehr krank. Nun tut es mir Leid, dass ich mich nicht früher bei Ihnen gemeldet habe.«

»Sind Sie noch im Besitz der Briefe?«

»Selbstverständlich bin ich das.«

»Wären Sie denn bereit, mir die Briefe zu überlassen? Es ist durchaus möglich, dass sie Angaben enthalten, die uns nützlich sein könnten. Ich sende Ihnen die Briefe selbstverständlich wieder zurück.«

»Aber sicher, natürlich – ich tue alles, wenn ich nur helfen kann.«

Devaney zögerte. »Gab es in diesen Briefen je eine Andeutung, dass Ihre Tochter Kummer hatte oder gar Furcht vor … einem bestimmten Menschen verspürt hat?«

Mrs Gonsalves blieb stumm und schien zu überlegen. Mein Gott, dachte Devaney, wie ungeschickt ich geworden bin! Ich habe sie gerade auf meinen Verdacht hingewiesen. Nun ist sie beeinflusst und wird mir alle möglichen Schauermärchen erzählen.

»Falls Sie mich fragen, ob meine Tochter sich vor ihrem Mann gefürchtet hat«, sagte Mrs Gonsalves schließlich, »dann würde ich mit Nein antworten. Natürlich gab es Dinge, die sie bekümmerten. Wer von uns ist denn je ganz sorgenfrei? Wenn Sie Minas Briefe lesen, werden Sie erkennen, dass sie ihren Mann geliebt und wie sehr sie ihm vertraut hat. Vermutlich werden Sie schon erfahren haben, dass sie Hugh Osbornes Kind bereits in sich trug, bevor sie mit ihm verheiratet war.«

»Ich weiß Ihre Offenheit zu schätzen, Mrs Gonsalves.«

»Sie verdächtigen meinen Schwiegersohn, nicht wahr?«, sagte Mrs Gonsalves. »Was wahrscheinlich nicht anders zu erwarten war. Allerdings kenne ich Hugh inzwischen sehr gut und glaube fest daran, dass er Mina geliebt hat und ihr niemals etwas Böses angetan hätte.«

»Heißt das, auch er hat mit Ihnen Kontakt aufgenommen?«, fragte Devaney. Das stand ebenfalls nicht in der Akte.

»O ja. Nach dem Tod meines Mannes hat er mir erst einmal einen Brief geschrieben. Seither haben wir uns häufig am Telefon unterhalten. Ich betrachte ihn inzwischen als Freund.«

Möglicherweise war Hugh Osborne ja tatsächlich aufrichtig und mitfühlend gegenüber seiner Schwiegermutter, dachte Devaney, ebenso gut konnte es sich allerdings auch um einen kaltblütigen Schachzug handeln, um eine wirkungsvolle Verbündete zu gewinnen.

»Mina ist ausgerechnet zu dem Zeitpunkt verschwunden, an dem ich gerade inständig zu hoffen begann, sie und ihr Vater würden sich doch noch versöhnen«, fuhr Mrs Gonsalves fort. »Sie hatte davon gesprochen, uns zu besuchen und Christopher mitzubringen, aber Hugh war wohl dagegen.«

»Hätte Ihre Tochter sich den Wünschen ihres Mannes denn widersetzt?«, fragte Devaney. »Hätte sie die Reise unternommen, selbst wenn ihr Mann dagegen war?«

»Das kann ich Ihnen nicht beantworten. Sollte sie die Reise angetreten haben, so ist sie nie hier angekommen.« Mrs Gonsalves verstummte. »Ich gäbe alles, wenn ich sie wiedersehen könnte«, setzte sie mit bebender Stimme hinzu.

Einen Moment lang herrschte Schweigen auf beiden Seiten. »Ich werde tun, was in meinen Kräften steht«, sagte Devaney schließlich.

»Bitte unterrichten Sie mich, wenn Sie etwas über mein Kind herausfinden«, sagte Mina Osbornes Mutter, die Devaney in diesem Augenblick gleichzeitig alt und jung erschien. Jung, weil sie sich auf Mina als ihr Kind bezog, und alt in ihrem Wissen, dass ihre Tochter und ihr Enkelsohn nicht mehr lebten.

»Das verspreche ich Ihnen. Ach, da ist noch etwas. Würde es Ihnen etwas ausmachen, mir die Briefe nach Hause zu schicken? Es ist eine lange Geschichte, aber die weitere Untersuchung wird inzwischen von einer Sondereinheit in Dublin durchgeführt. Eigentlich bin ich mit dem Fall gar nicht mehr betraut.« Während er Mrs Gonsalves seine Adresse diktierte, hoffte er aus ganzem Herzen, dass die Briefe neue Hinweise enthielten, sonst stünde er womöglich gerade im Begriff, den Rest seiner Karriere zu ruinieren.

»Wissen Sie, Detective, ich bin dabei, eine alte Frau zu werden«, sagte Mrs Gonsalves. »Es gibt Tage, an denen ich mich furchtbar müde fühle. Dennoch habe ich die Hoffnung nie aufgegeben. Sie werden Ihr Möglichstes tun, nicht wahr? Gute Nacht, Detective Devaney.«

Devaney verabschiedete sich von Mrs Gonsalves und legte den Hörer auf. Er schaute auf seine Armbanduhr. Zehn vor zehn. Eine gute Nacht hatte Mrs Gonsalves ihm gewünscht. Er rechnete nach, dass es in Bombay fast vier Uhr morgens war.

Als er in die Küche zurückkehrte, saß Róisín am Tisch und schrieb etwas in ein Aufsatzheft. Devaney schenkte sich ein Glas Whiskey ein, gesellte sich zu seiner Tochter und betrachtete ihren dunklen Kopf, der still und konzentriert über das Heft gesenkt war.

»Es ist spät, Róisín«, sagte er. »Warum bist du noch auf, und was schreibst du da eigentlich noch?«

Ohne hochzuschauen, zuckte sie die Achseln. »Nichts. Nur das, was mir durch den Kopf geht.«

»Und was geht dir durch den Kopf, *a chroí*?«

»Warum im Leben alles so verzwickt ist.«

Devaney spürte, wie sich ihm die Kehle zuschnürte. Er schluckte heftig.

»Darüber denken wir alle nach«, sagte er. Eine Weile lang saßen sie sich schweigend gegenüber und starrten sich an. Dann wandte Róisín sich wieder ihrem Heft zu und setzte eine Reihe Kringel auf eine der dünnen bläulichen Linien.

»Daddy«, sagte sie, nachdem sie den letzten Kringel vollendet hatte. »Glaubst du, ich bin zu alt, um noch zu lernen, wie man die Fidel spielt?«

11

Der Friedhof in Kilgarvan kam Cormac unverändert vor. Alles war noch so wie vor neunzehn Jahren, als seine Mutter dort begraben wurde. Auch die grauen Kirchenmauern ragten mit der gleichen düsteren Strenge aus dem Gras auf wie damals. Die Kirche und das Gras sind Zeichen des Unvergänglichen, dachte Cormac. Auf das Wetter ist kein Verlass, die Zeit verfliegt, der Mensch handelt hastig und unbedacht bis zu dem Moment, an dem er vergeht, die Kirche aber kennt keinen Wandel, und das Gras gedeiht unverwüstlich vor sich hin. Langsam folgte er dem kiesbestreuten Hauptweg und überflog im Vorbeigehen die Inschriften auf den Grabsteinen, von denen einige mit Moos überwuchert, andere verwittert waren. Auf anderen wiederum traten die Namen und Daten scharf gestochen hervor, wie der Schmerz, den sie möglicherweise hinterlassen hatten.

Cormac schlug einen Nebenweg zu einem jüngeren Teil des Friedhofes ein, der von einer Buche mit weit ausladendem Laubdach beherrscht wurde. Die saftigen Flüche der Totengräber, als sie das Grab aushoben und selbst weitab des Baumes noch auf armdicke Wurzelstränge stießen, klangen Cormac noch im Ohr. Er blieb vor der Gedenktafel für seine Mutter stehen. Wie gut erhalten und gepflegt das Grab ist!, dachte er. *Maguire* war auf dem Stein zu lesen, darunter *Eilis*, der Vorname seiner Mutter, und ihre Lebensdaten. Zu Füßen des Grabsteins waren Veilchen gepflanzt worden. Die kleinen Blütenblätter lugten samtig und dunkelviolett zwischen ihren dicken grünen Blättern hervor. Cormac ließ den Blick darauf ruhen. Wie kann das angehen?, dachte er. Wie kann es mir nach all den Jahren noch immer dermaßen wehtun, hierher zu kommen?

Sie werde zusehends schwächer, hatte die Pflegeschwester erklärt, die sich um sie kümmerte, während Cormac in Dublin studierte. Er hatte gerade sein zweites Studienjahr begonnen. Seine Mutter hatte darauf bestanden, dass er sein Studium fortsetzte. An den Wochenenden verließ er Dublin, nahm den Zug oder fuhr per Anhalter nach Hause. Es war an einem Freitag im Oktober gewesen, als er mit einem früheren Zug als sonst in Ennis ankam. Er hatte es eilig und wollte seiner Mutter mitteilen, er werde nicht mehr nach Dublin zurückkehren, weil er sich entschlossen habe, bei ihr zu bleiben, um sie zu pflegen. Der Fahrer, der ihn von Ennis aus nach Kilgarvan mitgenommen hatte, setzte ihn an der Straße vor dem Friedhof ab. Cormac hatte sich kaum bei ihm bedankt, als er seine Mutter an der Friedhofspforte erblickte. Sie saß in ihrem Rollstuhl, und obgleich er noch ein ganzes Stück entfernt war, wusste er, dass der weißhaarige Mann, der ihren Rollstuhl schob, niemand anders als sein Vater Joseph Maguire war. Cormac schlug sich auf die andere Straßenseite und folgte den beiden unauffällig. Er sah, wie seine Mutter den Kopf zur Seite neigte, um die Stimme desjenigen, der mit ihr sprach, in sich aufzunehmen, und fühlte sich dabei durch die Aufmerksamkeit, die sie ihrem Mann schenkte, verraten. Sie hat ihn nie aufgegeben, dachte Cormac. Sein Blick sog sich an den knochigen Schultern seiner Mutter fest, die sich sogar noch unter dem dicken Pullover und dem Wolltuch abmalten. Als seine Eltern den Hauptweg einschlugen, drückte Cormac sich an eine Mauer und starrte ihnen hinterher. Sie zeigt ihm ihren Platz, dachte er. Erst vor wenigen Wochen hatten er und seine Mutter einen ähnlichen Ausflug unternommen. Das war an dem Tag gewesen, an dem sie erfuhren, dass weitere Bestrahlungen vergeblich sein würden. Seine Mutter wollte ihm die Stelle zeigen, die sie für sich ausgesucht hatte.

Cormac wusste nicht, wie er sich verhalten sollte. Wieder einmal erlebte er die alte Kränkung und spürte, wie der Zorn in ihm aufflammte ... Er war eifersüchtig. Abrupt machte er kehrt und rannte einfach drauflos, bis er an die Küstenstraße kam. Dort verlangsamte er den Schritt und wanderte in Richtung Norden weiter. Irgendwann verließ er die Straße, kletterte über die Felsen und folgte dem Strandverlauf. Er kam sich lächerlich vor – ein fast erwachsener Mann, der sich wie ein Kind aufführte und kopflos fortlief, weil er beleidigt war und sich allein gelassen fühlte. Dennoch verstand er nicht, wie sie ihn noch immer lieben konnte. Jenen Joseph Maguire, der dieses Ausmaß an Liebe nicht verdiente. Warum war sein Vater nicht derjenige, der kurz vor dem Sterben stand? Cormac zerrte sich den Rucksack vom Rücken und schleuderte ihn auf den Sand. Wütend ließ er sich auf den Boden fallen. Das Atmen bereitete ihm Mühe, und die Verzweiflung drohte ihm die Brust abzuschnüren. Ihm brannten die Augen. Er keuchte und sog hechelnd die salzige Meerluft und den Geruch des Seetangs ein, bis er sich wieder etwas gefasst hatte. Dann sagte er sich, dass sie ja irgendwie glücklich gewirkt hatte, warum sollte er da nicht auch so tun, als wäre er ebenfalls glücklich und dankbar, dass sein Vater sich plötzlich zur Heimkehr entschlossen hatte? Von mir aus, dachte Cormac schließlich, ich werde also so tun, als wäre alles in Ordnung und die Rückkehr meines Vaters ein unverhofftes Himmelsgeschenk. Er legte den Kopf kurz auf den feuchten, kalten Sand, und dann war es gut. Er stemmte sich hoch, klopfte sich den Sand ab, schlang den Riemen seines Rucksacks über die Schulter und begab sich auf den Weg nach Hause.

Die Erinnerung verblasste. Cormac bückte sich und fuhr mit dem Finger über die Buchstaben auf dem Stein. Schließlich richtete er sich wieder auf und ging über den Kiesweg zurück. Als er vor der Pforte stand, entschied er sich, noch einmal dem Weg, den er damals geflüchtet war, zu folgen.

Als er aufwuchs, hatte Kilgarvan aus nicht mehr als ein paar eng zusammenstehenden Häuserzeilen und einer Hand voll Läden bestanden, die sich wie hingekauert auf einem steilen Küstenstück aneinander reihten. Inzwischen hatte der Tourismus jedoch Einzug gehalten und die Landwirtschaft und den Fischfang verdrängt, von denen die Menschen sich seinerzeit ernährt hatten. Moderne Feriensiedlungen, gleichförmig und ausdruckslos, umgaben nun den Ort, und die Kornfelder waren Betonflächen gewichen, auf denen Parkplätze entstanden waren. In den Dünen ragten winzige Fähnchen auf und kennzeichneten die Bunker eines Golfplatzes.

Cormac verweilte für kurze Zeit am Strand, dann brach er wieder auf. Das Dorf erreichte er über eine Wegstrecke von einem halben Kilometer auf der Küstenstraße. Als Kind war sie ihm endlos erschienen. Vor dem zweistöckigen Haus, das sie einst bewohnt hatten, blieb er stehen. Mittlerweile war es gelb gestrichen und von Grün umgeben. Befriedigt bemerkte Cormac die Rosenstöcke im Vorgarten, die noch seine Mutter gepflanzt und so liebevoll gehegt hatte.

Als er zu Hause ankam, schien niemand da zu sein, aber in der Einfahrt parkte ein kleiner grauer Ford mit der Aufschrift einer Mietwagenfirma. Cormac schob die Haustür auf. Seine Mutter saß, auf Kissen gestützt, in ihrem Lieblingssessel und schaute ihm gut gelaunt entgegen. Die Vorfreude überstrahlte ihr Gesicht. Es war genau so, wie er es sich vorgestellt hatte.

»Cormac«, begann sie, hielt dann aber wieder inne. Sie hatte offenbar erkannt, dass er bereits wusste, was sie ihm mitteilen wollte. Der Blick, den sie ihm zuwarf, beinhaltete sowohl Hoffnung als auch eine Bitte. Cormac stand da und erwiderte ihren Blick. Er versuchte, seine Einsicht auszudrücken oder zumindest seine Nachsicht. Gleich darauf wurde die Küchentür aufgestoßen. Sein Vater trug ein Tablett vor sich her und murmelte: »Ich habe drei Tassen genommen – bestimmt trifft er jeden Moment ein ...«

Cormac beobachtete, wie sein Vater sich aus seiner leicht gebückten Haltung aufrichtete, ein weißhaariger Mann, ein wenig zerknittert und weit von dem Bild des dunklen, tollkühnen Ritters entfernt, das sich in Cormacs Fantasie festgesetzt hatte. Fast gleichzeitig schauten sie zu seiner Mutter hinüber. Sprecht miteinander, baten ihre Blicke. Sagt etwas. »Hallo, Cormac«, begrüßte sein Vater ihn schließlich, das Tablett noch immer in den Händen, was albern und unbeholfen aussah.

»Hallo«, erwiderte Cormac. Wie oft er sich diese Szene ausgemalt hatte! Stets hatte er überlegt, wie ihre ersten Worte wohl

lauten würden. Nun war der Augenblick gekommen, und Cormac war erstaunt, wie wenig er empfand. Vielleicht, dachte er, hatte er sich ja vorhin am Strand gänzlich verausgabt.

»Ich wollte dir eigentlich rechtzeitig Bescheid geben, Cormac«, sagte seine Mutter, »aber irgendwie bin ich mit dem Datum durcheinander geraten, und dein Vater ist einen Tag früher gekommen, als ich erwartet habe.«

»Deine Mutter hat mir geschrieben«, sagte nun sein Vater, der noch immer die Griffe des Tabletts umklammert hielt. Erst in diesem Moment begriff Cormac, dass sein Vater sich offenbar ebenso unbehaglich fühlte wie er. »Wir dachten, es wäre besser, wenn ich zurückkomme, um dich zu entlasten, während du studierst. Es dürfte nicht leicht sein, jedes Wochenende die Strecke von Dublin hierher und wieder zurück zu fahren.«

Ist es auch nicht, hätte Cormac beinah entgegnet, wobei das größere Problem darin besteht, zurückzufahren und nicht zu wissen, ob meine Mutter beim nächsten Besuch noch da ist. Stattdessen sagte er: »Es macht mir nichts aus.«

Cormacs Gedanken weilten noch in der Vergangenheit, als sich die Eingangstür des Hauses öffnete. Ein Mädchen mit rosafarbenen Strähnen im Haar trat heraus. Auf seinen hohen Plateausohlen kam es wacklig über den Plattenweg gestakst. Die Kleine wird kaum fünfzehn sein, dachte Cormac. Er nahm einen dunkelblauen Lippenstift und drei winzige goldene Ohrringe in der linken Augenbraue wahr. »Ist was?«, fragte das Mädchen. »Suchen Sie jemand Bestimmtes?«

»Nein«, sagte Cormac. »Ich habe nur früher einmal hier gewohnt. Meine Mutter hat die Rosen gepflanzt und den Apfelbaum im Hintergarten, falls der noch steht.«

»Der steht noch«, gab das Mädchen unwirsch zurück, wobei es Cormac kritisch beäugte. Sie hat vermutlich eine Heidenangst, ich könnte nun darum bitten, den Baum sehen zu dürfen, dachte Cormac amüsiert. Vielleicht will sie ja aber auch nur eilig irgendwohin und glaubt nun, das Haus nicht im Stich lassen zu dürfen, während sich ein Irrer in der Gegend herumtreibt.

»Ich will dich nicht aufhalten«, sagte Cormac. »Ich wollte nur einen kurzen Blick auf unser altes Haus werfen.«

Während Cormac gemächlich zum Friedhof zurückschlenderte, wo er den Wagen geparkt hatte, überlegte er, woran es wohl lag, dass der Mensch sich lieber mit der Vergangenheit als mit der Zukunft beschäftigte.

12

Am Sonntagabend saßen Garrett Devaney und Róisín in der Küche zusammen. Sie hatten zwei Stühle nebeneinander gerückt, und Devaney schaute zu, wie Róisín zaghaft den Kopf zur Fidel neigte, die auf ihrer linken Schulter ruhte. Der schlanke Hals des Instruments lag in ihrer Hand.

»Na?«, sagte Devaney. »Wie fühlt sich das an?«

»Ein bisschen komisch.«

»Mag sein, dass es sich am Anfang ein bisschen komisch anfühlt, aber mit der Zeit gewöhnst du dich daran. Die Hauptsache ist, dass du dich entspannst, besonders hier ...« Er streckte die Hand aus und übte einen leichten Druck auf Róisíns Schulter aus, die ihm auf einmal äußerst zart und zerbrechlich erschien. Wie lang es her war, dass er eines seiner Kinder berührt hatte! »Bist du bereit für den Bogen?«

»Ja«, sagte sie mit fester Stimme.

»Also dann.«

Er ließ Róisín die Schraube am Bogenkopf anziehen und zeigte ihr, wie man mit dem Geigenharz über die Saite rieb. »Denk dran, dass du nie die feinen Härchen des Bogens berühren darfst«, sagte Devaney und legte Róisíns Finger um den Frosch, jeden an seinen Platz. Danach forderte er sie auf, den Bogen in der Hand zu wiegen, um ihn im Handgelenk zu spüren. »Alles muss aus dem Ellbogen und dem Handgelenk heraus geschehen. So etwa.« Er führte es mit einem imaginären Bogen vor. »Vergiss nie, dass du musizierst. Es darf nicht so aussehen, als ob du Holz sägen würdest.«

Róisín nickte.

»Und jetzt die Finger der anderen Hand«, sagte Devaney. Er beugte sich vor und rückte Róisíns Finger sanft zurecht, sodass sie eine einfache Tonleiter spielen konnte. Er benannte die einzelnen Noten, und sie bemühte sich, die Finger an die richtigen Stellen zu legen. Die Ernsthaftigkeit, mit der seine Tochter seinen Anweisungen lauschte, berührte ihn zutiefst, und er stellte fest, dass ihr Eifer ihn geradezu dahinschmelzen ließ.

»Nur zu«, sagte er. Sie schaute ihn mit weit aufgerissenen Augen an. »Na, mach schon. Spiel irgendeinen Ton.«

Unsicher legte sie den Bogen auf die Saiten, wo er mehrere Male hochsprang. Dann zog sie ihn herunter. Der Laut, der entstand, glich einem tiefen, zittrigen Stöhnen. Ein scheues Lächeln überflog Róisíns Miene. Gleich darauf wurde daraus ein Ausdruck seligen Erstaunens.

»Tu einfach, was du willst«, sagte Devaney. »Probier alles aus.«

Róisín ließ den Bogen in allen Richtungen über die Saiten fahren, probierte tiefe brummende und dünne hohe Töne und versuchte zwei von ihnen zu verbinden, während Devaney auf seiner imaginären Fidel spielte und ihr vorführte, wie weit sie den Bogen hinauf- und hinunterziehen sollte. Soweit ihre Armlänge es zuließ, folgte sie seinem Beispiel. Wie viel Glück diese ersten Töne ihr bereiten!, dachte Devaney.

Unverdrossen fuhr Róisín fort, ihre schaurigen Töne zu produzieren, und mit einem Mal kam Devaney sich sowohl als Vater als auch als Musiker und Lehrer wie ein Versager vor. Er dachte an die unzähligen Gelegenheiten, die er versäumt hatte, um Orla und Pádraig nahe zu kommen. Das hier darf ich nicht vermasseln, schärfte er sich ein. Das war seine letzte Chance. Er musste sich vorsehen, er durfte Róisín nicht die Freude verderben, indem er sie zu hart rannahm oder sie zu unnachsichtig korrigierte.

»Gibt es eine Melodie, die du gern einmal spielen würdest?«, fragte er. »Wie wäre es mit ›Páidin O'Rafferty‹? Das Stück kennst du doch, oder?« Er stimmte die ersten Takte an und summte das Lied, bis der Funke des Wiedererkennens in Róisíns Augen aufblitzte.

»Das ist doch die Melodie, die im Radio immer am Schluss von ›Ceili House‹ gespielt wird«, sagte sie.

Das war Devaney noch nie aufgefallen, aber Róisín hatte Recht. Sie besaß für Musik offenbar ein gutes Ohr, etwas, was kein Unterricht der Welt vermitteln konnte. Während der folgenden halben Stunde übte Róisín das kurze Stück ein. Anfänglich stolperte sie noch qualvoll durch die Takte, bis sie schließlich mit einem Mal die richtigen Griffe beherrschte und die einzelnen Töne zu einer passablen Melodie zusammenfügen konnte.

»Und?«, fragte Devaney. »Wie hat dir dein erster Soloauftritt gefallen?«

»Daddy!«, sagte sie. »Nimm mich nicht auf den Arm!«

»Das würde ich nie tun«, antwortete Devaney. »Also, am besten trägst du die Fidel jetzt in dein Zimmer oder an einen anderen schönen, ruhigen Ort« – soweit wie möglich von menschlichen Ohren entfernt, setzte er im Stillen hinzu – »und übst die Tonleiter und das Lied, um dich an das Instrument zu gewöhnen. Am wichtigsten ist der Bogen. Morgen Abend nehmen wir uns dann ein neues Stück vor.«

Róisín bedachte ihn mit einem ungläubigen Blick, nickte jedoch strahlend.

»Außerdem sollten wir dir bald eine kleinere Fidel besorgen«, sagte Devaney. »Ich werde mich mal umhören. Dann kannst du immer spielen, wenn dir danach zumute ist. Ganz gleich, ob ich da bin oder nicht.«

Róisín hielt die Fidel und den Bogen andächtig in den Händen, während sie sich vorsichtig vorbeugte, um sie auf dem Tisch abzulegen. »Mach dir keine Sorgen, Daddy«, sagte sie, während sie das Instrument in seinem Kasten verstaute. »Ich gehe achtsam mit deiner Fidel um.« Als sie die Küche verließ, trug sie den Fidelkasten wie einen Schatz vor sich her.

»Das wird sich noch zeigen«, sagte Devaney zu sich selbst. Er zwang sich, seine überschwängliche Freude zu unterdrücken, im Geiste hatte er sich nämlich schon gemeinsam mit seiner Tochter in der Küche musizieren sehen.

Schließlich rückte er den Stuhl vor den dicken Aktenstapel, der auf dem Tisch lag, um seine Aufmerksamkeit ein weiteres

Mal ganz auf die Dokumente zu richten. Es ist wie verhext, dachte er. Seit Tagen beschäftigte er sich nun mit kaum etwas anderem als mit dem Fall Osborne. Immer wieder brütete er über die Einzelheiten nach und versuchte einen Widerspruch in den Aussagen zu entdecken. Es musste einen Anhaltspunkt geben. Vermutlich befand sich der Schlüssel zu allem unmittelbar vor seiner Nase – starrte ihm gewissermaßen direkt in die Augen –, nur wusste er, Devaney, nicht, wohin er zu schauen hatte. Abermals versuchte er sich den Weg vorzustellen, den sich Mina von Punkt A, Pilkingtons Laden, nach Punkt B, Bracklyn House, vorgenommen haben könnte. Wo brach dieser Weg ab? Hatte jemand, den sie kannte, mit dem Wagen angehalten und ihr angeboten, sie mitzunehmen? War sie dankbar bei irgendwem eingestiegen, oder war sie etwa von jemandem gegen ihren Willen gepackt und hinten in einen Lieferwagen gestoßen worden? Unwillkürlich sah Devaney ein Tier am Wegesrand hocken, das alles beobachtet hatte und deshalb Bescheid wusste. Devaney wandte sich dem nächsten großen Fragezeichen zu. Hugh Osborne. Der liebende Ehemann, der auf dem Weg zurück von Shannon nach Hause war, wie er behauptete, dessen Aussage aber niemand bestätigen konnte und der zumindest im Ansatz ein Motiv besaß. Mina war entweder ermordet worden, oder sie war davongelaufen, betete sich Devaney zum zigsten Mal vor. Doch wenn jemand sie ermordet hatte, wie kam es dann, dass im Haus etliche ihrer Kleidungsstücke fehlten? Und wie verhielt es sich mit der Aussage von Jeremy und Lucy Osborne, die bestätigt hatten, dass Mina und ihr Kind nach ihrem Einkaufsgang Bracklyn House nie erreicht hätten? Waren die beiden irgendwie in den Fall verwickelt? Devaney brummte der Schädel. Er brauchte jemanden, mit dem er die Angelegenheit durchsprechen könnte, fuhr es ihm durch den Sinn. So wie es war, passte nichts zusammen. In Wirklichkeit mussten die Teile aber zusammenpassen, er musste sie nur richtig zusammenfügen! Und dazu musste er aufhören, den Fall am Küchentisch lösen zu wollen. Er musste hinausgehen und mit den Leuten reden, anstatt in der Küche zu hocken und sich um die eigene Achse zu drehen.

Vor allem muss ich Osborne unter die Lupe nehmen, überlegte er sich. Die Leute im Dorf hatten auf seinen früheren Ruf als Schürzenjäger hingewiesen, auf die endlose Parade der Freundinnen, jedes Mal eine andere, wenn er in den Semesterferien nach Hause kam. Etliche darunter waren aus dem Ausland gewesen – ein Mann mit exotischem Geschmack, gut aussehend, liebenswürdig, scheinbar vermögend, jemand, der bei Frauen ankam.

Devaney malte sich die Situation aus: Osborne unterrichtet für ein Sommersemester in Oxford, lernt Mina Gonsalves kennen, Mina wird schwanger. Osborne verhält sich als Ehrenmann und heiratet sie. Sie lassen sich in seinem Haus in Irland nieder. Vor Devaney tauchte der erste Riss in der perfekten Ehe auf. Mag sein, dass die beiden für eine Weile glücklich waren, dachte er, doch dann kehrt Osborne zu seinen alten Gepflogenheiten zurück und lässt sich mit anderen Frauen ein. Vielleicht hatte er Mina auch ihres Geldes wegen geheiratet, ohne zu ahnen, dass ihr Vater ihm da einen Strich durch die Rechnung machen würde.

Und jetzt, wo seine Frau von der Bildfläche verschwunden ist, setzte Devaney seine Überlegungen fort, was tut Osborne da? Er sieht zu, dass er Beistand erhält. Von Una McGann und Minas Mutter. Devaney fand es interessant, dass es vor allem Frauen waren, die auf Osbornes Unschuld beharrten. Im Geist sah er bereits die Gruppen vor sich, die auf Osbornes Freispruch plädierten, sollte er jemals auf der Anklagebank landen. Der Typ gibt vor, das Opfer zu sein, folgerte Devaney. Ein gerissener Bursche, jemand, der den Märtyrer spielt und insofern als Gegner nicht zu unterschätzen ist. So jemand wusste, wie man das Mitleid barmherziger Seelen erregte.

Devaney blätterte zu der Seite vor, auf der Osbornes Vermögenswerte aufgeführt waren. Als Mitglied des so genannten Landadels hat der Mann nicht viel in der Kasse, schoss es ihm wieder einmal durch den Kopf. Ein bescheidenes Einkommen seitens der Universität, keinerlei Wertpapiere, nichts außer ein paar Wiesen und dem Haus. Ein Haus, das Kosten zur Instandhaltung schluckte, ganz zu schweigen von dem Batzen, den das Finanzamt an Steuern kassierte. Was geschah, wenn ein Mann wie Osborne sich sowohl von seiner Ehe als auch von seiner Geldnot beeinträchtigt fühlte?

Devaney lehnte sich zurück und fing an, mit dem Stuhl zu kippeln. Also gut, sagte er sich, nehmen wir mal an, Osborne sucht einen Weg, um an Geld zu gelangen. Seine Landerschließungs- und Bebauungspläne wären da eine der Möglichkeiten. Die Banken würden das als vorbildliches Investitionsprojekt begrüßen, und in Dublin würden sie sich in Anbetracht eines solch wegweisenden kulturellen Unterfangens vor Freude in die Hose machen. Doch wäre Osborne mit den Krediten und Subventionen gedient? Wenn er seine Pläne tatsächlich umsetzt, bleibt ihm kein Land mehr übrig, das er verkaufen könnte, ging es Devaney durch den Kopf. Mittel, die er verflüssigen könnte, wären dann nicht länger vorhanden. In dem Fall besäße er nur noch das Haus und die zu erwartende Versicherungssumme. Osborne zahlte übrigens weiterhin in die Versicherung ein, wie Devaney von dem zuständigen Versicherungsagenten erfahren hatte. Daran war allerdings noch nichts abwegig, vermutlich hatte man ihm sogar dazu geraten. Wenn er seine Frau jedoch umgebracht hatte, warum sorgte er dann nicht dafür, dass man ihre Leiche fand? Warum die Sache in die Länge ziehen, bis jemand ihn überführte, es sei denn – Devaney setzte sich abrupt auf, worauf die Vorderbeine des Stuhls laut auf den Boden knallten.

Es sei denn, es gäbe gar keine Leiche. Es sei denn, Osbornes Frau und Kind wären noch am Leben. Vielleicht hatte er seine Frau tatsächlich so geliebt, wie einige behaupteten. Und wenn er knapp bei Kasse war, warum dann nicht Frau und Kind irgendwo verstecken, ihr Verschwinden inszenieren und den trauernden Ehemann mimen, um nach Ablauf von sieben Jahren dann abzukassieren? Wenn man die Versicherungssumme zu den Bauzuschüssen addierte, käme ein stattliches Sümmchen zustande. Niemandem würde ein Leid angetan, außer der Versicherung und den Banken, die ja aber ohnehin Verbrecher waren.

Devaney versuchte, sich vorzustellen, wo jemand wohl eine Frau und ein Kind verbergen würde, die allgemein für tot gehalten wurden. Die ländlichen Gegenden Irlands oder auch Dublin kämen dafür nicht infrage. Vor allem nicht, wenn es sich um asiatisch aussehende Menschen handelte. Viel logischer wäre es, sie an einem Ort zu verstecken, wo sich andere Inder befanden. Er hätte Mina und Christopher außer Landes schmuggeln können … würde Osborne aber sieben Jahre Trennung ertragen, besonders dann, wenn er so unglaublich an ihnen hing? Wohin war Osborne in den vergangenen zwei Jahren gereist? Etwas, was man natürlich nur überprüfen konnte, wenn er dabei seinen eigenen Namen benutzt hatte. Aber vielleicht hatte er ja auch andere Spuren hinterlassen? Kreditkarten, Reiseschecks, irgendetwas in der Art? Devaney runzelte die Stirn. Das Szenarium, das er da beschrieb, hatte natürlich einen Haken. Was würde denn nach Ablauf der sieben Jahre geschehen? Angenommen, Osborne schaffte es, die Sache durchzuziehen, und würde die Versicherungssumme kassieren. Und dann? Frau und Kind zurückzuholen stünde außer Frage. Was also würde er tun? Den Familienbesitz veräußern, sein eigenes Verschwinden inszenieren, sich klammheimlich aus dem Staub machen, um an einem anderen Ort ein neues Leben zu beginnen? Wenn doch bloß das Loch in Osbornes Alibi nicht wäre, begann Devaney wieder von vorn. Die Fahrt von Shannon nach Dunbeg, etwa vier Stunden ohne Zeugen. Seither hatte sich kein Mensch mehr ausführlich mit Osborne befasst, nicht nachdem die ersten Untersuchungen abgeschlossen worden waren. Wenn jedoch Osbornes Vergangenheit keine Aufschlüsse bot, dann musste er seine Aufmerksamkeit auf das gegenwärtige Verhalten des Mannes lenken. Vielleicht wäre dort der fehlende Hinweis zu finden. Schwache, kratzende Geigenlaute drangen an Devaneys Ohr. Offenkundig versuchte Róisín seiner Fidel eine Tonleiter zu entlocken. Möge dir größerer Erfolg beschieden sein als mir, dachte er missmutig.

13

Die Entnahme des geheimnisvollen Metallstücks aus dem Gebiss des rothaarigen Mädchens war erst für zwei Uhr anberaumt worden, aber Nora wanderte bereits um eins im Labor auf und ab. Sie umkreiste den Tisch, prüfte die Anordnung der Instrumente, drehte an den Lichtschaltern, um die Neonröhren mal heller, mal dunkler zu stellen, und blickte immer wieder zu dem Tisch, auf dem das vertraute schwarze Plastikbündel lag. Seit seiner Entdeckung hatte der Schädel der *cailín rua* eine ganze Reihe an Tests und Untersuchungen über sich ergehen lassen müssen. Schon vor einigen Stunden war er dem Kühlraum wieder entnommen worden, damit das Gewebe weich und besonders die Kieferknochen nachgiebig werden würden.

Nach dem zweiten Tag, den Nora mit Cormac auf der Baustelle am Kloster verbracht hatte, war sie am Samstagabend nach Dublin zurückgekehrt. Sie hatten nicht das Geringste gefunden, was von Interesse hätte sein können, dachte Nora frustriert, nur Erde, Schotter und Geröll aufgewühlt. Und jedes Mal, wenn sie die Rede auf Mina Osborne gebracht hatte, war Cormac zu einem anderen Thema übergegangen. Vielleicht war ihm ja in seinem Leben noch kein Verbrechen untergekommen, überlegte Nora, vielleicht hatte er sich deshalb so leicht von Osborne einwickeln lassen. Immerhin verstand Hugh Osborne es glänzend, den Unbedarften zu spielen, das musste sie ihm lassen.

Na, wenigstens hatte Cormac ihr gestattet, bei seiner Grabung mitzuwirken, tröstete Nora sich. Außerdem hatte er sie auch noch nicht gemaßregelt, was ihr Interesse an dem Verschwinden Mina Osbornes betraf. Eine Stimme aus der Vergangenheit meldete sich in ihrem Kopf. Marc Staunton, ihr Exverlobter und Beinah-Ehemann. Die Stimme klang herablassend und riet ihr, sich wieder einzukriegen und nicht gleich überzuschnappen. Und diese Stimme hatte sie einmal geliebt! Sie war das Erste gewesen, in das sie sich vernarrt hatte. Tief und etwas heiser war sie hinter einer Chirurgenmaske hervorgedrungen, während Nora als junge Studentin ihrer ersten Operation beiwohnte. Hin und weg war sie von seiner Stimme gewesen, total verknallt, und dabei hatte sie noch nicht einmal die leiseste Spur von seinem Gesicht gesehen. Sie entsann sich der Zeit danach, als sie geglaubt hatte, dass es auf der Welt kein perfekteres Paar als sie beide gäbe. Gleiche Interessen, gleicher Geschmack, verwandte Arbeitsfelder. Welch Traumpaar!, dachte Nora spöttisch. Oh, und wie ihre Eltern Marc angebetet hatten! Meine Güte, wären sie selig gewesen, wenn sie ihn geheiratet hätte. Äußerst charmant und wohlerzogen und reizend fanden sie auch den Studienfreund, den Marc ihnen eines schönen Tages vorstellte, Peter Hallet, der bald darauf auch schon mit ihrer Schwester auszugehen begann. Marc und Nora, Peter und Tríona – vier Freunde, zwei Traumpaare. Gemeinsame Abendessen, Kino, Theaterbesuche, Wochenenden auf dem See. Wie viel Zeit hatten sie nicht miteinander verbracht, bis Peter und Tríona schließlich heirateten! Das war nun vergangen – aus, vorbei. Es gab Momente, in denen Nora den glücklichen Zeiten nachtrauerte, aber ihre Erinnerung daran glich immer mehr derjenigen an einen wunderbaren Traum, der bereits seit langem erloschen war.

Nach dem Mord an Tríona hatte sie einen veränderten Marc kennen gelernt. Marc, der selbst ernannte Richter. Der Mann, der entschied, was rational und was irrational war. Gewiss, der Mord an ihrer Schwester hatte sich über Noras Leben gelegt, obwohl sie sich bewusst dafür entschieden hatte, Tríonas Tod nicht zu verdrängen. Es war lediglich dumm gewesen, auf Marcs Beistand zu hoffen, besonders, seitdem die Polizei seinen Freund verdächtigte. Ihm hatte Marc die Treue gehalten, nicht ihr. Nora sehe die Dinge zu einseitig, hatte Marc erklärt, als ob er alle Weisheit für sich gepachtet hatte. Marc, der Meisterpsychologe, wies sie darauf hin, dass ihr Leben aus den Fugen geraten war. Schließlich bezichtigte er sie, Dinge zu erfinden, um seinem Freund das Leben zu erschweren. Kurz und gut, ihr Exverlobter hatte beschlossen, dass Nora hoffnungslos besessen und nicht mehr bei Trost sei. Mit den gleichen präzisen Handgriffen und Gesten, mit denen er operierte, hatte Marc seine Koffer gepackt, und während sie ihm dabei zusah, dachte sie: Ich habe dich nie richtig gekannt, trotz all der Zeit, trotz der fünf Jahre unseres Zusammenlebens. Welch ein Glück, dass ich dich nicht geheiratet habe.

Nora rüttelte sich aus ihren Erinnerungen wach, griff nach ihrem Laborkittel und streifte ihn sich über. Ihr Blick fiel auf die Akte mit den medizinischen Protokollen. Sie schlug die Akte auf.

28. April. Vorläufige Untersuchung, durchgeführt von Dr. Malachy Drummond, Staatlicher Chefpathologe, assistiert von Dr. Nora Gavin, Medizinische Fakultät, Trinity College. Die folgenden Ergebnisse wurden festgestellt:

Allgemein: Bei dem Objekt handelt es sich um den Schädel einer jungen Frau, mutmaßliches Alter zw. 18 und 25, der am 26. d. M. im Moor von Drumcleggan, nahe Dunbeg, Provinz Galway, aufgefunden wurde.

Konservierungszustand: Ein großer Teil des weichen Gewebes befindet sich in auffallend gutem Zustand. Kopfhaut und Haar der rechten Schädelhälfte sind gut erhalten, was auf die Lage des Schädels zurückzuführen ist, in der er vorgefunden wurde. Anzeichen einer Schädelverletzung sind nicht vorhanden. Das Gesicht ist sehr gut erhalten. Das Haar erweckt einen gewellten Eindruck, besitzt eine Länge von etwa 40 cm und eine rötliche Färbung. Die Lider, Wimpern und Brauen sind vorhanden; das rechte Auge ist durch das zum Teil geöffnete Lid sichtbar.

Knorpel und Haut des Nasenbeins sind sehr gut erhalten. Beide Ohren sind vorhanden. Das rechte Ohr befindet sich in gut erhaltenem Zustand, das linke weist Pilzbefall auf. Es fehlt ein kleines Stück des Kinns, sodass an dieser Stelle Leichenwachs und Knochen sichtbar werden. Der Hals wurde zwischen dem dritten und vierten Wirbel durchtrennt, wenngleich mit bloßem Auge nicht feststellbar ist, ob die Durchtrennung vor oder nach Eintritt des Todes stattfand.

Röntgen- und CT-Protokoll, erstellt von Dr. R. O'Bryan, Professor für Strahlenkunde, Royal College of Surgeons, assistiert von Maire Donegan und Anthony McHugh, Leitende Röntgenologen, Beaumont Hospital, Dublin:

Einfacher Röntgenschnitt: Schädel, ohne Fraktur. Das leicht geschrumpfte Großhirn ist gut zu erkennen. Die Maserung der Gehirnwindungen ist deutlich feststellbar, ebenso die Lymphräume. Die Ventrikel sind klein, jedoch nicht anomal. Es gibt Anzeichen, dass sich Luft darin befindet. Im Querschnitt des Schädels ist ein deutlich umrissener dunkler Fleck in der Mundhöhle zu erkennen. Es lässt sich nicht feststellen, ob es sich dabei um einen Teil der Gebissstruktur oder einen Fremdkörper handelt, der vor oder nach Eintritt des Todes eingesetzt wurde.

Computertomografie: Umfangreiche computerisierte Tomografie wurde erstellt. Die Schädeldecke weist keine sichtbaren Frakturen auf. Die Schrumpfung des Großhirns ist nicht als übermäßig zu bezeichnen und kaum von Luft umgeben. Der Unterschied zwischen weißer und grauer Materie im Hirnstamm ist deutlich. Er setzt sich im Rückenmark fort. Wie in den Röntgenausschnitten lässt sich ein klar umrissener dunkler Fleck unbekannten Ursprungs entdecken, der eine Art Fremdkörper im Mund des Objektes darstellt.

Bericht zur endoskopischen Untersuchung, ausgeführt von Dr. J. S. Mitchell, Abteilung für klinische Medizin, Trinity College, Dublin:

Der Mundinnenraum ist sehr gut erhalten. Das Gewebe ist feucht und in geringerem Maß als das Außengewebe verfärbt. Die Gewebeflächen weisen eine bräunliche Farbe auf. Die Membranen sind nicht in auffallendem Maß als brüchig zu bezeichnen. Der Fremdkörper, der in den vorangegangenen

Röntgen- und Computeraufnahmen festgestellt wurde, ist auch hier erkennbar. Aufgrund des ihn umgebenden weichen Gewebes wurde er nicht eindeutig identifiziert, noch können Einzelheiten seiner Zusammensetzung bestimmt werden.

Da stand nichts, was Nora nicht bereits wusste. Sie klappte die Akte zu und fing wieder damit an, den Tisch zu umwandern. Den Blick auf das grob verschnürte Bündel gerichtet, versuchte sie sich auf das entstellte Gesicht vorzubereiten. *Wer bist du?*, fragte sie im Stillen. *Was ist dir widerfahren?* Nora streckte die Hand aus und legte sie vorsichtig auf die schwarze Hülle. *Sag es mir!* Obwohl sie den brennenden Impuls verspürte, die Hand von dem Bündel zu nehmen, tat sie es nicht. Stattdessen schloss sie die Augen und zwang sich, ihre ganze Aufmerksamkeit darauf zu richten. Mit einem Mal schnitt ihr ein schrecklicher Schmerz durch die Brust, so stark und heftig, wie sie noch nie einen erlebt hatte. Wie versteinert stand Nora da und wartete, bis er wieder verebbte. Dann schlug sie die Augen auf und zog die Hand zurück.

Verwirrt schaute sie sich um und mit einem Mal kam ihr das vertraute Labor mit seinem grellen Neonlicht und den sauber glänzenden Gegenständen und Geräten fremd und unwirklich vor. Gott im Himmel, die anderen werden jeden Moment hier erscheinen, sagte Nora sich. Jetzt reiß dich bloß zusammen! Sie nahm die Röntgenbilder, die in einer braunen Mappe unter der Protokollakte lagen, klemmte sie entschlossen auf die Platte des Projektors, knipste den Lichtschalter an und konzentrierte sich dann auf den dunklen Fleck, den sie in Kürze entfernen würden.

Die Tür wurde aufgestoßen, und Ray Flynn, der einen Fotoapparat bei sich trug, betrat den Raum. Er kramte in einer Schublade herum, zog dort einen Blitzlichtwürfel hervor und steckte ihn schließlich auf die Kamera. »Du siehst aus, als könntest du es kaum noch erwarten«, sagte er.

»Du hast es erfasst«, erwiderte Nora.

»Schrecklich«, sagte Flynn. »Wie kleine Kinder an Weihnachten.« Er machte Anstalten, den Raum wieder zu verlassen. An der Tür wäre er um ein Haar gegen den eintretenden Niall

Dawson geprallt, den stellvertretenden Kurator des National Museum, der die anstehende Untersuchung leiten würde.

»Hallo, Nora, wie geht's, wie steht's?«, begrüßte Dawson sie fröhlich. Händereibend schaute er sich um. »Hm«, sagte er schließlich, »wir könnten eigentlich gleich loslegen. Vorausgesetzt, unser verehrter Fitzpatrick gibt uns irgendwann auch noch die Ehre.«

»Was halten Sie eigentlich von der Idee, dass sie hingerichtet wurde?«, fragte Nora.

»Ich halte das durchaus für denkbar«, sagte Dawson. »Unter dem Elektronenmikroskop hat sich ja gezeigt, dass die Art der Wirbeltrennung auf eine Klinge hinweist. Wir können allerdings nicht zweifelsfrei feststellen, ob die Enthauptung vor oder nach Eintritt des Todes geschehen ist, und kommen insofern nicht vernünftig weiter, was die Historie betrifft. Möglicherweise werden wir uns also mit dem zufrieden geben müssen, was wir bisher herausgefunden haben.«

»Ich *weiß*, dass wir herausbekommen können, wer sie war«, sagte Nora und kam sich im gleichen Moment ausgesprochen einfältig vor. »Entschuldigung. Das klingt albern, das ist mir klar, trotzdem wünsche ich mir …«

»Ich hoffe, Sie wünschen nicht vergebens«, unterbrach Dawson sie und wedelte mahnend mit einem Zeigefinger. »Sie müssen mir versprechen, nicht enttäuscht zu sein, sollten wir nicht weiterkommen.«

»Das kann ich Ihnen beim besten Willen nicht versprechen«, sagte Nora.

Ein paar Minuten später traf Barry Fitzpatrick ein, der untersetzte, grauhaarige Zahnmediziner des Trinity College. Er streifte sich Gummihandschuhe über. »Ich glaube, wir können«, sagte er nach einem wohlwollenden Blick in die Runde und beugte sich vor. »Ober- und Unterkiefer weisen als Folge eines Postmortem-Geschehens eine leichte Verschiebung auf«, erklärte er nach einem kurzen Blick. Mit einer Hand umfasste er die Schläfen des rothaarigen Mädchens und drückte mit der anderen sacht ihren Mund auf. Dann versuchte er den Kieferknochen zu bewegen, zuerst seitlich und danach auf und ab. »Der Kieferknochen ist als relativ elastisch zu bezeichnen«, fuhr er fort.

»Aufgrund des bemerkenswert guten Zustandes der Gesichtshaut und des Muskelgewebes ist es notwendig, zuerst den Unterkiefer zu öffnen, um Zugang zu den Zähnen zu erhalten.« Er sprach langsam und bedächtig, als würde er diktieren. »Ob Sie, lieber Flynn, wohl freundlicherweise die Kamera bereithalten, wenn wir den Mund öffnen? Vielen Dank.«

Behutsam zog Fitzpatrick den Unterkiefer nach unten, spähte in den Mund und tastete mit einem Finger an den Zahnreihen entlang, um zu erkunden, ob Schneide- oder Backenzähne fehlten.

»Das Gebiss scheint vollständig erhalten zu sein. Weisheitszähne sind vorhanden. Die Farbe der Zähne ist braun, der Zahnschmelz fehlt beinah gänzlich. Das Alter des Objektes ist also schwierig zu bestimmen, weil gerade der Abnutzungsgrad des Zahnschmelzes uns darüber Aufschluss geben könnte. An den Schneidezähnen ist eine leichte bis mittlere Abnutzung des Zahnbeins zu erkennen, wohingegen die Backenzähne – ob Sie die Lampe ein wenig dichter heranführen können, Mr Flynn? – kaum oder nur wenig Abnutzung aufweisen. Das Alter bei Eintritt des Todes würde ich auf zwanzig bis fünfundzwanzig schätzen. Also, Dr. Gavin ...« Fitzpatrick hob den Blick. Er rümpfte die Nase, um seine Brille daran zu hindern, noch weiter nach vorn zu rutschen »... wenn Sie mir nun einen Hinweis geben würden, wo ich nach dem berühmten Fremdkörper zu fahnden habe ...«

»Er befindet sich weit hinten im Kiefer«, sagte Nora, hob eines der Röntgenfotos hoch und deutete auf die betreffende Stelle. »Auf der linken Seite.«

Fitzpatrick warf einen Blick auf das Röntgenbild, wandte sich dann wieder seinem Untersuchungsobjekt zu und benutzte einen kleinen Spiegel, um die Zunge herunterzudrücken.

»Ich will nach Möglichkeit versuchen, das umliegende Gewebe nicht zu verletzen«, erklärte er. »Es wird sich jedoch nicht gänzlich vermeiden lassen. Ich muss etwas heftiger nachfassen, es sei denn ... Mr Flynn, ob Sie eventuell eine große Pinzette ...? Ah, wunderbar, besten Dank.«

Nora musste sich bezwingen, sich nicht eng an Fitzpatrick zu drücken, um mit ihm in den Mund zu spähen.

»Na, komm schon«, grummelte Fitzpatrick, während er vorsichtig zupfte. »Hier steckt es also. Na bitte, wer sagt's denn?« Stolz hielt er einen Gegenstand in die Luft, woraufhin vier Augenpaare einen fein gearbeiteten Goldring mit einem dunkelroten Stein in der Mitte anstarrten. »Tja, also. Das ist der Ring eines Mannes, würde ich mal behaupten. Was meinen Sie, Dawson?«

Alle reckten den Hals, um besser sehen zu können.

»Sieht ganz danach aus«, sagte Dawson. Er nahm den Ring und drehte ihn zwischen den Fingern. »Sehen Sie nur, da, auf der Innenseite!«, rief er aus. »Da scheint etwas eingraviert worden zu sein.« Er hielt den Ring unter eine Lupe. »C-O-F. Dann folgt eine Zahl ... sechzehn, dann ein I, ein H, ein S, eine weitere Zahl ... zweiundfünfzig, und dann kommen wieder Buchstaben, und zwar A-O-F.«

Na bitte, wer sagt's denn, wiederholte Nora bei sich Dawsons Worte. Ich wusste doch, dass wir einen Hinweis finden werden. Sie überlegte, ob das Mädchen, oder besser die Frau, versucht hatte, den Ring hinunterzuschlucken, oder ob sie ihn lediglich im Mund hatte verbergen wollen. Etwas anderes kam kaum infrage. Du armes Ding, dachte sie. Welche Gedanken mögen dir in den letzten Sekunden vor dem Tod durch den Kopf geschossen sein? Ihr Blick wanderte zu dem Schädel zurück, dessen aufgesperrter Mund vom grellen Licht der Neonröhren beschienen wurde. »Können wir sie jetzt wieder bedecken?«, fragte sie.

14

Für gewöhnlich wirkte das Hin und Her des Weberschiffchens sich wohltuend auf Unas Gemütszustand aus; an diesem Abend blieb sie aber angespannt. Ein Fernsehgerät besaßen sie nicht, weil Brendan das nicht wollte. Ihre Brüder gingen ihren üblichen Abendbeschäftigungen nach. Fintan saß am Küchentisch, schnitt Röhren für seine Dudelsackpfeifen zurecht und stieß gelegentlich durch die Bambusstücke einen Ton aus. Zu seinen Füßen kniete Aoife und spielte zufrieden mit vier seltsamen Gestalten – einem gefleckten Salamander, einer Elfenkönigin, einem Elefanten und einer Giraffe – eine Geschichte nach, die sie sich ausgedacht hatte. Brendan saß abseits von ihnen am Kamin und schliff und polierte die Klingen seiner Sicheln. Er besaß mindestens ein halbes Dutzend davon. Im Schuppen bewahrte Brendan auch eine umfangreiche Sammlung alter Werkzeuge auf, die zum Teil noch aus den Beständen ihres Großvaters stammten. Andere Schätze hatten Nachbarn vorbeigebracht, die wussten, dass Brendan gern an gebrauchtem Handwerkszeug herumbastelte. Nicht selten überließen sie ihm ihre Landgeräte, nachdem sie das Torfstechen oder Heumachen aufgegeben hatten. Brendans Sammlung umfasste Forken, Hippen, Harken, Sicheln und jede erdenkliche Sorte von Torfspaten. Die Sachen waren stets tipptopp in Ordnung, nie ließ sich auch nur das geringste Rostfleckchen daran entdecken.

Una spürte Fintans Blick in ihrem Rücken. Sie wandte sich halb um und sah, dass er die Brauen fragend in die Höhe zog.

Er kann es wohl kaum abwarten, Brendan von seinen Plänen zu erzählen, dachte Una. Er brannte darauf, seinem Bruder mitzuteilen, dass er Dunbeg verlassen wollte. Erst am Nachmittag hatte er Una gefragt, wann ihrer Meinung nach der beste Zeitpunkt wäre, Brendan in sein Vorhaben einzuweihen. Una hatte Fintan gebeten, die Sache doch noch ein bisschen aufzuschieben. Warum Brendan unnötig aufregen, wenn Fintan doch erst im Herbst aufzubrechen gedachte? Brendan würde außer sich geraten und den gesamten Sommer lang wütend sein. Fintan war da anderer Ansicht gewesen. Er wollte es noch an diesem Abend loswerden. Jede seiner Bewegungen, alle seine Gesten, verrieten seine Ungeduld. Seit Jahren träumte Fintan davon, nach Amerika auszuwandern, hatte er Una am Nachmittag gebeichtet. Die erforderliche Summe hatte er sich inzwischen zusammengespart. Er hatte genug, um ein paar Monate davon zu leben, selbst wenn er nicht sofort Arbeit fand. Und ein Freund in New York hatte ihm angeboten, einige Auftritte in Kneipen zu organisieren. Fintan war zwar nur zwei Jahre jünger als sie, doch mit einem Mal kam Una sich um Jahrzehnte älter vor. Wie ein Kind wollte Fintan mit seiner Nachricht herausplatzen, um das, was ihm auf der Seele brannte, loszuwerden.

Wie würde es hier im Haus ohne Fintan aussehen?, überlegte Una. Würden sie und Aoife dann noch bleiben wollen? Könnte sie andererseits die Vorstellung ertragen, Brendan im Stich zu lassen?

Una beobachtete, wie Brendan die Sichel auf seinem Knie auflegte und mit dem rosafarbenen Wetzstein über die silberne Halbmondschneide glitt. Zwischendurch hielt er inne, um die Schärfe der Klinge mit der Daumenkuppe zu testen. Vielleicht besänftigten ihn solche Beschäftigungen ja, dachte sie. Vielleicht tut es ihm gut, einfach dazusitzen, mit Werkzeugen zu hantieren und dazu seine Pfeife zu rauchen. Wie schade, dass sie nie offen mit ihm reden konnte. Fintan dagegen konnte sie alles sagen. Brendan war schon als kleiner Junge immer so ernst gewesen. Bereits im Alter von vierzehn hatte er den Eindruck erweckt, erwachsen zu sein. Una konnte sich nicht erinnern, dass Brendan jemals mit ihr gespielt hätte. Andererseits war er natürlich sechs Jahre älter als sie und hatte schon auf dem Feld mitgeholfen, als sie und Fintan noch spielen durften.

Ob Brendan jemals daran gedacht hatte, sich zu verheiraten? Una legte nachdenklich die Stirn in Falten. Soweit sie wusste, hatte es in seinem Leben nie eine Frau gegeben. Wann hätte er auch jemanden kennen lernen sollen? In Dunbeg gab es dazu kaum Gelegenheiten, und Brendan war niemand, der gern zu Tanzveranstaltungen oder anderen Feierlichkeiten ging, bei denen Menschen sich näher kommen konnten. Er ging zur Kirche, das war alles. Zuweilen traf man ihn auch im Pub, aber da hockte er dann stumm vor seinem Bier und nickte bestenfalls den anderen Stammgästen zu, die mit ihm an der Theke saßen und ihre Gläser leerten.

Brendan schaute von der Sichel auf und blickte zu Fintan hinüber. Er musterte seinen Bruder, der gerade ein Bambusrohr ans Licht hielt, um die Dicke der Wandung zu prüfen. Einen Augenblick lang sah es so aus, als wollte Brendan etwas äußern – etwas Abfälliges, etwas in der Art, dass Fintan dabei sei, seine Zeit zu vergeuden –, aber dann schien er es sich anders zu überlegen und wandte sich erneut seiner Arbeit zu.

Wie so oft fragte Una sich, wie viel sie aufgegeben hatte, als sie Dublin verließ, um nach Dunbeg zurückzukehren. Mit Sicherheit fehlte ihr das Gelächter von Celia und Jane. Trotz der grauen Betonmauern, trotz der mit Graffiti bekritzelten Mülltonnen, trotz des Lärms und des Drecks, der die Stadt beherrschte, hatte sie sich bei ihren beiden Freundinnen aufgehoben gefühlt, womöglich sogar geborgen. Celia arbeitete in einer Buchhandlung. Jane war Schriftstellerin. Sie waren so arm wie Kirchenmäuse, aber den beiden war das einerlei gewesen. Stets hatte Una die Boheme-Lebensweise ihrer Freundinnen bewundert und versucht, sie nachzuahmen, was ihr jedoch nicht gelungen war. Ihre Wohnung war mit Büchern voll gestopft, es war ein Ort, an dem geraucht und diskutiert wurde. Vielleicht war es die Liebe zueinander, aus der Jane und Celia ihre Ruhe und Gelassenheit schöpften, eine Liebe, die in dem Dörfchen, dem sie entstammten, verboten gewesen war. In der Stadt dagegen wurde sie toleriert oder gar nicht beachtet. In der Stadt gab es keine Augen, die ringsumher lauerten, keine scharfen Zungen, die alles kommentierten. Nie zuvor hatte Una Freundinnen wie Jane und Celia besessen. Deren Art zu leben war für sie wie eine Offenbarung gewesen, endlich konnte sie einmal aussprechen, was sie dachte, sich geben, wie sie war, sich gänzlich unbeschwert und natürlich verhalten. Dennoch hatte sie sich in der Stadt irgendwie auch immer fremd gefühlt. Vor allem hatte sie sich nach den Gerüchen und den Lauten ihrer Heimat gesehnt, nach der völligen Stille ihres elterlichen Gehöfts. Und nach der Luft zum Atmen, die sie dort in jedem Raum hatte, auch wenn andere Menschen anwesend waren. Diese Stille, dieses Alleinsein, auch inmitten der Gesellschaft anderer, erfuhr sie nur, wenn sie zu Hause war.

Una ließ den Blick zu dem hellen Köpfchen ihrer Tochter wandern, die sich über das winzige Teegeschirr beugte und im Flüsterton die Unterhaltung ihrer ungewöhnlichen Gästeschar simulierte. Ihre Gedanken kehrten zu Brendan zurück. Sie begriff plötzlich, weshalb er keine Veränderungen mochte. Erging es ihr nicht ähnlich? Wollte sie nicht in diesem Augenblick, dass Aoife für immer glücklich blieb, dass es im Leben ihres Kindes weder Schmerz noch Kummer, noch Enttäuschung gäbe? Allerdings würde sie dann auch keine richtige Freude erfahren, solche Gefühle gab es nämlich nur im Wechsel. So war es ihr ergangen, als Aoife zur Welt kam und sie den hellen Flaum auf dem feuchten Köpfchen wahrnahm. Eine tiefe Freude hatte sich da ihrer bemächtigt. Selbst die verkniffenen Mienen der Krankenschwestern waren ihr gleichgültig geworden. Ein Lächeln stahl sich auf ihr Gesicht, als sie daran denken musste, wie oft sie Aoife nackt ausgezogen hatte, um jede Faser des pummeligen kleinen Babykörpers zu studieren. Und wie die Schwestern sich darüber empörten! Sie hörte, wie sie zischelten, *das Kind muss bedeckt bleiben, es holt sich sonst noch den Tod*, so als ob der Tod eine ansteckende Krankheit wäre. Spätestens da hatte sie beschlossen, ihre Tochter ohne Scham zu erziehen. Mittlerweile ergötzte sie sich an der selbstverständlichen Natürlichkeit, mit der ihr kleines Mädchen aufwuchs. Wie unterdrückt sie dagegen selbst erzogen worden war! Gewiss hatten daran nicht allein ihre

Eltern die Schuld getragen. Es war der Ort gewesen, die Umstände und natürlich die Kirche, welche die Moral der damaligen Zeit prägten.

Es war gut, dass Fintan wusste, was er wollte, dachte Una. Mit seiner Blechflöte hatte es begonnen. Auf der hatte er bereits als Kind gespielt und winzige Beträge gesammelt, bis er sich mit dreizehn seinen ersten Dudelsack leisten konnte. Brendan hatte ihn unterdessen als faul beschimpft, obwohl Fintan das keineswegs war. Er war mit seinen Gedanken lediglich bei seiner Musik, zuweilen bei nichts anderem. *Von der Musik kannst du nicht leben*, hatte Brendan ihm oft vorgehalten. Fintan hatte ihn dann trotzig angeblickt, und Una hatte von seiner Miene jedes Mal seinen Entschluss ablesen können, Brendan eines Tages das Gegenteil zu beweisen. Im Winter hatte Fintan aus Binsen einfache St.-Bridgets-Kreuze geflochten, die er später an die Touristenläden in Scarriff und Mountshannon verkaufte. Als er älter wurde, trat er bei Musikveranstaltungen auf. Jeden Penny, den er verdiente, legte er auf die Seite. Als Faulheit konnte man so etwas gewiss nicht bezeichnen. Una verstand das Verlangen ihres Bruders, mehr von der Welt sehen zu wollen. Mehr jedenfalls, als Dunbeg zu bieten hatte, wo die Zukunft bereits von Geburt an vorgezeichnet war, je nachdem, welcher Familie einer entstammte und wie viel Land jemand besaß. Der eine war stolz auf seine Tradition, der andere fühlte sich in ihr gefangen.

Was Una dagegen viel mehr beunruhigte als Fintans Entschluss, war das Geheimnis, das sie in Brendans Zimmer entdeckt hatte. Vermutlich gab es für alles eine ganz einfache Erklärung aber dennoch verspürte sie eine unergründliche Angst in sich. Seit jeher war Brendan ein launischer Mensch gewesen, doch seit kurzem wirkte er fast die ganze Zeit über missmutig. Allmählich kamen Una Dinge in den Sinn, die er getan oder gesagt hatte, Dinge, die ihr irgendwie Sorgen machten. Am Morgen war sie um die Hausecke gebogen, als sie sich eines Ereignisses aus ihrer Kindheit entsann, das an dieser Stelle stattgefunden hatte: Der vielleicht zwölfjährige Brendan hatte eine Henne bei sich, die er schlachten wollte. Er hielt den widerstrebenden Körper zwischen den Knien, zog den Hals länger und trennte den Kopf in einem Streich mit dem Brotmesser ab. Er schaute auf und sah Una, regte sich jedoch nicht und sagte auch nichts, während die Henne erst noch zuckte, bevor sie dann still dalag. Er betrachtete Una kurz, dann erhob er sich aus der Hocke und hielt ihr den blutenden Kadaver an den dürren Beinen hin. *Hier*, sagte er, *trag das in die Küche.* Una glaubte, er wollte ihr einen Schreck einjagen, aber als sie ihm ins Gesicht schaute, konnte sie nichts darin ablesen. Sein Gesicht war vollkommen leer.

Una merkte, dass die Erinnerung daran sie verstörte. Sie schob die Weblade zurück und rutschte von der Bank herunter. »Komm, Aoife, mein Schatz«, sagte sie. »Zeit zum Schlafengehen.«

»Aber Mami«, jammerte ihre Tochter. »Es ist doch noch gar nicht dunkel.«

»Es wird auch erst dunkel, nachdem du im Bett liegst. Willst du denn überhaupt nicht wissen, wie es in unserem Buch weitergeht?«

Seit dem Winter lasen sie jeden Abend ein Kapitel eines Buches. Aoifes Miene hellte sich auf, um sich aber sofort wieder zu verfinstern, weil sie offenbar den Nachteil des Angebots überdachte. Una liebte es, Aoifes Mienenspiel zu verfolgen, das so wechselhaft war wie das irische Wetter.

»Nun, komm schon, Fräulein, ab – die Treppe hoch«, befahl Una mit gespielter Drohgebärde. »Gib den Jungs noch einen Kuss.«

Sie wartete, bis Aoife zuerst auf Brendans und dann auf Fintans stachelige Wange einen herzhaften Kuss gedrückt hatte. Fintan warf Una einen übermütigen Blick zu.

Nicht jetzt, formte Una lautlos mit den Lippen, aber ihr war klar, dass er sich nicht um ihre Bitte scheren würde.

Im Schlafzimmer hastete Una durch Aoifes Gutenachtgeschichte, bis das Kind sich prompt beschwerte: »Mami, du liest zu schnell.«

»Tut mir Leid, mein Schatz«, sagte Una und verlangsamte ihr Tempo. Unterdessen horchte sie gespannt nach unten. Dass kein Laut zu vernehmen war, machte sie umso nervöser.

»Das ist alles für heute Abend«, sagte sie schließlich, klappte das Buch zu und gab Aoife einen kleinen Kuss. »Schlaf gut, *a chroí*.«

Bereits als sie die Tür unten aufzog, schwante Una, dass die Stille dort nichts Gutes verhieß. Brendan sprach zwar mit leiser Stimme, aber die unterdrückte Wut schwang dennoch in ihr mit.

»Amerika, ja? Natürlich. Warum bin ich nur nicht schon früher darauf gekommen? Kannst es nicht erwarten, von uns wegzukommen, was? Die nächste Stadt reicht dir wohl nicht, wie? Es muss rund um die halbe Welt sein, dann erst hast du Ruhe. Wie willst du überhaupt das Geld für Amerika zusammenkratzen?«

»Ich habe genug gespart. Außerdem habe ich vor, meinen Anteil am Hof zu verkaufen.« Da Brendan nichts erwiderte, fuhr Fintan fort: »Ich war beim Notar, Brendan. Er hat mir gesagt, dass Una und ich genauso wie du Anteile besitzen, dass dir nur ein Drittel gehört. Für wie lang hast du eigentlich gedacht, könntest du das für dich behalten? Aber keine Sorge, Bruder, ich mache dir einen anständigen Preis.«

Brendan stand da und zitterte am ganzen Leib. Er hatte die Hand fest um den Sichelgriff geschlossen.

»Du verdammter Hund«, stieß er hervor, holte aus und hieb die Klinge der Sichel in den Tisch.

Erschrocken wich Fintan zurück, und sein Stuhl polterte zu Boden. Er war leichenblass geworden. Brendan stand wie versteinert da, aber urplötzlich schien seine Wut wieder in sich zusammenzufallen. Benommen schaute er auf die Sichel und den Tisch und stützte sich entsetzt auf dessen Kante.

»Fintan, du solltest jetzt lieber gehen«, sagte Una. »Nur für eine Weile.«

»Ich lass dich hier nicht allein …«

»Fintan«, wiederholte Una scharf. »Geh bitte nach draußen. Mir passiert schon nichts.«

Fintan machte auf dem Absatz kehrt und verschwand. Una blieb noch kurz auf der Stelle stehen, dann trat sie an den Tisch und zog die Sichel mit aller Kraft aus der Holzplatte. Die Sichel lag schwer in ihrer Hand. Anschließend öffnete sie die Hintertür, ging über den Hof zum Schuppen und hängte sie unter den anderen Werkzeugen auf, die sich dort in Reih und Glied befanden.

Als sie in die Küche zurückkehrte, konnte Una noch sehen, wie die Tür zum Flur sich schloss, und hörte gleich darauf Brendans Schritte in Richtung seines Zimmers verklingen. Vielleicht war es ja besser, dass sie jetzt nicht miteinander sprachen, dachte sie und fasste sich an die Kehle. Mit einem schluchzenden Laut rang sie nach Luft.

»Mami?«, ertönte eine dünne Stimme von oben. Aoife stand im Nachthemd auf der Treppe. »Mami, was ist denn? Ich habe Angst.« Una war in wenigen Sätzen bei ihr und drückte ihr Kind an sich.

»Ist schon gut, mein Schatz«, sagte sie und strich ihrer Tochter über das Haar. »Brendan und Fintan haben sich nur ein bisschen gestritten, aber jetzt ist alles wieder vorbei. Alles ist vorbei.«

15

Winzige Schweißperlen sammelten sich auf Noras Stirn, während sie ihre Strecke auf dem Laufband zurücklegte. Sie hatte die Wohnung von einem irischen Kollegen gemietet, der sich zu einer Gastprofessur in Amerika aufhielt. Die Lage konnte nicht besser sein, direkt am Grand Canal gelegen, mit einem weiten Blick über den Südwesten der Stadt. Die Wohnung war für Noras Geschmack nur etwas zu karg und zu modern eingerichtet. Allerdings gefiel ihr das Laufband, auf dem sie sich verausgaben konnte, um währenddessen zu meditieren. Seit vierzig Minuten war sie nun schon damit zugange. Die gleichmäßigen Bewegungen hatten ihre Muskeln gelockert, und Nora spürte, wie das Blut durch sie hindurch pulsierte. Sie hatte den Blick auf einen Punkt jenseits der großen Fensterscheibe gerichtet. Auch abends war Dublin eine belebte Stadt, dachte sie, quirlig und bunt, anders als zu Hause. Sie schaute auf den Kanal hinaus, über die Dächer von Harold's Cross und Crumlin hinweg, und beobachtete die blinkenden Lichter, die in der herabsinkenden Dämmerung aufflammten. Es war die Zeit des Tages, die die Erinnerung an die versinkende Sonne hinter den Ufern des Mississippi wachrief und ihre Sehnsucht nach Saint Paul und ihrer Familie. Ihre Eltern würden jetzt gerade arbeiten. Nora sah ihren Vater in seinem Labor der Universitätsklinik seine Versuchsreihen kontrollieren und ihre Mutter im Gemeindekrankenhaus den Herzschlag der ostafrikanischen Einwanderinnen und ihrer Kinder abhorchen, die ihren hauptsächlichen Patientenkreis ausmachten.

Seit über einer Woche hatte sie nicht mehr mit ihren Eltern gesprochen. Sie durfte nicht vergessen, sie später noch anzurufen.

Aus heiterem Himmel entsann Nora sich plötzlich einer Bemerkung, die Evelyn, Gabriels Frau, eines Abends von sich gegeben hatte. Sie, Gabriel und Nora saßen über dem Layout zu einem Museumskatalog über Moorleichen, den sie gerade zusammenstellten. »Wisst ihr was?«, hatte Evelyn gesagt. »Jedes Mal wenn ich die Objekte im Museum sehe, tut es mir Leid, dass sie dort so schutzlos den Blicken preisgegeben sind. Das heißt, immerhin sind sie ja Menschen – oder waren es einmal. Ich spreche immer ein kleines Gebet für sie.« Nora musste an die *cailín rua* denken, deren verklebtes Haar auf dem Labortisch getrocknet war. Die Umstände des Todes der rothaarigen Frau und die Tatsache, dass ihr Schädel konserviert werden würde, beraubten sie der Ruhe, die einem Leichnam gebührte. Sie war ein Museumsstück geworden.

Nach der Untersuchung am Nachmittag hatte sie Niall Dawson über die Inschrift auf dem Ring ausgefragt.

»Na ja, zum einen können wir ihr wohl entnehmen, dass, wer immer den Ring besaß, Katholik war«, hatte er geantwortet.

»Wie kommen Sie darauf?«

»Anhand der Buchstaben IHS, die sich neben dem Jahr befinden. Dabei handelt es sich um eine liturgische Symbolik der katholischen Kirche.«

»Und was bedeutet das genau?«, hatte Nora wissen wollen.

Dawson hob spöttisch eine Augenbraue. »Ich bin nicht gerade im Sinne der Kirche erzogen worden.«

Er lächelte. »Die Mönche früher in der Schule haben uns immer erzählt, die Inschrift bedeutet ›Jesus Heiland Seligmacher‹. Aber das stimmt nicht. In Wirklichkeit wurde irgendwann einmal der Buchstabe Eta der griechischen Abkürzung für Jesus wegen seiner Ähnlichkeit im Lateinischen zu einem H verstümmelt. Die Kirche hat das Ganze schließlich als Akronym beziehungsweise Christusmonogramm übernommen. Später hat es die unterschiedlichsten Interpretationen gegeben, zum Beispiel: Iesus Hominum Salvator – Jesus, Erlöser der

Menschen. Und schließlich auch die volksetymologische Variante, die uns unsere Mönche beigebracht haben.«

»Ich bin beeindruckt«, sagte Nora.

»Geht mir selbst nicht anders«, sagte Dawson grinsend. »Wie es aussieht, hat das, was man mir im Religionsunterricht eingetrichtert hat, einen nachhaltigeren Eindruck hinterlassen, als ich dachte.«

»Und was glauben Sie, hat es mit den anderen Initialen auf sich?«

»Vermutlich haben wir es mit einem Ehering zu tun«, sagte Dawson. »In früheren Zeiten war es üblich, dass der Mann der Frau seinen eigenen Ring als Eheversprechen überreichte. Die Abkürzungen könnten auf Namen hindeuten und die Zahl auf das Jahr der Eheschließung.«

Nora überprüfte die Strecke, die sie auf dem Laufband zurückgelegt hatte. Obwohl sie ihr Pensum bereits erreicht hatte, wollte sie noch nicht aufhören. Während sie weiterlief, ließ sie sich noch einmal Dawsons Worte durch den Kopf gehen. Wenn der Ring der rothaarigen Frau gehörte und er tatsächlich ein Ehering war, wo war dann ihr Mann und Beschützer gewesen? Ob er in einen Krieg gezogen war? Vielleicht ruhte er ebenfalls im Moor, nicht weit von der Stelle entfernt, an der man den Schädel gefunden hatte? Vielleicht würden seine Überreste eines Tages von einem anderen Torfbauern entdeckt werden? Wie dem auch sei, die neuen Einzelheiten stellten zweifellos einen Durchbruch dar. Nora nahm sich vor, Robbie über die weiteren Ergebnisse zu informieren. Vielleicht konnte er ja etwas mit den Details anfangen und sie in einen historischen Zusammenhang stellen.

Erneut warf sie einen Blick auf den Kilometerzähler. Fast fünf Kilometer war sie jetzt gelaufen, hatte aber noch immer keine Lust aufzuhören. Die Inschrift des Ringes ließ sie an die neuzeitliche Sitte denken, zum Gelübde der Ehe zwei Ringe zu tauschen. Wie lauteten doch gleich die einschlägigen Worte? Dich zu lieben und zu ehren. Als ob so etwas mit einem simplen Wortversprechen zu leisten wäre! Devaney hatte den Begriff der vollkommenen Ehe verwendet, als er sich auf Hugh und Mina Osborne bezog. Auch bei Peter und Tríona hatte man davon gesprochen, doch wie falsch war diese Behauptung gewesen! Die Vorstellung, dass zwei Menschen in jeder Beziehung fortwährend Gefallen aneinander fanden, stets harmonierten, war einfach absurd! Noch der aufrichtigste Versuch, mit einem Menschen in Liebe zu leben, erforderte ständige Kompromisse und das Akzeptieren unterschiedlicher Wünsche und Eigenheiten, ein Prozess, der so kompliziert war wie jede Vereinheitlichung zweier individueller Systeme. Nora nahm sich vor, jemanden zu finden, der ihr mehr über Mina und Hugh Osborne erzählen konnte, jemand, der die beiden persönlich gekannt hatte.

Eine Schweißperle rann ihr über die Stirn und tropfte ihr beißend ins Auge. Ihr Gedankenstrom brach ab. Sie richtete sich auf und betupfte ihr Auge. Warum zum Teufel kam sie immer wieder auf ihre Schwester zurück, wenn sie an die rothaarige Frau dachte? Und von ihrer Schwester auf eine ihr unbekannte Frau, die sie lediglich auf einem Foto gesehen hatte? Warum war ihr dermaßen daran gelegen, Hugh Osborne des Mordes an dieser Unbekannten zu überführen? Sie wusste so gut wie nichts, was den Fall anbelangte, lediglich das, was Devaney ihnen erzählt hatte. Außerdem war es sehr unwahrscheinlich, dass sie mehr erfahren würde, und die Zeit, unbekannte Menschen in diesem Zusammenhang zu befragen, besaß sie ebenfalls nicht. Was war bloß mit ihr los? Wollte sie für den Rest ihres Leben gleich *zwei* unaufgeklärte Morde verfolgen? Nora setzte das Tempo des Laufbandes herunter und begann, langsamer auszuschreiten. Die Dämmerung war inzwischen der Dunkelheit gewichen, sie konnte bereits ihr Spiegelbild in der Fensterscheibe sehen. *Lass es gut sein, Nora*, riet ihr eine innere Stimme. Im Fensterglas beobachtete sie, wie sich ihre Schultern mit ihren Atemzügen hoben und senkten. *Lass es gut sein.* Nora stellte das Laufband ab und stieg herunter. Sie fühlte sich gelöst wie nach jeder Ausdauerübung, kraftvoll, nahezu schwebend. *Ich will es versuchen*, antwortete sie der Stimme. *Versprechen kann ich es aber nicht.*

16

Devaney saß in Nualas Wagen, den er versteckt vor den Toren von Bracklyn House geparkt hatte. Als regelrechtes Beschatten ließ sich das nicht bezeichnen, aber mehr konnte er nicht tun. Er hatte Nuala beschwatzt, ihm ihr Auto zu überlassen, und versprochen, den Wagen rechtzeitig zu ihrem Kundentermin zurückzubringen. Den Wagen, den sie sich selbst ausgesucht und – eine Frage des Stolzes – von ihrem eigenen Geld bezahlt hatte.

Devaney spielte mit den Knöpfen des Autotelefons herum, von dem er nicht wusste, wie es funktionierte. Mit einem Mal kam ein verstaubter schwarzer Volvo aus der Einfahrt gerollt. Devaney erkannte Osborne hinter dem Steuer. Er wartete einige Sekunden, dann fuhr er ihm hinterher. In der Gegend von Dunbeg würde es ihm keine Mühe bereiten, ihm zu folgen, weil es auf dem Land sowieso nur wenige Straßen gab. Osborne schien Richtung Norden zu fahren, nach Loughrea. Devaney warf einen Blick auf seine Armbanduhr. Sieben Uhr. Um neun musste er Nuala den Wagen zurückgeben. Demnach hatte er noch genügend Zeit.

In Loughrea bog Osborne auf die N6 ab, die nach Westen führte. Auf der Nationalstraße herrschte reger Verkehr. Devaney wartete, bis sich etliche andere Wagen zwischen ihn und den Volvo geschoben hatten. Vor Galway wechselte Osborne die Spur und fädelte sich mit anderen in die Ausfahrt ein, auf der man das Stadtzentrum erreichte. Im Kreisel verlor Devaney ihn aus den Augen. Erst im letzten Moment entdeckte er ihn wieder und konnte noch rechtzeitig ausscheren. Devaney warf wieder einen Blick auf seine Uhr. Viertel nach acht. Vielleicht sollte er Nuala anrufen, um sie darauf vorzubereiten, dass es ein, zwei Minuten später werden konnte. Zur Not könnte sie dann seinen Wagen benutzen, aber das hatte er ihr ja bereits vorgeschlagen. Um einen *Kunden* abzuholen?, hatte sie ungläubig gefragt. Was so viel wie »Kommt gar nicht infrage« bedeutete.

Devaney zog das Telefon aus seiner Halterung, knallte es aber sofort wieder zurück, weil er unversehens hinter dem Volvo um eine Ecke biegen musste. Es hatte keinen Zweck, das Telefon während der Fahrt auszuprobieren. Er musste damit warten, bis Osborne anhielt, sofern er das überhaupt tat. Es wäre nicht gerade ratsam, Nualas Wagen, außer dass er ihn zu spät ablieferte, auch noch zuschanden zu fahren. Devaney sah, wie Osborne langsam den Eyre Square umrundete und schließlich in Hafennähe in eine kleine Seitenstraße abbog.

Dort stellte er seinen Wagen ab und betrat eine Einfahrt, die nicht weiter beschildert war. Devaney hätte dichter heranfahren oder sich dem Gebäude zu Fuß nähern müssen, aber er wollte es unter allen Umständen vermeiden, dass Osborne ihn sah. Devaney parkte seinen Wagen etwa hundert Meter von dem Eingang entfernt und wartete ab. Unterdessen hielt er nach einer Telefonzelle Ausschau. Natürlich war keine da, nie war etwas da, wenn man es brauchte. Devaney schaute sich wieder das Autotelefon an, und es kam ihm vor, als würde das winzige Gerät mit seinen grünen und roten Lichtchen ihn verspotten. Wie kam es, dass Nuala sich mit derlei technischem Spielkram auskannte? Wie kam es überhaupt, dass sie alles Mögliche in Angriff nahm, während er wie ein Trottel auf der Stelle trat? Vorsichtig löste Devaney das Telefon aus seiner Halterung und hielt es sich ans Ohr. Stille. Wahrscheinlich musste man irgendeinen Knopf drücken, um das Scheißding einzuschalten. Devaney tippte das Knöpfchen an, auf dem »Sprechen« stand. Es ertönte ein durchdringendes Signal, das ihm wie das Heulen einer Sirene vorkam. Na, herrlich, dachte Devaney. Dann hört gleich die ganze Nachbarschaft, dass hier jemand in der Dunkelheit sitzt und herumspioniert. Eilig drückte er hintereinander weg auf mehrere Knöpfchen. Das Gerät verstummte.

In dem Moment kam Osborne auch schon wieder aus der Einfahrt. Im Licht der Straßenbeleuchtung wirkte er aschfahl. Er öffnete die Tür seines Volvos, dann hielt er sich einen Augenblick lang daran fest, so als wäre ihm schwindelig. Was ist nur mit ihm los?, überlegte Devaney. Zumindest schien Osborne ihn nicht gesehen zu haben, er hatte nicht in seine Richtung geschaut. Jetzt hatte er sich in den Wagen gesetzt, der Motor des Volvos sprang an, und der dunkle Wagen glitt aus seiner Parklücke. Devaney drehte den Zündschlüssel, startete und fuhr los. In der nächsten Straße wäre er um ein Haar auf einen parkenden Lastwagen geprallt. Ein Mann war dabei, leere Fässer zu entladen. Devaney kam mit quietschenden Reifen zum Stehen.

»Pass doch auf, wo du hinfährst, du Idiot«, brüllte der Mann ihn an. »Schläfst du, oder bist du besoffen?«

Devaney verbiss sich eine Entgegnung und steuerte seinen Wagen rückwärts aus der Straße. Osborne konnte er vergessen, sagte er sich, der war längst über alle Berge. Wieder einmal schaute er auf seine Uhr. Inzwischen war es fast neun. Wenn er gleich losfuhr, überlegte er, könnte er es mit einer einstündigen Verspätung schaffen. Die Frage, was Osborne in der Einfahrt gesucht hatte, ließ ihm allerdings keine Ruhe. Devaney hielt noch einmal dort an und spähte in die dunkle Passage. Gleich darauf öffnete sich die Tür des etwas zurückliegenden Gebäudes und ein dünner Lichtstrahl fiel heraus. Devaney sah einen jüngeren Mann mit hellem Haar und Lederjacke, der offenkundig im Begriff stand, das Haus zu verlassen. Er plagte sich mit einem Schlüsselbund ab. Der Mann war noch dabei, den passenden Schlüssel zu suchen, als Devaney neben ihn trat.

»Machen Sie den Laden für heute zu?«, fragte Devaney.

Der Mann zuckte zusammen und fuhr hoch. Er hatte ein schmales, leicht gerötetes Gesicht, und unter dem rechten Ohr war eine Schnittwunde vom Rasieren zu sehen. Devaney konnte das Schild lesen, das sich neben der Eingangstür befand. Eddie Dolphin, Detektei. Lange kann der sein Büro noch nicht haben, wenn er so nach dem passenden Schlüssel kramen muss, dachte Devaney.

»Warum sperren Sie nicht noch einmal auf, Eddie?«, sagte Devaney. »Drinnen plaudert es sich doch viel gemütlicher.«

Der andere sah ihn nun beunruhigt an. Dann schien jedoch etwas in seinem Kopf zu klicken, und er bemühte sich um eine erstaunte Unschuldsmiene. Schlechter Schauspieler und schlechtes Gewissen, folgerte Devaney. Ihm dämmert allmählich, dass er es mit der Polizei zu tun hat, und will deshalb jeden Argwohn vermeiden.

»Ich war gerade auf dem Weg nach Hause«, sagte Eddie Dolphin. »Warum geben Sie mir nicht Ihre Karte oder rufen mich an, oder kommen morgen noch mal vorbei ...« Er wirkte resigniert, als Devaney seinen Dienstausweis zückte.

»Warum unterhalten wir uns nicht gleich hier?«, sagte Devaney. »Wo ich doch schon mal in der Gegend bin.«

Eddie Dolphin zuckte die Achseln und öffnete die Tür. Schweigend ging er vor Devaney über die hölzerne Treppe nach oben. Es sah aus, als würde er ein schweres Gewicht mit sich schleppen. Als sie das Büro betraten, ließ Eddie Dolphin sich auf seinen Bürostuhl fallen und starrte sein Gegenüber trübsinnig an.

Devaney blieb im Türrahmen stehen und beobachtete ihn für einen Moment, dann sah er sich um. Das Gebäude sah aus wie eine alte Baracke, zwei niedrige Stockwerke und schmale, dicht beieinander liegende Fensterluken. Von Dolphins Büro aus blickte man auf die Straße. Durch die verschmutzte Scheibe fiel der fahle Lichtschein einer Straßenlaterne. Der Büroraum roch nach Staub und Schimmel. Die Wände und Fensterrahmen waren zwar frisch gestrichen, aber der Anstreicher hatte dabei keine besondere Sorgfalt walten lassen. Der Schrank in der Ecke schien als provisorische Dunkelkammer zu dienen. Seine Tür stand offen, und Devaney erkannte Behältnisse, die chemische Flüssigkeiten enthielten. Außerdem bemerkte er Kartons, in denen sich ein Computer nebst Zubehör befand. Im Papierkorb neben dem Schreibtisch steckten leere Guinnessflaschen und fettige Pappschachteln von Fertigmahlzeiten. Devaney richtete den Blick wieder auf Eddy Dolphin, der gerade nervös über Aktendeckel auf seinem Schreibtisch strich.

»Zählt Osborne schon lange zu Ihrer Kundschaft, Eddie?«, fragte Devaney. Er lehnte sich an den Türrahmen und verschränkte die Arme vor der Brust.

»Hören Sie, ich muss Ihre Fragen nicht beantworten«, gab Eddy Dolphin unwirsch zurück. »In meinem Beruf gibt es so etwas wie Vertraulichkeit.«

»Das träfe zu, wenn Sie Priester oder Anwalt wären«, sagte Devaney. »Lassen Sie mich raten. Ich würde behaupten, Priester sind Sie nicht. Sind Sie etwa Anwalt?« Er schaute Dolphin freundlich an. Stille breitete sich aus.

»Seit sechs Monaten ungefähr ist er mein Klient«, kam es zerknirscht zurück. Dolphins Unterkiefer begann zu mahlen. Devaney wartete ab.

»Er ist letzten Winter aufgetaucht. Wollte, dass ich ihm bei der Suche nach seiner Frau und seinem Kind behilflich bin. Die beiden sind spurlos verschwunden. Ich habe ihm erklärt, da sei gewöhnlich nicht viel zu machen, aber ...« Eddie Dolphin warf Devaney einen verschlagenen Blick zu. »Na ja«, sagte er. »Er sah nach jemandem aus, der flüssig ist. Also habe ich den Job übernommen. Ich habe mich umgehört und mit den Fotos ein paar Orte abgeklappert. Mann, ich habe vier Kinder, und das fünfte ist unterwegs. Ich brauche jeden Auftrag.« In seine Stimme hatte sich ein weinerlicher Unterton geschlichen. »Wenn es darum geht, Leute aufzuspüren, bin ich der Beste. Ich hätte auch was gefunden, wenn ...«

»Was wollte er vorhin von Ihnen?«

»Jemand hat etwas für ihn hierher geschickt.«

»Was?«

»Woher soll ich das wissen? Ich schnüffele schließlich nicht in anderer Leute Sachen rum.«

»Dann sind Sie aber ein schlechter Schnüffler, Eddie«, sagte Devaney. »Vielleicht sind Sie ja aber auch ein schräger Vogel. Vielleicht sollte ich mich mal bei einem Freund von mir über Sie erkundigen. Bei Michael Noonan von der Mill-Street-Wache zum Beispiel. Ich könnte ihn bitten, seine Karteikarten zu durchforsten und nach Ihrem Namen zu suchen.«

»Ich habe nichts verbrochen«, sagte Dolphin. »Mann, Sie können doch nicht einfach hier hereinspazieren …« Er brach ab. Sein Blick huschte zu der geöffneten Schranktür.

»Ich wollte Michael sowieso längst wieder einmal anrufen«, fuhr Devaney fort. »Weiß gar nicht mehr, wann ich ihn das letzte Mal getroffen habe. Unglaubliches Gedächtnis hat der Junge, wie ein Elefant. Ich wette, dass der sich noch an jeden Einbruch erinnert, der hier in der Gegend begangen wurde, jeden kleinen Taschendiebstahl zählt der einem auf. Ich bin jedes Mal richtig von den Socken, dass jemand so viel im Kopf behalten kann.«

»Ist ja schon gut«, sagte Dolphin hastig. »Es war ein Brief. Ein paar handgeschriebene Seiten, nach dem Motto: Ich weiß, was du vorhast, du Verbrecher, aber damit kommst du nicht durch, und so weiter und so fort. Außerdem war noch eine Brosche dabei, weiß der Kuckuck, warum. Osborne hat den Brief gelesen und ist danach wie ein Bekloppter wieder rausgerannt. Nicht mal die fällige Rate hat er dagelassen.«

»Vergessen Sie jetzt mal die Rate, Eddie«, sagte Devaney. »Was war mit dieser Brosche? Wie sah die aus?«

»Was weiß ich. Es war halt irgend so eine Brosche.« Er stieß die Fäuste aneinander. »Elefanten, die sich mit den Köpfen rammen, etwas in der Art.«

Devaney horchte auf. Mina Osbornes Haarspange.

»Wie kommt jemand darauf, Osborne ausgerechnet über Sie erreichen zu wollen?«, fragte er. »Das leuchtet mir irgendwie nicht ein.«

»Woher soll ich das wissen?«, sagte Dolphin unwirsch. »Vielleicht, weil ich die Suchanzeigen für ihn aufgebe. Die mich übrigens eine Stange Geld kosten. Geht alles aus der eigenen Tasche.«

»Sie sind ein Menschenfreund«, sagte Devaney trocken. Er beschloss, ab sofort den Druck auf Osborne zu verstärken. Es würde interessant werden zu erfahren, ob Osborne ihm von seinem Besuch bei Eddie Dolphin erzählen würde. Auch die anderen Herrschaften in Bracklyn House würde er sich noch einmal vorknöpfen. Lucy Osborne, die mit Sicherheit mehr wusste, als sie bisher zugegeben hatte. Vielleicht entschlüpfte auch dem Jungen etwas, wenn er sich in der Kneipe von Lynch voll laufen ließ.

»Ehrlich, ich muss jetzt nach Hause«, sagte Dolphin, der sichtlich ungeduldig wurde. »Meine Frau erwartet mich.«

Frau. Allmächtiger. Devaney schaute auf seine Uhr. Halb zehn. Bis Dunbeg würde er eine Stunde brauchen. »Ich melde mich wieder«, sagte er überstürzt, machte kehrt und polterte die Treppe hinunter. Vielleicht finde ich ja irgendwo eine Telefonzelle, überlegte Devaney auf der Treppe. Ich werde Nuala anrufen, und ihr alles erklären, sie muss dafür einfach Verständnis haben.

Er rannte zum Auto, warf sich auf den Fahrersitz und ließ den Motor an. Gehetzt schlängelte er sich durch den Stadtverkehr, wobei er unentwegt nach einer Telefonzelle Ausschau hielt. Erst als er schon die Außenbezirke erreicht hatte, tauchte am Straßenrand eine auf. Devaney hielt an, sprang aus dem Auto und kramte bereits beim Laufen nach Münzen. Als er den Hörer von der Gabel riss, schlug ihm Stille entgegen, kein Signal, nichts. Devaneys Blick irrte zur Schnur. Durchgetrennt. Er knallte den Hörer auf die Gabel, hastete zum Wagen zurück und zog am Griff der Fahrertür. Es dauerte eine ganze Weile, bis er begriff, was geschehen war. Die automatische Verriegelung hatte die Türen blockiert. Devaney brüllte wie ein Stier und trat verzweifelt gegen den Autoreifen. Eine Scheißkatastrophe war das, dachte er. Ein erster fetter Regentropfen traf ihn im Auge, der nächste auf der Stirn, danach prasselte der Regen los, und wenige Sekunden später war er bereits völlig durchnässt.

Es war kurz vor Mitternacht, als Devaney schließlich zu Hause eintraf. Es hatte zwar nicht lang gedauert, bis er einen Wagen anhalten konnte, um sich ein Handy zu borgen, aber auf den Schlüsseldienst hatte er dann über eine Stunde warten müssen. Auf dem geliehenen Handy hatte Devaney auch Nuala zu erreichen versucht, aber zu Hause war niemand ans Telefon gegangen. Devaneys Anzug war noch feucht, als er die Küche betrat. Er vermutete, dass er aber ohnehin eine jämmerliche Figur abgab. Nuala saß am Tisch und hatte eine Tasse Tee vor sich. Sie bedachte ihn mit dem vorwurfsvollen Blick, den er mittlerweile kannte.

»Ich musste meinen Kunden absagen«, sagte Nuala müde. »Aber um mich geht es hier eigentlich nicht, Gar. Die Sache ist längst gegessen. Nur Róisín tut mir Leid. Du hattest versprochen, ihr eine kleine Fidel zu besorgen.«

Grundgütiger Himmel, dachte Devaney. Das war es also gewesen, was ihm den ganzen Tag über im Hinterkopf herumgespukt hatte. Er hatte die ganze Zeit gewusst, dass er es schließlich doch noch vergessen würde. Schwerfällig ließ er sich auf einen Stuhl fallen und schaute Nuala an, aber im selben Moment stand sie auf und warf ihm einen niederschmetternden Blick zu.

»Róisín liegt im Bett«, sagte Nuala beim Verlassen der Küche. »Ich glaube, sie schläft noch nicht. Vielleicht kannst du sie ja wenigstens um Entschuldigung bitten.«

Devaney schwieg. Jedes Wort, das er zu seiner Verteidigung anbrächte, würde die Sache nur noch verschlimmern. Sein Herz krampfte sich zusammen. Das war kein Fall wert, sagte er sich. Es hatte Zeiten gegeben, in denen er und Nuala sich gleich einem Tandem im Einklang bewegten. Es hatte Zeiten gegeben, in denen er Nuala in die Arme nahm und den weichen, warmen Duft ihres Körpers inhalierte. Wie er sich danach sehnte! Am liebsten wäre er ihr hinterhergelaufen und hätte sie gepackt, um sie anschließend aufs Bett zu werfen. Dann würde er sein Gesicht an ihrer Brust vergraben. Er ließ es aber bleiben. Nach einer Weile erhob er sich und stapfte die Treppe hoch. Er klopfte an Róisíns Tür und öffnete sie einen Spalt. Seine Tochter lächelte ihm zu, er ging zu ihr und ließ sich auf der Bettkante nieder. Die Pupillen ihrer ernsten Augen wirkten beim Licht der kleinen Nachttischlampe riesengroß

»Es tut mir unendlich Leid, Róisín«, sagte Devaney. »Ich war abgelenkt und habe dabei völlig deine Fidel vergessen.«

»Ich weiß, Daddy. Ich bin dir nicht böse.« Sie legte ihre Hand auf Devaneys Arm. »Mami ist böse mit dir. Sie wird dir aber wieder gut.«

Devaney schaute zu Boden, betrachtete seine Schuhspitzen und versuchte sich vorzustellen, wie das jemals wieder zustande kommen sollte.

17

Nora glaubte sich mitten in einem Traum zu befinden, als sie in der Nacht das Telefon läuten hörte. Es kam häufiger vor, dass sie unter Albträumen litt, die mit einem Anruf endeten, mit einem endlosen Telefonklingeln in der Ferne, bei dem niemand den Hörer abnahm. Schlaftrunken setzte sie sich auf. Es war aber kein Traum, wie sie feststellte. Es war tatsächlich das Telefon neben ihrem Bett. Noras Herz fing wie wild an zu hämmern, und in ihren Ohren setzte ein Rauschen ein, das für einen Moment den Klingelton übertönte.

»Hallo«, meldete sie sich schließlich und sagte noch einmal »Hallo«, weil sie keine Antwort vernahm. Sie schaute auf die Uhr. Viertel vor eins. Zu Hause in Amerika war es jetzt Viertel vor sieben am Abend. Sie entsann sich unwillkürlich der Nacht, in der ihr Vater sie angerufen hatte, um ihr mitzuteilen, dass man Tríona gefunden hatte. Nora spürte, wie sie innerlich zu beben begann. Weil es am anderen Ende weiterhin still blieb, fragte sie zaghaft: »Daddy?«

Die Stimme, die ihr schließlich antwortete, war nicht die ihres Vaters, sondern vielmehr ein körperloses Wispern, das weder einem Mann noch einer Frau zu gehören schien. »Lass die Finger davon«, sagte die Stimme.

»Wovon?«, fragte Nora. »Wer ist überhaupt dran?« Sie überlegte, ob der Anruf mit Tríona zusammenhängen konnte.

»Es ist besser für sie«, flüsterte die Stimme.

»Was soll das heißen? Für wen wäre was besser?« Noras Gedanken rasten fieberhaft, bis sie zuletzt auf eine andere mögliche Bedeutung stieß.

»Sprechen Sie von Mina und Christopher Osborne?«, fragte sie. »Was wissen Sie über die beiden?« Dieses Mal erhielt sie aber nur einen lang gezogenen Summton zur Antwort.

Nora schaute verwirrt um sich. Was sollte das bedeuten? Ein Scherz? Falsch verbunden? Warum sollte sich jemand an sie wenden, falls es tatsächlich um Mina Osborne ging? Wer wusste von ihrem Interesse an der Sache? Sie versuchte sich zu beruhigen. Wer wusste überhaupt davon, dass sie in Bracklyn House gewesen war? Nora zwang sich zur Konzentration. Ob es nicht vielleicht doch ein Traum gewesen war?

Ihr war klar, dass an Einschlafen jetzt nicht mehr zu denken war. Unschlüssig spähte sie in den nur von der Nachttischlampe beleuchteten Raum. Sie nahm den schwachen Umriss ihres Computers wahr. Natürlich, dachte sie. Warum war sie nicht schon früher darauf gekommen? Sie kletterte aus dem Bett, tappte zum Schreibtisch und schaltete dort die Tischlampe und den Computer ein. Danach klickte sie sich ins Internet und rief das Archiv der *Irish Times* auf. »Mina Osborne« tippte sie in die Suchzeile ein, hielt dann aber abrupt inne. Was würde sie überhaupt erfahren, wenn sie den Befehl abschickte? Könnten es nicht Dinge sein, die ihre Weiterarbeit an den Klosterruinen unmöglich machen würden? Müsste sie dann nicht Cormac ebenfalls davon unterrichten? Vielleicht würde das, was sie erfuhr, seine Situation nur erschweren. Durfte sie Cormac in etwas hineinziehen, was ihr ureigenes Anliegen war? Andererseits, Cormac hatte sich ja selbst überreden lassen, nach Dunbeg zurückzukehren. Konnte es nicht sein, dass er ebenso neugierig war? Nora zögerte noch einen Augenblick lang, dann klickte sie den Befehl »Suchen« an. Mehrere Artikel tauchten auf dem Bildschirm auf. Sie überflog die Titel:

Sorge um verschwundene Frau und Junge wächst
Suche nach verschwundener Mutter und Kind wird ausgeweitet
Frau und Kind seit neun Wochen vermisst
Gardaí nimmt Suche im Moor wieder auf
Suche nach vermisster Mutter und Kind eingestellt
Polizei tappt im Dunkeln

Osborne kritisiert Vorgehen der Polizei
Der Fall der verschwundenen Frauen
Akte vermisster Frauen wieder geöffnet
Gardaí zieht Serientäter in Betracht

Nora rief den ersten Artikel auf, der vor fast drei Jahren erschienen war:

Die Sorge um Mutter und Sohn, die seit Donnerstag in der Provinz Galway vermisst werden, wächst. Mrs Mina Osborne und ihr Sohn Christopher wurden am Donnerstagnachmittag letztmalig außerhalb des Dorfes Dunbeg auf der Straße nach Drumcleggan gesehen.

Taucher der Polizei durchsuchten inzwischen den Lough Derg in der Nähe des Hauses der Vermissten, während eine Gruppe von sechzig Helfern, bestehend aus Nachbarn, Grenzschutzbeamten und Mitgliedern des Malteser-Ordens, im Umkreis von zehn Kilometern die Gegend durchkämmten. Die umliegenden Weiher und das unweit gelegene Moorgelände wurden ebenfalls erfasst. Unterdessen nahm die Polizei ihre Befragungen auf.

Mina Osborne ist circa 1,65 m groß und indischer Abstammung. Sie ist schlank, hat langes schwarzes Haar und braune Augen. Sie trug eine Schurwollweste über einem Aran-Pullover, einen roten Schal, Jeans und braune Lederstiefel. Christopher Osborne misst 70 cm, er ist halb indischer, halb irischer Abstammung, hat einen schwarzbraunen Lockenkopf und braune Augen. Er wurde zuletzt in einem Buggy gesehen, der von seiner Mutter geschoben wurde. Der Junge war mit einer grünen Cordsamt-Latzhose, gelbweiß gestreiftem Pulli und dunkelblauer Jacke bekleidet und trug rote Gummistiefel. Nach Zeugenaussagen verließen Mutter und Sohn das Dorf Dunbeg über die Drumcleggan Road.

Kurz vor ihrem Verschwinden suchte Mrs Osborne am Donnerstag um 13 Uhr 27 die Bankfiliale der AIB auf. Den Aufzeichnungen der Videokamera zufolge entnahm sie dem Geldautomaten einen Betrag. Anschließend betrat sie eines der Geschäfte in der Nähe und kaufte ihrem Sohn das Paar rote Gummistiefel.

Nach Auffassung der Polizei ist es unwahrscheinlich, dass Mrs Osborne auf ihrem Heimweg einen fremden Wagen bestieg, desgleichen liegen keinerlei Anhaltspunkte dafür vor, dass jemand aus ihrem Bekanntenkreis sie nach Hause fuhr. »Sie ist kein Mensch, der einfach davonläuft«, erklärte Detective Sergeant Brian Boylan von der Polizeiwache Loughrea. Der Ehemann von Mrs Osborne gibt an, dass seine Frau nie ohne sein Wissen verreiste. Laut Angaben der Polizei deuten keinerlei Spuren auf einen Überfall hin. Zeugenberichte, nach denen etwas Ungewöhnliches vorfiel, liegen nicht vor.

Sachdienliche Hinweise bittet die Polizei an die Dienststelle in Loughrea zu richten. Telefonnummer: (091) 84 13 33 oder 18 00 66 62 22 (Zentralstelle der Polizei).

Nora verschlang den Bericht regelrecht und durchsuchte ihn nach Widersprüchen. Danach rief sie wieder die Überschriften der Artikel auf und öffnete schließlich den letzten davon:

Gardaí zieht Serientäter in Betracht

Polizeikommissar Patrick Neary hat die Aufstellung einer Sondereinheit angeordnet, die sich ausschließlich mit Fällen vermisster und ermordeter Frauen befasst. Die Morde sind möglicherweise auf einen Serientäter zurückzuführen. Die Entscheidung erfolgt als Reaktion auf den Fall Fidelma O'Connor (20), einer Lernschwester, die am 12. August spurlos verschwand und letztmalig in der Nähe ihrer Wohnung in Abbeyleix in der Provinz Laois gesehen wurde. Es besteht eine Ähnlichkeit zu vorangegangenen Fällen, bei denen eine Reihe vermisster Frauen augenscheinlich auf offener Straße verschwand.

Das dürfte für Osborne ein Gottesgeschenk gewesen sein, dachte Nora, denn was könnte ihm, wenn er tatsächlich der Schuldige war, Besseres widerfahren, als dass seine vermisste Frau als Opfer eines Serientäters galt? Sie las den Artikel zu Ende. Er enthielt Einzelheiten zu den sieben verschwundenen Frauen, deren Fälle erneut aufgerollt worden waren. Keine von ihnen war bisher gefunden worden. Der Fall Mina Osborne unterschied sich jedoch von den anderen. Auch Devaney hatte ja darauf hingewiesen. Alle Frauen, außer Mina, waren allein unterwegs gewesen. Keine der anderen hatte ein Kind dabei gehabt. Und da war noch etwas. Die anderen Frauen waren nicht älter als zwanzig, wohingegen Mina bereits neunundzwanzig Jahre alt gewesen war. Abwesend starrte Nora auf die Schrift, die auf ihrem Bildschirm leuchtete. Sie entsann sich des Ausdrucks auf Jeremy Osbornes Miene, als sie ihn fragte, ob er sich das Video angeschaut habe. Er war kurz davor gewesen, ihr eine Antwort zu geben. Wenn sie es geschickt anstellte, dachte Nora, könnte sie den Jungen vielleicht zum Reden bringen.

18

Cormac stieß die Decke von sich, hievte die Beine aus dem Bett und setzte sich auf die Kante. Es war zwecklos. Er würde nicht einschlafen können. Anstatt sich weiterhin von einer Seite auf die andere zu wälzen, konnte er geradeso gut aufstehen und versuchen, sich einer sinnvolleren Betätigung zu widmen. Er knipste die Lampe auf dem Nachtisch an und schaute auf seine Armbanduhr. Zwanzig nach zwei.

Vielleicht hätte er sich den Ausflug nach Kilgarvan ersparen sollen, dachte Cormac. Der Besuch hatte lediglich etwas in ihm aufgewühlt, was er längst für begraben gehalten hatte. Am Vorabend war er nach Drumcleggan zurückgekehrt. Den ganzen Tag hatte er am alten Kloster verbracht und sich in seine Arbeit gestürzt. Eigentlich hätte er hundemüde sein sollen, aber seine Gedanken kamen nicht zur Ruhe. In jenem überreizten Zustand, der Schlaflosigkeit zuweilen begleitete, hatte er im Bett gelegen und in der Dunkelheit die unvertrauten Formen seiner Umgebung auszumachen versucht. Die Luft in seinem Zimmer war stickig, obwohl ein Fenster einen Spalt weit offen stand.

Cormac hoffte, dass Nora mit ihrer Untersuchung vorankam. Für einen kurzen Moment gestattete er sich die Vorstellung, ihr weißer Körper würde sich neben ihm von dem dunkelgrünen Laken abheben. Er streckte eine Hand aus und berührte die warme Kuhle, in der er gelegen hatte. *Schluss damit*, befahl er sich. Andererseits, er war ja kein Mönch. Cormacs Gedanken wanderten zu den Frauen zurück, mit denen er zusammen gewesen war. Es waren schöne, kluge und warmherzige Frauen darunter gewesen, und sie hatten ihm auch etwas bedeutet. Dennoch war er sich stets mehr als Beobachter denn ein Beteiligter vorgekommen. Daran war mehr als eine Beziehung gescheitert, oftmals sogar noch bevor Cormac begriff, dass der Frau, mit der er zusammen war, etwas fehlte. Dann kam Nora Gavin daher und warf ihn einfach aus der Bahn, und zwar auf eine Weise, wie er es noch nie erlebt hatte. Cormac erinnerte sich an ihr Gesicht, als sie in Dublin gesungen hatte, an die kehlige Stimme, die ihm durch und durch gegangen war. Es war mutig gewesen, auf die Weise zu singen, überlegte Cormac. Gänzlich ungeschützt hatte Nora ihr Lied vorgetragen. Vollkommen in sich versunken.

Mit einem Seufzer setzte er sich die Brille auf und begab sich zu dem Schreibtisch in der Nische, die einer der Außentürme bildete. Auf dem Tisch hatte er seine Pläne, Notizen und Fotoaufnahmen ausgebreitet. Er schaltete die Lampe ein und schlug seinen Kartenband auf. Dann blätterte er zu der Seite, auf der das Dorf Dunbeg verzeichnet war. Selbst die kleinsten Windungen von Straßen und Flüssen waren darauf zu sehen, alle Ruinen, Erhebungen, Wege und Pfade, die sonst auf keiner Straßenkarte eingetragen waren und die nur Bauern und vielleicht noch ihr Vieh kannten. Cormac studierte die feinen Schlangenlinien, die sich um Quadrate, Ovale und Rechtecke zogen. Die Ausgrabungsstelle neben dem alten Kloster befand sich auf einem weißen Fleck, bezog sich also auf unbebautes Land. Wie oft hatten er und seine Kollegen für Tage, ja Wochen und Monate gegraben, nur um später in ihrem Bericht zu vermerken, dass eine Baustelle »nichts von archäologischer Bedeutung« erbrachte! Mit einem Mal hielt Cormac inne. *Das* sind die Orte, an denen ich grabe, dachte er. Ich wühle nicht im Leben anderer Menschen. Zum Teufel mit Devaney! Was sprach eigentlich dagegen, dass Mina Osborne einfach fortgelaufen war? Wenn sie gewaltsam beseitigt worden war, dann würde das doch nur bedeuten, dass jemand in Bracklyn House womöglich in einen Mord verwickelt war. Und wenn er Dolly Pilkington Glauben schenkte, war Devaney nicht der Einzige, der Hugh Osborne für den Mörder hielt.

Vielleicht wäre es nicht schlecht, Brendan McGanns Rat zu befolgen, also seine Sachen zu packen und nach Hause zu fahren. Aber weshalb war jemandem wie Brendan McGann überhaupt an seiner Abreise gelegen? Cormac rief sich die zornige Miene des Mannes in Erinnerung. Dass der Mann Hugh Osborne hasste, stand außer Zweifel. Fragte sich nur, warum. Fragte sich auch, ob sein Hass ausreichend war, um Osbornes Frau und Kind etwas anzutun … Mann, hör dir mal zu!, sagte Cormac zu sich selbst. Du faselst bereits herum wie ein Detektiv. Kein Wunder, dass er nicht einschlafen konnte. Wenn er Rätsel raten wollte, sollte er sich lieber auf die *cailín rua* konzentrieren. Deswegen hatte man ihn ja ursprünglich auch hergebeten. Cormac nahm die Brille ab und rieb sich die Augen. Dann zog er das Fenster weit auf und schaltete die beiden Lampen aus. Entspann dich, Junge!, sagte er sich. Setz dich hin und schau in die Nacht hinaus. Cormac rückte den Stuhl neben den Tisch und legte die Füße auf die Fensterbank. Der Mond war untergegangen. Cormac empfand die Schwärze der Nacht als zum Greifen nah. Reglos starrte er nach draußen und versuchte, alle Gedanken aus dem Kopf zu vertreiben. Als Erstes würde er seine Arbeit zügig beenden, beschloss er. Danach würde er nach Dublin zurückkehren und die ganze Angelegenheit vergessen. Abermals konzentrierte er sich auf die Dunkelheit, um seine Gedanken zu verscheuchen. Wenn ich Zen-Buddhist wäre, sagte er sich, könnte ich mit dem Nichts verschmelzen. Am Rand seines Blickfeldes nahm er das Aufblitzen eines Lichtstrahles wahr. Es hatte nur den Bruchteil einer Sekunde gedauert. Im Nu hatte Cormac die Brille wieder aufgesetzt und spähte angestrengt nach draußen. Dann erhob er sich und trat einen Schritt vor. Nichts regte sich. Cormac durchbohrte die Finsternis mit Blicken. Schließlich ließ er sich wieder auf den Stuhl fallen und lauschte seinem Atem. Gerade als er entschied, dass er sich den Lichtschein nur eingebildet habe, tauchte dieser wieder auf und kam rasch näher. Das Licht tanzte auf und ab, es schien, als wäre jemand mit einer Taschenlampe unterwegs und bewegte sich über unebenes Gelände. Jetzt hörte zwar das Auf und Ab auf, aber das Licht kam wieder näher, dann war es kurz fort, um gleich darauf wieder aufzutauchen. Die Licht-

quelle schien durch das Waldstück zu wandern, das sich süd-
östlich von Bracklyn House befand. Jetzt bewegte sich der
Schein geradewegs auf das Haus zu. Als er den Punkt erreichte, wo Cormac den Beginn des Rasens vermutete, verschwand
er.

Wie hatten Devaneys Worte gelautet? Alles, was ihnen
komisch vorkam, sollten sie ihm mitteilen. Doch woher sollte
Cormac wissen, ob das, was er gerade gesehen hatte, überhaupt mit Bracklyn House zu tun hatte? *Lass es gut sein*, befahl
er sich. *Leg dich aufs Ohr und versuch, noch ein paar Run-
den zu schlafen.* Stattdessen schaltete er jedoch die Tischlampe wieder ein, streifte sich Jeans und Pullover über und stieg
in seine Schuhe. Er holte die kleine Taschenlampe aus der
Werkzeugtasche und prüfte ihren Strahl. *Ich konnte nicht
schlafen*, würde er sich entschuldigen, sollte er irgendjeman-
dem begegnen. *Ich wollte mir einen Schluck zu trinken besorgen, falls es Sie nicht stört.* Im Flur blieb Cormac kurz stehen
und horchte nach allen Seiten. Es war kein Laut zu vernehmen. Geräuschlos schlich er über die Treppe nach unten,
durchquerte die Halle und folgte dann den Stufen in die Küche.
Vor etlichen Stunden hatte Hugh Osborne dort das Abendessen zubereitet. Der Duft gebratener Zwiebeln hing noch in der
Luft. Im Übrigen war es in der Küche dunkel und still. Cormac richtete den Kegel der Taschenlampe auf die Hintertür.
Sie war verriegelt. Er öffnete sie, trat ins Freie und ließ den
Blick über die Rückfront des Hauses wandern. Über die Hinter-
treppe könnte jeder leicht ins Haus gelangen, dachte er. Gleich
hinter seinem Zimmer befand sich eine Seitentreppe, und er
nahm an, dass es am anderen Ende der Mauer eine weitere
gab. Während er dastand und grübelte, kam ihm seine Neugier auf einmal lächerlich vor, und er ärgerte sich, weil er ihr
nachgegeben hatte. Er kehrte in die Küche zurück und verrie-
gelte die Hintertür. Gerade wollte er zurück in die Eingangshalle gehen, da drang das Geräusch eines Stuhles, der über
einen Steinboden scharrte, an sein Ohr. Es kam durch die Tür,
die sich unter der Treppe zur Eingangshalle befand. Die Tür
war lediglich angelehnt. Cormac versetzte ihr einen leichten
Stoß. Sie schwang auf, und er erkannte dahinter einen Gang

mit offenen Türen an den Seiten. Durch eine der Türen fiel Licht.

Cormac schritt leise darauf zu. Hugh Osborne saß im Schein einer Lampe an einem Tisch. Er hatte ein Auge zugekniffen und war dabei, eine dünne Kordel durch ein Nadelöhr zu führen. Vor ihm auf einer Werkbank lagen eine leere Lederhülle und ordentlich aufgestapelte Seiten Papier. Daneben gab es ein Wandbrett mit Ahlen, Zwingen und Klemmen. Eine der Wände war mit eingebauten Regalen versehen, in denen sich lederne Bücherrücken aneinander reihten, die anderen wiesen bis zur Mitte eine schwarze Holzvertäfelung auf, die untere Hälfte war weiß gestrichen und mit gerahmten Stichen alter Karten behängt. Ein moderiger Geruch, wie man ihn aus alten Bibliotheken kannte, stieg Cormac in die Nase.

»Guten Abend«, sagte Cormac, nachdem er sich kurz geräuspert hatte.

Osborne hob den Kopf und blickte über den Rand seiner Brille. Er wirkte erschöpft, wie Cormac fand. Vielleicht entstand der Eindruck aber auch nur durch den Schein der hellen Arbeitslampe, der seine Falten vertiefte.

»Ah, Cormac«, sagte Osborne, als wäre es selbstverständlich, dass sein Gast noch um die Uhrzeit durch die Gegend spazierte. »Nun sagen Sie bloß, Sie haben auch nicht schlafen können.«

»Genauso ist es. Ich bin heruntergekommen, um mir etwas zu trinken zu besorgen, aber dann habe ich ein seltsames Geräusch vernommen und bin ihm gefolgt. Was tun Sie da, wenn ich fragen darf?«

»Ich versehe ein Buch mit einem festeren Einband, eine alte Ausgabe von *Tom Jones*. Im Regal hinter Ihnen stehen Gläser und Whiskey. Wenn Sie einen Schluck trinken möchten, leiste ich Ihnen Gesellschaft.«

Cormac folgte der Einladung und goss Whiskey in zwei Gläser. Wenn Osborne bis eben noch draußen war, ist ihm die Umstellung bestens gelungen, überlegte er. Nein, dachte er, als er sich wieder umwandte. Niemals. Osborne saß in einem feinen dunkelblauen Pullover da. So etwas trug man nicht, wenn man nachts durch die Gegend streifte.

»Ach, übrigens«, sagte Osborne, »ich habe es vorhin vergessen zu erwähnen. Morgen bin ich in London. Ich hoffe, Sie und Dr. Gavin kommen hier auch ohne mich zurecht.«

»Aber natürlich«, sagte Cormac. Unwillkürlich warf er einen Blick auf Osbornes Füße, ob er nicht doch irgendwelche Spuren an dessen Schuhen entdeckte. Er trug ein Paar ausgetretene Lederpantoffeln. Cormac reichte Osborne ein Glas. »Auf das Rückgrat der Bücher.«

»Gute Idee«, sagte Osborne. »Literatur bedarf der Stärke.«

Cormac schaute sich wieder um. Er sah drei Schmetterlingsnetze in einer Ecke stehen, es gab ein Sofa, einen Sessel, einen abgewetzten Perserläufer. Im Kamin brannte ein kleines Feuer. Cormac ließ sich auf dem Sofa nieder. Osborne bemerkte seinen wandernden Blick.

»Ich komme häufig hier herunter«, sagte er. »Es lenkt mich ab.«

Er hatte die Worte ohne Selbstmitleid geäußert und wandte sich nun erneut seiner Arbeit zu. Cormac erwiderte nichts darauf. Was sollte man auch einem Mann antworten, der den Rest seines Lebens vielleicht in einem Zustand der Ungewissheit verbringen würde? Stille breitete sich aus. Cormac wunderte sich, wie schnell sein Argwohn stets verflog, wenn er sich mit Osborne in einem Raum befand. Allein deshalb würde er nie ein guter Polizist werden.

»Ich bin beeindruckt von Ihren Karten«, sagte er nach einer Weile. »Sie wirken authentisch.«

Osborne nickte. »Das da über Ihnen«, sagte er und wies auf die gerahmte Karte über dem Sofa, »war die erste Karte, auf der diese Gegend erfasst wurde. Hugo Osborne hat sie angefertigt. Sie erinnern sich. Der Unhold auf dem Porträt. Einer von William Pettys Leuten. Wie es heißt, hat er die Messungen selbst vorgenommen.«

Cormac erhob sich, um die Karte genauer zu betrachten. Er entdeckte Bracklyn House als einfache dreidimensionale Zeichnung. Das gesamte Anwesen bestand sowohl aus dem großen Stück Land, das es umgab, als auch aus kleineren Flächen und Parzellen, die im Umkreis verstreut lagen. Das Kloster war verzeichnet, O'Flahertys Turm, und er sah auch kleine Siedlungen, den Wald, den See, das umliegende Moor. In der linken unteren Ecke entdeckte er eine Aufstellung der bebauten Felder, die sich im Besitz der Familie befanden.

»Die Bezeichnung Drumcleggan wird hier aber nicht erwähnt«, sagte Cormac.

»Zu irisch«, antwortete Osborne. »Das war auch das Erste, was mir bei der Karte aufgefallen ist. Das besagt einiges über die Einstellung der Eroberer, nicht wahr? Gott sei Dank ist wenigstens die Zeichnung korrekt.« Er machte eine Pause. »Wenn man es sich recht überlegt«, fuhr er fort, »sind unsere Berufe gar nicht so unterschiedlich. Sie interessieren sich für konkrete Beweise menschlicher Aktivität und graben die Erde auf. Und um meine Ortsbezeichnungen zu analysieren, wühle ich mich durch Schichten, die aus Karten und Dokumenten bestehen.« Osborne seufzte. »Es herrscht ein furchtbares Durcheinander aus irischen, englischen, dänischen und normannischen Namen, einige davon bis zur Unkenntlichkeit entstellt. Die schlechten Übersetzungen stellen die größte Herausforderung für mich dar.«

»Sind das Tonbandaufnahmen?«, fragte Cormac und deutete auf aufgereihte weiße Schatullen, die Regal standen.

Osborne kam richtig in Fahrt. »Genau. Das ist mein persönliches Projekt. Aufnahmen von Alteingesessenen, die ich bezüglich der Ortsnamen interviewt habe. Sie würden staunen, an was sich die Leute alles erinnern, Dinge, die man für gänzlich in Vergessenheit geraten hält. Man muss lediglich danach fragen. Ich finde es bemerkenswert, dass die ursprünglichen Ortsnamen sich letztlich doch immer wieder durchgesetzt haben, ganz gleich, wie man ein Dorf später umbenannt hat. Bedauerlicherweise habe ich mein Projekt seit einer Weile vernachlässigen müssen, aber es sind wertvolle Aufzeichnungen darunter. Eines Tages werde ich mich wahrscheinlich auch wieder darum kümmern. Es stört mich nämlich, wenn alte irische Namen auf Karten und Ortsschildern falsch vermerkt werden. Wenn man schon zu den traditionellen Namen zurückkehrt, sollten sie korrekt wiedergegeben werden anstatt in pseudogälischen Übersetzungen. Sie denken gewiss, das seien wissenschaftliche Haarspaltereien, aber für mich ist es eine Sache des

Prinzips.« Osborne lachte auf. »Du liebe Zeit. Geben Sie ruhig zu, dass es Ihnen inzwischen Leid tut, mich auf die Karten und die Tonbandaufzeichnungen angesprochen zu haben.«

Cormac grinste. »*Eigentlich* wollte ich Sie ja fragen, warum Sie sich für die Buchbinderei interessieren.«

Osborne lachte wieder. Er leerte sein Glas und stand auf, um sich und Cormac nachzuschenken.

»Das Interesse hat sich während meines Studium ergeben«, sagte er. »Als Erstes habe ich einfach nur Geschichte studiert. Dabei hat es mich immer wieder gewundert, dass man uns Studenten seltene und wertvolle Manuskripte und Dokumente überließ, die überdies erstaunlich gut erhalten waren. Eines Tages habe ich mich deswegen in der Bibliothek erkundigt und bin an den Konservator geraten. Er hat mir seine Arbeit vorgeführt, und, na ja, so kam halt eins zum andern. Zu guter Letzt habe ich mir eine eigene Werkstatt eingerichtet. Das Buchbinden ist aber sozusagen nur eine Nebenbeschäftigung. Hauptsächlich befasse ich mich mit der Restaurierung von Karten und Dokumenten. Ich arbeite für Bibliotheken und Sammler. Zum einen, weil es auch Geld einbringt, vorrangig jedoch, weil ich die Arbeit liebe. Ich besitze eine Menge alter Familiendokumente, Besitzurkunden, Geburtsurkunden, Briefe historisch bedeutsamer Personen und so weiter. Dinge, die ich bewahrenswert finde.« Osbornes Stimme war leiser geworden, und Cormac hatte den Eindruck, dass sein Gastgeber kurz davor war, ihm etwas anzuvertrauen. Eine Vertraulichkeit, die Cormac auf die späte Stunde und ihre geteilten Interessen zurückführte. »All diese Dinge habe ich einmal gehofft, meinem Sohn vermachen zu können«, murmelte Osborne, indem er zu Boden sah. »So, wie sie mir vermacht wurden.« Er hob den Kopf, und die beiden Männer sahen sich an.

Ich könnte das Thema so häufig wechseln, wie ich wollte, fuhr es Cormac durch den Sinn, es würde stets wieder bei Bracklyn House und der Last, die darauf ruhte, enden. Für einen Augenblick kam Osborne ihm wie ein Kapitän auf hoher See vor, der, ans Steuer gekettet, seinen Kurs beibehielt, trotz Sturm und Wetter und eines Fluchs, der auf ihm lastete. Osborne kehrte zu seiner Werkbank zurück.

Cormac stand auf. »Ich glaube, ich werde es noch einmal mit dem Schlafen versuchen«, sagte er.

»Viel Glück«, sagte Osborne. »Ich nehme mal an, ich werde auch gleich Ihrem Beispiel folgen.

Als Cormac auf den Ausgang zutrat, entdeckte er daneben ein Paar hohe Gummistiefel. Er wusste nicht, ob es seine Einbildung oder die Beleuchtung war, die sie so aussehen ließen, als würde feuchter Schmutz an ihnen kleben.

3. BUCH
Raubvögel und wildes Getier

»Die Armen durchstreifen das ganze Land in großen Scharen. Es kommt vor, dass einige beim Verzehr von Aas und Unkraut entdeckt oder verhungert am Wegesrand vorgefunden werden. Desgleichen trifft man auf arme Kinder, die ihre Eltern verloren haben oder von ihnen verlassen wurden. Einige davon findet man reißenden Wölfen oder Raubvögeln und anderem wilden Getier preisgegeben.«

Kommissionsbericht über die Lage des Staates Irlands, 12. Mai 1653

1

In der Dunkelheit wirkten Entfernungen oft trügerisch. Doch als Cormac am folgenden Morgen bei Tageslicht aus dem Küchenfenster schaute, entdeckte er vor sich wie erwartet den Rand des Rasens, auf den das Licht sich in den frühen Morgenstunden zubewegt zu haben schien. Er hatte die Distanz also in etwa richtig eingeschätzt. In Ufernähe befand sich eine Herde Schafe. Einige der Tiere grasten, andere lagen auf der Erde und sahen aus, als hätte man ihnen die Beine abgeschnitten. Cormac ließ den Blick über den Rasen hinweg zum Wald weitergleiten. Nur einige hundert Meter vom Haus entfernt ragte O'Flahertys Turm zwischen den Bäumen auf. Das Grün seines Efeubewuchses unterschied sich kaum wahrnehmbar von der Farbe des Laubs, das ihn umgab. Cormac konnte die Enden einiger nackter Dachstreben erkennen. Ihm schoss durch den Kopf, dass Stücke des eingefallenen Daches sich inzwischen vermutlich andernorts befanden. Irgendwo waren damit Dächer geflickt worden, wahrscheinlich sogar auf Bracklyn House.

Nachdem er sein Frühstück beendet hatte, begab er sich zu seinem Jeep und verstaute darin die Werkzeuge und Karten, die er heute brauchen würde. Die Sache mit dem wandernden Lichtschein in der Nacht spukte ihm noch immer durch den Kopf, von Hugh Osbornes feucht glänzenden Gummistiefeln ganz zu schweigen. Er rang kurz mit sich. Anstatt aber gleich in den Wagen zu steigen und loszufahren, umrundete er dann doch das Haus und ging an dem alten Stall vorbei, der inzwischen als Schuppen und Garage diente. Nach einer Weile erreichte er die verfallene Mauer, die seinerzeit den äußeren Schutzwall des Hauses gebildet hatte. Hatten sie nicht fortwährend auf der Hut sein müssen?, sagte sich Cormac, als er an die Menschen dachte, die Jahrhunderte zuvor hier gelebt hatten. Wie musste es einem zumute sein, wenn man unentwegt mit Überfällen und feindlichen Angriffen zu rechnen hatte, stets gewärtig sein musste, dass ein Trupp heranmarschierte, der im Begriff stand, die Pforten des Hauses einzurammen? Allerdings ging es den Rentnern heute in Dublin vermutlich ähnlich, überlegte Cormac und sah im Geiste die Stadtviertel vor sich, die am Verfallen waren, die Häuser, an denen die Fenster vergittert und die Türen mit einem Dutzend Schlösser verriegelt waren.

An der Mauer entlang schritt Cormac durch knöchelhoch stehendes Gras. Offenbar hatten die Schafe sich dorthin noch nicht bemüht. Etwa dreißig Meter vom See entfernt, bröckelte die Mauer ab und verlor sich in einem Gewirr von Schlingpflanzen und Gestrüpp. Cormac schaute sich um. Er hatte nicht darauf geachtet, ob ihn jemand beobachtete. Sollte er auf jemanden stoßen, der Fragen stellte, würde er behaupten, sein Erkundungsgang hätte mit seiner Arbeit am alten Kloster zu tun.

Das Dickicht ging in einen dichten Wald über, in dem ihm kühles Dämmerlicht entgegenschlug. Ihm kam in den Sinn, wie schnell wild wuchernde Vegetation doch einen Ort vereinnahmte, der von den Menschen aufgegeben oder vernachlässigt worden war. Die Laute der restlichen Welt klangen gedämpft und wurden vom Moos und dem lehmigen Erdboden, dem Efeuteppich und dem grünen Laubdach über ihm aufgesogen. Cormac blieb stehen und betrachtete die bizarren Formen und Muster dieser einfarbigen Welt. Er stellte sich Una und Fintan vor, wie sie als Kinder hier gespielt hatten, und entsann sich der Schätze, die Aoife ins Haus geschleppt hatte. Ein solcher Wald war für Kinder mit lebhafter Fantasie bestimmt ein Paradies. Es war ein Ort, an dem man wieder an Ahnengeister zu glauben begann. Ähnliches widerfuhr Cormac auch immer, wenn er sich an den uralten Stätten irischer Siedlungen befand und sich das Bild des Landes vor Augen führte, bevor es urbar gemacht wurde: ein wilder grüner Dschungel aus Wald, See und Moor, in dem die Menschen Tierfelle trugen, ihr struppiges Haar zu Zöpfen flochten und die Geister der Sonne, des Wassers und der Bäume anbeteten.

Es gab keinen befestigten Pfad. Die dünnen, dornigen Zweige, die aus dem Unterholz wucherten, schnalzten gegen Cormacs Hosenbeine. Entschlossen stapfte er voran. Schließlich geriet er auf einen ausgetretenen Pfad, wo die Pflanzen nicht mehr ganz so dicht wuchsen. Er stieg über einen umgestürzten Baum, dessen Borke von leuchtend hellgrünem Moos überwuchert wurde. Plötzlich hörte er deutlich das Knacken eines Zweiges. Cormac fuhr herum, um nachzusehen, ob jemand ihm gefolgt war. Der Wald hinter ihm schien sich geschlossen zu haben. Vielleicht beginne ich ja, an Verfolgungswahn zu leiden, sagte er sich. Er bewegte sich weiter auf den Turm zu und lauschte mit gespitzten Ohren auf andere Geräusche als die seiner Schritte. Der Weg begann sich zu schlängeln, und Cormac wurde der Grund dafür auch bald klar: Fast hätte er sein Gleichgewicht verloren, nachdem er mit dem Fuß an eine gezackte Steinkante stieß, die in den Erdboden eingegraben worden war. Cormac ging auf die Knie, zerteilte hier und da das Unterholz und fand in Reichweite mehrere Steinspitzen der gleichen Sorte. Sie könnten Teile eines *chevaux-de-frise* gewesen sein, überlegte er, einer alten Verteidigungseinrichtung, die man in der Nähe von Ringgräben einsetzte, um berittene Feinde abzuhalten. Und da war auch schon der Turm, direkt vor seiner Nase. Auf dem dunkelgrauen Gestein des Sockels wucherten Flechten und Moos. Behutsam suchte Cormac sich seinen Weg zwischen den tückischen Felszacken hindurch. Dann überquerte er einen überwucherten Wall, den er für den Überrest eines mittelalterlichen Wassergrabens hielt. Der Turm war etwa vier Stockwerke hoch. Seine Mauern besaßen keine Fenster, sondern wurden lediglich von hohen, schmalen Schießscharten durchbrochen. Wie bedrückend es gewesen sein musste, darin zu wohnen, fuhr es Cormac durch den Sinn. Nicht besser als in einem Gefängnis. Über ihm sprang an einer Ecke ein Erker hervor, und noch ein Stück höher entdeckte er eine steinerne Galerie, die vermutlich einmal die längst zerstörte Holzbalustrade getragen hatte. Von den Krähen war nichts zu sehen. Cormac fand den Eingang im Sockel des Turms. Es war ein schlichter gotischer Bogen, über dem sich ein Stein befand, auf dem wahrscheinlich einmal ein eingemeißeltes Familienwappen zu sehen gewesen war. Der Stein war jedoch zu verwittert, als dass Cormac Genaueres hätte bestimmen können. Es verwunderte ihn, dass unter dem Bogen noch eine Holztür vorhanden war. Noch verwunderlicher fand er aber das glänzende, schwere, nagelneue Schloss, das an dem Riegel hing, der fest in der Mauer verankert war. Cormac trat näher und hob das Schloss an. Er begutachtete das Schlüsselloch, auf dem er mehrere Kratzspuren entdeckte, so als hätte jemand des Öfteren vergeblich versucht, einen Schlüssel hineinzustecken. Eines stand fest: War die Tür versperrt, gab es keinen Weg mehr, in oder aus dem Turm zu gelangen, es sei denn, man wollte an den Mauern hochsteigen.

Warum hielt Osborne eine solche Ruine versperrt?, fragte er sich. Er kam zu dem Schluss, dass es sich um eine Haftungsfrage handeln musste. Wahrscheinlich wollte Osborne verhindern, dass jugendliche Rowdys sich dort herumtrieben und zu Schaden kamen. Was aber hatte jemand mitten in der Nacht dort zu suchen? Konnte der Turm als Ort für heimliche Schäferstündchen dienen? Aber für wen? Ob sich vielleicht doch Osborne und Una dort trafen? Lucy Osborne kam für solche Unternehmungen wohl nicht infrage. Konnte es sein, dass Jeremy sich gelegentlich dorthin verzog? Ebenso konnte es natürlich auch jemand sein, der nicht das Geringste mit Bracklyn House zu schaffen hatte, ein Dorfcasanova etwa, der sich dort mit seinen Eroberungen traf. Cormac bezweifelte allerdings, dass solche Aktivitäten den Leuten im Dorf verborgen bleiben würden. Dolly Pilkington würde mit Sicherheit wissen, wer ein solches Mordsschloss gekauft hatte. Vermutlich würde sie sogar seinen Zweck erraten. Ach, du bist ja schon wieder dabei, den Detektiv zu spielen, sagte sich Cormac.

Während er noch vor der Tür stand, hörte er den krächzenden Ruf einer Krähe. Er wandte sich um, sah jedoch nichts außer dem grünen Blätterwald. Aus der Ferne ertönte das Schnarren eines Wachtelkönigs. War da jemand, der ihn beobachtete? Der Wald schwieg und ließ seine Frage unbeantwortet.

2

Am Morgen nach dem geheimnisvollen Anruf hatte Nora verschlafen. Sie war dabei, hastig ihren Koffer für die Rückkehr nach Bracklyn House zu packen, als ihr auf einmal einfiel, dass sie die Voicemail ihres Handys noch abhören musste. Es war tatsächlich eine Nachricht eingegangen. Sie stammte von Cormac, der anfragte, ob sie ihm verschiedene Dinge aus Dublin mitbringen könne. Robbie habe den Schlüssel zu seinem Haus, teilte er ihr mit, und würde das Betreffende zusammensuchen. Sie müsse lediglich die Tasche bei Robbie abholen. Nora löschte die Nachricht und rief Robbie in dessen Büro an. Sie kamen überein, sich vor Cormacs Haus zu treffen.

Nachdem sie das Stadtzentrum verlassen hatte, überquerte sie den Grand Canal an der Charlemont Street und befand sich sogleich im Herzen von Ranelagh. Das Morgenlicht wirkte etwas grell, was aber gewiss daran lag, dass die Blätter an den Bäumen noch nicht bis zur vollen Größe gewachsen waren und sich mit den Zweigen nur als zartgrünes Gespinst vor dem Himmel abzeichneten. Highfield Crescent, die Straße, in der Cormac wohnte, stellte sich als eine jener stillen, leicht gebogenen Kastanienalleen heraus, die meilenweit vom tosenden Straßenlärm Dublins entfernt zu liegen schienen. Robbies Wagen war noch nicht zu sehen, aber er hatte vom Belfield Campus aus ja auch eine ordentliche Strecke zurückzulegen. Nora betrachtete das Haus Nummer 43, ein gepflegtes Reihenhaus aus rotem Backstein, das eine für Dublin typische viktorianische Bogentür mit Bleiverglasung besaß. Warum verwunderte es sie so, dass Cormacs Tür in einem strahlenden Sonnengelb gestrichen war? Sie richtete den Blick auf den umzäunten Vorgarten. Das abgezirkelte Rasenstück war so klein, dass eine Haushaltsschere ausgereicht hätte, um es das Jahr über zu trimmen. Auch wenn sie Cormacs Wohnung noch nie gesehen hatte, wusste Nora, dass diese sich von ihrer kargen, modernen Behausung jenseits des Kanals unterscheiden würde. Sie bekam ein ungutes Gefühl. Womöglich würde es Cormac nicht passen, wenn sie ohne sein Beisein dort herumspazierte. Ob sie sich nicht doch lieber mit Robbie in dessen Büro hätte treffen sollen? Nora fand keine Zeit, diese Fragen zu beantworten, weil Robbie just in diesem Moment an ihr Seitenfenster klopfte.

»Du kannst hier draußen warten«, sagte er, nachdem Nora das Fenster heruntergekurbelt hatte. »Du darfst aber auch mit reinkommen. Es könnte nämlich ein paar Minuten dauern. Ich brauche jetzt erst mal dringend eine Tasse Tee. Dafür hätte ich dann aber auch eine kleine Belohnung in Form einer Neuigkeit für dich.«

Zögernd folgte sie Robbie, als er die Vordertür aufstieß, wobei er darauf achtete, das altmodische Fahrrad nicht umzuwerfen, das in dem schmalen, langen Flur stand. »Ich suche schnell den Kram zusammen, um den Cormac gebeten hat«, sagte er. »Und währenddessen setzt du in der Küche das Teewasser auf.« Er deutete auf eine Tür, die vom Ende des Flures abging. Dann sprintete er die Treppe hoch. Nora hörte, dass er oben zu pfeifen begann. Sie stieß die Tür zu einer blitzsauberen schwarz-weiß gekachelten Küche auf. Ein Tisch und zwei Stühle standen in einem Erker, der nach hinten auf einen ummauerten Garten hinausging und den Raum selbst an diesem trüben Tag hell wirken ließ. Nora füllte den Wasserkessel, fand die Blechdose mit dem Tee, maß die Menge für zwei Becher ab und öffnete schließlich den Kühlschrank, um nach Milch zu suchen. Das, was in der Flasche war, würde noch für zwei große Tassen Tee ausreichen. Nora schnupperte daran, um sich zu vergewissern, dass die Milch noch nicht sauer war. Nachdem das Wasser gekocht hatte, goss sie den Tee auf. Während der Tee zog, schaute sie sich um. Sie betrat den nächsten

Raum, der wohl als Esszimmer gedacht war, hier jedoch als Arbeitszimmer diente. Die Wände waren mit Bücherregalen bedeckt. Auf dem langen Tisch vor dem Fenster waren Bücher und Aktenordner zu einer solchen Höhe gestapelt, dass sie fast den Blick in den Garten verdeckten. Am Ende des Raumes fand sich eine Doppeltür. Nora schob sie auf. Das war also Cormacs Wohnzimmer: Vor dem Kamin stand ein tiefes, weiches Ledersofa, links und rechts flankiert von zwei Sesseln, die mit einem orientalisch anmutenden, geometrisch gemusterten Stoff bezogen waren. Die Wände waren in einem kräftigen Ocker gestrichen, und das Fenster, das zur Straße führte, wurde von Bücherregalen eingerahmt, die bis unter die Decke reichten. Die Wohnung, fand Nora, verströmte eine Atmosphäre der Ordnung und wirkte so unaufdringlich wie der Mann, der hier zu Hause war. Einige wenige Stücke jedoch fielen aus dem Rahmen, wie beispielsweise der plüschige Sessel am anderen Ende des Kamins, der auf etwas altertümliche Art mit Kissen überladen war. Nora versuchte, sich Cormac in der Wohnung vorzustellen. Sie wanderte zur Stereoanlage und sah sich die Titel auf den Musikkassetten an; bei den meisten handelte es sich um Radiomitschnitte. Sie zog einige hervor, las die Beschriftung und erkannte die Namen älterer Interpreten irischer Folkloremusik. Dann trat sie an die Bücherregale im Wohnzimmer. Dass dort Bände standen, die sich mit Archäologie befassten, wunderte sie nicht. Cormac hatte aber auch eine umfangreiche Sammlung kunsthistorischer Werke und unzählige Bücher über die Religionen der Welt, über Architektur und über Sprachforschung. Eine ganze Kollektion von Titeln betraf die Herkunft irischer Ortsnamen. Wie hatte Cormac sich Hugh Osborne gegenüber ausgedrückt? Er sei interessiert, jedoch nicht sehr bewandert? Nora schaute sich die anderen Regalreihen an und fuhr dort mit dem Finger über die Rücken alter irischer Bücher, über antiquarische Ausgaben der Werke Dickens', Shakespeares und Jane Austens, neuere Übersetzungen einiger Romane Dostojewskis und Tolstois, mehrere Romane von Graham Greene, Gedichtbände von Seamus Heaney und Patrick Kavanagh. Ob Cormac das tatsächlich alles gelesen hatte? Mit einem Mal übermannte sie entsetzliches Heimweh nach ihren eigenen geliebten Büchern, die sich bis auf wenige unentbehrliche Exemplare in einem Lagerraum in Saint Paul befanden. Angesichts dieser wundervollen Sammlung hier wurde ihr bewusst, dass in ihrem Leben nichts mehr so wie früher war. Sie lehnte sich an die Fensterbank und schloss die Augen. In dem Zimmer über ihr wanderte Robbie noch immer pfeifend umher.

Nach einer Weile öffnete sie die Augen wieder. Sofort erweckte eine kleine Fotografie auf dem Kaminsims ihre Neugier. Cormac und Gabriel McCrossan waren darauf abgebildet. Sie standen in einem Ausgrabungsschacht und präsentierten stolz die Gegenstände, die sie freigelegt hatten. Ihre Gesichter waren verschmutzt und wirkten müde, aber beide sahen äußerst zufrieden aus. Sie fragte sich, wie Cormac wohl mit Gabriels Tod zurechtkam. Wie hatte er den Verlust des Mannes bewältigt, der ihm gewiss wie ein zweiter Vater gewesen war? Nora stellte das Foto an seinen Platz zurück. Dann hörte sie, wie Robbie die Treppe heruntergepoltert kam.

»Na, alles gefunden?«, fragte Robbie. »Für den Tee, meine ich«, fügte er eilig hinzu, aber Nora fühlte sich wie ertappt.

»Alles war da, wo es hingehört«, sagte. »Cormac scheint ein überaus gut organisierter Mensch zu sein.«

»Darauf kannst du wetten«, sagte Robbie, während er ihr in die Küche folgte.

»Robbie, jetzt aber raus mit deiner Neuigkeit.«

»Immer mit der Ruhe«, sagte Robbie. »Ich muss mich erst mal stärken. Welcher ist mein Tee? Ah, ich brauche außerdem einen Keks oder irgendetwas Süßes.« Er öffnete eine Schranktür und wühlte in dem Fach herum, bis er das Gesuchte fand: ein ungeöffnetes Päckchen Schokoladenkekse. »Cormac hasst die Dinger«, sagte er. »Er kauft sie immer nur für mich. Das ist nämlich meine Lieblingssorte. Ich finde ein solches Benehmen ausgesprochen vorbildlich. Du nicht?«

»Ich bin total gerührt«, sagte Nora. »Also, was hast du herausgefunden, Robbie?«

»Du weißt aber, dass ich nur ein paar allgemeine Nachforschungen angestellt habe, oder?«

»Ja, ja, nun mach schon!«

»Also«, sagte Robbie mit vollem Mund. »Es war gar nicht mal uninteressant. Enthauptet zu werden war nämlich eindeutig das Privileg feiner Leute. Der Rest wurde aufgehängt. Eine Sitte, die sich bis ins 19. Jahrhundert gehalten hat.« Robbie schien sich sichtlich für das Thema zu erwärmen. »Aufhängen bedeutete nämlich den Tod durch langsames Ersticken. Ich bin auf Berichte gestoßen, nach denen Menschen nach einer halben Stunde am Strang tatsächlich wieder belebt werden konnten.« Robbie fand das offenbar äußerst kurios. »Dass die Menschen zum Teil so lange hängen mussten, bevor der Tod eintrat, hatten sie übrigens irischen Ärzten zu verdanken, die anhand des Gewichts eines Menschen berechneten, wie lang das Seil sein musste, um den Verurteilten entweder zu ersticken oder ihm den Hals zu brechen. Zur Unterstützung haben sie sogar mathematische Tabellen benutzt. Das ging also Jahrhunderte lang so, bis man Abstand davon nahm, einen Menschen zu ersticken, und die flottere Methode des Halsbrechens den Vorzug bekam. Allerdings nicht, um den Bösewicht schneller aus seinem Elend zu erlösen, sondern weil die Öffentlichkeit empfindsamer geworden war. Dieses furchtbare Rumgezappel ist den Zuschauern offenbar irgendwann an die Nieren gegangen.«

»Wie faszinierend«, sagte Nora und bemühte sich, ihre Ungeduld unter Kontrolle zu halten.

»Doch um auf die Enthauptungen zurückzukommen: Dafür war ein gesellschaftlicher Rang vonnöten. Auch das Verbrechen hatte einem gewissen Niveau zu entsprechen. Es musste mindestens Landesverrat oder Königsmord sein oder von ähnlich schlimmem Kaliber. Was bedeutet, dass es kaum Frauen gegeben hat, die geköpft wurden. Ehrlich gesagt, bin ich da auf keine einschlägigen Eintragungen gestoßen. Trotzdem – und nun wird es interessant – wird ab dem Mittelalter die Enthauptung als eine Art Standardvergeltung für Kindesmord eingeführt. Ich glaube, ein Kind zu töten wurde überhaupt seit jeher als die größte menschliche Entartung betrachtet ...«

Nora hörte zwar, wie Robbie weitersprach, in ihrem Kopf hatte sich aber ein Getöse erhoben, das seine Worte übertönte. Der blecherne Klang in ihren Ohren klang so, als würde jemand irgendwo auf einen Eimer hauen. Ihr kroch eine Gänsehaut über Nacken und Arme.

»Robbie«, unterbrach sie sein Gemurmel. »Wir besitzen inzwischen eine Jahresangabe. Du erinnerst dich doch an das Metallstück, das wir beim Röntgen gefunden haben.«

»Ja, natürlich.«

»Es könnte sich um einen Ehering gehandelt haben, für eine Eheschließung im Jahr 1652. Was glaubst du, wie viele Frauen seitdem geköpft wurden? Und zwar im Osten Galways? Wenn du noch immer denkst, wir würden nach einer Nadel im Heuhaufen suchen, dann ist die Nadel mittlerweile ziemlich groß geworden, findest du nicht auch?«

»Mag sein, meine Liebe«, sagte Robbie. »Mag aber auch sein, dass ich gar keinen Heuhaufen mehr finde, weil der nämlich inzwischen zum größten Teil in Rauch aufgegangen ist. Du ahnst ja nicht, wie viele historische Dokumente 1922 im Bürgerkrieg bei den Angriffen auf öffentliche Gebäude zerstört wurden.«

»Es kann aber doch nicht alles verbrannt sein«, sagte Nora. »Es muss doch auch noch andere Quellen geben. Bestimmt lässt sich an anderen Stellen noch irgendetwas finden. Was ist denn mit dem Nationalarchiv? Was ist mit Archiven in London? Vielleicht helfen uns da ja auch die Initialen des Ringes weiter. Vielleicht existieren irgendwo kirchliche Gemeinderegister zu Eheschließungen, alte Volkszählungen in dieser Gegend, irgendetwas eben, was uns weiter Aufschluss geben könnte.« Nora wunderte sich über den beschwörenden Klang ihrer Stimme. »Lass mich jetzt nicht im Stich, Robbie.«

3

Bei der Kirche Saint Columba handelte es sich um einen Klotz aus grauem Gestein, der im 19. Jahrhundert für Dunbeg und die umliegenden kleineren Gemeinden erbaut worden war. Father Kinsella verabschiedete vor der Sakristei offenbar gerade seine Putztruppe, eine kleine Brigade unscheinbarer, etwas fülliger Damen mittleren Alters, die mit Schrubbern, Eimern, Putzlappen und Politur bewaffnet waren. Den strahlenden Mienen entnahm Devaney, dass der gut aussehende Priester mit dem Lockenkopf eine gewisse Wirkung auf weibliche Gemeindemitglieder ausübte und offenbar auch keine Hemmungen besaß, davon Gebrauch zu machen, wenn es um das Wohl der Kirche ging. Devaney sog die typischen Gerüche aus Wachs, Weihrauch und Blumen ein und wartete, bis der Priester seinen Fanclub entlassen oder die Damen mit anderen Verrichtungen betraut hatte.

Trotz der vertrauten Gerüche hatte diese Kirche für Devaney nichts mehr mit den uralten und geheimnisvollen Gotteshäusern seiner Kindheit zu tun. Vielleicht fühlte er sich ja inzwischen dem modernen katholischen Glauben entfremdet oder war einfach zu alt, um Rituale und bunte Gewänder noch immer als Zeichen des Trostes anzuerkennen.

»Ah, der Herr Detective!«, rief Kinsella, als er Devaney erblickte, und rieb sich wie ein eifriger Geschäftsmann die Hände. Er beugte vor dem Altar kurz das Knie und kam Devaney dann mit forschem Schritt durch den Mittelgang entgegen. »Garrett lautet der Name, nicht wahr? Ihre Familie ist mir natürlich bekannt, Nuala und die Kinder. Auf das Vergnügen, Sie kennen zu lernen, habe ich ja bislang leider noch verzichten müssen.« Nachdem Devaney keine sichtbare Reaktion zeigte, war der Priester taktvoll genug, das Thema nicht weiter zu vertiefen.

»Könnten wir uns irgendwo unter vier Augen unterhalten?«, fragte Devaney, wobei er einen kleinen Block aus seiner Brusttasche zog.

Kinsella ging ihm voraus zur Taufkapelle, wo er Devaney einen Platz auf der Bank anbot, die die Wände säumte. »Was kann ich für Sie tun, Detective?«, fragte er.

»Ich bin dabei, noch einmal die Akte Osborne durchzugehen«, sagte Devaney. »Und in diesem Zusammenhang befrage ich derzeit einige der damaligen Zeugen, um zu erfahren, ob ihnen inzwischen vielleicht etwas Neues eingefallen ist.«

Kinsellas beflissene Miene verwandelte sich in einen Ausdruck bedauernder Resignation. »Etwas in der Art hatte ich mir schon gedacht«, sagte er. »Ich hoffe eigentlich noch immer, dass die Geschichte ein gutes Ende nimmt, wenngleich das wohl kaum noch zu erwarten ist. Dennoch bete ich täglich für die beiden.«

»Sie haben damals ausgesagt, dass Mina Osborne nicht regelmäßig zur Kirche kam.«

»Das ist richtig«, antwortete Kinsella. »Erst nach Christophers Geburt hat sie angefangen, die Messe zu besuchen.«

»Ist es nicht eigentlich verwunderlich, dass sie überhaupt Katholikin ist?«, sagte Devaney. »Schließlich stammt sie ja aus Indien ...«

»Oh, in Indien lebt eine stattliche Zahl von Katholiken, Detective, und zwar seit den erzwungenen Massenbekehrungen durch die Portugiesen im 15. Jahrhundert. Nicht gerade das rühmlichste Kapitel unserer Kirche, möchte ich mal sagen. Damals müssen Minas Vorfahren auch den Nachnamen Gonsalves angenommen haben.«

»Irgendwie komisch, dass die Leute überhaupt einem Glauben treu blieben, der ihnen aufgezwungen wurde.«

»Das ist in der Tat eigenartig. Ich vermute aber mal, dass das zu dem Zeitpunkt, an dem man sich endlich frei entscheiden konnte, für etliche schon längst zur Familientradition gehörte.«

»Laut Protokoll haben Sie und Mina zuletzt in der Woche vor ihrem Verschwinden miteinander gesprochen, und in den vorausgegangenen Wochen muss sie Sie ebenfalls des Öfteren aufgesucht haben.«

»Beides trifft zu. Es gab vor allem Dinge ihres persönlichen religiösen Lebens, die sie mit mir diskutieren wollte. Aber es ging auch um ihren Jungen. Sie war sich nämlich nicht schlüssig, ob sie den Kleinen streng nach dem katholischen Glauben erziehen sollte.«

»Sie sagen, *sie* war sich nicht schlüssig. Waren Mina Osborne und ihr Mann in diesem Punkt denn zerstritten?«

»Ich glaube nicht, dass die beiden regelrecht zerstritten waren. Es ging wohl eher um eine Frage der Möglichkeiten. Die Entscheidung drängte auch keineswegs, Christopher war ja noch sehr klein. Wie ausgeprägt Hugh Osbornes Meinung in der Sache war, wüsste ich gar nicht zu sagen.«

»Hat Mina während ihrer letzten Begegnung mit Ihnen etwas Ungewöhnliches verlauten lassen, vielleicht etwas, was auf ihren psychischen Zustand schließen ließ? Hatte irgendetwas sie möglicherweise aus dem Gleichgewicht gebracht?«

»Ich hoffe, Sie deuten damit nicht an …«, hob Kinsella an, verstummte dann aber kurz. »Bitte glauben Sie mir, Mina hätte weder sich noch dem Kind etwas angetan.«

»Ich deute gar nichts an«, sagte Devaney. »Ich möchte Mina Osborne lediglich wiederfinden. Erzählen Sie mir doch einfach, was sie Ihnen zuletzt so erzählt hat.«

Der Anflug der Ungeduld, der offenbar in Devaneys Stimme mitschwang, ließ Kinsella für einen Augenblick innehalten. »Nun, der tiefere Grund, weshalb die Glaubensfrage aufgeworfen wurde«, begann er dann, »lag womöglich darin, dass Mina mit ihrem Jungen nach Indien reisen wollte. Das Kind sollte seine Großeltern kennen lernen. Mina jedoch wollte in der Lage sein, ihren Eltern wahrheitsgetreu zu berichten, dass das Kind streng katholisch erzogen wird. Ich glaube, daran hat ihr Mann sich ein wenig gestört. Solche Meinungsverschiedenheiten sind ja nicht selten, wenn die Ehepartner unterschiedlichen religiösen Glaubensrichtungen entstammen. Es gab einige Themen, die Mina und ihr Mann vor ihrer Eheschließung nicht recht geklärt hatten. Eines davon betraf die religiöse Unterweisung ihrer Kinder. Aber ich bin mir sicher, dass sie sich schließlich auch in diesem Punkt geeinigt hätten. Damals war jedenfalls ausschlaggebend, dass Mina sich aufgrund ihrer Heirat mit ihren Eltern, besonders mit ihrem Vater, überworfen hatte. Sie und Hugh Osborne sind nämlich nicht katholisch getraut worden, und das war für Minas Vater offensichtlich nicht hinnehmbar. Die Familie soll seit jeher in Fragen des Glaubens äußerst streng gewesen sein. Da hat es sogar Verwandte gegeben, die in einem Orden lebten, ich meine mich sogar zu erinnern, dass sie einen Erzbischof in der Familie hatten. Wie auch immer, Mina war jedenfalls der Überzeugung, dass eine katholische Erziehung des Kindes ihren Vater versöhnlich stimmen würde. Abgesehen davon ist es ja nicht ungewöhnlich, dass Menschen in jungen Jahren dem Glauben entsagen, um sich später wieder anders zu besinnen, vor allem wenn sie Kinder haben, die sie in eine Tradition einbinden möchten. In solchen Fällen kehrt man nicht selten in den Schoß der Kirche zurück. Die Anziehungskraft bestimmter Traditionen ist sehr viel stärker, als wir uns gemeinhin vergegenwärtigen.«

»Erinnern Sie sich noch genau an das, was Mina gesagt hat?« Kinsella schien zu zögern. »Immer wieder bin ich unser letztes Gespräch durchgegangen«, sagte er schließlich. »Und ich entsinne mich in der Tat ihrer letzten Worte. Bevor sie ging, erklärte Mina nämlich: ›Selbst wenn Hugh im Moment dagegen ist, dass ich zu meinen Eltern fahre, wird er schon noch ein Einsehen haben. Er wird uns ja kaum hinter Schloss und Riegel halten wollen.‹«

»Moment mal«, sagte Devaney. »Davon war im Protokoll aber nicht die Rede. Ich wüsste nicht, etwas von ›Schloss und Riegel‹ gelesen zu haben.«

»Es war ja auch nur als Scherz gemeint, Detective. Mina hat damit nicht im Entferntesten einer Furcht Ausdruck verleihen wollen. Sie hatte sich nach einem inneren Kampf zu einem Entschluss durchgerungen und war dementsprechend erleichtert und gut aufgelegt.« Und als ob er sich für das Missverständnis entschuldigen wollte, fügte Kinsella hinzu: »Ich war der Ansicht, dass man ihre Bemerkung falsch auffassen könnte.«

Devaney schaute den Priester eindringlich an. »Gibt es sonst noch etwas, was Sie uns verheimlicht haben?«

»Detective, ich schwöre Ihnen, das ist das Einzige, was ich damals ausgelassen habe.«

»Also gut. Glauben Sie denn, dass Mina ihre Reise auch ohne die Zustimmung ihres Mannes unternommen hätte?«

»Ich glaube, sie hätte abgewartet. Sie hätte nie etwas getan, was ihren Mann hätte verletzen können. Ich persönlich empfinde ihr Verschwinden jedenfalls als äußerst verstörend. Sie haben sie nicht gekannt, Detective, aber Minas Seele war voller Licht, mehr als bei den meisten anderen Menschen, die ich kenne.«

Devaney taxierte die Miene des Priesters. »Apropos persönlich. Hat die Dame Ihnen vielleicht auch persönlich gefallen?«, fragte er unvermittelt.

»Im Unterschied zu dem, was die Zeitungen verbreiten, gibt es noch Priester, die sich an ihr Gelübde gebunden fühlen, Detective«, sagte Kinsella pikiert. »Mina hat sich mir wie einem Freund anvertraut, das will ich gar nicht leugnen. Dabei weiß ich nicht einmal, warum. Vielleicht hat sie hier ja nicht viele Menschen gehabt, die sie als Freunde hätte bezeichnen können. Ja, Mina und ich waren Freunde.«

»Worüber hat sie denn sonst so mit Ihnen gesprochen?«

»Ach, über alles Mögliche. Über Bücher, Musik, über Gott. Zuweilen hatte ich den Eindruck, dass sie nach einer solchen Form des Austausches geradezu gehungert hat.«

»Können Sie sich vorstellen, warum das so war? Konnte sie sich denn mit ihrem Mann nicht austauschen?«

»Gewiss konnte sie das. Ich habe ja nichts Gegenteiliges behauptet. Ein künstlerisch veranlagter Mensch wie Mina sehnt sich aber ständig nach intellektueller Anregung. Sie hat mir einmal erzählt, dass sie früher oft Tag und Nacht gemalt hat, was nun aber nicht mehr möglich sei. Ich vermute mal, sie hat gewissermaßen neue Ventile gesucht, um sich zu entfalten.«

»Welchen Eindruck hatten Sie denn von ihrer Ehe?«

»Ich hielt die Ehe der Osbornes für stabil, trotz der kurzen Verlobungszeit. Mina war es ernst mit ihrem Ehegelübde. Sie wusste natürlich, dass ihr Mann vor ihrer Ehe andere ... Freundinnen gehabt hatte. Er ist ja etwas älter als sie. Nun ja, Mina war zwar nicht naiv, aber zuweilen hatte ich doch den Eindruck, dass ...«

»... dass was?«

»... dass sie sich deswegen etwas Sorgen gemacht hat. Wahrscheinlich gänzlich unbegründet. Aber sie hat das nie offen angesprochen.«

»Können Sie sich noch daran erinnern, was Ihnen diesen Eindruck vermittelt hat?«

»Es lag an etwas, was sie erst während unseres letzten Gesprächs geäußert hat. Sie hat sich ausgesprochen gezielt nach göttlicher Vergebung erkundigt und gefragt, ob es stimmt, dass Gott die Sünde verachte, den Sünder jedoch liebe.«

»Vielleicht dachte Mina dabei ja an sich. Sie wissen vermutlich, dass sie zum Zeitpunkt der Hochzeit bereits schwanger war.«

»Ja«, sagte Kinsella, »das war mir bekannt. Sie hat daraus kein Geheimnis gemacht. Möglicherweise war das in der Tat der eigentliche Grund ihres Unbehagens.«

»Sie glauben also nicht, dass Osborne während der Ehe noch andere Beziehungen unterhielt.«

»Ich weiß es beim besten Willen nicht, Detective. Ich kenne den Mann ja kaum.« Der Priester blickte Devaney in die Augen. »Gelegentlich kommt er hierher. Dann taucht er meist zur Frühmesse auf und setzt sich in eine der hinteren Reihen. Wenn ich ihn anschließend aufsuchen will, ist er aber jedes Mal schon wieder weg.«

Für einen kurzen Augenblick erhaschte Devaney einen Eindruck davon, was für einen Priester Versagen hieß. »Ich danke Ihnen, dass Sie mir Ihre Zeit geopfert haben«, sagte er schließlich. »Im Moment dürfte das alles sein.«

»Gut. Und richten Sie Nuala und den Kindern meine Grüße aus«, sagte Kinsella.

Devaney erhob sich. »Das werde ich tun.« Er war bereits

im Begriff, die Seitentür aufzustoßen, als Kinsella noch einmal neben ihn trat.

»Da Sie schon einmal hier sind«, sagte er. »Wahrscheinlich ist es nicht der Rede wert, aber …«

»Ja, Father?«

»Nun ja, es haben hier eine Reihe kleinerer Diebstähle stattgefunden«, sagte Kinsella. »Nichts Großartiges, nur ein paar Opferkerzen aus der Nebenkapelle. Gewiss sind die Kerzen im Vergleich zu anderen Dingen des Lebens nicht so von Bedeutung, aber für eine Gemeinde wie die unsrige zählt jeder Penny.«

»Können Sie mir den Ort zeigen, wo die Kerzen entwendet werden?«

Kinsella führte ihn zu einer düsteren Kapelle neben dem Hauptaltar. Durch ein buntes Glasfenster sickerte mattes Licht in eine Nische, in der auf einem kleinen Altar eine bemalte Gipsstatue der Jungfrau Maria stand. Eine Sternenkrone aus Metall bildete ihren Heiligenschein. Ihr Gesicht wurde von den flackernden Kerzen zu ihren Füßen beleuchtet. Devaney entsann sich plötzlich wieder der Anziehungskraft, die eine ähnliche Statue auf ihn als Kind ausgeübt hatte. Das gleiche himmelblaue Gewand, die gleichen ausgestreckten Arme und die gleiche gütig verklärte Miene. Er hatte sie für die schönste Frau der Welt gehalten und hätte alles Mögliche geopfert, um jede einzelne Kerze zu ihren Füßen entzünden zu können.

»Wie oft sind die Diebstähle vorgekommen?«, fragte Devaney und wandte seine Aufmerksamkeit wieder dem Priester zu.

»Das erste Mal vor ungefähr sechs Monaten, dann noch einmal wenige Monate später und ein bisher letztes Mal am vergangenen Wochenende. In der Regel heben wir unsere Kerzen in diesem Regalfach hier auf.« Kinsella deutete auf ein leeres Brett unterhalb des Schreins mit den brennenden Lichtern. »Ich hätte es vielleicht gar nicht bemerkt, hätte ich unseren Bestand nicht noch am Freitag aufgefüllt. Am Sonntagmorgen war alles weg. Bisher habe ich noch nichts verlauten lassen, aber wenn es zur Gewohnheit wird, bleibt mir wohl keine andere Wahl, als es zu melden. Eigentlich widerstrebt es mir, Anzeige zu erstatten, andererseits wüsste ich aber natürlich nur zu gern, wer nicht einmal davor zurückschreckt, eine Kirche zu bestehlen.« Er hielt nachdenklich inne. »Vielleicht handelt es sich ja um eine Art Hilferuf.«

»Wie viele Eingänge hat die Kirche?«, fragte Devaney.

»Das Hauptportal und zwei Seiteneingänge. Einer davon führt in die Sakristei, und der andere ist der, den Sie gerade benutzen wollten. Er ist aber meistens verschlossen, bis auf die Tage, an denen Beerdigungen stattfinden.«

»Gibt es Zeiten, in denen alle Türen verschlossen sind?«

»Das ist leider meistens der Fall«, sagte Kinsella. »Ich zelebriere hier lediglich zweimal wöchentlich die Messe. Für den Rest der Zeit bin ich in meinen beiden anderen Gemeinden unterwegs. Es sei denn, es wird wie heute geputzt, oder aber wir proben abends für eine Veranstaltung, für eine Hochzeit beispielsweise. Dann sind die Türen offen. In der übrigen Zeit bleibt die Kirche zugesperrt. Ach ja, und außer samstags abends natürlich, wenn ich die Beichte abnehme. Ich glaube sogar fast, dass es dann geschieht.«

»Warum? Was verleitet Sie zu dieser Annahme?«

»Nun ja, es scheint mir, dass die Diebstähle immer an den Abenden passiert sind, an denen mein Phantomsünder zur Beichte aufgetaucht ist.« Kinsellas Miene wirkte leicht verlegen, als er hinzufügte: »Ich fürchte, das ist eine etwas despektierliche Bezeichnung.«

»Warum bezeichnen Sie ihn denn so?«, fragte Devaney.

»Ich bin mir nicht einmal sicher, ob es sich überhaupt um einen ›ihn‹ handelt«, antwortete Kinsella. »Für mich ist es lediglich eine Person, die jedes Mal wartet, bis der Letzte den Beichtstuhl verlassen hat. Danach tritt er oder sie ein, sagt aber nie ein Wort. Anfänglich habe ich still abgewartet – bisweilen benötigen die Menschen ja eine gewisse Zeit, um ihre Gedanken zu ordnen. Bei späteren Gelegenheiten habe ich dann ein paar aufmunternde Worte gesprochen, leider ohne Erfolg. Nach etwa fünf Minuten Schweigen erhebt sich derjenige – wer immer es ist – und entschwindet. Bisher habe ich es immer vermieden, die Tür zu öffnen, um ihm nachzuspionieren.«

»Wie häufig ist das bislang vorgekommen?«

»Na, vielleicht vier, fünf Mal.«

»Dürfte ich mir den Beichtstuhl einmal anschauen?«

»Gewiss doch, bitte folgen Sie mir.« Kinsella durchquerte das Kirchenschiff zur gegenüberliegenden Seite.

»Sie haben gesagt, dass Sie die Beichte wöchentlich abnehmen, richtig?«

»Richtig«, sagte Kinsella. »Der Andrang hält sich mit Ausnahme von Feiertagen wie Weihnachten und Ostern ziemlich in Grenzen.«

Kinsella bedeutete Devaney mit einem Wink, die Tür des Beichtstuhls zu öffnen. Devaney tat das und blickte in die kleine Zelle. Er betrachtete das rote Samtkissen für den Priester und die schmalen Holzschiebetüren. In der Zelle für den Beichtenden sah er das Gitter, das unter dem schwarzen Tuch hervorschimmerte.

»Würde es Ihnen etwas ausmachen, kurz hineinzutreten?«, fragte er den Priester. »Danke. Wissen Sie, von woher die Person sich nähert?«

»Immer von rechts hinten. Das heißt, von mir aus gesehen rechts. Warum? Ist das ausschlaggebend?«

Devaney glaubte, in Kinsellas Stimme eine Spur von Aufregung wahrzunehmen, die übliche Begeisterung normaler Bürger, wenn sie sich in eine polizeiliche Ermittlung verwickelt sehen. Es kam allerdings selten vor, dass die Polizei diese Begeisterung teilte.

»Es könnte ausschlaggebend sein«, sagte Devaney. Er ließ den Blick durch das Kirchenschiff schweifen. »Wer kommt regelmäßig zu Ihnen, um zu beichten?«

»Das darf ich Ihnen leider nicht verraten.«

»Vielleicht ist ja aber einem von denen Ihr Phantom aufgefallen.«

Kinsella schien sich diesen Aspekt durch den Kopf gehen zu lassen. »Nun, da wäre Mrs Phelan, die in der Gasse neben der Kirche wohnt. Tom Dunne erscheint jede Woche, jedenfalls seit seiner Pensionierung, und Margaret Conway. Und einige andere mehr.«

Harmlosere Sünder wird Gott kaum finden, dachte Devaney. Ihre Beichten werden wohl nicht gerade besonders weltbewegend sein. »Und wo sitzen sie, während die Leute warten?«, fragte er.

»In den Kirchenbänken«, sagte Kinsella und wies auf die gegenüberliegenden Sitzreihen. »Aber wie gesagt, der oder die Betreffende kommt immer aus der anderen Richtung und das auch erst, wenn die letzte Person den Beichtstuhl verlassen hat. Ich kann mir nicht vorstellen, dass jemand auf mein Phantom aufmerksam geworden ist.«

Devaney betrat die andere Seite des Beichtstuhls, die Zelle, die der Beichtende benutzte. Das letzte Mal, als er sich an einem derartigen Ort aufgehalten hatte, war er in Pádraigs Alter gewesen. Damals war er ein frommer Messdiener mit einem Kopf voll unreiner Gedanken gewesen. Er schob die Tür hinter sich zu, um sich wieder einen Eindruck der Atmosphäre zu verschaffen. Ihm fiel der Tag ein, an dem er sich entschlossen hatte, dem Glauben an Gott zu entsagen. Es war nicht schwerer gewesen, als einen Schalter umzulegen. Devaney fand noch immer, dass es die richtige Entscheidung gewesen war. Er kniete sich auf das ledergepolsterte Bänkchen, ohne jedoch den Kopf zu senken, und betrachtete die engen Wände. Im Geist hörte er die unzähligen geflüsterten Stimmen, das Herunterleiern der immer wieder gleichen Geschichtchen, die um Jähzorn oder Trunkenheit kreisten, so als wäre Gott ein Buchhalter, der säuberlich noch die unwichtigste Kleinigkeit vermerkte. Ob es zuweilen vielleicht auch um größere Vergehen ging? Devaney erinnerte sich an die Stimme seines früheren Partners Houlihan, der sie im Dialekt der Leute aus dem Osten Clares aufzählte: *Ausschweifung, Betrug, Unzucht und Hexenmeisterei. Daran herrscht nie ein Mangel.* Devaney merkte, wie seine Handflächen feucht wurden, und auch das Atmen fiel ihm mit einem Mal schwer. Er verharrte dennoch in der dunklen Zelle, in die durch einen Gitterstreifen unter der Decke nur wenig Licht fiel. Ihm wurde schwindlig. Er umklammerte den Gebetsstuhl und zog sich mühsam in die Höhe. Er streifte mit dem Daumen flüchtig über eine raue, eingeritzte Stelle, achtete aber nicht weiter darauf, weil er sofort raus an die Luft musste. Mit einem Satz war Devaney durch die Tür und schöpfte draußen gierig Atem. Kinsella war sofort bei ihm.

»Du liebe Zeit, geht es Ihnen nicht gut?«, fragte der Priester mit aufrichtiger Besorgnis.

Devaney ließ sich in eine Kirchenbank fallen und rang immer noch nach Luft.

»Nur eine Grippe, die im Anflug ist«, keuchte er. Er kramte nach seinem zerknitterten Taschentuch und rieb sich über das Gesicht.

»Sind Sie sich da sicher?«, fragte Kinsella. »Sollte ich nicht lieber einen Arzt rufen?«

Devaney schüttelte den Kopf. Bloß kein Aufsehen erregen, dachte er. Er war weder befugt, sich mit Kinsella über den Fall Osborne zu unterhalten, noch war ihm daran gelegen, dass seine Kollegen von seinem Schwächeanfall erfuhren. Schließlich erhob er sich schwerfällig und kehrte zum Beichtstuhl zurück. Er betrat ihn aber nicht, sondern ging davor nur in die Hocke, um unter die Armstütze des Gebetspultes zu spähen. Was er kurz zuvor dort ertastet hatte, schienen Buchstaben zu sein, Initialen vielleicht, die jemand wahrscheinlich mit einem Taschenmesser eingekerbt hatte. Er zog eine Taschenlampe aus seiner Brusttasche, richtete ihren Strahl in die Dunkelheit und kroch näher heran. Es waren keineswegs nur Initialen, sondern eine ganze Reihe von Buchstaben. E W E I S S W O S I E S I N D, las er. Er brauchte eine Weile, um sie in Worte zu unterteilen. Wahrscheinlich war mit »E« das Wort »Er« gemeint. »E weiß, wo sie sind.« Devaney spürte, wie ihm der Atem erneut zu versiegen drohte.

»Ich glaube, das war es fürs Erste, Father«, sagte er, während er sich mühsam erhob und die Taschenlampe in seiner Jackentasche verstaute. »Würden Sie mir aber bitte einen Gefallen tun? Lassen Sie niemanden in die Kirche. Schicken Sie alle Anwesenden raus, und sperren Sie die Kirche ab, bis ich wieder zurück bin.«

4

Es war fast halb drei, als Nora am Kloster von Drumcleggan ankam. Sie hörte Flötenmusik, die offenbar aus einem Kofferradio stammte, und die Geräusche einer Hacke, die auf feuchte Erde einschlug. Während der gesamten Fahrt hatte Nora zu entscheiden versucht, ob sie jemandem von dem Telefonanruf erzählen sollte. Am Ende hatte sie beschlossen zu schweigen, es sei denn, es würde noch etwas Beunruhigendes geschehen. Nora griff nach dem Aktenordner, der die Fotos des Ringes enthielt, und ging hinüber zu der Stelle, an der Cormac schon bei der Arbeit war. Er stand mit dem Rücken zu ihr. Sie bewunderte, wie geschickt er die schwere Spitzhacke schwang, und wartete, bis das scharfe Ende auf dem Boden aufschlug, bevor sie ihn ansprach.

»Ich bin wieder da«, sagte sie. »Die Sachen, um die du gebeten hast, liegen in meinem Wagen.« Beim Klang ihrer Stimme ließ Cormac den Griff der Hacke los, wandte sich um und wischte sich die Hände an seinen staubbedeckten Hosenbeinen ab.

»Oh, hallo«, sagte er. »Vielen Dank.«

Sie standen sich kurz verlegen gegenüber und sahen sich an. Der Himmel war zwar bedeckt, aber es war dennoch ein warmer Tag. Cormacs Gesicht war schmutzig und verdreckt.

»Ich bin ein gutes Stück vorangekommen«, sagte er schließlich, indem er auf eine zweite Reihe Gräben deutete, die er in einer Tiefe von etwa einem Meter gezogen hatte. Er muss durchgearbeitet haben, während ich fort war, dachte Nora.

»Ich bin beeindruckt«, sagte sie. »Hast du etwas gefunden?«

»Nur ein paar Tonscherben. Besonders viel ergeben hat sich in dieser Ecke also noch nicht.«

Nach einer kurzen Pause setzten beide gleichzeitig zum Sprechen an.

»Oh, tut mir Leid«, sagte Nora. »Du zuerst.«

»Nein, du«, sagte Cormac. »Ich bestehe darauf.«

»Na gut. Also, bei dem Metallstück im Mund der Frau hat es sich … Du wirst nie im Leben erraten, was es war.« Sie reichte Cormac die Aktenmappe. Er schlug sie auf und sah ein großes Glanzfoto mit dem goldenen Ring. Der rote Stein wirkte auf dem Bild etwas trüber, als er in Wirklichkeit war.

»Der Ring hat eine Inschrift«, sagte Nora. »Schau dir die nächsten Fotos an.«

Cormac setzte sich auf den Grabenrand, um die Fotos und den dazugehörigen Bericht in Ruhe durchzugehen. »Das ist eine interessante Entdeckung«, sagte er schließlich. »Aber was beweist uns das letztlich? Eigentlich doch nur, dass die Frau nicht vor 1652 im Moor verschwunden sein kann. Viel mehr nicht. Wer will außerdem wissen, ob die Zahl tatsächlich im Jahr 1652 eingraviert worden ist. Es könnte ebenso gut zu einem späteren Zeitpunkt geschehen sein.«

»Es ist immerhin besser als nichts«, sagte Nora schnippisch. Sie war enttäuscht, dass Cormac nicht begeisterter reagierte.

»Und wie reimt Robbie sich das zusammen?«, fragte Cormac. »Ich nehme mal an, du hast ihm längst von dem Ring berichtet.«

»Er kann noch nicht groß etwas dazu sagen. Allerdings hat er versprochen, weiterzuforschen und nach Gerichtsurteilen oder Heiratsurkunden zu suchen. Auf dem Weg hierher ist mir übrigens der Gedanke gekommen, das OF könnte doch vielleicht für O'Flaherty stehen.«

»Klar, ebenso gut wie für O'Farrell, O'Flynn oder O'Fallon. Schlüssige Beweise werden wir dafür kaum finden. Stattdessen werden wir uns im Kreis drehen und den Verstand verlieren, weil es hunderttausend Möglichkeiten gibt.«

»Ich weiß, dass wir herausfinden können, wer die Frau war«, sagte Nora bestimmt. »Ihr Alter liegt übrigens zwischen zwanzig und fünfundzwanzig, also war sie etwas älter, als wir angenommen haben. Ich weiß zwar nicht, warum ich dermaßen fest davon überzeugt bin, dass wir etwas herausfinden, aber so ist es nun einmal. Von mir aus kannst du mich ja auslachen, aber ich halte den Ring für eine Art Botschaft. Ich glaube, die Frau wollte der Nachwelt auf diese Weise mitteilen, wer sie war.«

»Jemand anders hätte ihr den Ring genauso gut in den Mund stecken können, selbst nach ihrem Tod. Wir besitzen keinen Anhaltspunkt, der für die eine oder andere Möglichkeit spricht. Außerdem sind wir bereits dabei, uns deshalb in die Haare zu kriegen. Aber gut, warum besuchen wir in der Sache nicht Ned Raftery, den ehemaligen Lehrer?«

»Einverstanden«, sagte Nora. »Jetzt bist du aber an der Reihe. Was wolltest du mir denn erzählen?«

Sie hörte aufmerksam zu, während Cormac berichtete, was während ihrer Abwesenheit vorgefallen war: dass er mitten in der Nacht einen Lichtschein gesehen, sich anschließend noch spät mit Hugh Osborne unterhalten und sich am Morgen den alten Turm vorgenommen hatte.

»Ich hoffe, du merkst, dass es mir nicht das Geringste ausmacht, dass du ohne mich zum Turm marschiert bist«, sagte Nora. »Ich glaube, aus dir wird doch noch ein richtiger Schnüffler.«

»Was Gott verhüten möge«, sagte Cormac und zog eine Grimasse.

»Also gut, ich finde, es wird höchste Zeit, dass ich mal anfange, mir auch die Finger schmutzig zu machen. Ich fahre schnell die Sachen zum Haus und bin gleich wieder zurück.«

In Bracklyn House lud Nora die Tasche mit Cormacs Sachen in dessen Zimmer ab und lief danach über den langen Gang in ihr eigenes. Das Haus war ruhig, aber in der Stille lag etwas, was sie nervös machte. Hier herrscht nicht genügend Leben, dachte sie. Alles wurde leise verrichtet, wie von unsichtbaren Händen, und das hatte etwas Unheimliches. In ihrem Zimmer angekommen, streifte Nora sich die Schuhe ab und steuerte das Badezimmer an. Bevor sie die Schwelle überschritt, fiel ihr jedoch etwas ins Auge, und sie blieb abrupt stehen. Auf dem Boden lagen Glasscherben verstreut. Noras sah sofort zur

Ablage über dem Waschbecken. Das Wasserglas fehlte zwar tatsächlich, aber die Scherben auf dem Boden waren einfach zu viele, als dass sie lediglich von einem Glas hätten stammen können. Nora schaute auf ihre bestrumpften Füße. Sie hätte sich arge Verletzungen zuziehen können, wäre sie blindlings in den Raum getappt. War jemandem ein Missgeschick passiert, oder hatte man ihr eine Warnung zukommen lassen wollen? Nora verspürte ein ängstliches Kribbeln in der Magengrube, als sie sich der Flüsterstimme am Telefon entsann: *Lass die Finger davon.* Offenbar begann sie allmählich an Verfolgungswahn zu leiden. Sie beschloss, sich nicht einschüchtern zu lassen. Vielleicht war das alles ja doch nichts weiter als ein Zufall? Hoffentlich kam es nicht noch wirklich zu weiteren Zwischenfällen. Entschlossen stieg sie wieder in ihre Schuhe und machte sich auf den Weg in die Küche. Sie wusste ja, wo Hugh Osborne die Kehrschaufel untergebracht hatte, nachdem Jeremy ihr Weinglas umgestoßen hatte.

Geräusche, als ob jemand unter der Treppe den Boden putzte, drangen ihr ans Ohr. Dann bemerkte sie eine Gestalt in einem alten Kleid, die auf den Knien lag und mit einer harten Bürste den Steinfußboden schrubbte. Ihr Haar war mit einem Tuch zusammengebunden, aber einige Strähnen hatten sich gelöst und wippten im Rhythmus ihrer Bewegungen. Mit einer Hand, die in einem Gummihandschuh steckte, fuhr die Frau mit der Bürste heftig im Kreis.

»Entschuldigung«, sagte Nora. Die Bürste fiel klatschend in den Wassereimer. Die Gestalt sprang auf und riss sich das Tuch vom Kopf. Es war Lucy Osborne. Eine Weile standen beide schweigend da. Nora sah, wie Lucy rot anlief. »Es tut mir Leid«, stammelte Nora schließlich. »Ich dachte, Sie wären …«

»Na und?«, schnitt Lucy Osborne ihr das Wort ab. Sie gewann offenkundig ihre Fassung zurück und glättete ihr Haar. »Mrs Hernan, unsere Putzfrau, hat sich eine Grippe zugezogen. Bei dem ganzen Hin und Her im Haus muss sich ja wohl jemand um die Reinigung kümmern.«

»Bitte verzeihen Sie mir, wenn ich Sie erschreckt habe«, sagte Nora. »Ich wollte mir nur schnell eine Kehrschaufel besorgen. In meinem Bad liegen Glasscherben auf dem Boden.«

»Auch das noch. Na ja, ich werde das gleich erledigen.«

»Das ist nicht nötig. Ich weiß schon, wo die Schaufel steht.«
Nora trat an Lucy Osborne vorbei, die noch immer dastand
und ihr Tuch hinter dem Rücken verborgen hielt. Als sie kurz
darauf zurückkehrte, war jedoch weder etwas von Lucy noch
von der Bürste oder dem Eimer zu sehen. Lediglich ein feuchter Fleck auf dem Fußboden war zurückgeblieben.

5

Nachdem Devaney in die Kirche zurückgekehrt war und Father Kinsella noch einmal beschworen hatte, über die jüngste Entdeckung Stillschweigen zu bewahren, fotografierte er die Worte, die in den Beichtstuhl eingeritzt worden waren, und bestäubte die Stelle, um eventuelle Fingerabdrücke aufzunehmen. Allerdings waren keine eindeutigen Abdrücke zu erkennen – zu viele Menschen hatten die Stelle angefasst.

Nach Beendigung seiner Arbeit in der Kirche nahm Devaney wieder seinen Beobachtungsposten vor Bracklyn House ein und saß wartend in seinem Wagen. Er sah Dr. Gavin, die mit ihrem Auto aus der Einfahrt rollte und sich vermutlich zum Kloster begab. Etwa zwanzig Minuten später tauchte Osbornes schwarzer Volvo auf. Devaney zählte bis zehn. Dann glitt er aus seinem Versteck heraus und folgte ihm.

Die nachmittägliche Teezeit war bereits verstrichen, als Devaney hinter Osborne auf den Parkplatz des Flughafens Shannon einbog, aber er stellte fest, dass er keinerlei Hungergefühl verspürte, obwohl er auch das Mittagessen ausgelassen hatte. Durch die Glasscheibe in der Abflughalle beobachtete er, wie Osborne eine Maschine der British Airways nach London bestieg. Nachdem der letzte Flugpassagier verschwunden war, begab Devaney sich zum Buchungsschalter und wandte sich an die zuständige Bodenhostess.

»Wann kommt das Flugzeug in London an?«, fragte er.

»Zehn vor zehn in Gatwick. Es ist ein Direktflug ohne Zwischenstopp in Dublin.«

Zehn vor zehn, dachte Devaney. Das ließ ihm genügend Zeit, um Dachs anzurufen. Jimmy Deasey war ein Freund aus Devaneys Anfangszeiten bei der Polizei. Er wurde bereits Dachs genannt, als Devaney ihn kennen lernte. Und da es inzwischen gut zwanzig Jahre her war, dass er diesen Spitznamen bekommen hatte, erinnerte sich gewiss kein Mensch mehr daran, woher der Name stammte. Deasey war vor fünf Jahren nach England ausgewandert und hatte sich einen gemütlichen Posten als Sicherheitschef bei einer Hightech-Firma besorgt, aber die beiden Männer hatten ihren Kontakt aufrechterhalten. Devaney steuerte den nächsten Münzfernsprecher an, suchte Jimmys Telefonnummer aus seinem winzigen Adressbuch heraus und wählte dann die Nummer.

»Hallo«, meldete sich eine tiefe Stimme.

Trotz der laut wummernden Musik im Hintergrund glaubte Devaney eindeutig die Stimme von Dachs ausmachen zu können.

»Jimmy, hallo, Garrett Devaney hier ...«

»Ähm, Moment, ich hol meinen Vater.”

Devaney bekam mit, wie am anderen Ende eine Hand auf die Sprechmuschel gelegt und etwas gerufen wurde, und gleich darauf vernahm er die Stimme seines Freundes: »Ciaran, zum Teufel, stell das leiser. Man versteht ja sein eigenes Wort nicht mehr.« Die Musik wurde schwächer, und schließlich hörte er Jimmys Stimme, aber in unvertraut geschäftsmäßigem Tonfall: »Seamus Deasy am Apparat.«

»Mein lieber Mann, Jimmy, dein Junge muss ja inzwischen so groß wie du sein. Ich bin's, Garrett Devaney.«

»Devaney, mein Gott, wie geht es dir? Das ist ja schon Ewigkeiten her!« Der offizielle englische Tonfall war verflogen und hatte einem breiten Corker Akzent Platz gemacht.

»Aber ehrlich. Erinnere mich nicht daran.«

Es entstand eine Pause. »Ich habe von deinen Schwierigkeiten gehört, Gar«, sagte Deasey. »Tut mir Leid. Hätte jeden treffen können.«

»Schon gut, Jimmy«, sagte Devaney. Abermals entstand ein kurzes Schweigen. Er räusperte sich. »Also, ich rufe dich an, weil ich dich um einen Gefallen bitten wollte, Jim. Eigentlich wollte ich dich nicht damit belästigen, aber du bist der Einzige, der mir da helfen kann.«

»Du hast doch nicht etwa wieder Ärger mit deinem Vorgesetzten, oder?«

»Noch nicht«, sagte Devaney. »Obwohl, wenn dieser verdammte Leisetreter mir noch mal was von seiner einwandfreien Erfolgsakte erzählt, dann … Nein, es geht um einen Verdächtigen, dem ich bis zum Flughafen Shannon gefolgt bin. Er hat die Maschine nach Gatwick bestiegen und sollte dort heute Abend um zehn vor zehn eintreffen. Und da dachte ich … Vorausgesetzt, du hast nicht gerade was anderes vor … Na ja, ich habe mich halt gefragt, ob du ihn nicht für eine kleine …«

»Sprichst du von einer Beschattung?«, unterbrach Deasey ihn.

Devaney konnte nicht umhin, der Stimme seines Freundes ein gewisses Unbehagen zu entnehmen. Er wartete stumm, während der andere sich seine Bitte offenbar durch den Kopf gehen ließ. Devaney wusste, dass er nicht wenig von Deasey verlangte.

»Soll ich nur herausfinden, wohin er sich von Gatwick aus begibt?«, fragte Deasey.

Devaney hatte ihn also an der Angel. »Das wäre wirklich alles. Sag mir nur, wohin er geht und mit wem er sich trifft. Mehr nicht.«

»Was liegt denn gegen ihn vor?«

»Ein Scheiß liegt gegen ihn vor. Das ist ja das Problem. Seine Frau und sein Kind sind verschwunden, und ich will einfach nicht glauben, dass er damit nichts zu schaffen haben soll.«

»Hm«, machte Deasey. »Klingt interessant. Nenn mir mal die Details.«

Devaney erzählte ihm in knappen Worten die erforderlichen Einzelheiten und gab ihm eine Beschreibung von Osborne sowie die Flugnummer. Er hörte, wie Deasey etwas kritzelte.

»Ruf mich bitte anschließend zu Hause an, Jimmy«, sagte er. »Du kannst mich auch noch spät anrufen.«

Auf der Rückfahrt stoppte Devaney die Zeit, die man vom Flughafen Shannon nach Dunbeg benötigte. In Luftlinie waren es nur etwa fünfunddreißig Kilometer, aber es gab keine direkte Verbindungsstraße. Stattdessen führte der Weg über die Landstraße nach Sixmilebridge und danach in östlicher Richtung auf der Straße nach Ennis bis Scarriff und Mountshannon. Osborne hätte damals bei normaler Geschwindigkeit nicht länger als eine Stunde und fünfundvierzig Minuten brauchen dürfen, dachte Devaney. Rechnete man die Zeit vom Flugzeug bis zum Parkplatz hinzu, hätte er gegen Viertel nach zwei in Dunbeg sein können. Wenn er seine Frau und den Jungen außerhalb des Dorfes aufgelesen und in irgendein Versteck gefahren hätte, wäre es ihm möglich gewesen, gegen sechs Uhr abends zu Hause zu sein, wie Lucy Osborne zu Protokoll gegeben hatte. Insofern könnten sich die Vermissten in einem Radius von zwei Fahrtstunden befinden. Heiliger Strohsack!, dachte Devaney. Also käme ungefähr die Hälfte von Clare und der gesamte Osten Galways infrage. Er warf einen Blick auf die Straßenkarte, die sich auf dem Beifahrersitz befand, und zog im Geist einen entsprechenden Kreis. Das Gebiet schloss sowohl den Lough Derg als auch entlegenes, dicht bewaldetes Hügelland ein. Devaney fluchte. Kein Wunder, dass die beiden unauffindbar geblieben waren. Er nahm sich vor, Jim Deaseys Rückmeldung zu Osbornes Londonaufenthalt abzuwarten und seinen Freund danach auf die damalige Konferenz in Oxford anzusetzen. Wenn Osborne die Wahrheit erzählt und auf der Heimfahrt ein Nickerchen eingelegt hatte, dann wäre interessant zu wissen, wer oder was ihn in der Nacht zuvor am Schlafen gehindert hatte.

Deaseys Anruf traf kurz nach elf Uhr ein. »Mann, das war echt Kinderkram«, sagte er. »Dein Verdächtiger hat sich am Flughafen in ein Taxi gesetzt und ist auf direktem Weg nach Christ Church gefahren. Dort befinde ich mich gerade, um ihn weiter zu beschatten. Vornehmes Haus, an dem er jetzt vor der Tür steht. Morgen besorge ich dir den Namen der Bewohner. Gut, dass jemand diese Handys erfunden hat, was? Die verflixten Dinger sind trotz allem eine prima Sache. Weiß nicht, was wir früher ohne sie gemacht haben.«

»Schließt er die Tür selbst auf, oder öffnet ihm jemand?«, fragte Devaney ungeduldig.

»Momentchen, ich zücke mein Fernrohr. Eine Frau öffnet die Tür. Sieht nach Pakistanin aus, kurzes Haar, etwa dreißig. Scheint ihn erwartet zu haben. Große Umarmung. Sie küsst ihn auf die Wange.«

Devaney spürte das Adrenalin, das wie in alten Zeiten in ihm hochschoss, wenn er auf Verbrecherjagd war. Er bemühte sich jedoch, mit ruhiger Stimme zu sprechen. »Sind die beiden allein?«

»Ja«, sagte Deasey. »Nein. Sieht aus, als würde dein Freund sich noch mit einer dritten Person unterhalten.« Es entstand eine Pause.

»Was tut er jetzt, Jimmy?«

»Er hat sich gerade gebückt. Jetzt hebt er ein Kind hoch.«

6

Es kostete Una all ihre Kraft, den dicken Teigball für das Roggenbrot zu kneten. Um diese Zeit war es noch friedlich im Haus. Die ersten Sonnenstrahlen drangen durch die Fensterscheiben, und im Radio ertönte leise ein gälischer Sender. Gelegentlich wurde die Folkloremusik von Nachrichtengemurmel in irischer Sprache unterbrochen. Es war jedoch ein trügerischer Friede. Seit dem Montagabend war die Luft giftgeschwängert. Wenn Brendan und Fintan auf den Feldern arbeiteten, wechselten sie kein Wort. Viel mehr als zwei, drei Brocken brachten sie auch nicht zustande, wenn sie mit Una sprachen. Sobald sie nach Hause kamen, verzogen sie sich in ihre jeweiligen Zimmer und betraten die Küche erst, wenn sie wussten, dass der andere sich dort nicht aufhielt. Brendan war noch immer außer sich vor Wut, wohingegen Fintan sich ärgerte, dass Una nicht auf der Stelle das Haus verlassen hatte. Er war der Meinung, dass sie ihn damit ebenfalls zum Bleiben zwang. Fintan war fest davon überzeugt, sie und Aoife nach dem, was vorgefallen war, nicht mit Brendan allein lassen zu können.

Una warf einen Blick auf Aoife, die in der Früh nach unten geschlichen war und nun eingekuschelt auf dem Sofa schlief. Die Sonnenstrahlen streiften ihr helles Haar, und ihr Gesicht wirkte im Schlummer sanft und weich. Sie wird einmal ein hoch gewachsenes Mädchen werden, dachte Una, anders als ich. Das stand bereits jetzt schon fest. Und wieder regte sich der Zorn in ihr. Wie hatte Brendan es wagen können, hinter ihrem Rücken eine Kopie von Aoifes Geburtsurkunde anzufordern? Sie hätte ihm den Wisch ausgehändigt, wenn er sich die Mühe gemacht hätte, sie darum zu bitten. Wie kam er außerdem dazu anzunehmen, es ginge ihn etwas an, wer Aoifes Vater war? Außer ihr selbst hatte lediglich noch eine Person das Recht zu wissen, wer er war, und diese Person war Aoife und sonst niemand. Aoife würde es erfahren, wenn es an der Zeit war. Bislang war das Thema noch nicht angesprochen worden, obwohl ihre Tochter allmählich in das Alter kam, in dem solche Dinge eine Rolle spielten. In einem Dorf wie Dunbeg besaß die Bezeichnung Bastard noch einiges an Gewicht, mehr als in Dublin, wo in der Straße, in der Una gewohnt hatte, die Hälfte aller Kinder ihren Vater nicht kannte. Dennoch musste sie sich bald Gedanken machen, was sie ihrer Tochter sagen wollte. Für eine Weile war Una halb entschlossen gewesen, einen ausländischen Studenten zu erfinden, einen Deutschen oder einen Schweden vielleicht, der mit ihr studiert hatte, eine kurze Affäre mit jemandem, der inzwischen von der Bildfläche verschwunden war. Die Gefahr, dass so jemand eines Tages auftauchen würde, bestand nicht – er war ja sowieso eine Fantasiegestalt.

Was die Außenwelt betraf, so wäre das vermutlich die einfachste Lösung. Aber was war mit Aoife? Una wollte ihre Tochter nicht belügen, dem Kind jedoch die Wahrheit anzuvertrauen würde bedeuten, sie aller Welt zu verkünden. Von einem Kind konnte man nicht verlangen, dass es ein derartiges Geheimnis für sich behielt, erst recht nicht, wenn auf das Kind Druck ausgeübt würde. Und dass Aoife bedrängt werden würde, stand für Una außer Frage. Auf den Schulhöfen gab es selbst Achtjährige, die boshaft waren und sich wie kaum ein Erwachsener darauf verstanden, die Schwachstellen im Schutzpanzer eines Kindes zu erkennen.

Brendans Wutausbruch hatte Una klar gemacht, dass sie und Aoife von niemandem mehr abhängig sein durften. Deswegen arbeitete sie auch seit drei Tagen unentwegt, um sich auf den Markttag vorzubereiten. Zwei Pullover hatte sie bereits gestrickt und so viele dunkle Brote und Sesamkuchen gebacken, wie sie in drei Tagen hatte schaffen können. Viel würde dabei allerdings nicht herausspringen. Sie musste anfangen, etwas auf die Seite zu legen, damit sie und Aoife irgendwann auf eigenen Füßen stehen konnten. Mindestens ein Jahr würde noch verstreichen, bis die Werkstätten am alten Kloster fertig gestellt waren. Abgesehen davon würden sie ihr lediglich einen Arbeitsplatz bieten, jedoch keinen Ort zum Schlafen und Wohnen. Una fragte sich, ob sie womöglich im Tausch gegen ein kleines Haus oder eine Wohnung irgendwo putzen oder kochen gehen könnte. Fintans Angebot, sie und Aoife mit nach Amerika zu nehmen, hatte sie abgelehnt. Es war ohnehin ein halbherziger Vorschlag gewesen. Weder Fintan noch sie wollten das. Während der wenigen Jahre im fremden Dublin hatte Una an sich eine Verzweiflung kennen gelernt, die sie nie mehr erleben wollte. In Dunbeg konnte man wenigstens eigenes Gemüse anbauen, und die Ladenbesitzer im Dorf, zumindest einige davon, würden anschreiben und sie ihre Rechnungen je nach Lage abstottern lassen. Auf dem Land herrschte noch immer etwas mehr Barmherzigkeit als in der Stadt. Jedenfalls, was gewisse Dinge anbelangte. Una wusste, dass die Leute im Dorf sich noch gut daran erinnerten, dass sie fortgelaufen war und damit Schande über ihre Familie gebracht hatte. Das zweite Mal hatte sie Schande über ihre Familie gebracht, als sie mit Aoife zurückgekehrt war. Noch immer steckten die Leute die Köpfe darüber zusammen, dass sie erst zur Beerdigung ihrer Mutter heimgekommen war, wenngleich das inzwischen auch schon wieder drei Jahre zurücklag. Dass über einen geredet wurde, ließ sich einfach nicht vermeiden. Die Leute in Dunbeg hatten üblicherweise sonst nicht so viele Gesprächsthemen. Schon an ihren Gesichtern konnte Una immer ablesen, was sie in Wirklichkeit dachten. Wenn sie einen Laden betrat, spürte sie die Ablehnung hinter den leutseligen Worten, mit denen sich jemand nach Aoife erkundigte oder erklärte, wie groß das Kind doch schon geworden sei. Offenbar wussten hier alle über Unas gesamtes Leben Bescheid. Zuweilen hätte Una sie gern erfragt, wie es um dieses Leben denn so bestellt sei. Ihr selbst war das nämlich beileibe nicht immer klar.

Inzwischen hatte sie den Teig für zwei große runde Brote

und vier halbe Laibe fertig. Sie nahm das Brotmesser und ritzte ein Kreuz in die Oberflächen ein, so wie ihre Mutter es ihr früher gezeigt hatte. Danach schob sie das gefüllte Blech in den heißen Backofen. Sie sah sich um und betrachtete das Chaos in der Küche: den Tisch und die riesige Tonschüssel, die mit klebrigen Teigresten und verkleckerter Buttermilch übersät waren, die aufgerissenen Mehltüten. Erschöpft ließ sie sich am Tisch nieder und barg den Kopf in den Armen. Ein paar heiße Tränen rannen ihr an der Nase entlang und tropften auf die Mehlschicht, die vom Teigkneten übrig geblieben war. Die Welt war aus den Fugen geraten, dachte Una, und sie wusste nicht, wie sie sie wieder kitten sollte.

7

Das Telefon neben seinem Kopf rüttelte ihn aus dem Tiefschlaf. Er wälzte sich auf die Seite und griff nach dem Hörer. »Devaney«, knurrte er.

»Sag bloß, du liegst noch im Bett«, sagte Deasey. »Mein Gott, wie ich das gemütliche alte Irland vermisse! Also, ich habe Neuigkeiten. Du musst aber wenigstens überrascht tun, wenn du so früh am Morgen schon nicht in der Lage bist, freundlich zu sein.«

»Ich bin außer mir vor Begeisterung«, sagte Devaney, setzte sich auf der Bettkante auf und blinzelte. »Wie spät ist es?«

»Fast halb neun, du fauler Sack.«

Scheiße, dachte Devaney, halb neun. Warum hat sich niemand die Mühe gemacht, mich zu wecken? Das bedeutete, er würde die morgendliche Besprechung auf der Wache versäumen.

»Vielen Dank, dass du anrufst, Jimmy«, sagte er. »Was hast du denn herausgefunden?«

»Unser Freund hat eine Bank aufgesucht. Die Empfangsdame stammt zufällig aus Cavan, da habe ich meinen berühmten irischen Charme spielen lassen können. Die Kleine hat tatsächlich ein paar Informationen herausgerückt. Also, dein Herr Osborne hat mit einem der Bankdirektoren dasselbe Internat besucht, und du weißt ja, wie dick solche Fritzen miteinander sind. Keine Ahnung, worum es sich bei ihrem Gespräch gedreht hat, aber meiner Meinung nach geht jemand nur dann zur Bank, wenn er sein Geld loswerden will.«

»Oder wenn er welches aufnehmen möchte.« Inzwischen war Devaney vollständig wach und kämpfte seinen Arm in einen der Hemdsärmel, während er den Hörer zwischen Schulter und Ohr geklemmt hielt. »Weißt du denn auch was über die Leute, die Osborne gestern Abend besucht hat?«

»Tja, schlechte Nachrichten, leider, oder zumindest nichts Geheimnisvolles. Unser Freund ist jedenfalls kein Bigamist. Das Haus gehört einem Arzt namens DeSouza. Bei der Frau und dem Kind handelt es sich um dessen Tochter und Enkelin. Die Tochter war eine Freundin von Osbornes Frau. Osborne wohnt offenbar bei ihnen, wenn er in London ist. Tja, tut mir Leid ...«

Nachdem Devaney den Hörer aufgelegt hatte, fiel ihm ein, dass er Dachs ja hatte bitten wollen, Osbornes Unternehmungen am Abend vor Minas Verschwinden zu rekonstruieren. Wie hatte er das vergessen können? Durch seinen benommenen Kopf schwammen die Worte, die er im Beichtstuhl gelesen hatte. *Er weiß, wo sie sind.* Wenn jemand etwas wusste, warum gab derjenige sich denn dann nicht zu erkennen? Vermutlich weil er dadurch sich selbst oder andere belastet hätte. Wer in Osbornes Familie, wer von seinen Nachbarn oder Bekannten könnte etwas zu verbergen haben?, überlegte Devaney. Jeder, gab er sich zur Antwort.

8

Ned Rafterys Haus stand rechtwinklig zur Straße, sodass man zuerst das Giebeldach sah. Der Eingang des Hauses lag zu einem großen, umfriedeten Garten hin. Nora stellte ihren Wagen in der Kieseinfahrt ab und stieg aus. Cormac folgte ihr durch das schmiedeeiserne schwarze Tor. Der Garten wurde von einer hohen Buchsbaumhecke gesäumt, vor deren winzigen dunkelgrünen Blättchen unzählige Rosensträucher wuchsen. Die meisten zeigten gerade die ersten Knospen, eine lachsfarbene Kletterrose und ein Stock weißer Buschröschen standen jedoch bereits in voller Blüte und verströmten einen wundervollen Duft. Nora bückte sich, um das süße, schwere Aroma einzuatmen, und stieß einen Laut des Wohlgefallens aus.

»Ich freue mich, dass sie Ihnen gefallen.«

Nora richtete sich auf und sah erst jetzt den Mann, den sie auch sofort für Ned Raftery hielt. Er erhob sich von den Knien, klappte einen kleinen Riegel über den Griff seiner Heckenschere und trat Nora entgegen. Seine milchig getrübten Augen blickten starr geradeaus.

»Ihre Rosen sind ein Traum«, sagte Nora. »Ich bin ganz berauscht von ihrem Duft.«

»Und da wundern die Leute sich, dass ausgerechnet ein Blinder sich damit beschäftigt, sie zu züchten«, sagte Ned Raftery mit einem Lächeln.

»Wir kennen uns noch nicht. Ich bin Nora Gavin.«

Nora wusste nicht, ob sie ihm ihre Hand reichen sollte, aber

Ned Raftery kam ihr zuvor und streckte ihr die Hand entgegen. Währenddessen zog er hinter seinem Rücken eine frisch geschnittene Rose hervor und schenkte sie ihr.

»Willkommen, Dr. Gavin«, sagte er. »Willkommen auch Professor Maguire, wie ich vermute.«

»Herzlichen Dank, dass Sie sich die Zeit für uns nehmen wollen«, sagte Cormac.

»Ach, keine Ursache. Ich weiß zwar nicht, ob ich Ihnen von Nutzen sein kann, aber was immer ich in meinem Hirnstübchen gespeichert habe, steht Ihnen zur Verfügung.« Er tippte sich an die Stirn. »Kommen Sie. Ich koche uns einen Tee.«

Sie warteten, bis Ned Raftery den Pfad vor ihnen eingeschlagen hatte, und folgten ihm dann.

Gleich hinter dem Eingang des Hauses befand sich ein lang gestreckter Raum. Am einen Ende standen vor einem großen Kamin vier tiefe, weiche Polstersessel. Die Wände wurden von Regalen bedeckt, die voll gestopft mit alten und neuen Büchern waren. Ein schwerer Eichentisch mit acht Stühlen trennte den Wohnraum von der offenen Küche ab, in der ein mächtiger Herd an der Stelle thronte, an der früher offenbar einmal ein zweiter Kamin eingebaut gewesen war.

Raftery begab sich sicheren Fußes in die Küche, wo er einen Wasserkessel aufsetzte. Danach begann er einen hellen Rosinenkuchen anzuschneiden, wobei er die Dicke der Scheiben zuerst mit dem Finger abmaß. Nora und Cormac ließen sich am Eichentisch nieder.

»Fintan McGann hat mir erzählt, dass Sie früher sein Lehrer waren«, sagte Cormac.

»Ah ja, Fintan. Ein kluger Junge. Ich habe versucht, ihm etwas über Geschichte beizubringen, aber der hatte nur seine Musik im Kopf. Aus ihm wird einmal ein flotter Dudelsackspieler, meinen Sie nicht auch?«

»Ja, da stimme ich Ihnen zu«, sagte Cormac. »Ich habe ihn neulich Abend gehört.«

»Da waren wir alle ziemlich gut drauf. Ned Raftery wiegte den Kopf. »Aber nun zu Ihrem Anliegen. Sie sind doch hier, um etwas über die Lokalgeschichte zu erfahren.«

Er trat mit zwei Tellern zu ihnen, auf denen die Scheiben

Rosinenkuchen, ein Stück Butter und Messer lagen. Dann zog er einen Stuhl vom Tisch heran und ließ sich darauf nieder. Nora schätzte ihn auf sechzig Jahre. Sie betrachtete sein glatt rasiertes Gesicht und das graue Haar, das in einem Bürstenschnitt vom Kopf abstand. Ned war ein kräftiger Mann mit kurzen Beinen und stämmigem Oberkörper. Er trug ein Oberhemd unter einem Pullover, der ein Loch am Ellbogen hatte, und seine Füße steckten in schweren Pantinen. Nora erinnerte er mehr an einen Arbeiter als an einen Lehrer.

»Wir versuchen, etwas über die junge Frau herauszufinden, die wir im Moor gefunden haben«, sagte sie. »Bestimmt haben Sie davon gehört. Die Sache dürfte sich ja herumgesprochen haben. Leider tappen wir noch immer im Dunkeln, was die Herkunft der Frau betrifft, obwohl wir kürzlich auf einen wichtigen Hinweis gestoßen sind.«

Rafterys Miene blieb unbeweglich, und sein Blick schien auf das andere Tischende gerichtet zu sein. »Fahren Sie ruhig fort«, sagte er zu Nora.

»Den Körper der Frau haben wir nicht finden können, nur den Schädel. Einiges konnten wir jedoch anhand sorgfältiger Untersuchungen rekonstruieren. Sie dürfte etwa fünfundzwanzig Jahre alt gewesen sein, und sie besaß langes rotes Haar. Aufgrund der Art, in der ihre Nackenwirbel durchtrennt waren, vermuten wir, dass sie geköpft wurde, wahrscheinlich mit einem einzigen Hieb durch ein Schwert oder eine Axt. Im Mund der Frau haben wir einen goldenen Männerring mit einem roten Stein entdeckt. In den Ring waren Initialen eingraviert: COF und AOF, dazu die Jahreszahl 1652. Außerdem die Buchstaben IHS, die in Klammern zwischen der Jahreszahl stehen.«

»Wir warten immer noch auf die Ergebnisse des Radiokarbontests«, sagte Cormac. »In der Zwischenzeit stellen wir historische Nachforschungen an, um herauszufinden, ob es in jener Zeit wirklich Enthauptungen gab. Dank der eingravierten Jahreszahl gehen wir davon aus, ein Datum zu besitzen, an dem wir ansetzen können.« Cormac hielt kurz inne, bevor er fortfuhr. »Vor 1652 kann die Leiche also nicht im Moor begraben worden sein. Danach kommt aber theoretisch jeder Zeitpunkt in Betracht.«

Nora schaute Cormac an und zuckte die Achseln. Sie wusste, dass er Recht hatte, aber dennoch ärgerte sie seine Bemerkung.

»Das heißt, Sie suchen nach alten Gerichtsurteilen beziehungsweise Angaben zu Hinrichtungen, Heiratsurkunden oder dergleichen.« Raftery überlegte einen Augenblick. »Ihnen ist aber sicherlich klar, dass wir uns mit dem Jahr 1652 mitten in der Cromwellschen Umsiedlungsaktion befinden, oder? Damals war Irland in einem enormen Umbruch. Deshalb sind auch die katholischen Kirchenbücher bestenfalls noch bruchstückhaft vorhanden. Dokumente der Gerichtsbarkeit, die auf ein außergewöhnliches Ereignis, etwa eine Exekution, verweisen, mögen dagegen noch irgendwo aufbewahrt sein. Genau weiß man das nie. Haben Sie sich einmal in der Nationalbibliothek oder in den Staatsarchiven umgeschaut?«

»Ein Freund in Dublin ist gerade dabei, das zu tun«, sagte Cormac. »Sie wurden uns jedoch als jemand empfohlen, der sich bestens in der Heimatgeschichte auskennt.«

»Alles ist Heimatgeschichte«, sagte Raftery betont. »Das habe ich meinen Schülern schon immer beizubringen versucht. Einiges davon wurde aufgeschrieben, anderes ging verloren, und ein Teil ist an einem Ort aufbewahrt, den ich als das kollektive Gedächtnis des Volkes bezeichne, selbst wenn die Menschen sich dessen selbst nicht bewusst sind.«

»Was hat sich denn um das Jahr 1652 herum hier abgespielt?«, fragte Nora. »Meine Kenntnisse darüber sind sowieso entsetzlich dürftig. Eigentlich weiß ich nur, dass es zu irgendwelchen Umsiedlungen gekommen ist. Wie, glauben Sie, hat sich das für die Menschen in der Gegend hier ausgewirkt?«

»Haben Sie einmal den Ausdruck gehört ›nach Connacht oder zur Hölle‹?«, fragte Raftery. Er erhob sich, weil der Wasserkessel pfiff, und goss dann am Herd das kochende Wasser in eine eingedellte Zinnkanne, die er dann zum Tisch zurückbrachte, um den Tee noch eine Weile ziehen zu lassen. »Das war die Wahl, die die Menschen damals hatten«, fuhr er fort. »Es begann eine große Wanderschaft. Zur Verdeutlichung stellen Sie sich vielleicht am besten die ›Säuberungen‹ in Bosnien in den Neunzigerjahren vor oder die Umerziehungsmaßnahmen in Südostasien. Die katholischen Landherren wurden damals enteignet und in den Westen vertrieben. Und da die meisten ihren Grund und Boden nicht verlassen wollten, setzte Cromwell ihnen eine Frist. Bis zum Mai 1654 mussten sie sich in den neuen Gebieten in Connacht niederlassen. Damit sie dort blieben, errichteten die Engländer entlang des Shannon befestigte Anlagen und Garnisonen.« Rafterys Stimme klang zwar sachlich, aber Nora merkte trotzdem, dass das Thema ihn bewegte.»Die Engländer brannten oder mähten das Getreide nieder, und infolgedessen kam es zu einer furchtbaren Hungersnot. Flüchtlingsgruppen zogen über das Land – ganze Großfamilien zuweilen. Und dann gab es einen Erlass, demzufolge die Kinder, die ihre Angehörigen verloren hatten, ebenso wie die arbeitsfähigen Frauen in die amerikanischen Kolonien deportiert werden sollten. Innerhalb von zwei Jahren hat Irland über eine halbe Million Menschen verloren, sei es durch Kämpfe, Hungersnot, Deportationen oder Seuchen. Ich finde, es sagt einiges aus, dass die Zahl der Wölfe in einem Umfang zunahm, dass die Regierung 1652 den Export von Jagdhunden untersagte und fünf Pfund Belohnung für den Kopf eines Wolfes und zehn Pfund für denjenigen einer Wölfin aussetzte. Die Köpfe von Priestern und Torys, die als Gesetzlose betrachtet wurden, haben ebenfalls ein stattliches Sümmchen eingebracht. Aber um auf unseren Teil Galways zurückzukommen, der galt nun plötzlich als Grenzregion, obwohl Connacht ja eigentlich zu irischem Siedlungsgebiet erklärt worden war. Die irischen Grundherren, deren Güter an der Küste oder an schiffbaren Flüssen lagen, wurden von den Engländern aber aus strategischen Gründen ebenfalls vertrieben.«

»Einschließlich der O'Flahertys?«, fragte Nora mit einem Seitenblick auf Cormac.

Raftery schien für einen Moment zu überlegen. »Ja, die waren davon betroffen«, sagte er schließlich. »Der Großteil des Landes in dieser Gegend befand sich allerdings in den Händen der Clanricardes, einer normannischen Familie, die auch unter dem Namen de Burgos oder Burkes bekannt ist. Irgendwie sind die um die Vertreibung herumgekommen – trotz ihres katholischen Glaubens. Aber es gab hier noch kleinere Landbesitzer, zu denen auch die O'Flahertys von Drumcleggan gehörten. Sie stammen eigentlich aus dem Westen. Dort stoßen Sie noch heute auf zahlreiche Familien, die diesen Namen tragen. Ein Zweig der O'Flahertys hat auch hier gelebt. Einer von ihnen, Eamonn O'Flaherty, hat 1630 das große Haus in Drumcleggan errichten lassen, das er aber kaum zwanzig Jahre später wieder räumen musste. Ihm wurde zwar noch ein kleines Stück Land im Westen übereignet, wo er aber schon kurz nach seinem Umzug gestorben ist.«

»Es waren die Osbornes, die den Besitz hier übernommen haben, nicht wahr?«, sagte Nora.

»Richtig«, antwortete Raftery, wobei er Nora und Cormac Tee einschenkte. »Hugo Osborne wurde das gesamte Anwesen von Drumcleggan zugesprochen, da es an besagter Grenze lag. Er taufte den Landsitz Bracklyn House. Der Sohn des alten O'Flaherty wiederum wurde zu einer berüchtigten Figur. Er zog sich mit einer Bande bewaffneter Männer in die Slieve Aughty Mountains zurück und griff von dort aus die umliegenden englischen Garnisonen an. Er versuchte auch einen Überfall auf Bracklyn House, aber wie sich herausstellte, waren die Osbornes zu dem Zeitpunkt nicht anwesend. Zuletzt wurde der junge Flaherty gefasst und zum Tod durch den Strang verurteilt, weil er aber niemanden umgebracht hatte, wurde das Urteil abgewandelt, und er wurde nach Barbados deportiert – barbadosiert, wie man das damals nannte.«

»Wissen Sie zufällig, wann genau er deportiert wurde?«, fragte Nora.

Raftery stand auf, durchquerte den Raum und blieb vor einem Regal voller Aktenschuber stehen.

»Ich weiß, dass ich einmal Kopien der Deportationsunterlagen besessen habe«, murmelte er, indem er die Rücken der Schuber befingerte. »Kann sein, dass sie in diesem Ordner hier stecken. Vielleicht schauen Sie selbst einmal nach.«

Er kam zurück und stellte einen Aktenkasten auf den Tisch. Nora nahm ihn sich eifrig vor und überflog die fotokopierten Verzeichnisse, bis sie auf ein dickes Bündel mit handschriftlichen Eintragungen stieß. Sie überreichte Cormac die Hälfte und machte sich selbst daran, die übrigen Seiten zu überfliegen. Es waren lange Listen, auf denen Namen, Alter und Beschäftigung vermerkt worden waren. Auf einmal war Nora, als würde sie halluzinieren und das Bild einer schreibenden Hand vor sich sehen, und ihr wurde klar, dass die einfachen Federstriche sich auf einzelne Menschenleben bezogen, auf eine Unzahl entwurzelter und zerstörter Leben.

»Befindet sich ein Datum oben auf den Seiten?«, erkundigte sich Raftery.

»November 1653«, sagte Nora, während sie durch die nächsten Seiten blätterte. Plötzlich hob sie den Kopf. »Mein Gott, das könnte unser Gesuchter sein: ›O'Flaherty, 27 Jahre, Gesetzloser und Dieb. Deportation auf Lebenszeit.‹ Wissen Sie sonst noch etwas über ihn? Hatte er eine Frau? Gäbe es eine Möglichkeit, das herauszufinden?«

Raftery wirkte angesichts der Flut von Fragen ein wenig überrumpelt, aber er lächelte nachsichtig. »Ich weiß beim besten Willen nicht, ob darüber Unterlagen existieren. Die Geschichte, die mir zugetragen wurde, besagt jedenfalls, dass der Junge irgendwo in Europa als Söldner geendet hat. Ein trauriges Los, aber leider nicht ungewöhnlich. Ob er verheiratet war, könnte ich beim besten Willen nicht sagen.«

»Oh«, sagte Nora enttäuscht. »Kennen Sie denn vielleicht seinen Vornamen?«

»Ach, habe ich den nicht erwähnt? Cathal. Cathal O'Flaherty.« Raftery machte eine Pause. »Auch Cathal Mór. Den Beinamen hat er wegen seines hohen Wuchses erhalten.«

»Cathal O'Flaherty«, wiederholte Nora. »COF.« Sie schaute Cormac triumphierend an. »Jetzt sag bloß nicht, dass das ein Zufall ist. Das Datum stimmt, der Ort und die Initialen passen. Wenn unsere kleine Rothaarige aber seine Frau war, und das nehme ich inzwischen an, warum steht dann nirgends vermerkt, dass sie ebenfalls deportiert wurde? Und wenn ihr Mann aufgrund seiner Vergehen mit der Deportation bestraft wurde, warum hätte sie dann enthauptet werden sollen?« Nora stieß einen unwilligen Seufzer aus.

»Gibt es denn keine Lieder, die sich mit der hiesigen Geschichte befassen?«, fragte Cormac. »Normalerweise haben berühmte Gesetzlose sich doch mindestens ein, zwei kleine Balladen verdient.«

»Von einer veröffentlichten Liedersammlung wäre mir nichts bekannt«, antwortete Raftery. »Bei solchen Dingen könnte man höchstens …«

»Ja?«, sagte Nora neugierig.

»Na ja, wenn es jemanden gibt, der sich damit auskennt, dann dürfte das meine Tante Maggie Cleary sein. Sie lebt in einer kleinen Gemeinde namens Tullymore. Die liegt auf der anderen Seite des Hügels. Allerdings sollte ich Sie warnen, falls Sie mit dem Gedanken liebäugeln, sie zu besuchen. Tante Maggie kann bisweilen etwas grantig werden. Nun ja, sie hat wohl ihre guten und ihre schlechten Tage, obwohl sie inzwischen an einem Punkt angelangt zu sein scheint, an dem die schlechten überwiegen. Aber wenn sie erst einmal in Fahrt gerät, gibt es niemanden, der Ihnen besser Auskunft über die alten Familien aus der Gegend hier geben kann. Außerdem besitzt sie eine umfangreiche Liedersammlung – es dürfte sich um mehrere hundert Lieder handeln. Wer weiß? Vielleicht sollten Sie sich einfach einmal mit ihr unterhalten, ihr ein bisschen Aufmerksamkeit schenken … und ihr ein Fläschchen Whiskey mitbringen, das wäre sicherlich auch nicht verkehrt.«

9

Um halb elf am folgenden Morgen waren Nora und Cormac
bei der Arbeit an der Ausgrabungsstätte. Am Himmel zogen
tief hängende graue Wolkenbänke in Richtung Osten, und vom
Meer her wehte ein feuchter Wind über die Bergkämme. Cormac stützte sich gerade auf seinem Spaten auf und fragte sich,
was eines Tages von seinem Leben übrig sein und ob noch
etwas an ihn erinnern würde nach dreihundert, achthundert
oder gar tausend Jahren: Dinge, die er verloren, verlegt oder
vor anderen versteckt hatte, deren Existenz ihm zuletzt selbst
abhanden gekommen war. Er verglich sich mit den Sammlern
früherer Tage, die ihre Wertsachen vergruben, um sie zu schützen, und sie später nicht mehr holen konnten, weil sie die Ver-
stecke vergessen hatten oder weiterzogen oder starben.

Er warf einen Blick zu Nora hinüber, die am Ende des Grabens stand. Ihre Aufgabe war es, wie bereits an den vorherge-
gangenen Tagen, die Erde durch ein großes Sieb zu rütteln und
nach Überbleibseln zu suchen: Tonscherben, Glasresten und
den grünlichen Metallstücken, die möglicherweise auf korro-
dierte Bronze hinwiesen. Allerdings boten alte christliche Stätten wie ein Kloster selten mehr als die Knochen geschlachte-
ter Tiere und das ein oder andere Stück Geschirr. Der Großteil
des Materials, das ihre Bewohner verwendet hatten, bestand
aus organischen Stoffen und würde längst verrottet sein. Dennoch wusste man nie, was man entdecken würde. Selbst abseits
der Klosterruinen konnten sich in der Erde Hinweise finden,
die Aufschluss über die Art der Landwirtschaft oder über

anderweitige Tätigkeiten der Menschen gaben. Und dort befanden sich auch oft die früheren Abfallhalden, deren Schichten stets Interessantes enthielten. Das war es, was das Schöne und Spannende seines Berufes ausmachte, überlegte Cormac. Jede Stätte konnte sich als ein Hort verborgener Schätze erweisen, jeder Schritt musste genau und sorgsam ausgeführt werden, damit nichts vergessen, nichts übersehen wurde. Außerdem verrichtete er seine Arbeit nicht allein für jetzige, sondern auch für zukünftige Generationen. Wer vermochte denn zu sagen, ob nicht diejenigen, die nach ihm kamen, Zusammenhänge erkannten, die ihm und seinen Zeitgenossen verborgen geblieben waren, die sich erst in fünfzig, hundert oder zweihundert Jahren erschlossen, und dann vielleicht nur dank der Sorgfalt und Gründlichkeit, mit der die Vorgänger gearbeitet hatten? Die Erdproben, die er und Nora dem Boden entnahmen, würden in den nächsten Wochen in Laboren abermals gesiebt werden, um zu prüfen, ob sich Mikrospuren von Fossilien, Insekten, Samen und Pflanzen darin befanden. Was die Grabungen von Hand betraf, so hatten die Techniken sich kaum verändert, da wurden die Schichten und Ablagerungen wie eh und je mit dem bloßen Auge ausgewertet. Hinsichtlich der anschließenden Verfahren hatte es in den vergangenen Jahren jedoch beträchtliche Neuerungen gegeben. Man hatte viele zuverlässige Methoden mikroskopischer und chemischer Analysen entwickelt, neue Formen der Stichprobenentnahme und moderne Tests, von denen Gabriel nicht einmal hatte träumen können, als er erstmals nach Spaten und Schaufel griff.

Inzwischen war Nora auf der anderen Seite des Grabens näher gerückt und kniete jetzt dort mit aufgerollten Ärmeln auf dem Boden. Grauer Staub haftete wie Reif an ihren dunklen Brauen. Sie war völlig in ihre Arbeit vertieft, sie grub, haufelte feuchte Erde auf einen Haufen, siebte. Cormac empf diese Beschäftigung als wohltuend. Die einzigen Geräu-, die er vernahm, waren das Scharren und Kratzen von Noras Schaufel, die dumpfen Laute, mit denen die Erde auf dem Haufen landete und gelegentlich das entfernte Krächzen einer Krähe.

»Wird es dir nie leid, herumzubuddeln und nichts zu finden?«, fragte Nora. »Die ganze Plackerei für nichts und wieder nichts, außer einem Berg Kieselsteine und Sand? Was um alles in der Welt hält dich bloß bei der Sache?«

Seltsam, sie muss meine Gedanken gelesen haben, dachte Cormac.

»Die Hoffnung«, sagte er. »Die Aussicht, etwas zu finden. Natürlich, manchmal kann es langweilig werden, aber du willst mir doch bestimmt nicht weismachen, dass es bei deiner Arbeit keine Durststrecken gibt. Auch du wirst es größtenteils mit den üblichen Routinegeschichten zu tun haben, bis du mal auf eine interessante Abweichung stößt. Findest du denn nicht auch, dass es die mühselige Vorarbeit ist, die den Durchbruch schließlich zum Erlebnis macht?«

»Doch schon«, sagte Nora. »Erklär mir trotzdem noch mal, wonach wir eigentlich suchen.«

»Nach Überresten jedweder Epoche. Nach Hinweisen auf Strukturen im Boden, Schichten von Asche oder Holzkohle, die uns Jahreszahlen oder Zeitabschnitte vermitteln. Nach Müllresten, Schlackebergen, jeglicher Form von Abfall, der von menschlichem Tun zeugt. In Klöstern hat man früher weltliche wie geistliche Geschäfte versehen, also kann eine ziemliche Vielfalt an Dingen zutage treten. Wir möchten letztlich bestimmen können, was hier einmal geschehen ist und in welcher Reihenfolge.« Cormac trug kurz etwas auf ein Blatt auf seinem Klemmbrett ein, das er dann mit einem langen Nagel an der Grubenwand befestigte, um eine Lehmschicht zu markieren. »Ich gebe ja zu, dass es bisweilen ganz schön frustrierend ist«, fuhr er schließlich fort. »Wir erwarten, dass sich uns ganze Zivilisationen erschließen, indem wir durch winzige Gucklöcher blicken. Wenn wir aber all die Einblicke addieren, ergibt sich allmählich ein größeres Bild. Außerdem ist es nicht richtig zu behaupten, dass wir nichts finden.« Cormac wies auf die Lehmschicht, die er gerade gekennzeichnet hatte. »Siehst du, dass sich hier die Farbe verändert? Erkennst du die dünne schwarze Linie, die sich da hindurchzieht? Dabei handelt es sich um Holzkohle. Sie liefert den Beweis, dass an diesem Ort einmal Menschen gewohnt haben. Mithilfe weiterer Analysen erkennen wir sogar, welche Art Holz sie benutzt

263

haben müssen. Man muss einfach lernen, den Blick dafür zu schärfen.«

Cormac legte seinen Spaten ab und setzte sich neben Nora.

»Sieh einmal da drüben«, sagte er und deutete auf die Landschaft jenseits des Schotterweges. »Was siehst du dort?«

Nora hob den Kopf und spähte auf die umliegenden Wiesen und Weiden. »Vieh. Gras. Gelbe Blumen. Warum? Was siehst du denn da?«

»Schau noch mal hin«, sagte Cormac. »Geradeaus und etwas mehr in die Ferne.«

»Ich sehe einen Hügel«, sagte Nora. »Und was soll das bedeuten?«

Cormac schwieg und beobachtete Noras Gesicht, während die runde Erhebung, die aus dem dottergelben Meer der Butterblumen aufragte und die sie zuerst fraglos als natürlichen Teil der Landschaft hingenommen hatte, für sie allmählich eine neue Bedeutung bekam. Cormac grinste, weil Nora offenbar zu begreifen schien, dass die Form zu rund und zu regelmäßig für einen natürlichen Hügel war und dass die eine, gerade abfallende Seite dem Eingang zu einer Mine ähnelte.

Nora drehte sich mit leicht geöffnetem Mund zu Cormac um. »Was ist das für ein Hügel?

»Vielleicht der Rest eines Ringgrabens. Vielleicht eine alte Begräbnisstätte.« Mit Zufriedenheit nahm er zur Kenntnis, dass er Nora beeindruckt hatte.

»Mich überläuft eine Gänsehaut.«

»Das lag nicht in meiner Absicht«, sagte Cormac und schmunzelte.

Eine Zeit lang setzten sie ihre Arbeit schweigend fort. Schließlich sagte Nora: »Ned Raftery hat gemeint, es könnte mehrere Tage dauern, bis er seine Tante dazu überredet hat, mit uns zu sprechen. Ich finde, wir sollten die Zwischenzeit nutzen.«

»Und was schwebt dir da vor?«

»Tja, wir könnten doch mal das Heimatkundemuseum besuchen, das du erwähnt hast, und nachsehen, welche Unterlagen sie dort aufbewahren. Wir könnten auch Robbie mit Schokokeksen bestechen, damit er alle verfügbaren Dokumente über

Cathal Mór O'Flaherty ausgräbt.« Sie hielt inne, aber Cormac spürte, dass sie noch etwas auf dem Herzen hatte.

»Und außerdem?«, fragte er.

»Na, außerdem würde ich mir furchtbar gern das Innere des alten Turms sehen. Oder weißt du etwa nicht, wie man so ein Schloss knackt?«

»Momentchen mal«, sagte Cormac. »Wenn du glaubst, ich breche irgendwo ein, dann ...«

»Warum denn nicht? Wie sollen wir denn deiner Meinung nach sonst hineingelangen? Sie leerte ihr Sieb aus und schlug die letzten Reste, die daran klebten, durch heftiges Klopfen ab. »Was kann ich denn dafür, wenn die Tür nicht offen ist? Und worauf willst du überhaupt warten? Glaubst du, uns lädt jemand ein?«

»Du bist dir doch hoffentlich darüber im Klaren, dass du mich dazu bringst, etwas Unrechtmäßiges zu tun? Und zwar nur deshalb, um zu verhindern, dass du in Schwierigkeiten gerätst.«

»Dich zwingt ja niemand«, entgegnete Nora. »Ich schaue mir den Turm auch gern allein an. Wenn du dich dermaßen zierst, wird mir sowieso nichts anderes übrig ...«

Cormac legte abrupt den Zeigefinger auf die Lippen und bedeutete ihr zu schweigen. Nora verstummte. Sie vernahm jedoch nichts außer dem schnarrenden Ruf eines Wachtelkönigs.

»Da ist jemand«, raunte Cormac. »Jemand schleicht durch das alte Kloster. Tu so, als würdest du weitersieben. Vielleicht lässt er sich dann blicken.« Sie machten sich wieder ans Werk und warfen dabei ab und zu einen verstohlenen Blick auf das Kloster.

»Komm, wir gehen zum Jeep«, sagte Cormac schließlich. »Langsam. Du zuerst. Sieh zu, dass du ihn ablenkst. Du nimmst den kürzeren Weg durch die Klosteranlage. Ich komme von hinten. Wer immer da herumgeistert, wird einem von uns in die Arme laufen.« Gleichzeitig fragte Cormac sich, ob er Brendan McGann gewachsen sein würde, falls es zum Ernstfall käme.

Nora erhob sich, klopfte sich den Schmutz von den Knien

und erklärte für alle Ohren vernehmlich: »Ich halte es nicht mehr aus. Ich muss jetzt was essen.« Anschließend lief sie in einer Diagonalen auf die Ecke zu, hinter der sich der Jeep befand. »Ich glaube, heute gibt es Käsesandwich oder Sandwich mit Käse und Tomaten!«, rief sie zurück. Als sie den Ausgang des Klosters erreicht hatte, entdeckte sie dort Jeremy Osborne, der sich am Ende eines langen Gangs an die Wand drückte. Er schaute Nora kurz an, drehte sich dann um und wollte flüchten, aber da stand Cormac schon hinter ihm, packte ihn an den Schultern und hielt ihn fest.

»Moment, Moment«, sagte er freundlich. »Kein Grund zur Eile.«

Jeremy versuchte, sich ihm aus dem Griff zu winden, aber in dem Augenblick trat Nora hervor und sagte: »Hallo, Jeremy.«

Der Junge schaute sie wieder an. Wie zerbrechlich er im hellen Tageslicht doch wirkt, dachte Nora. Er besitzt die gleichen großen Augen und hohen Wangenknochen wie seine Mutter, die gleiche blasse, durchscheinende Haut. Seine Gesichtszüge waren allerdings weicher, und seine Wangen besaßen noch immer die jugendliche Leuchtkraft, die Lucy Osborne fehlte. Etwas in der Art, in der Jeremy sich bewegte, erinnerte Nora an ein scheuendes Pferd. Kein Wunder, dass mir das einfällt, schoss es ihr durch den Kopf. Wenn ich daran denke, wie seine Mutter mit ihm umgeht, dann sind Kandare und Zügel bestimmt nichts Ungewohntes für ihn.

»Was hast du vor, Jeremy?«, fragte Nora, wobei sie hoffte, das zaghafte Lächeln, das sie neulich an ihm bemerkt hatte, wieder hervorlocken zu können, wenn sie sanft mit ihm verfuhr und ihn nicht mit falschen Gesten verstörte.

»Ich habe nicht spioniert«, sagte Jeremy hastig. »Ich wollte nur fragen, ob ich helfen kann.«

Nora warf Cormac einen verwunderten Blick zu. »Das ist eine gute Idee«, sagte sie dann. »Ich glaube, es gibt eine Menge zu tun. Jedenfalls ist es sehr nett von deiner Mutter, dass sie dich uns für eine Weile überlässt.«

Jeremys Blick streifte den ihren. »Ich bin von mir aus gekommen«, murmelte er.

»Na, ist ja egal«, sagte Cormac. »Wir können immer ein weiteres Paar Hände gebrauchen. Es macht dir hoffentlich nichts aus, einfache Hilfsdienste zu verrichten, oder? Das wäre nämlich die einzige Position, die ich anzubieten hätte.«

»Das macht mir nichts aus«, sagte Jeremy.

»Dann komm mit. Ich zeige dir, was du tun kannst.«

Während Cormac den Jungen zum Graben führte, ging Nora weiter zum Jeep, um das Lunchpaket zu holen. Sie hatte nicht damit gelogen, dass sie hungrig sei. Nach ihrer Rückkehr schaute sie Cormac und Jeremy eine Weile lang zu. Cormac erläuterte dem Jungen mit ruhigen Worten, was sie taten, wonach sie Ausschau hielten und dass er, Cormac, alles Erwähnenswerte, das sie entdeckten, notierte. Das war eine Seite an ihm, die Nora noch nicht kannte: Cormac, der einfühlsame Lehrer, der sich in den Dreck kniete, um dem Jungen zu zeigen, wie man siebte, ihn selbst einen Versuch machen ließ und ihn lobte, weil er es so rasch begriff. Jeremy hockte wie ein Kind auf den Fersen, füllte das Sieb, fuhr mit den Fingern durch die Erde und kippte die dickeren Kieselsteine sorgfältig auf den Haufen, den Nora zuvor aufzuschichten begonnen hatte.

»Ich sehe, du machst das bereits wie ein alter Hase«, sagte Nora, als sie neben Jeremy trat. »Wie wäre es trotzdem erst mal mit einem Happen? Wir haben reichlich zu essen eingepackt.«

Jeremy zauderte etwas, nickte dann aber. Zu dritt ließen sie sich auf einem Grasfleck nieder. Nora reichte Sandwiches herum und Becher, die sie mit Tee aus der Thermosflasche füllte. Cormac zückte sein Taschenmesser und teilte ein paar Äpfel in handliche Schnitze. Durch die Wolkendecke hindurch spürten sie, dass die Sonne auf dem Weg zu ihrem höchsten Stand war, weil die Luft auf einmal drückend schwül wurde. Lediglich die stetige Brise, die aus den Bergen zu ihnen herunterwehte, verhinderte, dass sie ins Schwitzen gerieten.

»Hast du schon einmal bei einer Grabung mitgeholfen?«, fragte Cormac.

Jeremy schüttelte den Kopf und schluckte manierlich seinen

Bissen hinunter, bevor er antwortete. »Ich bin immer mal vorbeigekommen, als am alten Kloster gearbeitet wurde. Aber man hat mich jedes Mal fortgescheucht. Die Leute haben wohl gedacht, ich würde irgendwelchen Blödsinn anstellen. Ich war damals ja noch ein Kind.«

»Und jetzt bist du mit der Schule fertig?«, fragte Cormac.

Jeremy nickte stumm.

»Hast du denn vor zu studieren?«

Cormac hatte seine Frage in unverfänglichem Ton gestellt, aber dennoch schien sie den Jungen in Verlegenheit zu bringen. Er begann die Grashalme neben sich auszurupfen.

»Ich muss noch ein paar Prüfungen ablegen«, sagte er schließlich. »Außerdem weiß ich noch nicht, was ich später mal werden will. Meine Mutter möchte, dass ich die Verwaltung eines Gutes erlerne.« Jeremys Stimme verriet, dass er nicht viel von einer solchen Beschäftigung hielt.

»Wofür interessierst du dich denn, Jeremy?«, fragte Nora.

Der Jungen bedachte sie mit einem flüchtigen Blick. Es kam ihr so vor, als hätte sie einen schwachen Vorwurf in seinen Augen gelesen. Im nächsten Moment senkte Jeremy jedoch den Blick und betrachtete die Grasfläche an seiner Seite.

»Ich ... ich weiß es nicht«, stammelte er.

Dessen muss man sich doch in seinem Alter noch nicht schämen, sagte sich Nora verwundert. Sie sah, dass Jeremys Ohren zu glühen begannen.

Nach dem Mittagessen arbeiteten sie für gute dreieinhalb Stunden weiter, bis es Zeit für den Nachmittagstee wurde. Danach begann Cormac, Fotos zu machen, um ihre Fortschritte zu dokumentieren, und Einzelheiten zu den freigelegten Abschnitten zu notieren. Jeremy fungierte als sein Assistent und hielt den Zollstock, um die Tiefe eines Grabens und die Farbschichten der Schächte nachzumessen. Als der Nachmittag fortschritt, legte sich der Wind, und die Luft wurde reglos und still. Nora trank einen großen Schluck aus ihrer Wasserflasche, beugte sich dann vor und goss sich etwas von der lauwarmen Flüssigkeit über den Nacken. Als sie sich aufrichtete und die Tropfen, die ihr über die Kehle rannen, mit einem Tuch abtupfte, sah sie, dass Jeremy sie anstarrte. Als ihre Blicke sich dieses Mal trafen, schaute er nicht fort, und mit einem Mal fühlte Nora sich äußerst unbehaglich. Sie wandte sich ab, um ihr Werkzeug einzusammeln. Dabei erinnerte sie sich an den betrunkenen Jeremy, dem sie am ersten Abend in Bracklyn House auf die Füße geholfen hatte, und überlegte, ob er womöglich eine ungesunde Neigung ihr gegenüber entwickelt hatte. Wenn dem so war, dann hatte sie ihn vermutlich darin bestärkt, als sie ihn an jenem Nachmittag schlafend in dem Kinderbett vorfand. Nun überkamen sie Zweifel daran, ob es richtig war, ihn zum Reden zu ermuntern. Es wäre nicht fair, seine jugendlichen Fantasien auszunutzen. Nora entsann sich der heiseren Flüsterstimme am Telefon. Ob Jeremy derjenige gewesen sein könnte, der sie angerufen hatte, um sie zu warnen?

10

Nora war überrascht, als am Freitag Una McGann mit ihrer kleinen Tochter an der Ausgrabungsstätte erschien, um sie zu fragen, ob sie nicht so freundlich sein könnte, sie am Samstagmorgen zum Markt zu fahren. Nora erklärte sich umgehend dazu bereit, zum Teil sicherlich auch aus Neugier. Zu dieser Jahreszeit würde die Marktsaison gerade erst beginnen, erklärte Una, es gebe nicht viel mehr als Körbchen mit neuen Kartoffeln, im Treibhaus gezüchtete Erdbeeren, Blumen, Erbsen, Salate, Hühner- und Enteneier. Käse stelle heutzutage niemand mehr her, fuhr sie fort, doch vermutlich würden selbst gemachte Würste aller Art feilgeboten werden, vor allem Blutwürste und Presssack, und außerdem Haushaltswaren wie Besen und Körbe aus Binsen.

Am Samstagmorgen war die Luft wieder einmal feucht und mild. Neun Uhr morgens schien Nora ein wenig spät für den Auftakt eines Markttages zu sein, und als sie auf das Haus der McGanns zufuhr, hoffte sie, dass sie nicht zu spät dran waren. Durch das geöffnete Fenster konnte sie das kleine Mädchen, Aoife, um einen großen Tisch herumhüpfen sehen, während Unas Stimme im Hintergrund laut rechnete. Nora nahm an, dass sie die Einnahmen überschlug, die der Verkauf ihrer Waren ihr einbringen würde. Die Stimme des Kindes unterbrach sie und rief: »Mami, Mami, kaufst du mir in dem Café was Süßes? Ach bitte!«

»Ich rechne noch, Aoife, kannst du denn nicht ein einziges Mal still sein?«, gab Una unwirsch zurück.

»Mami, Mami!« Aoife zerrte an der Hand ihrer Mutter. »Sie ist da. Ich glaube, sie ist da.«

Una riss ungehalten ihre Hand fort, sodass Aoife, die mit aller Macht gezogen hatte, das Gleichgewicht verlor und rücklings zu Boden stürzte. Es herrschte kurz Stille, bis die Kleine dann leise zu weinen begann.

Una ging neben ihr in die Hocke. »Hast du dir wehgetan«, sagte sie. »Es tut mir Leid, Aoife. Ich bin einfach nur furchtbar müde. Aber ich bin nicht böse mit dir.«

Als Nora durch die Tür trat, küsste Una ihre Tochter aufs Haar, hielt sie in den Armen und wiegte sich mit ihr, wie um sie beide zu trösten.

»Hallo!«, rief Nora. »Ist jemand zu Hause?"

Una war gerade dabei, Aoife aufzuhelfen, und fuhr sich dabei mit einer Hand über die Augen.

»Ist alles in Ordnung?«, fragte Nora.

Una wirkte aufgelöst, tätschelte aber die Schulter ihrer Tochter. »Uns geht es bestens, nicht wahr, *a chroí?*« Sie richtete den Blick auf Nora. »Könnten Sie vielleicht ein paar von den Taschen, die da drüben stehen, mit zum Wagen nehmen? Aoife wird auch etwas tragen.« Una selbst bewaffnete sich mit einer Kiste Kuchen und verließ hinter ihnen das Haus.

Als sie in Dunbeg eintrafen, waren die Händler noch im Begriff, ihre Stände zu errichten. Einige kamen offensichtlich von außerhalb, sie breiteten billige Handys oder grellbunte Vorleger auf den Tischen aus. Gleich daneben luden Bauern aus der Gegend braune Eier oder wilden Heidehonig aus. Una teilte sich ihren Stand mit anderen Kunsthandwerkern, von denen einige fertige Gegenstände auspackten, andere wiederum, wie Una, das verkauften, was sie gerade vorrätig hatten. Aoife lauschte dem Geplauder ihrer Mutter, wurde jedoch immer wieder ermahnt, dieses oder jenes nicht anzufassen und aufzupassen, dass sie nichts kaputt machte. Es war klar, dass das Kind eher im Weg war.

Schließlich zog Nora Una beiseite. »Wenn Sie möchten, könnten Aoife und ich ja einen kleinen Ausflug unternehmen«, sagte sie. »Ins Café oder so. So lange bis Sie fertig sind.«

Auf Unas Miene malte sich dankbare Erleichterung ab. »Das

wäre fantastisch. Warten Sie, ich gebe Ihnen Geld.« Sie griff nach dem kleinen Beutel, den sie um die Taille geschlungen hatte.

»Kommt nicht infrage«, sagte Nora. »Das übernehme ich. Vielleicht sollten wir aber erst einmal Aoife fragen, was sie davon hält.«

Una ging hinüber zu dem Stand, an dem das kleine Mädchen sich gerade die Fransen einer Reihe indischer Tücher durch die Finger gleiten ließ. Nora beobachtete, wie sie etwas zu ihrer Tochter sagte. Gleich darauf kam Aoife mit einem Gesicht, das vor Freude glühte, auf sie zugerannt.

»Meine Mami sagt, ich darf mit dir gehen«, sagte das Kind, während es eine Hand in die von Nora gleiten ließ.

So viel zu meiner Sorge, ich könnte als Begleiterin unerwünscht sein, dachte Nora. Aoife winkte ihrer Mutter noch kurz zu, und schon waren sie unterwegs. Wie einen Schleppkahn lotste Aoife sie hinter sich her, während ihre kleinen Füße eifrig trippelten. Gelegentlich blieb sie kurz stehen, um Nora auf etwas hinzuweisen oder vertrauliche Dinge mitzuteilen. »Das da ist Declan Connelly«, sagte sie an einer Ecke. »Der hat mich mal mit seinem struppigen alten Hund gejagt.« Im Eilschritt ließen sie eine namenlose Kneipe hinter sich, eine Autowerkstatt mit zwei Zapfsäulen am Straßenrand, ein Schaufenster voller Fahrradreifen, ein Zeitungsgeschäft mit verblassten Postkarten im Fenster und einem Plakat, auf dem verschiedene Eissorten angepriesen wurde. Aoife wurde langsamer, als ihr Ziel in Sichtweite kam, sodass Nora sich in Ruhe dem Anblick der farbenprächtigen Halbgardinen widmen konnte und der Tafel, auf dem Cremehütchen und Apfelkuchen aufgemalt worden waren. Am Eingang lehnte ein Schild, auf dem *Tee, Kaffee, Kuchen* stand.

»Sollen wir da hineingehen?«, fragte Nora.

Die Kleine nickte stumm, als wäre sie von einem Zauber gebannt, aber im nächsten Moment schoss sie pfeilgleich los. Nora traf sie vor der Theke wieder, wo Aoife fasziniert die Vielfalt der Sahneteilchen betrachtete.

»Wir hätten gerne einen Milchkaffee und ein Glas Milch«, sagte Nora zu dem Mädchen hinter der Theke. »Dazu ein Blaubeertörtchen und was das Herz meiner kleinen Freundin begehrt.«

Aoife war noch immer in die Betrachtung der Kuchenpracht vertieft. Schließlich deutete sie auf ein riesengroßes Teilchen mit Zuckerguss, auf dem sich ein Sahneberg türmte, den eine giftig aussehende Kirsche krönte. Nora schauderte innerlich. Sie ließ Aoife einen Tisch am Fenster aussuchen, wo sie sich schließlich niederließen. Nora registrierte, wie unbefangen das Kind sie musterte. Schließlich lehnte die Kleine sich im Stuhl zurück.

»Liebst du Cormac?«, fragte sie.

Nora war perplex.

»Ich habe meine Mutter danach gefragt«, fuhr Aoife fort. »Aber die sagt, sie weiß es nicht, das kannst nur du mir sagen.«

»Na ja, ich finde Cormac sehr nett«, antwortete Nora, merkte jedoch, dass sie damit bei der Fragerin nicht durchkommen würde.

»Willst du ihn heiraten?«, bohrte Aoife nach.

Nora war erleichtert, dass die Bedienung gerade mit dem Tablett auftauchte. Aoifes schauriges Teilchen sah aus der Nähe noch mächtiger aus als in der Vitrine. Das Kind nahm seine Kuchengabel, musste jedoch erst einmal den Finger in den steifen Sahnehügel tauchen, wobei es sorgsam darauf achtete, die Kirsche nicht anzustoßen. Während Nora die Kleine beobachtete, wurde sie von dem inzwischen vertrauten Gefühl des Verlusts gepackt. Sie erinnerte sich daran, wie häufig sie mit ihrer Nichte ähnliche Ausflüge unternommen hatte. Inzwischen hatte sie Elizabeth seit fast vier Jahren nicht mehr gesehen: Das war der Preis gewesen, den sie hatte zahlen müssen, weil sie Peter Hallet für einen Mörder hielt.

»Ich werde eines Tages schon heiraten«, erklärte Aoife, wie um mit ihrem Bekenntnis Nora die eigene Beichte zu erleichtern.

»Was du nicht sagst. Weißt du denn auch schon wen?«, fragte Nora.

»Ja. Er heißt Tomás O'Flic und kommt manchmal, um mit mir zu spielen. Dann trinken wir Tee ...« Aoife brach ab. »Es ist aber kein richtiger Tee«, sagte sie dann. »Wir tun nur so.«

»Wie ist denn Tomás so?«, fragte Nora.

Elizabeth hatte sich als kleines Kind eine Unmenge Freunde ausgedacht, und Nora hatte es Spaß gemacht, ihre Nichte nach ihnen auszufragen. Sie fand es erstaunlich, dass Kinder instinktiv wussten, wie man sich einen Schutzwall gegen die Einsamkeit aufbaut.

»Oh, er hat lauter Zweige im Haar, und oft riecht er nicht so gut. Das kommt, weil er sich nicht wäscht und weil er im Wald unter einem Baum wohnt.«

»Und worüber redet ihr beiden so?«

Aoife kicherte. »Er sagt nie etwas. Aber manchmal bringt er mir was mit. Das da zum Beispiel.« Sie schleckte sich die Finger ab, griff dann in die Tasche und zog einen hellen, flachen Stein hervor, der so groß wie eine Münze war.

»Der ist ja wunderschön«, sagte Nora. »Darf ich ihn mir einmal aus der Nähe anschauen?«

Aoife zögerte, bevor sie Nora den Stein überließ. »Du musst ihn mir aber auch wiedergeben.«

»Natürlich, Ehrenwort.«

Nora drehte den Stein hin und her. Es handelte sich um ein glänzendes Stück Rosenquarz, kein Stein, den man einfach irgendwo fand. Leicht verwundert gab sie ihn dem Mädchen zurück, beschloss jedoch, es nicht weiter zu bedrängen.

Nachdem sie ihren Schatz wieder in der Tasche verstaut hatte, betrachtete Aoife den Sahneberg auf ihrem Teller. Seufzend lehnte sie sich zurück und zog einen Flunsch. »Ich muss dir was sagen, Nora, ich schaff das nicht. Ach, du hast ja was vergessen ...«

»Was denn?«, fragte Nora.

»Du hast mir immer noch nicht gesagt, ob du Cormac heiraten willst oder nicht.«

11

Während Nora mit Aoife im Café saß, hatte sich Ned Raftery bei Cormac gemeldet und ihm erklärt, seine Tante sei bereit, ihn und Nora am heutigen Nachmittag zu empfangen. Anschließend gab er ihm ausführliche Anweisungen, wie man zum Haus der alten Dame gelangte, obgleich es nicht einmal sieben Kilometer von Dunbeg entfernt lag. Nun dehnte die Straße, die zur Gemeinde Tullymore führte, sich wie ein grüner Tunnel vor Nora und Cormac aus. Üppig grüne Bäume, deren Stämme von Efeu umrankt waren, bildeten die Wände zu beiden Seiten, und ihre ausladenden Äste wölbten sich zu einem dichten Tunnel.

»Glaubst du, Jeremy war enttäuscht, dass wir ihn nicht aufgefordert haben, mitzukommen?«, fragte Nora, als sie am Ende des Tunnels in einen schmalen Feldweg einbog.

»Glücklich hat er nicht gerade ausgesehen«, sagte Cormac. »Andererseits können wir ihn nicht ständig unter die Fittiche nehmen.«

Nora empfand das ähnlich. Immerhin hatten sie in den letzten Tagen kaum eine Minute ohne Jeremy verbracht.

»Da vorn geht's links ab«, sagte Cormac fort. »Dann immer hangaufwärts.«

Langsam fuhr der Wagen einen Hügel hinauf. Dichte Brombeersträucher blühten auf dem abfallenden Gelände zu ihrer Linken.

»Ich frage mich, ob wir aus dieser Wildnis hinterher auch wieder herausfinden«, sagte Nora. »Außerdem versuche ich mir einzureden, dass die gute Mrs Cleary tatsächlich in der Lage ist, sich an eine Geschichte zu erinnern, die dreihundert Jahre zurückliegt.«

»Gänzlich ausgeschlossen ist das nicht. Ich spiele ja auch Lieder, die mindestens so alt sind. Du darfst nicht vergessen, dass unsere *cailín rua* hier vielleicht einmal gelebt hat, möglicherweise nur wenige Kilometer von dieser Stelle entfernt. Und manche Ereignisse werden eben von einem zum anderen weitergegeben. Ein tollkühner Angriff auf englische Besatzer, eine schöne junge Frau, der man den Kopf abschlägt ... das sind doch ideale Themen für ein Lied.«

»Ich glaube, wir hätten doch lieber deinen Jeep nehmen sollen«, murmelte Nora, als der Weg sich abermals verengte. Sie hatte bereits zweimal den ersten Gang einlegen müssen.

Nachdem sie den Kamm erklommen hatten, wurde aus dem Weg eine schmale Wagenspur mit einem hohen Grasstreifen in der Mitte. Zu beiden Seiten dehnte sich ein tückisches Gelände mit feuchten Weiden und fußballgroßen Steinen aus.

Im Schneckentempo fuhr Nora ein Stück weit den Hügel auf der anderen Seite hinunter. »Nach Rafterys Angaben müssten wir da sein«, sagte Cormac. Nora hielt den Wagen an, und sie schauten sich um. Ganz am Ende des Weges, vielleicht dreihundert Meter von ihnen entfernt, stand eine Kate mit einem frischen Strohdach und winzigen Fenstern. Die weißen Mauern und das goldgelbe Dach glänzten in der Nachmittagssonne. Beim Näherkommen erkannte Nora, dass die Vordertür halb offen stand.

»Sieht aus, als werden wir erwartet«, sagte Cormac, während sie ausstiegen und sich auf das Haus zubewegten. »Hallo!«, rief er am Eingang und klopfte an die offene Tür. »Mrs Cleary? Sind Sie da?«

»*Tar isteach*. Kommen Sie bitte herein«, krächzte eine alte Frauenstimme aus dem dunklen Inneren heraus. »Ich bin hier hinten.«

Cormac betrat als Erster das Haus. Nora folgte ihm. Nach dem hellen Nachmittagslicht benötigten ihre Augen eine Weile, um sich an das Dämmerlicht zu gewöhnen. Sie erkannte verschwommen eine kleine Frauengestalt, die am Ende des

Raumes neben einem Kamin auf einem hohen, steifen Polster-
stuhl hockte. Sie wirkte zart und schmächtig. Als sie näher
kam, sah Nora, dass sie einen einfachen Wollrock trug, eine
weiß gestärkte Bluse und eine Strickjacke. Durch die eingefallenen Wangen wurde die scharfe Adlernase hervorgehoben.
Auch die knochigen, gichtigen Finger, mit denen sie die Arm-
lehnen des Stuhles umklammerte, unterstrichen den vogelarti-
gen Eindruck, den sie erweckte. Trotz der Wärme des Tages
glühte im Kamin ein orangefarbenes Torffeuer.

»Sie müssen entschuldigen, dass ich nicht aufstehe«, sagte
Mrs Cleary. »Meine Tochter ist aber in der Küche und bereitet uns den Tee zu. Rita! Rita! Wo steckst du?«

»Machen Sie sich bloß keine Umstände!«, sagte Cormac und
zog eine kleine Flasche Whiskey aus der Jackentasche. »Ich bin
Cormac Maguire, und das ist Nora Gavin. Und hier ist ein
Schlückchen für Ihre Gesundheit.«

Er bückte sich zu Mrs Cleary hinunter und legte ihr sein
Mitbringsel in die Hände. Auf dem zerknitterten Gesicht breitete sich ein wohlwollender Ausdruck aus, als die alte Dame
die Flasche befühlte. Nora sah, dass auch ihre Augen trüb
waren, ähnlich wie die bei ihrem Neffen.

»Ich freue mich, Sie kennen zu lernen«, sagte Nora sanft,
woraufhin die alte Dame den Kopf auf die Seite legte, weil sie
sich offenbar an Noras amerikanischem Akzent störte.

»Maguire«, sagte sie anschließend. »Was haben Sie eigentlich gegen die irischen Mädchen einzuwenden?«

Noras Wangen färbten sich vor Verlegenheit rosig.

»Nora Gavin ist meine Kollegin, Mrs Cleary«, sagte Cormac. »Wir arbeiten lediglich zusammen.«

Die alte Dame ging darüber hinweg. »Setzen Sie sich, alle
beide. Rita! ... Wo bleibt denn das faule Mädchen? Sie wollte doch nur Teewasser aufsetzen.« Mit einer unbestimmten
Geste deutete Mrs Cleary auf den Tisch an der Wand, auf dem
das Teegeschirr bereitstand. »Ich selbst genehmige mir jetzt
einen Tropfen von dem Whiskey!«

Cormac nahm ihr die Flasche ab und reichte sie Nora, die
ein kleines Glas vom Tisch nahm und es großzügig füllte.

»Wir sind dankbar, dass Sie sich Zeit für uns genommen

haben«, begann Cormac, indem er sich ihr gegenüber auf einem Stuhl niederließ.

»Pah«, sagte Mrs Cleary. »Eine nutzlose alte Frau wie ich hat Zeit in Hülle und Fülle.« Mit einer mürrischen Geste nahm sie Nora das Glas aus der Hand.

Durch eine Tür an einem Ende des Zimmers drang die Stimme des »Mädchens«. »Mami, lass dein Gejammer. Du bist nicht nutzlos. Du genießt nur deinen wohl verdienten Ruhestand.« Als Rita Geary, eine Dame in den Sechzigern, den Raum betrat, warf sie einen forschenden Blick in die Runde. »Ich hoffe, du hast unsere Gäste nicht vor den Kopf gestoßen.« Sie wandte sich an Nora und Cormac. »Sie müssen Geduld mit meiner Mutter haben. Eigentlich mag sie es, wenn jemand zu Besuch kommt, aber heute ist ihre Laune etwas unbeständig. Meine Mutter beruhigt sich aber immer, wenn sie weiß, dass ich da bin.«

»Stört es Sie, wenn ich unser Gespräch auf Band aufnehme?«, fragte Cormac.

»Wie Sie wollen«, erwiderte Mrs Cleary.

Cormac fischte sein Miniatur-Tonbandgerät aus der Jackentasche. »Ich weiß nicht, ob Ned Ihnen schon erklärt hat, wonach wir suchen. Wir sind nämlich auf der Suche nach Liedern oder alten Geschichten, die sich mit berühmt-berüchtigten Gesetzlosen aus dieser Gegend befassen oder vielleicht auch mit einer jungen Frau, der man den Kopf abgeschlagen hat.«

Mrs Cleary lächelte und nippte an ihrem goldfarbenen Getränk. »Das gefällt mir. Erst letzte Woche sind Leute von Radio Éireann gekommen, um mich aufzunehmen, und jetzt auch noch Sie. Wenn das so weitergeht, werde ich noch anfangen, Stundenlohn zu kassieren.«

Sie wirkte äußerst zufrieden mit sich, bis ihre Tochter sich neben ihr niederhockte, ihr den Arm tätschelte und mit besänftigender Stimme bemerkte: »Mami, du weißt doch, dass bereits eine Weile vergangen ist, seit jemand von RTÉ hier war. Das war vor mehr als dreißig Jahren. Denk doch mal nach.« Die alte Dame wirkte etwas gekränkt, während ihre Tochter sich an Cormac und Nora wandte und mit entschuldigender Miene raunte: »Normalerweise wird sie erst gegen Abend so vergesslich. Vielleicht ist sie heute ja früher müde geworden.«

Nora nickte verständnisvoll, konnte aber nicht umhin, sich zu fragen, ob ihr Besuch nicht vergebens sein würde.

»Was ist mit dem Mädel, das Sie ausgegraben haben?«, fragte Mrs Cleary barsch. »Was haben Sie damit zu schaffen?«

»Nichts Persönliches«, sagte Cormac. »Wir haben nur vor ein paar Tagen in Drumcleggan ihren Kopf gefunden.«

»Die Kleine war rothaarig, nicht wahr?«

»Woher wissen Sie das?«, fragte Nora verwundert.

Mrs Cleary schürzte die Lippen. »Darüber wird eben geredet. Bei uns bleibt nichts geheim.«

»Hat es in dieser Gegend früher viele Rothaarige gegeben?«, fragte Cormac.

»In einigen Familien schon«, antwortete Mrs Cleary. »Zum Beispiel bei den Clearys, der Familie meines Mannes. Auch die Kellys und die McGanns haben etliche Rotfüchse gehabt, aber immer nur ein paar, nie die ganze Familie.«

»Was hat es denn mit den Rothaarigen auf sich?«, fragte Nora. Sie wusste, dass Rothaarige als temperamentvoll galten, war jedoch neugierig, ob der Volksmund noch mehr über sie zu sagen hatte.

Die alte Dame kicherte. »Mein Vater, Gott habe ihn selig, hat immer behauptet, wenn man eine rothaarige Frau am Tor trifft, bringt das Unglück.« Sie schaute versonnen vor sich hin. »Vielleicht besitzen sie ja tatsächlich Zauberkräfte«, murmelte sie. »Vielleicht haben sie wirklich die Macht, einen Menschen zu verhexen.«

Nora fiel auf einmal ein, dass sie völlig vergessen hatte, Robbie zu bitten, nach Fällen zu forschen, in denen eine junge Frau der Hexerei bezichtigt worden war.

»Bei der Untersuchung des Schädels wurde ein Ring im Mund der Toten entdeckt«, sagte Cormac jetzt. »Darin waren Buchstaben eingraviert. COF und AOF. Und eine Zahl, das Jahr 1652. Wir hoffen, das hilft uns, mehr über das Mädchen herauszufinden. Sagen die Buchstaben Ihnen etwas oder ...«

»Was wäre denn dann?«, unterbrach Mrs Cleary ihn. »Was ist, wenn Sie herausgefunden haben, wer die Frau war? Sind Sie dann schlauer als vorher?«

Cormac lächelte und nahm mit einem dankenden Kopfnicken eine Tasse Tee und einen Keks von Rita entgegen. »Nun, vielleicht nicht schlauer, was das Leben an sich anbelangt, aber doch immerhin in Bezug auf diesen Fall.«

»Ich glaube, wir fühlen uns auf gewisse Weise verantwortlich«, setzte Nora hinzu. »Mir jedenfalls ergeht es so. Ich möchte gern wissen, wer sie war und warum sie ein solches Schicksal erleiden musste. Ihnen wäre es womöglich ähnlich ergangen, hätten Sie ihr Gesicht gesehen.« Sie wurde sich sogleich ihrer Ungeschicklichkeit bewusst, unterließ es jedoch, sich zu entschuldigen.

Ihre herausfordernde Bemerkung zeitigte eine widersprüchliche Reaktion. Zunächst kniff Mrs Cleary die Augen zusammen und zog beleidigt die Mundwinkel herab, doch dann schien sie ins Grübeln zu geraten.

»Ich weiß nichts von einer rothaarigen Frau«, murrte sie schließlich.

»Nora vermutet, dass die Buchstaben OF für O'Flaherty stehen könnten«, sagte Cormac. »Ihr Neffe hat uns die Geschichte der letzten O'Flahertys aus dieser Gegend erzählt, von einem jungen Burschen namens Cathal Mór, der nach Barbados deportiert wurde. Sagt Ihnen der Name etwas?«

Mrs Cleary umklammerte mit der rechten Hand die Armlehne ihres Stuhls, und ihr Blick wurde in sich gekehrt, so als suchte sie etwas in längst vergessenen Zeiten. Ihre Linke, die das Whiskyglas hielt, sank herab. Zum ersten Mal schien sie sichtlich durcheinander zu geraten. »Es gab einmal Zeiten, in denen ich etwas darüber gewusst hätte«, sagte sie leise. »Die alten Leute erzählten sich diese Geschichte, und ich habe sie auch gewusst. Die Leute sind oft zu mir gekommen … aber es ist fort.« Sie verstummte.

»Vielleicht ist es Ihnen lieber, wenn wir ein anderes Mal wiederkommen«, sagte Cormac sanft.

Mrs Cleary gab ihm keine Antwort darauf, aber Rita nickte zustimmend. Cormac schaltete sein Tonbandgerät aus. Dann löste er das Whiskeyglas sacht aus der Hand der alten Dame und stellte es auf den Tisch.

Mrs Cleary richtete sich auf. »Rita?«, sagte sie unsicher. »Rita, wo bist du? Ich habe Durst.«

Nora wollte gerade den Motor anlassen, als sie hinter sich eine Stimme hörten, die laut rief: »Mister Maguire! Warten Sie! Kommen Sie zurück!«

Rita winkte sie wieder in die dämmrige Stube hinein, wo Nora und Cormac ihre alten Plätze einnahmen. Rita rückte ihren Stuhl an die Seite ihrer Mutter, setzte sich und streichelte ihr die Hand.

»Mami«, sagte sie leise. »Du hast gerade doch was gesungen. Ein Stückchen aus einem Lied von früher. Singst du uns es noch einmal vor?«

Sie summte eine Melodie und klopfte dazu zart den Takt auf der Hand ihrer Mutter. Lautlos stellte Cormac sein Tonbandgerät ein. Mrs Cleary hatte die Augen geschlossen. Dann öffnete sie die Lippen, und es ertönte eine Stimme, die Cormac an rissiges, altes Leder erinnerte. Keine schöne Stimme im herkömmlichen Sinn, dachte er, aber sie schmiegte sich ins Ohr und füllte das Herz tiefer als jeder jugendliche Gesang.

Ging hinaus eines Abends
Als der Lenz mich trieb
Hört' ein Lied ich klagen
Weint' ein Soldat um sein Lieb.

Soll für immer sie verlassen
Nach Westindien zieh'n
Will mein Lieb doch umfassen
Meinen Wächtern doch entflieh'n.

Ich sag, lass die Tränen sein …

Die Stimme versickerte, aber Rita fasste die Hand ihrer Mutter fester, begann mit ihr zu dirigieren und sang leise: »Wie nennst du denn das Liebchen dein?« Mrs Cleary wiegte den Kopf etwas, dann hob sie abermals an:

Ich sag, lass die Tränen sein
Nichts trübe deinen Sinn

Wie nennst du das Liebchen dein
Mag sein, ich führ dich hin.

Er nennt mir den Namen des Liebchens zart
Keine Schönere weit und breit
Doch als ich ihm ihr Schicksal verrat'
Wird all seine Liebe zu Leid.

Dein Liebchen, das ist kalt und stumm
Zu End' seine irdischen Qualen

Sie geriet wieder ins Stocken. Rita summte und stimmte die Strophe noch einmal an, bis ihre Mutter zu ihrer Erinnerung zurückfand und – etwas zittriger als zuvor – weitersang:

Sie brachte ihr süßes Kindchen um
Musst' mit dem Leben bezahlen.

Er beugt den Kopf und schreit in die Nacht
Und im Gram am Haar er sich reißt
Sie haben mein Liebchen umgebracht ...

Der Gesang brach abrupt ab. »*Sin é*«, murmelte die alte Frau. »Das ist alles. Es geht noch weiter. Der Rest ist ... ich kann nicht mehr.«

»Ist ja schon gut, Mami«, sagte ihre Tochter. »Sei ganz ruhig. Das hast du großartig gemacht.«

»Sie haben wundervoll gesungen«, sagte Cormac mit belegter Stimme. »Vielen Dank, Mrs Cleary.«

Nora räusperte sich. »Ja. Ich danke Ihnen ebenfalls, Mrs Cleary. Das war sehr schön.«

Ihre Worte klangen in ihren eigenen Ohren unzulänglich, und sie wusste, dass sie nicht richtig Teil dessen war, was sich gerade hier abgespielt hatte. Es war nicht das erste Mal, dass sie etwas Derartiges empfand. Eine stille Form des Austausches fand nur unter den anderen statt, etwas, von dem sie ausgeschlossen blieb, weil sie aus einem anderen Kulturkreis stammte und andere Erfahrungen gemacht hatte. Der Klang von

Mrs Clearys brüchiger Stimme und das Bild des leidenden Soldaten aus dem Lied vermischten sich für sie mit der Erinnerung an die rothaarige Frau und an Trionas lächelndes Gesicht. Und wieder überfiel sie jener stechende Schmerz, der sie schon erfasst hatte, als sie im Labor mit dem Kopf allein gewesen war.

»Nun, Mrs Cleary, wir wollen Sie nicht weiter ermüden«, sagte Cormac schließlich. »Vielleicht dürfen wir Sie ja ein andermal wieder besuchen. Für heute danken wir Ihnen ganz herzlich für die Zeit, die Sie uns gewidmet haben.«

Die alte Dame blickte Cormac an, als wäre es ihr mit einem Mal nicht recht, dass er sie verließ.

»Wie Sie wollen«, sagte sie dann und wedelte mit der Hand. »Soll mir gleich sein.«

Als sie Mrs Clearys Haus verließen, spürte Cormac, dass Nora durcheinander war. Erst nachdem sie eine Weile gefahren waren, ergriff er das Wort: »Ist alles in Ordnung, Nora?«

»Ich bin schon okay. Nur der Gedanke, dass diese alte Frau tagaus, tagein da sitzt, voller Erinnerungen … der macht mir etwas zu schaffen. Findest du nicht auch, dass dermaßen viel verloren geht und vergessen wird?«

»Aber das tut es ja nicht. Darüber habe ich neulich auch schon mal am alten Kloster nachgedacht. Die Dinge bleiben erhalten. Die Menschen führen ihr Erbe weiter, wenn auch manchmal ohne davon zu wissen. Man kann die Vergangenheit nicht abtöten, selbst wenn man es noch so sehr versucht. Es ist, als wäre etwas in unserem Unbewussten verankert, gleich einem Virus, der nur schlummert, bis ihn gewisse Umstände ans Tageslicht bringen. Überall entdecke ich die Geschichte. Sogar in deiner Stimme, Nora.«

Cormac sah eine einsame Träne über Noras Wange rollen.

»Oh, Mist«, murmelte Nora.

Während der Wagen den schmalen Weg hügelaufwärts ruckelte, kämpfte sie mit der Gangschaltung. Als sie die Anhöhe erreicht hatten, beschleunigte sie wieder.

»Pass auf!«, rief Cormac plötzlich, und im letzten Moment riss Nora automatisch das Steuer herum, um dem Schaf, das mitten auf dem Weg stand, auszuweichen. Der Wagen scherte aus, der linke Vorderreifen rutschte über den Rand des Weges hinweg, dann der rechte, und nach einem dumpfen Aufprall saß der Wagen fest.

»Bei dir alles in Ordnung?«, fragte Cormac.

Nora nickte und atmete tief durch. Cormac streckte den Kopf aus dem Beifahrerfenster, um festzustellen, ob sich die Tür öffnen ließ. Das Gras auf seiner Seite war kniehoch und sah feucht aus. Vorsichtig schob er die Beifahrertür auf und stieg aus, dann ging er um Noras Auto herum und prüfte die Lage.

»Es ist nicht so schlimm«, rief er Nora zu. »Wahrscheinlich schaffe ich es, den Wagen auf den Weg zurückzuschieben. Leg einfach den Leerlauf ein, es hat keinen Sinn, Gas zu geben, da graben sich die Räder nur tiefer in die Erde.« Er ging nach vorn und stemmte sich gegen die Motorhaube, aber der Boden war so rutschig, dass er kaum Halt fand und die Füße ihm wegzurutschen drohten.

»Das hat keinen Sinn«, sagte Nora. »Allein schaffst du das nicht. Warte, ich komme und helfe.«

»Der Boden ist zu weich. Er deutete auf das nasse Gras, das bis zu seinen Oberschenkeln reichte. »Würde mich wundern, wenn wir zu zweit mehr erreichen«, brummte er. »Aber versuchen wir's.«

Nora stellte sich neben ihn, dann begannen sie zu zweit zu schieben. »Wenn ich doch bloß aufgepasst hätte«, sagte Nora gerade, als ihre Füße mit einem Mal wegrutschten und sie bäuchlings im nassen Gras landete.

Cormac beugte sich zu ihr hinab, um ihr wieder auf die Beine zu helfen, sah dann aber, wie ihr die Tränen über das Gesicht liefen. Ihr Körper zuckte, als würde er von Schluchzern geschüttelt, doch als sie den Mund öffnete, drang schallendes Gelächter hervor. Cormac konnte nun auch nicht mehr an sich halten. Als er ihr eine Hand reichte, um ihr aufzuhelfen, glitt er ebenfalls aus und fiel der Länge nach ins nasse Gras. Grinsend rappelte Cormac sich auf die Knie hoch. Er sah an sich herab und registrierte Noras belustigte Miene, mit der sie seine Kleidung musterte, die über und über mit nasser Erde bedeckt war. Da fingen sie wieder lauthals an zu lachen.

»Ich glaube, so klappt das nicht«, sagte Cormac und richtete sich auf. »Also, hoch mit dir! Wir werden wohl oder übel zu Fuß zurück müssen.«

Nora ergriff die Hand, die er ihr reichte, Cormac zog sie hoch und zu sich heran und hörte erst auf zu ziehen, als er sie bereits küsste. Er umfasste ihren Kopf mit den Händen und spürte die weiche Wärme ihrer Lippen, wurde sich der geschmeidigen Kraft ihres Körpers bewusst. Unvermittelt gab er sie frei. »Meine Güte«, murmelte er. »Nora, dazu hatte ich kein Recht.«

»Nein«, sagte Nora. Dann zog sie ihn am Hemd, bis sich die Distanz zwischen ihnen wieder verringert hatte. Cormac spürte, wie Noras Augen über sein Gesicht wanderten, was ihm wie eine unglaublich intime Berührung vorkam. Im nächsten Augenblick schmeckte er Noras salzige Tränen, die sandigen Schlammspuren auf ihrem Kinn, die zart parfümierte Haut an ihrer Kehle. Plötzlich löste sich Nora aus Cormacs Armen und brach abermals in prustendes Gelächter aus. Sie sah an sich herab, dann musterte sie seine schlammbespritzten Hosen. »O Gott, es tut mir Leid«, schnaufte sie.

»Ein Glück, dass ich nicht so schnell aus der Ruhe zu bringen bin«, sagte Cormac. »Ich fürchte nur, dass du allmählich das Schaf in Aufruhr versetzt.«

12

Devaney klopfte an die Hintertür von Bracklyn House. Durch die kleinen, gewölbten Fensterscheiben konnte er eine Gestalt ausmachen, die sich näherte.

»Mrs Osborne«, begrüßte er die schlanke, dunkelhaarige Frau, die die Tür öffnete. »Ich bin Detective Garrett Devaney, und ich hoffe, ich störe nicht, aber vorn an der Tür habe ich vergeblich geklopft.« Er zückte seinen Ausweis, der auch prompt einer genauen Prüfung unterzogen wurde.

»Mein Vetter ist nicht zu Hause, Detective«, sagte Lucy Osborne anschließend. »Ich vermute mal, dass Sie wegen ihm hergekommen sind.«

»Nein, eigentlich hatte ich gehofft, heute Sie hier anzutreffen«, sagte Devaney.

Lucy Osborne musterte ihn abschätzend. »Ich bin jeden Tag zu Hause anzutreffen«.

»Nun, es geht auch lediglich um ein, zwei Fragen, die ich gern gestellt hätte. Und ich werde auch nicht viel von Ihrer Zeit in Anspruch nehmen.«

Lucy Osborne gab ihm ein Zeichen, ihr zu folgen, und Devaney ging hinter ihr her in einen Raum, wo sie offenbar gerade dabei gewesen war, an einem Tisch Blumensträuße zu arrangieren. Er ließ sich ihr gegenüber auf einem Stuhl nieder, sodass er sie durch die Rosenzweige, mit denen sie hantierte, beobachten konnte.

Lucy Osborne ergriff als Erste wieder das Wort. »Was kann ich für Sie tun, Detective?«

»Oh, es geht nur um ein paar Fragen hinsichtlich Mina Osbornes Verschwinden.«

»Nanu«, sagte Lucy Osborne. »Ich dachte, Hugh hätte erzählt, dass der Fall einer Spezialeinheit in Dublin übergeben worden ist.«

Aha, dachte Devaney, sie weiß Bescheid. Er nahm sich vor, behutsam vorzugehen.

»Das muss nicht zwingend heißen, dass die hiesige Polizei gar nichts mehr tut«, antwortete er. »Immerhin befindet die Sonderkommission sich weitab vom Schuss. Wir sind nach wie vor ihre verlängerten Augen und Ohren hier vor Ort.«

»Ich vermute, dass die Leute wieder angefangen haben zu reden, als diese ...« – sie suchte nach der richtigen Bezeichnung – »... Frau neulich im Moor aufgefunden wurde. Ich glaube allerdings nicht, dass es etwas bringt, die Dinge noch einmal aufzurühren.«

»Es handelt sich nach wie vor um eine laufende Untersuchung«, sagte Devaney.

»Die sich auf ein nicht vorhandenes Verbrechen bezieht. Hughs Frau hat ihren Mann verlassen, Detective. So etwas ist gewiss unerfreulich, doch wüsste ich nicht, was das die Polizei angehen sollte.«

»Gerade deshalb bin ich ja hier. In der Vergangenheit hat sich der größte Teil der Aufmerksamkeit nämlich auf Mr Osborne als Hauptverdächtigen gerichtet. Ich frage mich jedoch, ob wir dabei nicht andere, harmlosere Möglichkeiten für das Verschwinden seiner Frau außer Acht gelassen haben.«

»Und wie genau kann ich Ihnen da behilflich sein? Ich habe meinen früheren Aussagen nichts hinzuzufügen, und ich nehme an, die sind alle in Ihren Protokollen vermerkt.«

»Ich möchte mehr über Mina Osborne in Erfahrung bringen. Über ihre Gewohnheiten, ihren Tagesablauf, über ihre Freunde und Bekannten. Wenn wir ein besseres Bild von ihr haben, könnte das ein neues Licht auf die Sache werfen.«

»Da werde ich Ihnen kaum Anhaltspunkte bieten können. Hughs Frau und ich standen uns nicht besonders nah.«

»Dennoch haben Sie für mehrere Jahre im selben Haus gewohnt.«

»Es ist ein sehr großes Haus, Detective.« Lucys Miene wurde ein wenig versöhnlicher. »Ich möchte nicht als unkooperativ erscheinen, aber wir haben fast gänzlich getrennte Leben geführt.«

»Sie werden doch aber gewiss ein paar Einzelheiten kennen, die sich auf Minas Tagesablauf beziehen.«

»Nun, eines war mir von Anfang an klar: Hughs Frau war nicht im Entferntesten daran interessiert, den Haushalt zu führen. Was mir auch nicht unrecht war. Nicht auszudenken …« Lucy Osborne schien den Gedanken an das Desaster, das im Haus hätte entstehen können, kaum zu ertragen. »Weder Hugh noch seine Frau sind für derlei Tätigkeiten geeignet. Sie besaß allenfalls ein bisschen Talent zum Malen, obwohl ich persönlich ihren Bildern nie etwas abgewinnen konnte. Hugh hat ihr oben im Haus ein Atelier einrichten lassen, aber ich glaube, der Geruch der Farben hat ihr mit einem Mal zu schaffen gemacht. Nach der Geburt des Kindes hat sie das Atelier jedenfalls kaum noch aufgesucht. Jetzt steht der Raum voll mit halbfertigen Bildern.«

»Was hat Mina denn so getan, wenn sie nicht gemalt hat?«

»Ich glaube, sie hat viel gelesen. Jedenfalls türmten sich überall im Haus Bücherberge.«

»Wer waren ihre Freunde? Hat sie mit jemandem aus dem Dorf verkehrt?«

»Ich wüsste nicht, dass sie hier Freunde gehabt hätte. Sie besaß Verbindungen nach England, Freunde aus ihrer Studienzeit, aber …« Lucy Osborne zögerte, bevor sie hinzusetzte: »Der einzige Mensch, mit dem sie sich wohl regelmäßig traf, war dieser Priester … der Name ist mir entfallen.«

»Father Kinsella?«

»Ganz recht. Den hat sie von Zeit zu Zeit erwähnt.«

In Devaneys Kopf zuckten die Worte auf, die er im Beichtstuhl gelesen hatte: *Er weiß, wo sie sind.* Vielleicht hatte er doch etwas voreilig gefolgert, dass das »Er« sich auf Hugh Osborne bezog. Vielleicht bezog es sich ja auch auf den Mann, der hinter der Trennwand saß und sich die Beichten anhörte.

»War Mina hier glücklich?«

»Sie hat sich mir nie anvertraut, Detective.«

»Aber Ihnen kann doch kaum entgangen sein, ob zwischen Ihrem Cousin und seiner Frau zum Zeitpunkt ihres Verschwindens Einvernehmen herrschte.«

»Es ist nicht meine Art, andere Menschen zu bespitzeln«, sagte Lucy Osborne. »Aber ich glaube, dass die beiden einigermaßen glücklich miteinander waren.« Sie hielt kurz inne. »Wenigstens hat es so gewirkt, trotz der offenkundigen ... Schwierigkeiten, die entstehen, wenn zwei Menschen dermaßen unterschiedlicher Herkunft sich zur Ehe entscheiden.«

»Gab es spezielle Schwierigkeiten, auf die Sie da anspielen?«

»Oh, nichts von Bedeutung. Man weiß ja, wie ein Kind das Zusammenleben erschweren kann. Besonders dann, wenn die Eltern verschiedenen Welten entstammen.«

»Andererseits kann ein Kind dabei aber auch aus beiden Welten etwas lernen«, sagte Devaney.

»Mag sein. Das Tragische ist doch aber, dass es niemals ganz zu einer Welt gehören wird. Wo immer ein solches Kind auftaucht, wird es zum Außenseiter erklärt. Vielleicht mag meine Betrachtungsweise Ihnen roh erscheinen, Detective, aber sie resultiert aus meiner Beobachtung. Menschen können erbarmungslos sein.«

Devaney ließ sich das Wenige, was er über Mrs Osborne wusste, durch den Kopf gehen und dachte über ihre Aussage nach. »Hat denn zwischen den Osbornes Uneinigkeit hinsichtlich der Erziehung ihres Sohnes geherrscht?«

»Ich habe die beiden nie streiten hören, wenn Sie das meinen.«

»Sie hatten aber dennoch den Eindruck, dass es in diesem Punkt zu Spannungen gekommen war.«

»Das habe ich nicht behauptet.«

»Und zum Zeitpunkt von Minas Verschwinden? Gab es da eine Meinungsverschiedenheit – wenn auch vielleicht unerheblicher Natur?«

Lucy Osborne hielt mit ihrer Arbeit inne. »Detective, es liegt mir fern, den Eindruck zu nähren, mein Vetter wäre seiner Frau nicht vollkommen ergeben gewesen, denn genau das Gegenteil war der Fall.« Sie hatte einen ersten Strauß gebunden und machte sich nun an den nächsten. Geschickt knipste sie Dornen von den Stielen ab, kappte die Stiele und umwickelte sie danach mit einem Draht.

»Natürlich weiß ich nicht, ob man das Gleiche von ihr behaupten kann.«

»Ach?«, sagte Devaney. »Wie meinen Sie das?«

»Am letzten Abend, bevor sie verschwand, habe ich zufällig gehört, wie sie telefoniert hat.« Bedächtig schlang sie grünen Draht um einen Stiel und schien jedes ihrer Worte sorgfältig abzuwägen. »Ich nahm an, dass sie sich mit Hugh unterhielt. Es war offenkundig, dass sie aufgeregt war, obwohl sie nicht selten auch so überreizt war. Ich habe zwar nicht verstanden, was sie gesagt hat, aber als Auseinandersetzung würde ich das Gespräch nicht bezeichnen.«

»Als was würden Sie es denn bezeichnen?«

»Mir kam es vor, als würde eine gewisse Herablassung in ihrer Stimme liegen, mehr kann ich dazu leider nicht sagen.«

»Würden Sie Ihren Cousin als einen Besitz ergreifenden Mann bezeichnen, Mrs Osborne?«

Die Ironie in Lucy Osbornes Blick besagte, dass sie nicht derart leicht zu übertölpeln war. »Sie haben es also nach wie vor auf Hugh abgesehen. Um jedoch auf Ihre Frage einzugehen, nein, das würde ich nicht. Eher würde ich sage, dass Hugh stets zu bereitwillig war, seine Interessen hintanzustellen, um seiner Frau zu Willen zu sein.«

»Und was Mina anbelangte? Wie hätte sie reagiert, wenn sie erfahren hätte, dass ihr Mann mit anderen Frauen verkehrt?«

»Ich weiß, was die Leute über Hugh und diese McGann munkeln. Es trifft jedoch nicht zu.«

»Wie können Sie sich da so sicher sein?«

»Hugh war seiner Frau treu. Geradezu ergeben, was ein ziemlicher Fehler war, wie sich ja inzwischen erwiesen hat.«

In diesem Moment fiel Devaney auf, dass Lucy Osborne während ihrer gesamten Unterhaltung nicht einmal Minas Namen ausgesprochen hatte. Stets hieß es »Hughs Frau« oder »sie«, und Christopher blieb lediglich »das Kind.« Er wusste nicht, weshalb ihn das so störte, aber er speicherte es in seinem Gedächtnis ab.

»Haben Sie eine Ahnung, wie Hugh Osborne momentan

finanziell dasteht?«, fragte er. »Wissen Sie beispielsweise, wer das Anwesen erben wird, sollte ihm etwas zustoßen? Wir haben erfahren, dass er für seine Frau und seinen Sohn Vorkehrungen getroffen hat, aber wenn seine Frau ihn verlassen hat, wie Sie vermuten, dann hat er seine Entscheidung womöglich revidiert.«

»Er sieht wohl keine Veranlassung, mich in diesem Punkt einzuweihen, Detective, und es geht mich auch wahrhaftig nichts an. Mein Sohn und ich sind lediglich Gäste in diesem Haus.« Lucy Osborne zupfte einen Rosenstiel zurecht, um die Blüte nach außen zu kehren, gab etwas Grün dazu und band beides zu einem Arrangement.

»Dabei fällt mir ein, dass ich auch ganz gern noch ein Wort mit Ihrem Sohn wechseln würde, falls er da ist«, sagte Devaney.

Lucy Osborne versteifte sich, und Devaney bemerkte, dass sie sich den Finger an einem Dorn gestochen hatte. Ein Tröpfchen hellen Blutes fiel auf das Holz des Tisches.

»Du liebe Zeit!«, sagte Devaney. »Sie haben sich verletzt.«

»Nicht der Rede wert, Detective.«

Sie drückte auf den Finger, um das Blut zu stillen. Als sie in einer Schublade zu kramen begann, entdeckte Devaney den großen Brillantring an ihrem Finger. Sie scheint ja immer auf alles vorbereitet zu sein, dachte er, als er sah, dass Lucy Osborne ein Heftpflaster herauskramte und die Wunde im Handumdrehen versorgte.

»Jeremy hält sich am alten Kloster auf«, sagte sie schließlich. »Er hilft dort bei den Grabungen. Und nun müssen Sie mich bitte entschuldigen, Detective. Es wird Zeit, dass ich den Blumenschmuck zur Kirche schaffe.«

Von seinem Platz in der Sakristei aus konnte Devaney sieben oder acht Personen ausmachen, die in einigem Abstand voneinander in den Kirchenbänken in der Nähe des Beichtstuhles saßen. Father Kinsella hatte seine Zelle vor wenigen Minuten betreten und sich angeschickt, die erste Beichte abzunehmen. Die Gesichter in den Reihen waren Devaney vertraut. Die meisten gehörten älteren Frauen. Er entdeckte Mrs Phelan, die Kinsella ja neulich auch erwähnt hatte, Mary Hickey und Helen Rourke, alles eingetragene Mitglieder in Father Kinsellas Fanclub, die sich gewiss gern Sünden ausdachten, um sie dem schönen, jungen Priester zu beichten.

Devaney stellte sich Kinsella vor, wie er still in seiner dunklen Zelle saß. Es musste eigentümlich sein, sich all die kleinen Eifersüchteleien anzuhören, die Kränkungen und Vergeltungen, welche die Sündenregister bildeten, um anschließend Rosenkränze und Bußgebete zu verordnen. Wenngleich Devaney ihn selbst nie verspürt hatte, nahm er doch an, dass der Drang zu beichten bei manchen Menschen stark sein musste. Das war ihm bereits damals aufgefallen, als er bei der Polizei anfing. Selbst wenn es um die furchtbarsten Verbrechen ging, um Taten, welche die meisten Menschen schaudern ließen, während sie gierig jede Einzelheit darüber lasen, kam es zu falschen Geständnissen. Meistens waren es Personen, die entweder um Aufmerksamkeit heischten, verrückt waren oder selbst einmal ein ähnliches Verbrechen ins Auge gefasst hatten und allein für den Wunsch bestraft werden wollten.

Die eingeritzten Worte kamen ihm wieder in den Sinn. *Er weiß, wo sie sind.* Ob vielleicht Kinsella doch der Lust des Fleisches erlegen war? Wenn er und Mina Osborne so viele Gemeinsamkeiten hatten, dann hatte er ihr vielleicht auch geholfen, ihren Mann zu verlassen. Das würde erklären, warum Mina Osborne sich nie bei ihrer Mutter gemeldet hatte. Andererseits war Kinsella nicht im Geringsten nervös geworden, als Devaney die Worte im Beichtstuhl entziffert hatte. Im Gegenteil, sie hatten ihn sogar selbst neugierig gemacht. Dennoch beschloss er, den Priester im Auge zu behalten.

Devaney sah, wie Mrs Rourke sich erhob und auf den Beichtstuhl zuschlurfte. Gleich darauf bemerkte er eine weitere Gestalt, die mit gesenktem Kopf über gefalteten Händen etwas abseits von den anderen saß. Als derjenige dann den Kopf hob, erkannte er Brendan McGann. Meine Güte, dachte er beim Anblick seiner Miene, der Mann hat zwar noch nie einen fröhlichen Eindruck gemacht, aber heute wirkt er besonders niedergeschlagen. Devaney überlegte, was jemand wie McGann einem Priester beichten könnte. Ihm fiel ein, dass die McGanns ja Hugh Osbornes nächste Nachbarn waren, und er entsann sich, dass Brendan lautstark Einwände gegen Osbornes Bauprojekt am Kloster erhoben hatte. Womöglich hatte sein Protest Grundstücksstreitigkeiten ausgelöst, spann Devaney seine Gedanken fort. Derartige Unstimmigkeiten konnten sich zu regelrechten Fehden ausweiten. Devaney musterte McGanns finstere Züge und entschied, dass es sich lohnen könnte, sich den Mann ebenfalls einmal zur Brust zu nehmen.

13

Die Eingangshalle von Bracklyn House lag verlassen da, als Nora und Cormac von ihrem Ausflug zurückkehrten. Nora fühlte sich von den jüngsten Ereignissen noch immer ziemlich durcheinander.

»Warte«, flüsterte sie, als Cormac schnurstracks die Treppe ansteuerte. »Sollten wir nicht erst einmal unsere Schuhe ausziehen? Ich habe bereits eine Klage vernommen, dass das viele Rein und Raus den Boden beschmutzt.«

»Oh, natürlich«, sagte Cormac.

»Mist, meine verdammten Schnürsenkel sind verklebt. Ich kriege sie nicht auf.«

»Lass mich mal.«

Cormac hatte sich gerade hingekniet, um sich an Noras schlammigen Schnürsenkeln zu schaffen zu machen, als Jeremy von der Küche her in die Halle trat.

Nora stützte sich mit einer Hand auf Cormacs Schulter ab. »Hallo, Jeremy«, begrüßte sie den Jungen. Sie bemerkte, wie sein Gesichtsausdruck sich von der Freude über ihre Rückkehr in Verwirrung verwandelte, als er ihren aufgelösten Zustand wahrnahm. »Ich weiß, wir sehen großartig aus. Sei froh, dass du nicht mitgekommen bist. Um ein Haar hätten wir ein Schaf umgefahren. Mein Wagen ist halb im Graben gelandet.«

Etwas in Jeremys Miene bewirkte, dass Nora sich der Schlammspuren auf ihrem Rücken und an ihren Ellbogen bewusst wurde, und der dunklen Flecken an Cormacs Knien. Ihr wurde klar, welche Deutung sie hervorrufen konnten. Mit einem Mal spürte sie, wie ihr die Hitze in die Wangen stieg, aber es gab nichts, was sie dagegen unternehmen konnte. Jeremys Blick und sein Schweigen machten die Sache nur noch schlimmer. Sie begann wieder drauflos zu plappern und erzählte von den drei Bauern, die schließlich ihre Rettung waren. »Es waren drei Brüder namens Farrell. Sie haben uns mit einer Kette aus dem Schlamm gezogen. Der eine von ihnen, Michael, war so freundlich, mir aus seinem Wagen einen alten Kartoffelsack zu leihen, damit ich meinen Bezug nicht ruiniere …«

»*Deinen* Bezug kannst du vergessen«, sagte Cormac grinsend. »Aber dem Sitz in deinem Wagen hat es vielleicht etwas genutzt.«

Ihm schien das Zweideutige der Situation völlig zu entgehen. Er scheint auch Jeremys vorwurfsvollen Blick nicht bemerkt zu haben, während er sich mit meinen Schnürsenkeln beschäftigt hat, dachte Nora. Warum musste er sich aber auch ausgerechnet diesen Augenblick auswählen, um seinen Sinn für Humor unter Beweis zu stellen?

»Sobald wir umgezogen sind, kommen wir zum Abendessen herunter, Jeremy«, fuhr Cormac fort. »Für den Fall, dass du uns Gesellschaft leisten möchtest.«

Nora beobachtete, wie Jeremys Blick zwischen ihr und Cormac hin und her flog. Es bekümmerte sie zutiefst, mit ansehen zu müssen, wie sich sein gekränkter Ausdruck nur noch vertiefte. Jeremy war fast noch ein Junge und in seinem Alter erhielten viele Dinge, die einem Erwachsenen nebensächlich erschienen, noch viel Gewicht. Cormac dagegen schaute Jeremy ausdruckslos an. Konnten ihm die Regungen des Jungen wahrhaftig entgangen sein? Nora beschloss, dass ein Rückzugsmanöver nun die beste Strategie wäre. Mit Jeremy sprechen würde sie später.

»Tja, Leute«, sagte sie deshalb. »Ich würde ja liebend gern noch ein bisschen mit euch plaudern, aber ich muss erst einmal den Dreck von mir abspülen. Bis später.« Sie hielt ihre schlammigen Schuhe von sich, während sie an Cormac und Jeremy vorbei zur Treppe ging.

»Was ist, Jeremy?«, fragte Cormac noch einmal. »Bist du dabei, wenn wir gleich essen?«

Der Junge gab einen kaum vernehmlichen Laut von sich. Cormac schien sich damit zufrieden zu geben und folgte Nora die Treppe hinauf. Als Nora sich oben nochmals umwandte, sah sie, wie Jeremy noch immer mit in den Taschen vergrabenen Händen in der Eingangshalle stand. In seine Augen war eine ihr bis dahin unbekannte Kälte getreten.

Jeremy erschien nicht zum Abendbrot. Während sie mit Cormac aß, war Nora zwischen ihren Gefühlen hin und her gerissen. Einerseits plagten sie Gewissensbisse, weil sie Jeremy womöglich vor den Kopf gestoßen hatte, andererseits war sie auch dankbar, mit Cormac allein sein zu können. Er hatte sie kein einziges Mal berührt, während sie ihre Mahlzeit zubereiteten, und bisher waren weder er noch sie auf das zu sprechen gekommen, was sie auf dem Rückweg von Tullymore übermannt hatte. Beide schienen ausgeklügelten Ausweichmanövern zu folgen, um das Thema zu vermeiden, obwohl die Frage, die unausgesprochen im Raum schwebte – oder doch zumindest in Noras Kopf –, nicht die war, ob sich dergleichen wiederholen würde, sondern wann. Nora war sich über ihre Gefühle nicht recht im Klaren. Für eine Vertiefung ihrer Beziehung war sie allerdings noch nicht bereit, so viel wusste sie. Es gab noch eine Menge Dinge in ihrem Leben, die Cormac nicht kannte …

»Du hast mir übrigens noch nie erzählt, weshalb du dich so für Moorleichen interessierst«, sagte Cormac auf einmal. Nora spülte das Geschirr, und er nahm gerade einen nassen Teller von ihr entgegen.

»Ich glaube, das hat begonnen, als ich damals immer die Sommerferien bei meinen Großeltern in Clare verbracht habe«, sagte Nora. »Mein Großvater hat selbst etwas Torf gestochen, und ich war stets fasziniert von den Dingen, die er aus dem Moor mitbrachte. Es hat sich natürlich nie um etwas Spektakuläres gehandelt. Meist waren es uralte, durchweichte Äste, die aber so aussahen, als wären die Bäume erst am Vortag gefällt worden. Einmal hat mein Großvater mir auch eine Stelle gezeigt, an der ein Baum versunken war. Von dem Holz war nichts mehr vorhanden, es war lediglich ein geisterhafter Abdruck in der Erde zurückgeblieben. Ich muss so um die vierzehn gewesen sein, als ich dann in der Schule einen Aufsatz über Moorleichen schreiben musste. Dabei bin ich in der Schulbibliothek über ein Buch mit unglaublichen Schwarzweiß-Fotos des Tollund-Mannes gestolpert.« Nora machte eine Pause. »Du kennst doch den Tollund-Mann, oder? Die berühmte Moorleiche aus Dänemark.«

»Kennen ist vielleicht übertrieben«, sagte Cormac grinsend. »Ich habe aber schon viel von ihm gehört.«

»Ich fand ihn einzigartig. Das Gesicht, die Sorgenfalten, die Augenbrauen, die Bartstoppeln auf dem Kinn! Alles war noch genau so wie vor zweitausend Jahren. Ich vermute, das hat den Ausschlag gegeben. Je mehr ich darüber gelesen habe, umso mehr wollte ich erfahren. Warum war er nackt? Warum hatte man ihm die Kehle durchgeschnitten? Warum befand sich ein Strick um seinen Hals? Ich habe alles zusammengetragen, was sich über Moorleichen finden ließ. Dann habe ich mir alle möglichen Fächer vorgenommen, die damit in Zusammenhang stehen: Archäologie, Biologie, Chemie und so weiter. Und auch wenn man schließlich das Prinzip der Moorkonservierung begriffen hat, tauchen doch immer wieder neue Rätsel auf. Wie zum Beispiel kommt es, dass ungesättigte Fettsäuren durch gesättigte ersetzt werden, also welche, die zwei Kohlenstoffatome weniger besitzen? Offensichtlich werden die organischen Bestandteile nicht in der üblichen Weise gespalten, sondern durch chemische Prozesse umgewandelt.«

Nora zog den Stöpsel aus dem Abwaschbecken und sah stumm zu, wie die Reste des seifigen Spülwassers im Abguss verschwanden.

»Was ist los, Nora?«, fragte Cormac.

»Nichts«, sagte sie. »Ich denke nur nach.«

Wenig später stiegen sie die Treppe hinauf in die Eingangshalle. Dort war außer dem lauten, stetigen Ticken der großen Standuhr nichts zu vernehmen.

»Grabesstille«, sagte Cormac.

»Na ja, bis auf die Uhr. Trotzdem, auch für meinen Geschmack viel zu ruhig. Ich glaube, ich gehe jetzt lieber hoch und lege mich hin.«

Cormac sagte nichts darauf, aber er folgte Nora, als sie die Treppe nach oben stieg. Auf dem Gang oben hielt er an und sagte: »Hugh hat mir eine ganz besondere Flasche Whiskey geschenkt. Single Malt. Daraus bereite ich mir jetzt einen Schlummertrunk zu. Du hast nicht zufällig Lust, mir dabei Gesellschaft zu leisten?«

Nora drehte sich zu ihm um. »Cormac … ich weiß nicht …«

»Es ist erst halb zehn«, unterbrach er sie sanft. »Komm, setz dich ein Weilchen zu mir. Vielleicht taucht ja sogar das geheimnisvolle Leuchten wieder auf, das ich gesehen habe.«

Nora zögerte und meinte etwas Prüfendes in Cormacs Blick zu sehen. Sie schaute auf seinen Mund, auf seine leicht aufgeworfenen Lippen, den Muskel, dessen wissenschaftlicher Name ihr plötzlich in den Sinn kam – *orbicularis oris*. Ob er sich wohl durch Cormacs Flötenspiel so ausgeprägt hatte?

»Single Malt?«, sagte sie. Cormac lächelte sie an. »Vielleicht könntest du mir ja auch das Band mit Mrs Clearys Lied noch einmal vorspielen.«

Kurz darauf entzündete er in seinem Zimmer ein Feuer im Kamin, während Nora sich in den schweren Ledersessel davor kuschelte. »Ich frage mich, ob wir nicht doch nach Jeremy hätten suchen sollen«, sagte sie, als Cormac ihr ein dickwandiges Glas reichte, in dem ein Fingerbreit der goldenen Flüssigkeit schimmerte. Nora schnupperte daran und sog den rauchigen Torfgeruch ein, der dem Glas entstieg.

»Ich glaube nicht, dass Jeremy es mag, wenn man ihn so betütert«, sagte Cormac und ließ sich im Nachbarsessel nieder. »Was immer an ihm nagt, geht auch wieder vorbei. Du wirst schon sehen.«

»Seit wann kennst du dich in der Psychologie von Heranwachsenden aus, wenn ich mal fragen darf?«, sagte sie neckisch.

»Dass ich etwas über die Verwirrungen eines Jungen wie Jeremy weiß, liegt daran, dass ich selbst einmal einer wie er war.«

»Und weshalb warst du verwirrt?«

Cormac trommelte mit den Fingern kurz auf der Armstütze, dann erhob er sich wieder und blickte am Kamin in die lodernden Flammen.

»Meine Güte, die typische Verwirrung eines Jungen eben, der sein Zuhause verlässt und entdeckt, dass er weniger schlau ist, als er angenommen hat«, sagte er. »Außerdem war meine Mutter sehr krank. Sie ist im Frühjahr darauf gestorben. Außer ihr hatte ich keine Familie mehr. Irgendwie hatte ich das Gefühl, dass alles aus dem Ruder läuft.«

»Das klingt ja schrecklich. Wie alt warst du da?«

»Neunzehn. Ich weiß nicht, was geschehen wäre, hätte mir Gabriel nicht eine Rettungsleine zugeworfen.«

»Meine Güte, ich wusste gar nicht, dass du ihn seit so langer Zeit gekannt hast. Ich habe zwar das Foto auf deinem Kaminsims ...« Nora brach ab, weil ihr einfiel, dass sie Cormac ja nicht erzählt hatte, dass sie in seinem Haus gewesen war. »Gabriel muss dir sehr fehlen«, murmelte sie dann.

»Das tut er.«

Cormac hatte den Kopf noch immer abgewandt, aber Nora war der bedrückte Ton in seiner Stimme nicht entgangen.

»Seltsam, dass Gabriel selbst keine Kinder besaß«, fuhr er fort. »Ich weiß nicht, ob das so gewollt war oder nicht. Ist ja auch egal. Er hat sich jedenfalls großartig auf die Vaterrolle verstanden.«

»Was war denn mit deinem richtigen Vater?«, fragte Nora, wünschte sich jedoch sofort, sie könnte ihre Frage rückgängig machen, als sie Cormacs Zaudern bemerkte.

»Vielleicht sollten wir lieber von etwas anderem sprechen.« Als er sich zu ihr umdrehte, merkte Nora, dass er offenbar mit sich kämpfte, ob er sich auf dieses Gebiet vorwagen sollte. »Normalerweise erzähle ich, dass er tot ist.«

Nora zuckte leicht zusammen. »Ist er das denn nicht?«

»Nein.« Cormac schien nach den richtigen Worten zu suchen. »Als ich neun war, hat er als Freiwilliger für ein paar Wochen in Lateinamerika gearbeitet, in einer Mission, die einer seiner Freunde geleitet hat. Damals fing er gerade an, sich für die Menschenrechte zu engagieren. Er ist zurückgekehrt und Mitglied einer Delegation geworden, die während des Militärputsches Chile besuchte. Geplant war, dass er sich dort für sechs Wochen aufhalten sollte, aber dann wurden sechs Monate daraus. Ich glaube, ab da wusste meine Mutter, dass er nicht mehr zurückkommen würde. Es war für uns beide schwer, für sie vermutlich sogar noch mehr als für mich. Es ist schließlich nicht einfach, einem Kämpfer für die Menschenrechte Vorwürfe zu machen.« Cormac bückte sich und nahm den Schürhaken zur Hand, um in der Glut zu stochern. »Als meine Mutter dann erkrankt ist, war er für eine Weile wieder zu Hause, ist nach ihrem Tod aber gleich wieder nach Chile zurückgeflogen. Ich habe oft versucht, mich in die Lage von Menschen zu versetzen, die tatsächlich jemanden verloren haben. Es klappt nicht ganz.«

»Wo ist dein Vater jetzt?«

»Er ist vor zwei Jahren nach Irland zurückgekehrt und lebt jetzt in dem Haus seiner Familie in Donegal. Er hat mir bei seiner Rückkehr geschrieben, aber ich ... ich habe ihn seit der Beerdigung meiner Mutter nicht mehr gesehen.«

Nora begriff, dass er wohl zum ersten Mal mit jemandem so offen darüber sprach. »Das tut mir sehr Leid für dich, Cormac.«

»Ach, weißt du, es ist ja meine Entscheidung.« Er wechselte das Thema. »Möchtest du jetzt das Band noch einmal hören?«

»Ja, gern«, sagte Nora. Sie wollte nicht weiter in ihn dringen. Ob er es bereits bedauerte, ihr seine Geschichte erzählt zu haben? »Und währenddessen halten wir die Augen offen und schauen, ob dein Irrlicht wieder durch die Nacht geistert. Von wo aus hast du es eigentlich gesehen? Hast du da drüben im Erker gesessen?«

»Ja«, sagte Cormac. Er zog eine Wolldecke von seinem Bett und legte sie Nora um die Schultern. »Die brauchst du, wenn du dort sitzen willst.«

»Danke. Wird dir denn nicht auch kalt werden?«

»Nein, mir ist ziemlich warm.« Er legte seine Hand an Noras Wange.

»Stimmt«, murmelte sie.

Mit angezogenen Beinen ließ Nora sich auf der gepolsterten Bank im Erkerfenster nieder, während Cormac das Tonbandgerät anstellte. In der Dunkelheit lauschten sie den Gesprächsfetzen und dem Geräusch rückender Stühle. Als Mrs Geary schließlich zu singen begann, berührte Nora die brüchige Stimme beinah so sehr wie am Nachmittag. Nachdem der Gesang geendet hatte, fragte sie: »Warum taucht eigentlich der Name des Mädchens in dem Lied nicht auf?«

Cormac schaltete das Gerät aus. »Das wird zu gefährlich gewesen sein. Außerdem werden die Leute damals gewusst haben, von wem die Rede ist. Es gibt eine Menge Lieder mit verschlüsselten Texten. Das war in unruhigen Zeiten so üblich.«

»Genau«, sagte Nora. »Ich erinnere mich da an spätere Liedtexte, die sich auf Napoleon beziehen. Darin heißt es, dass er herbeieilen soll, um Irland zu retten, ohne dass er jemals mit Namen erwähnt wird. Robbie kennt sogar ein Lied, in dem die Initialen einer Frau ein Anagramm bilden. Ich versuche übrigens immer noch, hinter den Namen unserer Rothaarigen zu kommen. Leider gibt es ja in dem, was Mrs Cleary uns vorgesungen hat, jede Menge Elemente, die nicht zu unserem Fall passen. Cathal Mór soll ja zum Beispiel nicht Soldat, sondern ein Gesetzloser gewesen sein, und ermordet wurde unsere rothaarige Frau im Grunde ja auch nicht, sondern regelrecht hingerichtet ...« Nora beugte sich vor und lugte in die Nacht.

»Was ist? Siehst du etwas?«, fragte Cormac und trat näher zu ihr.

»Nur den Mond. Es ist fast Neumond. Da, schau! ... Guter Mond, du gehst so stille«, summte sie.

»Durch die Abendwolken hin«, sang Cormac leise an ihrem Ohr.

Nora spürte seinen warmen Atem. Ihr kam in den Sinn, dass die sanfte Melodie womöglich einmal eine romantische Anrufungsformel gewesen war, um den Mond als Naturkraft zu zähmen, das ferne, unbekannte Gestirn in einen wohlwollenden Himmelshirten zu verwandeln. Nora spürte, wie sie zitterte, und sie wusste nicht, ob sie wollte, dass Cormac so dicht bei ihr stand. Wenn sie nicht Acht gab, würden die Stimmen der Vernunft und der Mäßigung vom Schlagen ihres Herzens erstickt werden. Sie rückte aber nicht von ihm ab.

»Nora«, sagte Cormac. »Darf ich dich etwas fragen?« Und als sie stumm nickte, ließ er sich neben ihr nieder. »Am ersten

Tag draußen im Moor, da hat dir doch etwas, was Devaney gesagt hat, ziemlich zugesetzt, oder?«

Die Stille zwischen ihnen breitete sich aus. Cormac wartete. Nora musste daran denken, dass ja auch er ihr eine sehr persönliche Geschichte anvertraut hatte, Dinge, die er offenbar noch nie zuvor mit jemandem geteilt hatte. Sie gab sich einen Ruck.

»Es war nichts, was Devaney gesagt hat«, antwortete sie. »Es lag an den roten Haaren. Meine Schwester Tríona besaß wundervolles rotes Haar. Eine feuerrote, leuchtende Lockenmähne. Ich habe sie stets darum beneidet. Als ich zwölf war und Tríona sieben, musste ich ihr das Haar morgens immer bürsten, bevor wir zur Schule sind. Es hat sozusagen zu meinen Pflichten gehört. Ich habe mich deswegen zwar häufig beklagt, aber eigentlich habe ich es ganz gern getan. Hast du Geschwister?«

»Nein.«

»Als wir klein waren, waren die fünf Jahre Altersunterschied eine ziemliche Kluft zwischen uns, später hat das aber kaum noch eine Rolle gespielt.« Nora holte tief Luft. »Meine Schwester wurde ermordet, Cormac. Als ich das rote Haar aus dem Moor auftauchen sah … war ich wie gelähmt. Alles, was mich irgendwie an Tríona erinnert, erinnert mich auch daran, dass ich ihren Tod mitverschuldet habe.«

»Mitverschuldet? Wie kommst du darauf, Nora?«, fragte Cormac ruhig.

»Weil ich diejenige war, die sie überredet hat, ihren Mann zu verlassen. Und am Tag darauf war sie verschwunden. Das war kein Zufall, Cormac. Ich musste Tríonas Leiche identifizieren, und das konnte ich nur anhand ihres Haars, anhand dieses wunderschönen Haars – von ihrem Gesicht war nämlich nichts mehr vorhanden.«

»O Gott … Nora.«

»Und ich war die Einzige, die sich sicher war, dass es ihr Mann gewesen ist. Er hat sie umgebracht. Ich weiß es ganz sicher. Mittlerweile glaubt das zwar auch die Polizei, aber sie können nichts beweisen. Er ist unzählige Male vernommen worden, aber sie besitzen keine Handhabe, um ihn festzunehmen. Wie sich herausstellte, war ich die Einzige, der Tríona erzählt hat, dass Peter es auf perverse Weise Freude machte, ihr wehzutun. Weil sie sich geschämt hat, hat sie sich niemandem sonst anvertraut. Oh, und er war schlau genug, ihr immer schön zu tun, wenn andere anwesend waren. Weshalb sollte ihn daher jemand verdächtigen? Er ist reich, er sieht gut aus, er sitzt im Vorstand zahlloser Wohlfahrtseinrichtungen. Er war es, der bedauert wurde. Peter hat die Ansicht vertreten, dass irgendein mieser Junkie Tríonas Wagen geknackt und sie dann getötet hat, weil sie ihn dabei überraschte. Peter schwor Stein und Bein, dass auch nie die Rede davon war, dass meine Schwester ihn verlassen wollte. Am Ende stand seine Aussage gegen meine, und die Leute fingen an sich zu fragen, ob ich nicht irgendwie verrückt geworden wäre. Der Polizei hat Peter eine Geschichte aufgetischt, nach der er und Tríona den Abend gemeinsam zu Hause verbracht haben; am anderen Morgen sei sie in ihren Fitness-Club gegangen und nicht mehr zurückgekehrt. Vier Tage später wurde ihr Auto in einem Parkhaus gefunden, wo ihre Leiche im Kofferraum lag.«

»Hat es denn nichts Belastendes gegen ihren Ehemann gegeben? Keine Indizien, keine Spuren, nichts?«

»Nichts. Er hatte nur kein richtiges Alibi, das war alles. Tja, ich habe mir ständig vor Augen geführt, dass es nicht Rache war, was ich wollte, sondern Gerechtigkeit. Inzwischen bin ich mir aber nicht mehr so sicher, worin da der Unterschied besteht. Nachdem Tríonas Fall zu allen anderen ungelösten Fällen abgelegt worden war, hat Peter die Auszahlung ihrer Lebensversicherung beantragt. Anfänglich hat die Versicherung das abgelehnt, weil er ja immer noch als Hauptverdächtiger galt, aber dann hat er eine Klage angestrengt, und schließlich hat man sich außergerichtlich geeinigt. Er hat sich das Geld und meine Nichte geschnappt und ist so weit, wie es nur ging, von uns fortgezogen. Inzwischen habe ich Elizabeth seit fast vier Jahren nicht mehr gesehen. Im Oktober wird sie zwölf.« Nora hielt inne und schaute Cormac an. »Auch wenn sie bereits ihre Mutter verloren hat, Cormac, hätte ich ihr liebend gern auch den Vater genommen, wenn ich nur im Entferntesten eine Möglichkeit dazu gesehen hätte, glaub mir. Wie es scheint, ist mir das leider nicht geglückt.«

»Stürzt du dich deshalb so in die Untersuchung?«

»Ja. Um das, was von meinem Leben und von meinem Verstand noch übrig ist, wieder zusammenzukitten zu versuchen.«

»Nora«, murmelte Cormac. »Ich …«

»Die rothaarige Frau hätte ich wohl noch verkraftet«, fuhr Nora unbeirrt fort, »aber dann ist Hugh Osborne in Erscheinung getreten und sucht nach seiner verschwundenen Frau. Aber er besitzt kein Alibi, und es gibt keine Beweise gegen ihn.«

»Ich verstehe«, sagte Cormac. »Trotzdem ist es nicht fair, Hugh einfach so zu verurteilen, Nora. Es gibt keinerlei Anhaltspunkte.«

»Dann hilf mir, sie zu finden. Vielleicht gelingt es uns ja auch, ihn zu entlasten.«

»Lieber Himmel«, sagte Cormac seufzend. »Wir können uns doch nicht so ohne weiteres in anderer Leute Leben einmischen. Es muss furchtbar sein, jemanden auf die Weise zu verlieren wie du deine Schwester, obwohl ich mir das wahrscheinlich noch nicht einmal ansatzweise richtig vorstellen kann, aber sie und Mina sind nach wie vor zwei unterschiedliche Fälle. Du darfst nicht zulassen, dass du aus Wut und Frustration andere Menschen verdächtigst.«

»Ich habe etwas in Hugh Osbornes Augen gesehen, Cormac, gleich am ersten Abend, als ich hier angekommen bin. Es war, als ob ich eine Herausforderung darin lesen konnte, als wollte er mir ins Gesicht sagen: ›Nur zu! Beweis es doch!‹ Du warst nicht dabei, du hast es nicht mitbekommen.«

»Kann das nicht auch daran liegen, dass du dir geradezu wünschst, er wäre schuldig?«

»Als Nächstes wirst du auch noch behaupten, ich bin nicht mehr ganz dicht!«, rief Nora aufgebracht, hörte aber selbst, wie schrill und unnatürlich ihre Stimme klang.

»Nein, Nora, das werde ich nicht«, murmelte Cormac. »Allmächtiger, ich bitte dich, es ist doch nur so, dass ich …« Cormac streckte eine Hand aus, aber Nora sprang auf, stieß sie beiseite, warf die Decke zu Boden und rannte zur Tür. Als sie nach dem Türknauf griff, hielt Cormac sie auf und berührte sie am Arm. »Bitte, Nora, du musst doch nicht gleich fortlaufen.«

»Doch, das muss ich«, sagte sie trotzig. »Bitte, lass mich los.« Cormac zog seine Hand zurück und trat einen Schritt zurück.

Auf der Hälfte des Flurs ließ Nora sich an die Wand sinken und holte tief Luft. Was zum Teufel war mit ihr los? Alles, was Cormac gesagt hatte, war völlig einleuchtend gewesen. Es war nichts anderes als das, was sie sich selbst in den letzten Tagen immer wieder vorgesagt hatte. Warum fuhr sie immer gleich aus der Haut? Niemand hatte das verdient, am allerwenigsten Cormac, der sie nur hatte besänftigen wollen. Mit einem Mal verspürte sie große Sehnsucht nach ihm. Im selben Moment ertönte im anliegenden Treppenhaus ein klapperndes Getöse, unweit der Stelle, an der sie sich befand.

Nora lief zu dem Seitengang und riss die Tür auf. »Wer ist da?«, rief sie. Sie erhielt keine Antwort. Aber jemand musste da gewesen sein, jemand, der sie beide zuvor womöglich belauscht, ihnen nachspioniert hatte ... Als Nora sich umdrehte, stieß sie mit dem Fuß an etwas Hartes, das daraufhin über den Boden kullerte, bis es an der Wand liegen blieb. Nora bückte sich danach. Es war eine leere Whiskeyflasche. Auf dem Weg in ihr Zimmer roch Nora am Flaschenhals, ein Geruch, der sie sofort an Jeremys Whiskeyatem bei ihrer ersten Begegnung erinnerte.

Anstatt sie beide als Freunde zu gewinnen, hatte sie es an einem einzigen Tag geschafft, sowohl Jeremy als auch Cormac zu kränken. Besonders Leid tat es ihr um Cormac. Warum musste bloß alles dermaßen kompliziert sein? Als sie ihr Zimmer betrat, spürte sie, wie ihr Magen sich zu einem Knoten verkrampft hatte. Sie schaltete das Licht ein und warf die Whiskeyflasche in den Papierkorb. Mit einem Mal blieb sie stehen. Etwas war anders. Nora schaute sich um und fahndete nach Gegenständen, die womöglich nicht mehr an ihrem üblichen Platz waren. Ihr Blick blieb an ihrem Bett haften. Die Decke sah zerknittert aus. Ob Jeremy dieses Mal in ihrem Zimmer geschlafen hatte? Sie durchquerte den Raum und zog die Decke zurück. Ein erstickter Aufschrei entfuhr ihr.

Auf einem kleinen Hügel aus Schmutz und Blättern lag der Kadaver einer Krähe. Die Augen des Vogels waren stumpf und in die Höhlen gesunken, die Krallen ragten starr in die Luft. Die Glasscherben, die sie im Bad auf dem Boden gefunden hatte, mochten ein Zufall gewesen sein, dachte Nora, aber diese Botschaft stellte ohne jeden Zweifel eine Drohung dar.

Noras erster Impuls war, Devaney anzurufen. Während sie die Taschen ihrer Jeans nach der Visitenkarte durchwühlte, die er ihr überreicht hatte, wurde ihr jedoch klar, dass ein solcher Anruf zur Folge haben konnte, dass sie und Cormac Bracklyn House verlassen mussten, und zwar noch ehe sie weiteren Spuren gefolgt waren. Vermutlich war genau das die Absicht des Eindringlings gewesen. Nora beschloss, sich nicht gängeln zu lassen. Sich mit Devaney in Verbindung zu setzen kam nicht infrage.

Wer konnte das getan haben?, fragte sie sich. Warum versuchte jemand hier im Haus, sie zu vergraulen? Hugh Osborne war verreist und befand sich in London, wie er behauptet hatte. Er könnte gelogen haben, überlegte Nora. Ihre Gedanken schweiften zu Jeremy. Ihr fiel die Kälte ein, die sie vorhin in seinem Blick wahrgenommen hatte. War es denkbar, dass er ihr in seiner Wut nur einen Streich hatte spielen wollen?

Sie trat wieder ans Bett und betrachtete die Krähe. Der Verwesungsprozess hatte begonnen, die Maden krochen bereits aus dem Kadaver hervor. Sie musste ihn schleunigst beseitigen. Vorsichtig nahm sie das Bettlaken an den vier Enden und schnürte es zu einem festen Bündel zusammen. Dann öffnete sie beide Fensterflügel sperrangelweit und schleuderte das Bündel in den darunter liegenden Garten. Sie wandte sich um und warf einen Blick in die Runde. Den Gedanken an Schlaf konnte sie vergessen. Außerdem war es im Zimmer ciskalt. Sie holte ihren Mantel aus dem Schrank und hüllte sich darin ein. Danach hockte sie sich aufs Sofa vor den Kamin und grübelte über ihre nächsten Schritte nach.

14

Una schrak aus dem Schlaf hoch, weil jemand gegen die Vordertür des Hauses hämmerte. Im Nachthemd und auf bloßen Füßen rannte sie die Treppe hinunter. Vor der Außentür hielt sie jedoch inne, um zu lauschen, wer den Lärm verursachte. In dem Moment ertönte Brendans Stimme.

»Una, mach die Tür auf! Ich find meine Schlüssel nicht.« Sie stand wie gelähmt da und versuchte, sich eine Antwort auszudenken. Brendan schlug erneut gegen die Tür, dieses Mal mit der flachen Hand.

»Una, lass mich rein. Ich weiß, dass du mich hörst. Los, schließ die verdammte Tür auf!«

»Pst, Brendan«, zischte Una. »Du weckst Aoife auf.« Mit einem Mal begriff sie, was geschehen war. »Brendan, bist du betrunken?«

»Geht dich einen Scheißdreck an. Sperr auf, habe ich gesagt.« Brendan trat wütend zweimal gegen die Tür. »Ich hab die verdammte Tür hier mit eigenen Händen gezimmert. Wie zum Teufel kannst du es wagen, mich auszusperren.«

»Ich kann dich nicht reinlassen, wenn du in einem solchen Zustand bist«, sagte Una. »Du machst mir Angst. Und an der Hintertür brauchst du es auch nicht zu versuchen. Die ist auch zugesperrt.«

Sie zuckte zusammen, weil Brendan jetzt auf die Tür einzuprügeln begann, aber das dicke Holz erbebte nicht einmal, sondern hielt dem Ansturm seiner Fäuste und Füße stand. Dann verstummte der Lärm abrupt, und Una könnte hören, wie

Brendan sich von der Tür entfernte. Sie atmete erleichtert auf, aber gleich im nächsten Augenblick erklang das Krachen und Klirren von berstendem Glas. Brendan musste sich ein paar Flaschen aus dem Pub mitgebracht haben. Una kauerte sich auf den Fußboden und umschlang die Knie. Obwohl sie wusste, dass die Tür Brendans Angriffen standhalten würde, ging ihr das Getöse, mit dem die schweren Bierflaschen nacheinander an der Tür zerplatzten, durch Mark und Bein.

Fintan, der nur seine Unterhosen trug, tauchte neben ihr auf. »Was ist los? Ist das da draußen Brendan? Was fällt dem denn ein?«

Sie lauschten mit angehaltenem Atem, vernahmen jedoch nicht mehr als ein undeutliches Gemurmel. Fintan betrat die Küche, lüpfte einen Zipfel der Gardine und spähte hinaus. »Alles in Ordnung«, sagte er. »Er zieht ab.«

»Brendan ist betrunken«, murmelte Una. »Das ist das erste Mal, Fintan. Brendan trinkt sonst nie.«

»Dann soll er zusehen, dass er schleunigst wieder nüchtern wird. Bis dahin kann er im Schuppen schlafen.«

»Allmächtiger, Fintan, was sollen wir nur tun?«

»Er ist bloß sauer, weil wir unsere Anteile eingefordert haben. Aber er wird darüber wegkommen. Ausrichten kann er nichts. Alles bleibt wie geplant.«

»Fintan, es gibt da noch ein paar Dinge, von denen du nichts weißt.« Una schaute Fintan an. Es fiel ihr schwer weiterzusprechen.

»Bitte?«, sagte Fintan. »Mach schon, Una, raus mit der Sprache!«

»Komm«, sagte Una und führte Fintan in Brendans Zimmer. Dort zerrte sie das Bett von der Wand und zeigte ihm das Versteck, das sie vor einigen Tagen entdeckt hatte. Sie griff in die Nische, entnahm ihr einige Papiere und tastete nach der Haarspange mit den Elefanten. Sie war fort.

»Sie war da«, flüsterte Una. »Ich weiß, dass sie da war. Ich hatte sie in meiner Hand.«

»Wovon redest du?«, fragte Fintan.

»Von einer Haarspange. Sie hat Mina Osborne gehört. Ich weiß das, weil ich sie am Tag, als Mina verschwunden ist, an ihr gesehen habe. Außerdem hat Brendan hier jede Menge Zeitungsausschnitte versteckt, die sich mit dem Fall befassen. O mein Gott, Fintan, was sollen wir nur tun?«

Es dauerte eine Weile, bis Fintan die Bedeutung ihrer Worte verarbeitet zu haben schien. Er schüttelte den Kopf. Trotz Brendans unbeherrschter Natur, trotz des Zwischenfalls mit der Sichel wollte er das, was Una andeutete, offenbar nicht glauben.

»Nein, niemals«, sagte er schließlich. »Er ist unser Bruder. Du musst wahnsinnig sein.«

Dennoch erkannte Una, dass der Gedanke in ihm Wurzeln zu schlagen begann. Die Tatsache, dass Fintan das furchtbare Geheimnis nun mit ihr teilte, erleichterte ihr Herz aber keineswegs.

15

Nora fuhr aus dem Schlaf hoch. Jemand hatte an der Tür geklopft. Sie war noch kurz wie benommen, aber dann flutete die Erinnerung an den toten Vogel wieder in ihr Bewusstsein.

»Geht es dir nicht gut, Nora?« Es war Cormacs Stimme. »Es ist schon nach zehn.«

Der Türknauf bewegte sich, und noch ehe sie reagieren konnte, öffnete er die Tür. Als er sie auf dem Sofa zusammengekauert sah, schien er zu begreifen, dass etwas vorgefallen sein musste, und kam eilig näher.

»Nora, ist etwas passiert? Geht es dir nicht gut?«

Sie zögerte. Im Rückblick kam der Zwischenfall ihr irgendwie unwirklich vor. »Mir fehlt nichts, Cormac.«

»Und das da? Was soll das?« Er deutete auf das abgezogene Bett.

»Dort hat eine tote Krähe gelegen, als ich in mein Zimmer gekommen bin.«

»Mein Gott, Nora.«

»Ich wollte keinen Aufstand machen. Was hätte das auch genutzt? Deshalb ... habe ich sie aus dem Fenster geworfen. Mitsamt dem Leintuch.« Nora erhob sich und trat ans Fenster. »Es war ziemlich beklemmend – obwohl der Vogel tot war und mir nichts mehr anhaben konnte, trotzdem ...« Sie hielt inne. Unter ihr war weder ein toter Vogel noch das Leintuch zu sehen. Cormac trat neben sie und blickte gleichfalls in den Garten hinunter.

Nora wandte ihm das Gesicht zu. »Es war so, glaub mir.«

»Ich glaube dir ja, Nora. Ich verstehe nur nicht, warum du dann nicht zu mir gekommen bist.« Er legte einen Arm um sie, und für eine Zeit lang standen sie stumm da. Schließlich sagte Cormac: »Hast du die Visitenkarte noch, die Devaney dir gegeben hat?«

»Was soll der denn jetzt noch ausrichten?«, murmelte Nora. »Es ist ja nichts mehr da, was ich ihm zeigen könnte.«

»Er hat uns aber gebeten, ihm Bescheid zu geben, wenn etwas Ungewöhnliches geschieht, Nora, und ich finde, das hier erfüllt durchaus die Voraussetzungen. Bitte, Nora.«

»Mein Handy liegt im Wagen.«

Sie liefen durch das leere Haus. Am Eingang stießen sie auf Hugh Osborne. Er bedachte sie mit einem eigentümlichen Blick und sagte: »Es tut mir Leid.«

Zuerst wunderte Nora sich, dass er bereits über die Krähe Bescheid zu wissen schien, aber dann fiel ihr Blick auf die Autos, die in der Einfahrt parkten. Cormacs Jeep hatte das meiste abbekommen. Sowohl Windschutzscheibe als auch Heckscheibe waren eingeschlagen, und aus den zerstochenen Reifen war die Luft entwichen. Außerdem war der Wagen über und über mit Schlamm beschmiert. An den inzwischen getrockneten Spuren konnte man die wütenden, ausholenden Armbewegungen des nächtlichen Vandalen ablesen. Und als Gipfel der Zerstörungswut prangte ein frischer Dunghaufen mitten auf der Kühlerhaube. Er hatte einen Fliegenschwarm angelockt, der ihn in der Morgensonne summend umschwirrte. Noras Auto war etwas glimpflicher davongekommen. Obgleich sich dicke braune Schlammstreifen über die Karosserie zogen, die Scheinwerfer zertrümmert und die Reifen zerstochen waren, so waren wenigstens die Fensterscheiben noch intakt.

Ringsumher hatte sich eine seltsame Stille ausgebreitet, und Nora kam das Bild eines Schlachtfeldes in den Sinn, der Moment, wenn sich nach dem Verstummen des Kampfgetümmels eine gespenstische Ruhe ausbreitete. Es kam ihr so vor, als würde selbst der Morgen sein Gesicht abwenden. Lediglich die beiden geschändeten Autos standen als stumme Zeugen der Anklage da.

16

Bereits fünf Minuten nach dem Anruf auf der Polizeiwache traf Devaney in Bracklyn House ein. Bei seiner Ankunft fand er Osborne und seine beiden Gäste auf dem Kiesweg vor. Sie standen neben den beschädigten Personenwagen. Osbornes Volvo, der unweit davon entfernt parkte, hatte keinen einzigen Kratzer abbekommen.

»Detective, vielen Dank, dass Sie so schnell gekommen sind«, sagte Osborne. »Ich bin heute früh aus London zurückgekehrt und habe das hier alles so vorgefunden. Bislang hat niemand von uns etwas angerührt.«

Devaney beugte sich vor, um in den Jeep zu spähen. Die Splitter des Sicherheitsglases waren im ganzen Innenraum verstreut. Auf der Rückbank sah er Werkzeug liegen. Er würde Maguire bitten, es auf seine Vollständigkeit hin zu überprüfen.

Neben ihm hielt jetzt ein blau-weißer Wagen. Es war Declan Mullins von der Wache in Dunbeg. Fehlten nur noch die Leute von der Spurensicherung.

Mullins nickte. »Dauert aber, bis sie von Dublin aus hier sind«, sagte er.

»Ich werde inzwischen im Haus mit der Befragung beginnen«, sagte Devaney.

»Jawohl, Sir. Womit soll ich mich derweil befassen?«

Für einen Augenblick beneidete Devaney seinen jungen Kollegen um den Diensteifer, der sich auf dessen frischem, sauberem Gesicht abmalte. »Sie sperren die gesamte Umgebung ab«, antwortete er. »Geben Sie Acht, dass niemand etwas anrührt.

Und lassen sie sich von den Fahrzeughaltern eine Aufstellung des Wageninhalts geben. Ich will wissen, ob etwas fehlt.« Devaney hatte seit einer Weile den Verdacht, dass Maguire und seine Kollegin mehr über die Bewohner von Bracklyn House wussten, als sie zugaben. Vielleicht würde der Zwischenfall sie ja nun etwas mitteilsamer machen. Als Ersten nahm er sich jedoch Osborne vor. Sie unterhielten sich in der Bibliothek, während Nora und Cormac draußen warteten.

Osborne erklärte, er sei mit der Frühmaschine gelandet, von Shannon aus mit seinem Wagen hergefahren und gegen zwanzig nach zehn in Bracklyn House angekommen. Devaney erkundigte sich, ob irgendwelche Sicherheitsmaßnahmen getroffen wurden, um das Haus zu schützen. Er erfuhr, dass das Eingangstor nie abgesperrt wurde, sondern meist offen stand. Es gebe lediglich zwei Eingänge, einmal die Vordertür und dann die Hintertür an der Küche. Lucy sei diejenige, die vor dem Zubettgehen dafür sorge, dass beide Türen verschlossen und verriegelt seien. Die Gäste hingegen besäßen keine Schlüssel, da Lucy während ihres Kommens und Gehens gewöhnlich anwesend sei.

»Ich möchte Sie nicht unnötig beunruhigen«, sagte Devaney schließlich, »aber ich betrachte die Angelegenheit nicht nur als bloße Sachbeschädigung. Das allein wäre zwar schon schwerwiegend genug, aber mehr noch beschäftigt mich der Gedanke, dass es sich um eine Form des persönlichen Angriffs handeln könnte. Kommt Ihnen irgendein Vorfall aus jüngster Zeit in den Sinn, und sei er Ihnen noch so belanglos erschienen, der Sie oder Ihre Gäste betrifft? Ist irgendetwas geschehen, was jemanden verärgert haben könnte?«

»Da fällt mir nichts ein, Detective«, sagte Osborne. »Ich bin mit niemandem aneinander geraten. Maguire ist hier, um das Baugelände am alten Kloster zu begutachten, und Dr. Gavin ist ihm behilflich. Sie halten sich seit etwa über einer Woche hier auf und werden ihre Arbeit in wenigen Tagen beenden. Es handelt sich um nichts weiter als eine Routinemaßnahme vor der Erschließung eines Geländes.«

»Gibt es da nicht auch Leute, die Ihrem Projekt ablehnend gegenüberstehen?

»Ich weiß nichts von einem ausdrücklichen Protest.«

»Was meinen Sie mit ›ausdrücklich‹?«

»Nun, niemand hat sich gemeldet und mir seine Einwände vorgetragen. Natürlich, die Plakate, die überall hängen, habe ich gesehen, die Warnungen vor Landvertreibung, mit denen die Menschen aufgehetzt werden. Wie ich einige meiner Nachbarn kenne, ist das wohl eine versteckte Kritik, die sich auf meine Person bezieht. Ich weiß, dass viele annehmen, ich hätte hinter der Aktion gestanden, Drumcleggan auf die Liste der gefährdeten Naturgebiete setzen zu lassen, aber das stimmt nicht. Ich unterstütze das zwar, aber auf die Entscheidung habe ich keinen Einfluss genommen.«

»Mit anderen Worten, Sie erklären, dass es zwischen Ihrem Projekt und der Tatsache, dass Drumcleggan zum Naturschutzgebiet erklärt wurde, keinen Zusammenhang gibt.«

»Ganz so weit würde ich nicht gehen, Detective. Das Moor grenzt immerhin an das Land, das ich erschließen will. Es gehört zwar nicht zu meinen vorrangigen Plänen, aber auf lange Sicht hoffe ich, ein Programm ins Leben zu rufen, das sich mit der Aufklärung zum Thema Umweltschutz befasst. Darüber gesprochen habe ich aber noch mit niemandem. Die Gegend bietet sich ja förmlich dazu an.«

Ebenso wie sie sich anbietet, um ein paar Leichen loszuwerden, setzte Devaney innerlich hinzu. Er wechselte das Thema. »Sie sagten, Sie seien in London gewesen? Würden Sie mir freundlicherweise den Grund Ihrer Reise erklären?«

»Ich habe mich in London mit meinem Notar getroffen. Außerdem mit einer Gruppe von Kapitalgebern, die meine Entwicklungspläne unterstützen.«

Devaney dachte an den Bankbesuch, den Dachs erwähnt hatte. Er würde Dachs um weitere Nachforschungen bitten, und Mullins würde er beauftragen, die Passagierliste der Frühmaschine aus London zu überprüfen.

»Können Sie sich denn vielleicht einen Zusammenhang zwischen dem jüngsten Ereignis und dem Verschwinden Ihrer Frau und Ihres Sohnes vorstellen?«

»Das ist tatsächlich eine Frage, die mich selbst beschäftigt«, sagte Osborne. »Ich wüsste aber nicht, wie ein solcher

Zusammenhang aussehen sollte.« Er lehnte sich mit einem Seufzer in seinem Sessel zurück.

»Bitte verständigen Sie mich, falls Ihnen dazu noch etwas einfällt.«

»Selbstverständlich, Detective. Grundsätzlich gehe ich jedoch davon aus, dass es sich um Rowdys handelt. Manche Leute rasten nun einmal aus und randalieren, wenn sie betrunken sind. So was ist früher auch schon vorgekommen. Allerdings nicht in jüngster Zeit.«

Devaney registrierte Osbornes blutunterlaufene Augen. »Vielleicht haben Sie da ja Recht«, sagte er. »Ich glaube, das war's fürs Erste. Ob Sie mir wohl den Professor reinschicken?«

Cormac Maguire hatte in der Nacht nichts gehört. »Dr. Gavin und ich waren den Nachmittag über unterwegs«, sagte er. »Wir dürften zwischen fünf und sechs zurück gewesen sein. Anschließend haben wir uns kurz frisch gemacht, unser Abendessen eingenommen und bis gegen Mitternacht in meinem Zimmer geplaudert.«

»Und danach?«

»Danach ist Dr. Gavin in ihr Zimmer zurückgekehrt.«

Da ist doch noch etwas, was er zurückhält, dachte Devaney. Er beschloss jedoch, nicht weiter nachzubohren. »Was war mit den anderen im Haus?«, fragte er. »Wo haben sie sich in der letzten Nacht aufgehalten?«

»Mr Osborne war in London und ist erst heute früh zurückgekehrt. Lucy Osborne zieht sich meist sehr früh in ihr Zimmer zurück. Ich bin ihr bisher lediglich am Tag meiner Ankunft begegnet. Jeremy habe ich gestern zweimal gesehen ... beide Male aber nur flüchtig.«

»Zufällig war ich gestern Nachmittag hier«, sagte Devaney. »Da hat die Mutter des Jungen mir erklärt, er würde Ihnen und Dr. Gavin Gesellschaft leisten und beim Graben helfen.«

»Das tut er auch gelegentlich. Gestern war eine Ausnahme. Dr. Gavin und ich haben am Nachmittag nämlich eine alte Dame namens Mrs Cleary besucht.«

»Ned Rafterys Tante?«

»Genau. Ned meinte, sie könnte uns vielleicht etwas über den Hintergrund der rothaarigen Frau verraten. Wir sind ohne Jeremy dorthin gefahren. Ehrlich gesagt, bin ich nicht davon ausgegangen, dass er sich für die Angelegenheit interessiert. Er hat sich uns erst vor einigen Tagen angeschlossen und unterstützt uns jetzt etwas bei der Arbeit. Ich glaube, ihm fehlen hier gleichaltrige Freunde. Mag sein, dass er sich versetzt gefühlt hat, weil wir ohne ihn losgezogen sind, aber das wird ihn kaum dazu bewogen haben, sich unsere Autos vorzuknöpfen.«

»Wann sagten Sie, haben Sie ihn zuletzt gesehen?«

»Am frühen Abend. Nachdem wir von Mrs Cleary zurückgekehrt waren. Ich habe ihn gefragt, ob er mit uns zu Abend essen will, und er schien das auch vorzuhaben. Dann muss er seine Meinung aber wohl geändert haben. Er ist jedenfalls nicht zum Essen aufgetaucht.«

»Haben Sie sich deswegen keine Gedanken gemacht?«

»Warum sollte ich? Vielleicht hat er ja mit seiner Mutter gegessen. Ich weiß nicht, was der Junge abends so treibt.«

»Können Sie sich einen Reim auf die Sache mit Ihrem Wagen machen? Glauben Sie, dass jemand Ihnen und Dr. Gavin drohen will?« Devaney sah, dass er bei Maguire einen wunden Punkt getroffen zu haben schien.

»Warum sollte uns jemand drohen wollen?« Maguire schien sich sichtlich unbehaglich zu fühlen.

»Womöglich stört sich jemand an Ihrer und Dr. Gavins Anwesenheit. Es wäre doch denkbar, dass jemand Osbornes Projekt feindlich gegenübersteht. Ist Ihnen in diesem Zusammenhang irgendetwas aufgefallen?«

»Aber warum sollten Dr. Gavin und ich, was das Projekt angeht, Ziel eines Angriffs sein? Mit dem Projekt selbst haben wir doch gar nichts zu schaffen. Und wenn jemand unsere Arbeit am Kloster stören will, hätte er besser daran getan, unser Werkzeug zu stehlen oder irgendeinen Unfug an der Ausgrabungsstätte anzustellen.«

»Ich glaube nicht, dass jemand Ihre Arbeit einfach nur stören wollte«, sagte Devaney knapp. »Ich glaube eher, dass jemand Sie endgültig vertreiben will. Wussten Sie, dass sich das Land, auf dem Sie graben, direkt an das Moor von Drumcleggan anschließt? Und dass das Moor gerade Gegenstand einer hitzigen Auseinandersetzung ist?«

»Hugh hat zu Beginn etwas in der Art erwähnt«, sagte Cormac. »Und zwar, weil ich mich nach den Plakaten erkundigt hatte. Sie wissen wahrscheinlich, welche ich meine. Hugh hat mir die Hintergründe erklärt, mir jedoch versichert, dass er sich deshalb keine Sorgen macht.« Cormac schwieg einen Moment. »Ich weiß nur, dass Brendan McGann rigoros gegen das Projekt ist. Ich habe ihn bei meiner ersten Besichtigung am Kloster getroffen.« Wieder hielt Cormac inne. »Er hat mir mehr oder weniger zu verstehen gegeben, dass ich meinen Kram packen und verschwinden soll und mich nicht in Dinge mischen, die mich nichts angingen.«

»Warum haben Sie das mir gegenüber nicht schon früher erwähnt?«, fragte Devaney.

»Weil ich es für Geschwätz hielt. Für dummes Zeug.«

»Welchen Eindruck haben Sie ganz allgemein von Brendan McGann?«

»Meine Güte, ich kenne den Mann ja kaum. Ich bin ein paar Mal mit ihm zusammengetroffen. Und nach den wenigen Eindrücken kann ich nur sagen, dass ich ihn für einen unglücklichen Menschen halte. Hugh Osborne scheint er jedenfalls nicht zu mögen. Aber wem erzähle ich das? Sie wohnen doch hier, Detective. Sie kennen die Verhältnisse besser als ich.«

»Es ist trotzdem interessant, gelegentlich eine andere Meinung zu hören«, sagte Devaney. »Dass der Vorfall etwas mit dem Verschwinden von Osbornes Frau zu tun haben könnte, scheint mir übrigens eher unwahrscheinlich zu sein. Andererseits lässt es sich nicht vollständig ausschließen. Na, egal. Nehmen Sie meinen Rat an, Maguire. Sie und Dr. Gavin sollten auf sich aufpassen. Es könnte sein, dass es nicht bei der Beschädigung Ihrer Autos bleibt.«

»Kann man wohl sagen.«

Devaney stutzte. »Gibt es da denn noch etwas, was ich wissen müsste?«, fragte er.

»Als ich heute früh Nora aus ihrem Zimmer abgeholt habe«, begann Cormac etwas zögerlich, »hat sie mir erzählt, dass ihr am Abend zuvor jemand eine tote Krähe ins Bett gelegt hat. Wir wollten Sie gerade anrufen, aber dann ist die Sache mit den Autos dazwischengekommen. Ich habe das bisher nicht erwähnt, weil ich die Geschichte nicht bezeugen kann. Es ist wohl besser, Sie unterhalten sich mit Nora darüber.«

»Was ich sofort tun werde«, sagte Devaney.

Als Dr. Gavin den Raum betrat, deutete Devaney auf einen der Sessel. »Am besten, wir beginnen mit dem gestrigen Tag. Sagen wir mal, ab dem Nachmittag. Erzählen Sie einfach der Reihe nach, wie Sie ihn verbracht haben.«

»Na ja«, sagte Nora, »dann fange ich am besten mit der Rückkehr von unserem Besuch bei Mrs Cleary an. Das dürfte gegen halb sechs gewesen sein. Wir hatten auf dem Weg ein wenig Pech mit dem Wagen, weil der sich im Schlamm festgefahren hatte. Dank unserer Bemühungen, den Wagen wieder frei zu bekommen, waren wir beide reichlich verdreckt. Wir hatten also erst mal eine Dusche nötig. Anschließend haben wir in der Küche zu Abend gegessen, und danach haben wir uns noch ein bisschen in Cormacs Zimmer unterhalten. Gegen Mitternacht bin ich in mein Zimmer zurückgegangen.«

»Wissen Sie, wo Lucy und Jeremy Osborne sich während dieser Zeit aufhielten?«

»Keine Ahnung. Ich habe sie nicht gesehen.« Nora brach ab. »Nachdem ich Cormacs Zimmer verlassen habe«, fuhr sie dann fort, »glaubte ich jedoch, jemanden im Treppenhaus zu hören. Als ich nachgeschaut habe, war da aber niemand. Auf dem Flur lag lediglich eine leere Flasche.«

»Was für eine Flasche?«

»Eine Whiskeyflasche. Ich habe sie mit in mein Zimmer genommen und in den Papierkorb geworfen.« Devaney wartete geduldig auf den Rest der Geschichte. »Ich habe gleich gesehen, dass irgendetwas mit meinem Bett nicht stimmt: Als ich die Decke zurückzog, fand ich eine Botschaft, die man mir hinterlassen hatte. Da lag nämlich eine tote Krähe. Fast hätte ich Sie sofort angerufen, aber …«

»Sie hätten es tun sollen.«

»Ja, ich weiß. Andererseits dachte ich, dass derjenige, der das verbrochen hat, mir nur einen Schreck einjagen wollte, und ich wollte ihm keine Genugtuung geben. Deshalb habe ich den Vogel einfach aus dem Fenster geworfen.«

»Wie bitte?«

»Na ja, ich habe den Kadaver mit dem Bettzeug zusammen aus dem Fenster befördert. Als ich heute früh nachgesehen habe, war aber alles weg.«

Devaney verspürte einen kurzen, stechenden Schmerz in den Schläfen. »Wem sollte daran gelegen sein, Ihnen einen Schreck einzujagen?«, fragte er.

»Da bin ich mir nicht sicher. Es war übrigens nicht der erste Versuch. Vergangene Woche habe ich in Dublin einen eigentümlichen Anruf erhalten, und zwar ziemlich spät nachts. Eine mir unbekannte Stimme – ich wüsste noch nicht einmal zu bestimmen, ob sie männlich oder weiblich war – hat nur ›lass die Finger davon‹ gesagt und ›es ist besser für sie‹.«

»Sind Sie sich des genauen Wortlautes sicher?«

»Absolut. Ich habe versucht, die Person zum Weitersprechen zu bewegen, aber sie hat dann einfach aufgelegt.«

»Fällt Ihnen sonst noch etwas ein? Etwas, was anders oder merkwürdig war?«

»Als ich aus Dublin wieder hier war, fand ich den Boden meines Badezimmers mit Glasscherben übersät vor. Anfänglich habe ich angenommen, dass jemandem beim Saubermachen meines Zimmers ein Missgeschick passiert sein muss, aber inzwischen zweifele ich daran. Als ich anschließend nach unten gegangen bin, um eine Kehrschaufel zu besorgen, bin ich auf Lucy Osborne gestoßen, die auf den Knien den Fußboden geschrubbt hat. Sie war wie eine Putzfrau gekleidet, mit Kopftuch und allem Drum und Dran. Ich fand das ziemlich eigentümlich. Sie hat mir daraufhin erklärt, dass ihre Putzfrau die Grippe oder so hat, aber das nehme ich ihr irgendwie nicht ab. Vielleicht liegt das ja an der Art, wie sie geschrubbt hat. Es sah aus, als wäre sie die Arbeit gewohnt.«

»Hm«, machte Devaney und schaute nachdenklich drein. »Kommen wir noch einmal kurz auf die Krähe zurück. Wer immer sie in Ihr Zimmer geschafft hat, muss Zugang zum Haus haben. Hugh Osborne behauptet, vergangene Nacht in London gewesen und erst heute früh zurückgekehrt zu sein. Falls das stimmt, bleiben noch Lucy und Jeremy, oder nicht? Aber warum sollte einer der beiden etwas gegen Sie haben? Können Sie sich dafür einen Grund vorstellen?«

»Nicht den geringsten, wenn ich ehrlich bin. Es sei denn ...«
Nora Gavin spielte nervös an den Messingnieten der Sessellehne herum. »Es sei denn, dass ich sie verärgert habe, weil ich
mich mal im Haus umgesehen habe. Wussten Sie eigentlich,
dass sich oben unter dem Dach ein voll eingerichtetes Maleratelier befindet?«

Devaney nickte. »Ja, das von Mina Osborne.«

»An dem Tag, an dem ich im Haus herumspaziert bin, habe
ich die Stimme eines Kindes vernommen. Sie kam aus einem
Raum, in dem ein Video lief. Das Video zeigte Mina und Christopher Osborne. Im anschließenden Kinderzimmer habe ich
dann Jeremy entdeckt, der dort in dem kleinen Bett geschlafen hat. In dem Moment, als Jeremy erwachte, trat seine Mutter durch die Tür und wirkte nicht sonderlich erfreut, mich
dort anzutreffen.« Nora hielt erneut inne. Devaney konnte
sehen, dass sie mit sich kämpfte. »Cormac hat Ihnen bestimmt
erzählt, dass Jeremy uns bei den Grabungsarbeiten hilft. Dabei
ist mir aufgefallen, dass er mich heimlich anstarrt.« Sie seufzte. »Vielleicht ist er gestern wütend oder gar eifersüchtig gewesen, weil er geglaubt hat, Cormac und ich wollten ihn nicht
mehr bei uns haben.«

»Und? Ist das so?«, fragte Devaney. Als er sah, dass Nora
errötete, fügte er beschwichtigend hinzu: »Ich will mich nicht
in Ihre Privatangelegenheiten einmischen. Mir geht es lediglich
darum, die Fakten zusammenzutragen.«

»Nein, wir wollten Jeremy nicht loswerden«, sagte Nora.
»Na ja, auf jeden Fall kann ich mir nicht vorstellen, dass Lucy
Osborne einem Gast einen verrotteten Vogelkadaver ins Bett
legen würde. Das passt nicht zu ihr. Bei Jeremy wäre ich mir da
nicht so sicher, aber der scheint mir wiederum nicht der Typ zu
sein, der randaliert und Autos zertrümmert. Der Junge ist intelligent. Menschen, die man vertreiben will, die Autos zu zerstören kommt mir aber nicht wie eine sonderlich intelligente Handlung vor. Ich bin also ziemlich ratlos, was die Sache anbelangt.«

»Trotzdem, vielen Dank für Ihre Auskünfte«, sagte Devaney und erhob sich, um Nora hinauszugeleiten.

Vor der Bibliothek saß Lucy Osborne, die ihre Aussage
offensichtlich so schnell wie möglich hinter sich bringen woll-

te. Auch wenn ihr Zimmer auf die Auffahrt hinausging, hatte sie dennoch nichts Neues hinzuzufügen.

»Ich habe normalerweise einen leichten Schlaf«, erklärte sie. »Schon beim kleinsten Geräusch wache ich auf. Allerdings habe ich in den vergangenen Nächten kaum Schlaf gefunden. Deshalb habe ich gestern Abend auch eine Tablette eingenommen, um wenigstens einmal vernünftig durchzuschlafen. Ich kann Ihnen also leider keine große Hilfe sein. Haben Sie bereits einen Verdacht, wer dahinter stecken könnte?«

»Nein. Hätten Sie denn einen?«

»Das ganze Dorf besteht aus primitiven Menschen. Ich könnte hier auf jeden tippen, wenn Sie wollen.« Lucy Osborne machte Anstalten, sich zu erheben.

Devaney bat sie mit einer Geste, noch zu bleiben. »Sie arbeiten häufig im Garten, nicht wahr?«

»Ich bin eine große Blumenfreundin, wie Sie neulich sicher festgestellt haben.«

»Dann haben Sie gelegentlich bestimmt auch Ärger mit allerlei Ungetier, das Ihre Beete zerstört ... Maulwürfe, Vögel und so weiter.«

»Das kommt ab und an vor. Vor einem Jahr hatten wir beispielsweise eine regelrechte Krähenplage. Damals habe ich Gift gestreut. Seitdem herrscht aber Ruhe.«

»Muss ein gutes Mittel sein.« Devaney nickte. »Und was tun Sie mit den Vögeln, die in Ihrem Garten verenden?« Er taxierte ihre Miene, stellte jedoch keine Regung fest.

»Ich überlasse es Jeremy, sie für mich fortzuschaffen«, antwortete Lucy Osborne leicht verwundert. »Warum fragen Sie danach?«

»Aus keinem besonderen Anlass. Aber da wir gerade von Ihrem Sohn sprechen ... Wären Sie so freundlich, ihn zu mir zu bitten? Ich möchte mich mit allen potenziellen Zeugen unterhalten.«

»Jeremy ist leider nicht da, Detective. Der Junge hat heute früh einen kleinen Botengang für mich übernommen und ist noch nicht zurück. Allerdings müsste er jeden Moment eintreffen. Ich werde ihm sagen, dass Sie ihn zu sprechen wünschen.«

Devaney begriff nun, weshalb Lucy Osborne derart unruhig vor der Bibliothek gewartet hatte. Sie hatte keine Ahnung, wo sich ihr Sohn befand. In dem Augenblick öffnete sich die Tür einen Spalt, und prompt lugte Jeremy Osborne um die Ecke.

»Hugh meint, Sie wollen mich sprechen«, sagte er. Als er seine Mutter entdeckte, wandte er unwillkürlich das Gesicht ab, aber diese schien die aufgeplatzte Lippe und den dunkelblauen Fleck auf seiner linken Wange bereits entdeckt zu haben. Erschrocken sprang sie auf und eilte zu ihrem Sohn.

»Großer Gott, Jeremy!«, sagte sie und inspizierte sein Gesicht auf weitere Verletzungen. »Was ist mit dir geschehen? Wer hat das getan?«

Devaney hatte den Eindruck, dass es sich um echte mütterliche Besorgnis handelte. Zum ersten Mal schien ihre Maske der Selbstbeherrschung von ihr abzufallen. Jeremys Gesicht und Kleidung kamen ihm indessen sauber vor, auch die Hände. Nur die Knöchel waren etwas zerkratzt und geschwollen.

»Es ist nicht der Rede wert«, sagte Jeremy. »Ich wollte nur eine Böschung hochklettern und bin dann abgerutscht.«

Während Lucy fortfuhr, ihren Sohn zu mustern, meinte Devaney noch etwas anderes in ihrer Haltung auszumachen: eine stumme Bitte, fast ein Flehen.

»Mrs Osborne«, sagte er. »Ich danke Ihnen für Ihre Auskünfte. Ich werde Jeremy jetzt kurz befragen, und dann bin ich auch schon fort.«

»Ich würde gern bleiben, während Sie sich mit Jeremy unterhalten«, sagte Lucy Osborne, ein Vorschlag, der ihrem Sohn offenbar nicht gefiel.

»Das ist nicht notwendig«, sagte Devaney. »Ich nehme ja keine offizielle Aussage auf, es handelt sich lediglich um ein paar Routinefragen.«

»Aber …«

»Mach dir keine Sorgen, Mama«, fiel Jeremy seiner Mutter ins Wort. »Ich komme schon klar.«

Devaney rechnete fast damit, dass Lucy neuerliche Einwände erheben würde, aber diesmal verließ sie ohne jedes weitere Wort das Zimmer. Er bedeutete dem Jungen, sich auf dem Sofa niederzulassen, er selbst nahm im gegenüberliegenden Sessel Platz. Jeremys Augen irrten immer wieder nervös zur Tür, während Devaney einige kurze Bemerkungen in seinen Schreibblock eintrug.

»Brummt der Schädel?«, fragte er schließlich.

Der Junge blickte ihn verwirrt an. »Was sagten Sie?«

»Ich habe gefragt, ob dein Schädel brummt.«

Jeremys Ausdruck wurde misstrauisch.

»Whiskey ist ein ziemlich tückisches Getränk«, fuhr Devaney unbeirrt fort. »Zwei, drei Gläser, und schon ist man hinüber. Ich würde sagen, in deinem Alter sollte man sich lieber an Bier halten.«

Jeremy nahm seinen väterlichen Rat ungnädig entgegen, aber trotz seiner abwehrenden Haltung hatte Devaney den Eindruck, dass der Junge sich nach Aufmerksamkeit sehnte.

»Warum erzählst du mir nicht einfach, was du letzte Nacht getrieben hast, Jeremy? Du brauchst dir keine Gedanken zu machen. Vorerst bleibt alles unter uns.«

»Was ist mit Ihrem Notizblock?«, fragte Jeremy. »Schreiben Sie sich denn nicht alles auf?«

»Schon. Aber nichts davon geht in unsere Akten ein. So was ist nur bei offiziellen Aussagen der Fall. Ich reiche meine Notizen auch nicht an irgendwelche Mütter weiter. Warst du letzte Nacht wieder in Lynchs Kneipe?« Der Junge schüttelte wortlos den Kopf. Devaney beugte sich vor und erkundigte sich so sanft wie möglich: »Wo warst du denn dann, Jeremy?«

Der Blick des Jungen war auf das Teppichmuster gerichtet, während seine schmalen, langen Finger mit den abgekauten Nägeln an Fäden zupften, die sich aus der Naht seiner schwarzen Jeans gelöst hatten. »Ich habe Hugh eine Flasche aus der Werkstatt geklaut. Daraus habe ich ein paar Schlucke getrunken, aber was danach geschah, weiß ich nicht mehr. Heute früh bin ich draußen im Wald aufgewacht.«

»Das heißt, das, was du deiner Mutter über die Rutschpartie an der Böschung erzählt hast …«

»Ich konnte ihr ja nicht sagen, dass ich die ganze Nacht über draußen war«, sagte Jeremy betrübt. »Ich soll nicht so viel trinken. Sie macht sich so schon genügend Sorgen.«

»Heißt das, du weißt nicht, wie du zu deinen ... Andenken gekommen bist?«

»Nein.« Jeremy berührte vorsichtig seine aufgeplatzte Lippe und zuckte dabei kurz zusammen. Der Junge sagt die Wahrheit, dachte Devaney. Wenn nicht, fresse ich einen Besen. Sollte er dennoch gelogen haben, würde die Spurensicherung in Kürze den Beweis erbringen, Betrunkene waren nämlich selten in der Lage, ihre Fingerabdrücke sorgsam zu verwischen.

»Und du weißt auch nichts von einer toten Krähe, die letzte Nacht in einem der Schlafzimmer gelandet ist?«

»Nein!« Der Junge wirkte aufrichtig verdutzt, wenn nicht gar angewidert.

»Was anderes. Maguire sagt, du hättest ihm bei seinen Grabungsarbeiten am Kloster geholfen.«

»Jetzt nicht mehr«, murmelte Jeremy, während in seinen Augen ein wütender, gekränkter Ausdruck aufblitzte.

»Warum das denn?«

Jeremy Osborne schaute zu Boden. Devaney kam es so vor, als versuchte der Junge, die Kontrolle über seine Gefühle zu erlangen. Nachdem ihm das auch gelungen zu sein schien, hob er den Blick. »Weil es stinklangweilig ist«, sagte er.

17

Devaney hatte keine Ahnung, was er sich von einem Gespräch mit Brendan McGann versprach. Das, was Maguire ihm von den Drohungen berichtet hatte, die Brendan mehr oder weniger unverhüllt von sich gegeben hatte, verwunderte Devaney eigentlich nicht. Es war allgemein bekannt, dass Brendan rasch aufbrauste und sich mit seinen Nachbarn stritt: über Viehgatter, die offen geblieben waren, über Pfosten und Steine, die Grenzen markierten, die üblichen Zänkereien unter Bauern halt. Devaney wäre jede Wette eingegangen, dass Brendan McGann noch die kleinste Ungerechtigkeit, die jemand ihm irgendwann einmal zugefügt hatte, speicherte und in seiner Magengrube wie die Glut eines Torffeuers schürte. Mit der Zeit, das wusste Devaney von seinem eigenen Vater, fraßen derlei Dinge einen Menschen auf oder entluden sich schlagartig in Tobsuchtsanfällen. In seiner Zeit bei der Mordkommission war Devaney den Folgen solcher Ausbrüche mehr als einmal begegnet.

Brendans Aussage im Fall Osborne war typisch für ihn gewesen: ein, zwei Sätze, die er widerwillig von sich gegeben hatte. Nein, er habe für den Zeitraum, in dem Mina verschwunden war, kein Alibi. Da habe er sein Vieh von der Weide getrieben. Als Devaney auf dem Weg zu den McGanns über das Viehgitter fuhr, klapperte sein Toyota verdächtig. Mann, dachte Devaney, gleich fallen die ersten Teile der Karre ab. Als er an der Vordertür des Bauernhofs klopfte, antwortete niemand. Er drückte den Griff herunter und stellte fest, dass die

Tür verschlossen war. Unter seinen Sohlen knirschte etwas. Er sah zu Boden und erblickte dunkle Glasscherben. Sieht aus, als wäre eine Guinnessflasche zu Bruch gegangen, dachte er. Er trat ein paar Schritte zurück und bemerkte Brendan McGann, der gerade neben dem Haus auftauchte und sich die Hände mit einem Lappen säuberte.

»Devaney«, sagte Brendan, und es sollte wohl als Begrüßung gemeint sein.

»Wie läuft's, Brendan? Ich dachte, wir könnten ein bisschen über das plaudern, was letzte Nacht in Bracklyn House vorgefallen ist.«

»Was soll denn da vorgefallen sein? Ich war heute noch gar nicht im Dorf.«

Seltsam, dachte Devaney. Trotz seiner rauen, ungeschlachten Art war Brendan ein treuer und braver Kirchgänger, der jeden Morgen die Frühmesse besuchte. »Kleine Randale. Hat ein paar Wagen getroffen.«

»Weshalb sollte ich darüber etwas wissen? Ich sage dir ein für alle Mal, was immer in dem Haus passiert, hat mit mir nichts zu tun.« Brendan wies mit dem Daumen auf den Schuppen. »Wenn es dir nichts ausmacht … Ich hab was Dringendes zu erledigen.«

»Vielleicht kann ich dir ja helfen«, sagte Devaney.

Brendans Miene zeigte keinerlei Regung. Wortlos machte er auf den Hacken kehrt und steuerte den Schuppen an. Als Devaney die Türschwelle betrat, sah er, dass Brendan offenbar dabei gewesen war, einen neuen Reifen auf eine der Traktorfelgen zu ziehen. Ein zweites Paar Hände dürften ihm nicht ungelegen kommen, dachte er.

»Schöne Werkzeugsammlung hast du hier beieinander«, sagte er, indem er sich niederkniete, um die Felge festzuhalten. Unterdessen inspizierte er die erstaunliche Sammlung von Heugabeln, Sicheln, Stemmeisen und Spaten, die an den Wänden und von den Deckenstreben hingen. »Du liebe Zeit, ich habe schon seit ewigen Zeiten keine richtige Hippe mehr gesehen. Die gleiche hat mein Vater besessen. Benutzt du das Ding noch?«

»So ist es. Zieh mal!«

326

Während sie den Reifen herunterzerrten, sog Devaney den feuchten Modergeruch des gelagerten Torfes ein und wunderte sich darüber, dass an Brendans Werkzeuge kein Rost zu geraten schien. Er konnte sich gut vorstellen, wie eine dieser blitzblanken Schneiden aufzuckte und jemandes Kehle so sauber wie Heu- und Haferhalme durchschnitt. Während Brendan sich damit abquälte, den Reifen über die Felge zu wuchten, roch Devaney den säuerlichen Schweiß, den der andere verströmte, und den Bieratem, der sich hineinmischte. Wie merkwürdig, dachte er. Jedermann im Dorf wusste, dass Brendan nicht trank. Bei den seltenen Malen, die er im Pub erschien, genehmigte er sich allenfalls still für sich ein, zwei kleine Bier, um anschließend gleich wieder nach Hause zu gehen. Es bedurfte jedoch mehr als ein, zwei Bier, um noch am nächsten Tag den Dunst einer halben Brauerei auszuatmen. Während Devaney das Rad festhielt, schaute er sich weiter um. Seine Augen hatten sich an das Dämmerlicht, das durch ein winziges Fenster sickerte, gewöhnt, und er erkannte in der Ecke eine Pritsche mit einer verbeulten Strohmatratze darauf. Er musterte Brendan etwas eingehender und stellte fest, dass dessen Hose zerknittert war. Am Rücken seines Hemdes klebten schmutziggelbe Strohhalme.

»Ich wollte eigentlich nur wissen, ob dir in der letzten Nacht etwas Ungewöhnliches aufgefallen ist«, sagte er.

»Nein«, antwortete Brendan. Er musste jedoch Devaneys Misstrauen gespürt haben, denn er setzte hinzu: »Ich habe gestern Abend bei Lynch etwas zu viel getankt. Bin gegen neun weggegangen. Ich habe niemanden gesehen. Bin schnurstracks nach Hause und ins Bett.«

»Gibt es jemanden, der das bestätigen könnte? Ist deine Schwester zufällig im Haus?«

»Nein.«

»Na, ist nicht weiter schlimm. Ich kann ja später mit ihr reden. Sie hat einiges mit Osbornes neuem Werkstattprojekt zu tun, nicht wahr? Du hingegen hältst nicht so viel davon, oder?«

Brendan schaute kurz auf. Devaneys Blick wurde von einem Stapel Plastikdeckel angezogen, der sich auf der Werkbank hinter Brendan türmte. Sie sahen wie diejenigen aus, mit denen die Bauern die Schilder anfertigten, die allenthalben an den Straßenrändern prangten.

»Es gibt Leute, die behaupten, du hättest etwas gegen Osborne. Sie sagen …«

»Es ist kein Geheimnis, dass ich den Dreckskerl nicht ausstehen kann«, fiel Brendan ihm ins Wort. »Das ist nicht gegen das Gesetz, und ich habe meine Gründe dafür. Ich war trotzdem gestern Abend zu Hause im Bett, Herr Detective.« Brendan versetzte dem Rad einen heftigen Stoß, und der schwere Reifen saß auf der Felge. »Und du wirst mir nie etwas anderes nachweisen können. Besten Dank übrigens für deine Hilfe, aber das ist alles, was ich zu sagen habe.«

18

Nachdem ihre Wagen abgeschleppt worden waren, schlug Osborne seinen Gästen vor, sie zu der Baustelle am alten Kloster zu fahren.

»Ich hatte in den letzten Tagen so viel zu tun«, sagte er, als sie auf dem Weg dorthin waren. »Ich hoffe, Sie legen mir das nicht als Gleichgültigkeit aus. Natürlich bin ich an Ihren Fortschritten interessiert, und es würde mich freuen, wenn Sie mich ein bisschen herumführen könnten.«

»Selbstverständlich«, sagte Cormac.

Jeder trug einen Teil der Ausrüstung. Als sie die Grabungsstelle erreichten, begann Nora mit der Verteilung ihrer Utensilien, während Cormac mit Hugh an den Gräben entlangwanderte, die sie bislang ausgehoben hatten.

»Derzeit arbeiten wir an einem Abschnitt, auf dem offenbar einmal Abfälle gelagert wurden«, sagte Cormac. »Aus archäologischer Sicht sind Müllhalden wahre Schatzkammern. Sie enthalten eine Unmenge an Informationen, nicht allein, was die Datierung anbelangt, sondern sie geben uns auch Aufschluss über das, was die Menschen gegessen und welche Gegenstände und Behältnisse sie benutzt haben, Dinge aus ihrem Alltagsleben eben.«

Cormac sprang in eine der Gruben, während Osborne sich an den Rand hockte und hineinspähte.

Es war ein trüber Tag, an dem ein starker Wind dicke dunkle Regenwolken in östliche Richtung trieb. Zwischen einzelnen Windböen konnte Nora Cormacs Stimme vernehmen, und sie sah, wie er auf die dunkle Holzkohleschicht wies und auf die bräunlichen Stellen dort, wo ein hölzerner Balken im Boden versunken war. Als Nächstes zeigte er Osborne seinen Feldplan, in den er die Ergebnisse der jeweiligen Abstiche eintrug.

»Wir nennen das durch ein Schlüsselloch spähen«, hörte Nora ihn sagen. »Es ist fast so, als würden wir ein riesiges, dreidimensionales Puzzle zusammensetzen. Allerdings ohne eine Vorlage zu besitzen.«

Hugh Osborne hatte sich aufgerichtet und stand mit verschränkten Armen da. Hie und da unterbrach er Cormac, um etwas zu fragen, und anschließend nickte er anerkennend. Nora fiel auf, dass die beiden Männer sich offenbar mochten, und sie fragte sich besorgt, was Cormac wohl empfinden würde, sollte sich herausstellen, dass Osborne tatsächlich etwas mit dem Verschwinden seiner Frau zu tun hatte.

Das, was ihr am meisten zu schaffen machte, hatte sie Cormac in der vergangenen Nacht vorenthalten: dass ihre Eltern sich weigerten, zu Peters Verurteilung beizutragen, trotz des Verdachts, trotz der intensiven Polizeiverhöre und obwohl Nora ihnen erzählt hatte, was der Mann ihrer Tochter zuvor alles angetan hatte. Ihr Vater hatte es einfach abgelehnt, ihr weiter zuzuhören, und seinen Schwiegersohn beharrlich verteidigt. Ihre Mutter hatte wohl gefühlsmäßig an Peter gezweifelt, sich aber zurückgehalten, weil Peter das Fürsorgerecht über ihr einziges Enkelkind besaß. *Versuch bitte, meine Lage zu verstehen, Nora*, hatte sie gesagt. *Wir haben bereits Tríona verloren. Wenn wir gegen Peter vorgehen, wenn wir auch nur den kleinsten Schritt gegen ihn unternehmen, entreißt er uns auch noch Elizabeth. Für immer. Und was bleibt uns dann noch?* Dabei hatte er ihnen Elizabeth bereits entrissen. Was also war ihnen geblieben?

Noras Blick ruhte noch immer auf den beiden Männern, die sich am Rand des Grabens unterhielten. Cormac hat Recht, dachte sie. Sie wusste kaum etwas über Hugh Osborne, und noch weniger über die Umstände seiner Ehe und seines Familienlebens. Oberflächlich betrachtet, schien er ein anständiger Kerl zu sein. Das war allerdings auch bei so manch anderem Menschen mit gestörter Persönlichkeit der Fall. Wie hatte ihre

Großmutter solche Menschen noch beschrieben? Im Geist sah Nora den viel sagenden Blick der alten Dame und die Art und Weise, wie sie die Lippen spitzte: *Außen ein Engel, innen ein Teufel.* Als sie den Ausdruck zum ersten Mal hörte, war Nora noch klein gewesen, aber sie hatte plötzlich begriffen, dass es eine Menge gab, was Erwachsene Kindern nicht erzählten. Wer konnte denn wissen, ob Hugh nicht auf einmal ausgerastet war und sich über ihre Autos hergemacht hatte? Er behauptete zwar, er sei am Morgen zurückgekehrt, aber er sah aus wie der Tod auf Latschen und hatte in der Nacht bestimmt kein Auge zugetan. Es wäre gut und schön, einfach weiterzuarbeiten und sich zu sagen, sie hätten mit dem, was in Bracklyn House geschah, nichts zu tun, aber in Wahrheit waren sie sehr wohl betroffen. Sogar mehr und mehr, wie sich herausstellte, da musste sie nur an den anonymen Anruf und an die Ereignisse der letzten Nacht denken.

Hugh verabschiedete sich, und wenige Minuten später stand Cormac in dem Graben, den sie von der Müllhalde aus gezogen hatten, und schwang seine Hacke mit geradezu wilder Entschlossenheit.

»Cormac, hast du Devaney von dem Licht erzählt, das du neulich nachts gesehen hast?«, fragte Nora ihn. »Ich wollte dir da nicht vorgreifen.«

»Nein. Noch nicht. Ich bin mir auch nicht sicher, ob das überhaupt von Belang ist.«

»Sollten wir da nicht Devaney die Entscheidung überlassen? Das ist immerhin sein Job.«

Cormac hielt inne und schien zu überlegen. »Ich habe mich bei Hugh nach dem Turm erkundigt«, sagte er dann.

»Ach was!«

»Doch, gerade eben. Ich habe ihn danach gefragt, warum er verschlossen ist. Hugh sagt, er will nicht, dass Kinder darin herumklettern und sich dabei unter Umständen verletzen.«

»Hast du ihm auch gesagt, dass du schon beim Turm warst?«

»Das wird er meiner Frage entnommen haben, vermute ich mal.« Cormac sah Nora an. »Ich werde übrigens noch einmal hingehen, um mir alles genauer anzusehen.«

»Diesmal komme ich aber mit.«

Cormac presste die Lippen zusammen und nickte knapp. Nora merkte irgendwie, dass widerstreitende Gefühle an ihm rührten. Offenbar kämpften Zweifel und Neugier gegen sein Gefühl von Loyalität und Fairness gegenüber Osborne an. Vielleicht hatte er sich das, was sie in der Nacht über ihren Gastgeber gesagt hatte, inzwischen durch den Kopf gehen lassen. Einen Moment lang verspürte sie Gewissensbisse, aber dann nahm ihre Zufriedenheit überhand und spülte die Reue hinweg.

19

Delia Hernans Haus befand sich an einer kleinen Straße, die einen guten Kilometer hinter dem Moor von Drumcleggan von der Hauptstraße abzweigte. Beim Näherkommen fiel Devaney der vernachlässigte Zustand des gesamten Anwesens auf. Die weiß gekalkten Randsteine, die den Eingangspfad säumten, standen schief, die zerrupfte Hecke war nicht getrimmt, und auf dem Ziegeldach wuchs dick das Moos. Devaney wusste, dass Mrs Hernan seit dem vergangenen Winter verwitwet war, aber der Zustand des Gebäudes ließ vermuten, dass sich schon seit Jahren niemand mehr darum gekümmert hatte. Wie er gehört hatte, lebten Mrs Hernans Söhne in England und kamen nur selten zu Besuch.

Mrs Hernan schien überhaupt nicht verwundert zu sein, Devaney auf ihrer Türschwelle vorzufinden. Als er sich am Küchentisch niederließ, machte sie sich sogleich daran, den Tee zuzubereiten. Devaney nutzte die Gelegenheit, sich gründlich umzuschauen. Er registrierte die grellbunte Tapete, die abgewetzten Stuhlkissen, das eingerissene Wachstuch auf dem Tisch, die verblichenen, verstaubten Souvenirs von längst vergangenen Urlauben in Irland und den spiralförmigen Fliegenfänger, der an der vom Ruß verfärbten Decke neben einer nackten Glühbirne hing. Der gemusterte Linoleumboden war ausgetreten und das Weiß der Spitzengardinen in den Fenstern offenbar seit Urzeiten vergilbt. Die Emailleoberfläche des Ofens war an einigen Stellen sauber geschrubbt worden, aber an den Rändern waren bräunliche Fettschlieren zurückgeblieben. Die fleißigen Lieschen in den drei Blumentöpfen am Fenster reckten ihre Köpfe, so gut es ging, dem Tageslicht entgegen, aber auf dem Fußboden darunter häuften sich bereits ihre ausgedorrten Blüten. Der Raum kam Devaney unendlich bedrückend vor. In der feuchten Luft hing der schale Zigarettendunst der vergangenen Jahrzehnte sowie der säuerliche Geruch unzähliger Kohlmahlzeiten. Devaney sprach über das Geräusch des laufenden Wassers hinweg, während Mrs Hernan in der Spülecke ihre Teekanne auswusch.

»Ich bin gekommen, um Auskünfte über Ihre Arbeit in Bracklyn House einzuholen«, sagte er. »Wie und wann haben Sie dort zu putzen begonnen?«

Mrs Hernan kam aus der Spülecke hervor. Sie brachte die Teekanne mit und löffelte nun aus einer Dose eine ordentliche Portion loser Teeblätter hinein. Anschließend füllte sie die Kanne mit kochendem Wasser aus dem großen dampfenden Wasserkessel, der auf dem Herd stand. Mrs Hernan war eine füllige, vollbusige Frau um die sechzig mit einer bräunlich gefärbten Dauerwellenkrause. Die Finger ihrer rechten Hand waren ledrig und fleckig von Nikotin, und offenkundig war sie sich der Zigarettenasche nicht bewusst, die vorn auf ihrem sackartigen schwarzen Kleid haftete. Als sie zur Antwort ansetzte, begann sie, Scheiben von einem dunklen Brot abzuschneiden, die sie dick mit Butter bestrich.

»Mein Johnny, er möge in Frieden ruhen, hat früher das Holz für die Osbornes gehackt. Kurz nachdem Missus Osborne – die ältere Missus, meine ich – mit ihrem Jungen aus England gekommen ist, hat Mr Hugh meinen Johnny gefragt, ob er nicht jemanden wüsste, der im Haus ein- oder zweimal die Woche zum Putzen kommen könnte. Am nächsten Tag bin ich dort erschienen. Die Gnädige glaubte natürlich, sie hätte mir Befehle zu erteilen, aber ich habe ihr gleich klar gemacht, dass derjenige, der zahlt, auch das Sagen hat, und das war Mr Hugh. Das hat ihr nicht besonders geschmeckt, das dürfen Sie mir glauben.«

»Wie war es, als Mina Osborne nach Bracklyn House kam?«

»Nun, die war ein richtiger Schatz. Immer guter Laune. Außerdem war sie eine Dame und hatte trotzdem kein Problem, hier und da mal mit anzupacken. Der Kleine war der reinste Engel. Er ist mir oft nicht von der Seite gewichen, wenn ich am Putzen war. Dann habe ich ihm immer einen Lappen gegeben …« Mrs Hernans Stimme bebte, und Tränen sprangen ihr in die Augen. »Ich weiß, es ist schrecklich, immer sofort das Schlimmste anzunehmen, aber ich kann nichts dafür …« Sie schüttelte den Kopf und seufzte. »Und Mr Hugh hat das alles furchtbar mitgenommen, er ist wirklich ein bedauernswerter Mann.«

»Wie sind die beiden denn Ihrer Ansicht nach miteinander klargekommen? Hugh Osborne und seine Frau, meine ich.«

»Wie zwei Täubchen«, sagte Mrs Hernan. »Kriegten gar nicht genug voneinander, wenn Sie wissen, was ich meine. Sind Sie verheiratet, Detective?« Devaney nickte. »Na, dann kennen Sie das ja. Sicher, die beiden waren noch nicht lang verheiratet, als das Kind kam. Ich vermute, sie mussten sich erst noch aneinander gewöhnen oder so. Abgesehen davon haben wir natürlich alle mal unsere Höhen und Tiefen. Mag sein, dass es ab und zu eine kleine Meinungsverschiedenheit gab, aber da ist nie Geschirr geflogen … anders als bei meinem Johnny und mir. Allmächtiger, bei uns war manchmal die Hölle los. Na, jedenfalls hätte ich gemerkt, wenn das bei denen ähnlich gewesen wäre. Man erfährt nämlich eine Menge über andere Leute, wenn man in ihre Mülleimer guckt, sage ich immer. Ich überlege gerade, ob ich die beiden überhaupt jemals richtig streiten gehört habe. Gut, einmal hat sie ihm Bescheid gesagt, weil er so viel arbeitet und sie währenddessen allein im Haus rumsitzt. Daraufhin hat er geantwortet, dass er sich vorstellen kann, wie sie sich fühlt, aber sie bräuchten halt das Geld.«

Mrs Hernan ließ kurz den Tee in der Kanne kreisen, bevor sie ihn ausschenkte. Devaney genehmigte sich zwei Löffel Zucker und reichlich Milch.

»Mit anderen Worten, Sie waren gerade in Bracklyn House zugange, als Mina und ihr Sohn verschwanden?«

»Nicht an dem Tag. An dem Tag sind mein Johnny und ich mit dem Bus zum Arzt nach Portumna gefahren.«

»Ach, dabei fällt mir ein … Geht es Ihnen wieder besser? Oder macht Ihre Grippe Ihnen noch zu schaffen?«

»Welche Grippe?«

»Lucy Osborne hat wohl erwähnt, dass Sie in der letzten Woche nicht zum Putzen kommen konnten, weil Sie krank waren.«

Mrs Hernan wirkte perplex. »Na ... also, das ist doch die Höhe ... Ich habe in meinem ganzen Leben noch keine Grippe gehabt. Die Dame weiß doch genau, weshalb ich letzte Woche nicht da war ... Ich wurde doch schon vor drei Monaten zum Teufel gejagt.«

»Von wem?«

»Na, von ihr, wem denn sonst? Frau Hochwohlgeboren ist nämlich ein ziemlich gemeines Biest und hat behauptet, ich hätte sie bestohlen. In meinem ganzen Leben hat mich noch keiner so beleidigt.«

»Was sollten Sie denn angeblich gestohlen haben?«

»Einen Schal, der Mr Hughs Frau gehört hat. Dabei habe ich nie etwas an mich genommen. Das heißt nicht, dass ich beim Putzen nie mal eine Schublade aufgezogen und ein bisschen reingeschaut habe, aber genommen habe ich nichts, das schwöre ich beim Grab meiner Mutter.«

»Wie könnte Mrs Osborne denn darauf gekommen sein, dass Sie den Schal entwendet haben?«

»Das möchte ich selber gern wissen. Ich war nämlich diejenige, die ihn ihr gezeigt hat. Da ist die Post mit einem Mal abgegangen, das hätten Sie sehen sollen. Die Dame hat mich beschuldigt und mich wie einen Tagedieb aus dem Haus gejagt, noch bevor ich ihr erklären konnte, woher ich das verdammte Ding überhaupt hatte.

»Was heißt das?«

»Na, ich habe ihn in Mr Jeremys Zimmer entdeckt, als ich unter seinem Bett sauber gemacht habe. Unter seiner Matratze hatte er ihn versteckt.«

»Und das konnten Sie seiner Mutter nicht erklären?«, fragte Devaney. Irgendetwas stimmte an der Sache nicht.

»Ja, wie denn? Ehe ich mich's versah, war ich sozusagen hinterrücks aus der Tür. Da war keine Zeit mehr, um noch einen Pieps zu sagen.«

»Haben Sie noch andere Kleidungsstücke entdeckt?«

»Nein, das war alles. Glauben Sie mir, ich bin auf die Knie gegangen und habe unter dem Bett in alle Ecken geschaut, aber da war weiter nichts. Jetzt frage ich Sie aber, was stellt ein junger Bursche mit einem Damenschal an? Das wüsste ich nämlich doch zu gern.«

»Haben Sie jemandem erzählt, dass Sie entlassen wurden?«

»Damit die Dame anschließend Lügen über mich verbreitet? O nein, besten Dank. Da schweigt man lieber still oder hält die andere Wange hin, wie unser Heiland es befohlen hat. Aber das Haus betrete ich nicht mehr, nicht für Geld und gute Worte.«

»Wie würden Sie denn das Verhältnis zwischen den Osbornes und ihren Nachbarn beschreiben? Mit den McGanns zum Beispiel.«

»Na, nicht gerade großartig. Andererseits ist mit Brendan McGann nie gut Kirschen essen, wenn Sie mich fragen. Dagegen hat sein unschuldiges Fräulein Schwester durchaus versucht, sich Mr Hugh zu angeln, und das, als die arme Frau kaum verschwunden war. Kennt ja sowieso keine Hemmungen, unser Fräulein McGann. Absolut keine Hemmungen. Macht mich ganz krank, wenn ich daran denke.«

»Wie kommen Sie darauf, dass Una McGann es auf Hugh Osborne abgesehen hat?«

»Ach herrje, was glauben Sie, wie oft ich die beiden zusammen gesehen habe, wenn ich mit dem Fahrrad unterwegs war. Entweder hat er sie im Auto mitgenommen, oder sie hat an seinem Wagen gestanden und sich mit ihm durchs Fenster unterhalten. Das ging schon immer so, auch als er später verheiratet war. Na ja, soll sie sich ruhig anstrengen. Kriegen tut sie den nie und nimmer.«

Nachdem Devaney sich von Mrs Hernan verabschiedet hatte, sog er auf der Straße erst einmal die Lunge mit frischer Luft voll. Ihn überkam eine deprimierende Vision. Er sah Mrs Hernan für den Rest ihres Lebens in ihrer Küche sitzen und tagaus, tagein Tee trinken und Zigaretten rauchen. Zum Abendessen kochte sie sich Kohl mit Speck, dann wartete sie, bis sie ihr Fernsehgerät einschalten konnte. Und zur Schlafenszeit zog sie ihren Wecker auf, der unermüdlich die restlichen Minuten ihres Lebens forttickte.

20

Hast du deine Taschenlampe dabei?«, fragte Cormac.

Nora klopfte auf die Tasche ihrer Windjacke. Es war Montagabend. Sie hatten nahezu den gesamten Tag an der Baustelle verbracht und befanden sich nun auf dem Weg zum alten Turm. Hugh Osborne war nach Galway gefahren, das wussten sie. Bis in die späten Nachmittag hinein war der Tag verhangen, jedoch mild gewesen, und in der Luft lag schwach der Geruch des Sees. Bis auf einen gelegentlichen Vogelruf war es still, als die beiden das Grundstück durchquerten und den Weg in den Wald einschlugen. Nora eilte vorneweg, und Cormac folgte ihr dicht auf den Fersen.

»Pass auf, wohin du trittst«, sagte Cormac. »Sonst verknackst du dir noch einen Knöchel.«

Nora stellte fest, wie fürsorglich er seit dem heutigen Morgen war. Es war ihm offenbar gar nicht recht gewesen, dass sie die letzte Nacht allein in ihrem Zimmer verbracht hatte. Schließlich hattet sie ihn davon überzeugen können, dass sie schon zurechtkomme. Gegen seine Fürsorglichkeit hatte sie allerdings kaum etwas einzuwenden. Sie waren etwa fünfhundert Meter weit in den Wald eingedrungen, als Nora stehen blieb. Durch das dichte Gewirr aus Laub und Zweigen konnte sie die Umrisse des Turmes ausmachen. Als sie weitergingen, erzählte Cormac ihr etwas über dessen Geschichte, bis er plötzlich innehielt.

»Was hast du?«, fragte Nora.

Cormac hielt einen Finger an die Lippen und deutete stumm voraus. »Die Tür. Sie steht offen.«

»Was machen wir nun?«, flüsterte Nora.

Cormac bedeutete ihr zurückzubleiben. Er schaute sich um und hob dann einen dicken Ast auf, den er wie eine Waffe in der Hand wog. Vorsichtig stieß er damit gegen die schwere Tür. Zu Noras Überraschung glitt sie geräuschlos auf, so als wären die Angeln gerade erst geölt worden. Nora huschte an Cormacs Seite. Aus dem Inneren des Turms war kein Laut zu vernehmen, nichts schien sich zu bewegen. Sie tauschten einen kurzen Blick, bevor sie mutig die Schwelle überschritten. Drinnen war es feucht und kalt. Durch die schmalen Schlitze in den dicken Wänden drang nur wenig Licht und kaum frische Luft. Cormac knipste seine Taschenlampe an. Ihr Schein zeigte eine Treppe, die sich an den Wänden entlang nach oben wand und sich im dunklen Schacht verlor. Nora griff in ihre Tasche, zog ebenfalls ihre Taschenlampe hervor und knipste sie an. Ihr Licht fiel auf einen Stapel Bücher und Wolldecken, die an einer Seite des Raumes auf dem Boden lagen. Sie ging darauf zu und stieß die Decken mit dem Fuß an. Bei einer davon handelte es sich gar nicht um eine Decke, sondern um einen Schal oder eine Stola, ein Tuch, das mit Goldfäden durchwirkt war. Der Fußboden sah sonderbarerweise gefegt aus, und neben den Wolldecken stand eine Kiste, die voller angetrockneter Wachspfützen und Kerzenstümpfe war. Als sie sich näher umschaute, sah sie jedoch, dass der ganze Boden mit halb heruntergebrannten Kerzen übersät war, mit dicken und dünnen Kerzen, und dazwischen überall kleine Votivlichter. Als Cormac sich umwandte, huschte der Strahl seiner Taschenlampe über aufgestapelte Kisten, die am anderen Ende des Raumes standen. Er stellte den Strahl schärfer ein.

»Nora«, sagte er, »schau dir das an.«

Sie richtete den Schein ihrer Taschenlampe auf seinen, und die Kisten entpuppten sich als grobe Regalwand, in der ordentlich aufgereiht Tierskelette gelagert waren. Neben Kaninchen-, Dachs- und Biberschädeln lagen die zarten Skelette von Vögeln. In einer der Kisten befand sich ausgestreckt ein toter Fuchs, der offenbar überfahren worden war, allerdings mit unversehrter buschiger Lunte, und daneben war der Flügel einer Krähe mit gespreizten pechschwarzen Federn zu erkennen.

»Was hältst du davon?«, fragte Cormac.

»Das weiß ich beim besten Willen nicht. Sieh mal, was liegt denn da?« Nora richtete ihren Lichtstrahl auf einige große Bogen Papier, die auf dem Boden verstreut lagen.

Cormac ging in die Hocke, um sie genauer zu betrachten. »Das sind Zeichnungen.«

Nora hockte sich neben ihn. Sie nahmen ein paar der Bogen auf, um sie sich näher anzusehen, und erkannten Bleistiftskizzen von Schädeln und Knochen. Es waren allerdings keine originalgetreuen Darstellungen natürlicher Objekte, sondern wild hingeworfene expressionistische Striche, die den Eindruck vermittelten, der Maler hätte sich die Konturen der Gegenstände nur vor Augen gerufen und die Essenz dessen, was er sah, blind zu Papier gebracht. Nora fand ein ganzes Dutzend von Zeichnungen, auf denen sich nahezu zwanghaft die gleichen Motive wiederholten, besonders das des Krähenflügels.

»Wer, glaubst du, hat die angefertigt?«, fragte sie.

»Dasselbe wollte ich dich gerade fragen«, sagte Cormac. »Da sind noch mehr davon.«

Er ließ den Schein seiner Taschenlampe über die Wände gleiten. Nora folgte dem Strahl mit ihrem Licht, und während sie sich langsam um die eigene Achse drehten, enthüllten die Mauern sich als Bilderwände mit riesengroßen abstrakten Impressionen von Knochen und augenleeren Schädeln, die sich von einem Hintergrund aus verschlungenen Formen abhoben ... geschlängelten Linien, halben Kreisschwüngen, blutrot und rauchblau gedrehten Spiralen, durchsetzt von Kringeln aus metallisch glänzender Goldfarbe. An einigen Stellen hatte die Feuchtigkeit der Mauern die Farben abgestoßen, an anderen dagegen waren sie dick aufgetüncht oder wieder nachgemalt worden. Am unteren Ende der Treppe türmte sich ein unordentlicher Haufen aus leeren Farbtöpfen, verschmierten Lappen und Pinseln mit steinhart getrockneten Borsten. In einer Kiste befanden sich Sprühdosen und Farbeimerchen. Nie im Leben, dachte Nora, wäre sie darauf gekommen, dass sich hinter dem Turm ein Maleratelier verbergen könnte.

»Cormac«, flüsterte sie schließlich. »Ich kann dir kaum sagen, wie eigenartig ich das alles finde. Und trotzdem hat das

Ganze auch etwas Wunderbares.« Sie beugte sich zu den Büchern hinab, die sich neben der provisorischen Lagerstätte auftürmten. »Es sind Vogelbücher und Bände, die sich mit Kunstgeschichte befassen.«

Sie stand auf und schloss die Eingangstür. Deren Rückseite war im gleichen Stil wie die Wände bemalt worden, doch inmitten der wirren Formen und Farben steckte wie eine Ikone eine Holzplatte, auf der eine schwarze Madonna mit Kind dargestellt worden war.

»Meine Güte«, entfuhr es ihr. »Was sagst du dazu?«

Anstelle einer Antwort hörte Nora einen überraschten Ausruf, Gepolter und wildes Flügelgeflatter. Sie schwenkte ihren Lichtstrahl herum, gerade noch rechtzeitig, um in Deckung zu gehen. Sie riss die Arme hoch, spürte aber trotzdem das scharfe Kratzen, mit dem ihr ein Flügelende über das Gesicht fuhr, während sie panisch mit der Taschenlampe wedelte, um sich zu schützen. Cormac packte sie am Ärmel und zog sie zu Boden.

»Rühr dich nicht!«, zischte er Nora ins Ohr, während es über ihnen nur so flatterte.

»Was zum Teufel ist das?«

»Es ist nur ein Vogel. Ich habe vor Schreck meine Taschenlampe fallen lassen. Wir müssen zur Tür.«

»Na los«, flüsterte Nora.

Cormac kroch voran, öffnete die Tür, und gleich darauf stürzten beide hinaus, dem Sternenlicht und der frischen Luft entgegen. Draußen blieben sie kurz, mit dem Rücken an den Mauersockel gelehnt, auf der Erde sitzen und rangen nach Atem.

»Verdammt«, sagte Cormac. »Das hätte ich mir eigentlich denken können. Der Turm wird eine Art Vogelhort sein. Gleich am ersten Tag sind mir die Krähen aufgefallen, die in der Turmspitze und vermutlich auch in den Wipfeln der Bäume nisten.«

Nora rieb ihre zerkratzten Finger und befühlte die Schramme auf der Stirn.

»Lass mich mal sehen«, sagte Cormac, indem er sich zu ihr beugte und ihren Kopf etwas nach hinten bog. »Ist nicht tief. Das wird wieder.« Er setzte sich auf die Fersen und verschränkte die Arme vor der Brust. »Na, bitte. Jetzt waren wir im Turm. Klüger als zuvor sind wir aber nicht, oder? Ich bin aber bereit, Devaney anzurufen, wenn du das für richtig hältst.«

»Lass mich einen Moment nachdenken und die Dinge rekapitulieren«, sagte Nora. »Jemand benutzt den Turm, um Bilder zu malen. Das ist zwar etwas eigenartig – vielleicht sogar unheimlich –, aber um etwas Verbotenes handelt es sich nicht. Wenn Hugh derjenige wäre, der …«

»Hugh verfügt über eine Werkstatt im Keller seines Hauses. Warum sollte er sich hierher bemühen, um seinen Hobbys zu frönen? Und das auch noch mitten in der Nacht. Das ergibt doch keinen Sinn.«

»Wer sollte es denn sonst sein? Hugh hat das Schloss angebracht und besitzt vermutlich auch als Einziger den Schlüssel … Obwohl es wahrscheinlich ziemlich leicht sein dürfte, ein solches Schloss zu knacken …«

»Kinderleicht. Wie wär's mit Jeremy?«

»Jeremy? Ich weiß nicht. Es könnte ja auch jemand aus der Gegend sein, der sich von Hugh die Erlaubnis geholt hat.«

»Sollen wir nun Devaney verständigen oder nicht?«

Das Bild der Madonna mit dem Kind tauchte vor Noras innerem Auge auf. Sie hatte keine Zeit gehabt, es genauer zu betrachten. Etwas daran war merkwürdig und beunruhigend gewesen. Aber was? Sie musste sich anstrengen. Nora schloss die Augen und zwang sich, die Einzelheiten aus ihrem Gedächtnis abzurufen. Ja, dachte sie, das war es gewesen. Wenn der Eindruck sie nicht täuschte, dann waren weder die Augen der Mutter noch die des Kindes vorhanden gewesen. Es sah aus, als ob man sie ihnen ausgestochen hätte.

»Ich glaube, wir sollten Devaney auf jeden Fall informieren«, sagte sie schließlich.

Nachdem sie vom alten Turm zurückgekehrt waren, fand Cormac einen Zettel unter seiner Tür. Er überflog den Inhalt, lief über den Gang zurück und klopfte an Noras Tür.

»Ich habe eine Nachricht von Ned Raftery erhalten«, sagte er, als Nora öffnete.

Sie hielt einen Wattebausch in der Hand und war wohl dabei gewesen, sich die Schramme an der Stirn mit einem antiseptischen Mittel zu betupfen.

»Ich soll ihn anrufen. Er hat möglicherweise etwas, was unsere rothaarige Frau betrifft.«

»Dann komm doch rein und ruf ihn gleich an«, sagte Nora.

Cormac folgte ihr ins Zimmer. Während Nora gespannt neben ihm stand, gab er Rafterys Nummer auf seinem Handy ein.

»Ah, Sie sind es«, begrüßte Raftery ihn, nachdem er abgenommen hatte. »Also, ich habe für Sie etwas rumgestöbert. Das heißt, eigentlich habe ich jemanden gebeten, sich die alten Kisten vorzunehmen und meine gesammelten Papiere durchzusehen. Ich weiß nicht mehr, ob ich Ihnen erzählt habe, dass ich mich vor einigen Jahren mit der Geschichte der Clanricardes beschäftigt habe. Mir ist jedenfalls wieder eingefallen, dass Ulick, der Marquis von Clanricarde, ja Memoiren geschrieben hatte. Die wurden allerdings erst hundert Jahre nach seinem Tod veröffentlicht. Er war übrigens der Sohn von Richard de Burgos, also desjenigen, der Portumna Castle errichten ließ. Ulick lebte von 1604 bis 1657, das heißt in der gleichen Zeit wie Ihre rothaarige Frau, falls die tatsächlich 1652 geheiratet haben soll.«

Cormac hielt das Handy so, dass Nora mithören konnte.

»In den Memoiren selbst fanden sich keine weiteren Hinweise auf die Frau«, fuhr Raftery fort. »Stattdessen haben wir aber einen Brief entdeckt, den der Marquis im Frühjahr 1654 von seinem Nachbarn Charles Symner erhielt. Er bezieht sich auf eine Hinrichtung, der er beigewohnt hat, und zwar der einer jungen Frau namens Annie McCann. Sie war für die Ermordung ihres Säuglings verurteilt worden. Der Brief datiert vom 23. Mai des Jahres. Weitere Einzelheiten stehen nicht dort, außer – und jetzt kommt's – dass die junge Frau eine wilde rote Lockenmähne besaß.«

21

Als Devaney mit dem jungen Sergeant telefonierte und im Hintergrund einen Säugling schreien hörte, fühlte er sich an seine ersten Jahre bei der Polizei erinnert. Sie vereinbarten ein Pub am Rand von Ballinsloe als Treffpunkt. Sergeant Donal Barry hatte damals, während der Suchaktion, die Stellung in Bracklyn House gehalten. Devaney überlegte, ob er inzwischen nicht dabei war, nach Strohhalmen zu greifen, aber im nächsten Augenblick war er seiner Sache wieder sicher. Früher oder später, sagte er sich, finde ich den Schlüssel zu dem Ganzen. Irgendetwas wird geschehen, ein Detail wird hervortreten, und dadurch wird ein neues Bild entstehen. Wie mit einer Feile würde er an den Geschichten, die man ihm erzählte, schaben, bis eine Stelle dünn und brüchig wurde, bis sie nachgab und zerbrach. Devaney wünschte sich lediglich, er wüsste bereits, mit welcher Geschichte er anfangen sollte.

Er betrat das Pub, bestellte sich ein Bier und ließ sich dann am Ende des Tresens nieder. Wenig später ging die Tür auf, und ein kräftiger, groß gewachsener Mann von etwa fünfundzwanzig Jahren trat ein. Devaney musterte das frisch rasierte Gesicht, die blonden Locken, die Jeans und die ausladenden Schultern unter dem blauen Pullover. Ich wette, der spielt Rugby, fuhr es ihm durch den Kopf.

»Sind Sie Devaney?«, fragte der Bursche.

»Genau der bin ich«, brummte Devaney und streckte dem anderen die Hand entgegen. »Besten Dank, dass Sie sich Zeit genommen haben. Was möchten Sie trinken?«

»Das gleiche wie Sie.«

Devaney gab dem Barmann ein Zeichen, indem er zwei Finger hob und auf sein leeres Glas deutete.

»Ich komme am besten gleich zur Sache«, begann er. »Sie waren damals in Bracklyn House als Wachposten aufgestellt, als die Suche stattfand und die ersten Aussagen aufgenommen wurden, und ich würde gern erfahren, welchen Eindruck Sie von den Ereignissen hatten.«

»Nanu«, sagte Donal Barry. »Ich dachte, der Fall wurde inzwischen einer Einheit in Dublin übergeben.«

»Richtig.« Devaney nickte. »Wohin er aber nicht gehört. Ich habe nur leider einen Superintendenten, der das nicht begreifen will.«

»O Mann. Brian Boylan, stimmt's?« Barry verzog das Gesicht. »Der größte Idiot aller Zeiten.«

Devaney warf ihm einen anerkennenden Blick zu. »Ganz meine Meinung. Also, was würden Sie sagen? Gab es einen Aspekt, der Ihrer Ansicht nach übersehen wurde? Einen Faden, den man hätte aufgreifen und verfolgen sollen?«

Barry runzelte die Brauen. »Im Gegenteil. Dieses ganze Entführungsszenario war die reine Zeitverschwendung. Das war von vornherein Unfug. Ich meine, die Jungs hätten davon doch etwas gewusst.«

Mit »Jungs« meinte er eindeutig die Provos, die Provisional IRA, und er hatte Recht. Von ihr kamen in der Regel die ersten Informationen zu Kriminalfällen – vorausgesetzt, sie hatten nichts damit zu tun. Verantwortung für die Gemeinschaft zu zeigen, das war im Propagandakrieg sehr wirksam.

»Aber von einer Entführung hatten die nichts gehört. Boylan wollte sich wichtig machen und sich als beflissener Staatsdiener aufspielen. Hat nur allen Leuten die Zeit gestohlen, wenn Sie's wissen wollen.«

Der Junge scheint einen hellen Kopf zu besitzen, dachte Devaney. Schade, dass er damals nur Wachposten war. Womöglich hätte er bei den Verhören etwas mehr aus den Zeugen herausgekitzelt.

»Ist Ihnen etwas aufgefallen, was im Protokoll nicht erwähnt wurde?«, fragte er.

Barry zuckte die Achseln. »Eigentlich nicht. Das Problem war von Anfang an die Frage nach dem Motiv. Der Hauptverdächtige war eindeutig der Ehemann. Natürlich wurde überlegt, ob er auf die Versicherungsprämie erpicht war, was aber irgendwie keinen Sinn ergeben hat. Wer lässt denn eine Leiche verschwinden, wenn er die Versicherung abkassieren will? Für mich hat der Mann als Mörder nie gepasst.«

»Was ist mit dem Nachbarn? Mit Brendan McGann? Hätte er nicht ein Motiv gehabt, wo er doch annahm, Osborne würde sich mit seiner Schwester vergnügen.«

»Ach, du liebe Zeit«, sagte Barry. »Immer dieselben uralten Gerüchte! Klar ist Brendan verrückt, und zwar seit ich ihn kenne. Flippt schnell aus, und gerissen ist er auch … Zuzutrauen wäre es ihm also. Trotzdem ist er eher der Typ, der Menschen aufeinander hetzt, als dass er selbst Hand anlegt. Nein, was ich mich immer gefragt habe, war, warum niemand die nähere Verwandtschaft unter die Lupe genommen hat.«

»Wen? Den Jungen etwa?«

»Der tickt zwar auch nicht richtig, aber ich dachte mehr an seine Mutter. Äußerst merkwürdige Dame … ein bisschen zu etepetete, wenn Sie wissen, was ich meine. Warum da niemand nachgebohrt hat, habe ich nie verstanden.«

»Erzählen Sie mehr darüber.«

Nach einigem Nachdenken sagte Barry: »Na, immerhin saß ich zwei ganze Tage auf einem Stuhl in der Eingangshalle, aber glauben Sie, die Lady hätte mich je bemerkt? Sie muss mich für ein Möbelstück gehalten haben. Dann hätten Sie sie mal sehen sollen, wenn sie, mit Häppchen und Tee beladen, in die Bibliothek geschwebt ist, wo die Detectives saßen, um die Verhöre durchzuführen. Irgendwie hatte ich das Gefühl, als ob …« Er hielt kurz inne. »… sie sich ganz wichtig vorkam. Dass sie es aufregend fand. Und dann ihr Getue um Osborne, dem es echt dreckig ging.«

»Hatten Sie den Eindruck, zwischen den beiden lief etwas?«

»Könnte ich nicht mit Sicherheit behaupten. Nein, eher ist sie wie eine Glucke um ihn herumgeflattert. Einmal hat sie sich fürchterlich aufgeplustert, weil sie fand, dass Osborne die ganze Fragerei zu viel werde.«

»Haben Sie denn keine Häppchen und Tee erhalten?«

»Doch, das schon. Aber ich musste mich unten in der Küche stärken, abseits von den Herrschaften. Was mich noch gestört hat, war, dass die Dame fortwährend betonte, dass Mina Osborne fortgelaufen ist. Klar, es haben einige Kleidungsstücke und ein paar andere Kleinigkeiten gefehlt, ein, zwei Koffer wohl auch. Aber jeder im Haus hätte das Zeug beiseite schaffen können. Sie hatten ja drei Tage Zeit, bis wir endlich aufgetaucht sind.«

Natürlich, dachte Devaney und kam sich trottelig vor, weil er nicht selbst darauf gekommen war. Wenn er sich dazu noch den Schal vor Augen hielt, den Mrs Hernan unter Jeremys Matratze ...

»Tut mir Leid«, sagte Barry. »Ich muss jetzt wieder los.« Er trank den letzten Schluck Bier aus. »Wir haben gerade wieder ein Kind bekommen. Da muss ich mithelfen. Ich habe geschworen, pünktlich zu sein.«

»Sie waren mir eine große Hilfe«, sagte Devaney. »Vielen Dank. Rufen Sie mich an, wenn Ihnen noch etwas einfällt.«

Beim Hinausgehen stieß Barry die Kneipentür mit der Schulter auf, als wäre sie ein Stück Papier. Devaney stellte sich vor, wie der Mann sich über einen Säugling beugte und dem winzigen Kind die Windeln wechselte. Jedenfalls nimmt er sich die Zeit und kümmert sich um seine Familie, dachte er. Er trank einen Schluck Bier. Barry hatte eine Seite an Lucy Osborne angesprochen, die er nie in Betracht gezogen hatte. Er hatte sich auf Geldgier als Motiv versteift und außer Acht gelassen, dass es noch andere Begierden gab, die einen Menschen beherrschen konnten, Eifersucht beispielsweise. Ihm fiel ein, mit was für einem verächtlichen, wenn nicht gar gehässigen Tonfall Lucy Osborne über Mina gesprochen hatte. Angenommen, sie hätte selbst ein Auge auf Osborne geworfen – wäre ihr zuzutrauen, die Frau beiseite zu schaffen, die ihr im Weg stand? All die Jahre hatte Lucy mit ihrem Sohn bei Osborne gelebt, und womöglich hatte sie sich auf einen Dauerzustand eingerichtet, geglaubt, dass dieses ungestörte Glück bis in alle Ewigkeit andauern würde. Und dann kehrte Osborne eines Sommers aus Oxford zurück und brachte eine Ehefrau mit, die er zu allem

Überfluss auch noch geschwängert hatte. Das dürfte, gelinde gesagt, ein Schock für Lucy gewesen sein. Mit einem Mal spielten sie und Jeremy nämlich nur noch die zweite Geige, während Osborne sich auf seine eigene Familie konzentrierte. Dennoch musste etwas vorgefallen sein, was das Fass zum Überlaufen gebracht hatte. Devaney wusste aus Erfahrung, dass Eifersucht lange Zeit schwelen konnte und dass etwas geschehen musste, damit sie stark genug wurde, um in einen Mord zu münden. Zuweilen trug Alkohol dazu bei oder der plötzliche Anblick des verhassten Nebenbuhlers an der Seite des geliebten Menschen. Devaney schüttelte den Kopf. Nichts davon traf bei Lucy Osborne zu, überlegte er. Wieder sah er sie vor sich, wie sie die Blumensträuße band. War es Zufall gewesen, dass sie sich in dem Moment stach, als die Rede auf Jeremy kam?

Devaney warf einen Blick auf seine Armbanduhr. Es war zehn nach fünf. Er musste sich sputen, wenn er es noch vor Ladenschluss nach Dunbeg schaffen wollte. Er hatte nämlich erfahren, dass Dolly Pilkington eine kleine Fidel anzubieten hatte, die möglicherweise für Róisín geeignet war, und hatte mit ihr abgemacht, noch am Abend vorbeizuschauen, um das Instrument in Augenschein zu nehmen.

Am Morgen hatte Devaney einen Anruf von Mullins erhalten, der ihm mitgeteilt hatte, die Spurenfahnder hätten von den beschädigten Personenwagen vor Bracklyn House keine vollständigen Fingerabdrücke abnehmen können. Außerdem hatte er ihn davon unterrichtet, dass aus den Autos nichts vermisst wurde. Schon wieder eine Tat ohne jegliche Spur eines Täters, hatte Devaney festgestellt. Er hatte Mullins gebeten, so zu tun, als würden sie sich weiterhin um die Angelegenheit kümmern. Mullins hatte ihn außerdem informiert, dass Osborne tatsächlich auf der Passagierliste der Frühmaschine stand, die am Sonntagmorgen von Heathrow nach Shannon geflogen war. Warum auch nicht?, dachte Devaney auf dem Weg nach Dunbeg. Welches Motiv sollte Osborne auch gehabt haben, den beiden, die maßgeblich an der Entwicklung seines geliebten Projektes beteiligt waren, etwas anzutun? Da musste er Maguire Recht geben: Wenn jemand die Arbeiten am alten

Kloster zum Stillstand bringen wollte, würde derjenige dort etwas unternehmen und nicht irgendwo anders. Der Angriff auf die Autos war offenbar ein Tobsuchtsanfall gewesen, keine wohl durchdachte öffentliche Protestaktion. Warum aber sollte jemand etwas gegen zwei Fremde haben? Oder waren Gavin und Maguire gar nicht das eigentliche Ziel gewesen? Hatte jemand sich ihre Wagen blindwütig vorgenommen, weil sie sich zufällig vor Bracklyn House befanden? Wäre Osbornes Auto gleichermaßen verschandelt worden, hätte es dort gestanden?

Dann war da noch die tote Krähe in Dr. Gavins Zimmer. Natürlich hatte er keine Veranlassung, Nora Gavin zu misstrauen, doch waren weder im Haus noch auf dem Grundstück irgendwelche Spuren zu entdecken gewesen, die ihre Geschichte bestätigt hätten. Was Jeremy anging, so teilte er ihre Ansicht: Der Junge war nicht der Typ, der offen randalierte. Seine zerstörerischen Tendenzen richteten sich nach innen und galten mehr der eigenen Person. Dennoch hatte Lucy Osborne ihren Sohn der Tat verdächtigt, daran hegte Devaney keinerlei Zweifel. Er hatte es dem Blick entnommen, mit dem sie Jeremy bedachte. Was sagte das über die Beziehung der beiden aus? Barry hatte Lucy Osborne als Glucke bezeichnet. Vielleicht, wenn es um Hugh Osborne ging. Ihrem Sohn gegenüber wirkte sie eher wie ein Adler, der über sein Junges wacht.

Und Brendan McGann? Der hatte ihm weismachen wollen, er sei nach dem Kneipenbesuch nach Hause und ins Bett gegangen. Und was war mit den Strohresten an seinem Hemd und der zerbrochenen Guinnessflasche vor der Tür? Devaney nahm sich vor, Dermot Lynch bei der nächsten Musiksession zu fragen, ob Brendan sich an jenem Abend irgendwie auffällig benommen habe.

Dolly Pilkington war gerade im Begriff, die Ladentür von innen abzuschließen, als Devaney vor ihrem Geschäft anhielt. Als sie ihn sah, öffnete sie die Tür.

»Na, endlich«, begrüßte sie ihn. »Ich dachte schon, Sie würden es nicht mehr schaffen.«

»Tut mir Leid, Dolly. Ich hatte einiges am Hals.«

»Davon habe ich bereits gehört.« Dolly schüttelte den Kopf.

»Beim Herrenhaus soll schon wieder was vorgefallen sein. Ich würde ja verrückt werden, wenn ich dort leben müsste. Wissen Sie schon, wer es war?«

»Wir verfolgen mehrere Spuren.« Dolly Pilkington war gewiss die letzte Person, der er sich anvertrauen würde. Innerhalb weniger Minuten würden im Dorf die schauerlichsten Geschichten kursieren.

Kaum hatte er hinter Dolly den Laden betreten, lugte Oliver Pilkingtons Kopf aus dem Hinterzimmer um die Ecke. Als er sah, mit wem seine Mutter redete, kam er in den Ladenraum, um sich mit seinem Besen zu schaffen machen.

»Der gute Detective! Schweigt wie ein Grab«, murmelte Dolly Pilkington, während sie einen Geigenkasten herbeiholte und ihn vor Devaney auf der Theke aufklappte. »Da wäre das Prachtstück. Hat Oliver gehört. Aber der Junge ist so musikalisch wie ein Mehlsack. Ebenso gut könnte man einem Felsklotz das Fideln beibringen. Sie können Sie gern ausprobieren, Detective.«

Devaney legte das kleine Instrument an und lauschte am Holzkörper, während er mit dem Bogen über die Saiten strich.

»Guter Klang«, sagte er, indem er an den Saiten zupfte. Anschließend hielt er die Fidel ans Licht, um den geraden Verlauf von Hals und Steg zu überprüfen. »Darf Róisín sie erst einmal ausprobieren? Damit sie sieht, wie sie damit zurechtkommt.«

»Natürlich«, sagte Dolly Pilkington. »Behalten Sie die Fidel ruhig so lang, wie Sie möchten.«

Devaney legte das Instrument in den Kasten zurück und tat so, als würde er den Bogen genauer studieren. »Sie leben schon eine ganze Weile hier, Dolly«, begann er.

»Bin hier geboren und aufgewachsen.«

»Ich könnte mir vorstellen, dass Sie so manches mitbekommen. Ob Sie wollen oder nicht.«

»Lässt sich nicht vermeiden. Als Geschäftsfrau muss man natürlich lernen, den Leuten zuzuhören und es für sich zu behalten.« Sie nickte viel sagend.

»Da könnte es sogar sein, dass Ihnen Mutmaßungen zu Ohren gekommen sind, die sich auf den gestrigen Vorfall in Bracklyn House bezogen haben.«

Dolly Pilkingtons Miene wurde lebhaft. »Um den Schuldigen zu suchen, brauchen Sie nicht weit zu gehen.«

»Nanu«, sagte Devaney. »Wie soll ich denn das verstehen?«

»Gleich in der Nachbarschaft des Hauses könnten Sie fündig werden, habe ich gehört.«

»Ach so. Tja, es ist natürlich kein Geheimnis, dass Brendan gegen Osbornes Projekt ist. Ganz schön dumm für ihn, wenn die eigene Schwester mit dem Feind auch noch gemeinsame Sache macht.«

»Gemeinsame Sache ist gut«, schnaubte Dolly. Sie warf einen vorsichtigen Blick auf Oliver, bevor sie sich vorbeugte und Devaney zuflüsterte: »Ich habe gehört, dass Brendan ihn verklagen will.«

Devaney setzte eine verständnislose Miene auf, und Dolly fügte hinzu: »Auf Unterhalt.« Sie runzelte die Stirn, als dieser noch immer stutzig schaute, und ergänzte ungeduldig: »Na wegen dem Kind.«

»Wegen Unas Kind?«, fragte Devaney.

Ein Kichern in seinem Rücken veranlasste ihn, sich umzudrehen, und er sah, dass Oliver Pilkington das Fegen eingestellt hatte.

»Weiß doch jeder, dass Aoife McGann der Bastard von Hugh Osborne ist«, sagte der Junge grinsend.

Seine Worte waren noch nicht ganz heraus, und schon war seine Mutter bei ihm, und es setzte eine schallende Ohrfeige. Oliver ließ den Besen fallen und machte einen rettenden Satz rückwärts, um einem zweiten Schlag auszuweichen. An der Tür zum Lagerraum blieb er stehen und rieb sich verdutzt und beleidigt die Wange.

»Lass mich das nicht noch einmal hören, du Schmutzfink!«, rief Dolly ihm nach. »Solche Ausdrücke dulde ich nicht.«

Devaney nahm an, dass der Junge den Ausdruck von niemand anders als von seiner Mutter hatte und nun nicht begriff, warum er bestraft wurde, nur weil er ihn wiederholte. Der Junge tat ihm Leid, weil er das Gefühl hatte, für die Ohrfeige verantwortlich zu sein.

»Das liegt alles schon seit ewigen Zeiten zurück«, sagte Dolly mit bekümmerte Miene zu Devaney. »Aber Sie wissen ja,

wie die Leute so sind. Die kommen von dem Thema nicht los.«
Sie rümpfte die Nase und schüttelte angewidert den Kopf.

Devaney starrte nachdenklich vor sich hin. Dass Osborne irgendwie Aoifes Vater sein sollte, hatte ihm gegenüber bislang noch nie jemand angedeutet. Offenbar war es jedoch in aller Munde, wenn es sich die Kinder im Dorf schon erzählten, seine eigenen möglicherweise eingeschlossen. Devaney fiel Brendans gebeugter Nacken und die gefalteten Hände wieder ein, als dieser in der Kirchenbank gesessen und darauf gewartet hatte, dass Father Kinsella ihm die Beichte abnahm. Und die im Beichtstuhl eingeritzten Buchstaben ... Falls Hugh Osborne tatsächlich der Vater von Unas Kind war, würde der Fall in einem völlig neuen Licht erscheinen.

22

Als Devaney mit der Fidel zu Hause eintraf, fand er seine Tochter Orla in der Küche vor, wo sie ganz in ihrem Element zu sein schien. Sie trug eine weiße Schürze, die zweimal um ihren schlanken Körper gepasst hätte, und war offenkundig dabei, eines ihrer französischen Gerichte auszuprobieren. Seit zwei Wochen befand Orla sich in dieser Phase, seit sie von ihrer Klassenfahrt in die Normandie zurückgekehrt war. Dank ihrer Kochkünste hatte inzwischen jedes Familienmitglied, außer seltsamerweise Orla selbst, ein paar Pfündchen zugelegt. Gerade war sie dabei, Róisín vorzuführen, wie man eine Tomate zu einer Rose zurechtschnitt, was Róisín mit der gleichen Konzentration verfolgte, die sie auch sonst immer aufbrachte, wenn sie etwas Neues lernen wollte. Der Duft von gedünsteten Zwiebeln und gebratenem Fleisch erinnerte Devaney daran, dass er es wieder einmal versäumt hatte, zu Mittag zu essen.

Er lüpfte den Deckel eines der Töpfe auf dem Herd und schnupperte begierig. »Oh, Orla«, sagte er. »Das riecht wundervoll. Was ist das?«

»Daddy!«, rief Orla aufgebracht. »Leg sofort den Deckel wieder auf den Topf. Man darf ihn nicht abnehmen, während etwas kocht.« Sie klingt bereits wie ihre Mutter, dachte er. »Ich bereite *suprêmes de volaille Véronique avec riz à l'indienne* zu.« Nach einem Blick auf Devaneys Miene übersetzte sie gönnerhaft: »Das ist Hühnchenbrust in Sahnesoße mit Weintrauben und im Ofen überbackenem Reis.«

»Bei dem Hunger, den ich habe, würde ich sogar das Lamm

Gottes verspeisen«, sagte Devaney. »Ist Mami schon zurück?«
»Sie ist auf dem Weg.«

»Orla, ich schaffe das nicht«, jammerte Róisín und schaute bekümmert von ihrer Tomate auf. Ihr Gesicht erstrahlte jedoch, als sie den Fidelkasten unter Devaneys Arm entdeckte.

»Du hast daran gedacht, Daddy!« Sie ließ ihre malträtierte Tomate im Stich und begann von einem Bein auf das andere zu hüpfen. Devaney legte den Holzkasten auf den Tisch. Dabei entdeckte er das Päckchen mit den ausländischen Briefmarken.

»Das ist für dich. Es ist heute angekommen«, sagte Róisín, die Devaneys Blick gefolgt war. »Woher kommt es?«

»Aus Indien.«

»Und was ist drin?«

»Etwas, das meine Arbeit betrifft, Róisín. Du darfst den Fidelkasten ruhig öffnen.«

Er beobachtete seine Tochter, wie sie vorsichtig den Kasten aufklappte und ihm atemlos die Fidel entnahm. Mit seligem Lächeln strich sie über das Holz und zupfte ein bisschen an den Saiten herum.

Rechtzeitig, als Nuala das Haus betrat, war das Abendessen fertig. Die Mädchen hatten den Tisch gedeckt, jetzt mussten nur noch die Kerzen angezündet werden. Dann schenkte Orla den Erwachsenen Wein aus, und alle nahmen erwartungsvoll Platz. Zum ersten Mal seit Monaten sitzen wir wieder einmal wie eine richtige Familie beisammen, dachte Devaney. Selbst Pádraig hatte sich von seinen Computerspielen losgerissen, um seine Mahlzeit herunterzuschlingen und seine Schwestern dabei gutmütig zu hänseln. Zwischendurch läutete das Telefon, und Devaney war bereits im Begriff, sich zu erheben, als ihm ein Blick Nualas Einhalt gebot. Er ließ sich zurücksinken und sagte sich, der Anruf wäre vermutlich ohnehin für eines seiner Kinder gewesen.

Mehrmals ertappte er Nuala dabei, dass sie ihn verstohlen ansah. Warum machte er es sich bloß dermaßen schwer, wenn es doch so einfach und angenehm war, hier zu sein?, überlegte Devaney. Der Gedanke durchwärmte ihn wie der Wein, den er trank. Die Wärme hielt während der gesamten Mahlzeit an, und auch danach noch, als er Róisín Unterricht gab und zusah, wie sie ungewohnte Griffe einübten, um eine neue Melodie zu spielen.

Die Wärme war auch noch da, als er und Nuala sich zu Bett begaben. Während Nuala sich entkleidete, stellte Devaney sich vor, wie er ihre Finger festhielt, mit denen sie sich gerade am Reißverschluss ihres Rockes zu schaffen machte, und wie er ihn an ihrer statt aufzog. Noch während er sich das ausmalte, beschlichen ihn jedoch Zweifel, und er fragte sich, wie sie darauf wohl reagieren würde. Er setzte sich auf die Bettkante, streifte die Schuhe ab und beobachtete, wie seine Frau aus dem Rock stieg, ihn im Schrank aufhängte und schließlich die dünne, seidige Bluse ablegte. Am liebsten hätte er Nuala an sich gezogen, um ihren Duft einzuatmen, ihre Brüste und ihren Bauch zu spüren und über ihre weiche, blasse Haut zu streicheln. Warum tue ich es nicht einfach?, fragte er sich. Er gestand sich ein, dass sowohl die Furcht ihn abhielt als auch die Routine, die sich mittlerweile zwischen ihnen eingenistet hatte. Nuala glitt ins Bett, klopfte das Kopfkissen zurecht und zog sich die Decke über die Schultern – so, wie sie es jeden Abend tat. Die Kluft zwischen ihnen schien sich immer weiter auszudehnen. Seufzend zog nun auch er sich aus, kroch unter die Decke und löschte das Licht.

Als er Nuala mitten in der Nacht in die Arme nahm, war er verwundert, wie leicht es war, und wusste gar nicht mehr, warum er es so lang hinausgezögert hatte. Zum ersten Mal seit ewigen Zeiten liebten sie sich nicht hastig, sondern langsam und voller Genuss, und eine ungekannte Zuneigung und Sanftheit lag in ihren Liebkosungen. Devaney hörte Nualas Stimme, die ihm eindringlich zuflüsterte, nun seien sie wieder ein Tandem, wie früher. In diesem Moment erwachte er. Nuala lag neben ihm und atmete leise und regelmäßig. Nur zur Genüge kannte Devaney das Gefühl, das ihn jetzt beschlich, das bange Gefühl, mit dem er sich fragte, was wohl geschehen würde, wenn er seine Frau nun so wie in seinem Traum umfinge. Stattdessen stahl er sich wie ein Dieb aus dem Bett und tappte lautlos die Treppe hinunter. In der Küche knipste er den Lichtschalter an und warf einen Blick auf die Uhr. Es war bereits nach eins. Im Haus regte sich nichts.

Er ließ sich am Küchentisch nieder und griff nach dem Päckchen, das Mrs Gonsalves ihm geschickt hatte. Es war in gestreiftes Packpapier eingewickelt und mit durchsichtigen Klebestreifen versiegelt worden. Devaneys Name und Adresse war mit einer altmodischen Handschrift geschrieben worden. Devaney entnahm der Tischschublade eine Schere und trennte das Päckchen an einer Seite auf. Ein dicker Stapel hauchdünner Luftpostbriefe mit gold-grüner Umrandung rutschte heraus. Das müssen ja an die hundert Briefe sein, dachte Devaney. Er machte sich daran, sie nach ihrem Datum zu sortieren.

Die Akte Osborne hatte Devaney nicht viel über Mina verraten. Trotz des Fotos, trotz der Beschreibung und der Zeugenaussagen vermochte er sich kein richtiges Bild von ihr zu machen. Daran hatten auch Father Kinsellas Erzählungen nur wenig ändern können. Die anderen Zeugen hatten sich, wie es bei Vermisstenfällen so oft war, auf allgemeine Bemerkungen und Eindrücke beschränkt. Der Komplexität einer Persönlichkeit wurden solche Angaben nie gerecht. Selbst Hugh Osbornes ausführlichere Schilderungen hatten kein Bild einer lebenden, denkenden und fühlenden Frau ergeben. Diese Frau begann sich erst jetzt herauszuschälen, während Devaney sich in die Lektüre ihrer Briefe vertiefte. Bei dem ersten Schreiben handelte es sich eigentlich nur um eine kurze Notiz. »Liebe Mama«, murmelte Devaney vor sich hin. Er hielt inne, um sich an die Stimme von Mrs Gonsalves zu erinnern, und stellte sich vor, dass Minas Stimme ähnlich klang, nur jünger. »Gib Papa heute Abend noch einen zusätzlichen Kuss. Eines Tages wirst du ihm vielleicht sagen können, dass er von mir war.« Das war alles, was sie zu dem Zerwürfnis zwischen ihr und ihrem Vater anmerkte. Im Übrigen enthielt der Brief das Versprechen, in Zukunft ausführlicher und regelmäßiger zu schreiben. Das Versprechen hat sie eindeutig gehalten, dachte Devaney mit einem Blick auf den ansehnlichen Stapel auf dem Tisch. Er faltete den Brief und schob ihn behutsam in den Umschlag zurück, um sich dann den nächsten Brief vorzunehmen.

Die ersten Briefe ähnelten sich. Sie konzentrierten sich auf die Einzelheiten von Bracklyn House. Mina musste davon ausgegangen sein, ihre Mutter würde ihr neues Zuhause nie mit eigenen Augen sehen können, sie ließ nämlich kaum ein Detail aus. Sie begann mit dem Alter und der Geschichte des Hauses, dann beschrieb sie die Räume, die Möbel, die Bücher in der Bibliothek, die Blumen im Garten ... Hugh Osborne wurde in glühenden, leidenschaftlichen Farben geschildert. Es folgten scheue Andeutungen auf die Erfüllung, die ihre Ehe ihr gewährte, und Devaney sagte sich, dass es sich zwischen den Zeilen wohl um ein Geständnis handelte, dass Mina den Sex mit ihrem Mann genoss. »Ich bin froh, dass du mich davon abgehalten hast, mich den Schwestern der Barmherzigen Gnade anzuschließen«, schloss Mina. »Wie versessen ich darauf war! Woher wusstest du, dass es nicht das Richtige für mich sein würde?«

Während Hugh Osbornes Bild durch die rosige Brille der Liebe gezeichnet war, gab es andere Menschen, die von Mina mit klarerem Auge erfasst worden waren. »Lucy ist vielleicht nicht die warmherzigste Person, die man sich vorstellen kann«, hieß es, »aber sie ist tapfer und gibt sich offensichtlich Mühe, sich an mich zu gewöhnen. Ich ertappe sie zuweilen dabei, dass sie mich anstarrt, doch weiß ich, dass sich durch meine Ankunft viel für sie verändert hat, und ich hoffe, dass wir eines Tages Freundinnen werden.« Über Jeremy schrieb sie: »Welch ein wunderschöner und doch furchtbar trauriger Junge! Manchmal möchte ich weinen, wenn ich ihn sehe. Bisweilen verhält er sich gar nicht mehr wie ein Kind, sondern ist sehr ernst und nachdenklich. Dann wieder erscheint er mir wie ein Kind, das sich nichts so sehnlich wünscht, wie in den Armen gehalten und getröstet zu werden.«

Die folgenden Briefe konzentrierten sich auf Hugh Osbornes wissenschaftliche Interessen, auf Minas Fortschritte als Malerin, auf die Bücher, die sie las, den Kräutergarten, den sie angelegt hatte, und den Mangel an bestimmten Obst- und Gemüsesorten in Dunbeg. Devaney überflog die Passagen. Er musste lächeln, als er auf Minas Anmerkungen zu Father Kinsella stieß. Sie hatte ihn eindeutig gemocht und ihre Gespräche und seine Unterweisung geschätzt, jedoch auch registriert, dass der gut aussehende Priester durchaus eine gewisse Wirkung auf weibliche Gemeindemitglieder ausübte. Mina schien äußerst intelligent und scharfsichtig gewesen zu sein, doch Argwohn hatte ihrem Wesen offenbar fern gelegen. Sie schien nicht zu ahnen, welch vielfältige Motive andere Menschen bewegten, sondern mit nahezu rührender Unschuld anzunehmen, sie seien alle wie sie, freimütig und rein.

In ihren ersten Briefen fanden sich kaum Hinweise auf ihre Schwangerschaft. Nur einmal deutete sie ihr Unbehagen darüber an, dass sie bereits wenige Monate nach ihrer Heirat niederkommen würde, noch ehe sie und Hugh ganz vertraut miteinander wären. Im Fortschreiten ihrer Schwangerschaft traten die Beschreibungen ihrer Lektüre und anderweitiger Beschäftigungen jedoch hinter der Schilderung ihres Zustandes und den Ergebnissen ihrer Arztbesuche zurück.

»An manchen Tagen bin ich bedrückt und fühle mich zu matt und zu müde, um irgendetwas anzufangen«, schrieb Mina. »Allerdings halte ich mir dann die unzähligen Zellen, die sich in mir teilen, vor Augen und sage mir, dass es den höchsten Ausdruck menschlicher Schaffenskraft bedeutet, neues Leben hervorzubringen.«

Devaney versuchte sich vor Augen zu halten, dass er Minas Leben zusammengefasst und gefiltert verfolgte und dass Briefe die Realität oftmals überhöht wiedergaben. Ihm fiel auf, dass in der Zeit kurz vor und sechs Wochen nach Christophers Geburt eine Lücke klaffte. Da hatte ihr die Sorge für ein Neugeborenes offenbar wenig Muße für ausführliche Briefe nach Hause gelassen. Er nahm sich vor, Mrs Gonsalves zu fragen, ob Mina sich in dieser Zeit vielleicht telefonisch mit ihr in Verbindung gesetzt hatte.

Der nächste Umschlag enthielt Fotos des Säuglings, Nahaufnahmen eines winzigen Wesens mit Pausbacken, flaumigem Haar und dunklen, schmal geschnittenen Augen. In dem dazugehörigen Brief versprach Mina, zukünftig nie mehr so viel Zeit bis zum nächsten Brief verstreichen zu lassen. Danach schilderte sie die surrealen Tage und Nächte nach der Geburt ihres Kindes, die verschwommenen Übergänge zwischen Stillen, Schlafen und Wachen und das intensive körperliche Erlebnis der Mutterschaft.

In den nachfolgenden Wochen wurde der Ton ihrer Briefe

wieder gelassener. Sie und ihr Baby begannen, sich aneinander zu gewöhnen. Hugh Osborne schien etwas in den Hintergrund zu treten. Statt seine Forschungsarbeiten zu erwähnen, konzentrierte Mina sich nun darauf, wie Christopher sich entwickelte, und erzählte von den Spaziergängen, die sie mit ihm im Kinderwagen unternahm. Hugh blieb nicht selten bis spätabends in Galway, um zu arbeiten, woran Mina sich etwas zu stören schien. Die üblichen Anpassungsprozesse einer Ehe, dachte Devaney. Auch Jeremy spielte in Minas Briefen nun eine größere Rolle. Offenkundig interessierte der Junge sich für Christopher und begann, sich um den Kleinen zu kümmern. »Jeremy geht unglaublich liebevoll und zart mit Christopher um«, las Devaney. »Du solltest ihn sehen, wenn er Christopher in den Armen hält und wiegt.« Nach dem, was er von dem Jungen bisher gesehen hatte, fiel es Devaney schwer, sich die Szene vorzustellen. Wie alt war Jeremy damals?, überlegte er. Vierzehn vielleicht. Devaney erfuhr von dem Tag, an dem Christopher sich erstmalig aufsetzte, von seinem ersten Zahn, seinen ersten Schritten … Alles war getreulich in den Briefen festgehalten worden und wurde begleitet von Fotos, die den Kleinen schlafend in seinem Bettchen zeigten, wobei seine langen schwarzen Wimpern wie Schatten auf den dicken Bäckchen lagen. Nichts, was auf etwas Eigentümliches oder Ungewöhnliches verweisen würde, dachte Devaney. Nie war Hugh Osborne etwas anderes als der liebende Gemahl. In einem der Briefe wurde eine Meinungsverschiedenheit erwähnt, die sich um Jeremy drehte, der Mina zur Messe begleiten wollte. Offenbar war Lucy nicht damit einverstanden gewesen und hatte dem Unterfangen Einhalt geboten. Spätere Briefe bestätigten dann Father Kinsellas Aussage, dass Mina vorhatte, sich mit ihrem Vater auszusöhnen. Die Trennung von Heimat und Familie schien immer schwerer auf ihr zu lasten, je älter Christopher wurde.

Es war fast fünf Uhr morgens, als Devaney zu den letzten Briefen griff. Die Umschläge waren zusammengebunden und mit einem Zettel versehen worden, auf dem »nach dem 3. Oktober erhalten« stand. Demnach musste Mina sie kurz vor ihrem Verschwinden aufgegeben haben. Devaney öffnete den ersten Umschlag und überflog die Handschrift, die ihm inzwischen vertraut geworden war. Er suchte nach einem Hinweis, einer Informationsspur, aber so sehr er sich auch bemühte, zwischen den Zeilen zu lesen, er entdeckte nichts außer Minas Verwunderung darüber, wie schnell der Kleine heranwuchs, einen kurzen Vermerk, dass Hugh zu einer Konferenz nach Oxford aufbrechen würde, und immer wieder die Hoffnung, dass es zu einer Aussöhnung mit dem Vater kommen würde.

»Wir sind uns noch immer nicht einig, was ein Besuch bei euch anbelangt. Hugh hält es gegenwärtig für unratsam, aber er kennt ja Papa nicht. Du und ich wissen um Papas Geheimnis, dass er nämlich bei weitem nicht der gestrenge Mensch ist, als der er sich gibt. Wie sollte sich sein Herz nicht erweichen lassen, sobald er unser wunderschönes, unschuldiges Kind in den Armen hält?«

Devaney steckte den letzten Brief in seinen Umschlag zurück. Meine Güte!, dachte er, war ihr denn tatsächlich entgangen, was man im Dorf über ihren Mann und Una McGann munkelte? Hatte sie sich für solches Gerede nicht interessiert? Oder hatte es ihr lediglich widerstrebt, das Problem in den Briefen an ihre Mutter zu erwähnen? Wie dem auch sei, in den Briefen hatte nichts gestanden, was Hugh Osborne in irgendeiner Weise verdächtig machte, und dass Mina freiwillig fortgelaufen war, konnte Devaney ihnen ebenso wenig entnehmen.

Während er noch dasaß und vor sich hin brütete, fiel ihm wieder ein, dass während des Abendessens ja das Telefon geläutet hatte. Schwerfällig erhob er sich und griff nach dem Apparat. Auf dem Display sah er, dass eine Nachricht eingegangen war. Er drückte auf den Wiedergabeknopf und hörte dann Dr. Gavin, die ihm kurz und knapp hinterließ, sie und Cormac Maguire hätten ihm etwas Interessantes mitzuteilen, er, Devaney, möge sich doch auf ihrem Handy melden. Verdammter Mist!, dachte er. Und er hatte ihr versprochen, er sei jederzeit zu erreichen!

Bevor er wieder ins Bett ging, sammelte er Minas Briefe und die Fotos ihres Kindes ein. Als er die Treppe hochstieg und das Päckchen in der Hand wog, dachte er: Welch eine spärliche Hinterlassenschaft eines Lebens!

Devaney fuhr hoch, weil das Telefon klingelte. Es war noch dunkel, und er hörte, wie Nuala auf der anderen Bettseite dem Anrufer sagte: »Ja, er ist da.« Zuerst nahm er an, dass es Dr. Gavin wäre, aber gleich darauf ertönte die Stimme von Brian Boylan an seinem Ohr.

»Ich dachte, es würde Sie vielleicht interessieren zu erfahren«, sagte Boylan in einem Ton, der Devaney bereits befürchten ließ, er hätte von seinen Schnüffeleien im Fall Osborne gehört, »dass wir in Bezug auf den Brandstifter, den Sie suchen, Glück hatten.«

»Wie das?«, brummte Devaney.

»Ein Nachtwächter in Killimor hat ihn geschnappt. Bis an die Zähne mit Benzin bewaffnet.«

Großartig, dachte Devaney, das hatte ihm gerade noch gefehlt. Irgendein Trottel mit einer Taschenlampe ertappt meinen Mann auf frischer Tat, und derjenige, der offiziell mit dem Fall betraut ist, also ich, steht wie der letzte Depp da. Ein Glück, dass Boylan diese Einschätzung bereits seit langem teilte. Devaney merkte, dass der Superintendent noch immer auf seine Reaktion wartete.

»Na, Hauptsache ist ja, er wurde gefasst, oder?«, sagte er.

»Sie sollten sich aber schleunigst auf den Weg nach Killimore machen.«

»Ich bin in zwanzig Minuten da.«

Devaney drehte sich zu Nuala um, schlang einen Arm um sie und küsste sie leicht auf die Schläfe. O Gott, wie warm sie war und wie gut sie roch! »Ich muss los, Nuala«, seufzte er.

Nualas Stimme klang noch verschlafen. »Wo warst du denn, Gar. Ich bin mitten in der Nacht wach geworden, aber du warst nicht da.«

»Ich war unten in der Küche. Konnte nicht schlafen und habe ein bisschen gelesen.«

»Mmh«, brummte sie, indem sie seinen Arm fester um sich zog.

Devaney verfluchte Brian Boylan und den Brandstifter von Killimore, als er sich sanft ihrem Griff entwand.

23

Hugh Osborne hatte darauf bestanden, sie am Dienstagabend zur Musiksession zu fahren. Als Cormac im Wagen einen Blick auf die Gestalt neben sich auf dem Fahrersitz warf, wurde ihm die veränderte Art bewusst, in der Osborne sie seit einigen Tagen behandelte. Bestimmt hatte er sie am gestrigen Abend vom Turm zurückkommen sehen. Hatte er womöglich auch mitgehört, als Nora eine Nachricht für Devaney hinterlassen hatte? Oder waren es seine, Cormacs, Gefühle für Nora, die ihm Hugh Osborne mit einem Mal in einem anderen Licht erscheinen ließen? Cormac dachte an ihre ramponierten Autos und an die wild hingeworfenen Bleistiftskizzen im Turm. Es war trotz allem richtig gewesen, Devaney anzurufen, fand er.

»Wie geht's mit Ihrer Arbeit voran?«, fragte Hugh Osborne.

»Bis zum Ende der Woche dürften wir so weit sein«, sagte Cormac.

»Gut, das ist gut. Und danach können wir loslegen, vermute ich mal.«

»Das können Sie. Wir haben nichts gefunden, was Ihren Plänen im Weg stehen könnte.«

Nora, die bis dahin auffallend schweigsam gewesen war, meldete sich vom Rücksitz: »Sie werden wahrscheinlich die Ruhe und den Frieden zu schätzen wissen, wenn Sie Ihr Haus wieder für sich allein haben.«

Osborne entgegnete nichts darauf, und auch die restliche Fahrt legten sie stumm zurück. Als Nora und Cormac schließlich ausstiegen, sagte Osborne: »Rufen Sie mich an, wenn Sie so weit sind. Ich hole Sie dann wieder ab.«

Vor dem Tresen im Pub standen die Gäste in drei Reihen hintereinander. Eine Gruppe in dunklen Anzügen schien offenbar von einem Begräbnis zu kommen und eine weitere hielt Cormac angesichts der funkelnagelneuen Aran-Pullover und der Tweedmützen für eine Busladung amerikanischer Touristen. Himmel hilf, dachte er, heute scheint auf dem Programm der Yankees ein Guinnessabend mit typisch irischem Liedgut zu stehen. Vom Zigarettenqualm war die Luft zum Schneiden dick, und in das Stimmengewirr mischte sich beschwipstes Gelächter. Die Musikanten hatten sich in ihrer Ecke versammelt und saßen vor vollen Gläsern und geschlossenen Instrumentenkästen. Offenbar warteten sie darauf, dass der Lärm sich etwas legte. Cormac ließ die Augen über die Gesichter wandern, die ihm inzwischen fast schon vertraut geworden waren. Er nickte Fintan McGann zu, der ihm mit seinem Glas zuprostete und ergeben die Achseln zuckte. Von Devaney keine Spur.

Cormac wandte sich an Nora. »Was möchtest du trinken?« Er musste beinahe schreien, um sich Gehör zu verschaffen.

»Einen einfachen Whiskey und ein Glas Wasser.«

»Nora!«, brüllte auf einmal jemand, der unweit entfernt zu sein schien. »Hier! Hier bin ich!«

Nora wandte den Kopf und hielt nach demjenigen, der sie gerufen hatte, Ausschau. Ein bärtiger Riese mit blondem Haar und strahlender Miene drängte sich zu ihr vor.

»Gerry!«, rief Nora.

»Wie geht es dir, meine Schöne?«

Die fröhlichen blauen Augen des Mannes schienen Nora zu verschlingen. Erst in diesem Augenblick fiel Cormac auf, dass Nora eine Spur dunklen Lippenstift aufgelegt hatte. Der Duft ihres frisch gewaschenen Haars stieg ihm in die Nase. Trotz des Gedränges schaffte der Fremde es, Nora hochzuheben und ihr einen schmatzenden Kuss auf den Hals zu drücken, den sie daraufhin in gespieltem Ekel abwischte.

»Bah, Gerry«, sagte sie. »Du Sabberer. Das ist übrigens Cormac Maguire. Cormac – das ist Gerry Conover.«

»Freut mich, Sie kennen zu lernen«, sagte Gerry Conover und reichte Cormac die Hand. »Nora hat mir zwar noch nie etwas von Ihnen erzählt, aber das ist ein gutes Zeichen. Ein paar Geheimnisse darf sie ruhig vor mir verbergen.«

»Ger!« Nora drohte neckisch mit dem Finger. »Willst du, dass es mir Leid tut, dass ich ins Pub mitgekommen bin? Was hast du überhaupt in dieser Gegend zu suchen?«

»Ach, ich bin aus einem äußerst traurigen Anlass hier.«

»Gehören Sie zu der Beerdigungsgesellschaft?«, fragte Cormac.

»So ist es«, sagte Conover. »Wir haben heute Nachmittag meinen Onkel Paddy zu Grabe getragen. Er war vierundneunzig. Gott sei seiner Seele gnädig. Wir sind gerade beim Leichenbesäufnis.«

Ihre Getränke kamen, und Cormac reichte Nora über ein paar Köpfe hinweg ihr Glas.

»Darf ich Ihnen die Lady für einen Moment entwenden?«, sagte Conover. »Ich muss sie unbedingt meiner Verwandtschaft vorstellen.«

»Bedienen Sie sich«, sagte Cormac.

»Bin gleich wieder da!«, rief Nora ihm ins Ohr. »Schau mal nach, ob du inzwischen Devaney entdeckst.«

Gerry Conover nahm ihr Whiskeyglas und zog Nora dann an der Hand mit sich durch die Menge.

Während Cormac einen großen Schluck Bier nahm, fragte er sich, wie lange er den Lärm aushalten würde. Er bahnte sich einen Weg zu Fintan, der gleich zur Seite rutschte, um ihm auf der Bank Platz zu machen.

»Willkommen im Wilden Westen«, sagte er lachend. »Verrückter kann's nicht mehr werden, was?«

»Glaubst du, heute Abend wird überhaupt noch gespielt?«, fragte Cormac.

»Ich werde mit Sicherheit spielen. Die Beerdigung und die Yankees können mich mal. Hast du deine Flöte dabei?«

Cormac klopfte auf den Flötenkasten, der in seiner Jackentasche steckte. An einem der Nachbartische saß Ned Raftery, und die Frau neben ihm winkte Cormac zu. Sie stieß Ned in die Seite und sagte etwas, woraufhin dieser ein zusammengefaltetes Stück Papier aus der Brusttasche zog, das die Frau mit einer Bitte – wie Cormac vermutete – an ihren Nachbarn weiterreichte, der es prompt dem nächsten weitergab, bis es schließlich in Cormacs Hände gelangte. Das wird der Brief sein, von dem Raftery gesprochen hat, dachte er. Ned Raftery hob sein Glas in Cormacs Richtung, und er prostete dem blinden Mann ebenfalls zu. Dann ließ er den Blick durch den Raum schweifen, um nach Nora Ausschau zu halten, aber sie war nirgendwo zu sehen.

Es war bereits halb zehn, als Devaney schließlich auftauchte. Cormac trank eilig sein Bier aus, um ihm zu bedeuten, dass er für das nächste Bier auf ein Gespräch nach vorn kommen würde. Von seinem Platz am Tresen aus entdeckte er Nora dann auch inmitten der Beerdigungsrunde um Conover. In kurzen Worten berichtete er Devaney von dem, was sie im Turm vorgefunden hatten. Immer wieder glitten seine Augen jedoch zu dem Arm zurück, den Conover lässig um Noras Schultern gelegt hatte. Während er Devaneys Stimme an seinem Ohr vernahm, waren seine Gedanken gänzlich woanders.

»Tut mir Leid, Detective«, sagte Cormac schließlich verwirrt und drehte sich zu Devaney um. »Was haben Sie gerade gefragt?«

»Ob Sie eine Vermutung haben, wer sich im Turm rumtreiben könnte«, sagte Devaney.

»Nein. Keine Ahnung. Allerdings wurden wir ziemlich bald von einer angriffslustigen Krähe vertrieben.«

Devaney zupfte an seinem Kinn. »Ich werde der Sache nachgehen. Auf jeden Fall besten Dank, und lassen Sie es mich wissen, sobald Ihnen noch etwas auffallen sollte. Bis bald.«

Er packte sein Bierglas und seinen Fidelkasten und tauchte in der Menge unter. Cormac vermutete, dass Devaney davon ausging, dass man sie beobachtete, und deshalb ihre Unterhaltung absichtlich kurz gehalten hatte.

»*Ciunas*, meine Damen und Herren, *ciunas!*«, erklang plötzlich trompetengleich eine Stimme über den Lärm in der Kneipe hinweg. »Vielleicht könnten Sie alle mal für ein Momentchen etwas ruhiger sein. Hier will uns jemand nämlich etwas vorsingen.«

Umgehend setzte Stille ein, die lediglich hier und da von unterdrücktem, betrunkenem Gekicher unterbrochen wurde. Cormac erkannte gleich nach dem ersten Ton, dass es Nora war, die da zu singen begann. Er drängte sich vor, um sie besser sehen zu können.

Durch Wiesengras und Felder
Zog ich einst dahin
Wollt die Vöglein singen hör'n
Wollt spielende Lämmlein seh'n.

Hört ich doch mein' Liebsten singen
Die Stimme so tief und rein
» Wer wird mir meine Liebste bringen
würd' jetzt gern mit ihr sein.«

Nora hatte den Kopf in den Nacken gelegt. Alle lauschten gebannt der kräftigen Frauenstimme, die es geschafft hatte, sich gegen den Kneipenlärm durchzusetzen.

Zuweilen bin ich kummervoll
Voll Herzeleid und Zähren
Will dann zu meinem Schatz hingeh'n
Um meine Liebe zu erklären.

Doch wenn ich zu meinem Schatz geh'
Und sag, dass ich bei ihm bleibe
Schätzt er vielleicht die Kühnheit nicht
Mag sein, dass ich ihn vertreibe.

Durch Wiesengras und Felder
Zog ich einst dahin
Wollt die Vöglein singen hör'n
Wollt spielende Lämmlein seh'n.

Nachdem Nora geendet hatte, trat einen kurzen Augenblick lang Stille ein.

Dann führte Gerry Conover ihre Hand an seine Lippen,

drückte einen Kuss darauf und erklärte: »Herr im Himmel, das war vielleicht Klasse!«

Der Bann war gebrochen, brausender Applaus erhob sich, und dann machten die Leute sich wieder daran, zu trinken und sich lautstark Witze und Geschichten zu erzählen.

Nora drängte sich zwischen zwei schwarz gewandeten Trauergästen hindurch und kam auf Cormac zu. Ihr Gesicht war erhitzt, und sie fächelte sich mit beiden Händen Luft zu.

»Hast du Devaney gesehen?«, fragte sie.

Cormac nickte. »Er meint, er würde sich so bald wie möglich mit der Angelegenheit befassen. Übrigens mache ich mich jetzt auf den Heimweg. Du kannst ja noch bleiben, wenn du willst. Ich bin mir sicher, dass Gerry dich schon zurückbringen wird.«

»Bestimmt«, sagte Nora. »Aber mir reicht es auch. Ich komme mit.«

»Du brauchst mich nicht zu begleiten. Ich hatte vor, zu Fuß zu gehen.«

»Ach, ich würde dich aber gern begleiten.«

Nach der stickigen Luft des Pubs war die Nacht draußen frisch und kühl. Sie hatten das Dorf bereits eine Weile hinter sich gelassen, bis Nora das Wort ergriff.

»War Ned Raftery auch im Pub?«

»War er.«

»Und? Hatte er den Brief dabei?«

Cormac klopfte stumm auf seine Brusttasche.

»Hast du ihn gelesen?«

»Nein, ich wollte dir nicht zuvorkommen.«

»Hm«, machte Nora. Nach einer Weile sagte sie: »Liebe Güte, ich hätte nicht geglaubt, dass es so dunkel ist, sonst hätte ich meine Taschenlampe mitgenommen.«

»Meine liegt noch immer im alten Turm«, sagte Cormac.

Nora spürte, dass etwas an ihren Beinen entlangstrich, und im nächsten Augenblick stolperte sie über einen Ast, der quer über dem Weg lag. Cormac konnte gerade noch den Arm ausstrecken, um sie zu stützen.

»Ist schon in Ordnung«, sagte sie. »Das war nur ein Stock.«

»Nimm meine Hand.«

Nach kurzem Zögern kam Nora seiner Aufforderung nach. Als sie die warmen Finger spürte, die ihre Hand umschlossen, fragte sie sich, ob Cormac ahnte, was es für sie bedeutete, sich noch einmal bei jemandem so sicher zu fühlen. Inzwischen hatten sie den Turm erreicht, dessen Efeumantel sich schwach vor dem tintenschwarzen Nachthimmel abhob.

»Du kennst Gerry Conover wohl schon seit einer ganzen Weile, oder?«, sagte Cormac.

»Nein. Erst seit drei Monaten. Ich habe ihn beim Gesangsclub des Trinity Inn kennen gelernt. Da habe ich übrigens auch Robbie zum ersten Mal getroffen. Das war noch bevor ich wusste, dass er, Gabriel und du euch kanntet. Manchmal staune ich echt, wie klein die Welt hier ist.« Nora ahnte, dass Cormac eigentlich etwas anderes interessierte. »Gerry ist ein netter Bursche. Er ist jedoch Sänger, und ich ziehe nun einmal Flötenspieler vor. Weiß der Kuckuck, warum. Ich glaube, die haben den schöneren Mund, und dafür habe ich ...«

Nora konnte ihren Satz nicht mehr vollenden. Cormac hatte sie an sich gezogen und begann sie zuerst sanft und dann so leidenschaftlich zu küssen, dass es Nora schwindelte und ihr die Knie weich wurden.

»Lass mich heute Nacht bei dir bleiben«, murmelte er an ihrem Ohr. »Du darfst nicht wieder allein in deinem Zimmer schlafen. Ich begnüge mich mit dem Sofa, wenn du willst.«

»Will ich nicht«, murmelte Nora zurück.

Cormac lachte leise. »Ich würde die Situation niemals ausnutzen.«

»Ich will aber, dass du sie ausnutzt.«

Arm in Arm wanderten sie schweigend weiter, bis sie das Tor von Bracklyn House erreichten. Mit knirschenden Schritten gingen sie über die kiesbestreute Allee und stiegen dann die Stufen zum Vordereingang hoch.

Cormac bewegte die Klinke. »Abgesperrt. Wir müssen klingeln.«

Nora spitzte die Ohren. »Warte mal.«

Sie lauschte in die Nacht. In der Ferne glaubte sie so etwas wie ein schwaches Brummen zu vernehmen. Es hörte sich an wie das sanfte Tuckern eines Motorbootes.

»Hörst du nichts?«, fragte sie.

Cormac ließ die Hand sinken. »Jetzt, wo du es sagst ... ja, ich höre etwas. Es scheint aus der Garage zu kommen.«

Das ehemalige Stallgebäude, in dem Hugh Osborne seinen Wagen unterstellte, befand sich etwa hundert Meter hinter dem Hauptgebäude, aber Nora und Cormac hatten die Distanz in Windeseile überwunden. Durch das Fenster in der Seitentür konnten sie den schwarzen Volvo erkennen, der von dunstigen Abgaswolken eingehüllt wurde. Cormac rüttelte am Türgriff.

»Zu«, stieß er hervor.

Er benutzte den Ellbogen, um das Glas einzuschlagen. Dann griff er nach innen und öffnete die Tür. Keuchend stürzten sie durch die Rauchschwaden auf den Wagen zu.

»Schau mal, ob du das Eingangstor aufkriegst!«, rief Cormac ihr zu. Währenddessen zerrte er am Griff der Fahrertür.

»Die ist auch zu.«

Er tastete auf dem Boden offenbar nach einem schweren Gegenstand, um das Sicherheitsglas einzuschlagen, schließlich entdeckte er in einer Ecke einen Vorschlaghammer. Nora konnte nur verschwommen sehen, wie er ihn schwang, aber sie vernahm den dumpfen Laut beim Auftreffen und anschließend den Regen der Glassplitter, der zu Boden rieselte. Cormac riss die Tür auf und packte die zusammengesackte Gestalt, um sie vom Fahrersitz zu zerren. Es war Hugh Osborne.

»Stell den Motor aus!«, rief Cormac ihr zu. »Und dann komm und hilf mir.«

Als sie in den Wagen griff, um den Zündschlüssel umzudrehen, hörte sie etwas vom Sitz fallen und über den Boden rollen. Keuchend strich sie über die Fußmatte, bis sie die Finger um ein Plastikröhrchen schließen konnte. Danach rannte sie zu der Stelle bei der Tür, an der Cormac über Osbornes regloser Gestalt kniete.

»Cormac, ich glaube, er hat auch Schlaftabletten genommen.«

Sie hielt das Pillenfläschchen hoch. Es war leer.

24

Zwei Stunden später, nachdem die Blaulichter des Rettungswagens verschwunden waren, kehrte in Bracklyn House wieder Stille ein. Lucy hatte den Rettungswagen herbeigerufen und darauf bestanden, Hugh ins Krankenhaus zu begleiten. Jeremy war nirgends zu finden gewesen. Cormac lag auf dem Sofa in Noras Zimmer und starrte vor sich hin, während er die jüngsten Ereignisse noch einmal im Geist vor sich ablaufen ließ. Er drehte den Kopf und schaute zu Nora hinüber, die auf dem Bett lag und eingeschlafen war. Nora war davon überzeugt, dass der Fall nun abgeschlossen wäre, dass Osborne ein Geständnis ablegen würde, falls er jemals wieder zu sich kam. Cormac war sich dessen nicht so sicher. Einmal mehr bereute er seinen Entschluss, nach Dunbeg gekommen zu sein. Nein, eigentlich bereute er alles, was er seit Peadars Anruf getan hatte. Nun, vielleicht doch nicht alles. Er bereute es nicht, Nora besser kennen gelernt zu haben. Doch trotz Noras Verdacht verspürte er immer noch eine Art Freundschaft mit Hugh Osborne. Auch mit Jeremy Osborne fühlte er sich verbunden, weil der Junge ihn daran erinnerte, wie er selbst als Teenager gewesen war.

Irgendwie verspürte er sogar eine gewisse Verantwortung. Sein Vater hatte anderen Menschen gegenüber mehr empfunden als seiner Familie, um die er sich eigentlich hätte kümmern sollen. Seither hatte Cormac sich geschworen, in seinem Leben niemals für fremde Menschen Verantwortung zu übernehmen. Er trug keine Verantwortung für fremde Menschen. Was aber war es dann, was ihn nach Dunbeg getrieben hatte? Wie hatte Nora das doch gleich genannt, als sie über die *cailín rua* sprachen? Verpflichtung? Er hatte genau verstanden, worauf sie sich bezog, hatte es selbst deutlich gespürt, als er in der Grube das kleine Ohr vor sich sah. Die Erinnerung daran sowie an den gequälten Ausdruck in Hugh Osbornes Augen, als er ihnen zum ersten Mal im Moor begegnet war, durchzuckte ihn. Dann tauchte Noras Gesicht vor ihm auf, wie sie aus Tullymore zurückfuhren und sie gleichzeitig lachte und weinte. Cormac fühlte sich erschöpft, zu erschöpft, um zu schlafen, kam es ihm vor.

Plötzlich weckte ihn Noras Stimme aus dem Dämmerschlaf. »Cormac, Cormac, da draußen ist jemand. Ich habe das Licht gesehen.«

Wovon redete sie? Der Turm. Sie sprach vom Turm. Er hörte, wie die Tür ging. Cormac warf seine Decke zurück und schlüpfte in die Schuhe. Mit einem Mal war er hellwach. Noch während er sich die Jacke überzog, eilte er bereits hinter Nora her.

Als er aus dem Haupteingang hinausstolperte, sah er ihren dunklen Schatten vor sich und rannte los. Schweigend liefen sie nebeneinander her und kletterten dann über den Mauerrest der alten Einfriedung. Sie kämpften sich in der Dunkelheit durch das Unterholz, während ihnen die Zweige des Gestrüpps gegen die Brust und ins Gesicht schlugen. Obwohl sie nur wenige Minuten gelaufen waren, kam es ihnen wie eine Ewigkeit vor, bis sie endlich an den gezackten Felsen des *chevaux-de-frise* vorbeikamen und gleich darauf das Turmgebäude erreichten. Nora war als Erste an der Tür, und als sie diese aufriss, flutete goldenes Licht heraus, das sie mit einem Glanz umgab. Das Leuchten stammte von unzähligen Kerzen, die im Innenraum des Turmes brannten. Ihr flackernder Schein schien die bunten Wände aufzulösen und sie in Wellen zu verwandeln, die sich nach oben fortpflanzten. Wie gebannt blieben Cormac und Nora einen Augenblick auf der Schwelle stehen, bevor sie dann eintraten. Am unteren Ende der Treppe saß Jeremy Osborne. Er hatte die Arme um die angezogenen Knie geschlungen und wiegte sich vor und zurück, so als befände er sich in Trance.

»Jeremy«, sagte Cormac. »Was tust du da? Was ist los?«
Beim Klang von Cormacs Stimme schaute der Junge auf.
Panik leuchtete in seinen Augen auf. Cormac sah die Blutergüsse auf dem Gesicht des Jungen, dessen schmaler Oberkörper im flackernden Licht noch verletzlicher als sonst wirkte.
Er trat einen Schritt auf Jeremy zu. Der Junge tastete fieberhaft um sich und hatte mit einem Mal etwas in der Hand, was
wie ein Schraubenzieher aussah.

»Kommt mir nicht zu nah!«, schrie er. »Haut ab!« Der Junge erhob sich und bewegte sich rückwärts die Treppe hoch.
»Ihr habt hier nichts zu suchen. Niemand hat hier was zu
suchen. Verschwindet!«

Nora wollte etwas sagen, aber im nächsten Moment flog der
Schraubenzieher durch die Luft und traf auf der Wand hinter
Cormacs Kopf auf, jedoch ohne ihn auch nur zu streifen. Jeremy drehte sich um und stolperte so schnell, wie er konnte, die
bröcklige Steintreppe hoch. Cormac setzte ihm hinterher und
nahm zwei Stufen auf einmal. Je höher er stieg, desto schwächer
wurde der Kerzenschein, und plötzlich umgab ihn Dunkelheit.

»Jeremy«, rief er. »Jeremy, warte.«

Er hörte Schritte, die sich nach oben entfernten, und Nora,
die von unten etwas brüllte. Cormac stieg blindlings weiter,
bis er die Galerie erreichte. Der Himmel über ihm war klar,
und in der Düsternis konnte er gerade noch die Dachstreben
ausmachen und das dürre Unkraut, das in den Mauerritzen
wucherte. Er presste den Rücken an die Wand und schob sich
langsam seitwärts. Plötzlich überfiel ihn panische Angst. Wer
weiß, ob die Bretter der Galerie nicht längst morsch sind,
schoss es ihm durch den Kopf.

»Warum musstest du hier auftauchen!«, hörte er Jeremys
Stimme nicht weit entfernt von ihm.

»Jeremy«, sagte Cormac beschwichtigend. »Kein Mensch
hatte vor, dich zu erschrecken. Es ist alles in Ordnung.«

Cormac beschloss, nicht mehr weiterzugehen, um die Öff-
nung zur Treppe nicht aus den Augen zu verlieren. In dem
Moment hörte er wieder Nora. Ihre Stimme klang dringlicher
als zuvor.

»Cormac, Cormac, komm sofort zurück!« Im nächsten

Augenblick roch er den Rauch. »Es brennt. Ich kann das Feuer nicht löschen. Cormac!«

»Jeremy, hast du gehört?«, sagte Cormac. »Wir müssen schleunigst zurück.«

Cormac schob sich nun weiter an der Wand entlang, wobei er einen Arm ausstreckte, um nach Jeremy zu tasten. Es kam ihm vor, als wäre der Rauch bereits dichter geworden, und schon drang das Geräusch knisternder Flammen an sein Ohr. Von unten ertönte ein erstickter Schrei.

»Nora, ist mit dir alles in Ordnung?«, brüllte Cormac nach unten.

Die Rauchwolken führten einen beißenden Gestank mit sich, der Cormac in den Augen und in der Lunge schmerzte.

»Cormac, Jeremy!«, rief Nora. Ihre Stimme kam nun von draußen. Sie befindet sich also in Sicherheit, stellte Cormac erleichtert fest. »Bitte, kommt da runter. Beeilt euch, dann schafft ihr es noch.«

Cormac schob sich bis zur nächsten Ecke in die Richtung, aus der er Jeremys Stimme gehört hatte. »Los«, sagte er. »Wir haben keine Zeit mehr.«

Cormac dachte an die schmelzenden Kerzen auf den Holzgestellen, die Dosen mit Farbe, die Stapel von Büchern und Papieren und die morschen Balken. All das würde jeden Moment Feuer fangen, und der Turm würde das Feuer wie in einem riesigen Kamin nach oben saugen.

»Jeremy!«, rief er. »Du kommst jetzt sofort mit mir!«

»Lass mich in Ruhe! Alles, was ich tue, alles, was ich anfasse, wird zur Katastrophe. Hau ab. Los, verschwinde.« Der Junge barg den Kopf in den Händen und schlug den Oberkörper in wilder Verzweiflung seitlich gegen die Turmmauer.

Die Hitze der Flammen war nun deutlich zu spüren. Den Rückweg über die Treppe können wir vergessen, dachte Cormac, als die ersten Flammen nach den Resten des Daches leckten. Jeremy stieß einen Laut aus, der wie ein Heulen klang, stemmte sich hoch, und in einem wahnwitzigen Moment erkannte Cormac, was der Junge vorhatte. Mit einem Satz war er bei ihm und packte ihn mit einer Hand am Hemdkragen, während er mit der anderen durch die Luft ruderte, um das

Gleichgewicht zu halten. Er umklammerte Jeremys Schultern und riss ihn an sich, kam aber durch das Gewicht des Jungen ins Taumeln. Während er mit den Armen ruderte, vernahm er das Geräusch bröckelnden Gesteins. Jemand schrie. Cormac spürte, wie er ins Leere fasste, wie er fiel, wie unter ihm Äste und Zweige brachen. Er fiel immer weiter, um ihn herum war Schwärze, die Erde schien ihm entgegenzufliegen. Plötzlich schlug er dumpf auf. Es wurde still. Die Stille schien ihn von innen aufzusaugen, ihn aus seinem Leib hinauszudrängen, bis sie sich in ein tosendes Geräusch verwandelte, das seine Ohren füllte.

Dann war Nora an seiner Seite. Sie berührte sein Gesicht und sagte: »Cormac, Cormac!« Sie schaute ihn verkehrt herum an, was angesichts ihrer entsetzten Miene irgendwie komisch aussah. Cormac wollte lachen, aber stattdessen liefen ihm die Tränen aus den Augenwinkeln.

»Kriegst du Luft?«, fragte Nora. »Cormac, bitte, du musst atmen.«

Cormac wollte ihr zeigen, dass er es konnte, aber er brachte nur ein Husten zustande.

»So ist's gut«, sagte sie beruhigend. Sie wandte sich der reglosen Gestalt zu, die neben Cormac lag. »Er lebt. Cormac, ich muss loslaufen, um Hilfe zu holen. Rühr dich nicht vom Fleck, hörst du! Du darfst dich nicht bewegen.« Sie warf ihm noch einmal einen Blick zu, dann sprang sie auf und verschwand in der Dunkelheit.

Cormac drehte den Kopf etwas zur Seite. Der Junge wollte etwas sagen, brachte aber nur ein Röcheln hervor.

»Nein«, sagte Cormac. »Kein Wort. Bleib ganz still liegen.«

Vergeblich versuchte Cormac sich zu erinnern, was man in solchen Fällen tun musste, aber er hatte den Eindruck, dass seine Gedanken ihm in alle Himmelsrichtungen entschlüpften. Mit letzter Kraft kämpfte er sich auf den Ellbogen hoch, zuckte dabei zusammen, weil ihn ein stechender Schmerz durchfuhr, und neigte sein Ohr zu Jeremys Lippen hinab. Gleich wirst du ohnmächtig, flüsterte ihm eine innere Stimme zu. Dann vernahm er jedoch Jeremys wispernde Laute.

»Sie sind hier. Unter der Erde.« Jeremy machte eine Pause und zwang sich sichtlich, seine Kräfte zu sammeln. »Sie weiß Bescheid. Sie weiß ... aber sie würde es nie ... verraten ...«

Das Bewusstsein schien ihn zu verlassen. Cormac spürte, dass es ihm in Kürze genauso ergehen würde, sein Kopf wurde schwer und sackte auf Jeremys Brust nieder.

4. Buch

Knochenberge

Ein großes Leid hat Irland befallen
Unholde prügeln es zuhauf
Der Adel liegt am Boden, ist zerschmettert
Die Helden türmen sich zu Knochenbergen auf.

Dáibhí Cundún, irischer Dichter, 1651

1

Als Cormac aufwachte, war es heller Tag. Auf dem Stuhl neben seinem Krankenhausbett döste Nora vor sich hin. Er hätte gern etwas gesagt, ihr erklärt, er sei wach, aber sein Kopf fühlte sich wie ein Ballon an, und er hatte Mühe, die Lippen auch nur zu bewegen. Wenig später richtete Nora sich auf und schaute sich um, als erinnerte sie sich nicht mehr, wo sie war. Dann zog sie den Stuhl näher heran und beugte sich dicht zu ihm hinunter. Die Schramme, die ihr die Krähe mit ihren scharfen Krallen auf der Stirn hinterlassen hatte, war fast verheilt, dafür waren aber frische Kratzer entstanden, wenn auch kleinere, die offenbar vom Stolpern durchs dornige Gestrüpp stammten. Verschwommen fiel Cormac das Geschehene wieder ein. Es kam ihm so vor, als läge das alles Jahre zurück.

»Soll ich die Schwester holen?«, fragte Nora.

Cormac wollte den Kopf schütteln, schaffte es aber nicht. Stattdessen verzog er das Gesicht. Er fuhr sich mit der Zunge über die Lippen und versuchte sie zu bewegen.

»Ich glaube, es war ein Fehler, die fünfzehn Bier auf einmal zu kippen«, flüsterte er mühsam.

Nora nahm seine Hand und lächelte. Ihr Kinn zitterte leicht.

»Bitte, sag nichts«, sagte sie. »Das ist alles meine Schuld.«

»Ist es nicht.« Cormac versuchte noch einmal, den Kopf zu schütteln.

»Du musst ruhig liegen bleiben, Cormac.«

Ihm gefiel der Ton ihrer Stimme und die Art, wie sie seinen Namen aussprach.

»Der Arzt sagt, du hättest eine leichte Gehirnerschütterung«, fuhr sie fort. »Und ein paar üble Prellungen. Aber es ist nichts gebrochen, ein wahres Wunder. Ich glaube, das hast du den Bäumen zu verdanken. Die Äste haben deinen Sturz abgefangen. Außerdem hast du leichte Verbrennungen am linken Arm, aber nichts Schlimmes.«

Cormacs Blick wanderte zu den weißen Gazewickeln um seinen Arm und seine Hand.

»Was ist mit … Jeremy?«, fragte er.

Nora senkte den Blick auf ihren Schoß. »Jeremy ist schwer verletzt. Er hat Knochenbrüche und innere Blutungen davongetragen. Kann sein, dass es auch seinen Kopf erwischt hat … Es ist noch zu früh, um Genaueres zu sagen.«

»Hat er noch etwas gesagt?«

»Er ist noch immer bewusstlos.«

Cormac schloss die Augen. Da war etwas, dachte er. Ich muss etwas tun. Er schlug die Augen auf und sagte: »Nora, bitte, schaff Devaney her. Ich muss mit ihm reden.«

Die vergangenen zwölf Stunden hatten an Nora gezehrt, das konnte Cormac an ihrem Gesicht ablesen. Als er ihren Blick sah, dachte er, jetzt begreift sie endlich, weshalb ich mich so gesträubt habe, in die Sache hineingezogen zu werden, so als hätte ich von Anfang an gewusst, dass es einen Preis hat. Er legte den Kopf zur Seite und fiel in einen Halbschlaf.

Ihm schien, als wären gerade mal zwei Sekunden vergangen, als Nora mit dem Polizisten zurückkehrte.

»Da haben wir alle eine schlimme Nacht hinter uns gebracht, was?«, sagte Devaney. »Sie und die junge Dame hier können von Glück sagen, dass Sie glimpflich davongekommen sind. Das Gleiche gilt für Osborne. Wie geht es Ihnen, Maguire?«

»Bestens – na ja, den Umständen entsprechend. Weshalb ich Sie sprechen wollte: Jeremy hat noch etwas gesagt.« Cormacs Stimme klang seltsam und schien von weither zu kommen. »Zuerst habe ich es nicht verstanden, aber ich glaube, jetzt weiß ich wieder, was es war.«

»Sprechen Sie weiter«, sagte Devaney. Er hörte sich sanfter an als gewöhnlich.

»Jeremy hat gesagt: ›Sie sind hier. Unter der Erde.‹«

Seine beiden Zuhörer schienen eine Weile zu brauchen, um die Information zu verarbeiten.

»Große Güte, Cormac«, murmelte Nora dann, indem sie sich zurücksinken ließ.

Devaney schloss die Augen und kniff den Mund zusammen – ein Ausdruck tiefster Resignation erschien auf seinem Gesicht.

Cormac fühlte sich erschöpft. Er merkte, dass ihm die Augen zuzufallen drohten, aber er zwang sich, wach zu bleiben. Da war noch etwas gewesen, überlegte er dumpf, während es in seinem Kopf hämmerte, als trommelte dort eine Marschkapelle.

»Ich glaube, er hat noch etwas gesagt«, fuhr er leise fort. »Etwas wie: ›Sie weiß Bescheid. Aber sie würde es nie verraten.‹«

»Sind Sie sich da sicher?«, fragte Devaney. Der sanfte Ton in seiner Stimme war verschwunden. »›Sie weiß Bescheid, aber sie würde es nie verraten‹?«

2

Nachdem Devaney für Bracklyn House und den alten Turm der O'Flahertys telefonisch ein komplettes Team der Spurensicherung angefordert hatte, sah er die Szenen der kommenden Tage vor seinem geistigen Auge ablaufen: ringsum aufflammende Blitzlichter, eine aufgespannte Zeltbahn als Unterstand im Regen, die Absperrungen, um Reporter und Neugierige fern zu halten, die wie eine Meute einfallen würden. Bevor er das Krankenhaus verließ, war es notwendig, noch einmal bei Hugh und Jeremy Osborne vorbeizuschauen und vor ihren Krankenzimmern einige Ortspolizisten als Wachposten aufzustellen. Die Worte des Jungen gaben ihnen nun zumindest einen Anhaltspunkt, auch wenn die Frage nach dem Täter damit noch nicht geklärt war.

Warum um alles in der Welt hat Osborne nur noch den einen Ausweg gesehen?, grübelte Devaney, als er an dessen Bett stand. Der Selbstmordversuch widersprach all seinen bisherigen Vermutungen. Er versuchte, sich einen Reim darauf zu machen. Wenn Hugh Osborne unschuldig war, hatte er vielleicht einfach nicht mehr weiter gekonnt. Und wenn er doch schuldig war? Dann ergäbe seine Handlung nur dann einen Sinn, wenn er erkannt hätte, dass alles aus war, dass die Dinge ihm entglitten. Devaney wandte sich zum Gehen. An der Tür blieb er stehen. Osborne lag mit dem Gesicht zum Fenster auf der Seite. Über seine Schultern war eine dünne Decke gezogen. Was, wenn er versuchen sollte zu fliehen ... oder sich abermals etwas anzutun?

»Er schläft ruhig«, flüsterte die junge Schwester, die jetzt neben Devaney trat. »Das ist ein gutes Zeichen. Allerdings wird er beim Aufwachen entsetzliche Kopfschmerzen haben.«

»Wie geht es ihm sonst?«

»Sind Sie ein Freund von ihm?«, fragte die Schwester.

Ihr weißes, glattes Porzellangesicht war mit winzigen Sommersprossen gesprenkelt, und ihre grünen Augen waren voller Mitgefühl. Devaney wandte den Blick wieder von ihr ab.

»Ein Bekannter«, antwortete er.

»Seit heute früh geht es ihm besser«, sagte die Schwester. »Der Doktor meint aber, er muss noch für ein paar Tage unter Beobachtung bleiben. Mit einer Kohlenmonoxid-Vergiftung ist nicht zu spaßen.«

»Hm«, brummte Devaney. »Vielen Dank.«

Er würde sich erst einmal anschauen, was die Nachforschungen am Turm ergaben, bevor er sich mit Osborne unterhielt. Auf dem Flur näherten sich ihm zwei junge Garda-Beamte. Devaney nahm sie beiseite.

»Wie heißen Sie?«, fragte er.

»Molloy.«

»O'Byrne, Sir.«

»Sie werden hier meine Augen und Ohren sein«, sagte Devaney. »Molloy, Sie kümmern sich um Hugh Osborne. Verhalten Sie sich so unauffällig wie möglich.« Er bemerkte den verständnislosen Ausdruck in Molloys Gesicht. »Passen Sie einfach nur auf ihn auf.« Er wandte sich an O'Byrne. »Sie kommen mit mir.«

Jeremy Osbornes Zustand war noch immer kritisch. Als Devaney das Zimmer betrat, lag der Junge, auf Kissen gestützt, im Bett. Sein linkes Bein und der linke Arm steckten in Gipsverbänden, und der Kopf war mit Bandagen umwickelt. Jeremys Gesicht war mit Kratzern, Schrammen und Blutergüssen übersät. Aus dem Mund ragte ein Atemschlauch. Neben ihm saß seine Mutter so kerzengerade auf einem Stuhl, als könnte ihre Haltung ihrem Sohn Willenskraft verleihen und ihn vom Abgrund des Todes zurückkreißen. Lucy Osborne drehte sich um, als sie Devaney näher kommen hörte. Ihre Augen waren trocken und schienen dennoch vor Schmerz überzufließen, aber der Rest ihres Gesichtes wirkte maskenartig, wie zu einem Ausdruck stoischer Ruhe gefroren.

»Es ist meine Schuld«, sagte sie. »Hätte ich ihn nur nicht aus den Augen gelassen, dann wäre das nicht geschehen.« Lucys Blick huschte kurz zu dem Garda-Beamten an der Tür. »Was bedeutet das?«

»Reine Routine«, sagte Devaney. »Bis wir genau wissen, was sich gestern Abend abgespielt hat. Er wird Sie nicht stören. Das verspreche ich Ihnen.«

Auf dem Weg zum Turm dachte Devaney an Mina Osbornes Briefe und an die Mutter, die in Indien geduldig auf Nachricht wartete. Selbst wenn jemand inwendig spürte, dass ein geliebter Mensch gestorben war, gab er sich doch noch Illusionen hin und klammerte sich an die Vorstellung, dass seine innere Stimme log.

Was waren genau die Worte, an die sich Maguire erinnert hatte? *Sie würde es nie verraten.* Was sollte das heißen? Das könnte bedeuten, dass sie allein die Schuldige war. Oder hatten sie es gemeinsam getan? Vielleicht waren der Junge und seine Mutter lediglich über Beweismaterial gestolpert, das sie, aus welchen Gründen auch immer, verschwiegen hatten? Ich hätte ahnen müssen, dass der Junge etwas weiß, sagte sich Devaney. Ich hätte ihn mir bei der Sache mit den demolierten Autos ganz anders vornehmen müssen. Aber jetzt war nicht der richtige Augenblick, sich über vertane Gelegenheiten den Kopf zu zerbrechen. Nun musste er herausfinden, ob Jeremy Osborne die Wahrheit gesprochen hatte.

Als Devaney den Wagen auf dem Feldweg neben dem Turm anhielt, rutschte die Akte, die auf dem Beifahrersitz lag, vor, und ein Teil ihres Inhaltes ergoss sich auf den Boden. Devaney beugte sich vor, um die Papiere wieder einzusammeln. Dabei geriet ihm eines der Fotos in die Hände, die er im Beichtstuhl von St. Columba aufgenommen hatte. Er schaute flüchtig darauf und wollte es bereits einsortieren, als er innehielt. Da waren sie wieder, die eingeritzten ungelenken Buchstaben. E WEISS WO SIE SIND. Fast war er überzeugt gewesen, dass Brendan McGann sie als schweigende Anklage gegen Hugh Osborne eingekerbt hatte. Meine Güte, dachte Devaney, wie vernagelt darf man eigentlich sein? Bei genauem Hinsehen war das erste Wort ja gar nicht eindeutig zu erkennen. Vielmehr kam es ihm so vor, als hätte jemand an dieser Stelle etwas auszumerzen versucht. Vielleicht hatte es ursprünglich ja »Sie« heißen sollen. Angestrengt betrachtete Devaney die undeutlichen Zeichen. Dann starrte er eine Weile ins Leere und brütete still vor sich hin. Es musste sich ja nicht unbedingt um eine Bezichtigung handeln. Es konnte genauso ein Bekenntnis von jemandem sein, den eine Schuld drückte, von der er nichts verlauten lassen durfte. Wie beispielsweise Jeremy. Plötzlich fiel ihm ein, dass Jeremy vermutlich auch derjenige gewesen war, der Father Kinsellas Kerzen gestohlen hatte. Laut Dr. Gavins Bericht war der Fußboden des Turms mit Kerzen übersät gewesen. Wenn Jeremy jedoch der stumme Überbringer der Nachricht war, auf wen hatte er sich dann bezogen? Warum hatte der Junge am ersten Wort herumgedoktert? Oder hatte ein anderer die Botschaft entdeckt und sich seinerseits daran zu schaffen gemacht? Abermals sah Devaney die kniende Gestalt Brendan McGanns vor sich. Er schüttelte den Kopf. Eins nach dem anderen, ermahnte er sich. Schritt für Schritt.

Es war später Nachmittag, als das Team der Spurensicherung eintraf. Der graue Himmel hatte sich weiter bezogen, und Nieselregen setzte ein. Die mechanischen Verrichtungen, die die Arbeit an einem Tatort erforderte, vermittelten Devaney immer das Gefühl tröstlicher Routine angesichts des Grauens. Er stand zwischen den Bäumen an O'Flahertys Turm und beobachtete das geschäftige Treiben ringsumher: die Techniker in ihren weißen Overalls, die Polizisten in Uniformen und gelber Regenkleidung. In der vergangenen Nacht war es der Feuerwehr gelungen, die Flammen zu löschen, aber der Turm war nun endgültig zerstört. Lediglich einige rußgeschwärzte Mauerreste ragten noch auf. Im Regen stiegen magere Rauchfähnchen aus dem Geröll auf, einer Mischung aus eingebrochenem Gestein und gesplitterten, verkohlten Holzbohlen. Im Tageslicht erkannte man die Stellen, an denen die Feuerwehrleute sich in der Nacht durch das dichte Unterholz einen Weg gebahnt hatten. Das leuchtende Grün der regennassen Blätter zeichnete sich scharf gegen die dunklen Umrisse der verbrannten Ruine ab.

Sie sind hier, hatte der Junge noch zu Maguire gesagt. *Unterirdisch.* Falls tatsächlich eine unterirdische Kammer existierte, musste ihr Eingang gut versteckt liegen. Da war es nicht verwunderlich, dass er nicht bereits zuvor entdeckt worden war. Nachdem der Schutt aus dem Turm geräumt worden war, stellte der Boden sich als festgefügt heraus und zeigte keinerlei Anzeichen, dass er jemals aufgegraben worden war. Auch in der Umgebung des Gebäudes wurden keine aufgewühlten Stellen entdeckt. Devaney spürte die Anstrengung der vergangenen Tage, in denen er kaum so etwas wie Schlaf abbekommen hatte, aber er schaffte es einfach nicht, aufzubrechen und nach Hause zurückzukehren. Selbst als es bei Einbruch der Nacht noch immer nichts Neues gab, blieb er stur vor Ort und beobachtete das Team, wie es im grellen Licht der Scheinwerfer weiterarbeitete. Irgendwann streckte er sich für zwei, drei Stunden in seinem Auto aus, allerdings ohne viel zu schlafen. In der Morgendämmerung sah er, dass der Himmel sich aufgelockert hatte. Gefunden hatten die Männer immer noch nichts.

Am Vormittag kam ein Polizeiwagen über den Feldweg geholpert. Er hielt hinter Devaney an. Er glaubte seinen Augen nicht zu trauen, als Molloy, den er doch eigentlich vor Hugh Osbornes Zimmer postiert hatte, dem Fahrzeug entstieg.

»Es liegt nicht an mir«, sagte er. »Er hat darauf bestanden.«

»Wer ist ›er‹, Molloy?«

»Osborne, Sir. Mr Maguire und Dr. Gavin sind auch dabei.«

»Na, herrlich«, sagte Devaney, während er sah, wie die drei aus dem Wagen kletterten.

Maguire schien noch etwas schwach auf den Beinen zu sein. Osborne bewegte sich wie ein Schlafwandler, und sein Blick war unverwandt auf die weiß gekleideten Spezialisten gerichtet, die auf dem Gelände hin und her eilten. Dr. Gavin war als Letzte aus dem Wagen gestiegen. An ihrer Miene konnte Devaney ablesen, was sie von diesem spontanen Ausflug hielt. Er trat vor die kleine Schar.

»Falls es Ihnen im Krankenhaus langweilig geworden ist«,

sagte er, »muss ich Sie enttäuschen. Sie dürfen hier leider nicht spazieren gehen.«

Osborne machte mit verwirrter Miene den Eindruck, dass er kein Wort verstanden hatte.

»Dann bleiben wir eben hier stehen«, sagte Maguire. »Wenn das gestattet ist.«

Devaney nickte und zog Nora Gavin zur Seite. »Sind die beiden denn so weit auf dem Damm?«, fragte er mit einer Kopfbewegung in Richtung der beiden Männer.

»Eigentlich sollte keiner der beiden umherlaufen, aber da war nichts zu machen. Sie wollten partout nicht im Krankenhaus bleiben. Cormac hat darauf bestanden, Hugh zu erzählen, was Jeremy gesagt hat. Auch davon habe ich ihn vergeblich abzuhalten versucht.«

Maguire kam herbeigehumpelt und sagte leise: »Ich habe da eine Idee.«

»Schießen Sie los.«

»Ich habe den Eindruck, dass Sie alle davon ausgehen, dass der unterirdische Raum und der Eingang dazu hier beim Turm zu finden sind. Das muss aber gar nicht der Fall sein. Immerhin war die gesamte Anlage einmal größer als nur der Turm. Die unterirdische Kammer könnte sich doch auch an Stellen befinden, wo früher andere und ältere Gebäude standen. Wenn Sie ein Stück Papier für mich haben, könnte ich Ihnen aufmalen, was ich meine.«

Devaney reichte ihm seinen Block und einen Stift. Mit wenigen Strichen zeichnete Maguire die Stelle des Turms ein, danach skizzierte er die nähere Umgebung.

»Wir stehen hier«, sagte er schließlich und deutete auf einen Punkt neben dem Turm. »Das, was ich hier schraffiert habe, sind die Erdwälle darum herum. Sie bilden beinah einen Kreis. Genau diesen Bereich sollten Ihre Leute sich vornehmen. Der Eingang dürfte trotzdem nicht leicht zu finden sein. Vielleicht sollten Sie es deshalb mal mit einem Radargerät versuchen.«

Osborne machte nach wie vor keine Anstalten, den Tatort zu verlassen. Ab und an ging er schwankend umher, die meiste Zeit über saß er aber still da. Seine stumme Anwesenheit schien jedoch niemanden zu stören. Es wurde Nachmittag, bis die Radarausrüstung eines Bauunternehmens aus Ballinsloe eintraf. Dann dauerte es aber nicht mehr lange, und das Team konnte einen ersten Fortschritt verbuchen. Auf dem Sichtgerät zeichnete sich – innerhalb des von Maguire angegebenen Kreises in der Tiefe von einem Meter zwanzig – ein deutliches Karree ab. Ein Schaufelbagger wurde besorgt, der sich schließlich wie ein prähistorisches Ungeheuer in die Vegetation grub. Bewundernd beobachtete Devaney den Baggerführer, der geschickt Schaufel um Schaufel Erde aushob. Mit einem Mal schrappten die Stahlzähne über Gestein. »Da ist was«, sagte einer der Spezialisten. Devaney spähte in den Graben. Es schien sich um Steinplatten zu handeln. Eine davon gab plötzlich nach und stürzte in die Tiefe, gefolgt von einem Schwall Geröll und Erdbrocken, der sich vom Rand gelöst hatte.

»Halt! Das reicht!«, brüllte Devaney.

Er schickte einen der jungen Polizisten los, um schnell Maguire herbeizuholen.

»Sie haben von solchen Dingen mehr Ahnung«, sagte er dann zu Cormac. »Erklären Sie den Männern, was sie zu tun haben.«

3

Cormac hatte sich einen der weißen Overalls der Spurensicherung übergezogen. Ächzend stieg er in die Kammer. Seine Rippen schmerzten ihn bei jeder Bewegung. Devaney und der Rest des Teams standen am Rand der Schachts und beobachteten ihn gespannt. Am Fuß der Leiter knipste Cormac die Taschenlampe an und blickte angestrengt in die Dunkelheit. Die Wände bestanden aus sorgfältig bemessenen, aufgeschichteten Steinen, die die schweren Oberschwellen trugen. An der Seite, die dem Turm am nächsten lag, war ein Sandstein zu einem Bogen ausgeschnitten worden, der die Decke stützte. Während Cormac die Kunstfertigkeit der Handwerker bewunderte, die diese Steine vor über tausend Jahren übereinander geschichtet hatten, kam ihm in den Sinn, wie absurd es doch wäre, wenn sich Mina und ihr Kind tatsächlich an diesem Ort befanden. Unterirdische Gelasse innerhalb alter Ringanlagen hatten neben ihrer Funktion als Lagerräume auch häufig dem ganz besonderen Zweck gedient, die Schwächsten einer Siedlung zu schützen, also vor allem Frauen und Kinder. Die Zugänge waren deswegen oft so eng gehalten, dass kein erwachsener Mann hindurchpasste.

Ein fauliger Geruch stieg ihm in die Nase. Er ließ den Kegel der Taschenlampe langsam durch den kleinen Raum wandern. Nichts außer graue Schatten und Formen, die mit einer dicken Schicht Staub bedeckt waren. Moment mal! Er schwenkte den Lichtstrahl zu der Stelle zurück, die er gerade gestreift hatte. Zwischen dem Schmutz, halb verborgen unter Erde und Geröll, meinte Cormac die Rhombenmuster eines Aran-Pullovers wahrgenommen zu haben. Er richtete den Strahl der Taschenlampe darauf, und allmählich setzten die Formen sich zu einem Bild zusammen. Jetzt erkannte er deutlich einen Körper, der mit dem Rücken zu ihm auf der rechten Seite lag. Und als er an der Hüfte der Gestalt eine weitere Kontur ausmachte, brauchte er nicht lange, um einen Kindergummistiefel darin zu erkennen. Cormac schaute zu den anderen hoch, die am Rand der Grube standen. Er musste nichts sagen. Sein Blick verriet, was er gesehen hatte.

Währenddessen war offenbar auch Hugh Osborne näher gekommen und hatte sich unter die Männer der Spurensicherung gemischt. Bevor ihm jemand Einhalt gebieten konnte, sprang er zu Cormac hinunter und riss ihm die Taschenlampe aus der Hand. Cormac sah, dass Devaney den Beamten oben bedeutete, Osborne gewähren zu lassen, der sich jetzt auf die Knie fallen ließ, tief Luft holte und dann den Strahl der Taschenlampe auf die menschlichen Umrisse am Boden richtete. Geräuschvoll stieß er den Atem wieder aus, als würde er damit all seine Hoffnung fahren lassen, als gäbe er die Angst und die Sorge frei, die er allzu lange in sich verschlossen hatte. Der Laut, der sich ihm dabei entrang, glich gleichzeitig einem Seufzer und einem Stöhnen. Eine Weile lang starrte Hugh Osborne wortlos auf die bewusste Stelle. Da sich an dem albtraumartigen Eindruck aber nichts zu ändern schien, fiel er schließlich in sich zusammen. Die Taschenlampe glitt ihm aus den Händen. Niemand hatte etwas gesagt, keiner hatte sich bewegt, bis Osborne schließlich die Stille unterbrach.

»Danke«, murmelte er heiser. »Danke, dass Sie sie gefunden haben.«

Er erhob sich schwankend und ging mit leerem Blick auf die Leiter zu. Ihm wurden mehrere Arme entgegengestreckt, und Devaney gab seinen Leuten ein Zeichen, Osborne zu dessen Haus zu bringen. Cormac war dicht hinter Osborne die Leiter hochgeklettert. Als sein Blick auf Noras Gesicht in der Menge traf, sah er, dass sie sich Tränen abwischte.

4

Cormac hatte gerade einen Becher Tee vor Hugh Osborne abgesetzt, als es an der Hintertür klopfte. Es war Una McGann, die die Neuigkeit im Dorf erfahren haben musste. Es hatte offenbar nicht lang gedauert, bis die Schreckensnachricht die Runde gemacht hatte. Osborne ließ den Kopf auf die Tischplatte sinken und bedeckte ihn in einer Geste erschütternder Hilflosigkeit mit den Händen. Una legte Osborne die Hand auf die Schulter, und Cormac dachte beschämt, dass sie die Erste war, die ihm ihr Beileid bekundete. Gleich darauf flog die Hintertür wieder auf.

»Du verdammter Saukerl«, brüllte Brendan McGann, indem er auf Hugh Osborne und seine Schwester zustürmte. Sein Gesicht war von hitzigen Wutflecken übersät. »Deine Frau ist noch nicht im Grab, und schon bist du wieder dabei, aus meiner Schwester eine Hure zu machen.« Er packte Una bei den Schultern und stieß sie roh zur Seite. »Aus dem Weg, Una. Geh mir aus dem Weg!«

Osborne hatte sich erhoben und starrte Brendan ungläubig an. Brendan holte aus und versetzte Osborne einen Kinnhaken, der ihn rückwärts gegen den Tisch taumeln ließ. Teegeschirr fiel herunter und zerschlug klirrend auf dem Steinboden.

»Na, mach schon, du verdammter Hurenbock«, brüllte Brendan. »Zeig, dass du wie ein Mann kämpfen kannst.«

Osborne stand benommen da. Bevor Brendan wieder zuschlagen konnte, hatte Cormac ihn von hinten den Armen gepackt und hielt ihn fest.

»Du Engländer«, zischte Brendan. »Was hast du jetzt zu deiner Verteidigung zu sagen ... du jämmerlicher Ganove ... du ...«

Una sprang vor, um Osborne zu stützen und fuhr dann zu ihrem Bruder herum. »Was fällt dir eigentlich ein, hier hereinzuplatzen und mit Anschuldigungen um dich zu werfen? Du weißt doch gar nicht, wovon du da sprichst. Warum erzählst du uns nicht lieber was über die Sachen, die du in deinem Zimmer versteckt hältst, hä? Ich habe alles entdeckt, Brendan ... die Zeitungsausschnitte, Aoifes Geburtsurkunde, die Spange ... Minas Haarspange ... alles. Bis jetzt habe ich das für mich behalten, Brendan. Ich konnte mir einfach nicht vorstellen, dass du jemandem etwas antun könntest, aber jetzt bin ich mir da nicht mehr sicher! Brendan, ich kenne dich nicht mehr.«

Bei ihren Worten schien von ihrem Bruder alle Kampfeslust abzufallen, weshalb Cormac den Griff um dessen Arme lockerte.

»Una«, sagte Brendan leise. »Du hast doch nicht etwa ... Du weißt doch, dass ich niemals einer Frau und einem Kind etwas zu Leide tun würde. Ich habe die Spange gefunden ...« Brendans Stimme erstarb. »Ich habe die Spange in einem Dohlennest gefunden, das schwöre ich dir. Und was das andere angeht, da brauchst du dich doch nicht zu wundern. Die Leute reden über dich, sie haben gesehen, wie du immer in seinen Wagen eingestiegen bist ... Und als du dann auf einmal schwanger warst, was sollten wir denn da glauben? Wir sind doch auch nicht dumm. Und dann geht er hin und heiratet eine andere und lässt dich und Aoife sitzen, damit ihr zusehen könnt, wie ihr zurechtkommt. Es tut mir weh, wenn ich dich schuften sehe und daran denke, wie der Herr gemütlich in seinem Haus sitzt und die Leute rumkommandiert und nie auf den Gedanken kommt, dass er dir vielleicht auch etwas schuldet ... Wenigstens doch etwas Geld für sein eigen Fleisch und Blut. Er ist derjenige, dem du nicht trauen darfst, Una.« Brendan zeigte mit dem Finger auf Osborne. »Frag ihn, wie seine Frau und sein Kind umgekommen sind. Frag ihn doch.«

Osborne wischte sich benommen das Blut aus dem Mundwinkel. Er schien noch immer nicht zu begreifen, was gerade vorgefallen war. Während er Brendans trotzige Miene betrachtete, ging ihm jedoch offenbar ein Licht auf.

»Sie waren derjenige, der die Haarspange geschickt hat!«, sagte er. »Sie haben auch den Brief an Eddie Dolphin verfasst. An den Privatdetektiv, den ich angeheuert habe. Und Sie haben auch Mina einen Brief geschrieben, nicht wahr?«

Brendan versuchte, Osbornes Blick auszuweichen.

»Geben Sie es ruhig zu«, fuhr Osborne fort. »Sie muss ihn, kurz bevor sie verschwunden ist, erhalten haben. Lucy hat ihn neulich in einem von Minas Büchern entdeckt.« Osborne rieb sich nachdenklich die Schläfen. »Ich erinnere mich noch, wie bedrückt Mina war, als ich sie damals aus Oxford anrief. Den Grund wollte sie mir nicht verraten. Es war ein feiger, hinterhältiger Brief, McGann. Sie haben meine Frau glauben lassen, dass ich sie betrüge. Sie sind ein kranker Mensch, McGann, wissen Sie das? Ich hatte nicht einmal mehr die Gelegenheit, den Irrtum richtig zu stellen ...« Der Zorn übermannte ihn. Er machte einen Satz auf Brendan zu und wollte ihn an der Kehle packen.

»Hört auf! Hört auf!«, schrie Una und drängte sich zwischen die beiden Männer, um sie voneinander zu trennen. Wutbebend wandte sie sich an ihren Bruder. »Hugh ist nicht Aoifes Vater, Brendan. Obwohl es Tage gibt, an denen ich mir wünsche, er wäre es, aber er ist es nicht. Ich hoffe, du begreifst das jetzt ein für alle Mal. Hugh war der einzige Mensch, der mich freundlich behandelt hat, als ich schwanger war. Er war der Einzige, der gemerkt hat, wie dreckig es mir ging. Und damit du es weißt: Aoifes Vater ist einer meiner Kunstprofessoren in Galway. Und ich bin nach Dublin gegangen, weil ich mich für meine eigene Dummheit geschämt habe. Hugh hat gewusst, was die Leute über uns reden, und ihre ganzen Blicke und ihr Getuschel geschluckt, weil ich ihn gebeten habe, nichts zu sagen. Geht das in deinen Schädel, Brendan? Bist du nun zufrieden? Kannst du nicht endlich Ruhe geben?«

»Warum hast du uns nichts davon gesagt?«, sagte Brendan. »Weder Mutter noch mir? Warum musstest du dich einem Fremden anvertrauen? Wir hätten uns um dich gekümmert, Una. Wir hätten dir geholfen.«

In seiner Stimme schwang ein aufrichtig verletzter Unterton mit, aber Una starrte ihn nur ungläubig an.

»Du weißt, dass das nicht wahr ist, Brendan«, sagte sie. »Es tut mir Leid, das alles so kommen musste. Und dass ich nicht da war, um dir zu helfen, als Mutter krank geworden ist. Das Einzige, was mit nicht Leid tut, ist, dass ich Aoife habe. Das heißt ... Nein.« Una hielt inne. »Es ist auch gut, dass ich zurückgekehrt bin. Ich wollte, dass Aoife ein Zuhause hat, dass sie lernt, was es heißt, in einer Familie aufzuwachsen. Du und Fintan, ihr seid alles, was wir haben.«

Brendan hob zaghaft die Hände. »Una, ich ...«

»Deine Entschuldigungen nutzen im Moment niemandem, Brendan«, sagte Una. »Geh nach Hause. Geh einfach nach Hause.«

Brendan wandte sich wortlos zum Gehen, blieb an der Tür aber noch einmal stehen. »Ich zahle für die Reparatur Ihrer Autos«, sagte er an Cormac gerichtet. »Ich war betrunken und habe den Kopf verloren.« Damit zog er die Tür hinter sich zu und verschwand.

Una bückte sich, um die Scherben vom Fußboden zu sammeln, aber Osborne nahm sie ihr aus den Händen, legte sie auf den Tisch und schlang ihr dann einen Arm um die Schultern, um sie zu der Bank unter dem Fenster zu führen. Als er sich neben sie setzte, konnte sie ein Schluchzen nicht unterdrücken.

Cormac las die restlichen Scherben auf und warf sie in den Abfalleimer. Als er die Küche verließ, saßen Una und Hugh Osborne schweigend nebeneinander und hielten sich bei den Händen, während jeder für sich in den Abgrund seiner Vergangenheit zu blicken schien.

5

Auf dem Weg zur Gerichtsmedizin in Ballinsloe erinnerte Devaney sich missmutig seiner Vorhersage, dass die Reporter wie die Geier auftauchen würden. Als Erster war ein ehrgeiziger junger Mann von der *Sunday World* erschienen, den die Polizei an der Absperrung, die an der Straße aufgestellt worden war, zurückgewiesen hatte. Gleich darauf waren die Kameraleute des irischen Fernsehens angerückt. Um die hatte Devaney sich allerdings nicht kümmern müssen. Als Superintendent und Leiter der Ermittlung war Brian Boylan nur allzu gern bereit, ihnen Rede und Antwort zu stehen, um später in der Zeitung und in den Nachrichten zitiert zu werden. Natürlich hatte Boylan nur das zu sagen gehabt, was ohnehin jedermann wusste. Ja, seine Leute hätten menschliche Überreste entdeckt, aber es müsse noch abgewartet werden, ob da ein Zusammenhang zu dem Fall Osborne oder anderen unaufgeklärten Fällen verschwundener Frauen bestehe. Er hatte ihnen allerdings nicht erzählt, dass inzwischen auch ein Buggy und Minas Schuhe und Handtasche entdeckt worden waren, und auch nicht, dass man in dem verborgenen Gelass ein Gewehr mit Kaliber .22 gefunden hatte. Während Devaney beobachtete, wie der Superintendent sichtlich im Licht der Scheinwerfer badete, stellte er sich vor, wie Boylan schließlich mit bescheidener Geste das Lob dafür einstreichen würde, die Ermittlung beharrlich bis zum Ende verfolgt zu haben.

In Ballinsloe parkte Devaney hinter dem Krankenhaus. Dort befanden sich auch die gerichtsmedizinische Abteilung und das

Leichenschauhaus. Mir wird ja jetzt schon übel, dachte er, während er sich aus dem Wagen quälte. Widerwillig ging er auf den Eingang zu und wanderte dann über die Flure bis zum Leichenschauhaus, wo er Malachy Drummond vorfand.

»Ah, eine ganze Weile nicht mehr gesehen«, begrüßte ihn Drummond. »Wie geht's, wie steht's, wie ist die Lage?«

Devaney brummte eine Antwort und wunderte sich darüber, dass jemand, der einen solchen Job ausführte, dermaßen gut aufgelegt sein konnte. Er schaute in Drummonds gerötetes Gesicht. Der Bursche hatte vermutlich in aller Ruhe zu Mittag gegessen, bevor er mit der Arbeit begann.

Mit einem Mal verdüsterte sich Drummonds Miene. »Als man mich angefordert hat, wusste ich noch nicht, um wen es sich handelt.« Er schüttelte betrübt den Kopf. »Eine Mutter mit Kind, Detective. Das macht keinen Spaß.«

Devaney konnte sehen, dass Drummond die Sache offenbar doch nicht ganz so gleichgültig ließ.

»Kommen Sie«, sagte der Pathologe. »Da sind ein, zwei Dinge, die ich Ihnen zeigen will.«

Drummond stieß eine Nebentür auf und führte Devaney in den Raum, in dem die Autopsien durchgeführt wurden. Erleichtert registrierte Devaney, dass die beiden Leichen, die sich auf den Tischen befanden, mittlerweile bedeckt worden waren.

»Anhand der zahnmedizinischen Untersuchung wurde inzwischen bestätigt, dass es sich bei der Verstorbenen, wie angenommen, um Mina Osborne handelt. Die Todesursache steht ebenfalls fest.« Drummond pickte mit einer Pinzette eine eingedellte Gewehrkugel auf. »Die habe ich dem Gehirn entnommen. Interessanterweise lässt sich jedoch an der Schädeldecke kein Eintritt einer Kugel feststellen.« Drummond legte die Kugel ab und schaute Devaney bedeutungsvoll an. »Daraus entnehmen wir, dass die Kugel durch weiches Gewebe eingedrungen sein muss, durch ein Auge etwa oder durch den Mund. Bei dem fortgeschrittenen Zustand der Verwesung ist das allerdings nicht mit Sicherheit zu bestimmen.«

»Und das Kind?«

»Schwer zu sagen. Von der Leiche des Kindes ist fast nur

noch das Skelett übrig. Verletzungen, die von einem Messer, einer Kugel oder einem stumpfen Gegenstand herrühren könnten, sind nicht zu erkennen. Das Einzige ist ein Haarriss in der Schädeldecke. Dessen Ursache allein kann den Tod allerdings nicht herbeigeführt haben.« Drummond schaute nachdenklich zu Boden. »Anhand der Lage der Leichen am Fundort erscheint es mir als sicher, dass jemand sie dorthin geschleppt haben muss. Es war jedenfalls nicht der Ort, an dem sie gestorben sind. Insofern, lieber Detective, betrachte ich beide Fälle als Ihre Angelegenheit. Es handelt sich um Mord.«

Na also, dachte Devaney. Er bemerkte, dass er den Atem angehalten hatte, den er nun hörbar ausstieß.

Drummond betrachtete ihn teilnahmsvoll. »Angesichts der Art der Verletzung würde ich jedoch behaupten, dass der Kleine bewusstlos war, als der Tod eintrat.«

Devaney wusste nicht, weshalb die Information zu Christopher Osbornes Tod eine dermaßen starke Gefühlsbewegung in ihm auslöste. Er hatte unzählige Mordfälle bearbeitet und war dabei stets in der Lage gewesen, seine Objektivität beizubehalten. Vielleicht liegt es ja am Schlafmangel, dachte er. Er straffte sich.

»Vielen Dank«, sagte er. »Ich warte auf Ihren vollständigen Bericht.«

Auf dem Weg über den Korridor, der vom Leichenschauhaus zum Haupttrakt des Krankenhauses führte, versuchte er, sich Szenarien vorzustellen, in denen die unterschiedlichen Todesursachen einen Sinn ergaben. Weshalb fügten die Fakten, die er nun besaß, sich nicht zu einem Bild? Nachdem die Leichen entdeckt worden waren, hatte er überlegt, ob er es vielleicht mit einer Kombination von Mord und Selbstmord zu tun hatte. Es wäre nicht das erste Mal, dass Derartiges vorkam. Andererseits hatte Drummond festgestellt, dass Mina Osborne sich ihre Wunde definitiv nicht selbst beigebracht hatte. Devaney entschied, den Bericht der Ballistiker abzuwarten, um zu erfahren, ob es sich bei dem Gewehr, das man in der Geheimkammer gefunden hatte, um dasselbe handelte, aus dem die tödliche Kugel abgefeuert worden war. Devaneys Gedanken wanderten zu Jeremy weiter. Woher hatte der Junge gewusst,

397

wo die Leichen sich befanden? Der Junge war nicht der Typ, der still für sich zwei Morde plante und sie dann auch ausführte. Er wird Zeuge der Tat gewesen sein. Mittlerweile hatte seine seit Tagen anhaltende leichte Benommenheit sich in stechende Kopfschmerzen verwandelt. Devaney gab den Krankenhausgerüchen und dem Tumult seiner Gedanken die Schuld daran.

Er schwenkte in den Gang ein, in dem Jeremy Osbornes Zimmer lag. Als er eine Krankenschwester entdeckte, hielt er sie an.

»Gibt es Neuigkeiten, was den jungen Osborne betrifft?«

»Tut mir Leid«, antwortete die Schwester. »Er liegt immer noch im Koma.«

Durch das Fenster in der Zimmertür sah Devaney, wie Lucy Osborne weiterhin an Jeremys Bett Wache hielt. Seit der Junge eingeliefert worden war, hatte sie das Krankenhaus nicht verlassen, sondern reglos neben ihrem Sohn verharrt. In der gleichen steifen Position hatte sie dagesessen, wann immer Devaney vorbeigeschaut hatte. Ob sie in den vergangenen zwei Tagen überhaupt geschlafen hatte? Ihr gepflegtes Äußeres hatte sie sich jedoch irgendwie bewahrt. Nichts an ihrer Miene verriet, dass sie etwas von dem Fund der Leichen mitbekommen hatte. Devaney war allerdings fest davon überzeugt, dass Lucy Osborne dank des Presserummels inzwischen davon erfahren haben musste. Vermutlich verdrängte sie alles andere, um sich ausschließlich ihrem Sohn zu widmen.

6

Nachdem die Spurensicherung ihre Arbeit beendet hatte und nach Dublin zurückgekehrt war, kündete nur noch das dünne gelbe Absperrband, mit dem das aufgerissene Gelände am Turm eingezäunt war, von ihrer Arbeit. Cormac war dorthin zurückgekehrt, um Nora zu suchen, weil er sie im Haus nicht hatte finden können. Er wollte ihr mitteilen, dass er sich zur Baustelle am Kloster begeben würde, um dort weiterzuarbeiten. Er trat an den Rand der unterirdischen Kammer und dachte, welch furchtbarem Zweck der geheime Ort, dieses nestartige Versteck, doch gedient hatte.

Nora saß mit angezogenen Beinen auf der Erde und lehnte mit dem Rücken an der Wand. Auf dem sauber gefegten Boden neben ihr lag etwas außer Reichweite eine Taschenlampe. Sie schaute nicht auf. »Ich musste mir selbst einen Eindruck verschaffen«, sagte sie nur.

Cormac stieg die Leiter hinunter und setzte sich neben sie. In der rechten Hand hielt sie einen gezackten Stein. Geistesabwesend begann sie, damit auf dem Erdboden zu schaben.

»Ich habe während der letzten beiden Tage immer wieder hier gesessen und an Mina Osborne gedacht«, sagte Nora. »Ich frage mich, ob sie überhaupt wusste, in welcher Gefahr sie schwebte.«

Cormac beobachtete schweigend, wie Nora mit dem Stein eine schmale Furche pflügte.

»In der Nacht, in der meine Schwester umgebracht wurde«, fuhr sie fort, »da dachte ich auch, sie würde bei mir sicher sein. Ich dachte, ich hätte es endgültig geschafft, sie davon zu überzeugen, dass es nicht richtig war, wie Peter sie behandelte. Dass sie das nicht verdient hatte. Elizabeth hat das Wochenende bei meinen Eltern verbrachte. Tríona hat mich angerufen, um mir zu sagen, dass sie den Koffer gepackt habe, alles sei entschieden, sie würde Peter ein für alle Mal verlassen. Alles würde wieder gut werden, sie und Elizabeth könnten ja erst einmal bei mir wohnen bleiben. Weißt du, was sie mir außerdem gestand, bevor sie wieder aufgelegt hat? Dass sie Peter insgeheim – auch wenn sie dieses Leben nicht mehr aushalte – noch immer irgendwie lieben würde. Ich nehme mal an, dass sie Peter das Gleiche zu erklären versucht hat. Das wird der Auslöser gewesen sein. Niemand kann es beweisen, aber ich weiß es, ich weiß, dass es auf die Weise geschehen ist. Er wollte sie für sich haben, sie besitzen, sie durfte nicht unabhängig werden und sich selbst gehören, er wollte sichergehen, dass sie ihm für immer als Opfer ausgeliefert war.«

Cormac beobachtete, wie Nora erregt den Stein in die Furche hieb, die dabei immer tiefer wurde. Auf einmal sah sie hinab. An der Stelle ragte ein Stofffetzen aus der Erde. Sie wischte schnell noch mehr Erde beiseite und legte schließlich ein Bündel frei, das wie grobe selbst gewebte Wolle aussah. Vorsichtig zupfte Nora an dem löchrigen, zerfransten Stoff und öffnete dann das zusammengefaltete Bündel. Als darunter ein winziger, zart wirkender Schädel zutage trat, der mit leeren Augenhöhlen nach oben starrte, schrie sie kurz auf.

»Cormac«, flüsterte Nora. »Das ist ein neugeborenes Baby.«

In Cormac breitete sich jähes Entsetzen aus, weil er sich vorstellte, dass es sich bei Mina und Christopher Osborne vielleicht gar nicht um alle, sondern lediglich um die jüngsten Opfer eines Mörders gehandelt hatte.

»Hilf mir«, sagte Nora, während sie mit ihrem Stein tiefer zu graben begann.

»Nora. Hör auf damit! Wir müssen sofort die Polizei verständigen.«

Sie hielt kurz inne und sah ihn prüfend an. »Nein, ich höre jetzt nicht einfach auf«, sagte sie dann.

»Dann warte wenigstens, bis ich vernünftiges Werkzeug hergeholt habe. Ich bin gleich wieder zurück.«

Er sprang auf, stieg aus der Grube und kam wenige Minuten später mit seiner Tasche zurück. Er reichte Nora eine Kelle und machte sich selbst mit einer zweiten daran, die Fundstelle freizuschaufeln. Bald hatten sie das kleine Skelett vollständig freigelegt. Daneben entdeckten sie etwas, das sich durch die Erde bohrte und bei dem es sich eindeutig um den Ellbogen eines Erwachsenen zu handeln schien.

Es dauerte nicht lang, bis sie fast vollständig die rechte Seite eines ausgewachsenen Skeletts ausgegraben hatten, das sich um das Stoffbündel krümmte, in dem das Skelett des Kindes lag. Nun war es aber höchste Zeit, dass sie ihr Unterfangen einstellten, dachte Cormac. Laut Vorschrift war bei solchen Funden umgehend die Polizei zu benachrichtigen. Andererseits war er inzwischen zu der Überzeugung gelangt, dass die Skelette einer Zeit angehörten, für die die Polizei sich nicht mehr interessierte. Knochenfunde dieser Art traten immer wieder an die Oberfläche, wenn irgendwo Bauschächte ausgehoben, Leitungen verlegt oder Abwasserkanäle gezogen wurden. Sie waren vor allem in Gegenden, die für lange Zeit dicht besiedelt gewesen waren, nichts Ungewöhnliches.

»Siehst du die Muschelreste und Knochensplitter im Boden?«, sagte er schließlich zu Nora. »Ich glaube, wir sind hier wieder auf eine Abfallhalde gestoßen. In Zeiten der Belagerung haben die Menschen sich oft für längere Zeit in unterirdischen Gelassen verborgen. Da mussten sie natürlich auch irgendwie ihren Abfall loswerden. Mein Gefühl sagt mir allerdings, dass die beiden in ihrer unterirdischen Kammer nicht einfach zurückgelassen, sondern hier regelrecht begraben wurden.«

Nach einer Weile stieß Cormac in Höhe des vorstehenden Knieknochens auf etwas, das metallisch klang. Hastig schaufelte er die Erde beiseite. Es handelte sich um eine rechteckige Metallplatte, die eindeutig zu einem Behältnis gehörte, das etwa die Größe eines Brotkastens besitzen musste. Nachdem er weitergegraben hatte, kamen die verrosteten Kanten einer Kassette zum Vorschein. An den Rändern war sie mit Nieten verziert, und zusammengehalten wurde das Ganze von zwei Eisenbändern. Nachdem er das Behältnis vollständig ausgehoben hatte, konnte man an den Seiten die Reste verrotteter Ledergriffe und in der Mitte ein rostiges Schloss erkennen.

»Das Ding enthält bestimmt einen Hinweis auf die beiden«, sagte er.

Nora vernahm Cormacs Worte wie durch einen Schleier hindurch. Sie hatte im Lauf ihrer Berufsjahre zahllose menschliche Skelette gesehen und war jedes Mal von der Verbindung von Schönheit und Zweckmäßigkeit der Knochenstruktur, von der Kraft und Biegsamkeit der Wirbelsäule überwältigt. Sie betrachtete den zarten Brustkorb des Kindes, dessen Rippen, Brust- und Schulterknochen sich um die Erde spannten, die er in sich barg. Normalerweise vermaß man bei einem ausgewachsenen Skelett erst einmal die Beckenknochen, um zweifelsfrei zu bestimmen, ob es sich um einen Mann oder eine Frau handelte, in diesem Fall deutete aber schon der Säugling darauf hin, dass das große Skelett vermutlich ein weibliches war. Nora beugte sich vor. Das ist nun das zweite Paar von Mutter und Kind, die an diesem dunklen Ort verborgen wurden, dachte sie. Mit einem Mal spürte sie das gleiche Kribbeln, das sie überlaufen hatte, als sie in Dublin mit dem Schädel der *cailín rua* allein im Labor gewesen war.

»Cormac«, sagte sie, »fällt dir nicht auch auf, was wir *nicht* gefunden haben?«

Fieberhaft grub sie weiter. Es dauerte nicht lang, bis ihre Vermutung sich bestätigte. Das ausgewachsene Skelett besaß keinen Schädel. Nora ging schnell die Anzahl der Halswirbel durch. Sieben müssten es sein, wenn sie vollständig vorhanden waren. Vier waren es. Die letzten drei fehlten.

»Mein, Gott, Cormac«, flüsterte sie. »Das könnte unsere rothaarige Frau sein.« Sie setzte sich auf. »Nein. Das wäre ... einfach zu unglaublich.«

»Das schon«, sagte Cormac. »Aber unmöglich ist es nicht. Die Kleine, von der Raftery uns berichtet hat ... diese Annie McCann, die man hingerichtet hat, die stammte doch hier irgendwo aus der Gegend. Was glaubst du, ist nach ihrer Hinrichtung mit ihr geschehen? Niemals im Leben hätte man eine Kindsmörderin auf dem Friedhof inmitten der frommen Christenmenschen begraben.«

Wenn das tatsächlich unsere *cailín rua* ist, überlegte Nora, stellt sich trotzdem die Frage, warum man ihren Leichnam ausgerechnet in einem unterirdischen Gelass verborgen hat. Zusammen mit ihrem toten Kind, das sie angeblich ermordet hatte. Einen logischen Sinn ergab das nicht. Nora rieb sich über Stirn und Nacken. Hinter ihren Schläfen pochte ein leiser Schmerz, und die Muskeln in ihren Schultern brannten, als hätte sie während der vergangenen Tage ein Gewicht mit sich herumgeschleppt. Ihr Blick ruhte auf dem winzigen Säuglingsschädel. Ein derart wehrloses Wesen zu ersticken bedurfte keiner Anstrengung. Es wäre in wenigen Sekunden vorbei. Bist du auf die Weise gestorben?, fragte Nora im Stillen. Ist deine Mutter zur Mörderin geworden?

Die leeren Augenhöhlen starrten sie an.

»Mir ist kalt, Cormac«, sagte sie. »Gehen wir jetzt lieber.«

7

Am darauf folgenden Morgen wurde Malachy Drummond ein weiteres Mal bemüht, diesmal, um die Skelette, die Nora entdeckt hatte, zu begutachten. Er bestätigte, dass die Überreste mehrere Jahrhunderte lang in der unterirdischen Kammer gelagert haben mussten. Anschließend wurde der Fund zur Polizeistation nach Loughrea geschafft, wo er aufbewahrt wurde, bis Niall Dawson erschien, um sowohl die Skelette als auch die freigelegte verrostete Kassette ins National Museum in Dublin zu überführen.

Am nächsten Tag hatten Nora und Cormac sich ebenfalls in Loughrea eingefunden, um der ersten Untersuchung beizuwohnen, die Dawson dort vornehmen würde.

»Worüber denkst du nach?«, fragte Cormac nach einer Weile und sah Nora an.

»Ich habe darüber nachgedacht, wie dünn doch die Trennlinie zwischen dem ist, was man denkt, und dem, was man tut. Und dass sich mit einem Mal alles ändert, wenn man sie überschritten hat.«

»Ja, da hast du Recht.« Cormac seufzte. »Und? Tut es dir nun Leid, hierher gekommen zu sein?« Als Nora nur mit den Schultern zuckte, fuhr er fort: »Wenn wir nicht gekommen wären, würden Mina und Christopher Osborne noch immer in ihrem Verlies begraben sein, Nora.«

»Das ist mir klar. Trotzdem, alles, was ich hier anstelle, führt irgendwie dazu, dass anderen Menschen etwas zustößt. Dir, zum Beispiel. Jeremy. Allen anderen. Dabei bin ich nur zurückgekommen, um mehr über die *cailín rua* herauszufinden, aber selbst das ist mir nicht eindeutig gelungen ...«

»Moment mal. Sag das nicht. Wir haben doch schon einiges Licht in die Sache bringen können. Wir haben ein Lied gehört, das sich womöglich auf sie bezieht. In Ned Rafterys Brief wird eine Hinrichtung erwähnt, bei der es sich um unsere rothaarige Frau handeln könnte. Und in ein paar Tagen werden wir wissen, ob das Skelett aus dem unterirdischen Gelass zu dem Schädel aus dem Moor gehört. Ich finde, das ist nicht gerade wenig. Was willst du denn noch mehr?«

Nora blickte Cormac durchdringend an. »Ich will eine Bestätigung, dass sie es nicht getan hat. Dass es nicht sie war, die ihr Kind umgebracht hat.«

Cormac warf ihr einen verwunderten Blick zu. Er fragte sich, ob sie auf ähnliche Weise auch Hugh Osborne freizusprechen wünschte. Nach den Ergebnissen der vergangenen Tage waren er und Nora zu dem Schluss gekommen, dass zumindest einer der Menschen, die sie in Bracklyn House kennen gelernt hatten, der Mörder von Mina und Christopher sein musste. Ein Gedanke, der ihm immer wieder zu schaffen machte.

Eine Weile saßen sie stumm beieinander, bis sich Devaney zu ihnen gesellte, aber auch der Detective war nicht gerade in redseliger Laune. Bisher hatte er keinem von ihnen die Resultate der an Mina und Christopher vorgenommenen Obduktion mitgeteilt. Cormac wusste lediglich, dass er Hugh Osborne ein weiteres Mal verhört hatte und abermals ein öffentlicher Aufruf ergangen war, in dem Auskünfte zu dem Tag von Minas Verschwinden erbeten wurden. Festgenommen worden war bislang noch niemand. Wahrscheinlich würde keines der verbliebenen Rätsel gelöst werden, solange Jeremy noch bewusstlos war. Die Worte, die er in jener Nacht am Turm von sich gegeben hatte, waren noch immer nicht gänzlich entschlüsselt worden. Alle warteten darauf, dass der Junge wieder zu sich kam – falls das überhaupt jemals der Fall sein würde.

Inzwischen war endlich auch Niall Dawson eingetroffen und begann zunächst mit der Untersuchung des Behältnisses aus dem unterirdischen Versteck. Cormac gruppierte sich zusammen mit Nora und Devaney um den Untersuchungstisch herum. Als Erstes fotografierte Dawson die Kassette in geschlossenem Zustand. Danach öffnete er das alte Schloss mit einem feinen Dietrich. Rostiger Staub rieselte auf den Tisch. Nach wenigen Sekunden brach das Schloss auseinander und zerfiel.

»Hm«, machte Dawson. »Tut mir Leid. Es gab bestimmt einmal Zeiten, in denen das Schloss noch hielt, was es versprach.« Behutsam hob er den Deckel an. »Na, bitte! Eine kleine, bescheidene Schatztruhe.«

Dawson fotografierte den Inhalt erst einmal, dann griff er in die Kassette. Er entnahm ihr einen leicht eingedellten Hostienteller und einen Kelch, beides aus Messing, wie es aussah. Der Kelch war mit ungeschliffenen Steinen besetzt. Schließlich zog Dawson ein etwa zwanzig Zentimeter langes hölzernes Kruzifix mit einer einfach gearbeiteten metallenen Christusfigur hervor.

»Interessant«, sagte Dawson. »Sehen Sie nur, wie kurz der Querbalken und die Arme gehalten sind. Es hat Zeiten gegeben, in denen die Priester solche Ausfertigungen vorzogen haben, weil man sie besser im Ärmel verstecken konnte, für den Fall, dass man auf dem Weg zu einer Messe war, die man eigentlich nicht halten durfte. Das hier sind alles Gegenstände, mit denen damals niemand gern gefasst wurde, es sei denn, man war lebensmüde.« Dawson richtete sich auf und blickte die Umstehenden der Reihe nach an. »Ein ganz schönes Dilemma, wie Sie sich denken können. Geweihte Gegenstände durften nicht vernichtet werden, das wäre ein Sakrileg gewesen. Finden durfte das Zeug aber auch niemand. Was blieb also übrig? Man musste es verstecken – vergraben am besten –, um anschließend um bessere Zeiten zu beten.«

Als Letztes entnahm Dawson der Kassette ein Buch, das in einem ziemlich mitgenommenen Zustand war. Der Kalbsledereinband hatte sich gewellt, und die rot-goldene Prägeschrift darauf war verblasst. Dawson schlug willkürlich einige der Seiten auf.

»Scheint eine lateinische Bibel zu sein«, murmelte er.

Während Dawson darin blätterte, sah man eine verschnörkelte, altertümlich anmutende Schrift und Illustrationen und

Initialen in Holzschnitt. Der Fund schien ihn nicht übermäßig zu begeistern, vermutlich hatte er bereits zig solcher Bücher in Händen gehalten.

»Italienischer Druck, 1588«, sagte er nach einem Blick auf das Vorsatzblatt. »Was bedeutet, dass die von der Nationalbibliothek zumindest einmal draufschauen werden wollen.« Er wandte sich an Devaney. »Ich weiß nicht, wonach Sie gesucht haben, Detective. Diese Dinge besitzen einen gewissen historischen Wert, aber selten sind sie nicht. Die Bibel ist nicht mehr als ein-, zweitausend Euro wert. Solche Dinge findet man heute in jedem Volksmuseum.«

»Na ja, ich danke Ihnen jedenfalls, dass Sie sich so kurzfristig freimachen konnten«, sagte Devaney. »Trotz allem bin ich froh zu wissen, um was es sich handelt.«

»Keine Ursache.«

»Ach, Niall«, sagte Nora, »bevor Sie wieder verschwinden: Haben Sie inzwischen mehr über den Ring herausfinden können?«

»Der Ring befindet sich mittlerweile nicht mehr in meinem Zuständigkeitsbereich. Die Abteilung für Kunst und Design hat ihn inzwischen an sich genommen. Die Kollegen dort können Ihnen vielleicht mehr darüber sagen.«

»Warum das denn?«, rief Nora. »Ich dachte, die interessieren sich bloß für Vasen und Möbelstücke.«

Dawson setzte eine spöttische Miene auf. »Es gibt eine stille Übereinkunft, meine Liebe, nach der wandern zerbrochene Gegenstände in die Abteilung Altertum, während sich Kunst und Design die intakten Stücke einverleibt. Das haben Sie aber nicht von mir gehört.«

Ein junger Polizist streckte den Kopf durch die Tür.

»Detective Devaney, Entschuldigung, dass ich störe. O'Byrne hat gerade vom Krankenhaus aus angerufen. Der junge Osborne ist zu sich gekommen. Er besteht darauf, mit Ihnen und sonst niemandem zu sprechen.«

8

An der Tür zu Jeremy Osbornes Krankenzimmer blieb Devaney kurz stehen. Durch die Fensterscheibe sah er, dass sich am Bett des Jungen zwei Krankenschwestern aufhielten. Er drehte sich zu O'Byrne um, der ihm schnell berichtete, was vorgefallen war.

»Ich war selbst nicht im Zimmer, Sir, aber ich habe den Zwischenfall durch die Tür mitbekommen. Die Mutter hat wie üblich dagesessen. Auf einmal hat der Junge sich geregt. Weil ich meinen Posten ja nicht verlassen durfte, habe ich eine Schwester herbeigewinkt und ihr gesagt, dass sie einen Arzt holen soll, weil der Junge wach geworden ist. Danach bin ich ins Krankenzimmer gegangen, und da hat der Junge zu toben angefangen. Hat Zeter und Mordio geschrien und von mir verlangt, dass ich seine Mutter aus dem Zimmer schaffe, er will sie nicht mehr sehen … Mrs Osborne hat den Jungen beschwichtigen wollen, aber der hat gleich wieder losgelegt und immer lauter gebrüllt, bis der Doktor gekommen ist und uns beide rausgeschickt hat, um ihn beruhigen zu können. Mrs Osborne hat immer wieder zu ihm hin wollen, aber jedes Mal ging das Geschrei von vorn los, bis der Doktor ihr gesagt hat, sie soll endlich nach draußen, wenn sie ihrem Jungen helfen will … Dann hat der Junge geschrien, dass er Sie sprechen will, nur Sie allein … Und da habe ich Sie dann angerufen.«

»Wo befindet sich die Mutter jetzt?«

»Im Warteraum am Flurende.«

Devaney beschloss, erst einmal kurz mit ihr zu sprechen, bevor er zu dem Jungen ging. Lucy Osborne saß in der vertrauten aufrechten Haltung auf einem Stuhl. Man konnte jedoch sehen, dass die Erschöpfung und Anspannung der vergangenen Tage sich allmählich an ihr bemerkbar machte.

»Mrs Osborne«, sagte Devaney. »Man hat mir gesagt, dass Ihr Sohn mich zu sprechen wünscht, und daher ...«

»Ich muss zu ihm«, unterbrach ihn Lucy Osborne und sprang auf, um an ihm vorbeizustürzen.

Devaney trat ihr in den Weg.

»Mrs Osborne«, sagte er ruhig. »Das geht jetzt leider nicht ...«

»Mischen Sie sich nicht ein!«, zischte sie wütend. »Der Junge weiß nicht, was er will. Er ist nicht gesund ... Sein Gemütszustand war bereits vor seinem Unfall angegriffen.«

»Es tut mir Leid, Mrs Osborne. Ich muss darauf bestehen, dass Sie hier bleiben und warten. Ihr Sohn ist über siebzehn, also in einem Alter, in dem wir ihn auch ohne Beisein der Eltern verhören dürfen. Vielleicht kann eine der Schwestern Ihnen ja eine Tasse Tee bringen. Ich werde das veranlassen.«

Devaney machte kehrt und eilte hinaus. Dabei hatte er das Gefühl, Lucy Osborne würde ihm mit ihrem Blick Löcher in den Rücken brennen.

Eine Schwester war gerade dabei, Jeremy den Puls zu messen, als Devaney und O'Byrne das Zimmer betraten. Beim Anblick der Schwellungen und Blutergüsse auf Jeremys Gesicht bekam Devaney sofort Mitleid mit ihm. Er glaubte, Erleichterung in den Augen des Jungen zu erkennen, der im Übrigen ruhig wirkte und ihn erwartungsvoll ansah. Devaney schaute zur Tür. Lucy Osborne hatte das Gesicht an die Scheibe gedrückt und beobachtete jede seiner Bewegungen. Jetzt darf mir kein Fehler unterlaufen, sagte Devaney sich. Der Junge muss mir weiterhin vertrauen. Das ist meine letzte Chance.

»Hallo, Jeremy«, sagte er mit sanfter Stimme, nachdem die Krankenschwester den Raum verlassen hatte. »Wie geht es dir? Ich möchte dir einen meiner Kollegen vorstellen. Das hier ist Wachtmeister O'Byrne, der möchte sich mit anhören, was du uns mitzuteilen hast. Es ist meine Pflicht, dich darauf hinzuweisen, dass du die Aussage verweigern kannst. Das, was du sagst, wird jedoch protokolliert und kann später möglicherweise als Beweismaterial gegen dich verwendet werden. Verstehst du das, Jeremy?« Weil der Junge nicht antwortete, wiederholte Devaney: »Verstehst du das, Jeremy?«

»Ja«, sagte er mit leiser, heiserer Stimme.

»Also gut. Vor drei Tagen haben wir die Leichen von Mina und Christopher Osborne entdeckt. Sie waren in einer unterirdischen Kammer, genau wie du gesagt hast.«

Jeremys Blick irrte ab und huschte zur Decke.

»Jeremy. Erzähl mir doch, was geschehen ist.«

»Warum hat er mich nicht auf dem Turm gelassen?«, flüsterte Jeremy. »Warum durfte ich nicht einfach sterben?«

»Vielleicht findet Mr Maguire ja, dass du es wert bist, gerettet zu werden.«

Unmerklich schüttelte Jeremy den Kopf. »Sie begreifen das nicht«, murmelte er. »Ich habe sie getötet. Ich habe sie beide getötet.«

Devaney las die Verzweiflung in den Augen des Jungen und ahnte, wie viel Kraft es Jeremy gekostet haben musste, diese Worte auszusprechen, und wie viel es ihn auch kosten würde, die restliche Geschichte zu erzählen. Er wartete stumm. Jeremy schloss die Augen, und Schweigen dehnte sich aus. Als der Junge die Stille schließlich wieder unterbrach, musste Devaney sich ganz nah zu ihm vorbeugen, um das Flüstern zu verstehen.

»Meine Mutter hat mir vor drei Jahren das Jagdgewehr zum Geburtstag geschenkt, das alte, das einmal meinem Großvater gehört hat. Sie will nicht, dass ich mich vor Gewehren fürchte, hat sie gesagt, nur weil ... weil das mit meinem Vater passiert ist. Ich hab vorher noch nie ein Gewehr in der Hand gehabt. Ich soll aber erst warten, bis mir jemand zeigt, wie man damit umgeht, hat meine Mutter gesagt. Ich habe es trotzdem mit nach draußen genommen. Ich wollte einfach nur auf Vögel schießen, und da ... O Gott, ich hatte wirklich nicht vor ...«

Jeremys Miene nahm einen gequälten Ausdruck an. Devaney wartete geduldig, wünschte sich aber gleichzeitig, dass die ganze Sache bereits vorüber wäre.

»Ich bin auf den Turm geklettert«, fuhr Jeremy leise fort. »Es war neblig. Als ich gesehen hab, wie sich was bewegt, hab ich einfach abgedrückt.«

Devaney hatte keinen Zweifel daran, dass der Junge das Geschehene von damals nicht zum ersten Mal neu durchlebte, wahrscheinlich war es ihm die letzten drei Jahre über Tag und Nacht so ergangen.

»Ich habe geglaubt, es wäre ein Vogel«, murmelte Jeremy.

Die Tränen traten ihm in die Augen und liefen über die Wangen. Sein Blick war nicht auf Devaney, sondern auf einen Punkt an der Decke gerichtet. Devaney hatte keine Schwierigkeiten, sich den Rest zusammenzureimen. Er sah Mina und ihren Sohn aus dem Dorf zurückkehren. Der Kleine trug seine neuen roten Stiefel, kletterte aus dem Buggy und rannte seiner Mutter aus Schabernack davon, womöglich um sich vor ihr zu verstecken.

»Ich dachte, es wäre ein Vogel, aber es war Mina.« Jeremy schien sich in sich zu verkriechen. »Ich weiß nicht, warum sie plötzlich da aufgetaucht ist. Dann habe ich gesehen, dass ich ihr Auge getroffen habe, und alles war voller Blut ...«

Jeremy griff in die Luft, als wollte er etwas berühren, aber auf halbem Weg hielt seine Hand inne.

»Beim Stürzen muss sie auf Chris gefallen sein. Und weil der keinen Laut von sich gegeben hat und sich nicht bewegt hat, habe ich gedacht, dass er auch tot ist.«

»Und dann?«, sagte Devaney.

Es dauerte eine Weile, bis Jeremy zu einer Antwort ansetzte. »Das weiß ich nicht mehr. Weil sie beide tot waren, musste ich sie ja irgendwo verstecken.«

Der letzte Teil ist gelogen, dachte Devaney. Alles, was der Junge bisher erklärt hatte, war plausibel gewesen – warum begann er auf einmal zu lügen?

»Außer mir hat niemand den unterirdischen Gang gekannt. Früher habe ich mich dort oft verkrochen. Ich habe die beiden da hingeschleppt und dann den Eingang zugemacht und mit Steinen beschwert. Deshalb hat die Polizei die beiden nie gefunden.«

Der Junge wirkte jetzt völlig erschöpft, aber die Tränen waren versiegt, und während seiner letzten Worte hatte seine Stimme einen festeren Ton angenommen.

»Willst du behaupten, dass du die beiden da allein versteckt hat? Und niemand hat dir dabei geholfen?«

»Niemand. Es war niemand da. Nur ich allein.«

»Es war ein Unfall, Jeremy, keine absichtliche Tötung. Warum hast du dich nicht gemeldet und alles gestanden?«

»Das weiß ich nicht ... Ich hatte Angst.«

»Was ist mit dem Gewehr? Was hast du mit dem Gewehr getan? Und wo ist der Buggy?«

Auf dem Gesicht des Jungen malte sich Verwirrung ab, und er rang nach Atem. »Ich ... Daran erinnere ich mich nicht mehr. Sie wollen mich nur durcheinander bringen.«

Devaney wusste, dass nun die Gelegenheit, die ganze Wahrheit herauszufinden, gekommen war. Er musste jetzt ganz behutsam vorgehen.

»Pass auf, Jeremy, es liegt auf der Hand, dass dir jemand geholfen haben muss, zumindest als es darum ging, die Sache zu vertuschen. Warum erzählst du mir nicht einfach, wie das alles in Wirklichkeit abgelaufen ist?«

»Ich habe alles gesagt. Niemand hat mir geholfen. Niemand.«

Der Junge wirkte nun noch gequälter als zuvor. Armer Jeremy, dachte Devaney, da hast du nun geglaubt, du hättest dich von deiner Last befreit, und nun musst du erkennen, dass es immer noch nicht vorbei ist. Du glaubst, das Problem würde sich irgendwie von allein lösen, aber das wird es nicht. Nie.

»Also gut«, sagte Devaney. »Dann erkläre mir doch, warum du gesagt hast, ›sie würde es nie verraten‹?«

Jeremy blickte ihn erschreckt an. »Das habe ich nicht gesagt.«

»O doch. Maguire hat es mir erzählt. Du hast ihm von dem unterirdischen Versteck berichtet und anschließend gesagt: ›Sie weiß Bescheid. Aber sie würde es nie verraten.‹ Erinnerst du dich nicht mehr daran?«

»Nein. Das habe ich nie gesagt.«

»Na ja, dann wollen wir es für den Augenblick dabei belassen. Ich will nur noch einmal auf Christopher zurückkommen. Die Obduktion hat ergeben, dass sein Schädel einen Haarriss aufweist. Der Pathologe wiederum hat uns erklärt, dass dieser Riss nicht ausreichend war, um Christophers Tod herbeizuführen.« Devaney beugte sich noch dichter zu dem Jungen vor und flüsterte ihm ins Ohr: »Wie ist der Kleine gestorben, Jeremy?«

Ihm fiel auf, wie Jeremy mit den Händen panisch über die Decke zu streichen begann, und er hasste sich selbst für das, was er nun tun musste. Was nun kam, musste nämlich so sorgfältig wie ein Bühnenstück inszeniert werden. Er würde den Jungen nicht schonen, sondern ihn weiter in die Enge treiben, ihn zu dem Punkt bringen, an dem er nachgab und nicht anders als gestehen konnte, weil er es anders nicht mehr aushielt.

»Es dürfte nicht allzu schwierig gewesen sein, den Kleinen zu ersticken«, sagte er. »Er war ja noch klein und nicht sehr kräftig. Wahrscheinlich war er sogar bewusstlos und hat sich nicht einmal gewehrt. Wie hast du es angestellt, Jeremy? Hast du ihm mit der bloßen Hand den Mund und die Nase zugedrückt? Wie ist dir dabei zumute gewesen? Was ist das für ein Gefühl, einem hilflosen kleinen Wesen die Luft abzudrücken und zu warten, bis sein Herz versagt? Auszuharren, bis man sicher ist, dass es ein für alle Mal tot ist?«

Jeremy bäumte sich auf, als wollte er sich gegen die Worte und Bilder wehren.

»Nein«, stieß er hervor. »So war es nicht. Sie ist gestürzt ... O lieber Gott, hilf mir, ich kann nicht mehr ...«

Hinter Devaney flog die Tür auf, aber als Lucy Osborne schließlich neben ihn trat, wirkte sie ruhig und gefasst.

»Verschwinden Sie«, sagte sie mit eisiger Stimme. »Lassen Sie meinen Sohn zufrieden. Lassen Sie Ihre Finger von meinem Jungen.«

Als Devaney sich erhob, schlug Lucy Osborne ihm unvermittelt ins Gesicht. Den nächsten Schlag fing er ab, indem er sie am Handgelenk packte. In ihrem grazilen Körper schien eine ungeheure Kraft zu stecken, und mit einem Mal sah Devaney eine Wut in ihren Augen auflodern, die sie bislang offenbar noch unter Kontrolle gehalten hatte. Plötzlich brach sie aus heiterem Himmel in Gelächter aus. Zuerst leise, aber dann immer hysterischer und schriller. Devaney spürte, wie ihm übel wurde. Er hatte alles falsch verstanden, fuhr es ihm durch den Sinn. Die ganze Geschichte hatte er verdreht und auf den Kopf gestellt wahrgenommen. Die Mutter als Glucke und der hilflose Sohn ... Genau andersherum ergab es ein richtiges Bild. Jeremy beschützte seine Mutter, so sah es aus. Es fiel ihm wie Schuppen von den Augen, dass die Szene, die er Jeremy geschildert hatte, nicht einmal ansatzweise der Wahrheit entsprach, dass sie nichts mit dem gemein hatte, was sich damals tatsächlich in dem Wald hinter Bracklyn House abgespielt hatte. Er hielt Lucy Osborne immer noch fest am Handgelenk umklammert. Er musste sich zwingen, sie nicht zu Boden zu stoßen und auf sie einzuprügeln, um ihr wildes Gelächter zu ersticken. Stattdessen sah er ihr fest in die Augen und wiederholte langsam und betont die Worte, die er zuvor Jeremy gegenüber geäußert hatte, dass nämlich alles, was sie ab sofort sagte, als Beweismittel galt und gegen sie verwendet werden könne. Schließlich ließ er Lucy Osbornes Handgelenk los.

»Was soll das Ganze, Detective?«, fragte sie ihn spöttisch. »Reicht Ihnen der Zusammenbruch meines Sohnes noch nicht? Hat er Ihnen seine Rolle nicht gut genug gespielt? Sind Sie auf Ihrer edlen Suche nach der Wahrheit noch immer nicht auf der Spur, die Ihnen gefällt? Aber machen Sie sich keine Sorgen ... Ich werde Ihnen jetzt Ihre geschätzte Wahrheit präsentieren.«

»Nein, Mama, sag nichts!«, wimmerte Jeremy.

Es war jedoch zu spät, als dass er seiner Mutter noch hätte Einhalt gebieten können.

»Ich bin diejenige, an die Sie sich halten müssen«, verkündete Lucy Osborne triumphierend. »Mein Sohn wusste nicht, was er tat. Sein Schuss war ein reines Versehen. Anschließend ist er völlig aufgelöst zu mir gerannt. ›Ich habe sie umgebracht, ich habe die beiden getötet‹, hat er immer wieder geschrien.«

»Mama, bitte sei still«, flehte Jeremy.

Lucy drehte sich zu ihm um, nahm seine Hand und streichelte sie. »Es ist ja gut, Jeremy. Sag jetzt nichts. Ich muss ihm alles erzählen, mein Liebling, verstehst du das nicht? Wenn ich nichts sage, nimmt er dich mit, und das kann ich nicht zulassen, siehst du das denn nicht ein?« Sie wandte sich wieder zu Devaney um. Bedächtig und ohne erkennbare Emotionen fuhr sie fort, ihre Geschichte zu erzählen. »Als Erstes ist mir durch den Sinn gegangen, dass unsere Chance, endlich nach England zurückzukehren, damit null und nichtig geworden war. Ich hatte das seit langem beschlossen, jedes Detail war geplant und geregelt, aber auf einmal schien alles umsonst gewesen zu sein. Da habe ich plötzlich eine Möglichkeit gesehen, wie doch noch alles klappen könnte, wir mussten nur die Ruhe bewahren und durften keinen Fehler begehen. Anders als bei Daniel war ja auch nicht viel Blut geflossen ... aber uns blieb keine Zeit, Hugh konnte jeden Moment zurück sein. Wir brauchten also ein Versteck für die beiden, jedenfalls bis ich einen vernünftigen Plan schmieden konnte. Jeremy hat etwas von einem unterirdischen Gang erzählt, da habe ich ihn nach einer Schaufel geschickt, und dann ...« Sie hielt inne. Ihr Blick schien sich in die Vergangenheit zu richten. »Ich habe den Kleinen untersucht. Er hat zwar keinen Ton von sich gegeben, aber ich konnte seinen Puls fühlen ... hier an dieser Stelle.« Sie fasste sich an die Kehle. »Er durfte nicht mehr weiterschlagen, verstehen Sie? Ein kleiner, unbedeutender Puls. Das Kind stand uns ja ohnehin im Weg. Es war das einzige Hindernis vor der Erfüllung meines Traums. Wie oft habe ich mir nicht ausgemalt, wie es wäre, wieder nach Banfield zurückzukehren, dorthin, wo unser Haus und unsere Heimat ist. Wir hatten beides bereits einmal verloren, aber dieses Mal sollte es anders sein. Wir waren kurz vor dem Ziel.« Lucy maß Devaney mit einem abschätzigen Blick. »Sie werden das nicht begreifen, Detective, aber ich konnte doch nicht etwas, was seit fünfhundert Jahren unser Erbe war, einfach fallen lassen. Das wäre verantwortungslos gewesen. Also musste dieses Kind aus der Welt geschafft werden ... Danach sollte dann alles ganz leicht sein, ganz leicht.«

Grenzenloser Widerwille und Ekel zeichneten sich auf Jeremys Miene ab. Er wollte die Hand dem Griff seiner Mutter entziehen, war dazu aber offenbar noch zu geschwächt.

So gleichmütig wie zuvor fuhr Lucy Osborne fort: »Dann

wurde mir plötzlich bewusst, wie perfekt die ganze Situation doch war. Und ausgerechnet diesem Kind, diesem kleinen Bastard, wäre es um ein Haar gelungen, mir den Sohn wegzunehmen. Der armselige, mutterlose Bastard hatte sowieso nichts mehr zu verlieren. Ich fand, dass es so für alle das Beste war. Wenn Sie so wollen, Detective, habe ich einen Gnadenakt begangen.«

Devaney stellte sich vor, wie Jeremy mit der Schaufel angerannt kam und mit ansehen musste, wie seine Mutter dabei war, Christopher zu ersticken. Er blickte ihn an.

»Stimmt das, Jeremy?«, sagte er. »War es so gewesen?«

»Ich weiß es nicht. Ich weiß es nicht«, murmelte Jeremy.

Wahrscheinlich wollte er deshalb zuletzt lieber sterben, als mit der Wahrheit weiterleben. Für Mina hatte er damals nichts mehr tun können, aber seit drei Jahren folterte der Junge sich vermutlich mit dem Gedanken, dass er Christopher noch hätte retten können.

Lucy Osborne war offensichtlich noch nicht am Ende.

»Danach musste ich mich entsprechend um Hugh kümmern, ein Weichling wie alle Osbornes. Er hat sich von mir beschwatzen lassen, Jeremy für den Fall, dass ihm selbst etwas zustößt, seinen Besitz zu vermachen. Letzten Sonntag hat er mir dann eröffnet, dass er deswegen in London war und sein Testament geändert hat. Jeremy würde sein alleiniger Erbe sein … vorausgesetzt, die Umstände blieben, wie sie waren. Hugh glaubt inzwischen sogar, dass das mit dem Testament ganz allein seine Idee war.«

Lucys Augen begannen zu glänzen. Die Worte sprudelten jetzt förmlich aus ihr heraus.

»Ich konnte mir ausmalen, dass es niemand verwundern würde, wenn er Selbstmord beging, und es war auch nicht schwer, ihm ein Schlafmittel in seinen Tee zu geben. Mit der Schubkarre habe ich ihn anschließend in die Garage geschafft. Alles hat bestens geklappt, aber natürlich mussten mir die beiden Wichtigtuer dazwischenfunken. Diese entsetzliche Amerikanerin, die ihre Nase ständig in Dinge steckt, die sie nichts angehen, und die sich an Jeremy herangemacht hat, um ihn gegen mich aufzuhetzen. Nicht nur einmal habe ich sie gewarnt, so ist das nicht.

Ich habe sie angerufen und ihr erklärt, sie soll ihre Finger von der Sache lassen, habe ihr andere Zeichen hinterlassen ... aber diese Frau hat einfach nichts begriffen. Und wenn die beiden nur etwas später ...« Lucy Osborne schnitt eine wütende Grimasse, und in ihren Augen funkelte es zornig. »Wenn die beiden nur fünf Minuten später eingetroffen wären, dann könnten Jeremy und ich jetzt schon über alle Berge sein, fort von dieser gottverdammten Insel, zurück in unserer Heimat ... und niemand hätte uns aufhalten können.«

Devaney musste an die zahllosen Geständnisse zurückdenken, die er im Lauf seines Lebens schon gehört hatte, konnte sich aber an keines entsinnen, das mit einem derartigen Mangel an Reue vorgetragen worden war.

Lucy Osbornes Züge wurden wieder etwas weicher, als sie sich Jeremy zuwandte. »Nichts davon hast du dir zuzuschreiben, mein Liebling. Du hast dich für lange Zeit ausgezeichnet gehalten, und ich weiß, dass das nicht einfach war. Was immer mit mir geschieht, mein Junge, gib dir daran keine Schuld.«

Jeremy schaffte es jetzt, ihr seine Hand zu entziehen, dann drehte er seiner Mutter den Rücken zu und fing an zu weinen. Devaney verspürte einen Stich beim Anblick, wie der schmale Oberkörper des Jungen zuckte. Seine Mutter würde nie begreifen, dass sie ihren Sohn bereits seit langem verloren hatte.

»Lucy Osborne«, sagte er. »Ich verhafte Sie wegen Mordes an Christopher Osborne, des versuchten Mordes an Hugh Osborne und wegen Verschleierung der Todesumstände von Mina Osborne. Ich rate Ihnen, Kontakt zu Ihrem Anwalt aufzunehmen. Sie können ihn später dann von der Wache aus anrufen. Haben Sie meine Worte verstanden, Mrs Osborne?«

Lucy beachtete ihn nicht weiter, sondern beugte sich stattdessen vor, um ihrem Sohn übers Haar zu streichen. »Du warst krank, mein Schatz, sehr krank. Nun ruhst du dich aus, Liebling. Ich bin bald wieder bei dir.«

Ja, vielleicht in dreißig Jahren, dachte Devaney.

Er winkte O'Byrne zu sich. »Rufen Sie Mullins an. Er soll sofort herkommen. Sie begleiten Mrs Osborne anschließend gemeinsam zur Wache. Ich komme dann nach, aber zuerst habe ich noch etwas zu erledigen.«

Auf der Straße, die aus Dunbeg heraus durch das Moor von Drumcleggan führte, kam ihm Hugh Osbornes schwarzer Volvo entgegen. Devaney bedeutete ihm mit der Lichthupe anzuhalten und fuhr selbst rechts ran. Osborne bremste seinen Wagen ab und fuhr ein Stück rückwärts, bis er sich mit Devaney auf einer Höhe befand. Sie kurbelten beide ihre Scheiben herunter.

»Ich habe eine Nachricht aus dem Krankenhaus erhalten«, sagte Osborne. »Jeremy soll wieder bei Bewusstsein sein. Wissen Sie Näheres? Hat er etwas gesagt?«

Devaney blickte ihm in die Augen. Er spürte, wie die Worte hervordrängten, ihm aber in der Kehle stecken blieben. Das Sprechen würde mir leichter fallen, wenn noch andere Leute um uns wären, dachte er.

»Können wir uns nicht lieber an einem Ort unterhalten, an dem es sich besser reden lässt?«, sagte er dann nur.

»Gut, wie Sie meinen. Fahren Sie ein Stück geradeaus, da gibt es rechts einen Feldweg. Ich muss nur schnell wenden.«

Devaney nickte. Der Feldweg entpuppte sich als eine feste Fläche, die wie eine lange Halbinsel in das Moor hineinragte. Devaney blieb noch kurz hinter dem Steuer sitzen und betrachtete die Szenerie: die aufgerissenen Gräben, die kleinen Hügel mit aufgeschichtetem Torf, die tief hängende graue Wolkendecke, die nach Westen trieb. Er wusste jetzt, dass Hugh Osborne immer die Wahrheit gesagt hatte. Seine lächerliche Geschichte, er habe, von Shannon kommend, am Straßenrand ein Nickerchen gemacht, war keine Ausrede gewesen, sondern eine simple Tatsache. Was wiederum bedeutete, dass Hugh Osborne den Rest seines Lebens mit dem Bewusstsein würde leben müssen, dass er nur wenige Kilometer von der Stelle entfernt, wo seine Frau und sein Sohn getötet wurden, seelenruhig geschlummert hatte. Als Devaney die Wagentür öffnete, fielen die ersten Regentropfen. Er spürte, wie die Nebelschwaden sein Gesicht benetzten. Nun stand er also im Begriff, den Fall Osborne just an dem Ort im Moor abzuschließen, wo er ihn aufgenommen hatte. Wie trostlos!, dachte er, indem er sich umblickte. Kein Baum, kein Strauch, keine Felsen, nichts, was dem Auge etwas zum Festhalten gab, nichts, was dem Menschen Schutz und Trost anbot, nichts als Ödnis und Leere.

9

Nora war allein auf ihrem Zimmer und rechnete nach: Neun Tage waren seit dem Feuer im alten Turm verstrichen, und eine Woche war es her, dass sie das unterirdische Versteck entdeckt hatten. Cormacs Arbeit an der Baustelle am Kloster war so gut wie beendet. Sie würden Bracklyn House gleich morgen nach der Beerdigung verlassen. Im Moment waren sie und Cormac allein im Haus. Hugh Osborne war kurz zuvor aufgebrochen, um seine Schwiegermutter vom Flughafen Shannon abzuholen. Trotz seines angeschlagenen Zustands hatte er darauf bestanden, die Fahrt allein zu unternehmen. Sie hatten es ihm nicht ausreden können.

Nora fand Cormac in dessen Zimmer, wo er gerade dabei war zu packen.

»Ich habe mit den Leuten in der Werkstatt gesprochen«, sagte sie und ließ sich neben einem Stapel zusammengefalteter Kleidungsstücke auf seinem Bett nieder. »Mein Wagen ist wieder wie neu. Für deinen Jeep fehlen ihnen noch ein, zwei Teile. Du könntest aber trotzdem damit fahren, haben sie gesagt. Die Heckscheibe müsstest du dann eben in Dublin ersetzen lassen.«

»Ich überlege noch, ob ich überhaupt auf geradem Weg nach Hause fahren soll«, sagte Cormac. Er machte eine kurze Pause. »Vielleicht fahre ich zuerst noch für ein paar Tage hinauf nach Donegal.« Wieder zögerte er. Er schaute Nora an. »Du könntest mit mir kommen, wenn du willst.«

Die plötzliche Spontaneität überraschte Nora ein bisschen. Sie musterte Cormacs Miene.

»Ich muss leider zurück nach Dublin«, sagte sie dann. »Das Semester hat doch schon vor einer Woche wieder begonnen. Wahrscheinlich ist es sowieso besser, wenn du die Fahrt allein unternimmst. Du und dein Vater ... ihr habt euch doch bestimmt einiges zu erzählen. Ach, was ist eigentlich mit deinem Kopf? Bist du überhaupt in der Lage, Auto zu fahren?«

»Wird schon gehen.«

Er schob den halb gepackten Koffer zur Seite und setzte sich neben Nora. Dann nahm er ihre Hand und drückte die Lippen auf die Innenseite ihres Handgelenks.

Sie versuchte, ihm die Hand zu entziehen. »Weißt du, was das Schlimmste ist?«, murmelte sie. »Das Schlimmste ist, dass *ich* mich schuldig fühle.«

»Warum das denn, Nora?«

»Ich habe mich so gründlich, wie es nur irgend geht, geirrt. Ich habe Hugh verdächtigt. Für mich war er von Anfang an der Bösewicht. Mit dieser Gewissheit bin ich hier angekommen. Und danach habe ich lediglich das gehört, was ich hören wollte. Das Allerschlimmste daran ist, dass Hugh mir das alles verzeiht.«

»Nora, du warst doch nicht die Einzige, die Hugh verdächtigt hat. Alle haben ihn verdächtigt. Die Polizei ...«

»Alle außer dir.«

»Das hat vielleicht so ausgesehen. Innerlich war ich mir auch nicht immer sicher.«

»Na, egal«, seufzte Nora. »Jetzt frage ich mich noch, wie es hier weitergehen soll. Devaney glaubt, dass wir als Zeugen vorgeladen werden, wenn es zur Verhandlung kommt, was ich aber nicht hoffe. Ich glaube nicht, dass Jeremy eine Gefängnisstrafe überleben würde. Selbst wenn Devaney Recht behält und Jeremy nicht angeklagt oder das Urteil auf Bewährung ausgesetzt wird, weil er damals noch so jung war – was ist dann? Wo wird er leben? Was wird aus ihm?«

»Hugh hat mir erklärt, dass Jeremy, wenn es nach ihm geht, hier bleiben soll ... wenn er nicht eingesperrt wird. Er lastet dem Jungen nichts an. Schließlich hat er es ja nicht absichtlich getan, sagt Hugh.«

»Das tut er, weil er ein Ehrenmann ist, Cormac. Wenn du

mich fragst, ist das nächste Unheil aber schon vorprogrammiert. Jeden Tag wird Hugh daran denken müssen, dass Mina durch das Verschulden des Jungen gestorben ist. Ach je. Und was wird aus Una? Glaubst du, dass sie weiterhin bei ihrem Bruder wohnen will? Fintan wird nach Amerika gehen, um dort sein Glück zu versuchen. Aber wird Una wirklich hier bleiben wollen? Müsste sie nicht allein Aoife zuliebe fortziehen?«

»Du machst dir deshalb zu viele Gedanken, Nora. Wir kennen sie doch gar nicht richtig. Was ja auch für Hugh gilt. Vielleicht braucht er Jeremy genauso wie der Junge ihn. Hugh ist ein großherziger Mensch, du hast es vorhin selbst gesagt. Ich glaube, dass er leichter vergibt, als du und ich uns das vorstellen können. Sie werden alle ihren Weg gehen, Nora ... auch ohne unseren Beistand.«

»Vielleicht hast du ja Recht.« Wieder seufzte Nora. »Das tun wir ja letztlich alle, oder? Wir hören nicht auf zu atmen, unsere Herzen schlagen weiter, die Welt dreht sich wie eh und je, an manchen Tagen sind wir glücklich und an anderen wieder nicht. Ich weiß selbst nicht, warum ich das Gefühl habe, dass hier nichts richtig abgeschlossen ist, dass irgendetwas noch immer fehlt.«

»Komm her«, murmelte Cormac ihr ins Ohr.

Nora spürte, wie sehr sie seinen Trost brauchte, und als er sie berührte, ließ sie es willig geschehen. Cormac schob den Koffer ans Fußende und zog sie zu sich aufs Kopfkissen. Als er sie küsste und die Hand über sie gleiten ließ, war es ihr, als ob ein Sog sie ergreifen würde, der ihre Gefühle machtvoll durcheinander wirbelte.

Als es unten an der Eingangstür läutete, fuhr sie hoch und löste sich hastig aus seinen Armen.

»Cormac«, stieß sie hervor. »Was tun wir hier? Was fällt uns nur ein?«

Sie sprang auf und lief aus dem Zimmer. Nachdem sie die Tür hinter sich zugeworfen hatte, vernahm sie von drinnen das Geräusch eines Koffers, der krachend auf die Erde schlug.

10

Devaney stand vor dem Eingang von Bracklyn House und trug einen großen braunen Umschlag bei sich, in dem Mina Osbornes Briefe steckten.

Als Nora ihm die Tür öffnete, rief er: »Oh, hallo – ich bin nur kurz vorbeigekommen, um Mrs Gonsalves zu begrüßen.«

»Sie müsste jeden Augenblick hier eintreffen. Sie können hier warten, wenn Sie möchten.«

Devaney betrat die Eingangshalle. Er sah, wie Dr. Gavin den Umschlag beäugte.

»Das sind nur ein paar Briefe«, sagte er. »Von Mina Osborne an ihre Mutter.«

»Haben Sie die Briefe gelesen?«

»Ja, gewiss habe ich das.«

»Wie war sie?«

»Tja, anhand der Briefe kann ich Ihnen Mina nicht beschreiben. Die wahre Person hinter den Worten, die ich gelesen habe, konnte ich leider auch nicht richtig kennen lernen.«

Maguire kam die Treppe herunter, und Devaney registrierte eine gewisse Verstimmung in dessen Miene. Er fragte sich, ob er die beiden womöglich mit seinem Kommen gestört hatte.

»Detective«, sagte Dr. Gavin. »Wir haben gerade ein bisschen rekapituliert, was so alles geschehen ist. Einiges davon ist uns noch immer nicht ganz klar. Vielleicht könnten Sie uns aufklären. Cormac und ich wissen nur das, was in den Zeitungen steht, und das, was wir aus zweiter und dritter Hand über Lucy Osbornes Geständnis erfahren haben. Hugh möchten wir nicht gern darauf ansprechen.«

»Hm«, machte Devaney. »Ich werde versuchen, Ihnen die Lücken zu füllen. Also, nach dem, was Jeremy uns berichtet hat, war seine Mutter geradezu von dem Gedanken besessen, nach England zurückzukehren, um ihr altes Haus zurückzuerlangen. Sie soll bereits Kontakt zu ihrem Anwalt aufgenommen haben, dem sie offenbar lange, weitschweifige Briefe geschrieben hat. Wie es aussieht, hatte Lucy sich auf den Gedanken versteift, dass die Familie Osborne den Verlust ihres Besitzes verschuldet hatte. Wer weiß, ob ihr Unterfangen zu etwas geführt hätte, aber nachdem der Junge Mina Osborne unabsichtlich erschossen hatte, muss sie den Vorfall als Chance begriffen haben und zu dem Schluss gekommen sein, nun würde sich ihr die Gelegenheit bieten, immerhin einen Zweig der Osbornes auszuschalten. Mina war tot, und wenn sie Christopher umbrachte, würde ihr eigener Sohn das Vermögen der Osbornes erben. Hugh Osborne würde ja nach Erhalt der Lebensversicherung seiner Frau ein reicher Mann sein. Nachdem sie dann wusste, dass Hugh tatsächlich Jeremy als Alleinerben eingesetzt hat, lag es für sie wohl nahe, die Sache zu beschleunigen. Sie musste lediglich mit Schlaftabletten und den Autoabgasen nachhelfen, und danach wäre sie und Jeremy für immer versorgt. Zwar würde Osbornes Versicherung aufgrund seines Selbstmordes nicht ausbezahlt werden, doch da war ja noch immer der Besitz von Bracklyn House und die dreiviertel Million Euro aus der Versicherung von Mina Osborne.«

»Meine Güte«, murmelte Nora. »Und um ein Haar hätte sie das sogar geschafft. Gut, dass wir Hugh noch rechtzeitig gefunden haben.«

»Oh, davon einmal abgesehen, glaube ich nicht, dass Lucy ungestraft davongekommen wäre. Es fängt schon damit an, dass Jeremy und seine Mutter Minas Koffer und Kleider verschwinden haben lassen, um den Eindruck zu erwecken, dass Hugh Osborne einfach die Frau davongelaufen ist. Jeremy sollte die Sachen alle verbrennen, hat sich aber einen Schal als Erinnerung an Mina zurückbehalten und unter seiner Matratze versteckte, wo ihn später aber die Putzfrau gefunden hat.

Ich glaube, spätestens da sind die Dinge außer Kontrolle geraten. Jeremy hat das alles nicht mehr verkraftet. Der Junge hat mit dem Trinken angefangen und versucht, seiner Mutter auszuweichen, so gut es ging. Schließlich hat er sich in den alten Turm zurückgezogen und sich inmitten seiner Bilder und Kerzen vergraben. Kein Wunder, dass er um ein Haar den Verstand verloren hätte.«

»Wissen Sie Genaueres über die Anklage, die erhoben wird?«, fragte Maguire.

»Der Staatsanwalt wird bei Lucy Osborne auf Mord an Christopher Osborne plädieren und auf versuchten Mord an Hugh Osborne. Solange Lucy Osborne als zurechnungsfähig gilt – was derzeit aber keineswegs feststeht –, droht ihr eine lebenslängliche Haftstrafe. Dazu würde dann noch die Unterdrückung von Beweismaterial im Fall Mina Osborne kommen, die ihr noch mal zwanzig Jahre einbringen könnte. Jeremy dagegen wird sich einem Verfahren wegen Totschlags stellen müssen, aber der Staatsanwalt geht davon aus, dass die Strafe auf Bewährung ausgesetzt wird. Sein Alter und die weiteren Umstände werden sich wohl günstig auf das Urteil auswirken. Der Junge war ja noch ein halbes Kind, als das alles passiert ist.«

»Ich verstehe nur nicht, dass Hugh uns gegenüber nie etwas von der Sache mit dem Schlafmittel erwähnt hat, das Lucy ihm verabreicht hat«, sagte Nora.

»Hugh Osborne behauptet, sich an nichts zu erinnern. Er weiß wohl nicht einmal mehr, dass sie ihm eine Tasse Tee in die Werkstatt gebracht hat.«

»Detective, ich bitte Sie!«, sagte Nora. »Er wird doch nicht annehmen, dass er von sich aus in den Wagen gestiegen ist, um dort bei laufendem Motor in Tiefschlaf zu versinken.«

Devaney zögerte. Er dachte an die Erklärung, die Hugh Osborne ihm dazu abgegeben hatte: Wenn sich jemand so häufig wie ich gefragt hat, wie es wäre, hinaus zum Wagen zu gehen, den Zündschlüssel zu drehen und einfach einzuschlafen, dann wundert es einen zuletzt nicht mehr, es wirklich getan zu haben. Wenn Lucy nicht gestanden hätte, überlegte Devaney, würde Osborne sich womöglich noch immer für einen gescheiterten Selbstmörder halten.

Die Stimmen, die von draußen ertönten, unterbrachen sein Grübeln. Er erkannte sofort diejenige von Mrs Gonsalves und wandte sich zu den Eintretenden um. Trotz des langen Fluges und des traurigen Anlasses ihres Besuchs schien die alte Dame Würde und Haltung zu bewahren. Devaney sah, wie sich ihre dunklen Augen, wie von einem Magneten angezogen, auf den Umschlag richteten, den er unter dem Arm trug.

»Sie müssen Detective Devaney sein«, begrüßte Mrs Gonsalves ihn.

»Du kennst ihn?«, fragte Hugh Osborne erstaunt.

»Wir haben miteinander telefoniert.« Sie reichte Devaney die Hand. »Lieber Detective«, sagte sie leise. »Ich danke Ihnen unendlich für das, was Sie für meine Tochter und ... meinen Enkel getan haben ...«

Ihre Stimme erstarb, aber ihr Blick blieb klar und fest. Devaney hielt ihr den braunen Umschlag entgegen.

»Auch dafür schönen Dank«, murmelte sie. »Sie haben einen Schatz gehütet.«

Hugh Osborne bat Devaney, doch noch zum Tee zu bleiben, aber Devaney lehnte höflich ab. Er verabschiedete sich, begab sich zu seinem Wagen und fuhr nach Hause.

Bereits als er, dort angekommen, aus dem Auto stieg, hörte er schwache, zittrige Fidelklänge. Róisín übt wohl in der Küche, dachte er. Die Melodie, an der sie sich versuchte, konnte er erst im zweiten Anlauf als den Auftakt zu »Paidín O'Rafferty« erkennen. Leise trat er ins Haus und schlich zur offenen Küchentür. Nuala stand neben ihrer Tochter und schaute ihr zu. Als Róisín den Bogen sinken ließ, drückte sie ihr einen Kuss auf den gesenkten Kopf.

»Das klingt doch schon ganz wunderbar«, sagte Nuala. »Mach nur schön so weiter, und denk daran, was Daddy gesagt hat: Du musst Geduld haben. Ich lass dich jetzt allein und fahre geschwind noch einmal ins Büro, um ...«

Nuala verstummte, weil sie ihn entdeckt hatte.

»Was ist denn mit dir los, Gar?«, sagte sie. »Hast du etwas? Seit wann kommst du denn schon am helllichten Tag nach Hause?«

Devaney hätte ihr gern gesagt, dass er sie schon seit langem nicht mehr dermaßen deutlich vor sich gesehen hatte, dass er jede Einzelheit an ihr wahrnahm, jede Rundung, jede Wimper, jede Linie in ihrem Gesicht – dass er so ähnlich für sie empfand wie damals, als er zum ersten Mal neben ihr aufgewacht war –, aber er brachte einfach keinen Laut hervor.

»Garrett. Was ist? Was stehst du denn wie angewurzelt in der Tür?«

Nuala trat auf ihn zu und berührte ihn am Arm. Es war, als würde sie ihn von einem Bann befreien. Er setzte sich Róisín gegenüber an den Tisch.

»Nichts ist los, Nuala. Gar nichts«, sagte er.

»Daddy!«, rief Róisín. »Ich kann es schon fast ganz. Ich kann dir ein Lied vorspielen. Willst du es hören?«

Devaney nickte und lauschte andächtig, während sie ihm kratzig und mit einigen missratenen Tönen eine Melodie vorspielte, die wohl ein Gig sein sollte.

»Sie macht enorme Fortschritte, nicht wahr?«, sagte Nuala, während sie immer noch seine Miene zu studieren schien.

Devaney kam es so vor, als würden sie sich an einer Schwelle gegenüberstehen – an der Schwelle zur Bereitschaft, den anderen wieder verstehen zu wollen. Nuala hob die Hand und strich ihm über die Wange.

»Ich rufe im Büro an und sage, dass ich nicht komme«, sagte sie. »Bin gleich wieder da.«

Devaney sah ihr hinterher. Als er den Blick auf Róisín richtete, glaubte er, seine Verblüffung in ihren dunklen Augen widergespiegelt zu sehen.

11

Am Tag darauf wurden Mina und Christopher Osborne
bestattet. Die Messe fand in der Kirche St. Columba in Dunbeg statt. Devaney stand hinter den letzten Sitzreihen. Als er
sich umwandte, sah er durch das offene Portal eine kleine Schar
Reporter. Sie warteten vermutlich auf ein paar Schnappschüs-
se von den trauernden Hinterbliebenen, um sie mit einer ernsten und getragenen Bildunterschrift nebst einem reißerischen
Text in den Abendnachrichten unterzubringen. Sie werden auf
ihre Kosten kommen, dachte Devaney. Immerhin ist das gesamte Dorf herbeigeströmt.

Hugh Osborne saß mit Mrs Gonsalves in der ersten Reihe.
Devaneys Blick wanderte zu den Mitgliedern der Trauergemeinde, die nach und nach an ihm vorbeischritten. Delia
Hernan, Dolly Pilkington mit Sohn, Ned Raftery mit seiner
Frau, schließlich all die Damen, die er als eingetragene Mitglieder in Father Kinsellas Fangemeinde bezeichnete. Una
McGann und ihre Kleine ließen sich in gebührendem Abstand
zu Hugh Osborne nieder. Devaney las an den Blicken der anderen ab, dass sie den Abstand im Geist sorgsam abmaßen.
Unas Brüder waren ebenfalls erschienen. Fintan hielt sich
aufrecht neben ihr, während Brendan sich mit gesenktem
Kopf in einer der hinteren Reihen niedergelassen hatte. Um
seine ungelenken Finger hatte er sich einen Rosenkranz gewun-
den.

Plötzlich gesellte sich Brian Boylan zu Devaney, wie immer
geschniegelt und mit einem teuren Anzug bekleidet, so als han-

428

delte es sich hier um einen wichtigen Auftritt. Genau das wird es für Boylan auch sein, fuhr es Devaney durch den Kopf.

»Ich wollte Ihnen noch ein Lob aussprechen«, sagte Boylan in vertraulichem Flüsterton. »Ausgezeichnete Arbeit. Ein trauriger Fall. Gut, dass wir ihn lösen konnten.«

»Sir«, sagte Devaney knapp.

Hatte er die Anerkennung tatsächlich verdient? Gewiss, irgendwann hätte er den Fall vielleicht auch so gelöst, aber es blieb unumstößlich, dass ihm der Schlüssel dazu eigentlich in den Schoß gefallen war. *Wann lernst du endlich, die Dinge nicht mehr so eng zu sehen?*, fragte ihn eine Stimme im Kopf. Wem oder was er seine Erkenntnisse verdankte, war nicht entscheidend. Ausschlaggebend war das Ergebnis.

Während des Gottesdienstes ging ein heftiger Regen nieder, sodass die Reporter längst verschwunden waren, als die Messe zu Ende war. Gott sei Dank hörte es mit dem Niederschlag auf, als die Trauergäste schließlich das Grab erreichten. Bisweilen versuchte die Sonne sich sogar zwischen den drohenden dunklen Wolken hervorzudrängen. Mina Osborne und ihr Sohn wurden auf dem uralten Friedhof der Abtei von Drumcleggan in einem gemeinsamen Sarg beigesetzt. Die Stelle, an der sie ihre letzte Ruhe finden würden, befand sich etwas abseits der anderen Gräber.

Nach dem ganzen Regen roch die Luft jetzt nach frischem Lehm. Devaney stellte fest, dass es zu diesem Begräbnis kein schmückendes Beiwerk gab, keinen künstlichen Rasen, der die ausgehobene Grube einfasste, kein aufwändiger Sarg. Lediglich ein unauffälliger Holzsarg, der von zwei kräftigen Arbeitern an dicken Stricken in den Boden gelassen wurde.

Zu guter Letzt sorgte Fintan McGann für einen würdigen musikalischen Rahmen. Er setzte sich auf einem Klappstuhl zurecht und legte seinen Dudelsack an. Nachdem Father Kinsella Weihwasser über das Grab gesprengt und den letzten Segen gesprochen hatte, neigte Fintan den Kopf zur Seite und spielte eine Melodie, die sich in ihrer Schlichtheit und Würde zu einem Klagegesang erhob.

Als die kleine Gruppe sich dann auflöste, wandte Devaney

sich noch einmal um. Die Arbeiter schaufelten nassen Lehm in das offene Grab. Er vernahm das knirschende Geräusch der Spaten und die dumpfen Laute, mit denen die Erde auf dem Sarg auftraf.

12

Die Trauergemeinde war im Anschluss an die Messe zum Tee nach Bracklyn House gebeten worden. Cormac bemerkte, wie der Geräuschpegel kurz absank, als Hugh Osborne und Mrs Gonsalves die Eingangshalle betraten. Es erinnerte ihn an seinen ersten Musikabend in Dunbeg, als die Tür ging und Osborne in Lynchs Pub auftauchte. Die Stimmung unter den Anwesenden war dem Anlass entsprechend getragen, aber dennoch stellte er fest, dass Bracklyn House einen gänzlich anderen Eindruck erweckte, wenn seine Räume sich mit Stimmengemurmel füllten. Fraglos war es für die meisten Trauergäste das erste Mal, dass sie das Haus von innen sahen. Cormac nahm die Blicke wahr, mit denen die Leute zunächst die Proportionen abmaßen, und dann ihre erstaunten Mienen angesichts der abgewetzten Polstermöbel und des abgenutzten Mobiliars. Die Flügel der Tür zum Speiseraum waren aufgestoßen worden. Auf dem riesigen Esstisch unter dem erleuchteten Lüster und auf der Anrichte türmten sich Platten mit Schinken, Sandwichhäppchen, Obsttörtchen und Rosinenbrötchen. Das Gesamtbild bot einen seltsamen Kontrast von verblasster Eleganz und volkstümlicher, bodenständiger Küche.

Hugh führte seine Schwiegermutter zu einem Sessel in der Nähe der Fenster. Cormac sah, wie Una McGann der alten Dame eine Tasse Tee reichte und Hugh anschließend eine Häppchenplatte anbot, was er aber dankend ablehnte. Die Trauergäste begannen ihr Kondolenzdefilee. »Sie haben viel mitgemacht«, hörte Cormac Stimmen murmeln, während man sich zu Mrs Gonsalves herabbeugte oder Hugh Osborne die Hand drückte. Wie seltsam, dachte Cormac. Genau wie ihren Vorfahren, die sich den Osbornes gegenüber immer untertänig verhalten hatten, grüßten die gegenwärtigen Bewohner Dunbegs auch Hugh Osborne noch immer so, als könnte er Einfluss auf ihr Leben nehmen.

Während Cormac langsam umherschlenderte, reckte er den Hals nach Nora. Schließlich entdeckte er sie zusammen mit Devaney in einer Ecke der Bibliothek. Wenn es um seine Arbeit ging, wirkte Devaney immer selbstbewusst, aber Cormac hatte den Eindruck, dass er sich im Moment unbehaglich fühlte, so als wäre er es nicht gewohnt, sich in Gesellschaft zu bewegen, zumindest nicht ohne ein Glas Bier oder seine Fidel in der Hand. Als er sich den beiden näherte, bekam er mit, dass sie sich über die *cailín rua* unterhielten.

»Sie gehen also davon aus, dass das Skelett aus der unterirdischen Kammer und der Schädel zum selben Menschen gehören«, hörte er Devaney sagen.

»Malachy Drummond befasst sich gerade mit der Angelegenheit«, sagte Nora.

»Wir haben Hinweise, dass die rothaarige Frau, die wir im Moor gefunden haben, hingerichtet wurde, weil sie ihr Kind umgebracht haben soll«, sagte Cormac, der sich inzwischen zu ihnen gesellt hatte. Er sprach die letzten Worte mit gedämpfter Stimme, um die Nachricht unter den gegebenen Umständen nicht für jedermann hörbar zu verkünden. »Nora weigert sich allerdings, das zu glauben.«

»Vielleicht wird es auch nie eine endgültige Antwort geben«, sagte sie, während sie in den Speiseraum schaute, wo Hugh Osborne am Fenster stand und immer noch Beileidsbekundungen entgegennahm. »Ich bin aber der Meinung, dass wir alles an Einzelheiten, was wir darüber finden können, zusammentragen sollten.«

13

Am Morgen nach dem Begräbnis machte Nora sich daran, den Koffer zu packen. Währenddessen meldete sich Malachy Drummond auf ihrem Handy.

»Ich bin im Besitz interessanter Neuigkeiten«, sagte er. »Erstens: Das Skelett der Frau, das Sie in der unterirdischen Kammer gefunden haben, gehört eindeutig zu dem Schädel aus dem Drumcleggan-Moor. Sowohl Wirbelsäule als auch die Klingenspuren auf den zertrennten Knochenstücken passen zusammen. Ich bin mir so sicher, wie man es als Pathologe nur sein kann, dass es sich um ein und dieselbe Person handelt.«

»Also doch!«, stieß Nora fast lautlos hervor. »Vielen Dank, Malachy. Ich weiß es zu schätzen, dass Sie sich dafür die Zeit genommen haben.«

»Na, Augenblick noch. Das war erst der Anfang. Es gibt noch mehr. Das Museum unterhält eine Abmachung mit einem Ihrer Kollegen am Trinity. McDevitt heißt der Bursche, einer aus der Genetik. Er verfügt über eine Datenbank mitochondrialer DNA. Na egal. Jedenfalls hat er den Objekten Proben entnommen, als ich gerade bei der Untersuchung war, und wir sind ein bisschen ins Plaudern gekommen.«

Nora folgte Drummonds Worten zwar, aber in Gedanken war sie den Möglichkeiten bereits vorausgeeilt.

»Höchst faszinierendes Thema«, fuhr Drummond fort. »Außerdem sammelt McDevitt Informationen, die irischen Nachnamen betreffen. In dieser Verbindung sollen seine Forschungsergebnisse letztlich eine genetisch ausgerichtete Karte

Irlands ergeben, ein erster Schritt, um Rückschlüsse auf die Ursprünge der Bevölkerungsgruppen zu ziehen. Ich habe ihm erzählt, dass Sie womöglich Hinweise auf die Identität des Fundobjektes besitzen. Insofern kann es sein, dass McDevitt Sie anruft, wenn Sie wieder in Dublin sind. Ich habe ihm jedenfalls Ihre Büronummer gegeben. Ich hoffe, dass Sie nichts dagegen haben.«

»Aber nein, ganz und gar nicht, Malachy.«

»Den Rest der Geschichte habe ich McDevitt dann auch geschildert. Dass Sie den Schädel im Moor ausgegraben haben, dass Sie Hinweise besitzen, nach denen das Mädchen hingerichtet wurde, und dass es sich bei dem vorliegenden Säuglingsskelett wohl um das vermutlich von der Mutter ermordete Kind handeln könnte.« Drummond machte eine Pause, um Atem zu schöpfen. »Eigentlich hatte ich damit die Angelegenheit mehr oder weniger ad acta gelegt, doch eben hat mich McDevitt angerufen, um mir einige äußerst interessante Ergebnisse mitzuteilen. Nach seinem Befund sind die mt-DNA der beiden untersuchten Proben gänzlich verschieden. Die Möglichkeit, dass es sich bei ihnen um Mutter und Kind handelt, ist demnach ausgeschlossen. Die beiden sind nicht einmal entfernt miteinander verwandt gewesen. Wie finden Sie das? Ist das nicht eigenartig?«

Nora war unfähig, Drummond eine Antwort zu geben. Sie war damit beschäftigt, das eben Gehörte erst einmal zu verdauen.

»Hallo ... Nora? Sind Sie noch dran?«

»Malachy, sind Sie sich da völlig sicher? McDevitt hat also erklärt, die beiden waren nicht miteinander verwandt ...

»Genau. Er meint, der Beweis hätte kaum eindeutiger ausfallen können.«

»Wie kann denn das sein?«, murmelte Nora, die weiterhin versuchte, sich einen Reim auf Drummonds Aussage zu machen. »Wenn es nicht ihr Kind war, wessen Kind war es denn dann?«

Nora trug ihren Koffer die Treppe hinunter und traf unten in der Eingangshalle auf Cormac und Hugh Osborne, der ihr sofort den Koffer aus der Hand nahm, um sie beide dann hinaus zu ihren Wagen zu begleiten.

»Ich stehe unendlich in Ihrer Schuld«, sagte Hugh Osborne. »Und das Gleiche gilt für Jeremy. Übrigens wird er hierher zurückkehren, sobald er dazu in der Lage ist. Leicht wird es zwar nicht gerade werden, aber ihn jetzt im Stich lassen kann ich auch nicht. Das hätte Mina niemals gewünscht.«

»Gibt es denn noch etwas, was ich ... was wir tun können?«, fragte Cormac.

»Mein Lieber, ich glaube, ich habe Sie bereits über Gebühr in Anspruch genommen«, sagte Hugh Osborne.

5. Buch

Unschuldiges Blut

Wir stehen an, Rechenschaft über das
unschuldig vergossene Blut einzuklagen.

Oliver Cromwell, 1649

1

Sechs Monate später, am Ende eines trüben Novembertages, machte Cormac es sich auf dem Sofa in seinem Wohnzimmer bequem, um zu lesen. An den dunklen Fensterscheiben rannen wahre Regenbäche hinab, aber im Kamin knisterte ein gemütliches kleines Feuer, und er stellte fest, dass er sich noch nie in seinem Leben dermaßen erfüllt und glücklich gefühlt hatte.

Die Erinnerung an die Begegnung mit seinem Vater, die vor einem halben Jahr stattgefunden hatte, ging ihm durch den Kopf. Nachdem er Dunbeg verlassen hatte, war er nach Donegal gefahren und hatte eine Woche mit seinem Vater verbracht. Sie hatten schwierige, quälende Gespräche geführt. Auf dem Rückweg nach Dublin hatte er sich zermürbt gefühlt, und nach einer schier endlos langen Fahrt war er in einem Zustand maßloser Erschöpfung zu Hause angekommen. Eine Weile lang hatte er noch im Auto gesessen, auf die dunklen Zimmerfenster gestarrt und sich gefragt, ob er jemals wieder zu dem einsamen, geordneten Leben zurückfinden würde, in dem er sich so sorgsam eingerichtet hatte. Das Seitenfenster seines Autos stand einen Spalt weit offen. Von draußen drang ein betörender Blumenduft herein. Es war, als ob die Süße jenes Geruches in ihm die Vorstellung von einem andersartigen Leben wachrief. Entschlossen drehte er den Zündschlüssel und folgte dann den engen Gassen Dublins, bis er vor Noras Wohnung stand.

Nora öffnete die Tür, und er hatte das Gefühl, als hätte sie ihn erwartet. Was danach geschah, kam Cormac noch immer wie ein Traum vor. Ein Lächeln umspielte seine Lippen, als er sich der ersten drei berauschenden Tage mit Nora entsann. Zum ersten Mal hatte er sich nicht als Beobachter seines eigenen Lebens empfunden, sondern als jemand, der mit jeder Faser seines Wesens daran beteiligt war. Cormac ließ den Blick hinab zu Nora wandern, die ihren Kopf in seinen Schoß gebettet hatte und schlief. Er genoss die Wärme ihres Körpers, den Anblick der vertraut gewordenen Konturen, der sanft geschwungenen Linien ihres Gesichts, der dunklen Haarsträhnen auf der blassen Haut. Es war gut, dass sie etwas schlief, dachte er, in den vergangenen Wochen hatte sie sich nämlich ziemlich verausgabt. Unermüdlich hatte sie Gerichtsunterlagen und Dokumente des Dubliner Nationalarchivs und des Londoner Public Records Office studiert, um mehr über Annie McCann und Mór O'Flaherty herauszufinden. Bislang hatte ihre Arbeit keinerlei Früchte gezeigt, und mittlerweile sah es sogar so aus, als wäre sie endgültig in eine Sackgasse geraten. Cormac konnte sich denken, dass sie sich mit der gleichen Energie in die Nachforschungen zu dem Mord an ihrer Schwester gestürzt haben musste. Sie würde auch darin nicht nachlassen. Was die *cailín rua* betraf, so glaubte er nicht daran, dass es ihr gelingen würde, deren wahre Geschichte an den Tag zu bringen. Inzwischen unterließ er aber jeglichen Versuch, Nora von seiner Ansicht zu überzeugen. Im Grunde seines Herzens berührte ihr unerbittliches Forschen nach der Wahrheit ihn sogar.

Auf dem Schreibtisch klingelte das Telefon, aber Nora regte sich nicht. Weil er ihren Schlummer nicht stören wollte, blieb Cormac einfach sitzen und wartete, bis sich der Anrufbeantworter einschaltete. Nach dem Signalton vernahm er eine vertraute tiefe Stimme.

»Hallo, Cormac. Ich bin es. Hugh Osborne. Hier ist etwas aufgetaucht, das Sie und Dr. Gavin interessieren könnte. Vielleicht haben Sie beide ja Lust hätte, uns am Wochenende zu besuchen. Ach so, und bringen Sie dann doch bitte sämtliches Material mit, das Sie über die rothaarige Frau aus dem Moor zusammengetragen haben.«

2

Die verkohlten Umrisse des alten Turms zeichneten sich durch das Gewirr der nassen, dunklen Zweige ab. Im Frühjahr würde der Efeu sich wieder an den Mauerresten entlang in die Höhe winden, aber jetzt, an diesem trüben, verblassenden Novembertag, war der Turm nichts als eine nackte Ruine, deren feuchtes, morsches Holz weiter in sich zusammenfiel. Die Krähen hatten sich die Überreste des Gemäuers als Hort zurückerobert. Cormac reckte den Hals und guckte angestrengt durch die regenüberströmte Windschutzscheibe. Nora hielt den Wagen an, damit er den Anblick in Ruhe aufnehmen konnte.

»Fahr ruhig weiter«, sagte Cormac. »Ist schon gut. Ich musste nur daran denken, wie ich den Turm zum ersten Mal gesehen habe.«

Am Eingang von Bracklyn House wurden sie von Hugh Osborne empfangen. Seine Augen sahen gerötet aus, und er wirkte so zerzaust, als hätte er in seiner Kleidung geschlafen.

»Kommen Sie, treten Sie ein«, sagte er. »Sehen Sie sich aber bloß nicht um. Das ganze Haus ist ein einziges Chaos. Vergangene Nacht habe ich nämlich mal wieder die Zeit vergessen und mich durch uralte Dokumente gewühlt. Der Tee ist schon fertig.«

Nora und Cormac folgten ihm in die Küche, die wie die Eingangshalle eine ganz andere Atmosphäre ausstrahlte als noch im Mai. Nora warf einen kurzen Blick auf das schmutzige Frühstücksgeschirr, den aufgerissenen Karton mit Weizenflocken und das zerknitterte Geschirrtuch, das um den Griff einer Schublade gewickelt war. Nichts war mehr übrig von der makellosen Sauberkeit aus den Tagen, in denen Lucy Osborne über Bracklyn House geherrscht hatte. Das Haus wirkte jedoch weder schmuddelig noch verlottert, sondern einfach nur bewohnt.

»Ich muss mich am Telefon bestimmt äußerst geheimnisvoll angehört haben«, sagte Osborne, während er ihnen Tee einschenkte. »Aber es geht um etwas, das mit der rothaarigen Frau aus dem Moor zusammenhängt. Ich nehme das zumindest mal an. Wie wär's, wenn Sie das, was Sie bisher in Erfahrung gebracht haben, kurz für mich zusammenfassen, damit ich einen Einblick in den bisherigen Stand erhalte?«

»Nun ja«, sagte Nora. »Von Anfang an war ziemlich klar, dass sie enthauptet worden ist, vermutlich mit einer Axt oder mit einem Schwert. Jedenfalls hat alles den Verdacht nahe gelegt, dass es sich um eine regelrechte Hinrichtung gehandelt hat.«

Sie zog die Fotos der *cailín rua,* die sie im Frühjahr in den Collins Barracks aufgenommen hatte, aus ihrer Aktentasche und legte sie auf den Tisch. Osborne zuckte bei deren Anblick leicht zusammen und schien sich sichtlich zwingen zu müssen, die Fotos zu betrachten. Das erste Mal, als er die *cailín rua* zu Gesicht bekommen hatte, war er von den Gefühlen, die ihn bewegt hatten, zu überwältigt gewesen, um das Entsetzen auf der Miene der Toten zu begreifen. Sie war einfach nicht diejenige gewesen, nach der er gesucht hatte. Nora bemerkte jedoch, dass inzwischen etwas geschehen sein musste, etwas, was Hugh Osborne veranlasste, sich in jede Einzelheit des entstellten Antlitzes zu vertiefen.

»Anfänglich wussten wir ihr Todesdatum nicht zu bestimmen«, fuhr sie fort. »Wir hatten gerade die ersten Tests abgeschlossen, als wir mithilfe einer CT-Aufnahme im Kiefer einen seltsamen Gegenstand entdeckten.«

Sie legte die Computerbilder und die Standfotos aus der endoskopischen Untersuchung zu den Fotografien. Als Letztes zog sie die Farbfotos hervor, die den Ring zeigten.

»Der seltsame Gegenstand hat sich als dieser Ring herausgestellt, in den die Initialen COF und AOF und das Jahr 1652 eingraviert worden sind. Dadurch hatten wir also einen Zeitrahmen und einen Hinweis auf die Identität der Toten, allerdings noch keinen auf die Umstände ihres Todes. Wir haben jedoch verschiedene Überlegungen angestellt und uns gefragt, weshalb man eine so junge Frau wohl hingerichtet haben könnte.«

Nora konnte in Hugh Osbornes Gesicht dessen Erregung ablesen, während er die Fotos des Ringes studierte.

»Fahren Sie bitte fort«, sagte er.

»Wir haben uns dann an Ned Raftery gewandt, weil man ihn uns als Experten in Sachen Lokalgeschichte genannt hat. Wir haben ihm von dem Ring berichtet, worauf er uns die Geschichte der O'Flahertys erzählt hat, von ihrer Umsiedlung und von dem Deportationsbefehl für den Sohn Cathal Mór.«

»Raftery wusste allerdings nichts von einer Hinrichtung.« Cormac hatte das Wort ergriffen. »Deshalb hat er uns an seine Tante Maggie Cleary verwiesen, die altes Liedgut kennen würde wie kein anderer.«

»Sie hat uns dann Bruchstücke eines Liedes vorgesungen«, sagte Nora. »Es ging um einen Mann, der nach Hause kommt, um seine Frau zu suchen, und dann erfährt, dass sie hingerichtet worden ist, weil sie ihren Säugling umgebracht haben soll. Später hat uns Ned Raftery noch einmal angerufen, um uns mitzuteilen, dass er auf einen Brief gestoßen sei, in dem von einer Hinrichtung in Portumna im Jahr 1654 die Rede ist. Darin heißt es, dass damals eine junge Frau namens Annie McCann wegen Kindesmords verurteilt und enthauptet worden ist.«

»Sie können sich sicherlich vorstellen, wie frustrierend es ist«, sagte Cormac, »immer nur neue Nahrung für weitere Spekulationen zu erhalten, aber nie wirkliche Beweise.«

»Und dann haben wir ja die Überreste gefunden.«

Nora wusste nicht, ob sie wirklich die Schwarzweiß-Fotos zücken sollte, die in der unterirdischen Kammer gemacht worden waren, die Fotos, auf denen das Skelett der Frau abgebildet war, wie es sich um das Skelett des Säuglings schmiegte.

»Bitte«, sagte Osborne zu Nora. »Zeigen Sie mir ruhig auch die restlichen Fotos.«

Nora reichte sie ihm. In Osbornes Augen zuckte es wie ein Funke der Erinnerung auf.

»Malachy Drummond, der staatliche Chefpathologe, konnte nachweisen, dass dieses Frauenskelett zu dem Schädel des rothaarigen Mädchens aus dem Moor gehört. Also lag der Schluss nahe, dass wir die Leichen von Annie McCann und dem Kind, das sie angeblich getötet hat, gefunden haben.« Nora schaute grübelnd auf den Stapel Fotos. »In dem Lied, das uns Maggie Cleary vorgesungen hat, heißt es allerdings, die junge Frau sei *umgebracht* worden, was so gar nicht zu der vermuteten Geschichte rund um unsere *cailín rua* passen will.«

»Zu dem Zeitpunkt glaubten wir auch, alle nur denkbaren Quellen ausgeschöpft zu haben«, sagte Cormac. »Dann haben wir aber von einem Genetiker des Trinity College erfahren, der dabei ist, eine umfangreiche DNA-Datenbank zusammenzustellen, um sozusagen eine genetische Karte von Irland zu erstellen ...«

Nora ergriff wieder das Wort. »Er untersucht die in den Mitochondrien enthaltene DNA. Diese Erbinformation wird immer von der Mutter an das Kind weitergegeben, das heißt, sie sind bei beiden identisch. Jedenfalls hat besagter Genetiker den vorgefundenen Skeletten Proben entnommen und daraufhin festgestellt, dass die beiden nicht miteinander verwandt waren. Zuletzt haben wir dann auch noch die Ergebnisse eines Radiokarbontests erhalten. Die Resultate scheinen zu bestätigen, dass unser Fund aus der Mitte des 17. Jahrhunderts stammen dürfte. Na ja, aber auch das führt uns natürlich nicht weiter. Letztlich besitzen wir immer noch nicht mehr als ein Sammelsurium an Möglichkeiten. Die rothaarige Frau könnte Annie McCann sein, die vielleicht, vielleicht aber auch nicht, jemanden mit den Initialen COF geheiratet hat. Wie es aussieht, wurde sie hingerichtet, weil sie ihr Kind umgebracht, aber das Kind, das wir bei ihr gefunden haben, ist nicht ihres. Das Ganze scheint alles keinen Sinn zu ergeben.«

»O doch«, sagte Osborne. »Es ergibt durchaus Sinn. Kommen Sie mit, ich will Ihnen etwas zeigen.«

Er führte Cormac und Nora zur Bibliothek, wo es aussah, als hätte jemand eingebrochen. Ein Safe, der normalerweise

444

offenbar hinter einem der Regale verborgen war, stand weit offen, und ringsum türmten sich Kisten, aus denen Papiere quollen. Einige davon erweckten den Eindruck sehr alter Dokumente, weil sie teilweise mit Siegelwachs gesprenkelt waren.

»Ich habe meine Familienunterlagen sortiert«, sagte Osborne, während er heruntergefallene Papiere aufhob. Er bedeutete Nora und Cormac, auf dem Sofa vor dem Kamin Platz zu nehmen. »Den Grund verrate ich Ihnen gleich. Das, was Sie da in den Kisten sehen, sind Dokumente, die bis zu den O'Flahertys zurückgehen.«

Osborne breitete die Ablichtung eines altertümlichen Dokuments, das voller Knickstellen war, vor ihnen auf dem Tisch aus. Die Handschrift, die sie darauf sahen, war zierlich und eng gehalten, die altertümlichen Buchstaben waren geschwungen und mit Schnörkeln versehen.

»Das Buch, das in der Kassette war, die Sie ausgegraben haben, lag monatelang in der Nationalbibliothek, bis sich schließlich jemand die Mühe gemacht hat, es sich näher anzuschauen. Bei der genaueren Durchsicht hat man darin ein Dokument gefunden, und weil das Buch von meinem Grundstück stammt, hat man mir freundlicherweise eine Kopie davon zukommen lassen.«

Cormac hatte die ersten Zeilen überflogen. »Es klingt nach einer Beichte«, sagte er.

»Lesen Sie ruhig weiter.«

»Offenbar hat es ein Priester verfasst. Er gibt zu, einen Meineid geschworen zu haben, er hätte dem katholischen Glauben entsagt, weil er sonst umgebracht oder nach Inisbofin verbannt worden wäre.«

»Wo oder was ist Inisbofin?«, fragte Nora.

»Das ist eine Insel vor der Küste Galways«, sagte Osborne. »Unter Cromwell wurden vor allem Priester dorthin verbannt.«

»Ach, du liebe Zeit«, murmelte sie, während sie das Dokument in die Hand nahm. »Hier ist gleich noch von einem zweiten Meineid die Rede.«

Sie begann, laut vorzulesen, wobei sie gelegentlich stecken

blieb, wenn sie auf einen Schimmelfleck stieß oder über ortho-graphische Eigenheiten stolperte.

Ich wurde gerufen, um der Dame jenes Hauses Beistand zu leisten, die an großer Pein litt, während sie mit dem Kinde niederkam. Wie der Zufall es wollte, stieß ich auf meinem Weg dorthin im Moor auf ein junges Landweib der Gegend, Áine Mag Annaigh, so hieß sie (oder auch Áine Rua wegen ihres roten Haars), die ihrerseits in gesegneten Umständen war. Sie flehte mich an, ihr zur Hilfe zu kommen, und erzähl-te von ihrer beschwerlichen Wanderschaft aus Iar-Connacht im fernen Westen, die sie aus Furcht vor den englischen Sol-daten nächtens unternommen habe. Ich brachte das Frau-enzimmer nach Bracklyn House, in der Hoffnung, dass sie unter der Dienerschaft ein Lager und Nahrung fände. Nach der Verrichtung meiner diesbezüglichen Christenpflicht begab ich mich zu dem Gemach, in dem Mistress Sarah Osborne ihres Erstgeborenen entbunden wurde. Die Dame war äußerst geschwächt durch ihre fürchterliche Qual, die während der halben Nacht angedauert hatte und noch für zwölf Stunden fortdauern würde (wiewohl wir davon noch keine Kenntnis besaßen). Zuletzt wurde sie eines Jungen ent-bunden, den sie Edmund nannte, ein armes Würmchen, das kaum wimmerte oder gar schrie. O welch ein Weh, da das Kind Stund um Stund schwächer wurde und zuletzt seinen Geist aushauchte. Etwa um Mitternacht drang aus der Fer-ne ein herzhaftes Geschrei an das Ohr der Mistress, worauf-hin sie uns auftrug, eilends danach zu suchen. Sie weinte so jämmerlich und gebärdete sich auf eine Weise, dass der gnä-dige Herr ihr versprach, das Kind zu holen. Er drang in mich, ihm zur Seite zu stehen, da seine Gemahlin jenseits der Ver-nunft und bar aller Bedenken sei und gewiss auch bereits dem Kindbettfieber nahe, sodass es ihr auszureden verge-bens sein würde. Ich wurde ausgeschickt, das Kind von Áine Mag Annaigh zu holen, während sich Mutter und Kind im Schlummer befänden. Als ich mit dem Kind herbeikam, leg-te Lady Sarah Osborne ihr totes Kind beiseite und zog das lebendige aus meinen Händen und säugte es und strich ihm

*über den Kopf. »Nimm es fort«, sagte sie, auf das tote Kind
deutend. »Es ist nur ein Wechselbalg. Ich habe nun mein
eigenes liebes Kindchen gefunden.« Ihr Gemahl versuchte
vergebens, sie von dem Gedanken abzubringen, doch gab sie
das Kind nicht wieder her. »Was wisset Ihr über das Weib
dort drunten?«, fragte mich Osborne. »Sie ist nicht verehe-
licht«, sagte ich und gestehe nun, dass ich eine grausame
Lüge aussprach, hatte ich doch das Mädchen selbst erst vor
zwölf Monaten mit dem jungen Flaitheartaigh aus Drumcleggan getraut.*

»Moment mal«, sagte Nora. »Falls Áine Mag Annaigh und
die Annie McCann aus Rafterys Unterlagen ein und dieselbe
Person sind, dann war unsere rothaarige Frau also doch mit
Cathal Mór verheiratet.«

»Genauso ist es«, sagte Hugh Osborne. »Lesen Sie weiter.«

*Gewiss war sein Vater der Hochzeit nicht wohlgesinnt gewe-
sen, da das Mädchen nur eine Dienstmagd in seinem Hause war, doch hatte ich mich bereit erklärt, sie heimlich zu
vermählen. In der schlimmen Folgezeit verjagten jedoch die
englischen Soldaten den alten Flaitheartaigh aus Drumcleggan und verbannten ihn nach Iar-Connacht. Die Flüsse von
Gaillmh färbten sich rot mit irischem und englischem Blu-
te, und Wolf und Aasgeier labten sich an dem Fleisch ermordeter Priester. Ich selbst ward gezwungen, einen Eid zu
schwören und dem katholischen Glauben mitsamt seinen
Lehren zu entsagen. Und als ich das nächste Mal Nachricht
über den jungen Cathal Mór erhielt, da war er nicht nach
Frankreich geflohen, wie ich ihm geraten hatte, sondern war
als Rebell gegen die Engländer gefasst worden und sollte
nach Barbados deportiert werden. Dies alles wusste ich, als
ich Osborne gegenüber wie folgt fortfuhr: »Das Kind des
Weibes ist ein Bastard, Sir, der außer unserem Herrn im Himmel keinen Vater hat.« Als Osborne die Nachricht hörte,
zwang er mich, der Maid die Leiche seines eigenen Kindes
unterzuschieben, das in Lumpen gewickelt ward. Ich sollte
schwören, dass ihr Kind in der Nacht gestorben sei. Doch*

als ich tat, wie er mir geheißen, brach sie in hitzige Wut aus und stürzte aus dem Haus. Sie begann umherzuwandern, das leblose Kind an den Busen gepresst, und allen, die ihr begegneten, die Geschichte jener Ungerechtigkeit zu erzählen, die ihr und ihrem Kind, dem rechtmäßigen Sohn von Cathal Mór Ó Flaitheartaigh, widerfahren sei.

Um ihrer Zunge Einhalt zu gebieten, schlug Osborne mir heimlich vor, wir beide sollten schwören, dass sie ihren eigenen Bastard erstickt habe. Sie sei nur ein elendes, verlassenes Geschöpf, welchem der Kummer halb den Verstand geraubt habe, erklärte er, sodass niemand der Magd Widerrede Glauben schenken würde. Mir war, als hätte ich den Mann bis dahin nicht im rechten Lichte gekannt. Doch wie hätte ich ihm zu widersprechen vermocht, war ich doch selbst elend unter meiner fürchterlichen, unseligen Last gebeugt! Osborne begab sich schleunigst zu dem Sheriff, um den Mord anzuzeigen, und ich musste als Zeuge auftreten und bekunden, dass wir beide das Mädchen mit den Händen um die Kehle des Kindes vorgefunden hatten. Ich vermochte das Mädchen nicht zu retten, es sei denn, ich hätte meinen eigenen Untergang und denjenigen von Hugo Osborne und seiner Frau Gemahlin herbeiführen wollen.

Und so kam es, dass Áine Rua Mag Annaigh festgenommen und des üblen Mordes an ihrem Kinde bezichtigt und vor Gericht gebracht wurde, wo sie umgehend zum Tode durch das Schwert verurteilt wurde. Innerhalb zweier Wochen wurde sie an den Ort der Hinrichtung geschafft, wo ihr der Kopf mit einem Schlage vom Leib getrennt wurde. Als ich die Männer des Sheriffs bat, mir ihre elende Leiche zu überlassen, um sie zu begraben, erklärten sie mir, dass Hugo Osborne ihren Kopf vom Schafott entfernt habe. Wo er sich befindet, weiß ich nicht.

Die geheime Kammer kannte ich noch aus früheren Tagen, als mir dort der alte Flaitheartaigh Zuflucht gewährt hatte, und auch in den jüngsten furchtbaren Zeiten hatte ich mehrmals Gebrauch davon gemacht. Ich brachte ihre Überreste dorthin, war meine Furcht doch groß, dass Osborne sie in seinem Zorne ausgraben lassen würde, sollte sie selbst noch an der trostlosesten Stelle ungeweihten Bodens begraben werden. Und so habe ich an diesem uralten, geheimen Ort, gemeinsam mit meinem verbotenen priesterlichen Gerät, die Überreste der Áine Rua Mag Annaigh bestattet. An ihrer Brust habe ich den unglückseligen kleinen Edmund Osborne geborgen, der nur für eine Stunde den Atem des Lebens hauchte.

Meine Beichtväter sind entweder tot oder leben in der Verbannung. Deshalb beichte ich demjenigen, der dieses Schreiben findet, wer immer er auch sei, dass ich ein schwacher und unwürdiger Mensch bin, den die Todesangst daran gehindert hat, die bösen Machenschaften zu entlarven, an denen ich auf schurkische Weise selbst teilgenommen habe. Ich wage nicht, die Absolution zu erbitten. Nie mehr werde ich Ruhe finden, sintemalen ich ständig von dem Antlitz jenes Geschöpfes mit dem feuerroten Haar heimgesucht werde, dass gefesselt auf den Knien lag, wie auch von dem erbarmungswürdigen Schrei, der von seinen Lippen drang, als der Henker sein böses Werk verrichtete. Sollte je ein Mensch dieses Dokument finden, erflehe ich aus ganzem Herzen dessen Gebete, wie auch diejenigen aller guten Katholiken und Christen. Ich begebe mich in mein Grab, indem ich Gottes Gnade für meine ewige Seele erflehe. Mea culpa. Mea culpa. Mea maxima culpa.

Das Dokument war mit Miles Gorman unterschrieben, datierte vom 24. Mai 1654.

Nora sah Hugh Osborne an, der ihr gegenüber im Sessel saß und mit gespannter, aufmerksamer Miene auf ihre Reaktion zu warten schien.

»Mein Gott, wenn das wahr ist …«

»Wenn das wahr ist, dann beruhen dreihundertfünfzig Jahre meiner Familiengeschichte auf einem Justizirrtum«, sagte Osborne. »Hugo und Sarah hatten keine weiteren Kinder. Das geht aus allen anderen Dokumenten hervor. Ich habe die halbe Nacht damit zugebracht, den vollständigen Stammbaum auszugraben.«

»Und all jene Gemälde im Treppenhaus …«, sagte Cormac.

»Nur der erste Osborne, Hugo, war tatsächlich ein Osborne. Der Mann, den sie Edmund Osborne nannten, war in Wahrheit der Sohn von Áine Rua und Cathal Mór O'Flaherty, sofern man diesem Miles Gorman Glauben schenken kann. Aber warum sollte er gelogen haben?«

Aus der Eingangshalle wurden Stimmen laut, und gleich darauf tauchte Aoife McGann in der Bibliothekstür auf. »Wir sind da«, verkündete sie, rannte wieder hinaus und kam mit Jeremy Osborne im Gefolge zurück. Eine auffallende Veränderung hatte an dem Jungen stattgefunden: Sein Haar war in dunkle Locken ausgewachsen, und seine hohlen Wangen hatten sich gerundet. Jeremy sah tatsächlich gesund aus und schien sich wegen Aoifes Aufmerksamkeit gleichermaßen zu freuen als auch verlegen zu sein, als er die anwesenden Gäste bemerkte.

»Hallo, Jeremy, wie geht es dir?«, sagte Nora.

Er warf ihr einen Blick zu. »Danke, gut.«

»Schön, dich mal wieder zu sehen«, sagte Cormac.

Die Augen des Jungen blitzten auf, als wollte er sich vergewissern, dass die Bemerkung auch ernst gemeint war. Vor lauter Verlegenheit wusste er offensichtlich nicht, was er antworten sollte.

Una stand nun in der Bibliothekstür. »Da ihr beide eure Mäntel noch anhabt, wie wär's, wenn ihr mir ein paar Kartoffeln aus dem Küchengarten holen würdet? Ein Dutzend, mehr brauche ich nicht.«

Aoife packte Jeremy wieder an der Hand und zog ihn hinter sich her.

»Gott, wenn ich nur die Hälfte ihrer Energie besäße«, sagte Una. »Kommen Sie mit hinunter in die Küche, dass wir uns unterhalten können, während ich das Gemüse schneide?«

Una trug den Männern auf, die Zwiebeln und den Knoblauch zu hacken, während sie und Nora sich daran machten, das Gemüse zu waschen.

»Sie wollen bestimmt wissen, wie die Dinge gelaufen sind, seit Sie fort sind«, sagte Una, als sie neben Nora am Spülbecken stand. »Es war ganz schön hart. Hugh gibt es nicht gern zu, aber er schläft nachts noch immer nicht gut. Jeremy hat

Fortschritte gemacht, obwohl es sein könnte, dass er doch mehr Hilfe benötigt, als wir ihm geben können. Hugh gibt sich Mühe, wirklich. Wir alle bemühen uns.«

»Haben Sie etwas von Lucy gehört? Sieht er sie manchmal?«

»Nein. Sie befindet sich in der geschlossenen Abteilung des Krankenhauses von Portlaoise. Der Psychiater meint, momentan wäre es für Jeremy vielleicht besser, wenn er sie nicht sieht.«

»Aoife scheint ihm jedenfalls sehr zugetan zu sein«, sagte Nora, die durch das Küchenfenster den kleinen, hellen Kopf und die wedelnden Arme des Kindes beobachtete, das Jeremy Anweisungen erteilte, während er mit einem Spaten im Gemüsebeet nach Kartoffeln grub.

»Sie ist überglücklich, nach Fintans Abreise wieder einen Spielgefährten gefunden zu haben«, sagte Una. »Und ich glaube, dass Jeremy auch sehr an ihr hängt. Er hat einen weiten Weg hinter sich. Er geht regelmäßig einmal in der Woche zur Therapie. Es wird noch für eine Weile dauern, aber ich weiß, dass Hugh Recht hat ... ich weiß, dass Gutes in dem Jungen steckt.«

»Es wird besser werden, bestimmt«, sagte Nora und hoffte, dass ihre Worte auch die richtige Überzeugungskraft besaßen. »Leben Sie noch immer zu Hause? Ich hoffe, es macht Ihnen nichts aus, dass ich danach frage.«

»Wir sind noch immer da. Brendan ist etwas besonnener geworden als damals, als Sie hier waren. Er hat erkannt, dass Fintans Weggang nicht das Ende der Welt bedeutet. Inzwischen hat er einen jungen Burschen eingestellt, der ihm bei der Arbeit hilft. Ich glaube, es tut Brendan gut zu wissen, dass Aoife und ich, sollten wir eines Tages ausziehen, trotzdem in der Nähe bleiben. Ganz trennen könnte ich mich von diesem Ort sowieso nicht.«

Hugh Osborne trat zu ihnen, um seinen Teller mit dem klein gehackten Knoblauch abzustellen. Er blieb stehen, um Una kurz liebevoll die Hand zu drücken, bevor er wieder zum Tisch zurückkehrte. Nora sah, wie glücklich und gleichzeitig verwirrt Una wirkte.

»Hugh hat gefragt, ob Aoife und ich gern hierher kommen und bei ihm wohnen würden. Ich habe mich noch nicht entschieden. Aber manchmal kommen wir uns tatsächlich schon wie eine Familie vor.«

»Mir scheint, dass Sie beide nach all dem, was vorgefallen ist, ein bisschen Glück verdient haben.«

Eine Weile lang beschäftigten sie sich schweigend. Nora warf den beiden Männern einen Blick zu und fragte sich, ob Hugh gegenüber Una etwas von dem Geständnis des Priesters erwähnt hatte und von der erstaunlichen Wendung, die es für die Familiengeschichte der Osbornes bedeutete.

»Una, ich hätte da eine Frage, die Ihnen vielleicht komisch vorkommt ... Könnte der Name Mag Annaigh nicht zufällig eine Variante von McGann sein?«

»Aber ja doch, alle diese Namen, McCann, McGann, MacAnna, ganz gleich wie sie lauten, sie sind alle nur verschiedene Variationen ein und desselben Namens. Warum fragen Sie?«

»Ich bin nur neugierig. Wir glauben nämlich herausgefunden zu haben, wer unsere rothaarige Frau in Wirklichkeit war.«

3

Nachdem das Abendessen beendet und das Geschirr gespült, getrocknet und eingeräumt war, bot Hugh Osborne Una an, sie und ihre Tochter nach Hause zu begleiten, damit sie die Kleine schlafen legen konnte.

Beim Aufbrechen sagte er zu Jeremy: »Warum zeigst du Nora und Cormac inzwischen nicht, an was du gerade arbeitest?«

Das Gesicht des Jungen zeigte keinerlei Regung, aber er stand sofort auf, um Nora und Cormac zu einem Raum im Untergeschoss zu führen, der gegenüber Hughs Werkstatt lag. Er knipste das Licht an, worauf sich ein geräumiges, weiß gekalktes Atelier enthüllte, an dessen Wänden Bleistiftzeichnungen befestigt worden waren. Auf einem Tisch befand sich ein Berg aus Zweigen und Blättern, daneben ein Fuchsfell und eine Sammlung von Federn. Nora zuckte leicht zusammen, als sie auf einer Stange in der Ecke eine große Nebelkrähe bemerkte, die jetzt aufgewacht war und im hellen Licht blinzelte.

»Keine Sorge«, sagte Jeremy. Er ging zum Vogel und strich ihm sanft über das Bauchgefieder. »Sie tut Ihnen nichts. Sie ist nur ein Haustier. Aber sie ist sehr klug.«

Nora und Cormac sahen sich die Zeichnungen und Bilder an. Die Arbeiten hatten nichts mehr mit den wüsten Farborgien gemein, die sie an den Wänden des Turms entdeckt hatten, obwohl auch diesen Zeichnungen eine große leidenschaftliche Ausdruckskraft zu Eigen war. Jeremy lehnte an der Wand neben der Tür. Er hatte die Hände in den Taschen vergraben und setzte eine betont unbeteiligte Miene auf.

»Hast du das alles gemacht?«, sagte Nora. »Die Sachen sind wirklich großartig.«

Der Junge zuckte die Achseln. »Hugh glaubt, dass mich das davon abhält, über die Klinge zu springen.«

In Jeremys Ton hatte sich ein Anflug seiner alten Abwehrhaltung geschlichen. Offenkundig erwartete er eine Reaktion.

»Und? Tut es das?«, fragte Cormac.

»Mit dem hier ist irgendetwas total verkehrt«, sagte Jeremy ausweichend. Er hob die Leinwand, die an der Wand lehnte, in die Höhe. »Ich komme aber nicht dahinter, was es ist. Was glauben Sie?«

»Schwer zu sagen«, meinte Nora und fuhr fort, die vollendeten und noch in Arbeit befindlichen Stücke durchzusehen.

Als sie die komplizierten Farbüberlagerungen studierte, die auf den Bildern zu erkennen waren, fühlte sie sich an ihre Wanderung durch das stille Atelier im oberen Stock erinnert, in dem sie die verhängten traumartigen Welten aus Flügeln, seltsamen tropischen Pflanzen und exotischen Tieren betrachtet hatte. Sowohl Minas als auch Jeremys Gemälde zeugten von einer Technik, die ein verschwommenes Licht-und-Schatten-Spiel bewirkte, das mit Tieren und der Botanik der irischen Flora und Fauna kontrastierte, die die eigentlichen Objekte darstellten: Eulen, Waldschnepfen, Füchse und Zaunkönige. Wie Nora feststellte, trat in nahezu jeder Komposition in irgendeiner Form eine Krähe auf. Auf einem Bild blitzten lediglich der Schnabel und die glänzenden schwarzen Augen des Vogels aus der unteren Ecke einer Leinwand hervor. Auf einem anderen schien die Spitze eines geöffneten Flügels über den Rand hinwegzustreichen.

»Jeremy«, sagte sie, »hat Mina dir das Malen beigebracht?«

Der Junge hatte sie beobachtet, wobei er, noch immer mit den Händen in den Taschen und mit dem Rücken an die Wand gelehnt, leicht auf den Fußballen wippte. Nach ihrer Frage hielt er damit inne und schaute zu Boden.

»Ich habe ihr oben im Atelier oft zugeschaut. Sie hat mir gezeigt, worauf es beim Zeichnen ankommt: dass man den Gegenstand betrachten muss, den man zeichnet, und nicht auf das Papier schauen darf. Auf die Weise, hat sie gesagt, findet man heraus, wie man die Dinge wirklich sieht.«

»Die Bilder sind alle wunderbar, Jeremy. Und ich sage das nicht nur so. Ich meine es ernst.«

»Würden Sie eins von mir annehmen?«

»Was sagst du?«

»Wenn ich Ihnen eins der Bilder gebe, würden Sie es dann annehmen?«

»Ich würde mich zutiefst geehrt fühlen.«

Jeremy stieß sich von der Wand ab und wanderte seine Gemälde ab. Schließlich blieb er vor einem der Bilder stehen. Es war nicht eine der größten Leinwände, aber Nora fand, dass es die feinste und abstrakteste Komposition war.

»Das ist für Sie«, sagte er. »Es ist das beste.«

»Ich würde dir auch gern etwas dafür geben, Jeremy.«

»Es steht nicht zum Verkauf. Betrachten Sie es einfach als Geschenk, okay?«

4

Hugh Osborne hatte in Cormacs Zimmer zwar eingeschürt, aber das Kaminfeuer schaffte es nicht, die Luft richtig zu erwärmen. Um das Haus herum peitschte ein scharfer Novemberwind, der heulend an den bleiverglasten Fenstern im Eckturm rüttelte. Cormac fragte sich, ob Noras Zimmer wohl genauso kalt war wie seins. Sie beide hatten keine Einwände erhoben, als Osborne ihnen getrennte Zimmer zuwies. Es waren dieselben, die sie im vergangenen Frühjahr bewohnt hatten. Cormac war gerade dabei, diesen Umstand zu bedauern, als er ein leises Klopfen hörte. Kurz darauf schob Nora den Kopf zur Tür herein.

»Cormac, in meinem Zimmer ist es wie in einem Eisschrank. Darf ich mir bitte, bitte die Füße bei dir wärmen?«

»Ich war selbst kurz davor, zu dir zu kommen, um dasselbe zu fragen.«

»Himmel, hier ist es wirklich genauso kalt.« Mit einem Satz war sie im Bett und zog die Decke über die Schultern. »Falls die Kälte uns umbringt, dann sterben wir wenigstens gemeinsam. Was ist? Warum siehst du mich so an?«

»Ach, nichts.«

Er knipste die Lampe aus und glitt neben Nora unter die Decke. Sanft fuhr er dem blassen Umriss ihres Gesichtes nach, der sich von der dunklen Bettwäsche abhob, und betrachtete die vertrauten Züge, die hie und da vom flackernden Licht der Flammen erleuchtet wurden.

»Es ist nur, dass ich mir damals einmal vorgestellt habe, du würdest an dieser Stelle liegen. Aber jetzt, wo du wirklich da bist, finde ich, dass es ein unglaublich wundervoller Anblick ist.«

Cormac schlang Arme und Beine um sie und spürte, wie sie sich in seiner Umarmung entspannte.

»Na, mach schon. Kuschle deine Füße an mich.« Als Noras Zehen seine Waden berührten, zuckte er zusammen. »Brrr«, machte er und tat, als müsste er mit den Zähnen klappern.

»Tut mir Leid«, sagte Nora. »Bin ich zu kalt?«

»Und ob. Aber dir wird bestimmt gleich warm werden.«

»Cormac, glaubst du, Áine Rua und Cathal Mór haben je in diesem Zimmer geschlafen?«

»Gänzlich ausgeschlossen ist das nicht.«

»Ich weiß, das klingt verrückt«, sagte Nora, »aber ich spüre einen Unterschied in diesem Haus. Was hier war, ist verschwunden, und es kommt mir so vor, als hätte ein guter Geist den Platz eingenommen.«

»Der Geist der *cailín rua?*«

»Mach dich bloß nicht über mich lustig. Nein, es ist nicht so etwas Eindeutiges. Ich spüre nur, dass etwas anders ist.«

»Ich mache mich nicht über dich lustig.« Cormac zog sie fester an sich. »Ich spür's doch auch. Ich finde es übrigens ziemlich unheimlich, dass sich dein Wunsch zum Schluss doch noch erfüllt hat und die rothaarige Frau rehabilitiert wurde.«

»Und das Seltsamste daran ist, dass ich das von Anfang an gewusst hab – frag mich aber nicht, woher. Stell dir mal vor, dass sie den gesamten Weg aus dem Westen bis hierher gewandert ist, um ihn zu suchen. Das müssen um die achtzig Kilometer gewesen sein, und wenn sie hier gleich anschließend das Kind bekommen hat, muss sie ja hochschwanger gewesen sein. So eine Reise allein zu unternehmen ... und auch noch zu Fuß. Woher wusste sie, welchen Weg sie einschlagen musste? Wo hat sie geschlafen? Und wann hat sie herausgefunden, dass man ihren Mann deportiert hat? Sie muss sehr stark gewesen sein, findest du nicht? Auch weil sie anschließend offenbar allen verkündet hat, was man ihr angetan hat. Selbst auf dem Schafott hat sie sich noch etwas einfallen lassen, wie sie die anderen austricksen konnte. Sie hat bis zum Schluss einfach nicht aufgeben wollen.«

»Womit sie mich an jemanden erinnert, den ich kenne.«

»Worüber habt ihr eigentlich gesprochen, du und Hugh, bevor wir nach oben gegangen sind?«

»Hugh wollte wissen, was aus den Überresten der *cailín rua* geworden ist. Ich glaube, die Sache hat ihn ein bisschen aus dem Gleichgewicht gebracht. Was ja kein Wunder ist. Wenn die Beichte des Priesters zutrifft, dann wird Hughs gesamte Familiengeschichte aus den Angeln gehoben.«

Nein, das stimmt nicht ganz, dachte Cormac. Die Geschichte wurde dadurch nicht aufgelöst, sondern war in gewisser Weise um ein Vielfaches komplexer geworden. Nach Hughs Worten hatte der vermeintliche Edmund Osborne eine »Kusine« ersten Grades geheiratet, also eine richtige Osborne, und in den nachfolgenden Generationen hatten eine Reihe ähnlicher Verbindungen stattgefunden. Die Osbornes waren also keine reinen Usurpatoren, sondern sowohl durch Blutsbande als auch Fügungen des Schicksals unentwirrbar mit dem Besitz und den Nachkommen von Cathal Mór O'Flaherty verknüpft und verbunden. Eine uralte und vertraute Geschichte, typisch für Irland, das immer wieder von verschiedenen Eroberungswellen heimgesucht worden war, von den Kelten über die Nordländer und Normannen bis zu den Engländern und den Schotten aus Ulster. Es war ein Fehler, sich die Vergangenheit als unter der Erde begraben vorzustellen. Teilweise mochte das wohl gelten, aber sie lebte auch in denjenigen weiter, die lebten, atmeten und sich auf der Erde bewegten. Er, Cormac, trug in jeder seiner Körperzellen die Grundmuster seiner beiden Elternteile, die miteinander verwobenen Spiralen ihrer DNA, jener geheimnisvollen Ausprägung der Urmaterie. Auf gleiche Weise barg er die Eindrücke all dessen in sich, was er im Verlauf seines vergleichsweise kurzen Lebens aufgenommen hatte – aus seiner Arbeit, aus der Musik, von Gabriel und all den anderen, die in sein Leben getreten waren, Nora und Hugh und die *cailín rua*, jede Begegnung hatte einen neuen Weg eröffnet, eine Abweichung in dem System bewirkt, das Körper und Geist ausmachte.

Nora bewegte sich neben ihm.

»Wird dir langsam warm?«, fragte er, indem er ihren Duft

einatmete. Ihre Hand, die er angenehm auf seiner Brust spürte, war schon schwerer geworden.

»Mhm.«

War es möglich, dass sie bereits dabei war einzudämmern? Cormac beneidete Nora um ihre Fähigkeit, problemlos einschlafen zu können, während er häufig wach an ihrer Seite lag. Er überlegte, ob Hugh Osborne sich auch schon schlafen gelegt hatte oder ob er sich noch in seiner Werkstatt im Erdgeschoss zu schaffen machte. Er versuchte, die Schicksale der beiden Männer auszuloten, die in diesem Haus lebten, von denen jeder von einer Reise zurückgekehrt war, um festzustellen, dass seine Zukunft untergegangen war.

Cormac warf einen Blick auf Noras friedliches Gesicht. Morgen würde er ihr erzählen, dass Hugh vorhatte, die Überreste der rothaarigen Frau und des Säuglings zurückführen zu lassen, damit sie am alten Kloster von Drumcleggan bestattet werden konnten. Und dass Hugh seine Hilfe erbeten habe, sich beim National Museum für sein Anliegen zu verwenden. Cormac hatte ihm nicht gleich eine Antwort gegeben. Aber obwohl er normalerweise Einwände gegen ein solches Unterfangen erheben würde, fand er in diesem Fall doch, dass die wissenschaftlichen Gründe, die für die Konservierung der *cailín rua* sprachen, gegen den menschlichen Wunsch, sie endlich in Frieden ruhen zu lassen, abgewägt werden mussten. Um eine wahrhafte Ruhe handelte es sich dabei ohnehin nicht, eher um eine tröstliche Konstante der Veränderlichkeit. Selbst die Vorstellung, dass die Zeit im Moor aufgehoben wurde, war nichts weiter als eine Illusion, weil sie eine schleichende Ausdehnung des kontinuierlichen, unausweichlichen Verfalls war. Der erste Vers eines alten Gedichtes ging Cormac durch den Sinn:

Cé sin ar mo thuama nó an buachaill den tír tú?
Dá mbeadh barr do dhá lámh agam ní scarfainn leat
choíche.
A áilleáin agus a ansacht, ní ham duitse luí liom –
Tá boladh fuar na cré orm, dath na gréine is na gaoithe.

Wer ist das auf meinem Grab? Ein junger Mann von hier?
Könnte ich deine Hände berühren, ich ließe sie nie mehr los.
Mein Liebster und Süßer, was soll das, hier zu liegen –
Ich rieche nach kalter Erde; ich bin sonnen- und
windgegerbt.

Das Bild der rothaarigen Frau drängte sich wieder in Cormacs
Gedanken. Dieses Mal sah er sie aber nicht so, wie er sie damals
im Moor wahrgenommen hatte – mit jenem schrecklichen,
herzzerreißenden Ausdruck, der ihn während der vergangenen
Monate immer wieder heimgesucht hatte. Als er sich jetzt ihre
Gesichtszüge vor seinem inneren Auge wachrief, hatte er den
Eindruck, als läge sie im Schlaf: Mund und Augen waren
geschlossen, und die Stirn war geglättet. Es war schwer, sich
vorzustellen, dass ein so geringfügiges Ereignis dermaßen weit
reichende Konsequenzen nach sich gezogen hatte. Wo wäre er
wohl in diesem Moment, wenn diese gequälte, verzweifelte
Frau ihre Reise nicht begonnen und stattdessen ihr Kind ohne
Widerrede aufgegeben hätte? Wo wäre sie? Es gab nur eines,
was Cormac mit Sicherheit wusste: Nun, nachdem die *cailín
rua* ihre luftlose, nasse Kammer verlassen hatte, war sie wieder in den Fluss der Zeit eingetreten: Ihre Zellwände hatten
begonnen, sich mit fortschreitender Geschwindigkeit zu zer-
setzen, Nahrung für Schimmel und Bakterien, die sie allmählich, wenn auch nicht mit bloßem Auge wahrnehmbar, umwan-
deln würden, so wie alle Dinge, ganz gleich, ob lebend oder
tot, einer ständigen Verwandlung anheim gegeben waren. Es
war ein Gedanke, den er als seltsam tröstlich empfand. Ein-
gelullt von den knisternden Flammen, dem Heulen des Win-
des, dem Klappern der Fensterscheiben und Noras warmem
Atem an seinem Hals, schloss er die Augen und ließ sich nach
unten ziehen und schließlich von den dunklen Gewässern des
Schlafes umfangen.

Gedächtnisses oder meines Charakters, bitte ich untertänigst um Vergebung.

In diesem Buch werden eine Reihe real existierender Institutionen und Orte in Irland erwähnt. Und wenngleich das Moor von Drumcleggan, das Kloster von Drumcleggan, Bracklyn House und die Dörfer Kilgarvan in der County Clare und Dunbeg in der County Galway teilweise auf wahren Ortschaften beruhen und vielleicht tatsächlich die Namen von Orten tragen, die sich auf Landkarten befinden, so existieren sie letztlich nirgendwo anders als in meiner Fantasie.

Danksagung

Ich danke all den Menschen, die zu diesem Buch beigetragen haben: meinem Freund Daithí Sproule sowohl für eine weit zurückliegende Einladung, seine Familie in Donegal zu besuchen, als auch für seine unverzichtbare und stetige Hilfe zu Fragen der irischen Sprache und Literatur; Eilis Sproule, die meine Fantasie mit der Geschichte eines namenlosen enthaupteten rothaarigen Mädchens als Erste entzündete; Dr. Barry Raftery von der Abteilung für Archäologie des University College Dublin, der sein Wissen aus erster Hand über die wirkliche *cailín rua* großzügig mit mir teilte und der mich freundlicherweise, außer dass er mir unschätzbare archäologische Ratschläge und Informationen erteilte, mit etlichen seiner Kollegen bekannt machte; Dr. Máire Delaney von der Medizinischen Fakultät des Trinity College, die mir ihre Expertise und Erfahrung zu seltenen Moorfunden zuteil werden ließ; den Beamten der Gardaí Síochána, Patrick J. Cleary und dem inzwischen verstorbenen Vincent Tobin vom Collator's Office in Cork City wie auch Detective Frank Manion aus Tralee im County Kerry und Michael Ryan aus Loughrea in der County Galway, die mir in Bezug auf polizeiliche Vorgehensweisen mit Rat und Tat zur Seite standen; Dr. Raghnall Ó Floinn von der Abteilung Altertum des National Museum of Ireland, die mich über die Arbeit und Aufgabe der Museen unterrichtete; Rolly Read, Keeper of Conservation am National Museum of Ireland, der mir Zugang zu dem Konservierungslabor der Collins Barracks gestattete; dem Archäologen

Malachy Conway, der mir großzügigerweise eine Führung durch sein Grabungsgelände an einer mittelalterlichen Kirchenstätte anbot; Terry Melton von Mitotyping Technologies, der mich über die Zusammenhänge mitochondrialer DNA informierte; Angela Rourke, Ann Kenne, Thomas O'Grady, Peter Costello und Donna Wong für ihre unverzichtbare Hilfe in Bezug auf literarische und historische Quellen. Mein Dank geht ebenfalls an Mary und Sean O'Driscoll, James Kelly, John und Mary Kelly, Susan McKeown, Niamh Parsons, Dolores Keane und die vielen anderen wunderbaren Spieler und Sänger traditioneller Musik, welche mich zu den Passagen über die Musik in diesem Buch inspirierten.

Die Hilfe dieser Menschen hat zweifellos dazu beigetragen, sachliche Fehler zu verhindern; für die dennoch vorhandenen zeichne ausschließlich ich verantwortlich.

Außerdem schulde ich Susan Burmeister-Brown und Linda Davies von *Glimmer Train* Dank dafür, dass sie meine erste Kurzgeschichte druckten, die Keimzelle dieses Buches; mein Dank gilt außerdem Vickie Benson von der Jerome Foundation sowie der Dayton Hudson, General Mills und Jerome Foundation für ihre großzügige Unterstützung hinsichtlich der Forschungsarbeit zu diesem Buch; Paulette Bates Alden für ihre freundliche und umsichtige Kritik; Susan Kirk von Scribner für ihr vorzügliches und kluges Lektorat; und meiner Agentin Sally Wofford-Girand für ihren Sprung ins Ungewisse und ihre unvorstellbare Geduld während zahlloser Entwürfe. Den vielen Freunden und Kollegen, die mir Mut zusprachen, ganz besonders Susan Hamre, Lynda McDonnell, Cheryl Ostrom, Claudia Poser, Liz Weir, Eileen McIsaac, Bonnnie Schueler, Pat McMorrow, Jane Fallander und Jo Coffmann, entbiete ich meinen aufrichtigsten Dank.

Für ihre eiserne Unterstützung und Ermutigung stehe ich zutiefst in der Schuld meiner bemerkenswerten Familie (insbesondere meiner Mutter für ihre klare Handlungs- und Charakteranalyse) und meines geliebten Mannes Paddy O'Brien, dessen leidenschaftlich-kreativer Geist mein Leben mit Freude und Inspiration füllt. All jene, deren Beiträge ich zu erwähnen vernachlässigt haben mag, entweder durch Mängel meines